André Vianco

Saga O vampiro-rei | Prequel 2

À DERIVA
(AS CRÔNICAS DO FIM DO MUNDO 2)

2023

À deriva
Copyright © de André Vianco
1ª edição: Junho 2023
Direitos reservados desta edição: CDG Edições e Publicações
O conteúdo desta obra é de total responsabilidade do autor
e não reflete necessariamente a opinião da editora.

Autor:
André Vianco

Preparação de texto:
Vitor Donofrio (Paladra Editorial)

Revisão:
Lays Sabonaro

Projeto gráfico:
Jéssica Wendy

Diagramação:
Equipe Citadel

Ilustração e capa:
Raul Vilela | Jéssica Wendy

DADOS INTERNACIONAIS DE CATALOGAÇÃO NA PUBLICAÇÃO (CIP)

Vianco, André
 À deriva / André Vianco. — Porto Alegre : Citadel, 2023.
 432 p. (As crônicas do fim do mundo ; livro 2)

ISBN 978-65-5047-233-7

1. Ficção brasileira 2. Horror 3. Literatura fantástica I. Título

23-2139   CDD - B869.3

Angélica Ilacqua - Bibliotecária - CRB-8/7057

Produção editorial e distribuição:

contato@citadel.com.br
www.citadel.com.br

Quando o mundo acabar,
o que vai restar para amar?

SAGA O VAMPIRO-REI (em ordem cronológica)
As crônicas do fim do mundo 1 – A noite maldita
As crônicas do fim do mundo 2 – À deriva
As crônicas do fim do mundo 3 – A esperança e a escuridão
Bento
A bruxa Tereza
Cantarzo

A minha mãe, dona Maria Sônia.

A minha esposa Marisa – do contrário sou colocado para fora de casa.

A Bruna.

A Nathalia.

A Giulia.

A minha irmã Lígia.

A minha irmã Marina.

A essas mulheres todas, às que vieram antes de mim e às que estão em mim e ficarão muito e muito depois de mim.

Se o mundo acabasse hoje, eu sei exatamente quem eu iria amar e por quem eu lutaria com todo os músculos, nervos e vontade do meu corpo.

AGRADECIMENTOS

São tantas pessoas para agradecer que tomaria um caderno à parte aqui.

Em primeiro lugar, quero agradecer aos meus leitores, que sempre pediram, pediram e pediram pela continuação desta façanha que são *As crônicas do fim do mundo*, este lugar tão insólito e sombrio, mas estranhamente cheio de vida e humanidade.

Quero agradecer à minha agente e parceira, que me estimulou de tantas maneiras a seguir para a próxima página, Alessandra J. Gelman Ruiz, que, além de grande amiga, é também uma feiticeira agregadora.

Faço um agradecimento especial também aos meus escudeiros, leitores em primeiríssima mão e pitaqueiros de plantão: Jean Chamouton, Jéssica Opiachon e Margareth Brussarosco.

CAPÍTULO 1

Havia cheiro de chuva no ar e barulho de vento chiando pela janela de vidro. O tilintar das vidraças era suave e, aos poucos, seus olhos começavam a entender a penumbra e o deslindar da hora mágica, quando tudo ainda era parte noite. Porém, algo além da visão também já notava a alvorada chegando, derrubando o manto da escuridão e convidando os despertos para um novo dia.

Cássio estranhou "acordar invertido", primeiro embalado por outros sentidos, com a visão sendo estimulada por último. Permaneceu desorientado por alguns segundos, ainda escutando o vento lá fora e vendo os desenhos aleatórios que a água formava. Mesmo com o céu cinzento e arredio ao amanhecer, um pouco de luz entrava. Ele estava ali, naquele dormitório tomado pelo cheiro ácido e azedo do suor do seu corpo e dos demais, com quem dividia os colchões e se arranjava na reinauguração da vida. Nas últimas reuniões do Conselho, boas ideias para conseguir bombear a água para as caixas d'água haviam surgido.

Ainda não estava acostumado com o teto de concreto queimado do alojamento. O mundo tinha acabado havia poucos dias e ninguém – ninguém mesmo – ali dentro sabia exatamente para onde o planeta, flutuando no espaço, estava indo ou o que estava acontecendo na lacuna da nossa experiência de viver, inspirando oxigênio e expirando gás carbônico. Não sabiam ao menos se existia algum significado para tudo ter ido abaixo, e a sanidade de todos ter sido colocada à prova. Estavam todos cansados, exaustos, o mundo como conheciam tinha ido embora, era verdade, mas eles ainda estavam ali e lidavam com o novo cenário, com a nova vida e com o fato de que a Terra continuava girando e caindo na escuridão

À deriva

cósmica do nosso Sistema Solar, orbitando aquela estrela mágica, que nascia mais uma vez e trazia a luz e o calor para a superfície, vencendo as nuvens cinzentas e não se importando com o futuro incerto daquela fatia de existência, dos dramas pessoais que cada um carregava com aquela imensa cisão, e que, por natureza, despertaria apenas os sobreviventes ainda entorpecidos, tomados por aquela letargia hipnótica que demorava a passar. Todos permaneciam a bordo daquela imensa esfera, à deriva, cada qual à sua maneira, dentro de suas possibilidades e aflições, tentando entender que tipo de exceção havia sucedido ali, naquele pedacinho minúsculo do universo. Ainda que fossem todos menores que o menor grão de areia em uma praia qualquer frente à vastidão do universo, eram eles que viviam agora aquele momento de transição, sem guias ou livros de regras que explicassem o jogo ou a grande separação. Iam descobrindo essas novas regras e novos códigos enquanto os dados rolavam.

O cheiro de garoa misturou-se ao odor dos outros corpos amontoados, como ele, sem a regularidade de banho e o conforto de sabonetes, extraindo Cássio de sua divagação astronômica e filosófica, fazendo-o desejar apenas um cano com um chuveiro na ponta. Sorriu de soslaio enquanto se levantava do colchonete e desviava o olhar do vidro escuro, salpicado pelas gotas d´água, formando veios finos, capilares, do lado de fora, e olhava para dentro do quarto do Hospital Geral de São Vítor que dividia com mais dezenove homens. Era ali que ele estava agora, nesse momento. Era essa a verdade. Não era um sonho ruim, um pesadelo do qual acordaria. Tinham fugido de São Paulo e, juntos, lutavam para sobreviver. Eram todos soldados de São Vítor agora.

Cássio inspirou fundo e espichou os braços e pernas, ainda sentado. Não estava cansado. Ao contrário, sentia que tinha energia correndo em seu corpo. O torpor do sono estava indo embora rápido e seus pensamentos voltaram-se para a irmã, Alessandra, que estava a algumas portas de distância, no dormitório improvisado pelas mulheres. Queria falar com ela mais uma vez, confortá-la novamente, mas ele mesmo não sabia mais o que dizer para as lágrimas da irmã. Alessandra não aceitava a falta de Megan e Felipe, os sobrinhos que tinham ficado para trás. Lá vinham elas! Cássio sentiu os olhos marejarem, mas segurou firme. Não ia resolver nada chorar pela milésima vez ao relembrar a sua incursão sem resultados pelos esgotos procurando os sobrinhos. Eles tinham adormecido e estavam desaparecidos, como milhões estavam agora, naquele estado de coma inexplicável que tinha abatido metade da população da Grande São Paulo e, pelo que se davam conta, do Brasil. Então metade do mundo dormia nesse exato momento enquanto a outra metade desejava também estar inconsciente. Tinha que fortalecer sua irmã e fortalecer fisicamente aquele recanto que tinham escolhido para se salvar e voltar. Voltar para São Paulo e encontrar os que tinham ficado.

A barriga roncou de fome. Estava vivo. Seu corpo queria nutrição, queria comida, queria colocar alguma coisa para dentro. Sabia que não encontraria um banquete no café da manhã do refeitório comum porque o regime de racionamento da comida continuaria até que conseguissem mais suprimentos nos arredores de Itatinga e os planos do Conselho para sustentabilidade começassem a dar frutos. O corpo estava bem. A mente é que estava atulhada de pensamentos. Tinha que conseguir comida para toda aquela gente que tinha chegado de São Paulo. Sentia-se responsável por cada um deles. Ele tinha convencido a direção do Hospital das Clínicas a evacuar suas instalações, com equipe e pacientes, e agora aquele era seu rebanho enfrentando a diáspora, era um tipo de Moisés cruzando o deserto. Era natural que a cabeça não parasse em paz.

Levantou-se do colchonete colocado no chão. Dobrou o lençol que cobria seu corpo e contemplou os homens adormecidos. Vestiu sua camiseta já encardida e ficou olhando para a camisa da farda de PM que tinha usado para chegar até ali. Antes de o mundo acabar ele era sargento do Regimento de Cavalaria, um cavalariano. Olhou para as outras peças de sua farda, calça e coturno. O que era tudo aquilo agora? O que significam? Era toda sua identidade pregressa. Um sargento, que tinha seus turnos, que tinha sua rotina nos estábulos, nas patrulhas ao lado de Graziano. O homem soltou um suspiro. Tantas coisas ainda por dizer, mas tudo preso em seu peito. Colocou a farda suada por cima da camiseta e andou até a janela olhando para fora do prédio. Se sentiria mais em casa quando tivesse o seu armário para colocar suas coisas. Gostava de deixar tudo organizado. Gostava de ter seus pertences pessoais, suas coisas que não queria mostrar para todo mundo, bem guardadas no fundo do armário. Isso dava privacidade e acolhimento, mas teria que se virar com a roupa como pudesse. Já era um milagre tantos terem sobrevivido à partida de São Paulo.

Estava no terceiro andar e via dali a cerca de alambrado, a parca proteção que agora tinham contra aqueles que estavam do lado de fora, aqueles que caminhavam durante a noite, aqueles que os sobreviventes se habituaram naqueles poucos dias a chamar de noturnos. Nenhum dos sombrios andarilhos da noite estava lá, nos arredores do HGSV. No horizonte já vinha um prenúncio da aurora. Uma brasa vermelha chamou a atenção de Cássio para perto da cerca, mas não era uma fera com seus olhos cintilantes, assustadores. Alguém de sentinela andava junto à cerca e tinha parado para dar a derradeira tragada. Era uma brasa na ponta de um cigarro, uma bituca que agora era arremessada ao chão. Podia ver até a fumaça subindo. A nova realidade batendo na vidraça, dando três toques no vidro e lembrando a ele: olha, agora tem que ficar de olho, viu?

Cássio calçou suas botas e abriu a porta devagar. O corredor – nada mais que chão e monótonas paredes cinza e cintilantes de concreto queimado – estava mais frio que o quarto. O hospital ainda não tinha acabamento completo em todos os alojamentos, dando um ar industrial, um padrão sucessivo de retângulos quase labiríntico, sem indicações, nada familiar ou que lembrasse um lar. O silêncio dos humanos era profundo naquele instante. Nenhuma tosse, nenhuma voz sussurrada nem gemidos de alcova. Era como se a vida tivesse entrado em estado de suspensão ali dentro, mas lá fora ventava fraco, o suficiente para deixá-lo ouvir o som das folhas das árvores resvalando umas nas outras, o chilreio de pássaros que anunciava a alvorada.

Parou em frente à porta do alojamento onde a irmã estava instalada e girou a maçaneta lentamente. As mulheres ressonavam e uma delas estava sentada do outro lado, à janela – era a enfermeira Mallory. Levantou-se antes que ele protestasse e veio até o corredor aberto.

– Que bom te ver, Cássio. Ela está dormindo, finalmente.

– Não vou incomodar. Ela precisa descansar, precisa se recuperar.

Mallory deu um passo para fora e fechou a porta, esfregando os braços na parede do corredor, olhando para o pátio do complexo hospitalar tomado como abrigo para o grupo.

– Ainda bem que amanheceu. Enquanto for dia, estaremos livres deles.

– Nós montamos uma escala de vigilância. Estamos longe das cidades. Vai ficar tudo bem com a gente. Estou preocupado com comida, água, essas coisas.

Inesperadamente Mallory abraçou Cássio. Ela o apertou com força. Ele ficou calado e alisou o cabelo da mulher.

– Obrigado por não ter desistido da gente, Cássio, dos meus pequenos.

Cássio afastou a enfermeira e sorriu, segurando-a pelos ombros.

– Vamos ficar bem. Quero deixar minha irmã bem também. Vou encontrar meus sobrinhos.

– Vai voltar mesmo para São Paulo?

Cássio balançou a cabeça em sinal positivo.

– Eles estão lá, Mall. Algo me diz que vou conseguir encontrá-los e trazê-los de volta para minha irmã. Cuide dela enquanto eu estiver fora.

Foi a vez de Mallory balançar a cabeça e sorrir para o homem a sua frente.

– Conte comigo. Adoraria ver vocês reunidos de novo. Minhas preces irão com você, Cássio, protetor de São Vítor.

Ela aproximou-se e deu um beijo no rosto do sargento. Ficaram calados um instante no corredor e ela voltou para dentro do alojamento.

O ex-sargento de cavalaria do Regimento Nove de Julho desceu as escadarias recebendo a brisa fria da alvorada no pavimento térreo, chegando ao lado externo do prédio. Os carros molhados e recobertos pelas gotículas da garoa que tinha acabado de cair, parados no estacionamento, mais os ônibus e os blindados, igualmente molhados, reforçavam o cenário novo. Quando amanhecesse gastariam o combustível precioso em seus reservatórios para rodar de volta a São Paulo, a 250 quilômetros de distância, para salvar mais pobres almas deixadas para trás. Os adormecidos. A estimativa era que ainda existiam milhões de pessoas adormecidas dentro de suas casas, deixadas para trás, impotentes. Não podiam abandoná-las. Indefesas e imóveis, como se estivessem em coma, o destino daqueles perdidos seria morrer à mingua, largados em suas casas, ou acabariam virando comida de vampiros. Cássio tinha visto com seus próprios olhos pessoas sendo arrastadas para os bueiros, para as trevas, carregados pelas garras dos pálidos agressivos. Escutou os passos do vigia distantes, além do estacionamento. Andou em sua direção desviando-se das poças. A luz ia chegando e a tensão da noite se dissipava vagarosamente. Uma preocupação a menos. Durante as horas de sol não precisavam mais vigiar com olhos nas nucas se havia um agressivo pronto para pular em seu pescoço e drenar o sangue de seu corpo. Esse medo dava espaço para outras preocupações. Quando teriam comida e água reestabelecidas? Quando conseguiriam fazer voltar a funcionar a energia elétrica e as telecomunicações? Precisavam poder ligar, poder usar um rádio, saber o que estava acontecendo adiante, com antecipação. Precisavam de remédios, de uma fonte de alimento, precisavam entrar em contato com o Exército e saber quando a autoridade do Estado seria reestabelecida. Era nessas coisas em que pensava, em como cuidaria de seu povo ali, enquanto seu peito se enregelava, cingido por uma ansiedade e temor de não ter força para fazer tudo o que era preciso. As coisas tinham que voltar a ser como eram, se restabelecerem. Junto com alguns, de acordo com suas habilidades, tinha formado o Conselho, para as decisões mais urgentes e prementes, e esse Conselho já tinha se tornado, em poucos dias, o foco dos pedidos de socorro e requisições dos milhares de refugiados do HC, a primeira comunidade organizada e retirante da Grande São Paulo, funcionasse ou não.

Cássio parou de novo, ouvindo os pássaros cantando no alto de uma árvore cravada no meio do estacionamento. Parou ao lado de uma Silverado prateada e olhou novamente para cima, procurando os passarinhos. Era um casal que saltitava em um galho frondoso, com pedacinhos de gravetos nos bicos. Montavam um ninho numa forquilha. Cássio suspirou e recostou-se na picape, ainda olhando para o alto. Um vento frio cruzou o terreno. O céu estava cheio de nuvens que se moviam rapidamente, mas iam se abrindo, cedendo à alvorada, sendo carregadas para longe. Parecia que seria um dia mais frio do que os últimos. Não seria má ideia providenciar baldes e toda sorte de recipiente para captar a água doce que viesse do céu. Renderia água boa para beber. As cisternas e caixas d´águas do hospital não estavam mais sendo reabastecidas. Estavam gastando a água de forma controlada, mas o que existia nos reservatórios era tudo o que tinha no momento. Um encanador tinha dito ao conselho que tinham poço artesiano atrás do Complexo 3, mas que a água não estava passando para as caixas d'água. Tinha que resolver isso o mais rápido possível. Todo mundo queria água e queria banho.

– Dia, Cássio!

O soldado vigilante que se aproximava era o jovem Gabriel Ikeda, trazendo o seu FAL cruzado no peito e fazendo uma breve continência.

– Vai se resfriar tomando chuva. – Cássio devolveu a continência com um sorriso no rosto.

– Relaxa, sargento. A chuva tava quente. Foi boa pra eu acordar. Nenhum sinal dos noturnos essa noite nem da sua amiguinha.

Cássio balançou a cabeça e olhou para o alambrado lembrando-se de Raquel. A vampira os tinha seguido até ali, atrás de seus filhos. Tinha medo dela. Tinha medo de uma mãe que tinha largado para trás suas crias.

Pensava nisso quando a porta da Silverado rangeu e doutor Elias desceu da cabine, chamando a atenção dele e da sentinela.

Olharam para o médico com as sobrancelhas arqueadas.

– Dormiu no carro, doutor? – perguntou Cássio.

O médico, com a barba grisalha por fazer engrossando no rosto, a camisa desabotoada, espreguiçou-se e coçou o queixo antes de responder.

– O Olavo ronca pra caralho. Eu vi os vigias andando na cerca, resolvi arriscar aqui fora.

Ikeda começou a rir, e logo Cássio estava sorrindo junto.

– Vou entrar e ver se tem algo para forrar o estômago antes de começar meu trabalho. Acho que já perdi uns cinco quilos desde que chegamos aqui.

– Trabalho, doutor? Tem tanta gente doente por aqui?

O médico coçou a barba mais uma vez, olhando para a sentinela com o fuzil.

– Aqui as pessoas estão se virando bem. – O médico olhou para o alambrado e para a mata do lado de fora da cerca. – Estou pensando em quem está lá fora. Tenho que dar um jeito e curar essa doença.

– Também estou preocupado com quem está lá fora, doutor – emendou Cássio Porto. – Eles precisam acordar. Temos que dar um jeito nisso.

– Os adormecidos?

– É. É com eles que estou preocupado! Estão indefesos e sendo apanhados pelos sanguessugas.

– Hum.

– Não é deles que você tava falando, doutor?

– Não, sargento. Eu estou pensando nos outros, os agressivos. Eu vou dar um jeito de fazê-los voltar a ser como eram antes. Vou dar um jeito. Os adormecidos estão quietos, estão vivos e não pulam em cima da gente querendo nosso sangue.

– Boa, doutor. Boa. Se você conseguir fazer os agressivos voltarem a ser gente, um monte de nego vai bater palma pro senhor. Tem muita gente fodida lá na cidade que nem sabe o que tá fazendo. Quase me mataram quando cheguei aqui. Ferraram com o pescoço do Castro, tomaram sangue dele e tudo. Você acha mesmo que cura esses caralhos de demônios?

Elias ficou olhando para Ikeda, que acendia outro cigarro. Encarou também o sargento Cássio.

– Você não sabe fazer uma pergunta sem um palavrão no meio, soldado? – perguntou o médico, irritado.

– Desculpa, aí, doutor, mas já tentei de tudo. Falo palavrão pra caralho mesmo.

– Deus do céu, se minha filha aparece com um genro que nem você…

– Ah! O senhor tem uma gatinha então, doutor? Trouxe ela pra cá?

O médico balançou a cabeça em sinal negativo e o sorriso no rosto de Ikeda desapareceu.

– Ela… eu tinha uma gatinha, sim. É que foi tudo tão súbito. Eu nem sei do que chamar a minha filha agora.

Ikeda e Cássio trocaram um olhar enquanto o médico ficou olhando para a cerca, seus cabelos grisalhos revoluteando com o vento. A fumaça saindo da boca do soldado cruzou o trio.

– Foi mal aí, doutor. Não quis ofender nem nada, mas é meu jeito.

– Eu tenho que curar essa gente. Vou achar um jeito. Vou pesquisar. Ainda somos humanos, eu ainda sou um médico, ninguém gosta muito de mim, mas eu me importo com quem se tornou isso. No HC eu estava na equipe mais avançada de oncologia. Estávamos trabalhando no que alguns começaram a chamar de célula de Deus. Não era nada de Deus aquilo. Era muita pesquisa. Muita pesquisa. As células doentes se reprogramavam. Eu trouxe amostras pra cá, vou ter com o que trabalhar aqui no Hospital Geral de São Vítor se derem um jeito nos painéis solares, mas tenho que voltar ao HC. Tem coisas lá que podem levar minha pesquisa mil passos pra frente.

– Cê acha que isso pega, doutor? – perguntou o soldado, tirando o cigarro da boca e dando uma nova baforada longa.

– O quê?

– Morderam o Castro legal, morderam o amigo do sargento aqui, o…

– Graziano.

– Isso… o tal maluco do Graziano. Acha que pega? Eles vão virar vampiros?

Elias ficou olhando para sua Silverado um instante. Seu rosto estava vincado, parecendo bem mais velho do que era. Estava cansado e com os olhos perdidos no vidro filmado da picape.

Cássio e Ikeda se entreolharam mais uma vez, ergueram ambos as sobrancelhas.

– É tudo tão novo, gente. Não sei mesmo – desabafou Elias. – A gente devia fazer uma quarentena, de verdade. Não sabemos nada disso ainda. Quem foi mordido deveria ser colocado em observação, separado. Vai que isso que você disse tem nexo... A bela da verdade é que ainda não sabemos nada. Eu quero saber. É por isso que vou procurar alguma coisa pra forrar a barriga e vou terminar de instalar as coisas do laboratório de imunologia daqui. Eles têm muita coisa. Quanto mais descobrirmos sobre esses noturnos, quanto mais aprendermos, mais rápido poderemos fazer a vida voltar aos trilhos. Não quero ninguém tendo que fugir de agressivos durante a noite. Não quero que ninguém perca mais seus parentes. Essas pessoas que se transformaram estão tão desesperadas e perdidas quanto a gente. Precisamos rever nossas prioridades. A minha é descobrir uma cura, um jeito de fazer essa merda parar.

Elias aproximou-se de seu veículo e certificou-se de que as portas estavam trancadas. Atravessou o estacionamento em direção ao edifício mais próximo, onde haviam instalado a cantina para todos os abrigados em São Vitor.

– A prioridade do doutor é curar e a nossa é atirar, sargento – replicou Ikeda. – Tô achando esse doutor meio avoado. Como é que vai curar uma coisa dessas? É uma doença no sangue e na alma. Esses bichos já estão mortos, o coração não bate. Não tem volta isso aí, não. Vixe! O sangue desses bichos parece piche e ainda tomam o nosso, cruz-credo! Parece aquele filme *30 dias de noite*.

– Se ele acha que pode curar essa gente... ele deve ter os seus motivos. Ele estudou o corpo da gente, talvez ele saiba de algo que não sabemos.

– Mas você concorda que eles já estão mortos, não concorda?

Cássio reviu os olhos vermelhos das feras em sua mente. O homem no meio das pernas da mulher nos arredores do Campo de Marte. Seu primeiro encontro com um vampiro. Parecia algo tão distante, mas tinha sido menos de uma semana atrás.

– Ainda estamos perdidos aqui, Ikeda. Ainda não sei direito o que fazer.

– E qual é a sua prioridade, Cássio? O que você vai fazer?

Cássio balançou a cabeça em sinal negativo.

– Não sei. Quero voltar para São Paulo e encontrar meus sobrinhos. Quero salvar aquela gente que ficou abandonada dentro do sono, mas também queria que tudo simplesmente voltasse a ser como era antes. Só isso.

– Tá tudo zuado, sargento. Tudo zuado. Parece magia negra essa parada. Isso é coisa feita pra estrumbar com a gente. O ser humano destruiu tudo. Isso é castigo da Natureza.

– Sobreviver já tá de bom tamanho, Ikeda. Vamos nos preocupar primeiro em continuar vivos. Proteger quem está aqui.

– Tá certo, sargento. Já fizemos nosso trabalho hoje, eu e o Chico vigiamos o alambrado, eu peguei duas horas da manhã. O Graziano fez uma escala para o muro.

– E o seu amigo?

– O Castro?

– É. Você disse que ele foi mordido, tava preocupado com ele. Ele tá legal?

– Ele tá melhor que nós dois, sargento. Quem tá cuidando dele é a Nádia. Já viu aquela mulher? *Jesuis*! Que que é aquilo? Castro sortudo da porra.

Cássio sorriu.

– Ela fez curativo no pescocinho dele. Ela o abraça coladinho. Os dois se dão bem. Ele até adotou o neném. Tão cuidando direito do Fernandinho, uma beleza. Ele tá vivendo essa fantasia de ter uma família toda empetecada.

– Fantasia?

O jovem Ikeda deu outra tragada funda e longa e exalou a fumaça para o alto. O céu estava roxo e o horizonte manchado de vermelho com as nuvens se dissipando. Já conseguiam enxergar longe, além do alambrado, o terreno revirado e de terra vermelha, nivelado pelas máquinas que num passado próximo aplainaram aquele terreno para erigir o Hospital Geral de São Vítor.

– Essa família não é dele, né, sargento? A enfermeira ele descolou ontem. Esse menino a gente salvou lá na sua rua. Cê tá ligado? Na casa do pescador quando a gente foi lá e você trombou com a sua irmã.

– É... na casa do seu Adão. Ele está adormecido, lá embaixo, nem sabe que a esposa dele, que a mãe do seu menino já era.

– Eu vi um monte de gente desesperada no hospital de Osasco quando conheci a sua amiga Suzana e fomos até o ginásio, sargento. Aposto que um monte deles "já era" também. Coisa louca. Aquilo não era fantasia, mano. A vida real tá osso demais. Parece que não sobrou uma família inteira, cada pedaço para um lado dessa praga.

– Meus sobrinhos ainda estão lá, naquela cidade perdida. A única coisa que eu sei é que eu vou procurá-los. Vou achar meus sobrinhos.

– Se quiser voltar pra São Paulo, se for de dia, conte comigo, sargento.

Cássio balançou a cabeça em sinal positivo e se afastou, caminhando pelo estacionamento com o chão molhado. Andou até as cocheiras improvisadas para dar água aos animais e cuidar de sua égua Kara.

Os equinos estavam calmos. Ao sentir o seu cheiro a égua aproximou-se, e Cássio passou cerca de cinco minutos murmurando ao lado dela, afagando o seu pelo. Era um milagre estarem ali, bem, e durante aquele tempo Cássio esvaziou-se dos pensamentos pesados que regeriam seu dia. Era assim quando estava com os cavalos, não tinha que se preocupar com as pessoas e nem em ser o que elas precisavam que ele fosse. Sozinho com os animais podia ser só ele mesmo. Eles encorajavam isso, não precisavam de mais nada. Só estavam ali, disponíveis e afetuosos.

* * *

– Nós vamos voltar lá hoje?

– Precisamos, Graziano. Temos que voltar pelos que ficaram para trás.

– Cê tá falando dos adormecidos, não é, parceiro?

Cássio balançou a cabeça em sinal positivo.

– Não tem jeito, né? Você sempre está se preocupando com todo mundo. Igual nas ruas, nas patrulhas. Não vai conseguir ficar aqui quieto, esperando essa muvuca passar.

– Sem chance. Preciso voltar. Meus sobrinhos ainda estão lá. Estão em algum lugar.

– Mas você sabe que tudo pode ter acontecido, não é, Cássio? Não quero ser negativo aqui, mas eles estão sozinhos desde que chegamos aqui.

– Se eu desistir deles, Graziano… quem vai salvá-los?

– E o combustível? Quanto ainda temos e até quando teremos? Sei que você quer voltar e salvar aquela gente, mas não está nas suas mãos, cara. Temos que esperar as coisas se normalizarem. As autoridades têm que voltar e colocar as coisas pra funcionar de novo, se não…

– Vocês… cara! Parece que vocês estão dormindo que nem aquela gente lá embaixo!

– Do que você está falando, Cássio?

À deriva

– Parece que vocês não querem ver a verdade. Parece que ficam mentindo pra vocês mesmos, fugindo da merda em que estamos. Fugindo de quem vocês são de verdade, agora. Você mesmo parece que não entendeu que não foram só os noturnos que mudaram. Você virou outra coisa, Grazi.

Graziano franziu o rosto sem compreender a explosão do amigo.

– Eu? Fugindo de quem eu sou? Até parece! Se tem alguém viajando aqui é você. Se alguém esconde quem é de verdade é você.

Cássio calou-se e sentiu o sangue gelar nas veias.

– Quer salvar todo mundo na cidade? Ok. Mas como vai fazer isso sem as autoridades, sem o Estado? Como vai abastecer esses caminhões e ônibus para trazer os adormecidos pra cá? Isso não é trabalho para um homem só, Cássio. Você não é o Super-Homem. Eu vou cuidar do que eu posso que é aumentar nossa proteção, vou levantar um muro ao redor de São Vítor para noturno algum entrar aqui.

– É disso que eu estou falando. Não tem essa de "autoridades", Graziano. A autoridade somos nós agora. Estamos fodidos aqui. O mundo que você conhecia acabou... ninguém vai voltar para colocar as coisas no lugar. Quem vai ter que achar o lugar e as coisas somos nós mesmos.

Os cavalos se agitaram nas cocheiras improvisadas e começaram a trotar, girando. Cássio entrou e levantou as mãos, acalmando Kara enquanto Graziano, vendo os animais voltarem a comer e se tranquilizar, recostou-se a parede.

– Isso tudo é muito doido pra mim ainda, Cássio. Não dá pra acreditar.

Cássio juntou-se ao amigo, também mais calmo.

– A gente precisa arranjar mais cavalos. Logo o combustível vai acabar e a melhor opção serão os cavalos.

– É. Pode crer. Daqui até São Paulo são quatro dias no mínimo. Quatro dias para ir, quatro dias para voltar. Mais de uma semana para fazer uma viagem que, com gasolina e diesel, dá pra fazer em um dia.

– Não sei nem o que fazer primeiro. Só sei que preciso voltar para a cidade. Não podemos deixar aquela gente daquele jeito.

– Vamos precisar de muitos cavalos para isso. Ou de um milagre para encontrar combustível que patrocine essa sua operação maluca de resgate.

– Vou dar um jeito. Tenho que dar um jeito. Não me conformo em deixar aquela gente toda abandonada naquele cemitério de prédios, cercada por aquelas coisas. – Cássio alisou o pelo de Prometido, que veio para perto dos dois enquanto os outros cavalos fungavam e moviam-se lentamente. – Tem outra coisa que preciso falar pra você, mas olha, você tem que me entender.

Graziano cruzou os braços e encostou no batente da cocheira improvisada, encarando os olhos de Cássio. Ele parecia tenso.

– Desembucha, mano. Pra que todo esse mistério?

– É porque eu te conheço. Eu... eu me importo com você.

– Importa, nada. Você me ama!

Cássio abriu a boca e segurou a respiração um segundo.

– Olha a tua cara, Cássio! Parece que tá tendo um derrame! Hahahahaha! Desembucha logo, cara.

– Você... você não pode voltar para São Paulo. Eu não posso permitir isso.

Graziano parou de rir e franziu a testa.

– Não pode permitir? Do que você está falando?

– Tudo que aconteceu lá no Incor, no Hospital das Clínicas. O jeito que você ficou quando os vampiros invadiram aqui, São Vítor. Você defendeu essa gente no dente.

– Quem usa os dentes são eles, filho, eu passei o sabre.

– Você fica um bicho. Você perde o controle sobre você mesmo. A gente precisa entender o que acontece com você primeiro e você é mais valioso aqui, defendendo São Vítor. Eu não vou conseguir salvar o seu couro toda vez que você entrar no meio deles.

– Ah, cara. Não sei. Não sei o que acontece. É o cheiro. Vocês não sentem o cheiro. As minhas mãos começam a tremer, eu... eu... eu não sei o que é, só sei que preciso acabar com eles. E você não tem noção do que é "acabar com eles". É como se um espírito tomasse conta de mim.

– E se é mesmo um espírito? Se é uma coisa na qual você se transforma? Igual eles.

– Igual, não, bicho. Eu só saio para cima deles e só quero arrancar a cabeça deles. Eu não ameacei nenhum humano. Eles, os vampiros, eles sim, querem tomar o sangue desses adormecidos e da gente também.

– É por isso que preciso voltar e tirar aquela gente desprotegida de lá.

– Você é um sujeito que não existe. Tudo desmoronando e você preocupado com gente que você nem conhece.

À deriva

– Meus sobrinhos eu conheço. Eles estão lá também. Não vai ser fácil, Grazi. Não vai ser fácil, cara. Mas o que eu estou percebendo é que só teremos alguma chance de passar por tudo isso se nos juntarmos nesse momento.

Os cavalos, eram seis ali dentro, começaram a caminhar lado a lado. Kara e Prometido se juntaram, colocando cabeça a cabeça, erguendo e baixando, namorando.

– Para eles é só mais um dia como outro qualquer – murmurou Cássio.

– Eu não gostei desse papo de ficar aqui. Sou teu parceiro, brother, para o que der e vier.

Cássio estendeu a mão para Graziano e o companheiro a apertou, puxando o amigo e dando-lhe um abraço. Cássio surpreso, apertou firme o colega. O abraço de Graziano era quente e seus músculos pareciam de pedra. O sargento sentiu seu coração acelerar. O cheiro de Graziano era forte e acalentador. Afrouxou o abraço quando percebeu que não conseguiria abrir a boca e falar. Cássio afastou-se de Graziano e deixou a cocheira largando o soldado para trás.

Cássio não sabia o que dizer para Graziano. Quando estava perto dele ficava bobo e parecia que suas palavras entalavam na garganta, mesmo precisando dizer duas coisas importantes. Uma ele tinha conseguido. Era que Graziano não poderia voltar a São Paulo de jeito nenhum. Doutor Otávio e Dra. Suzana tinham examinado o amigo, queriam fazer uma tomografia e entender os sintomas que ele apresentava na presença de um vampiro, mas ainda não tinham o equipamento de imagens funcionando, e as coisas que todos testemunharam eram pedaços desencontrados de reações que o soldado tivera durante a invasão a São Vítor. A segunda coisa que tinha para dizer, a mais importante, mas guardada no fundo de seu estômago, com medo do que aconteceria em seguida, era que amava Graziano, o amava tanto que não o deixaria morrer por ser colocado diante daquelas feras novamente.

CAPÍTULO 2

Os três estavam sentados do lado de fora do refeitório, cada um comendo o seu pedaço de pão murcho e seco, com um copo plástico grosso que deveriam lavar e levar para o refeitório.

– Se a água está controlada, como vamos lavar nossos copos, Chiara? Essa água é importante agora.

Chiara olhou para o pequeno Breno, que não tinha deixado nada passar despercebido nos últimos dias. Ele parecia estar lidando bem com a realidade que era difícil de entender e engolir para a maioria. A garota sentia-se sendo engolida por um vazio quando não estava ao lado de seus amigos. Era tudo o que tinha lhe restado.

Pedro, calado e olhando para o estacionamento com a água evaporando com o sol aquecendo o asfalto que cobria o lugar, fixou os olhos em Mallory, que caminhava com as crianças a céu aberto. De longe parecia que cantavam e ela fazia gestos como animais, talvez estivessem brincando de imitar. Primeiro pensou que aquilo era uma tremenda besteira, mas um segundo depois se lembrou da mãe e do pai fazendo as mesmas brincadeiras com ele e com Breno. Ela só estava extraindo aquela molecada toda daquele inferno. Mallory não tinha nada de boba. Pedro suspirou e mordeu mais um naco do seu pão. Triturou a massa dura na boca, sentindo o sabor da margarina. Tomou um gole do chá mate frio para ajudar a descer. A cabeça latejava, mas já não doía e nem sangrava o tempo todo. Às vezes, quando fechava os olhos, o corpo inteiro estremecia; relembrava a fuga no carro, os homens do Urso Branco atrás deles, escutava os espocos dos disparos e então o tiro que tinha tomado na cabeça. Uma bala tinha cruzado seu cérebro e, por milagre, não tinha morrido. Uma lacuna imensa até despertar novamente graças ao socorro providenciado pela namorada Chiara.

Mordeu o pão mais uma vez, nervoso. Na real até tinha morrido. Breno lembrava a todo instante que o seu coração tinha parado oito vezes na mesa de cirurgia. O irmão caçula falava daquilo eufórico, mas para ele ainda era muito assustador. Sentia que tinha morrido e não sabia como explicar aquela sensação. Como seria não abrir mais os olhos? Como seria não estar mais ali? Não queria viver daquele jeito, comendo pão duro e longe da sua mãe. Sua mãe estava viva, fora daquele abrigo. Quando ele abriu os olhos ali, longe de seu mundo e de sua realidade, já tinha sido arrancado da sua vida, da sua casa, da sua família. Chiara estava ao seu lado, já era um bom começo, mas sentia falta do resto, sentia falta da sua mãe e até daqueles seguranças pentelhos, 24 horas por dia em cima dele e do irmão. O inferno tinha finalmente acabado aquele dia, mas um tiro na cabeça tinha trazido outro inferno; quando abriu os olhos estava lá no Novo Inferno, na impossibilidade de voltar para sua vida. Ficou olhando para o estacionamento e para aqueles carros que tinham servido para fugir com as pessoas de São Paulo. E se ele não tivesse sobrevivido? E se tudo aquilo que via e ouvia era uma coisa dentro de sua cabeça morta? Uma realidade alternativa. Se sua alma estivesse agora num tipo de purgatório afastado da sua mãe que ainda o esperava do outro lado, em algum lugar onde o mundo não tivesse virado de ponta-cabeça com oito paradas cardíacas? Disseram que a mãe tinha vindo até ali. Viera atrás deles e queria levá-los embora. Pedro não se lembrava de nada disso, ainda estava inconsciente, lutando para voltar para aquele lugar, para tocar os pés no chão onde quer que ele estivesse, e voltar para a consciência. A mãe o tinha carregado sobre os ombros. Mas tinham tirado algo dela na noite em que todos dormiram. Na noite em que ele teve que fugir do condomínio no carro do vigilante. Na noite em que levou um tiro na cabeça e morreu na mesa de cirurgia oito vezes seguidas. Tinham tirado algo dela. Tinham arrancado da mãe a vida como tinham arrancado a dele com aqueles tiros no entroncamento da rodovia. Ele quase tinha conseguido escapar. Quase, mas não tinha logrado os traficantes. Despertou num hospital depois do seu coração parar oito vezes, e sua mãe era uma vampira. Olhou apressado quando um grito veio das crianças com Mallory, mas era euforia, brincadeiras com a enfermeira. Crianças alegres, acocoradas, pareciam olhar algo no chão, talvez algum bichinho.

Olhava aquela alegria, mas sua mente parecia não estar ali, só pensava em vampiros. Deus sabe lá o que eles queriam dizer com isso! Ele ainda não tinha visto nenhum deles, mas tinha visto alguns adormecidos lá no porão. Eles existiam. Gente que tinha fechado os olhos e não tinha despertado mais. Ele era o que agora? Um ex-adormecido? Um sortudo? Ou um azarado do caramba que nem tinha conseguido morrer direito? Tinha que ter um sentido naquilo. Queria ver sua mãe.

– Eles vão dar um jeito na água, Breno. Disseram que tem um poço aqui no terreno do São Vítor. Alguém vai dar um jeito dessa água chegar até as caixas d'água.

– Eu lavo o copo de vocês. Eu vou lavar rapidinho e com pouca água. A gente tem que economizar, senão vai acabar a água para beber. Escutei falarem isso por aí. A gente tem que fazer como todo mundo tá fazendo.

Pedro seguiu calado com seus pensamentos. Chiara notou o namorado abstraído.

– Tá pensando nela, né?

Pedro só balançou a cabeça em sinal positivo e tomou mais um gole do seu chá enquanto Chiara voltou a falar, com a voz embargada:

– Eu achei que ia te perder quando você tomou o tiro. Achei que ia te perder no hospital quando essa loucura começou e depois achei que ia te perder quando ela atravessou esse estacionamento querendo levar você e o Breno embora. Eu lutei com esses bichos, não desisti. Eu tive que lutar com ela também, sabe?

Pedro olhou para a namorada enquanto Breno levantava-se do banco de madeira e virava seu copo de chá. Pedro notou que os olhos de Chiara estavam vermelhos.

– Você não sente falta da sua família? Não sente falta da sua mãe? – perguntou o garoto à namorada.

Chiara deu de ombros e passou a mão na faixa de cabelo curto debaixo de sua franja.

– Minha mãe nunca soube onde eu estava, nunca se preocupou. Ela estava viajando naquele fim de semana e não era comigo. Minha família, agora, são vocês dois.

– Ela não devia ter deixado a gente aqui. Não era para ser assim. Ela não merecia isso nem eu e meu irmão.

– Você não a viu, Pedro. Eu sei que você a ama, mas ela não é mais a sua mãe.

Pedro crispou os lábios e contraiu as sobrancelhas.

– Tudo ia acabar aquele dia. Aquele filho da puta que matou meu pai ia ser preso pra sempre. Ela é minha mãe, sim, Chiara. Você não tem ideia do quanto ela lutou pela gente.

– Ei! Calma. Só estou dizendo que você estava apagado. Você não viu no que ela se transformou, não viu os outros.

– Você estava lá na hora que eu acordei?

Chiara parou, olhou para o namorado e deu um suspiro balançando a cabeça em sinal positivo.

– Estava. Fiquei, sei lá, dois dias esperando você acordar.

Pedro olhou a garota nos olhos.

– Você está lá dentro? Viu eu voltar da cirurgia, tipo, viu eu cheio daqueles tubos na garganta e fios no meu peito? Todo mundo fica repetindo que meu coração parou e parou e parou.

– Não. Só os médicos podiam ficar dentro da sala de cirurgia. E eles lutaram para mantê-lo vivo e arrumar o estrago que os manos do Urso Branco arranjaram. Tava tudo uma zica, Pedro.

– Ainda está tudo zoado. Eu não reconheço nada nesse mundo, essa gente. Eu não sei quem é ninguém e nem o que eu estou fazendo aqui.

– Do que você tá falando, Pedro? Para de falar assim.

– Oi, Pedro, Chiara… como estão? Vamos ver se esses pequenos desemburram estas caras aí – interferiu Mallory.

O casal cumprimentou a enfermeira, que parecia empolgada, pois já disparou sem esperar:

– Fico feliz que esteja aproveitando o sol. Também quis trazer as crianças. – Mallory olhou na direção dos pequenos que riam pulando e ainda olhando alguma coisa no chão. – Mas o que está pegando? Por que essa cara? Alguma dor?

– Tá doendo a minha angústia só, Mall – queixou-se Chiara. – Nada sério, às vezes sinto umas pontadas bem lá no fundo. E meus ombros… estão doloridos. Escuto uns barulhos.

Pedro chutou pedriscos e olhou de novo para o estacionamento. Os blindados do Exército, os cavalos pastando perto da cerca que estavam levantando. A picape do médico parada debaixo da árvore. O rapaz passou a mão na cabeça, sentia os fios de cabelo começando a sair de novo no couro cabeludo, espetando por baixo das bandagens do curativo enquanto seus ouvidos eram encharcados pelas risadas de crianças que diziam que também deveriam estar mortas ou morrendo lá no HC.

– Passa na enfermaria mais tarde, dou uma olhada. Tá bem? – Mallory desviou os olhos do rapaz para Chiara como se quisesse garantir que ela não o deixasse esquecer de ir até a enfermaria. – Você vai ficar bem, Pedro, só precisa ter paciência.

Mallory se afastou, já falando algo para as crianças que riram do comentário.

– Paciência? – resmungou o rapaz – Sei lá. Às vezes eu acho que não sobrevivi aquela noite. Tiros na cabeça. Eu ainda escuto as explosões nos meus ouvidos, sabia? Vejo coisas que não via antes. E tudo o que eu queria era ver minha mãe de novo. Eu vou voltar para São Paulo e achar a minha mãe, não vou ficar aqui sentado, esperando.

Chiara franziu a testa e segurou a mão de Pedro.

– Não! Você não vai sair daqui de jeito nenhum! Você ainda está fraco, com a cabeça machucada.

– Às vezes acho que sou um tipo de fantasma. Parece que eu não tô aqui de verdade. Acho que essa coisa de vampiros não existe. Eles não existem. Não existiam quando eu fechei os olhos. Não existem agora também. Minha mãe… minha mãe não é um monstro, ela só sofreu demais, ela só lutou pela gente e por justiça… ela nunca aceitou o que fizeram com nosso pai.

Os olhos dele estavam marejados, vermelhos. Chiara não resistiu ao impulso de abraçá-lo com toda a força.

– Eu vi essas coisas, eu fui atacada por essas coisas, Pedro! Seu irmão viu essas coisas. Esses vampiros são demônios e são pra valer. Eu tive que suplicar para ela largar vocês.

Pedro afastou-se de Chiara e a encarou um instante.

– Você já me falou disso. Não devia ter pedido. Devia ter deixado ela ir com a gente. Eu estaria com ela agora e não aqui, perdido no meio do nada.

– Pedro... cara... você ainda vai ver um deles. Só assim para você entender o que está acontecendo.

– Eu quero encontrar a minha mãe. Ela não desistiu da gente. Ela não é um vampiro... ela só está doente. Ela veio aqui, nos achou... quando o inferno de nossa família devia ter acabado, começou de novo, de um jeito pior ainda... Isso tudo ao nosso redor não pode ser realidade, Chiara, não faz o menor sentido.

– Eu sei que você tá confuso com tudo isso, mas eu fiquei do seu lado desde que tudo começou. Isso, ao seu redor, é pra valer. Isso tudo é verdade. Esse é o mundo em que vivemos agora.

Pedro levantou-se sendo observado pelo irmão mais novo. Pôs a mão em sua atadura mais uma vez.

– Está doendo? – perguntou a menina, preocupada.

Seu ferimento na cabeça latejava. Se o mundo novo era verdade, diziam que tinha feito uma cirurgia em seu cérebro havia menos de quinze dias. Todos pediam que ele se deitasse, que descansasse mais, mas ele não aguentava ficar preso numa cama se não se sentia cansado. Ele queria sua casa, queria sua vida de volta e...

– Eu quero encontrar a minha mãe. Eu vou encontrá-la.

Breno olhou para Chiara com os olhos arregalados enquanto Chiara se levantava de novo e balançava a cabeça em sinal negativo, fazendo sua franja descer pela testa, cobrindo parcialmente seus olhos.

– Você não tá pensando direito ainda, Foguete. Você tem que escutar o que estamos te dizendo, isso é muito sério.

– Eu vou encontrar a minha mãe. Ela veio até aqui. Ela achou a gente. Ela quer ficar conosco. Ninguém vai me impedir disso, Chiara!

– Mas ela não pode ficar com vocês, ela sabe disso. É por isso que ela desistiu, ela deixou você e o Breno aqui.

– Ela não deixou a gente, ela só está perdida, igual a gente. A gente tá aqui, no meio do nada, quando deveria estar lá, na cidade, em casa, ajudando a minha mãe, que se esforçou tanto pra colocar aquele miserável atrás das grades.

Chiara pôs as mãos nos ombros de Pedro.

– Acalme-se, você está me assustando, Pedro. A gente não está perdido, acontece que tudo mudou...

– Ela prendeu o Urso Branco, Chiara. Ela lutou anos para vingar meu pai, para dar sentido às nossas vidas. A gente ficou na merda por causa daquele filho da puta de traficante desgraçado.

– Isso tudo não interessa mais. Não interessa. Agora a gente tem que ficar vivo, só isso.

Pedro bateu nas mãos de Chiara e deu um passo para trás, começou a respirar com dificuldade e seus olhos se reviraram, ficando com as órbitas brancas.

– Pedro! Pedro! O que é isso?

– Ele tá morrendo, Chiara! – gritou Breno.

Pedro deu dois passos moles, perdendo o equilíbrio e escutando um zumbido encher seus ouvidos, parecia um grito, parecia uma voz entrando em sua cabeça, não pelos seus tímpanos. Era uma voz que atravessava seus ossos, que entrava por sua ferida. Pedro se contraiu, abaixando-se um pouco.

"Nós vamos ajudar você, menino da mãe morta. Nós vamos ajudar você."

Pedro tapou os ouvidos novamente e ficou ainda mais tonto e tombou de costas, apagado.

Breno ajoelhou-se ao lado do irmão e começou a chorar enquanto Chiara tremia ao ver o namorado caído tendo convulsões. Ela disparou correndo pelo átrio do prédio, precisava chamar ajuda. Urgente. As pessoas não estavam mais ficando doentes. Então o que acontecia com Pedro? Seus olhos se encheram de lágrimas. Não tinha mais ninguém para perder nessa vida além de Pedro e Breno.

CAPÍTULO 3

A viagem tinha sido mais difícil do que a feita uma semana atrás, quando escaparam do Hospital. No retorno à capital, pela primeira vez desde a diáspora, foram obrigados a fazer seis paradas longas para retirar veículos do meio da rodovia Castelo Branco e abrir caminho para avançar. Nesses inevitáveis atrasos ao depararem com os bloqueios, também acabavam sendo alcançados por outros automóveis, carregados de pessoas assustadas, em missões muito parecidas às do grupo de São Vítor. Com isso, alguns veículos se aglutinaram em um comboio de três ônibus e dois Unos 1.0 que tinha partido do abrigo.

As pessoas perguntavam como as coisas estavam lá e Cássio e os demais passavam informações parcimoniosas, com medo de encorajar aquela gente a se arrebanhar para irem a São Vítor. Tinham decidido, por hora, manter o silêncio para a segurança dos que lá já estavam. Ainda não sabiam como iam fazer para sustentar aquela população evadida do Hospital das Clínicas e, depois de terem a segurança de um muro prometido por Graziano e uma base sólida, poderiam começar a abrigar mais pessoas. Cássio tinha vontade de que todos fossem para lá; quanto mais gente tivessem dentro das cercas, mais fortes seriam contra os noturnos, mas se ainda não sabiam como fazer para produzir mais alimento, mais gente dando opinião, nesse momento, seria encrenca certa.

Esses viajantes que se agregavam ao grupo também queriam recuperar seus parentes, queriam ir até suas casas e saber como estavam. A impossibilidade de se comunicarem por telefones, rádios e qualquer outro dispositivo fazia com que se arriscassem indo até a Grande São Paulo.

Estavam todos perdidos e começavam a amontoar Cássio e os outros fardados com perguntas sobre o futuro desconhecido.

As paradas diminuíram a velocidade da jornada, e acabaram chegando à entrada da capital apenas por volta de uma da tarde, resultando num atraso imprevisto e preocupante. As horas de sol seriam exíguas nessa primeira incursão. Ao se aproximarem da Grande São Paulo, logo chegando a Barueri e Alphaville, já começavam a testemunhar o tamanho da desolação que veriam. Corpos caídos à beira da estrada. Esqueletos de veículos incendiados e empurrados para o canteiro central ou para os acostamentos. Grupos de andarilhos, em romaria sentido interior, com rostos sujos, hematomas e bandagens, sinais nítidos de que tinham passado por situações extremas para continuarem vivos até ali.

As pessoas na frente desses grupos traziam bastões e armas de fogo nas mãos, prontas para a defesa, enquanto os membros mais atrás vinham com as crianças no colo, malas com rodízios, fardos amarrados às costas e cabeça, remontando a imagem dos retirantes que antes tinham vindo para a cidade, mas agora a deixavam para trás, largando tudo, inclusive aquelas nuvens rodopiantes de aves carniceiras que subiam em espirais no horizonte, confundindo-se com outro estigma daquele fim de mundo, as colunas de fumaça negra escapando de prédios que ardiam sem controle, contando apenas com o vento para esparramar perigosas brasas ou a chuva para extingui-los.

Cássio olhou para o céu, sem uma nuvem. Um mormaço rascante mantinha sua testa e braços molhados de suor e desesperança sobre uma possível chuva de fim de tarde para diminuir a agonia dos prédios incendiados.

Osasco à direita, do outro lado do rio. A grande capital à frente. O comboio de cinco veículos de São Vítor, seguido por uma dúzia de outros que se juntaram a ele buscando aproximarem-se protegidos de São Paulo, acessou o Cebolão com os cinco automóveis do comboio e depois a marginal Tietê, indo em baixa velocidade, vendo agora os carros "visitantes" começarem a se dissipar, cada qual buscando seu destino. A velocidade reduzida foi mantida a maior parte do trajeto para que os grandes ônibus que carregariam os adormecidos pudessem desviar dos mais variados obstáculos, atentos a aparas e detritos que pudessem rasgar os pneus. Perder um daqueles veículos colocaria toda a missão em risco. Cássio já antevia as necessidades e precauções que teriam que tomar para a próxima viagem e ia fazendo anotações mentais. Da marginal enxergavam as ruas laterais. As favelas à beira do rio pareciam desertas, com suas casas desabitadas. As ruas seguiam cheias de andarilhos, supermercados saqueados e farmácias arrasadas. Levaram mais uma hora até conseguir chegar à rua Japiuba, no Tremembé. A rua habitada pela família do sargento Cássio Porto, por onde começariam a aprender como é que ajudariam os que tinham ficado para trás.

O plano inicial era esquadrinhar as casas da rua, verificar quais ainda possuíam moradores e quais tinham adormecidos deixados em seu interior. Na noite da evasão, Cássio e os demais tinham dado uma primeira batida nas casas vizinhas, mas agora fariam um pente fino, enquanto ele secretamente buscaria pistas do paradeiro de seus sobrinhos.

Era estranho estar ali novamente. Voltar para casa costumava ser um ato investido de significado e sensações boas até dias atrás. Agora não. A aflição que contaminava a cidade toda parecia se acentuar a cada metro que se aproximava da casa da irmã Alessandra. A casa que costumava ficar cheia das risadas de Megan e Felipe guardava um silêncio doloroso. Os veículos foram estacionados na esquina da rua com a avenida. Os Unos, ágeis e econômicos, serviam de "*scouts*" caso precisassem se locomover por uma urgência ou buscar alguma pessoa.

O grupo de resgate tinha dezenove membros, contando com Cássio. Sob sua orientação, desceram até o final da rua, inspecionariam de baixo para cima, casa por casa.

O sargento ficou parado no fim da rua, olhando para a pontezinha que ligava a rua aos portões do Clube Atlético Tremembé. Um calafrio percorreu seu corpo ao se lembrar da noite em que entrara na rede de esgoto pela tampa do bueiro à sua frente. Dona Tânia tinha dito que Dalton tinha seguido por ali, levando Alessandra e as crianças. As crianças não podiam estar mais lá. Cássio tinha descido pelo ramal até alcançar a avenida Nova Cantareira, descendo até o entroncamento com a convergência da avenida Água Fria. Só tinha encontrado corpos. Foi então que sentiu um estalo, relembrando um cenário macabro e uma missão que teriam que levar adiante. Precisariam de equipes de resgates que percorressem as galerias dos esgotos. Os malditos vampiros levariam os adormecidos para as trevas, para as profundezas da cidade. Levariam as vítimas para os esgotos e para os túneis do metrô, subsolos de prédios. Poderiam se esgueirar para qualquer buraco escuro e formar um ninho onde usariam os infelizes adormecidos, que nunca mais seriam vistos, para se alimentar, escondidos das vistas dos humanos.

– Os adormecidos foram levados para baixo – disse Cássio.

Francisco aproximou-se de Cássio, que apontava para o bueiro aberto.

– Estamos ferrados. Não podemos buscar só nas casas. Vamos ter que ir para baixo também. Para os subsolos, para os túneis do metrô – continuou.

– Você quer mesmo salvar todo mundo, sargento? – perguntou Francisco.

– Temos que tentar. Não existe ninguém lutando por eles.

Francisco apontou para o alto.

– Ele, Cássio. Ele está lutando por todos nós.

Cássio suspirou. Lembrou-se do filho de Francisco, adormecido, amparado pela mãe Regina lá em São Vítor.

– Não quero tirar sua fé, meu velho, mas tô desconfiado de que Ele tirou férias e não tá nem sabendo o que a gente tá passando aqui.

– Ele nunca tira férias, Cássio. Ele vai dar um sinal, vai mostrar que tudo que está acontecendo é parte de Sua obra.

– Desculpa, Chicão, mas eu não vou ficar esperando-o aparecer e explicar o que está acontecendo. Eu tenho que ajudar essa gente e achar meus sobrinhos. Cada noite que chega esses malditos saem das sombras e vem pegar mais gente. Ainda sou um soldado, ainda vou lutar.

– Não vamos conseguir salvar todo mundo. São ruas demais, gente demais, sargento. Não tem como.

– Vamos cuidar disso uma rua de cada vez, Chicão. Uma rua de cada vez. Entrem nas casas, encontrem adormecidos. Entrevistem os sobreviventes. Precisamos passar por essa tribulação sem deixar nossos irmãos para trás.

– Tem aquela coisa da identificação que o doutor Otávio pediu. Pegar documentos, trazer fotos e as pessoas que ainda estão por aqui – lembrou o soldado.

– Boa. Melhor do que esperar um sinal.

– Eu falei disso porque não dá pra entender o que está acontecendo, sargento. Isso pode mesmo ser o fim do mundo. O apocalipse. Olha em volta. Quem somos nós agora? Cadê nossa vida?

– Eu não quis te ofender, Chico. Cada um acredita no que quiser, mas agir é melhor do que esperar que alguma força divina nos dê as respostas. Por enquanto eu tenho que cuidar dessas pessoas. E achar os meus sobrinhos – redarguiu Cássio, voltando a olhar para o bueiro, assombrado pela imagem dos mortos nas galerias naquela tarde de enchente.

O cabo Francisco balançou a cabeça em sinal positivo e ergueu o queixo no sentido da rua Japiuba.

– E quem ficar para trás, as pessoas acordadas vão perguntar...

– Eu sei. Diga que estamos guardando os adormecidos em um lugar seguro.

– Então vamos ter que falar de nosso pouso? De nossa fortaleza?

Cássio desviou o olhar do negrume do bueiro e encarou o rosto vincado por rugas do velho soldado cavalariano, amigo de tantos anos de missões e montaria. Era a primeira vez que ouvia alguém falar de São Vítor como a "nossa fortaleza".

– Se vamos deixar bilhetes nas casas... vamos ter que falar, Francisco. Eu não queria ainda, mas temos que tomar decisões duras. Não podemos ficar parados, perdidos. Os dias estão passando e não sei até quando esse inferno vai durar, sem respostas. Faremos o nosso melhor, está combinado?

Cássio e Francisco trocaram um aperto de mãos firme e duradouro. Tinha esperança naquele gesto.

Cássio voltou a olhar para o bueiro. O que Dalton queria com seus sobrinhos? Por quê? Milhares de pessoas ao redor, por que ele tinha se voltado contra o próprio sangue?

– O vampiro levou meus sobrinhos por aqui, Francisco – revelou ao companheiro de resgate.

– O senhor pode não acreditar ou tá fraco agora, eu sei. Eu também tô. Não é vergonha.

Cássio só ergueu as sobrancelhas. Os outros do grupo de resgate estavam logo atrás, escutando tudo, esperando as ordens para retomarem a missão.

– Do que você tá falando, Francisco?

– Deus tá com eles, Cássio... ou eles tão com Deus. Não estão perdidos.

Francisco apoiou a mão nos ombros de Cássio, que estava agachado junto ao bueiro e balançou a cabeça em sinal negativo.

– Não duvido de que exista uma força maior, Francisco, do contrário nem estaríamos vivendo esse momento. Só não consigo entender por que tanta brutalidade.

– Se quiser ajuda, eu ajudo, Cássio, já entrei em muito esgoto atrás de marginal. Se quiser eu vou com você.

– Não adianta, Francisco. Eu já andei por essa galeria, só encontrei morte. Melhor que eles não estejam aí mesmo. Temos que ser práticos com o tempo. Entre nas casas e façam uma varredura nessa rua. Se tivermos tempo, na de cima também. Precisamos encher aqueles ônibus com adormecidos e nos proteger antes de anoitecer. Que horas são?

Francisco olhou para o relógio de pulso.

– Duas e meia.

– Vê? Tivemos muitas paradas. Temos só mais duas horas e meia de luz do sol. É muito pouco. É quase um dia perdido. Depois a noite é deles e não podemos ficar aqui.

– Podemos nos arriscar a nos abrigar durante a noite no que sobrou do Regimento.

– Muito arriscado, bem no centro. Podemos pensar em outra possibilidade, mas vamos entrar em movimento acelerado, cabo. Vamos encher esses ônibus. Se conseguirmos, prefiro arriscar pegar a estrada no poente e seguir em movimento do que ficar em qualquer lugar dentro dessa cidade maldita.

A equipe começou a se movimentar e entrar nas casas sem saber o que encontraria em cada uma delas. Quando encontravam vampiros, era fácil identificá-los. Estavam embaixo das camas, escondidos em banheiros com janelas seladas, deitados nos cantos, enfiados dentro de guarda-roupas. Na sala do Conselho tinha debatido por horas sobre a sorte dos vampiros, mas não tinham chegado a uma resposta unânime sobre exterminar ou não os infectados encontrados em suas próprias casas. Tinham poucas informações sobre aquelas criaturas. Eram inimigos naturais agora, oponentes selvagens que ameaçavam a vida, mas tinham sido pais, mães, filhos e amigos. Não tinham sido escolhidos por caráter, idade, raça ou credo. Tinham sido apanhados e apartados da vida e do sol e por isso seriam identificados e poupados. O benefício da dúvida venceu. Só exterminariam aqueles que entrassem em confronto, que entrassem em seu caminho. Ao menos por ora essa seria a conduta do grupo de resgate de adormecidos.

À deriva

* * *

Cássio deixou a equipe e seguiu o Uno prata até a casa do seu tio Francisco, por coincidência o mesmo nome de seu apoio dentro do grupo de resgate. Entrou em silêncio. Era lá a casa de Dalton. Poderia ter alguma pista do paradeiro de seus sobrinhos.

A maçaneta da porta de madeira da frente girou e rangeu. A tinta bege, esmaltada, estava toda ressecada e trincada, descascando em muitos pontos. Outro rangido quando a porta foi aberta. A casa estava vazia e com um cheiro de comida azeda. A luz do dia entrava pelas janelas. Guarda-roupas revirados, a despensa esvaziada, sinais de que tinham partido com pressa. Nenhum bilhete deixado na residência. No quarto do tio, que tinha uns setenta anos, havia um pôster do Palmeiras na parede e um par de luvas de goleiro, autografadas e emolduradas. A luz entrava pela janela escancarada. Cássio viu pingos escuros no chão de taco, talvez fossem marcas de sangue.

Nada ali dizia que Megan e Felipe tivessem sido encontrados e socorridos. Nada ali dava pistas da passagem do enlouquecido e transtornado primo Dalton. Cássio voltou para a varanda. A escada de azulejos descia até o portãozinho que chegava à calçada. Pessoas em passos apressados desciam a avenida, em direção à marginal Tietê. Queriam se abrigar. Agora, quando entardecia, a alma de todos se inquietava. Sabiam que com o cair da noite eles viriam. E era isso que o fazia sofrer. Quando anoitecesse, ele e Alessandra estariam protegidos. A irmã, a quilômetros dali, enquanto ele e o grupo de resgate de adormecidos estariam em trânsito, mas fortemente armados.

Cássio desceu para a avenida depois de sentir suas esperanças minguarem sem achar nenhuma pista dentro da casa, sem que nenhum parente tivesse sobrado para que pudesse interrogar a respeito do paradeiro de Dalton, sem uma dica para o movimento seguinte. O baque foi grande porque talvez sua única esperança estivesse ali, na casa do tio Francisco, nos vestígios dos primos e primas, um elo de família. Precisava ter encontrado qualquer um deles, com uma boa notícia, com um indício. Talvez Dalton, em algum momento de lucidez, voltasse para casa e trouxesse os sobrinhos. Não eram assim íntimos para se ligarem toda semana, viam-se em festas esporádicas e em velórios inevitáveis, mas também não eram

36

inimigos e não guardavam animosidades entre si. Já tinham sido mais grudados na adolescência, tinham ido muitas vezes ao Playcenter atrás das meninas do bairro. Tinham brigado uma vez. Cássio tinha beijado Dalton e o primo não gostou nem um pouquinho. Ele ameaçou contar tudo para o tio e a tia. Cássio tinha mergulhado numa semana de vergonha, embaraço e também muito medo. Por muito tempo apenas Dalton sabia que ele também gostava de meninos. Naquela época isso era um segredo que precisava empenhar-se em esconder, não era como hoje em dia, que as pessoas lutavam para que os gays não fossem excluídos e tratados de forma diferente. Tinha sido difícil crescer escondendo paixões e possibilidades. Tinha sido difícil sentir amor e medo ao mesmo tempo. Uma vergonha imensa que o impedia de ser livre. Ele gostava de ficar com as mulheres e só por isso se uniu a Thais. O primeiro ano até que foi bom, depois veio a culpa. Muita culpa. Suas lembranças voltaram ao primo Dalton, que tirou proveito dele na ocasião; percebendo aquele medo de Cássio se expor, tomava dele as melhores figurinhas de Ploc e do álbum do Campeonato Brasileiro. Constantemente ameaçado pelo primo, pelo "segredo do beijo", se esquivava e se escondia daquela memória e sensação cada vez mais sufocante. Existia uma coisa entre eles, enfim, mas era algo tão distante, episódio desenterrado de décadas atrás. Cássio não conseguia fazer a menor ligação daquele acontecimento juvenil com o terror que vivia agora. A possibilidade real de nunca mais ver Megan e Felipe era algo insuportável.

Desolado, Cássio voltou até a rua Japiuba e juntou-se ao grupo de resgate de adormecidos, chamado também pela sigla GRA, que já tinha colocado treze pessoas no compartimento de carga do primeiro ônibus. Foi outro momento de impacto para o sargento Porto. Eram seus vizinhos, conhecia a maioria deles. Tinha visto quatro deles crescerem naquela rua. Outros eram mais velhos, da velha guarda do Tremembé e Tucuruvi. Todos sendo removidos de suas casas, sem ter ninguém que olhasse por eles. Se não fosse a formação do GRA ficariam lá, esquecidos, minguando a cada dia até não serem mais nada. Cássio varreu o fluxo de lembranças e focou orientar o grupo, precisavam acelerar! Eram três compartimentos. Precisavam se mover o mais rápido possível e deixar a cidade, no máximo às cinco da tarde.

Conforme tinham combinado, dentro das casas deixaram bilhetes escritos a mão, dizendo objetivamente que dali tinham sido removidas essa

À deriva

e essa pessoa e que tinham sido transportadas para São Vítor. Os bilhetes eram grampeados sobre a mesa da cozinha ou sobre o armário. Imaginavam que em pouco tempo aquele padrão seria notado e propagado e logo todos em busca de parentes, vindos de todo lugar do Brasil, encontrariam aquelas notas deixadas pelo primeiro grupo de socorro aos adormecidos e logo todos conheceriam São Vítor como a central da resistência aos vampiros. Torciam para que outros polos organizados replicassem a tarefa.

Subiam os corpos de um casal para o veículo quando uma das vizinhas de Cássio surgiu à janela. Era uma garota de uns vinte anos que, ouvindo e vendo o movimento organizado das pessoas, tomou coragem para abrir a porta. Ela tinha um irmão mais novo adormecido dentro de casa e o pai com paradeiro desconhecido. Logo que reconheceu Cássio, apesar de não ter a menor intimidade com o homem, começou a chorar no seu ombro, falando que o pai não tinha voltado desde daquela noite infernal e que ela não tinha coragem de ir embora sem o pai. Cássio abraçou-a tentando acalmá-la. Descobriu que seu nome era Gabriela e que o irmão se chamava Marcos. Cássio lembrava-se da mãe da garota.

— Sua mãe se chama Yara, não é?

A garota secou as lágrimas e balançou a cabeça em sinal positivo.

— Ela está bem? Está com vocês?

— Não sei. Minha mãe também saiu para trabalhar. Ela viaja com minhas duas tias de ônibus para o Paraguai, todo mês. Quando vi esses ônibus até me deu uma esperança. A última foto que ela mandou foi de lá, segurando um celular que uma amiga minha queria. Ela estava com as minhas tias e o grupo...

Cássio entrou na casa para ver o irmão de Gabriela. O garoto era um adolescente, uns dezoito anos no máximo, adormecido como os demais, imóvel e vulnerável. A sala estava cheia de caixas de eletrônicos e de aparelhos celulares, GPS e videogames. Uma pilha de caixas de tênis de marcas variadas, conhecidas.

— Se eu for com vocês, como meus pais vão nos achar?

— Estamos deixando bilhetes. Você pode deixar escrito o caminho, não é difícil chegar lá.

— E se eu ficar para esperar meu pai, minha mãe? Eu não tenho coragem de deixá-los. Acho que alguma coisa aconteceu com o meu pai.

Cássio olhou para a garota e suspirou.

– Estamos todos no mesmo barco, Gabriela. Se eu fosse você viria com a gente. Se você deixar um bilhete, eles vão achar esse lugar, São Vítor. Se você ficar sozinha... existem os agressivos. Você está sabendo dos noturnos, não está?

A garota balançou a cabeça em sinal positivo e murmurou:

– A dona Tânia disse o que aconteceu com os seus sobrinhos. Eu sinto muito. Eles estão aí, perdidos agora...

– Essa cidade toda está perdida. Se eu fosse você, deixava os bilhetes e seguia com a gente. Você pode salvar seu irmão e, se seu pai e sua mãe estiverem acordados, estiverem bem, uma hora voltarão para casa e vão para São Vítor. – Sabia que ela não ia resistir ali muito tempo. – Estamos criando um abrigo resistente lá em São Vitor. Vamos nos fortalecer. Não queremos sair espalhando por aí para todo mundo porque ainda não sabemos como vamos alimentar o povo que chegar, tem muita coisa para se resolver, mas vem com a gente.

Gabriela cedeu aos argumentos e logo via seu irmão sendo transportado para dentro do porta-malas do ônibus.

Cássio atravessou a rua e desceu até a casa da irmã. Foi até o quarto dos sobrinhos. Não conteve a emoção vendo os dois porta-retratos na parede, com as fotos de Megan e Felipe. Seus olhos se encheram de lágrimas. Abrindo o guarda-roupas, pegou uma borboleta de pelúcia da sobrinha. Lembrava-se dela brincando com aquilo, correndo pela casa, fingindo que estava voando. Apertou o brinquedo de pelúcia e cheirou fundo. O perfume de Megan se sobrepôs ao mórbido cheiro que as ruas da cidade tinham ganhado. Do sobrinho, apanhou um cavalinho de pano, com o qual ele dormia abraçado quando era pequenininho. Na sala escreveu um bilhete dizendo para onde tinham ido. Sabia que estava perseverando demais, sendo otimista demais. Uma parte sombria dentro de si, uma parte da vida de policial que já tinha visto tantas coisas macabras, dizia a ele que não havia mais razão para ter esperanças. Naquela noite em que entrara nas galerias dos esgotos, depois daquela chuva intensa, depois daquele turbilhão de água, se eles tinham sido arrastados lá para baixo... Tinha medo de não os ver mais. Em posse das lembranças dos sobrinhos, subiu até o comboio e colocou os brinquedos no Uno.

A tarde avançava e só agora terminavam de verificar as casas da rua Japiuba. O ponto zero do teste do Grupo de Resgate de Adormecidos, meramente por ser "a sua rua", onde passara a infância e vivera também os últimos dias naquela cidade, na vida antiga. Conhecia cada casa, cada família ali naquele pedacinho de asfalto. A vida antiga. Cássio suspirou. Talvez aquela tragédia toda tivesse um significado, no fim das contas. E aquilo comprimia seu peito e o enchia de ansiedade. Parecia que estava remando contra a maré. Tudo aquilo poderia ter acontecido para uma única coisa. Para que todos que tivessem sobrevivido àquela noite maldita tivessem a chance de ter uma nova vida. Era isso que estava acontecendo. Tudo tinha mudado, as importâncias, os valores. Tudo tinha se ressignificado. Sentia seus músculos tensos porque estava lutando para dar um novo sentido à vida de toda aquela gente, mas ele ainda não tivera coragem de dar uma chance para a sua própria nova vida. Seria preciso um apocalipse completo para ele tomar coragem de ser quem realmente era? Para expor o que sentia e se abrir com quem amava? Talvez por isso tivesse se enfiado naquela missão sem fim. Salvar o mundo sem salvar a si mesmo, salvar o mundo inteiro seria muito mais fácil do que encarar Graziano e perdê-lo para sempre.

Zoraíde, que comandava agora os dados daquela missão, tinha anotado em uma prancheta o número da casa e marcado com uma letra "R" aquelas de onde haviam retirado adormecidos, onde haviam resgatado gente e marcado com um círculo as que estavam vazias. As seis casas onde tinham se deparado com vampiros marcou com uma estrela em tinta vermelha na frente de cada número. Assim que mostrou a prancheta para Cássio ter uma ideia dos números, o sargento olhou para a rua abaixo, para seus portões e muros, e voltou a encarar a ajudante.

— Precisamos marcar as casas. Precisamos que essas marcas sejam entendidas, Zoraíde.

— No que você está pensando, Porto?

— Vamos sinalizar as casas. Marcar cada casa que a gente visitar. Logo será um sinal que todos reconhecerão.

— E os prédios? Quando chegar a vez dos apartamentos?

— Marcamos na porta de cada apartamento. Precisamos marcar. As pessoas precisam saber por onde passamos.

— Boa ideia, sargento… serão milhões delas, mas é uma ótima ideia.

— É uma tarefa que começa hoje e não tem dia para terminar. Mas começamos a marcar hoje. O dia 1 do resgate.

– É. A gente tem que começar de algum lugar. Vou ver com o Francisco, vamos providenciar pincéis e tintas. Tem um depósito nessa esquina, se os garotos conseguirem abrir essa porta, já teremos o material pra começar.

– Fica com a sua prancheta. Vou levar o resto do pessoal para a próxima rua. Se não conseguir tinta, marca na faca essas portas, mas marca.

Cássio olhou para os prédios e casas do entorno. A guerra estava começando. Todos os dias agora lutariam contra o relógio. Terminariam aquele dia tendo passado por apenas três ruas, não teriam mais tempo que isso. Quantos anos levariam para varrer a cidade toda? Uma eternidade. Cássio tinha que desenvolver um método que funcionasse, um padrão para resgatar o maior número de pessoas possível. Não poderia mais se preocupar com a integridade de São Vítor e com o temor de todos correrem para lá em socorro a suas almas. Era para isso que São Vitor existia. Para ser um porto seguro para os humanos e uma chance para o amanhã. Sabia que o pior monstro que existia naquele momento estava dentro de si. Não poderia mais ter medo da missão a que tinha sido destinado. Precisava salvar tantas e quantas famílias pudesse. Isso justificaria tudo. Isso os manteria unidos.

Iniciou os trabalhos disparando ordens como quem já tinha tudo planejado há dias, mesmo isso não sendo verdade. As pessoas acreditavam e confiavam nele, foi possível ver isso pela forma com que acataram mais essa empreitada e seguiram os trabalhos.

No final das contas estavam todos tão envolvidos nas buscas que precisou destacar alguns homens para trazer de volta uma das equipes que não tinha voltado. Cássio chegou a pensar que eles haviam sido arrastados para o esgoto também, mas não havia passado de um desencontro com a hora da partida do comboio. Um mal-entendido que quase custou a vida de todos, já que saíram com o cair da noite na cidade.

CAPÍTULO 4

Ela deixou os grãos de areia escorrerem entre seus dedos. A água do mar estava parada, estranhamente parada. Não havia ondas naquela praia, dando a impressão de que aquele cenário era uma baía protegida. Tudo tinha mudado, mas uma coisa continuava a mesma: ela não conseguia manter os grãos de areia na palma de sua mão. Era fascinante ver aqueles grãozinhos se esparramarem pela pele e escorrerem para o chão obedecendo a lei da gravidade. Essa ainda existia, com suas sutilezas, agora que ela era uma vampira, mas estava lá, escoando os grãos de areia entre suas unhas longas e afiadas. Exerciam um deslumbramento sobre ela que era indizível. Grãos que não podiam ser presos nem pesados e nem contados, em movimento constante, diferente dos outros no cenário. Os outros frequentadores da praia estavam imóveis nas cadeiras e deitados nas esteiras com suas bermudas e biquínis vistosos, contudo apáticos. Davi estava com o jornal no rosto. Queria levantar-se e remover o jornal para relembrar a face do marido. Há quanto tempo não o via assim? Tão próximo dela? Pareciam também dias incontáveis, perenes. Os filhos, calados, aproveitavam o sol do litoral, com suas roupas de neoprene para encarar o mergulho. Estavam grandes, como Davi, emitindo a ela uma sensação onírica, imaterial, encenando uma fábula para a mamãe das sombras. Raquel sorriu para sua família e olhou de novo para o mar silencioso e perturbador. A quietude avassaladora, mecânica, sem o guinchar das aves costeiras, sem gritaria de ambulantes, sem risadas de quem jogava frescobol, enchendo aquele retrato de fim de semana vazio. A luz refletia no espelho d'água, mas não havia gaivotas e nem avião monomotor trazendo propagandas para os banhistas.

"Tudo 25% off". As pessoas estavam caladas, nem um pio, sentadas, exibindo sorrisos largos e roupas coloridas, vivas, mas não faziam barulho, e aquele silêncio era embaraçoso. Raquel sentiu sua barriga roncar. Não queria barraquinha de petiscos. Nenhum fruto do mar aplacaria sua fome. Levantou-se da areia, batendo os grãos que se grudaram em suas calças jeans, grossas e negras. Deixou a areia e pousou os sapatos no chão de piso frio. Passou pelo portal. Os alarmes não dispararam mesmo ela trazendo consigo uma jaqueta de couro preta pela qual não tinha pagado. Estacou junto ao parapeito, fazendo seus longos cabelos vermelhos ondularem e voarem sobre os ombros largos, e observou o piso inferior do shopping. Mais daquele inquietante silêncio. Olhou para o alto e viu as estrelas além da claraboia já encardida pela falta de manutenção. As estrelas tinham ficado mais potentes nessa última semana depois de a energia elétrica acabar. Aquela loja de departamentos, onde tinha passado as horas do dia em um provador de roupas, durante o seu transe, seu momento vulnerável, aparentemente tinha um gerador perfeitamente sincronizado com o pôr do sol. Foi o clarão artificial sobre a praia artificial que a tinha atraído. Uma paisagem do passado, sem querer, bem mimetizada por alguma funcioná-ria que tinha se incumbido de atrair consumidores para dentro do templo de compras a fim de que deixassem centenas, talvez milhares de reais ao passar seus cartões de crédito nas maquininhas. Tinha dado certo. Não a parte do cartão e das compras, mas tinha dado certo. Raquel ficara fasci-nada com a paisagem artificial, como uma abelha atrás de pólen. O último dia de férias em que tinham sido felizes. Uma reprodução inadequada, mas exata, de um fragmento de sua memória que ora vinha precisa, ora se nublava. Era uma vampira que sonhava que um dia tinha vivido aquilo em uma praia, debaixo do sol que não a aceitava mais? Teria vivido aquele dia estranho, cercado de acontecimentos aleatórios, mas que a tinham, de um jeito ou de outro, a conduzido até ali? Lembrava-se do garoto perdido. O acidente com o *banana-boat* tinha sido perto de onde estava estirada ao sol com sua família. Falaram daquilo por semanas porque um dos rapazes sumiu e seu irmão começou a procurá-lo como louco sem nunca ter mais notícias. Onde eles estariam agora? Adormecidos, como os milhões do lado de fora? Com dentes pontiagudos, impelidos para o ar da noite pela sede que fazia arder suas entranhas? Seriam como ela? Ela tinha controle sobre seus pensamentos e tinha uma nostalgia selvagem a carcomendo por dentro, cada célula de seu corpo, querendo olhar para os filhos de verdade, os filhos que ela tinha deixado para trás porque tinha medo daquela sede infernal que começava a fisgar em sua garganta e fazia seu estômago arder, enchendo-a de uma raiva inata e, ao que parecia, incontrolável. Precisava acabar com a sede de uma vez por todas.

Ainda assim tinha consciência de que era diferente daqueles outros que agiam como manada e apenas obedeciam a sua voz, o seu comando, e pareciam tão vazios por dentro que só teriam alguma vida quando estivessem entupidos pelo sangue quente drenado das artérias dos adormecidos, abandonados à própria sorte. Impossível saber o destino daqueles dois nesta noite. Impossível entender tudo o que tinha acontecido. Estava sozinha, sem Davi, sem Pedro e nem Breno. Estava perdida e com ódio. Naquele dia solar, afastando-se pelo tempo e pela memória dissolvida, tornando-se cada vez mais "feito de plástico", memória quebrada por aquela maldita noite, talvez até se interessasse pelo caso do rapaz com o irmão desaparecido, mas o que aconteceu depois foi que Djalma Urso Branco entrara para sua família.

Djalma tinha chegado com sua quadrilha de executores do tráfico, enraizara uma corja de bandidos e criara a rede mais eficiente e selvagem que aquele país já tinha visto. Seu marido tinha peitado o plano do crime organizado, virou alvo de Djalma. Davi, o juiz duro e determinado, não tinha aceitado dinheiro do traficante para fazer vista grossa. Virou uma pedra no sapato, e Djalma não tivera paciência em sentar o rabo um pouco, sacudir o sapato e arrancar a pedra lá de dentro. Ele tinha tacado fogo na porra do mocassim todo, com tanta raiva e tanta pressa que tinha esquecido de tirar o próprio pé de dentro. Aquele pé nunca sararia. Nunca. Era nisso que Raquel pensava quando voltou a si, emergindo de seu passado e de sua raiva por Djalma ter roubado sua família. Tremia com um pedaço de pedra na mão. Pedaço que tinha sido do cachepô de gesso que acabara de atravessar o vidro do parapeito e explodido no piso térreo vazio do shopping center, finalmente trazendo voz para a noite. Cacos de vidro ainda se desprendiam da armação enquanto ela retomava o controle de sua respiração e arrumava os cabelos, dando uma última olhada nostálgica para a vitrine de praia da loja. Deu um tchauzinho para os filhos e o marido e andou em direção à escada rolante morta.

Percebeu movimentos atrás das vitrines de algumas lojas do térreo escuro. Eram outros, como ela, despertando e abrindo seus olhos luminescentes e vermelhos. Ela não estava preocupada com eles e nem queria ser seguida, só pensava em aquecer sua garganta fria com um pouco de sangue vivo. A frente do shopping estava destruída. Um carro tinha atravessado a entrada principal, ficando com a frente retorcida e entranhada com os metais dos batentes das altas portas de vidro.

Raquel estranhou a noite pela primeira vez depois de ter voltado à metrópole. Ainda via as colunas de fumaça subindo de alguns prédios. A cidade ia se consumindo aos poucos sem viaturas de bombeiros, sem sirenes de ambulância, sem gente viva, de coração pulsante andando pelas calçadas depois que o sol se punha. O mundo tinha acabado e ela sentia-se vazia, sozinha e faminta. Olhou para os prédios apagados, parecendo agora velhos esqueletos de organismos que um dia tinham sido vibrantes e cheios de movimento e pessoas cheias de propósito e um lugar para ir ou alguma coisa para fazer. Homens e mulheres cuidando de suas vidas também em prédios de escritórios onde resolviam grandes negócios e mudavam vidas em rápidas decisões e assinaturas de contratos, e no quarteirão adiante dezenas de residenciais, classe média alta, onde pais e mães se preocupavam com a hora em que seus filhos chegariam em casa, com os cortes que a empresa estava fazendo e se conseguiriam terminar de pagar o financiamento da casa enquanto em outros lares brotavam sorrisos quando a esposa dizia que tinham que comprar um berço, champanhes eram abertos para celebrar uma promoção ou a formatura do menino caçula. Não estavam mais lá nem os afortunados nem os sofridos. Não estavam mais lá. Os moradores estavam perdidos sobre o chão daquele mundo repentinamente transformado. Eram prédios fantasmas, esqueletos, como tinha evocado, mas que ainda se decompunham. Dentro daquelas casas, daqueles ossos deixados para trás ainda existiam as larvas, restos de vida, respirando, adormecidos e aquecendo camas e sofás, deixados para trás, inválidos, apanhados pelo sono místico que tinha abocanhado o mundo inteiro. Raquel sabia que não demoraria muito para encontrar um daqueles apartamentos com um bom espécime daqueles, indefeso, pronto para servir-lhe de entrada, já que o que ela gostava mesmo era encontrar os sobreviventes, os que se arriscaram permanecendo na cidade, mas que, sempre descuidados, emitiam sinais de suas tocas, como cheiros

À deriva

de refeições sendo preparadas, fumaça, odores de seus corpos e barulho, faziam muito barulho. A vampira gostava de encontrá-los em seus lares ridiculamente fortificados, porque eles estavam prontos para brigar pela vida até o instante em que ela cravava suas presas em suas artérias e tomava deles a energia, derrubando seus corpos pálidos, exangues, ouvindo as derradeiras batidas do coração deles. Sentia-se poderosa, sentia-se dona deles, sentia-se justiçada por ter perdido tudo e toda sua vida naquela noite maldita em que despertou numa cova, com o sangue da bandida que ela mesma tinha matado, enterrada no mesmo buraco para apodrecerem para sempre.

Raquel vagou por três quarteirões apenas olhando para as ruas escuras, a energia elétrica servida por Itaipu não chegava mais, os carros, na maioria, parados de forma desordenada, portas abertas, vestígios de roupas largadas nas ruas que sussurravam e chiavam sempre que um vento mais arisco revolvia as folhas dos dois anúncios despejados do céu pelo Exército, pelos imensos aviões que os humanos tinham visto durante o dia fatídico. Os retângulos de papel revoluteavam com o vento, dando prova de que, sim, aquele era o novo mundo e a nova verdade, iluminados apenas pelas luzes das estrelas que nunca tinham sido tão nítidas desde o surgimento da cidade. Cães perdidos ladravam, formavam matilhas que tomavam os cruzamentos, antes agitados por passantes e veículos dos bairros da zona sul. Os cães rosnavam famintos e latiam ameaçadores ao se aproximarem da fascinada vampira que sorria, vendo a quantidade inacreditável de animais a cercando, avançando, com sua bocas imensas abrindo e fechando, retraindo seus focinhos, exibindo presas tão longas e perigosas quanto a sua, mas por alguma forma inexplicável eles sabiam que não podiam com ela e abriam passagem, deixavam Raquel atravessar a matilha e continuar sua caminhada sem destino até que seus latidos iam diminuindo de volume e seus uivos ficavam para trás. Parou em frente à estação de metrô. Viu alguns de seus irmãos carregando corpos de adormecidos para dentro da estação. Muitos deles tinham escolhido os túneis do metrô como refúgio, como lugar seguro durante as horas do dia, onde a escuridão mantinha-se absoluta e onde encontravam compartimentos no meio do concreto e dos veios subterrâneos que ligavam a cidade para acumular os corpos que capturavam durante a madrugada. Sempre havia um no meio deles que era como ela, tinha mantido a cognição e organizava o "covil". "Covis", era assim que alguns chamavam as colmeias onde se juntava um bando de soldados da noite, que se fortaleciam em grupo para intimidar e lutar contra os humanos, os quais, por sua vez, durante o dia aparentemente tentavam sobreviver e guardar os seus entes adormecidos longe dos noturnos.

Ela mesma tinha o seu bando. Ou tivera, até o ataque a São Vítor e ao comboio de vagões de trem, comandado por um dos vampiros que havia mantido as lembranças. Eles estavam lá, à sua espera, para serem guiados para novos ataques, mas ela tinha se afastado há dias de seu numeroso aglomerado de noturnos. Tinha escolhido se recolher a sua melancolia e sua falta. Ainda sentia o cheiro deles em suas mãos. Pedro e Breno, dentro das cercas de alambrado do Hospital Geral de São Vítor, para onde aquele sargento os tinha carregado e salvado. A menina Chiara, que tinha implorado pela vida dos filhos, e o cheiro do sangue de Pedro em suas mãos, e a lembrança viva de suas entranhas lutando para não se embriagar com aquele banquete vermelho vivo que vertia da ferida da cabeça aberta de seu filho, atacado pelo maldito bando do Urso Branco. Ela tinha dado um jeito naquela quadrilha. Tinha acabado com o próprio Urso Branco em sua cela. Tinha ido atrás de seus asseclas. Tinha conseguido sua pequena vingança, mas não conseguia esquecer que tinha deixado os filhos em São Vítor. Aquele vazio batia em sua mente e em seu estômago toda hora. Sabia onde estavam suas crianças, aqueles que tinham descido de seu útero para a luz da vida, que tinham provocado outro sangue, com outro significado, quando abandonaram sua barriga, quando foram desligados de sua placenta, quando tiveram seus cordões umbilicais cortados, antes, quando compartilhavam o mesmo sangue, o mesmo sangue. Raquel colocou a mão sobre os ouvidos e encolheu-se no meio da rua, sentindo-se uma criança tonta e ingênua, acreditando que assim, tapando os ouvidos, impediria que as lembranças de que tivera uma família não voltariam. Queria ser igual aos outros, aos que não pensavam, que não lembravam, que agiam como abelhas, obedientes e com um propósito dado pelo coletivo de alguma forma mística, e tão inexplicável quanto tudo o que tinha acontecido desde a noite em que ela abriu seus olhos dentro daquela cova de barro, lutando para sair e voltar para o mundo, simbolicamente, voltando a viver. Não queria se lembrar da voz de Davi e de seu corpo quente contra o dela. Não queria lembrar do sorriso generoso de Pedro e da inocência inebriante de Breno. Seus filhos. Sua família. Sua vida.

À deriva

Raquel foi arrancada das lembranças de seu inferno quando escutou um arrastar de pés. Uma pessoa, viva, de coração pulsante e sangue quente, estava ali perto, solta na noite. As lembranças foram varridas de sua mente, e seus instintos de caçadora foram acionados imediatamente. Seus passos pesavam quase nada e sua visão se aguçou, os olhos ganharam o brilho tenebroso que apavorava os ainda humanos e, para ela, a escuridão se desvaneceu. Suas narinas absorviam as partículas que vinham pelo ar e faziam seus pulmões de morta-viva funcionarem, amplificando o odor desagradável que se mantinha como uma colcha sobre a cidade e duraria meses enquanto os deixados para trás se decompunham; o ar trazia outros cheiros também, dilatados, e sua audição também se ampliava quando ela entrava naquele "modo de caça".

A vítima tinha se imobilizado, provavelmente vendo-a assim que acendeu os olhos. Aquilo não ia adiantar. Raquel estava faminta. Queria o sangue da presa e vasculhou a esquina com os olhos acesos. Carros estacionados no meio-fio. Dois cadáveres intumescidos empesteavam o ar com o cheiro da decomposição avançada e serviam de cortina de fumaça para o cheiro da caça. O zumbido das moscas não cessava e era outra cortina, auditiva, nublando o som da respiração e os passos da caça. Raquel andava devagar, observando lentamente a frente dos prédios. Os humanos que deixavam a segurança de seus lares à noite estavam, geralmente, colapsados psicologicamente, entregando os pontos, como se de alguma forma inconsciente, subserviente, estivessem se colocando na boca do lobo. Não aguentavam mais a fome, pois suas casas já não tinham mais o abastecimento de feiras e supermercados ou porque seus parentes estavam todos mortos ou tinham adormecido e não respondiam a suas perguntas e, até mesmo, tinham sido separados, como ela, por essa transformação estranha, vendo parte de suas famílias tornarem-se seus piores adversários. Era muita coisa para a cabeça de qualquer um. Outro fator comum era deixarem o abrigo porque alguém próximo não tinha retornado para casa antes do escurecer. Esse alguém também teria saído para procurar provisões para os refugiados e se enroscara por algum motivo, e aquela era a hora exata para esse cenário de angústia, de tudo ou nada, o ar ainda quente pelo recente pôr do sol, a hora do desespero e das escolhas erradas.

O ar forrado pela fetidez da morte de milhares que tinham sido deixados nas calçadas e em suas casas encalacradas, verdadeiras cápsulas de pestilência e habitáculos de larvas e moscas e de uma fauna toda nova de seres que continuavam o ciclo dos vivos, prontas para explodir quando uma porta fosse aberta para inspeção, tornavam-se um obstáculo bem menor quando a vítima ajudava, mantendo-se cativa de velhos hábitos. Raquel podia dizer que a humana imprudente era uma mulher. Fragrância de lavanda perfumando a pele e creme hidratante no cabelo depois de um banho. Comida limpa e cheirosa.

Raquel parou um instante. O trilho aromático já tinha garantido o jogo. Olhou novamente para o cruzamento e para o alto. Quantos mais como ela, sua presa, existiam ali, naquele quarteirão? Como sabia, àquela hora as ruas estariam congestionadas, cheias de carros buzinando, pessoas cuidando de seus problemas e arrumando motivos para viverem insatisfeitas. Se fosse ela, estaria em sua casa, experimentando os primeiros dias de liberdade depois de finalmente vingar Davi enquanto Djalma Urso Branco estaria cumprindo o começo de sua longa sentença em uma penitenciária de segurança máxima.

Nada daquilo aconteceria mais. Era só seguir o cheiro agora. Essa era a sua meta e sua nova natureza. Fazer aquela sede acabar. Estava faminta. Ouviu o choro, e foi a única surpresa antes de captar novamente o coração disparado. Era uma criança, não uma mulher adulta. Era um petisco, um aperitivo para a nova noite. Raquel movia-se lentamente, segura. Seus instintos vigiavam outros sinais. A menina era pequena, não queria dividi-la nem a disputar com ninguém. Queria só a alcançar, mas lentamente, saborear a aproximação e a refeição sem interferência dos iguais. Olhou para janelas e portarias, olhou para os carros atrás de si. Mais uma corrente de vento veio, farfalhando as folhas de papel, deixando o uivo dos cães ainda mais distante, sublinhando o traço de lavanda em suas narinas e trazendo o choro da criança para seus ouvidos. Ela chamava um nome. Raquel sorriu e deixou seus dentes afiados vazarem por seus lábios. O cheiro dela ficou mais intenso. O cheiro de sangue. A garota estava no seu ciclo e era nítido que ainda era uma inocente naquele mundo mordaz. O sangue que descia de seu útero chamaria uma matilha de vampiros a quilômetros se não existisse aquele manto sepulcral da cidade agonizando. Ela chorava. Raquel atravessou a rua e subiu na calçada de cimento, silenciosa como uma felina. Não... a garota ainda não a tinha visto por causa da escuridão. Raquel tocou as costas na cerca metálica de um condomínio e parou para

À deriva

analisar a presa mais um pouco. Adorava aquele hiato, quando eles ainda não sabiam que estavam sob a sua mira e que suas breves vidas humanas durariam só mais alguns segundos. Raquel não percebia, mas sorria largo. Lavanda e condicionador. Ela tinha se preparado para ser arrebatada em grande estilo. Tinha uns treze anos, mas o corpo mirrado. Usava tênis All-Star com os cadarços trançados de um jeito interessante, tinha perdido um tempo fazendo aquilo, se preparando, provavelmente para ocupar a cabeça e não enlouquecer, mas era nítido que não tinha dado certo. Usava um vestido de algodão grosso que ia até o meio das coxas e estava sentada no chão, encostada numa parede de tijolos aparentes do outro lado da esquina, sob uma placa comercial que anunciava um luxuoso novo prédio para solteiros, completamente cega pela noite, sem notar a vigília.

Um disparo de arma de fogo colocou Raquel em alerta. A vampira imobilizou-se por um segundo e no seguinte seus sentidos vasculhavam todo o cenário ao redor. O tiro ecoava ainda, vindo do meio dos arranha-céus do quarteirão de trás, estranhamente reverberando, indo cada vez mais para o alto até dissipar-se. A agonia tinha tomado a cidade e não era incomum que disparos solitários como aqueles fossem notas de um fim precoce, dos que não aguentavam mais ficar escondidos e não tinham fibras para lutar. Raquel terminou de analisar pela quinta vez os arredores. Não havia outro noturno no jogo e nem mais nenhum humano, mas o disparo tinha deixado sua presa aflita. Ela tinha começado a arrastar os pés no chão da calçada e choramingava, chamando um nome.

– Yolanda! Yô! Cadê você? – A voz era frágil e débil, certamente a menina estava apavorada e com medo de chamar a atenção dos noturnos. – Não me deixa aqui sozinha! Yolanda!

Raquel apurou a audição e avançou três passos, garantindo que ainda permanecesse despercebida. Olhou para todos os lados mais uma vez. Se tinha outra refeição ali por perto, tinha que ser localizada para seu ataque ser planejado, otimizado. Talvez Yolanda fosse maior que aquela frangota. Raquel sorriu novamente. Nenhum outro cheiro, nenhum outro barulho, nada de disparos, apenas o choramingo da garota. A voz cálida da vivente chegava a ser comovente. Uma presa perdida. Tinha que ser oportunista e agir agora. Com sorte, se Yolanda não fosse pega, voltaria mais tarde e teria o prazer de duas por uma.

50

Raquel começou a andar lentamente em direção à menina que continuava agachada na calçada, sussurrando o nome de Yolanda. O vento entubado pela rua e prédios fez os papéis com os anúncios do Exército farfalharem sobre o asfalto. Raquel, tão próxima, via o brilho das lágrimas descendo pelo rosto da garota. Ela tremia, e então seus olhos se encontraram. Raquel amava aquele instante. O cheiro do medo sendo injetado na corrente sanguínea da presa e exalando por todos os seus poros.

A garota, petrificada com a presença do par de olhos brilhantes do outro lado da rua, fechou os lábios e parou de chorar. Ela sabia que era um deles. Um noturno vindo em sua direção. Seu coração disparou e ela apertou o objeto cilíndrico que segurava na mão. O irmão tinha ensinado como usar aquilo, tinha dito para não entrar em desespero. Era fácil falar quando não estava na frente daqueles olhos fantasmagóricos, flutuando no escuro. Para sua sorte, a criatura não corria, vinha devagar, a silhueta tomando forma, e ela esperou um pouco mais. A criatura da noite era uma fêmea, de cabelos cheios e longos, e transmitia um ar de periculosidade que a fez estremecer por dentro mais uma vez, pois nunca tinha visto uma tão pálida como aquela e de cabelos tão ruivos. A garota, ainda assustada, mais lenta do que deveria, ergueu sua mão.

Raquel viu o objeto negro na mão da menina que ainda tremia e tinha o coração disparado. Decidiu que era hora de correr e agarrar a garganta da menina, mas então veio o clarão; um flash repentino explodiu na mão da garota, obrigando Raquel a fechar os olhos, soltando um grito com a visão ofuscada. A menina tinha acendido um tipo de farol que tinha iluminado toda a esquina e entorpecera Raquel por um instante, o suficiente para a menina sumir da calçada, simplesmente desaparecer da sua frente. O uivo da alcateia faminta invadiu a noite. Raquel franziu o cenho exibindo os dentes e urrando como uma fera em reflexo. Voou para a calçada, guiada pela fragrância de lavanda e ouvindo os gritos da garota, chamando por Yolanda mais uma vez. Ela não estava na calçada. O perfume vinha de um buraco no muro. A vampira voou ágil pela passagem, perseguindo a caça, por um canal tão baixo e estreito que foi forçada a se arrastar por meio metro. Seus joelhos doeram e soltou um grito, sentindo a pele ferida, enquanto via a luz da lanterna do outro lado do terreno, a garota corria rápido! Levantou-se com raiva, arrancando um caco de vidro de seu joelho esquerdo, pisando e esmagando com o solado da bota outros fundos de garrafa quebrados, armadilhas esparramadas na trilha do terreno. A pestinha não ia fugir. A vampira acelerou, mais do que um humano conseguiria, o cheiro do creme exalando do cabelo da menina mais forte a cada passo, bem como o odor do seu medo e pavor por estar sendo perseguida. Viu a menina entrar numa manilha estreita que formava um tubo e atravessava a parede do fundo do terreno. Seu joelho doía e sua raiva aumentava conforme a garota desaparecia pelo tubo. A presa era esperta, mas isso não seria o suficiente para se livrar dela. Iria atrás dela até o inferno agora.

Raquel abaixou a cabeça procurando por outros cacos de vidro. Nada. A menina deslizava para a boca de saída, balançando a lanterna a sua frente e gritando e repetindo o nome de Yolanda. Estava apavorada. Raquel entrou na tubulação de concreto e usou suas garras e pés para impulsionar-se com a maior velocidade que conseguiu imprimir. Estava quase nos calcanhares da menina com cheiro de lavanda e sangue uterino, mas a caça deslizava rápido o suficiente para cruzar a boca, era ágil e parecia estar agarrada a um cabo. Raquel sentiu todos os seus pelos se eriçarem, mas os seus sentidos já tinham dado o comando para agarrar o pé da menina e ela também cruzou o fundo do cano, caindo no terreno no encalço da presa, que continuava correndo pelo vestíbulo em que tinham chegado. Raquel colocou as mãos no terreno lamacento e não teve tempo de levantar-se, soltando um grito de dor ao sentir sua pele ser perfurada por um objeto pontiagudo e longo que transfixou seu corpo, cravando-se no barro e mantendo-a imobilizada, sentindo um peso incômodo em suas costas. Todo o ar de seu pulmão inútil foi exalado em um hausto de dor e sua visão nublou enquanto seus sentidos entorpeciam-se. Escutou um barulho vindo em direção das suas costas enquanto gritos enchiam o vestíbulo, e agora a dor vinha de seu calcanhar esquerdo, que era esmagado. Ela já não conseguia mais gritar por conta do peso em seu tórax, como se um bloco de concreto tivesse sido atirado sobre ela. O que estava acontecendo?

– O pé dela, Glauco! O pé!

Fosse quem fosse, ela não viu o tal Glauco, só sentiu o alívio do peso sobre suas costas quando uma mão puxou seu pé e um barulho seco seguiu-se. Raquel olhou para baixo, a dor irradiava de seu calcanhar e subia até sua cintura. Uma grade de ferro grosso tinha fechado a tubulação. Ela girou a cabeça e seus olhos voltaram a se iluminar para traduzir aquele cenário e situação. Estava no chão enlameado, a menina do outro lado gritando histérica, e alguma coisa tinha atravessado suas costas e se enterrado no chão. Era um pequeno terreno, cerca de dez metros quadrados, ladeado pelos prédios, formando uma arena que subia até o fim dos edifícios, um tipo de clausura, que só tinha saída pelo alto, pelo céu distante uns sessenta metros acima. Soube que estava bem ferrada quando viu dezenas de esqueletos em cinzas, de vampiros torrados ao sol. Não estava caçando a menina. Estava sendo caçada!

— Glauco! Ela está se mexendo, seu doido! Tem que ser no coração.

— Se eu soltar a lança ela pega você! — respondeu a voz rouca e potente do grandalhão ajoelhado sobre as costas de Raquel, segurando com toda sua força a haste da lança de madeira.

— E o que eu faço?

— Atira na cabeça dela, Luna, que eu pego a segunda estaca e atravesso o coração dessa filha da puta, chupa-sangue do caralho.

Raquel ouvia um zumbido e estava prestes a perder os sentidos. A lança não tinha passado por seu coração, mas algo tinha acontecido. Tinha varado seu corpo e ela não conseguia se mexer. De repente o garoto nas suas costas pareceu-lhe pesado demais, seus olhos se apagaram e seus músculos perderam a força mística que sua condição assombrada lhe dava de vantagem. Provavelmente tinham sido sua soberba e a surpresa do contra-ataque que a haviam deixado tão vulnerável. Seu pé tinha sido praticamente decepado pelo peso da grade. Viu a menina chamada Luna aproximando-se, com a lanterna apontada para ela, mas sua potência para resistir tinha se esvaído. Raquel sentia que ia morrer mais uma vez.

— Rápido, Luna, ela pode se recuperar. Minha arma está aqui no meu coldre.

A garota começou a se aproximar com a lanterna, hesitante, iluminando a vampira.

— Sério, Glauco?

— Primeiro mata, depois discute. Vem logo, eu não posso vacilar igual com o Escamoso, que escapou.

— Eu tô com medo. Já me borro toda de ficar naquela calçada.

— Vem. Sempre dá certo, ela tá tonta.

— Com o escamoso não deu certo.

— Porra, Luna! Depois a gente troca ideia, pega logo o cano no meu coldre e atira na cabeça dela. Com o Escamoso foi diferente, a grade não caiu.

À deriva

– Eu tô com medo.

– Vai dar certo. Só vem logo, ela vai voltar a se mexer.

Raquel permaneceu imóvel. Sua consciência lutava para continuar. Ela sabia que tinha que sair dali, debaixo daquele brutamontes. Pela voz era um moleque, de uns dezenove, vinte anos, mas grande como um touro. Seu tipo predileto para desfiar aos poucos e drenar o sangue. O cheiro. Era inconfundível e formidável. Sangue venoso, vivo. Alguém ali além dela tinha um ferimento, um vaso rasgado. Raquel canalizou sua força para continuar quieta, dissimular. Sentia a dor lancinante no calcanhar esquerdo estraçalhado, mas sentia também o cheiro de sangue. Era disso que precisava para restaurar sua força e, drenando aqueles dois, curar suas feridas. Fechou os olhos e permaneceu imóvel, como morta.

Luna chegou mais perto, pé ante pé, assustada com a vampira arpoada por seu irmão mais velho. Manteve a lanterna no rosto da vampira. Como todos os outros, ela era pálida e parecia bem morta. Isso não lhe trazia paz alguma. Eles tinham que parecer assim mesmo, e ainda assim estranhou aquele rosto.

– Meu revólver, Luna.

Luna aproximou-se mais. Sua canela ardia. Ela já estava acostumada, e tinha ensaiado duas dúzias de vezes, só que encarar aquela fisionomia a afastava do treinamento. Seus olhos ainda permaneceram presos ao rosto daquela nova criatura. Conhecia aqueles traços. Já tinha visto aquele rosto. Conhecia aquela mulher.

– É a Raquel!

– O quê?! – gritou o irmão, enfurecido.

– A promotora. Lembra do caso do Urso Branco? O cara que matou o juiz... O juiz era marido dela, e na noite...

– Cala a boca, sua doida varrida! Luna, isso não é brincadeira!

– Ela só queria se vingar do traficante, ela e o marido prenderam uma renca de traficantes. Na noite...

– Eu vou arrancar essa estaca e enfiar na sua boca se você não pegar minha arma agora e der um tiro na cabeça dela! Ela é uma vampira, caralho!

– Meu Deus, Glauco! Ela perdeu a família dela! O cara fez um inferno na vida dela! Ela não merece morrer aqui no forno de vampiros.

– Luna, eu não tô brincando. Então pega a outra estaca pra mim e, tipo, rápido!

54

A menina deu mais um passo e abaixou-se perto de Raquel.

– Eu acho que ela já morreu.

– Regra número um mais uma vez: primeiro mata, depois discute. Eu não sei se eu acertei no coração.

Raquel ouvia a discussão. O cheiro de sangue mais forte agora. Só precisava de um pouco e de se lembrar que ela era a mulher que a menina tinha falado. A mulher que tinha treinado Krav Maga, jiu-jítsu e kick boxing por anos e que tinha ensinado os filhos a se defenderem também. A mulher que várias vezes tivera o instrutor nas suas costas, daquele jeito, com um joelho em sua coluna e uma mão em seu ombro esquerdo. A mulher que tinha perdido a família para esse tal de Urso Branco. Ela só precisava daquele átimo, daquele vácuo nos acontecimentos para usar da oportunidade. A mão de Glauco fechada em sua jaqueta. A menina vacilando, com a lanterna em sua cara, com cheiro de sangue venoso, próximo e disponível, hesitando. Raquel teria que ser muito rápida porque ele estava armado e ela estava com os olhos fechados, e só tinha uma noção de onde a garota estava pela voz e pela luz cruzando suas pálpebras.

– Eu não vou atirar na promotora Raquel Vareda.

– Porra, menina, foda-se quem ela era, é uma vampira agora, e ficar discutindo vai custar as nossas...

Glauco não concluiu a frase, a mão esquerda da vampira bateu potente em seu cotovelo, causando um estalo, e um grito escapou de sua boca enquanto ele tombava na lama do lado esquerdo da vampira.

– Nãaaooo! – gritou Luna, horrorizada, vendo Raquel bater as mãos no chão ao mesmo tempo e despregar a lança da lama.

Raquel ainda lembrava a sequência de ação quando cercada por atacantes múltiplos. Seu terceiro movimento foi agarrar a traqueia de Glauco, estupefato tempo o suficiente para ela agarrar e apertar, trucidando sua laringe e faringe, deixando-o rolar de costas, agonizando, lutando para respirar e sufocando com o próprio sangue. Agora era a vez de Luna. Raquel arrancou a lança de seu peito, segurando-a como uma longa bengala, e olhou para o coldre de Glauco. Estava vazio.

Luna segurava a arma, tremendo, apontada para Raquel.

– Você disse que não quer fazer isso – sussurrou a vampira.

A garota puxou o gatilho quatro vezes, acertando todos os disparos no peito de Raquel. Ela também tinha sido treinada, pelo irmão, que tinha

À deriva

lhe ensinado como segurar um revólver, como separar as pernas para ter base e firmeza e como agrupar os tiros era importante. Tinha mirado o coração da vampira. Sabia que eles se regeneravam, mas um tiro os tirava da jogada tempo suficiente para terem suas cabeças arrancadas. Faziam aquilo por vingança. Logo na primeira noite, um grupo daquelas feras tinha invadido seu apartamento, levado seus pais adormecidos e matado sua irmã mais nova, na frente deles dois. Glauco tentou salvar a tia grávida, mas perdeu a luta para os vampiros, era um bando grande, e o Escamoso estava no meio deles. Ouviram os gritos da tia enquanto os desgraçados a atacavam, mordendo seus braços e seu pescoço. Ela, Luna, tinha ficado catatônica, paralisada de horror, e foi arrastada por Glauco para dentro do quarto onde prendiam Yolanda, que agora se debatia na cama, amarrada. A prima de dez anos tinha virado um deles, uma noturna, e a família, com pena da tia que esperava outra criança, votou e resolveu manter Yolanda viva, trancada naquele cômodo do apartamento. Não sabiam o que iam fazer com ela e ainda tinham esperanças de as coisas voltarem ao normal, mas nunca voltaram.

No terceiro dia, Glauco abriu a porta quando o sol nasceu e Yolanda se calou e ficou paralisada, como sempre ficava nas horas de sol. Precisavam sair dali, precisavam de comida e precisavam se vingar. Luna concordava com o irmão. Não queriam ser sombras pálidas, perdidas no meio da cidade, vendo os noturnos devorando os que tinham restado, um a um. Glauco queria vingança e ela queria ajudar o irmão. Ele sempre fora fanático por artes marciais e armas de fogo e, contra a vontade dos pais, tinha se tornado segurança particular, guarda-costas. Se havia alguém de quem queria estar perto no fim do mundo, era seu irmão mais velho. E agora ele estava agonizando, na sua frente, se chacoalhando na lama, tentando respirar, cuspindo sangue pela boca enquanto Raquel se arrastava, para longe dela, de encontro ao muro esquerdo, se aproximando dos restos calcinados de outros noturnos como ela. Glauco tinha urdido aquela arapuca. Um buraco num terreno vazio de uma construtora. O irmão, um gigante de músculos, tinha alinhado as anilhas de concreto ao fundo do primeiro terreno e percebeu que o muro terminava num vazio inexplicável, de dez metros por dez, cercado por quatro prédios altos, com aquela fileira de anilhas que dariam acesso aos esgotos do novo prédio que um dia seria erguido no raro terreno vazio de frente para a rua, mantendo o estúpido quadrado em desperdício, emparedado pelas fundações dos altos prédios como um fosso, chão de lama, sempre molhado e malcheiroso. Glauco tinha trabalhado seis dias na grade. Tinha que ser pesada e presa por fora para os malditos não conseguirem escapar da armadilha de fritar vampiros. Eles não conseguiam movê-la do lado de dentro; quanto mais força fizessem, mais presa ela ficava, era uma ratoeira. Só um tinha escapado poucas noites atrás. Tinha atraído o Escamoso até ali. O Escamoso era vizinho do andar de cima de seu prédio, e tinha levado sua tia e ajudado o grupo que carregara seus pais adormecidos para os fundos do metrô. O desgraçado tinha fugido por causa de um vacilo que ela tinha dado e Glauco quase tinha arrancado seu couro de tanto ódio depois. Ele tinha jurado que nunca mais ia bater nela. Luna chorava, mas mantinha a arma apontada para Raquel e andava com firmeza.

Raquel ia para o fundo, cada vez mais, se arrastando, se afastando da garota, farejando o lamaçal como o chão de um chiqueiro, com cheiro de decomposição, ratos guinchando e restos de comida que deveriam ser lançados naquele vão sem dono. Ela rastreava as gotas de sangue que tinham escorrido da perna de Luna e pingavam na lama. Já tinha sorvido cinco delas. Era pouco, precisava de muito mais. Precisava de tempo para chegar ao corpo do grandalhão que se debatia, ainda se afogando no próprio sangue. Agora a menina parecia corajosa demais, parecia ter esquecido tudo o que ela mesmo dissera sobre ter compaixão com a promotora e se aproximava com o cano da arma erguido, apontando para a cabeça de Raquel, interpondo-se entre a vampira e seu irmão agonizante.

Raquel encarou a menina. Seus olhos luziam novamente. Não queria assustá-la, só queria ver o terreno, a jaula inesperada onde tinha caído. Quatro paredes altíssimas para ela escalar naquelas condições. O portão pesado que tinha quase arrancado o seu pé. Não tinha saída.

– Se você não me deixar tomar o sangue dele enquanto ele está vivo, nós duas vamos morrer aqui.

Luna avançou veloz mais três passos, seu tênis All Star patinando na lama molhada, mas mantendo o equilíbrio tempo o suficiente para colocar a arma na testa de Raquel.

A vampira fechou os olhos.

– Nós duas vamos morrer, Luna. Você não vai conseguir erguer aquela grade pesada. Quando o sol chegar e eu virar pó, já era. Yolanda não vai te tirar daqui, você disse que ela está presa e trancada em um quarto.

A garota pressionou ainda mais o cano do revólver.

– Meu irmão vai morrer. Eu já perdi todo mundo. Você o matou.

– Ainda posso salvar nós duas.

– Não! – gritou a garota.

Raquel não conseguia focar sua presa, agora a situação estava invertida. Os disparos em seu peito tinham feito um estrago e tanto, as gotas de sangue lambidas no caminho não deram energia suficiente para revidar. Seu corpo todo doía. Seu pé parecia preso pela pele. O único bote salva-vidas para aquelas duas náufragas estava em seus últimos estertores, lutando para puxar ar para os pulmões que se enchiam de sangue a cada inspiração barulhenta, transmitindo o auge da agonia que um ser humano em seus últimos segundos poderia suportar.

– O sangue dele precisa estar vivo, quente para que a magia funcione, Luna.

A garota respirava rápido, ansiosa, o sangue jorrava da boca do irmão a cada gorgulho.

– Vocês acabaram com a minha família!

– Eu só quero viver para encontrar meus filhos – jogou Raquel.

– Nãooooo! Você é uma vampira! Você não é mais ela!

Raquel fechou os olhos.

– Puxa logo essa merda e acaba com isso. Coma a carne do seu irmão enquanto ela estiver fresca, você vai durar mais dois ou três dias antes de morrer de sede.

Raquel ouviu o clique do cão batendo na espoleta da arma. Só o clique. Nenhuma explosão. Seus pensamentos ainda estavam ali. Abriu os olhos vendo a expressão de Luna, horrorizada e andando para trás, caindo sentada ao lado do irmão e começando a prantear, descontrolada.

– Não! Não é possível!

Raquel lembrava.

– Ele deu um tiro de alerta. O revólver que você está segurando...

– Cinco disparos.

– Se te consola, os quatro que você acertou no meu peito estão doendo pra caramba.

A menina continuou seu pranto. Seu irmão, espumando uma coisa espessa e vermelha pela boca aberta, com os olhos arregalados, olhando para ela, esticou o braço e estendeu os dedos para a irmã.

Luna segurou a mão de Glauco e apertou-a forte. Estava pálida e fraca, mas ele a puxou para ela. Ele apontou para Raquel e fez que sim com a cabeça e depois apontou para a grade de ferro no final da manilha.

Luna balançou a cabeça, chorando e fazendo sinal de não repetidas vezes, deitando a testa em seu peito e sujando-se em seu sangue gorgolejante.

Glauco virou os olhos agoniados, donos de um último fiapo de vida, ergueu a mão para Raquel e gesticulou para que ela viesse.

Raquel rastejou na lama até alcançar o rapaz com a irmã deitada sobre o seu peito. A vampira, silenciosa e lutadora nata, cravou as presas no pulso do jovem. Seu coração descompassado, arrítmico, ainda batia. Ela sorveu goles generosos antes de Luna notar o que acontecia. Sorveu mais, sentindo a energia mística da bebida quente se esparramar por todo o seu corpo e diminuindo a dor de suas feridas, começando a cura do seu tornozelo esmigalhado. A força voltou aos seus músculos. Conseguiria erguer aquela grade? Mas por que os outros tinham falhado? Ela drenava o sangue de Glauco, roubando o líquido quente daquele exemplar enorme e potente; estava embriagada e agora em estado de completo devaneio quando sentiu a pancada forte em sua testa, forte o suficiente para jogá-la de costas contra a lama. O golpe veio acompanhado de um grito das entranhas da adversária, que ergueu uma lança de madeira e enterrou-a com gosto e com todo o impulso que seus braços mirrados conseguiram tirar daquele salto selvagem e cheio de ódio, fazendo a arma atravessar novamente o peito de Raquel e cravá-la no chão mole daquele terreno pútrido.

Antes que Raquel pudesse reagir, Luna tinha apanhado um grande bloco de concreto e golpeava o topo da lança, enterrando-a ainda mais no chão e prendendo o corpo da vampira na lama, perto da parede e longe de seu irmão. Luna gritou mais uma vez e o novo golpe com o bloco foi certeiro na cabeça da adversária, fazendo seu osso frontal estalar, nocauteando Raquel de imediato.

Luna ficou caída, com a pedra em sua mão, chorando desbragadamente, cheia do sangue de Glauco, olhando para o rosto deformado de Raquel. A vampira estava morta e, se não estivesse, estorricaria sob o sol quando chegasse o meio-dia. Luna não tinha a menor ideia de como deixaria aquele buraco sem a ajuda de seu irmão. A menina soltou a pedra e se deitou em posição fetal no barro, chorando e gritando de tristeza e aflição.

CAPÍTULO 5

Quando abriu os olhos, Pedro viu um vulto desfocado a sua frente, cabelos longos, vindo em sua direção.

– Mãe... – ele balbuciou.

O vulto, calado, indiscernível por culpa da luminosidade que entrava pela janela, levantou uma mão e a colocou em sua testa. Não era sua mãe. Seus olhos se ajustaram à claridade. Reconheceu a enfermeira Mallory e seu permanente sorriso.

– Não sou sua mãe. Sou só sua enfermeira, Pedro.

– Mall... o que aconteceu?

– Quer um travesseiro aí atrás?

Pedro sentou-se na cama, colocando os pés na lateral, pronto para pular para o chão. Estava com suas roupas, viu seu par de tênis emprestados no chão, ao lado.

– Minha cabeça está doendo. Só queria que ela parasse de doer.

– Você precisa de repouso, está sendo muito teimoso. Foi ótimo ter ficado dormindo um tempo aqui na enfermaria. A gente deixou você se levantar e ir para seu quarto se ficasse com a menina e olha no que deu. Foram tomar um solzinho e parece que você...

– Queria que a dor parasse, isso ia ser um milagre. Quero que ela suma. Preciso ver a minha mãe.

Mallory balançou a cabeça em sinal negativo.

– Antes de pensar mais nisso, você precisa sarar esse trauma. Você estar vivo depois dessa cirurgia, a gente fica besta de ver, Foguete... é assim que ela te chama, não é?

– Chiara?

– É, a sua namoradinha.

– É... todo mundo me chama assim. Eu nem sei se a gente namora mesmo. A gente deu um beijo na festa e, de madrugada, bum! Tomei um tiro na cabeça, antes nunca teve nada.

– Ela não desgruda de você. Ela que te salvou, sabia?

– Era melhor ela não ter feito isso. Ela devia ter continuado no sofá jogando videogame naquela noite. Não tem nada aqui que me dê vontade de continuar, Mall. Antes, uma hora dessas eu ia...

– Shhhh! Não seja mal-agradecido.

Pedro balançou a cabeça em sinal positivo enquanto passava a mão sobre a bandagem nova que Mallory tinha colocado em sua cabeça. Novamente sentiu os dedos sendo pinicados pelos cabelos que começavam a despontar.

– Precisa mesmo disso aqui, Mall?

– O doutor Otávio, que estava aqui brigando agora há pouco, pediu para colocar, vai ser mais para te lembrar que você está machucado. Seus ossos foram abertos... normalmente leva um tempão para cicatrizar, mas ele disse que a sua incisão está fechando em tempo recorde, está indo bem, sem inflamação, mas cuidado, isso ainda é um machucado, dos grandes.

Pedro sorriu e logo seu semblante mudou quando viu a teia de aranha saindo de sua calça a balançando pelo ar, indo para o lado de fora. Mallory ainda não tinha dado falta do estetoscópio e Pedro estava curioso demais para devolvê-lo. Seu coração acelerava vendo aquilo

– Sério? Acho que tudo ao nosso entorno lembra a gente, Mall.

– Lembra o quê?

– Que estamos machucados. Todos nós, aqui, estamos machucados.

Mallory suspirou enquanto Pedro colocava-se de pé e apanhava seu par de tênis. Tentou colocar o pé esquerdo, empurrando o pé para dentro, sem conseguir calçar.

– Esse tênis tá apertado. Nem é meu.

– As coisas vão melhorar. Só precisamos entender o que está acontecendo, Pedro. Você é muito novo para pensar essas coisas.

– Novo? Eu tenho dezessete anos. Sei muito bem quando estamos ferrados, para não falar pior. Sei muito bem o que eu quero agora.

– Você podia ter morrido aquela noite. A sua namorada...

– Eu já disse que não sei se ela é minha namorada! E talvez fosse melhor eu ter morrido mesmo! Que merda de mundo é esse onde eu não tenho mais meus tênis, não tenho mais minha mãe? Que merda é essa, Mallory? A gente tá racionando água e pão seco!

– Pedro! Não fale assim. Acalme-se.

O garoto levou a mão à atadura e apertou os olhos sentindo uma pontada na cabeça. O zumbido voltou ao seu ouvido, enquanto e teia misteriosa e fantasmagórica balançava diante de seus olhos até desaparecer através da parede.

– Tá vendo? Você não pode ficar pistola toda hora, foi desse jeito que voltou pra cá. Relaxa um pouco.

– Eu só queria ter minha mãe de volta. E tem esse zumbido na minha cabeça. Parece que é uma voz. E essa teia. Eu não sei o que é isso.

Mallory franziu a testa. Aquilo que o garoto dizia não era nada bom.

– Então deite-se e se acalme. Se acalme um pouco. Eu vou chamar o doutor Otávio. Você não parece nada bem e está ouvindo... coisas.

– Não. Eu não quero falar com o médico agora, Mall. Foi só uma tontura. Você mesma disse que é um machucado grande. Eu vou melhorar.

A enfermeira, com a mão no peito do garoto, suspirou fundo.

– Vou chamar seu maninho e a Chiara então, eles vão ficar aqui com você. Isso pode ser estresse. Não tá sendo fácil pra ninguém, Foguete.

– Não chama ela ainda. Eu vou ficar quieto um pouco. Você tem razão. Vou ficar quieto um pouco e ela fica falando na minha cabeça. Não quer que eu veja minha mãe.

Pedro deitou-se no leito e gemeu de dor, passando a mão sobre a bandagem.

– Eu posso tomar alguma coisa? Minha cabeça está me matando.

– Eu já te dei remédios para levar, mas vou providenciar uma medicação pra você se acalmar um pouco, mas fique quietinho. Fique tranquilo. As coisas vão melhorar.

– Como? Vai acontecer um milagre por acaso? As pessoas vão acordar de novo? Minha mãe vai voltar pra minha casa e vamos conversar vendo TV na sala?

Mallory afagou a cabeça do adolescente e empurrou seus ombros rígidos de encontro ao colchão.

– Relaxe. Vamos dar o nosso jeito. Não vai ter casa e nem pipoca por enquanto, mas vamos dar nosso jeito. Já estamos dando. Você pode guardar um segredo?

Pedro relaxou os ombros e soltou-se na cama. A luz do quarto foi mudando gradualmente. O tempo lá fora estava passando. Quanto tempo tinha ficado ali, na enfermaria? Seu crânio latejava, um bate-bate chato. Não tinha certeza, mas acreditava que conseguia sentir o seu cérebro pulsando, querendo sair pelas membranas costuradas e pelos ossos ajuntados. Encarou Mallory, curioso, e fez que sim com a cabeça. A imagem se distorceu por um segundo, tudo ficando mais circular, como se olhasse através de uma lente olho de peixe. Sentiu medo e um arrepio quando viu surgir no meio do quarto um fio esbranquiçado, flutuando, leve como uma teia de areia soprada por uma brisa, passando por cima de Mallory, meio esfiapado, como um tecido muito fino, translúcido e fantasmagórico, entrando e atravessando a parede, como se fosse feito de nada, um tipo de assombração. Apertou os lábios para não falar nada, fechou as pálpebras e as abriu novamente com a visão se normalizando. Suspirou prolongadamente, deixando o ar sair todo do peito. Sua mão tremia e ele fez o possível para não chamar a atenção da enfermeira. Estaria enlouquecendo? Não precisava de mais nenhuma novidade em sua vida. Só queria que as coisas voltassem a ser como eram antes, antes daquela noite maldita.

– Pedro – chamou novamente Mallory.

– Qual segredo? – rebateu de pronto.

– Quero que você se acalme, Foguete. Se acalme. Olha, as coisas vão voltar a ser como eram antes. – O garoto encarou a enfermeira, ela parecia estar lendo seus pensamentos. – Nem tudo que aconteceu foi desgraça. Meus pacientes terminais… Eu cuido das crianças que estavam internadas no Instituto da Criança, no HC. Elas estavam morrendo de câncer, sabia?

– É, sabia. Acho que você já me contou, Mall.

– Mas olha que incrível! Desde a noite em que tudo mudou, desde aquela bendita noite, elas só melhoram, nenhuma morreu e só parecem melhorar. Viu como elas riam lá fora agora há pouco? Não foram só coisas ruins que aconteceram. Você estar vivo e sua ferida já estar quase curada é um verdadeiro milagre. Alguma coisa boa vem por aí.

Pedro ficou calado. Ela queria apenas acalmá-lo, ele sabia. Então pareceria calmo apesar de estar com vontade de gritar e dizer um monte de coisas sobre o que era perder um pai para o tráfico e perder uma mãe para aquela desgraça de noite que tinha separado as famílias, mas engoliu a tormenta que revoluteava dentro de seu espírito para deixar aquela enfermaria o mais rápido possível. O que ele queria não estava ali.

– Agora, vou te contar uma coisa, mas não espalhe por aí. As pessoas podem ficar ansiosas demais com isso. É coisa muito séria. Você já tem idade para guardar segredos.

– O quê?

– Desde que cheguei sou pau pra toda obra no P.S. e estou ajudando todo mundo aqui dentro, e o doutor Elias também. O doutor Elias… ele acha que pode curar quem se tornou vampiro. Ele está estudando uma forma de curar o sangue de quem está contaminado com essa doença.

Pedro ficou com o rosto crispado. Aquilo que Mallory dizia era muito sério.

– Curar? – indagou, sentando-se na cama. – Os noturnos?

– É. Calma! Não se empolgue ainda. – Mallory empurrou o peito do garoto para que se deitasse novamente, as teias fantasmagóricas saindo de sua nuca e subindo para o teto, varando o concreto queimado e brilhante, indo para outro lugar. – Veja, a sua situação é melhor que a minha.

– Como assim, Mall?

A enfermeira suspirou e seus olhos marejaram, ela colheu uma lágrima, mas manteve um sorriso fingido e firme no rosto.

– No HC eu trabalhava com uma amiga que eu adorava, adorava muito. Ela era quase uma irmã pra mim. Ela me tratava bem, não era igual aos outros médicos cheios de *mansplaining* quando vinham falar com gente.

– Ela era mulher, ué…

– É, mas as médicas sabem ser ridículas também. Ela me ensinou muito sobre as crianças e Unidade de Terapia Intensiva. Fiquei pensando nela a tarde toda hoje.

– Lamento que ela tenha morrido.

– Ela não morreu. Não morreu. Ela está aqui. No subsolo 5.

– Ela é uma adormecida, então?

– Exatamente. Olha que irônico. O doutor Elias acha que pode curar os agressivos, os vampiros, mas nada sabe sobre os adormecidos. Ele disse para mim e para o doutor Otávio que vai começar a pesquisar. O que quero dizer te contando isso é que…

– Existe uma chance?

– Quero dizer que é tudo recente, uma loucura, mas ele está obcecado com isso e, nesse caso, acho isso ótimo. Ele só fala disso. Ele e o doutor Otávio já até se pegaram, discussão braba. O doutor Elias quer trazer um equipamento imenso e sofisticado lá do HC e a doutora Suzana e o Otávio são contra.

– Eu os ouvi mais cedo, batendo boca aqui na enfermaria, Mall. Agora faz sentido.

– A doutora Suzana não acredita muito, mas sabe que o doutor Elias trabalhava na Célula de Deus lá no HC. Eles estavam tendo bons resultados nos testes e ele acha que pode conseguir reverter essa doença.

– Mas existe uma esperança. Célula de Deus. Ele pode mesmo curar as pessoas? Elas podem voltar a ser como eram antes?

Mallory deu de ombros, mantendo o sorriso no rosto.

– Eu te disse o que sei e te disse que é segredo. Quero te ver bem. Pense positivo, garoto de cabelo vermelho.

– Estou carequinha ainda.

– Mas já está crescendo. Vi você coçando a cabeça. Ele tá voltando. As outras coisas vão voltar também, mas é assim, aos poucos. Você está vendo só a parte negativa da coisa toda. Uma semana atrás cada um tinha a sua rotina. Agora parece que entramos num filme de terror. Estamos ainda tontos com a mudança e temos que nos defender dos vampiros durante a noite.

– Eu preciso falar com ele, Mall. Se tem um jeito de curar a minha mãe eu preciso saber, preciso falar pro meu irmão. Tenho que dar um jeito de ela voltar para cá.

– Não! Não faça isso, pelo amor de Deus! Eu estou me abrindo com você, estou te dizendo algo que me pediram segredo… eu confiei em você.

– Mas então por que veio me contar?

– Já disse! Para te animar, oras bolas! Garoto, eu só queria ver um sorriso no seu rosto. Esse é o meu defeito. Não aguento ver ninguém sofrendo, Foguete, por isso escolhi ser enfermeira. Para ajudar a curar. Aprenda algo sobre mim. Eu quero ajudar todos os meus pacientes e se recuperarem.

– Escolha burra do caramba, Mall. Se não quer ver gente sofrendo, por que ser enfermeira? Você *só* vai ver gente sofrendo.

Mallory sorriu e bateu a mão no ombro de Pedro.

Pedro sorriu para Mallory e sentou-se novamente para calçar os tênis. Fez um esforço e uma careta ao espremer novamente os pés dentro daqueles calçados desconfortáveis, mas o sorriso continuou no final, mesmo com aquele fio misterioso perseguindo a enfermeira.

– Você conseguiu. Me deixou otimista. Muito.

À deriva

– Mas bico calado. Temos que ser responsáveis com essa informação. Todo mundo perdeu alguém. Precisamos ter certeza antes de falar ou vão deixar o coitado do Elias doido com isso. Nada de falar isso para o seu irmão nem para a sua namorada.

– Ela não é minha namorada. Eu já falei. A gente ficou numa festa antes de tudo dar errado. Eu não quero me envolver com a Chiara...

– Já contou isso pra ela?

Pedro balançou a cabeça em sinal negativo.

– Então conte, pobrezinha. Ela se sente especial com você e tem certeza de que é sua namorada. Veio aqui umas cinco vezes ver se você já podia sair. Não quero me meter nisso aí, sério, mas ela te ama pra caramba, Foguete.

Pedro passou a mão pela atadura com o olhar meio perdido.

– Eu vou falar pra ela. Vou falar.

– Espere aqui. Vou ver se descolo um remédio para você tomar mais tarde para a dor. O hospital estava com a farmácia abastecida, para a nossa sorte. As pessoas por aí devem estar perdendo a cabeça com medo de ficar sem medicação.

Mallory virou-se, foi até um gaveteiro metálico e abriu a segunda gaveta enquanto cantarolava. Pedro gostou de ouvir a enfermeira cantando. Dava uma boa sensação aquela cantiga. Só continuava intrigado com sua visão. Teria algo de errado com ele? Ele não queria falar sobre isso para não ficar preso naquele ambulatório, ainda mais agora que sabia que o doutor Elias podia trazer alguma boa notícia para a sua mãe, mas o fato é que via mesmo uma tira espectral saindo do pescoço de Mallory, de sua nuca, saindo e subindo até o teto e balançando suavemente, como uma teia que balança com uma lufada de vento. O fio não desgrudava da mulher e ia serpenteando pelo teto e pela parede, sem seguir em linha reta, ora até atravessava a parede, o concreto, como uma coisa fantasma, vazando para o outro lado.

Ainda de costas e mexendo na gaveta, Mallory tirou o estetoscópio do pescoço e começou a falar:

– Aqui os médicos estão espantados. Eles são sempre cheios de dedos para falar as coisas para os outros, sabe? Muitos se sentem mais que a gente. A Ana não era assim. Falava comigo de tudo, a gente era muito ligada. – Mallory voltou com uma cartela de comprimidos vermelhos na mão. Tinha deixado o estetoscópio sobre o gaveteiro de medicação. – Por isso que estou admirada com eles tão abertos, tão falantes.

– Com tudo o que está acontecendo, Mall, eu não fico admirado com mais nada – revelou Pedro, olhando para o gaveteiro. – Preferia eles de narizes empinados, como antes, porque estaríamos no antes. No dia em que minha mãe colocaria um fim na guerra contra o Urso Branco.

O rapaz estava olhando fixamente para o estetoscópio agora. Era dele que saía o fio branco, o fio fantasma, não era da amiga enfermeira.

Uma senhora apareceu junto à porta e Pedro sentiu seus pelos se arrepiarem. Era uma velha, com as costas curvadas e um olho branco. Mallory, reparando na reação de Pedro, virou-se para a porta, já temendo encontrar um vampiro, ali, preparado para pular sobre os dois.

– Dona Elsa! Está melhor? Conseguiu dormir hoje?

– Dormi melhor, filha. Bem melhor. Só estou sentindo fraqueza, acho que estou com febre, pode tirar minha temperatura? – perguntou a senhora, com a voz rouca da velhice.

Mallory foi até o corredor, levando a senhorinha para a sala ao lado, conversando e tranquilizando a anciã enquanto Pedro respirava aliviado. Por um segundo assustou-se com a velha imaginando se ela estaria ali mesmo ou se, como o fio que escapava do estetoscópio, era uma aparição, uma coisa vinda da sua cabeça. Sem titubear, avançou até o gaveteiro e enfiou o estetoscópio dentro de sua calça, prendendo-o a sua cueca. Esgueirou-se para fora da enfermaria e voltou ao pátio.

– Merda.

O comboio para São Paulo já tinha saído. Ele queria ir com Cássio e os voluntários do GRA. Tinha colocado o seu nome na lista. Na verdade, já era o final da tarde, começando o poente, e podia notar os passos apressados das pessoas. Nessa hora do dia todo mundo se recolhia aos dormitórios e começava a rezar para amanhecer logo enquanto os soldados da escala começavam a caminhar e fazer a vigília durante a noite, armados de fuzis, inspecionando o alambrado. Em cima de um dos prédios um dos soldados ficava munido de óculos de visão noturna.

Ele mesmo já deveria começar a pensar em ir para o seu dormitório, mas estava intrigado com o lance do estetoscópio e a linha fantasmagórica que estava mais firme do lado de fora, flutuando a sua frente, despregada do estetoscópio, vagando no ar, fazendo um percurso irregular e convidativo. Aquilo ali era inacreditável. Como podia ser?

À deriva

Pedro continuou a seguir aquele fiapo fantasmagórico, atravessando o estacionamento, procurando não chamar a atenção de quem cruzava o seu caminho. Tinha o estetoscópio da enfermeira Mallory em suas mãos e o latejar dentro de sua cabeça.

Chegou até a entrada do silo onde os adormecidos eram depositados e onde o Conselho se juntara na sala do piso térreo, onde debatiam o futuro de São Vítor e também alojavam o centro tático e arsenal dos soldados comandados tanto por Cássio quanto pelo tenente André Almeida. Ali era a chapa quente de São Vítor agora, e o diacho do fio de teia, emaranhado, flutuante, vinha de lá e, a cada passo que dava, Pedro via o espectro intumescer, encorpar, tornando-se um fio mais denso. Olhou para os lados. Como ninguém mais via aquilo? Encontrou o acesso ao silo aberto. Ouvia vozes lá dentro do arsenal, então passou apressado para não chamar atenção. O fio continuava pulsando a sua frente, já não mais translúcido, mas de um branco leitoso que ia engrossando, perdendo cada vez mais o aspecto de teia e ficando inteiriço, como um cabo, uma corda fantasma e flutuante, com fiapos que iam se soltando e derretendo no ar. A luz do sol que entrava pela claraboia e iluminava o primeiro lance de escadas ia morrendo, sinalizando o fim do dia. O sol estava se pondo bem agora que ele precisava de luz. Seu coração estava disparado, queria entender o que era aquilo. Lá dentro, dois lances de escada para baixo, o ar ficava mais frio. Pedro sentiu suor brotar em sua testa. O estetoscópio em sua mão continuava emitindo aquele fio, descendo mais as escadas. Quando atravessava o patamar para o próximo andar, Pedro nem olhava para os lados com medo de ser interpelado por algum voluntário. Muitos dos adormecidos ainda eram alojados; tentavam dar alguma lógica para aquela proteção de gente vulnerável, presas pelo sono, e planejavam trazer muitas mais.

Pedro parou quando começou a descer o novo lance de escadas. Estava escuro e ele não estava com medo, nenhum medo. Só tinha vacilado. O fio branco e potente estava diminuindo a força. Fosse o que fosse, aquela magia estava acabando. A energia contida naquele estetoscópio estava se esvaindo. Pedro começou a correr. Tinha que decifrar aquele enigma. Tinha que entender o que a sua cabeça aberta estava fazendo com ele, se existia mesmo um fio ali na sua frente ou se era fruto de sua imaginação, se era uma sequela de seu cérebro avariado. Quanto mais descia, mas o fio se dissipava, tornando a ter o aspecto de uma teia de aranha, fina, até não existir mais. Desapareceu. Pedro parou. Estava no patamar do quarto subsolo, parecendo um maluco, com o estetoscópio roubado de Mallory apontado para a frente, como se fosse uma varinha de encontrar água, olhando para a escuridão das escadas que continuavam descendo dentro daquela obra impressionante e que ninguém compreendia para que existia, ali, no meio do nada, no projeto de um hospital. Pedro secou o suor da testa com a camiseta e recostou-se na parede gelada de concreto. Ficou olhando para o aparelho um tempão, procurando qualquer sinal do fio de teia, da coisa que o tinha perturbado e o carregado até ali. Nada. Enfiou as hastes do aparelho em seus ouvidos e colocou o espelho por baixo de sua camiseta até chegar ao seu coração. Estava disparado, enchendo sua cabeça com um tum-tum ritmado. Pedro inspirou fundo e espirou por alguns segundos. Queria voltar para o mundo que ele conhecia. O mundo onde ele não via teias saindo das coisas. O mundo onde ele não era louco.

Abriu seus olhos depois de se acalmar e colocou o estetoscópio no bolso de seu jeans. Continuava sentindo a parede a suas costas. Sua ferida na cabeça também pulsava. Então veio o facho de luz.

– Quem está aí? – perguntou a mulher, imperativa.

Pedro colocou a mão direita à frente do rosto, incomodado com a claridade repentina. A mulher vinha com uma lanterna. Ficou calado, pensando no que dizer.

– Você é o Pedro, não é?

Ela o conhecia. Manteve sua mão erguida até que ela abaixou a lanterna e se aproximou mais.

– O que você está fazendo aqui?

Pedro deu de ombros.

– Nada. Só espiando mesmo. Nunca tinha vindo aqui.

– Sua cabeça... está melhor?

Era uma morena jovem e de rosto atraente. Ela apontou a lanterna para o piso de concreto cru e empoeirado do subsolo, iluminando centenas de macas. Em cima de cada uma delas, um adormecido resgatado de São Paulo pelo time de Cássio Porto.

– Não sei se eu estou legal.

– Quer ir ver o doutor Otávio? Eu sou a enfermeira que ajuda no P.S.

– Conhece a Mallory então?

Nádia balançou a cabeça em sinal positivo.

– Somos amigas. – Ela olhou para Pedro e apontou novamente a lanterna para os adormecidos. – Vem, eu te mostro.

Andaram calados um instante, só o som de seus passos ecoando pela galeria de pé-direito alto e tomada por fileiras de macas e colchonetes no chão.

– Queremos colocar soro fisiológico em todos eles. Eles ocupam três pisos já e o Cássio foi a São Paulo para trazer mais. – No fim, a voz dela parecia uma queixa. – Não vamos ter equipamento e nem fornecimento de soro para todos eles.

– Eles desidratam?

– A doutora Suzana e o doutor Otávio estão repetindo exames. Acham que sim.

Pedro estacou ao mesmo tempo que a lanterna falhou. A escuridão foi absoluta, perdeu completamente a noção do espaço ao seu redor. Algo tinha ficado gravado em sua retina. Uma daquelas teias assombradas estava saindo da testa de um dos adormecidos e subindo para o teto. Enquanto Nádia maldizia a lanterna e balançava o equipamento tentando recuperar a iluminação, a respiração de Pedro acelerou, junto com seu coração disparado. Estaria enlouquecendo? Não era uma teia como a do estetoscópio. Era diferente. Tinha sido rápido demais, mas ele tivera a impressão de que ela era vermelho-escura, bordô, com uma textura muito diferente daquela branca e de fio esfarrapado.

– Vem, me dá a mão, Pedro.

– Hã?

Nádia deu dois passos com os braços estendidos e trombou com o rapaz.

– Essas lanternas são uma merda! Tem bateria solar, mas não tem um aviso de quando vai acabar, simplesmente acaba.

Nádia içou o rapaz para fora do pavimento e logo chegaram às escadas também escuras.

– Eles vão instalar luzes, tudo com painéis solares, já tão pensando em tudo. A gente vai ter que aprender a viver nesse mundo novo.

Pedro ficou calado. Não gostava daquele "mundo novo" e nem daqueles fios esquisitos que tinha começado a ver.

– Desculpa se eu fiquei assustado, não tô me sentindo bem.

– Vem, anda mais rápido. Ficar aqui nesse escuro me deixa nervosa também. Se você quiser eu te deixo no P.S.

– Não precisa. Só vamos sair daqui.

CAPÍTULO 6

Cássio estava a caminho de São Vítor com o comboio do GRA. Iam o mais rápido que o trajeto permitia, desviando de carros, árvores e mortos no meio da pista. Quando o grupo alcançou a marginal Tietê, o sol se escondia no horizonte, atrás dos enormes prédios abandonados. Estavam muito atrasados. Muito. Devido à altura dos prédios e à estação do ano, mesmo sendo cinco horas da tarde, em alguns pontos do trajeto já estava completamente escuro. Os primeiros olhos vermelhos surgiam na escuridão. A maioria arfava, se benzia ou prendia a respiração quando via os primeiros sinais dos noturnos saindo de suas tocas.

Cássio sentia o coração acelerar, mas ele projetava a sua mente em se manter firme e não demonstrar fisicamente o que estava sentindo. Como uma comissária que percebe que certa turbulência não foi comum, mas ainda assim mantém a calma. Deveria dar o exemplo. Ele vinha no primeiro ônibus, vendo o Uno que ia na frente, como um batedor, verificando o caminho para os ônibus cheios de adormecidos, seus familiares e membros do inaugural Grupo de Resgate de Adormecidos de São Vítor. Estavam fazendo história.

Jorginho e Guilherme iam no Uno vermelho fazendo a função de batedores. Cássio conhecia Guilherme, interagira com ele algumas vezes. Era um menino esperto, com uns dezoito anos, que queria ser soldado voluntário a qualquer custo. Já o Jorginho, um senhor de uns setenta anos, o dono do Uno vermelho, Cássio apenas sabia que ele queria vir até São Paulo sempre que fosse preciso e não aceitaria ser deixado para trás.

À deriva

Jorginho estava atrás de sua cachorrinha chamada Soraya, e tinha fé de que um dia veria sua vira-lata caramelo novamente.

Quando estavam quase fora da grande São Paulo, na altura do trevo de Jandira, Cássio viu quando o Uno vermelho freou bruscamente e acionou a luz de marcha à ré, obrigando a motorista do ônibus a frear rapidamente também. O veículo menor se emparelhou à janela do ônibus onde Cássio seguia viagem. Jorginho colocou a cabeça para fora do carro bradando:

– Sargento! A estrada está bloqueada, precisaremos voltar!

– Como assim? – perguntou Cássio – Não temos para onde voltar, Jorge, já anoiteceu. Não temos fortificações em São Paulo, precisamos seguir viagem.

– Sargento, com todo o respeito, senhor, mas precisamos de outro plano urgente! A estrada não estava bloqueada com árvores nesse ponto do trajeto na ida... Eu acho que é uma emboscada.

Todos naquele veículo estavam calados agora. Sabiam que a hora dos vampiros tinha chegado e que seus pescoços estavam, literalmente, em jogo.

Cássio não falou. Ele imediatamente se dirigiu até a porta do ônibus, pediu para a motorista abri-la e desceu. Um lado compreendia que era noite, mas outro martelava em sua cabeça que mesmo assim era cedo demais para um bloqueio com troncos de árvores.

– Feche a porta, Janaína, e só abra novamente se eu mandar.

O sargento Cássio Porto olhava para os lados, investigando a escuridão que os rodeava. Com exceção da lanterna dos faróis dos carros, tudo estava escuro. Bem distante, o último fio roxo contornava o topo de algumas montanhas e a silhueta dos prédios nas cidades. Mesmo que eles já estivessem soltos como viram ao deixar São Paulo, aquele tipo de emboscada tinha sido armada cedo demais. As dúvidas só desapareceram quando os olhos rubros começaram a surgir na mata que margeava a rodovia Castelo Branco. Eles ficaram lá, parados, observando o grupo de Cássio, aumentando de número perigosamente.

Cássio se dirigiu devagar até o carro dos batedores e deu a ordem:

– Não saiam daí.

Guilherme desceu do carro, trêmulo, com a mão no cabo da pistola.

– Não sabe obedecer a uma ordem, soldado? – Cássio ainda patrulhava os arredores com os olhos. Tentava contar quantos eram. Sete até o momento.

– Vou obedecer ao senhor – disse Guilherme. – Não saindo daqui, do seu lado.

Cássio não teve tempo de reclamar. A primeira criatura saiu das sombras, dando passos mansos para fora do matagal da vala central que dividia as duas pistas. Ela não dizia nada, apenas andava em frente, com os olhos fixos em Cássio e no garoto ao seu lado.

Quando o noturno deu o terceiro passo, Cássio observou outro surgindo ao lado. Com a sua visão lateral, viu um terceiro sair debaixo de uma marquise de um prédio à beira da estrada. Conforme esse se mexeu, um quarto começou a se aproximar. "Estão fechando o cerco", pensou Cássio. "Como uma matilha, estão caçando. E somos as presas".

Cássio desembainhou o sabre de cavalariano que trazia na cintura. O brilho da lâmina refletia no farol do Uno. Guilherme segurava a semiautomática engatilhada. Os agressivos deram uma pausa na caminhada. "A qualquer momento", Cássio pensava, "a qualquer momento…"

Um berrante ecoou pela escuridão. O som era completamente estranho e inesperado ao ambiente a sua volta. A combinação de sons… Um motor acelerando e um berrante ecoando na noite fez todos os passageiros dos ônibus colocaram as fuças nos vidros e tentar entender o que acontecia do lado de fora.

Cássio estava totalmente alerta. Em questão de segundos, uma Kombi preta e um Gol branco, ambos com os faróis apagados, surgiram por trás do ônibus. O farol da Kombi ligou quando ela já estava em cima dos agressivos, cegando-os momentaneamente. O automóvel desconhecido acelerou ainda mais, passando por cima de dois noturnos e atropelando ainda outros que começavam a sair do matagal. Os carros pararam e cinco homens desceram deles. Um deles segurava o berrante em uma mão e uma pistola na outra. Nas laterais dos carros estava pichado com spray "CRRF". Para Cássio, eles pareciam ursos, negros e imensos. Imediatamente se dirigiram até as árvores e começaram a empurrar as maiores para fora da pista.

Havia ainda outro homem que tinha ficado dentro da Kombi, no banco de trás. Era alto e forte como os outros. Mas enquanto os outros usavam roupas pretas, aquele usava uma camiseta com o desenho de uma rosa, com o tecido colado ao corpo.

– Olá, amigo! – disse para Cássio. – Chegamos em boa hora, pelo jeito.

– Quem são vocês? – questionou Cássio, ainda com a espada na mão.

– No momento, seus heróis. E se eu fosse você, acelerava aí que os sanguessugas já vão se organizar de novo. Entra aqui, cara, dá pra gente te levar até um local seguro mais pra frente nessa estrada.

Cássio encarou o homem. Não achou prudente entrar num veículo de desconhecidos, mas tinham acabado de salvar o seu couro e o couro de todos no primeiro dia de missão do GRA, e de quebra tinham aberto o caminho na rodovia.

– Guilherme – disse Cássio para o jovem ao seu lado. – Entre no Uno. Estarei com eles atrás do comboio.

O homem na Kombi sorria, olhando para Cássio. O garoto assentiu e entrou. Cássio fez sinal para a motorista do ônibus seguir viagem. A estrada havia sido liberada, e os homens entraram na Kombi, Cássio logo atrás deles.

– Ótimo – disse o homem com a rosa quando Cássio se sentou a sua frente.

A maioria dos homens havia entrado no Gol, apenas um deles havia voltado para a Kombi, dirigindo. O veículo tinha os bancos virados para que pudessem ficar de frente um para o outro. Cássio reparou que, no que seria o porta-malas antes das modificações, havia duas mulheres jovens desacordadas.

– Quem são elas? – perguntou Cássio.

– São do tipo bela adormecida.

– O que vai fazer com elas?

– Calma, sargento. Que tal se eu disser meu nome primeiro, o que acha? Cássio, sério, não se mexeu.

– Ok... Vou aceitar isso como um sim. – O homem arrumou a postura e estendeu a mão para Cássio. – Meu nome é Larisson, mas todos me chamam de Lars.

Cássio apertou a mão do agora conhecido.

– Sargento Cássio Porto. Prazer.

– O prazer é todo meu, sargento – disse Lars. – Eu fico feliz de ter encontrado outro grupo organizado como o seu parece ser.

– Estamos retirando os adormecidos de São Paulo e levando para um local seguro – disse Cássio.

– É exatamente o que fazemos aqui também. Somos o CRRF. Centro de Resgate e Reunião de Famílias. Estamos levando dorminhocos como essas mulheres aqui, para que fiquem em segurança e um dia possam se reunir com os seus familiares.

Cássio sentiu o corpo relaxar. Era ótimo que houvesse outros grupos fazendo isso. Afinal, São Paulo era imensa. A quantidade de adormecidos que podia ainda estar ali era absurda. Ele sentiu a pergunta lhe escapar da boca antes que pensasse.

– Vocês têm crianças entre os adormecidos?

Larisson o encarou. Parecia refletir.

– Você tem filhos, Cássio? – O homem falou o nome dele de modo peculiar, como se estivesse apreciando aquele momento.

– São meus sobrinhos.

"Ok…", pensou Cássio. "Controle as palavras. Você não deve explicações para esse desconhecido."

– Ah, entendo… Nossa sede fica nos galpões antigos da B2W. Lá é imenso e bem protegido. Podemos abrigar muitos adormecidos. Podemos até, quem sabe, sermos parceiros, sargento. Você é bem-vindo para ir até lá procurar seus sobrinhos entre os que resgatamos.

– Obrigado.

– E onde fica a sede de vocês? – perguntou Lars.

– Próximo a Itatinga – respondeu o sargento, lacônico.

– Entendo… Outra pergunta, sargento Porto… – Lars o encarava. – Você é gay?

Cássio sentiu seu rosto avermelhar com a pergunta. Percebeu pelo espelho retrovisor que o homem que dirigia olhou para ele. Ele olhou para o lado de fora da janela. Já estavam longe, havia mato dos dois lados da estrada.

– Por favor, senhor – Cássio se dirigiu ao motorista. – Pode buzinar e encostar? Tenho certeza de que o meu pessoal vai entender o recado e parar. Aqui já está ótimo. Agradeço a ajuda de vocês hoje e espero poder retribuir algum dia. Teremos muito trabalho para salvar os adormecidos.

– Itatinga, muito amigo meu se tratava lá, sabe, falavam bem de Itatinga, tudo novinho… – disse Lars, sorrindo. Seu sorriso mostrava todos os dentes e era de um branco que iluminava sua pele negra. – Pode fazer o que o sargento disse, Zé. Encosta a carroça.

Quando os carros pararam, Cássio deslizou a porta da Kombi para o lado e desceu.

– Obrigado pela ajuda de vocês hoje. Tenham uma boa noite.

– Apareça na nossa sede, sargento Porto, será um prazer recebê-lo.

Cássio assentiu com a cabeça e se virou em direção ao ônibus. Ouviu a porta da Kombi bater atrás de si.

– Obrigado, Lars. Muito obrigado.

Em alguns instantes estavam seguindo viagem novamente. Os carros do CRRF haviam dado meia-volta na rodovia e não os seguiam. Tudo estava em seu lugar novamente.

CAPÍTULO 7

Eram nove horas da manhã quando Cássio Porto entrou na capela do Hospital Geral de São Vítor. Quatro pessoas, de uma mesma família, estavam ajoelhadas em frente ao altar, onde a cruz de Jesus Cristo estava afixada. A luz estava apagada e a claridade disponível entrava pela janela.

Cássio sentou-se atrás, num dos bancos de madeira, e encarou o Cristo crucificado por um momento. Não era um católico praticante, há muito tinha abandonado a igreja e não encontrava mais nela conforto algum. Agora estavam todos também abandonados na Terra e Deus parecia ter tirado um cochilo, permitindo tudo aquilo acontecer do dia para a noite. Muitos dos cristãos diziam que estavam vivendo o que tinha sido planejado pelo Senhor, que agora os ímpios seriam arrebatados e naquela terra só ficariam os que teriam que acertar suas contas no Juízo Final. Cássio não via sentido algum naquilo. Não acreditava em separação de bons e maus, de certos e errados. Ninguém poderia explicar o sofrimento e o fenômeno que estavam passando. Ainda assim, o sargento juntou as mãos em prece, entrelaçou os dedos e fechou os olhos, colocando a testa no encosto de madeira do banco da frente. Agradecia, mesmo que Ele tivesse desistido de todos, por ter conseguido salvar centenas de almas deixadas para trás. Essa era a sua missão no novo mundo. Ainda de olhos fechados, ouviu quando a família se retirou deixando-o sozinho lá dentro. Cássio afundou-se em sua oração. Sentia-se perdido como todos, devastado por dentro, mas precisava parecer inteiro por fora para dar conforto aos que tinham confiado nele. Precisava continuar a luta. Aquele mundo novo estava só começando. Ele não esperava que as autoridades retornassem como

À deriva

todos sonhavam. Algo buzinava em seu ouvido que aquela tribulação seria muito mais longa e mais duradoura do que todos acreditavam. Não achava que as coisas voltariam aos trilhos no mês seguinte nem no outro ano. Talvez levasse muito mais tempo. Dez anos, quinze anos. Queria resgatar o máximo de adormecidos que pudesse. Pediu forças para continuar lutando pelos indefesos naquela cidade e trazê-los para São Vítor, a semente da nova humanidade, mas para isso dar certo, para que a semente germinasse, era preciso que alguma humanidade restasse dentro deles, dos novos jardineiros do Senhor. Era assim que se via. Um jardineiro do Senhor. Se pudesse, se Ele permitisse fazer um pedido, pediria apenas uma recompensa por sua devoção aos desprotegidos e abandonados para trás. Queria encontrar seus sobrinhos. Queria ver mais uma vez o sorriso de Megan e os olhos carinhosos de Felipe. Não imaginava como os encontraria de novo, mas não podia se curvar ao medo de nunca mais vê-los. Tinha que tentar. Tinha que vasculhar o bairro. Alguém teria notícias de seu primo Dalton, que tinha se tornado um noturno, e de seus sobrinhos. Todos filhos do mesmo sangue. Todos da mesma família. Por que ele tinha feito aquilo? Por que tinha pegado os filhos de Alessandra? Cássio mergulhou em sua prece, em sua oração, em sua conexão com a força maior que sempre amparara a todos, a energia plural e também una, a Esperança. Pediu uma luz, um sinal, uma guia para seguir em frente e encontrar aquelas crianças, tinha que haver um jeito. Estavam sozinhas num mundo que não era mais o mesmo. Pediu forças para não esmorecer e não deixar seus sentimentos falarem mais alto do que deveriam. Ele deveria continuar como um soldado, um soldado de São Vítor. Sua missão era cuidar daquele povo, daquele êxodo de São Paulo para a nova vida. Sua missão era manter os vampiros longe de seu povo. Não poderia ser quem ele queria ser. Não poderia deixar seu coração falar alto. Se resignaria para que sua mente focasse proteger São Vítor e enterraria seus sentimentos. Precisava salvar aquela gente e assim, salvaria a si mesmo.

* * *

Cássio deixou a capela e encontrou-se com o grupo de voluntários na Estação de Segurança. Tinha estabelecido a entrada para o silo onde os adormecidos tinham sido acondicionados e onde tinham o acesso vigiado

André Vianco

24 horas por dia como a base de operações em São Vítor. Não era uma medida para impedir alguém de entrar ou um filtro para evitar que familiares visitassem seus entes inconscientes. Era o contrário. Era para ter controle sobre eles, sobre aqueles que eventualmente despertassem do sono místico. Tinham decidido que quem despertasse seria levado para uma quarentena. Doutora Suzana e os outros médicos tinham concordado com esse procedimento de cautela. Então, se ali era para ser uma área de segurança, ficaria ali também o arsenal provisório e o quartel dos soldados voluntários que cuidariam da cerca do HGSV e também da segurança dos habitantes de São Vítor. Ali dentro encontrou reunidos aqueles que, por experiência e vontade, tinham se tornado a cúpula das decisões de segurança de São Vítor, que passaram a chamar de Conselho. Os militares, tenente Almeida, secundado por seus soldados Gabriel Ikeda e Rogério Castro. Do lado da Polícia Militar havia Graziano, o cabo Chico, Zoraíde e ele, Cássio. Os civis eram encabeçados pela doutora Suzana e o cardiologista Otávio, que estavam tocando o P.S. de São Vítor. O chaveiro Rui, a proprietária de um dos ônibus que sempre se prontificava para participar das discussões e reuniões, dona Diana, e os seguranças do HC que tinham se refugiado em São Vitor, Mauro e Vanda, fechavam o grupo.

Aos olhos de Cássio, nenhum deles estava contente com a ideia de voltarem a São Paulo novamente e nem abrir os portões de São Vítor para que novos refugiados chegassem.

Vanda foi a primeira a falar com o sargento:

— Sargento, a gente checou as seis caixas d'água do complexo. Tem uma para cada prédio de atendimento para o hospital, e aquela espiga lá fora, a torre, é de um poço artesiano que distribui para os silos e os banheiros externos. Não estamos recebendo água na tubulação da prefeitura, mas ao menos o poço artesiano parece estar recompondo o que usamos.

— Isso é uma ótima notícia...

— Parcialmente, sim, é uma boa notícia. Não morreremos de sede tão cedo.

— Isso nos dará tempo de furar outro poço se for preciso. Tem um lençol freático aqui então — acrescentou o tenente Almeida.

— Já encontrei quem entende dessas coisas, de cano, de poço, foi ele que me certificou de que o poço artesiano está se reabastecendo do lençol e que a água é pura e boa para beber. Ele disse que podemos furar outro

À deriva

poço, mas vamos precisar de ferramentas – explicou Vanda. – Vamos precisar de uma bomba de óleo, ou seja, vamos precisar de combustível, mas ele já viu muita bomba instalada com painel solar. Precisamos encontrar um depósito com painéis solares, isso está valendo mais que diamante nesse momento.

Cássio sorriu pela primeira vez e acrescentou:

– Ótima notícia. Ótima. Precisamos de água e de comida. Isso vai animar as pessoas. Estão todos muito maltratados pelo racionamento. Todo mundo querendo tomar banho nesse calor infernal.

– O nosso *manjador* de poço disse que esse poço que temos não dá conta de mil pessoas. Temos mais de mil aqui e tem gente dizendo que quer ir buscar parentes e trazer pra cá. Tá entendendo o problema? – continuou Vanda.

– Isso é um problema com os pequenos grupos de pessoas que chegam todos os dias. Para onde vamos mandar essa gente se continuarem vindo, tenente? – questionou Suzana.

– É hora de sobrevivermos, doutora – completou André Almeida. – Temos que pensar estrategicamente. Todo mundo vai querer um oásis no meio desse deserto de morte e sangue. Vão tomar nossa água e comer nossa comida. Estou sendo prático, só isso. Se todo mundo ficar sabendo que temos segurança e organização aqui, logo vai ter tanta gente aí nas cercas de São Vitor que serão tão perigosos quanto os vampiros.

– O que acha, Cássio? – perguntou Ikeda. – Entendo trazer os adormecidos. Eles estão quietinhos, não tão comendo nem bebendo nada, mas e os outros? Quantos parentes despertos vieram com vocês essa madrugada? Vai ser bizarro um monte de gente querendo entrar, concordo com o tenente. Vai dar merda essa porra aí. Desculpa a boca suja, mas falo a real.

Todos os olhos se viraram para o sargento. Era ele que os tinha trazido até ali. Era ele que estava à frente das decisões cabais. Era ele que o grupo via mudo e horrorizado com o rumo da conversa.

– Eu ainda não sei. No momento temos tantos problemas que nem sei por onde começar. A única coisa que sei é que preciso voltar para São Paulo. Minha motivação é essa.

– Para trazer adormecidos e mais parentes? – perguntou Almeida.

Cássio olhou para o tenente e meneou a cabeça em sinal positivo.

– É, mas… não é só isso. Tem meus sobrinhos, não achei sinal deles ontem. Eu quero procurá-los mais. Minha irmã está enlouquecendo.

– Tem um monte de gente aqui que já veio falar com a gente, sargento – replicou Almeida. – Todo mundo deixou gente pra trás. Temos que ser realistas aqui. Não quero te desmotivar, mas tá todo mundo sabendo dos seus sobrinhos e do que a sua irmã disse. Eles foram levados por um deles, por um noturno. Ela deu trabalho ontem, não foi só o guri da promotora.

– Eu sei… mas não posso desistir deles. São crianças, estão lá, indefesos.

– Tá, ainda não fizemos uma lista para isso, mas pelo menos umas vinte pessoas vieram pedir para irmos procurar seus parentes. Se divulgarmos que vamos sair em missão toda semana, não sei, todos vão querer vir com a gente. Precisamos ser responsáveis com o resto do combustível. Isso também está valendo ouro, diamante… enfim. O combustível é de todos agora – ratificou o tenente.

– E o que você quer que eu faça, Almeida? Quer que eu fique aqui tomando café enquanto meus sobrinhos estão lá, precisando de mim?

– Se estiverem vivos, alguém os encontra, mas você mesmo disse que andou nas galerias de esgotos e viu o que viu. Seja realista, sargento, eles estavam adormecidos, não tinham nem como lutar.

– Você tem certeza de que eles estão mortos? – perguntou o sargento, incisivo.

Os olhos dos militares se tornaram bélicos por um instante.

– Mesmo a sua ideia de buscar os adormecidos. Você tem combustível para mais quantas viagens? Duas? Como estão as estradas? Ainda dá pra trafegar? Você informou da emboscada que sofreram ontem. E se não tivessem tido socorro?

– Eu vou com minha égua. Traremos mais cavalos. Uma hora vamos precisar de tração animal aqui, como antigamente.

– E vai trazer os adormecidos como? Com carroças? – Almeida pôs as mãos na mesa e riu, balançando a cabeça em sinal negativo. – Vai fazer isso em São Paulo? E as outras cidades no caminho? Itapetininga? Sorocaba? Itu? Vai mesmo salvar toda essa gente com seus cavalos? Milhões de pessoas? Desculpa, mas chega a ser engraçado.

– As cidades estão se virando. Eu ainda não tive como contar tudo para vocês, mas o que estão fazendo no trevo de Jandira e Itapevi é incrível.

Cada cidade encontrará seu jeito de defender seus adormecidos. Logo vão todos se organizar. O ser humano tem isso dentro de si, não deixa os indefesos para trás.

– Gente, eu sei que entender isso é importante, mas o povo aqui está preocupado com outra coisa também – intrometeu-se Vanda, talvez para apaziguar os ânimos entre os militares. – Nosso estoque de comida está caindo rápido. Temos enlatados que vão durar mais três, quatro dias. Isso é uma coisa que vamos ter que resolver agora, com urgência.

– Temos que fazer uma triagem com quem está aqui. Temos que dar um jeito de ser autossustentáveis, de subsistir até que as coisas comecem a melhorar – rebateu Cássio. – Vocês precisam saber, aí no papel, quem sabe cuidar da terra e plantar, quem sabe montar bombas d'água para trazermos mais água da represa e ajudar a preservar o poço. Traga aquele rapaz que falou dos painéis solares. Energia solar vai fazer toda a diferença. Ele disse que toda São Vítor pode ficar abastecida com painéis solares. Temos que saber quem sabe mexer com eletricidade, alvenaria, trabalhos de pedreiro, marcenaria, mecânica. Vamos ter de dar conta de nós mesmos.

– Nada vai nascer em três dias, Cássio. Temos que ir até a cidade mais próxima e procurar comida – cortou o tenente.

– Concordo – completou Rogério Castro.

Todos ficaram em silêncio um instante. O sargento Cássio Porto andou com seu capacete debaixo do braço. A sala estava ficando com o ar pesado.

– Salvar o mundo é foda, né? – Ikeda tentou descontrair.

Doutor Otávio bufou.

– Temos que nos dividir. Um grupo cuida das questões dos internos aqui em São Vitor e outro sai para procurar comida – sugeriu o médico.

– Muitas outras tretas vão surgir. Tá todo mundo com medo, todo mundo perdido. Coloque umas pessoas pra dar um rolê atrás de comida, Cássio. Se eles ficarem ocupados, param de falar e assustar os outros – prosseguiu o jovem chaveiro Rui.

– Nem tudo são más notícias, pessoal. Confirmamos um fato curioso que logo nos chamou a atenção desde que saímos de São Paulo.

Os olhos se viraram para doutora Suzana.

– Trouxemos muitos pacientes em situação delicada, achávamos até que perderíamos alguns deles no translado feito de emergência, sem suporte adequado. Estavam bastante debilitados, mas parece que estão, de alguma forma, se curando espontaneamente. Quando começamos a fazer a triagem para já começar a separar medicação e dar continuidade a tratamentos, a maioria estava assintomática. Pessoas que precisavam de cirurgia, com urgência, relatavam uma súbita melhora, menos dor. – Suzana apoiou as palmas das mãos na mesa, a roupa amassada e os olhos fundos de cansaço. – Sei que, como todos aqui, estou parecendo perdida, não tenho uma resposta lógica para isso, mas parece que estamos diante de um milagre. Um milagre de verdade.

– As pessoas estão nervosas, estão com medo. A única coisa que atendi foram ataques de pânico e uma senhora com uma entorse no tornozelo – emendou doutor Otávio. – Ficou inchado, mas evoluiu bem. Uma criança caiu de cima de uma árvore, fez escoriações, mas nada de mais. As pessoas feridas no ataque que sofremos com a promotora Raquel e o grupo dos vampiros, bem, as feridas já estão fechando, mais rápido do que o comum, nenhuma infecção. Concordo com a doutora, é muito inesperado.

Cássio olhou para os médicos

– O que isso quer dizer?

– Ainda é cedo, não sabemos, mas parece… como essas coisas estranhas e terríveis que aconteceram… algo mudou dentro da gente. Parece que nossos organismos estão lidando com as doenças, acabando com elas. Uns adormeceram, outros viraram noturnos, mas o resto da gente parece bem, dadas as circunstâncias. Nosso sistema imunológico, sem uma causa que eu possa explicar, parece ter dado um salto evolutivo e cuida de tudo e de qualquer doença no corpo – concluiu a médica. – Parece que nos tornamos obsoletos aqui, não é, doutor Otávio?

Otávio sorriu para a ex-diretora do Hospital das Clínicas da capital e passou a mão em seu ombro enquanto Cássio franziu o cenho, intrigado, particularmente interessado naquele assunto. Ele estava sem medicação há uma semana, temendo que sua saúde começasse a degringolar, mas não estava sentido nada.

– Eu amaria que os equipamentos de imagem voltassem a funcionar, mas parece que isso também foi afetado pela noite em que tudo mudou – queixou-se Suzana. – Com energia, talvez ao menos os aparelhos de raio-X funcionem. Isso já ajudaria demais.

À deriva

Era cedo demais para se animar com a notícia, mas Cássio não sentia nada; algumas vezes, antes daquela noite, vinha um cansaço descomunal, uma apatia, mas agora era só o estresse daquela situação excepcional que ficava em sua cabeça. Nada de febre ou suores noturnos. Irônico, já que só tinha conhecimento do desenvolvimento do Hospital Geral de São Vítor por conta de um tratamento experimental que fazia ali antes daquela noite maldita.

– E as comunicações? – perguntou Mauro. – Tá todo mundo perguntando quando o celular vai voltar a funcionar para falar com os parentes que moram longe e dar notícias. Essa gente toda tá muito ansiosa, sargento.

– Não dá pra saber – rebateu Almeida.

– Mas vocês já ouviram alguma coisa sobre as autoridades? – Foi a vez de dona Diana entrar na conversa. – Eles já jogaram aqueles papéis do alto. Ontem encontraram algum novo cartaz? Será que vai ter mais? Tem alguém se preocupando com a gente?

– Não dá pra saber – repetiu Almeida, mais ácido. – Quando acompanharmos Cássio até a cidade, posso procurar o Comando, mas não acho que vamos encontrar nada lá agora. Temos que nos proteger aqui.

– E o que você acha, Cássio? O que a gente faz sobre as comunicações? Quando vamos poder falar com quem está longe para dar notícias e saber o que está acontecendo? – insistiu dona Diana. – Minha irmã mora em Cuiabá, eu queria saber como ela está.

Cássio só balançou a cabeça em sinal negativo. Era visível o seu desconforto com o inquérito e o seu temor com todo aquele cenário. O sargento baixou a cabeça e fez outro sinal negativo enquanto colocava a ponta dos dedos na mesa.

– Não tenho respostas. Não sei o que dizer e nem como vamos cuidar dessas pessoas. Só sei que, pode parecer bobagem, mas temos que ser otimistas agora. Acreditar que podemos superar essa desgraça e encontrar o nosso caminho.

Doutora Suzana aproximou-se de Cássio e o abraçou.

– O otimismo pode operar verdadeiros milagres nesses momentos, Cássio. Não é uma bobagem. Você está certo. Alguma força que não conhecemos quer nos destruir, quer apagar o que somos e o que fomos. Temos que perseverar. Precisamos ser realistas, como disse o Almeida, mas, acima de tudo, precisamos ser verdadeiros, reconhecer nossos limites e lutar por nossa verdade, seja ela qual for. Assumir que não tem todas as respostas é muito forte de sua parte.

Dona Diana estava com lágrimas nos olhos e também veio abraçar o sargento.

– Desculpe te atropelar com toda essa ansiedade, mas você, melhor do que ninguém, sabe a aflição que é ficar sem saber como eles estão.

– Cássio, quero ir até a cidade aqui do lado investigar o batalhão. Meus homens precisam de munição. Desde o ataque e depois de ontem, nossos magazines estão diminuindo.

– O tenente está certo. Precisamos de mais munição, mais combustível e, principalmente, mais comida. Vão até Itatinga e vejam se conseguem alguma coisa para manter nossas reservas em um nível seguro de provisões para a próxima semana. Preparem uma patrulha.

– Segurança, combustível e comida. Acho justo – disse Ikeda.

– O senhor comanda a patrulha até Itatinga, tenente. Fique de olho em armazéns de logística. Eles podem ter tesouros lá dentro...

– Como os painéis solares. Sim, sargento, eu já estava pensando nisso.

– Vou solicitar a Graziano que fique de prontidão, responsável pelo perímetro de São Vítor. Eu vou até São Paulo mais uma vez. Ainda tem uma cidade inteira de adormecidos para serem salvos.

CAPÍTULO 8

Pedro ouviu os passinhos rápidos, ligeiros, fazendo barulho na água. Abriu os olhos, colocando a mão para trás, procurando tocar Breno no colchonete ao seu lado, mas só conseguiu molhar sua mão no chão enlameado. Sua visão focou o barulho, o bicho que corria. Era uma ratazana imensa, barriguda, com o rabo grosso, erguido no ar, andando rente a um muro sem reboco, mordendo furiosa os dedos da mão de um cadáver. Pedro sentou-se alarmado. Não estava no dormitório! Olhou para cima e viu um recorte quadrado no céu escuro, salpicado de estrelas, enquanto um cheiro azedo, de esgoto misturado a carne podre, entrava pelo seu nariz. Baixou os olhos e seus pelos se arrepiaram mais uma vez pelo corpo todo. Um fio vermelho saía de sua barriga e balançava pelo ar, bem devagar, ligando-se a um casulo elíptico, rubro e macilento, que flutuava, suspenso na noite, a sua frente. Pedro baixou os olhos para a ratazana comendo os dedos da mão do um rapaz e fez uma careta de asco ao perceber os lábios arroxeados do garoto e seus olhos baços, sem vida. Girou sobre seus calcanhares, tonto, não acreditando no que via. Que lugar era aquele? Estava em São Vítor?

– Pedro – chamou a voz, vinda de dentro do casulo flutuante, vibrando pelo fio vermelho e gosmento que bailava no ar e fazendo sua barriga gelar.

Pedro conhecia aquela voz. Conhecia tanto que seus olhos se encheram de lágrimas imediatamente.

– Mãe?

– Eu não sabia que eu podia te trazer tão rápido, filho.

Pedro caiu de joelhos, transtornado com o que via. Aquilo não podia ser real e ele sabia disso.

– Mãe, por que você me deixou aqui? Por que não me levou com você?

O casulo ficou silencioso por um instante, pulsando em intervalos de três segundos, um líquido viscoso e ferruginoso gotejando de sua ponta inferior, juntando uma poça viscosa no chão de lama, com mais ratos correndo ao redor de ossos calcinados, atravessando crânios e separando mandíbulas com dentes pontiagudos, dentes de vampiro. Uma película translúcida se formou no casulo, revelando o rosto pálido de Raquel.

– Eu não sou mais o que era, Foguete. Sou só um fantasma agora. Foi aqui que eu morri, filho.

– Não! Não pode ser. Onde estamos? Me diga onde você está! Eu quero te ver, mãe.

– Não! Ela acabou comigo.

Pedro olhou para os lados e encontrou uma garota encolhida contra a parede, toda suja de barro, mimetizando aquela paisagem imunda. Sua pele parecia ter rachaduras, impressão essa que era fruto do barro aderido aos seus braços e pernas e que tinham ressecado, roubando o calor do corpo da menina. Ela tinha dois sulcos lavados debaixo dos olhos, tinha chorado a madrugada inteira, sob o movimento das estrelas que giravam acima daquela abertura quadrada que a engaiolava naquela poça de lama com a crisálida sanguínea e flutuante de onde saía a voz de sua mãe e aquela garota pintada pelo lodo. Pedro mirou o céu negro mais uma vez, tentando adivinhar as horas e buscando algum indício de onde estava.

– Glauco... meu irmão... – choramingou a menina enlameada, mexendo os pés. – Você, desgraçada, matou meu irmão.

Pedro desviou o olhar para o corpo no chão, mais dois ratos roíam o cadáver.

– Ela me abriu, como você está aberto, filho, por isso te achei tão rápido.

O rapaz olhou para o casulo flutuante sem entender o que a mãe queria dizer com aquilo. Ele só queria algum sinal de reconhecimento daquela paisagem, queria saber onde estava, mas a escuridão era brutal. Via quatro paredes altas, paredes de prédios próximos demais. Caminhou pela lama com o fio vermelho e sanguinolento grudado ao seu umbigo, em seu torso nu. Havia só uma passagem, mas estava bloqueada por uma grossa grade de ferro com barras enferrujadas e tinta descamada. Pedro tocou o ferro que devia pesar centenas de quilos e então o bloqueio se desfez em partículas finas que voaram para dentro de um túnel estreito e escuro. Ele ouviu latidos distantes. Precisava passar pelo túnel e saber onde a mãe estava presa.

– Me mostre o Breno, quero ver vocês uma última vez antes de desaparecer deste mundo – suplicou a voz da vampira.

Pedro virou-se e se assustou. Não estava mais naquela cela lamacenta e fétida. Estava em pé, no abrigo de seu dormitório, olhando para si mesmo deitado no colchonete e para Breno deitado ao seu lado, aninhando-se em suas costas de conchinha.

– Vocês são tão lindos.

A imensa massa vermelha escura ainda flutuava, agora sobre o piso de concreto do pavimento, conservando o cordão sanguíneo entre aquele casulo e Pedro, em pé e ainda boquiaberto, olhando para si e seu irmão. O casulo flutuou até ficar ao lado da imagem fantasma do filho e algo se moveu em seu interior, deformando seus contornos.

– Mãe… me diz onde você está. Eu vou te buscar agora! Até amanhecer eu te encontro!

– Não. Eu não posso ficar com vocês. Eu não posso ter nada do que eu tinha antes de me tornar isso aqui. Eu sou perigosa.

– Não! Você tem que me dizer onde está, agora. Tem um médico aqui e ele disse que sabe como curar vocês.

– Uma cura? Para os vampiros?

– Sim, mãe. Existe uma cura. Ele disse que sabe o que tem que fazer.

– E tudo voltaria a ser como antes? Eu, você e meu pequeno Breno?

– Tudo vai voltar a ser como antes, mãe. É o que eu mais quero. Eu odeio esse lugar e odeio essa gente. Eles nos separaram, mãe. Você veio até aqui e desistiu de mim. Não desista, mamãe. Eles vão curar você.

Pedro encarou o casulo gosmento que pulsava e agora liberava uma leve, muito leve, luminescência, ganhando uma casca translúcida. Pedro arrepiou-se ao ver os contornos borrados do corpo da mãe, seus cabelos em cachos imensos, flutuando como se ela estivesse presa dentro de uma bolsa líquida. A voz dela chegava clara para ele. Via o rosto dela lá dentro.

– Eu não desisti de você, Foguete. Não desisti, nunca, mas me transformei em algo que não pode ficar perto de vocês, amo demais vocês, meus filhos.

– Me diz onde você está, mãe. Eu vou chegar até você antes do sol nascer, eu vou te tirar desse buraco e te levar para nossa casa. Eu, você e o Breno. E quando chegar a cura, você será a primeira da fila, mãe. Tudo vai voltar a ser como era antes!

Raquel tocou a membrana do casulo com a palma da mão. Pedro tocou a mão da mãe e sentiu o coração acelerar. Estavam conectados.

– Só estou aqui porque estou aberta também. É assim que elas conseguiram grudar em você, filho. Você tem uma força que as chamou também.

– Do que você está falando, mãe?

– Meus filhos. Foguete e Breno. Eu só queria ver vocês mais uma vez.

– Mãe, fala onde você está, por favor.

– Estou no seu sonho, filho. No nosso sonho de ficarmos juntos como éramos antes. – Raquel empurrou o rosto de encontro à membrana, ressaltando seus contornos e assustando o filho, que notou a testa afundada e o olho ausente. – Isso é só um sonho, filho.

Pedro soltou um grito, alarmado, ficando sentado e ofegante sobre o seu colchonete. Alguns dos rapazes se sentaram, sobressaltados. Breno sentou-se ao seu lado, também assustado e esfregando os olhos.

– O que foi, Pedro? Por que você está gritando?

Os outros resmungaram e voltaram a se deitar.

– Eu vi a mamãe – sussurrou para o irmão. – Eu sonhei com ela.

Breno inspirou fundo e deitou-se, voltando a fechar os olhos.

– Eu também sonhei com a mamãe. Sonhei que ela estava presa e chorando. Ela queria falar com a gente.

Pedro ficou calado, olhando para o irmão que voltava a dormir. Não tinha ideia de que horas eram. Levantou-se de cueca e andou até a janela. Lá fora o puro breu. Onde ela estava? Pedro olhou para baixo e quase soltou outro grito. De seu umbigo saía um cordão vermelho escuro, que atravessava a parede e perdia-se na escuridão. Começou a tremer, entendendo o significado daquilo. Sua mãe estava, onde quer que fosse, na outra ponta desse fio assombrado.

Vestiu-se rapidamente, com a cabeça latejando e com cem mil pensamentos ao mesmo tempo. Como iria para São Paulo? Tinha que sair agora. Tinha que saber que horas eram e tinha que encontrar sua mãe antes de o sol nascer. Antes de o fio vermelho desaparecer.

* * *

Pedro ergueu a lanterna do celular roubado no alojamento e vasculhou o mural de chaves até encontrar a da moto que tinha escolhido. Eram três horas da manhã. Tinha que ser rápido, não poderia parar. Escolheu uma moto com o tanque cheio e motor de quatrocentas cilindradas. Só precisava seguir o fio, seguir o barbante fantasma que saía de seu umbigo e flutuava a sua frente. Encontraria sua mãe antes da aurora.

Sua preocupação imediata se confirmou ao chegar ao portão do HGSV. O soldado Castro estava fazendo a patrulha, com o fuzil embandeirado às costas. Aproximou-se com uma lanterna e a expressão intrigada.

– Foguete?

– Preciso sair agora, Rogério. Tenho que pegar a estrada imediatamente.

– Calma aí, Foguete. Que urgência toda é essa?

– Não dá pra explicar agora, cara, mas tem a ver com a minha mãe.

– Ninguém pode sair depois que anoitece, brotherzinho. É regra da casa. Fica todo mundo junto de noite.

– Para com isso, Castro, abre esse portão, pelo amor de Deus.

– Calma, Pedro. Eu não posso deixar ninguém sair.

Pedro torceu o acelerador algumas vezes, fazendo barulho, mas segurando a moto. O soldado a sua frente balançava na mão um molho de chaves. Além do cadeado na trava, tinha uma corrente enrolada nos portões.

– Eu... eu sei onde minha mãe está, cara. Eu preciso salvar minha mãe.

– Foguete, você precisa voltar para o dormitório dos moleques. Vai lá, cara. Não cria confusão a essa hora. Daqui a pouco amanhece e, se você quiser sair daqui de moto, a pé, de elefante, eu nem vou estar aqui.

– Pelo amor de Deus, Castro. Minha mãe está correndo perigo.

– Sua mãe é uma porra de uma vampira que já invadiu nossa casa e os amigos dela meteram os dentes em mim – respondeu Castro, mais ríspido dessa vez.

Pedro desmontou da moto, deixando o motor ligado e o veículo sobre o pezinho.

– Nem começa, Pedro.

– E o que vai ser? Você vai me dar um tiro? Vai me matar porque eu quero sair daqui para salvar a minha mãe?

– Em São Paulo? Tá de madrugada, vai demorar para o sol raiar, moleque.

– Deixa eu passar que a gente vê se eu não consigo. Eu não sou daqui, cara, não pedi pra vir pra esse lugar.

– Ela não é mais sua mãe, é só uma vampira louca para tomar o seu sangue.

Pedro voou para cima de Castro, mirando o molho de chaves.

– Para com isso, moleque!

Os dois entraram em luta corporal. Pedro derrubou Castro com facilidade, lembrando-se do treinamento que recebera dos seguranças. A lanterna do soldado rolou pelo canto enquanto os dois se engalfinhavam.

– Caralho, moleque. Tá achando que aqui é palhaçada? Quer uma pulseirinha?

Castro repeliu o garoto enfiando os calcanhares de suas botas nos quadris do adolescente, que voou para baixo de sua cintura. O soldado conseguiu se ajoelhar e deu dois socos no rosto do garoto, que tombou para trás. Castro cravou o joelho na espinha de Pedro e, em dois segundos, o garoto estava algemado e se debatendo, gritando a plenos pulmões. O soldado se arrependeu dos socos ao ver o curativo na cabeça de Pedro, mas o menino estava pedindo por isso.

Bateu em seu uniforme, limpando a sujeira, e andou até a lanterna para recuperá-la, enquanto outro facho de luz se aproximava com Lenine correndo, de arma em punho.

Castro apontou a lanterna para Pedro, que gritava enraivecido, soltando todo tipo de palavrão que conseguia, tentando ficar de pé e continuar sua briga inútil. O curativo estava vermelho e um filete de sangue vazava em sua testa.

– Qual foi o QRU aí, Castro?

– Esse doido quer ir atrás da mãe dele, agora, nessa escuridão!

– O Cássio não quer que ele vá para São Paulo – disse o soldado Lenine. – Justamente por causa da mãe pavio curto dele.

– Não fala da minha mãe, seu filho da puta! Pavio curto tem o teu cu! O Cássio não manda em mim, não manda em ninguém aqui! O Cássio

À deriva

que se foda! – gritou Pedro, enfurecido. – Eu vou perder o rastro dela! Eu preciso ir agora!

– Já falei que você é mal-agradecido? Acho que já. Sorte sua não ser o Ikeda ou o Almeida aqui.

– Vamos tirar ele daqui. Tá sangrando. Se tiver daqueles noturnos, vamos nos ferrar por culpa de um moleque mimado e sem educação – observou Lenine.

Foram precisos mais seis homens chamados nos dormitórios para conter Pedro e levá-lo até a enfermaria, onde foi sedado pelo doutor Otávio, posto que o garoto estava surtado, dizendo que tinha visto a mãe e que tinha que chegar à capital antes de o sol nascer. Gritava ainda que ela ia morrer se não o soltassem e que a culpa seria de cada um deles ali. Pedro foi amarrado ao leito, a tensão nos músculos reduzida, perdendo as forças para resistir. Seus olhos se encontraram com os de Alessandra, que, também entorpecida por calmantes, navegava entre a lucidez e a inconsciência, vencida pelas drogas em sua circulação. Não aguentava um mundo onde seus filhos não mais estavam. Os dois se irmanaram por um breve momento e então Pedro adormeceu.

Um silêncio profundo e melancólico se formou na enfermaria. Mallory, que tinha acordado com a confusão, desceu até o piso e afagou a cabeça de Pedro, já com uma nova bandagem. Leu o relatório médico e soube que ele acordaria lá para a metade da tarde pela alta dose de calmante. A enfermeira puxou uma cadeira e decidiu terminar a noite ali, ao lado de Pedro e Alessandra.

CAPÍTULO 9

Elias reconheceu a maior parte do equipamento na Unidade de Pesquisa e Desenvolvimento de São Vítor. Parecia que o destino queria que ele estivesse ali, carregando dentro de si os melhores motivos para não desistir. Era cirurgião gastroenterologista e membro do conselho de pesquisa do Hospital das Clínicas. Precisaria de ajuda para encontrar um jeito de curar sua filha e os outros agressivos, mas podia começar a fazer o caminho. Conhecia bem os equipamentos e sabia o que estava procurando e os procedimentos tomados pela equipe do HC para ter a cultura das células regenerativas contra o câncer. O remédio agia no sangue dos pacientes portadores de células danificadas e o nome tão eloquente que o pesquisador chefe tinha dado para batizar aquele trabalho de resultado espantoso não poderia traduzir melhor o efeito que a administração da solução causava nos pacientes. "A Célula de Deus". O alvo principal tinha sido pacientes com leucemia, mas logo outros especialistas começaram a ser chamados para o time porque a Célula de Deus transcendia beneficamente seu propósito inicial e combatia células degeneradas em vários órgãos, até mesmo no tecido adiposo. Era incrível e o HC estava eufórico. O remédio vivo poderia vencer centenas de cânceres diferentes, tendo um resultado estupendo regredindo e "arrumando" tumores de pâncreas e estômago. O mínimo que viam quando o tratamento era administrado era um aumento significativo no tempo de vida do paciente e, também importante, na qualidade de vida física e psicológica.

Elias, olhando para o laboratório, sabia que estava no lugar certo. Faltavam as câmaras, mas isso poderia ser trazido numa das viagens ou sugerido ao conselho como uma das prioridades. Os vampiros tinham alguma coisa no sangue que os fazia doentes. Nenhuma tentativa seria loucura. O metabolismo dos agressivos precisava ser acionado novamente. De outra forma, por que precisariam de sangue quente e vivo para também continuarem vivos? Essas pessoas tinham sido infectadas por uma doença súbita que impregnava o corpo rapidamente e promovia aquela metamorfose assombrosa em pouco tempo.

Elias tinha a intuição de que a Célula de Deus faria a reversão. Levantou-se da bancada e olhou, ali da janela do terceiro andar, para sua Silverado parada no estacionamento. O local estava agitado. Via soldados junto aos ônibus. Ninguém perto de sua picape, para sua tranquilidade. Ela tinha que continuar assim, invisível e desinteressante, principalmente para Graziano. A equipe de Cássio tinha voltado bem da primeira incursão na capital e agora, pelo que tinha escutado, iam voltar para a cidade mais uma vez e trazer mais adormecidos. O sargento queria mesmo salvar aquela gente deixada para trás. Esse agito até que viria a calhar, precisava trabalhar em paz e o mais rápido possível, sem a presença de Otávio e Suzana.

Elias suspirou. Estava espantado consigo mesmo. Não era um homem dado à intuição. Era movido pela lógica, pela razão e pelo seu desejo. Mas tivera um sonho. Um sonho em que se sentava ao rio, ao lado dela, e em que conversavam e riam como nunca tinham feito na vida. A vida tinha mudado completamente, e só com esse freio e esse desvio catastrófico no *status quo* é que voltou a se ligar a ela. Sua filha era tudo que tinha restado de sua família depois de perder a esposa. O sonho era um sinal. Um sinal para não desistir, não deixar aquela escuridão avançar e devorar toda a humanidade. Alguém tinha que fazer isso. Alguém tinha que lutar, não com as espadas, não com as armas de fogo, mas com o sangue, com os caminhos por dentro dos corpos. Com ciência. Com uma vacina que trouxesse os infectados de volta. O sonho tinha sido um sinal. Não tinha dúvidas. Não eram só ele e ela na beira do rio. Tinha ouvido a voz que vinha do meio das árvores. Elias tinha olhado para a floresta escura e assustadora, ela estava lá. Uma presença. Ele não acreditava nessas coisas, não acredita em fantasmas e assombrações, mas sentia que algo o encorajava a ir em frente. Só assim sua filha ficaria livre e poderia voltar para o mundo curada. Tinha que acreditar que podia. Por que estava dormindo ao lado de um laboratório completo, com todo o equipamento necessário para reproduzir a Célula de Deus e começar a perseguir aquele sonho? Não era coincidência. Não podia ignorar isso. Ele tinha lutado para não ir para São Vítor. E o que diria a sua filha sobre isso tudo? Ela riria em sua cara. Ela riria do seu esforço. Elias tinha cortado relações com a ex-esposa e com a filha quando elas se afundaram naquele culto. Tinham se entregado às promessas de uma vida extracorpórea e ridiculamente espiritualizada nas mãos de um xamã, de um curandeiro de quinta categoria. Logo elas, que viviam guiadas pela razão que ele trazia para dentro de casa com livros, assinaturas de enciclopédias, prêmios, acesso à informação e estudo científico de primeira. Sentiu-se apunhalado nas costas pela esposa e que estava perdendo a filha, aquela que ele ia preparar para seguir na medicina. Ficaram parecendo duas loucas, acreditando em espíritos e em rituais com sangue de animais e extrato e fumaça de um punhado de ervas e plantas. Ele não aceitava. Ela perguntava: a "medicina" vinha de onde? "Não, Elias! Minava das pedras? Ela vinha das plantas, da 'vida do verde'". Ele não compactuava com o discurso fanático que elas então reproduziam. Não acreditava em nada daquela tolice de seita, e agora isso. Essa perturbação. Essa certeza de que algo que ele não podia tocar tinha falado com ele. Elias não queria fazer parte daquela loucura, mas agora estava ali, no lugar certo, onde deveria esquecer da sua vontade e servir. Serviria aquele povo, e era a primeira vez que queria, de verdade, salvar os outros em primeiro lugar e não a si mesmo. Queria ouvir sua intuição, queria que a coisa vibrante que habitava a mata no entorno de São Vítor voltasse. Assim encontraria uma cura para a sua filha e, então, uma cura para todos.

O médico voltou a seu dormitório e tomou um banho longo. Já tinha se acostumado à água gelada. Era bom para acender a cabeça e melhorar o dia. Tinham falado do poço artesiano e que hoje mesmo a bomba já estaria funcionando para encher as caixas d'água. Tinha um sabonete em seu banheiro, mas sentia falta de uma lâmina de barbear. Uma lâmina de barbear o levou a pensar em perseverança. Sorriu. As coisas iriam voltar para o lugar. A humanidade iria sobreviver àquela ferida ainda aberta.

CAPÍTULO 10

O olho roxo no espelho e a dor nas costas e costelas confirmavam que não tinha sido tudo um sonho, um pesadelo ou coisa da sua imaginação. Tinha realmente acontecido. Tinha avançado contra o soldado Rogério Castro, tentando passar com a moto pelos portões de São Vítor de madrugada. Fora algemado e levado para a enfermaria, por isso seus pulsos também estavam com argolas de hematomas. Tinha se debatido e tinha sido feio. Os tranquilizantes o fizeram dormir profundamente, mergulhar no vazio, sem a imagem ou a voz da mãe o assombrando dentro de um casulo que flutuava. Parecia tão real! Ainda sentia o cheiro do lamaçal, mas só podia ter sido sua imaginação, como o cordão branco que via saindo da mochila onde guardara o estetoscópio e entrando no silo. Esgoto e restos de ossos de vampiros, ratazanas devorando um cadáver. O que tinha acontecido?

Saiu do banheiro ainda um pouco tonto e logo foi amparado por Chiara. A garota segurou sua mão ternamente e o puxou para fora da enfermaria enquanto Pedro olhava para o leito vazio ao lado do seu. A mulher que também tinha perdido não estava lá.

Do lado de fora ouviu uma algazarra de crianças correndo e gritando. De repente Breno surgiu e jogou-se em sua cintura num abraço que lhe arrancou um gemido e quase o derrubou no chão em virtude do resto de tranquilizante no organismo.

– Calma, Breno! Seu irmão tá todo machucado!

– O que você aprontou, Foguete? Falaram que você tava preso. Não me deixaram ir te ver.

Pedro encarou o irmão e sorriu. Bateu a mão nos bolsos de trás da calça jeans e estranhou o volume. Tinham vacilado. A chave da CB400 estava lá. Ele nem ousou tirá-la do bolso na frente de todo mundo.

— Eu vi a mamãe ontem. Eu só queria ir atrás dela. Não deixaram, aí eu soquei um soldado.

— O bom e velho Foguete — suspirou Chiara.

Os olhos de Breno brilharam.

— Sério?

— Foi num sonho. Ela falou comigo.

— O que ela disse? Ela perguntou de mim?

O sorriso de Pedro se apagou e seus olhos vagaram um instante até voltar aos do irmão e afagar sua cabeça.

— Foi só um sonho, Breno. Foi só um sonho.

* * *

O fio branco, balançando de levinho, estava lá, saindo do estetoscópio escondido em sua mochila, que, por sorte, nenhum curioso tinha ido fuçar. Ainda que aquele aparelho não fosse exatamente "suas coisas", por enquanto era e lhe servia, não para examinar órgãos internos, mas para "escutar" outra coisa. O fio branco, com jeito de teia de aranha, subia até meia altura do dormitório, então convergia quase em noventa graus e saía pelo vidro fechado. Ele não precisava olhar para a janela para saber que naquela direção ficavam os silos dos adormecidos. Lembrou-se da enfermeira Nádia o guiando na escuridão quando aquele fiapo desapareceu na escadaria. Era diferente do fio negro que viu de relance e do cordão vermelho que vinha da voz de sua mãe. Olhou para o resto do dormitório. A maioria dos garotos já tinha descido e estavam esparramados pelo estacionamento de São Vítor, jogando bola, enquanto os mais velhos andavam com os adultos, procurando alguma coisa para escapar da monotonia.

Não queria falar nada dos fios para Chiara. Era bom que ela tivesse ficado de babá de Breno e estivesse com a mente ocupada. Pedro caminhou até o banheiro coletivo do quarto. Tinha três boxes com bacia, dois boxes para banho e três pias com um aparador de plástico sob os espelhos. Pedro ficou parado em frente ao espelho sem olhar para seu reflexo. Sabia que não estava louco. Não queria falar com ninguém daquilo, não queria admitir que naquela noite em que tinha sido morto e revivido no Hospital Regional de Osasco, naquela noite em que o mundo inteiro tinha mudado, ele também tinha ficado diferente, vendo coisas. Se a história dos fios chegasse aos ouvidos de Mallory ou do doutor Otávio, estaria frito, ia ficar mofando naquela enfermaria e sendo bombardeado por tranquilizantes até que desistisse de entender o que estava acontecendo com seus olhos e sua mente. Sua mãe tinha dito que estava acabada e que tinham se unido porque ela também estava "aberta". O que ela queria dizer com aquilo? Tinha sido tão real! Não queria falar para Chiara nem para Breno e muito menos para Mallory ou doutor Otávio.

Pedro calçou de novo seus tênis apertados que tinham sido de alguém antes dele e soltou um gemido, apertando os dedos dentro do calçado. Sua cabeça latejava. Abriu a torneira, fez um bochecho com água e cuspiu, finalmente encarando seus próprios olhos azuis no espelho. Ele estava ali e aquele pesadelo com sua mãe tinha sido para valer. Suas costelas doíam quando ele respirava mais fundo, e o roxo em seus olhos o fez se lembrar dos lábios cadavéricos através da película que fazia uma providencial janela no casulo de onde tinha vindo a voz de sua mãe. Precisava dar um jeito de ver aquele fio vermelho, sanguinolento, de novo. Sabia que na outra ponta estaria a sua mãe – como estivesse, viva ou morta, ele a encontraria. Seu lugar não era ali, no meio daquela gente em São Vítor.

Abriu o zíper do jeans e baixou a cueca soltando um jato de urina vigoroso no vaso, dando uma cuspida na água amarela ao final. Fechou a braguilha, voltou para a pia e lavou as mãos. Seu couro cabeludo estava esquisito com aquelas pontinhas de cabelo vermelho. Nunca tinha raspado a cabeça antes. Era diferente. Seus olhos azuis pareciam mais vívidos. Seu rosto estava sulcado e magro.

Voltou para o dormitório e pegou o estetoscópio sob o olhar da dupla, que parou de conversar. Pedro fez um aceno para eles e a dupla acenou de volta.

Lá embaixo a vida continuava dentro das cercas de São Vítor, com a gritaria das crianças brincando e os adultos se ocupando de provisionar a nova comunidade. Um soldado, com farda completa e um fuzil cruzado no peito, andava rente ao alambrado sem notar o garoto parado, observando-o de longe.

Pedro seguiu o trilho branco e flutuante caminhando duzentos metros do prédio de alojamentos até o silo. Francisco estava na porta, sentado em uma cadeira de metal, balançando sobre os pés traseiros, aparentemente entediado e livre da expedição de Cássio. Pedro seguiu andando, tentando pensar na melhor desculpa para chegar à escadaria que descia para as galerias subterrâneas mais uma vez. Depois do espetáculo da noite anterior, tinha certeza de que seu nome tinha ganhado destaque no Conselho e seu interesse pelas escadarias do silo não passaria despercebido. Sabia que teria que inventar um bom motivo para avançar pela entrada do silo se fosse interpelado.

Pedro adiantou-se e, quando os olhos de Francisco pousaram sobre ele diante da porta, ele anunciou ao cabo:

– A Nádia está pedindo que leve este estetoscópio para ela.

Francisco balançou a cabeça e deixou Pedro passar.

O rapaz não perdeu tempo e começou a descer as escadarias. A cada andar ficava mais escuro, mas com a luz do dia entrando pelas claraboias lá em cima conseguia enxergar. No quinto subsolo ele parou. O fio entrava pelas fileiras de adormecidos protegidos, e ele caminhou cerca de trinta metros e virou à direita, acreditando naquele fio fantasma. Parou em frente a uma maca. Sob o peito da mulher adormecida havia um fichário e meia folha de sulfite presa com fita. O fio saía do estetoscópio e ia até o meio da testa dela. Estava escrito "Ana" no prontuário, junto de seu sobrenome, endereço e afiliação. Tudo que pudesse ajudá-la a um dia ser encontrada por sua família. Agora que aquele mundo tinha se transformado, família era tudo. Pedro olhou para o lado e leu "Lucas" em outro prontuário. Todos estavam sendo identificados. Todos acreditavam que o mundo poderia voltar a ser como era antes. E, segundo Mallory, um deles estava tentando mais que os outros.

* * *

Pedro voltou pelas escadarias escondendo o estetoscópio nas calças mais uma vez, e logo estava no corredor dos laboratórios de São Vítor. Encontrou doutor Elias bastante ocupado, movendo plaquetas, pequenos tubos de ensaio e examinando microscópios. Precisou aguardar o homem dar uma pausa e sair para a varanda para fumar.

À deriva

Elias não se assustou com Pedro ali do seu lado, apoiado à sacada da varanda. Até puxou papo com o garoto mirando sua camionete lá no meio do estacionamento e vendo os trabalhadores colocarem três caçambas de cada lado do seu veículo. Estavam mesmo determinados que ele usasse os dormitórios.

O médico tirou um cigarro do maço e deu uma tragada.

– Você é menor de idade, do contrário te ofereceria um. Nada exemplar para um médico.

Pedro sorriu, amistoso, e olhou para o médico.

Elias voltou a falar:

– Fiquei sabendo da sua indisposição ontem. Queria ir ver sua mãe, não é?

– É. E depois fiquei com a Mallory.

Elias olhou para o garoto.

– O que tem a enfermeira?

– Eu tô sabendo que as doenças estão estacionadas. Era para eu ter morrido aquele dia.

– Já vi muito milagre no HC, garoto.

– Mas ela disse de outro milagre. Que o senhor está tentando chegar a uma vacina. Tá tentando curar as pessoas.

Elias ficou com os olhos vagando pelo estacionamento. Pelo visto estavam putos com a picape ali. Logo um chato ia aparecer para pedir para ele tirar. Pelo visto o lugar distante que ele tinha escolhido ia virar mesmo a lixeira provisória. O mau cheiro seria bom para encobrir o cheiro da filha. Diziam que aquele Graziano farejava vampiros a dezenas de metros de distância. Tinha que pensar em outro lugar para ela ficar.

– Eu ajudo você, doutor Elias. Ajudo no que for preciso.

– Família é tudo, né, Pedro?

– É. O senhor não é bobo. Eu quero a minha mãe. E o senhor? Quem você quer salvar?

Foi a primeira vez que Elias ficou intrigado com o rapaz. Encarou os olhos azuis do menino.

– Todo mundo. Quero salvar todo mundo que foi infectado.

– Eu consigo achar minha mãe. Se você curar minha mãe, todo mundo vai acreditar na sua vacina.

Elias colocou a mão no ombro de Pedro.

100

André Vianco

– Vacinas não caem do céu. É preciso estudar. Estou com pressa. Conheço muito do processo da Célula de Deus, o que me dá muita, mas muita vantagem. A gente teve a sorte de vir parar num hospital com os equipamentos mais sofisticados que a medicina pode contar, mas não é de um dia para o outro, acredita nisso?

Pedro balançou a cabeça concordando e olhou para a picape no meio das caçambas com os vidros forrados por jornais.

– Família é tudo, doutor. Toda família.

Pedro virou-se de costas e afastou-se do médico, que ficou olhando para ele por um tempo e depois para a picape. Tinha que tirar Júlia de São Vítor. A cada dia ficava mais perigoso para ela aquele ambiente tão exposto, e quando a fome chegasse não conseguiria detê-la e nem ao soldado Graziano.

CAPÍTULO 11

Precisavam ser econômicos com o combustível, por isso a equipe de busca de suprimentos liderada pelo tenente Almeida se deslocava pela estreita rodovia Doutor Ene Sab, rumando para Itatinga, com uma dupla de Kombis. Na primeira Kombi, André seguia no banco de passageiros, ao lado de Rui, que dirigia, com o falante Castro no compartimento traseiro. No segundo veículo, roncando logo atrás com seu motor 1.6, vinham Ikeda e o segurança Mauro. Todos armados e preparados para usar suas ferramentas caso fosse necessário. Além de buscar alimento, aquela expedição aproveitaria para trazer informação do mundo externo para dentro das cercas do HGSV.

– Aí, sargento, preciso te falar uma parada – começou Castro.

– Pode falar, ô, língua solta, mas eu não sou merda de sargento nenhum. Ralei muito para ser o seu tenente, há três anos já.

– Foi mal. É de tanto falar com o PM que já tô catando a patente dele pro senhor.

– Desembucha, Castro.

– Tô adorando essa parada de ser pai.

– Adotou o bacuri de vez?

– Hum, hum. – Castro abriu um sorriso e reclinou-se sobre o banco vazio, encostando-se a lataria da Kombi e tamborilando no magazine de seu fuzil. – É da hora. O menino não para.

– Puxou o pai postiço então – brincou o tenente.

– Isso faz a gente pensar. Deve tá sendo muito dolorido pra muita gente esses dias. As famílias tão se esfacelando, loucura pura, tenente.

– Se vai ficar com a enfermeira e com o bacuri, seja um bom pai, Castro. Cuida bem dele. Se a gente tira os olhos, as crianças se desvirtuam.

– O senhor ainda tem pai, tenente?

Almeida olhava para fora, acostumando-se à paisagem e, mais do que isso, reconhecendo o terreno que seria o seu chão por algum tempo. Tinha que entender estrategicamente os arredores. O Conselho em São Vitor estava falando em plantar. Terra ao redor era o que não faltava. Um besouro pesado entrou zunindo pelo vidro aberto e bateu contra o seu queixo, fazendo Almeida se debater por um segundo até ver o bicho caído no chão da Kombi. O tenente esmagou o inseto.

– Tenho, sim, soldado. Sou órfão de mãe, só. Deus a tenha.

– E viu seu velho depois dessa confusão?

O motor da Kombi continuava cadenciado. Rui mantinha os olhos na estrada e viajava, sendo levado para cantos de sua memória com o papo do soldado e do tenente.

– Não. Ele mora no Sul, com a minha irmã mais nova. Foi pra lá uns dois anos atrás pra procurar um lugar mais calmo, com ar melhor que o da capital. Pulmão ruim.

– E agora? Quando você vai ver seu pai de novo? Eles podem estar lascados. Seu pai pode ter dormido.

– Se dormiu, melhor pra ele. O inferno está instalado é pra gente que está acordado, Castro, nesse momento, nesse presente.

– Mas você não fica preocupado com ele? Onde ele tá?

– Minha irmã tinha uma amiga de quem ela gostava muito. Essa moça foi pra Joinville, para dar aulas de Educação Física no interior de Santa Catarina, e arrumou pra ela lá também. Se dão bem, tipo irmãs, sabe?

– Sei como é.

– A minha irmã do meio não se dá bem comigo, já essa mais nova é gente boa, organizada, correta. Gosto dela. A outra não me desce.

– Será que ela tá viva também?

– Não tem como saber. Nem das minhas irmãs nem do me pai nem do seu. Meu pai foi muito trabalhador, coitado, deu o couro pra gente estudar e ser gente na vida. Coitado.

– Coitado por que, sargento? Os pais gostam de ver a gente evoluir. Eles curtem.

– É, mas meu velho foi sozinho. Minha mãe... minha mãe nunca estava com a gente.

– Tá muito zoado esse mundo. Ninguém sabe de ninguém. Você tem uma renca de irmã e um pai perdido e nem sabe como eles estão. Eu ia atrás deles se fosse o senhor. É tenente, tem arma e tudo.

– Eu estava em uma missão, soldado. Não podia abandonar meu posto.

– E agora está aqui, numa Kombi no meio do nada.

– Defendendo vidas. Estamos tentando ajudar todos. E nos ajudar também. Se meu pai estiver acordado, ou a minha irmã, eles estão se ajudando também. Se estão dormindo, rezo para que alguém, como a gente, esteja dando cobertura pra eles. Não posso salvar todo mundo. Eu escolhi ficar aqui e ajudar esse sargento indeciso.

Castro e Rui riram do comentário do tenente.

– Pode crer. Coitado. Tá parecendo cego em tiroteio, não sabe pra que lado corre.

– Mas admiro esse homem, confesso. Eu não sou de dar o braço a torcer. Ele fez algo notável. Salvar tanta gente, sem pensar duas vezes...

Rui anuiu com a cabeça, segurando o volante e fazendo uma curva suave. A Kombi roncou subindo um aclive leve, pastos desertos dos dois lados da pista. Quando atingiram o topo da colina, a pequena cidade de Itatinga surgiu no horizonte.

– Olha a cidade – alertou o jovem motorista.

O tenente André Almeida e o soldado Rogério Castro esquadrinharam a paisagem à frente buscando indícios de perigo. O silêncio duradouro dos dois garantiu o progresso dos veículos. Não tinham cruzado com nenhum veículo no caminho, indo em direção a São Vítor, e viram pelo mapa que seria pouco provável que alguém fosse para lá. Fora o hospital, não havia nada de interessante naquele trecho da rodovia e, seguindo em frente, em direção a Paranapanema, havia a balsa desativada, ou seja, um braço da represa que impediria o trânsito. A localização tinha conveniências e também desvantagens. Se por um lado era num ponto ermo da rodovia e providencialmente próximo à água doce da represa de Paranapanema, por outro lado, como a estrada era interrompida ali, os motoristas incautos que retornavam pela via poderiam localizar São Vitor por sorte, e o reduto dos fugidos do HC ficaria cada vez mais conhecido e famoso.

– Quantas casas – murmurou o chaveiro Rui.

Ladeando a estrada, protegido por uma cerca simples de arame farpado e palanques de madeira, havia um condomínio extenso de casas populares da CDHU.

Almeida balançou a mão, sinalizando para Rui diminuir a velocidade. O militar apanhou seu binóculo e vasculhou as residências, procurando indícios de como é que as coisas andavam por ali.

– E aí, tenente?

Almeida continuou sua análise por mais alguns segundos enquanto ouviam a buzina da Kombi de trás. O tenente enrugou os lábios, descontente com Ikeda, que estava rompendo o precioso silêncio.

– Nada bom, Castro. Nada bom.

Ikeda bateu no vidro do lado do tenente, perguntando:

– O que tá pegando, tenente?

– Para de fazer barulho, soldado. Cadê sua inteligência?

– Foi mal aí, tenente. Achei que tava suave.

– Pelo que eu estou vendo aqui, não está nada suave.

Castro desceu do veículo com o amigo Ikeda e atravessou a pista, abaixando-se perto da cerca. O que o tenente tinha achado que quebrara aquela corrente de otimismo que os trouxera até ali? Afinal, o tenente tinha sido otimista ao colocar dois veículos para aquela missão de reconhecimento. Se achassem tanta comida para encher dois utilitários daquele, teriam tirado a sorte grande. Agora estavam travados ali e Castro estava sem seus binóculos. Tinha deixado no quarto que dividia com Nádia e o bebê Fernando. Quando anoitecia, ele dava uma geral ao redor do prédio. Agora não conseguia ver o que intrigava o tenente. Não havia vestígios de fumaça e nem crianças brincando. Parecia que a vila popular estava deserta, afinal, aquele silêncio todo não fazia o menor nexo. Tinham fugido. Falaram nos dias que se seguiram ao ataque dos vampiros em São Vitor. Eles tinham que ter vindo de algum lugar e, depois, ido para algum lugar. Talvez, com a presença dos dentuços, aquela vila tenha virado um bairro fantasma por conta do medo da vizinhança notívaga, que tinha seguido de São Paulo até ali, guiada pela vampira de cabelos vermelhos, a mãe dos moleques que eram defendidos pela menina pitbull, Chiara.

– Tá ouvindo? – perguntou Ikeda, acocorando-se no mato, ao lado de Castro.

À deriva

– O quê?

– Esse zumbido?

Castro franziu a testa. Acostumado aos barulhos ao ar livre, os zumbidos das abelhas não tinham entrado no seu radar. Era comum quando acampava escutar os enxames. Abelhas, marimbondos, pernilongos, borrachudos, abelhas-irapuã, varejeiras... Castro ergueu os olhos para Ikeda e depois para o tenente, que sinalizava para que atravessassem a cerca.

Ikeda arrancou um alicate do cinto e cortou os arames. Ele e Castro puseram os fuzis para o alto, olhos deitados na mira, avançando rapidamente por uma estreita faixa de mato até chegar num hiato de terra seca e poeirenta. O zumbido frenético dos insetos aumentava a cada passo dado e o cheiro também se intensificava.

Rui viu os soldados varando a cerca. O asfalto morno tremulava ao longe, como água na visão ludibriada. Ainda era cedo, mas já estava quente, e o jovem chaveiro, momentaneamente motorista dos soldados, sabia que o dia seria quente, de fazer o suor escorrer na testa, mas ainda bem que ele estava lá, dourado e luminoso. Quando fechava os olhos, ouvia os gritos das pessoas no último ataque. Aquilo tinha ficado gravado dentro dele, trancado em sua cabeça. O medo. Medo de ser pego por um vampiro. E os soldados, agora sentia-se um pouco um deles, entrando naquela vila cingida por um sortilégio.

– Num gosto disso, tenente. Num gosto mesmo – resmungou baixinho.

André Almeida olhou para o céu azul. Uma nuvem ou outra lá em cima, estratosféricas e ralas, girando em uma longa espiral, se afunilavam, descendo e voltando a subir, com suas asas negras, longas, aproveitando as correntes de ar quente para ganhar altura. O tenente olhou para o chaveiro e balançou a cabeça, concordando, mas sem acrescentar palavra. Já tinha visto tanta coisa feia quando participara das missões no Haiti e nos rincões perdidos da África, dentro de Urutus abafados, colocando seu pescoço em risco por gente que ele nem conhecia. Agora a estrada falava com ele. A estrada, o asfalto era outro papo. Tinha visto os urubus também quando o tinham chamado para o local do acidente. O dia era de festa, não era para ter urubus girando acima dos destroços do carro do seu irmão caçula. Tinha essa mágoa dele. Dessa fraqueza do irmão não conseguir controlar a boca e ter jogado tudo fora numa curva, com o sangue encharcado de cana. Não lembrava direito dos pedaços. Era isso que tinha sobrado do irmão, bem no dia do aniversário do caçula. Fragmentos com cabelo, com unhas, com pedaços de roupa aqui e ali pela estrada. E o outro carro. O carro da outra família. Estavam todos juntos, às frações. Lá no alto os urubus, rodando e rodando, esperando a polícia rodoviária ir embora, esperando os parentes que choravam irem embora. Esperando ele ir embora. Não contou nada a Rui e nem aos outros, nem contaria. Não era um dia que gostava de lembrar por causa da raiva. Colocou os binóculos novamente em frente aos olhos e observou a vila. Os dois soldados, corretamente posicionados com os fuzis levantados, corriam pela terra seca que ia da cerca até a primeira rua do condomínio, com o conjunto de casinhas de formato padronizado, todas pintadas de um bege sem graça.

– Ah! Merda, Ikeda! Eu achando que eram umas abelhinhas fofinhas pra gente descolar um mel.

– Não vai ter nada fofo aqui.

Os dois alcançaram o primeiro conjunto de casas, varandinhas pintadas e personalizadas. Bicicletas de crianças caídas. Roupas enlameadas pelo vento e pela chuva. Tinham escapado de um varal onde outras peças tremulavam como bandeiras deixadas para trás. O vento cortou na direção dos soldados, que quase baixaram as armas.

– Puta merda! Puta merda! – repetiu Castro.

– Cala a boca, Castro. Vamos chegar quietos, pelo amor de Deus.

Continuaram avançando e atravessaram pelo meio das casas, cortando com os fuzis para ganhar o outro lado. O cheiro piorando, com a assinatura que eles conheciam muito bem.

– Vem – falou Ikeda ao passar e achar o terreno livre de gente. – Ninguém. Tá limpo.

Atrás de Ikeda, Castro adentrou a rua que separava as casas da beira da estrada das que se localizavam interior adentro do condomínio. Moscas gordas, verdes e reluzentes bateram úmidas em sua cara.

– Sai! – berrou Castro, avançando para o meio da rua.

Olharam para cima e para baixo, para os dois lados. As casas estavam quase todas fechadas. Um cemitério de silêncio. Carros estacionados em algumas, marcas de pneu no chão. Duas daquelas casinhas enegrecidas pelo que tinha sobrado das chamas. A ausência de gente e vida dava a impressão de que o condomínio fora evacuado, deixado em suspensão, de uma hora para a outra, todos correndo, sem olhar para trás.

– Que merda – reclamou Ikeda, seguindo adiante.

Castro seguiu Ikeda para o próximo quarteirão de casas, atravessando entre elas e atingindo a rua de trás. O som das moscas agora era ensurdecedor, mal conseguiu ouvir a voz do parceiro quando ele chegou ao final do corredor entre as paredes das casas e ganhou a nova rua.

– Vem. Ninguém. Tá… limpo.

Ikeda parou e Castro trombou em seu ombro. Num segundo entendeu a paralisia do amigo. Ele tinha falado corretamente ao dizer "ninguém", mas tinha errado com o "limpo". Não estava nada limpo. Só não tinha ninguém vivo ali. O cheiro de carniça era insuportável, e as dezenas de corpos amontoados no meio da rua estavam cobertos por uma demão de moscas varejeiras.

– Não dá nem pra contar quanta gente tem aqui – reclamou Ikeda.

Castro baixou o fuzil e deu um passo para trás. As moscas batiam em seu rosto e ele começou a espantá-las, enojado. Elas se alimentavam e defecavam naqueles corpos em decomposição. Eram crianças e adultos, jovens e velhos, uma massa de gente inchada, as peles minando líquido, os abdomes estufados com gases pareciam a ponto de explodir a qualquer instante. Um trilho pestilento, viscoso e brilhante, refletindo a luz do sol, corria do meio do asfalto quente para a guia e ia descendo a rua, devagar, moroso, quase paralisado, até alcançar a boca de lobo, vertendo para a escuridão, para a tubulação do esgoto, onde o som das moscas era amplificado, denotando que elas estavam empesteando todas as partes daquele condomínio moribundo.

Castro recuou, olhando para as casas. A maioria delas estava fechada. Uma ou outra tinha as portas abertas e objetos largados em garagens e varandas. Quem tinha sobrevivido fugira, deixara tudo para trás. O soldado afastou-se da montanha de cadáveres e desceu mais duas ruas. O som das moscas ainda era alto ali, mas o cheiro tinha amansado. Uma matilha de vira-latas descia a rua, e os cães, que brincavam alheios ao destino de seus donos, voltaram-se e começaram a ladrar assim que o soldado pôs os pés no asfalto.

Ikeda, ato reflexo, levou a mão ao ombro onde deveria ter o seu rádio. Queria comunicar o cenário ao tenente. A mão tocou no vazio e logo a lembrança do infortúnio de não terem mais rádio nem celulares voltou a sua mente.

– Caramba, velho. Tá parecendo que estamos num filme do John Carpenter.

– Eu curto esse cara aí. Faz uns filmes de terror da hora, não é, não?

– É. E compunha também. Ninguém sabe que o bicho compunha.

Ikeda olhou ao redor, sentindo um arrepio subir-lhe das costas à nuca. Sentia-se observado. As casas estavam silenciosas demais. Tanta gente morta e ele pensando que John Carpenter compunha. O mundo tinha acabado. Os filmes tinham acabado. Agora era hora de sobreviver.

O som dos motores das Kombis invadiu o condomínio, tirando os soldados da extasia.

– Eles não aguentaram esperar, Ika. Tão mais curiosos do que eu – soltou Castro, caminhando até a varanda de uma casa a sua frente com a bandeira de uma baleia vestindo a camiseta do Santos.

Uma mosca entrou na boca do soldado de olhos orientais e o fez cuspir com nojo e repulsa.

– Filha da mãe! Tava lá lambendo aquele suco de defunto, agora entra na minha boca! Que nojo!

– Fala com o médico quando voltar. Vai ter que tomar antibiótico pra não pegar doença.

Castro parou junto à porta reforçada com uma grade de ferro do lado de fora e bateu.

– Vamos ver se os santistas tão em casa.

– Toma cuidado, Castro. Tô achando isso aqui muito quieto, muito bizarro – advertiu o parceiro de investida, enquanto cuspia mais algumas vezes e passava a língua no tecido áspero do uniforme na altura do ombro.

– Quieto? Com essa moscaiada zunindo nas minhas orelhas?

– Elas tão fazendo o que tem que fazer. Não tem uma mina aqui nessa vila. Melhor a gente rapar fora, vai ser uma perda de tempo ficar aqui.

– Mano, o mundo acabando e você só pensa em mulher?

Castro puxou a grade de ferro, que rangeu enquanto as Kombis estacionavam na frente dos dois. Olhou para as janelas da sala tapadas com um cobertor felpudo. Olhou para Ikeda e não precisou dizer nada. As janelas laterais também estavam seladas, como na maioria das casas naquela rua. O soldado girou a maçaneta e deixou a luz do sol entrar na pequena sala. Mais barulho de moscas varejeiras vindo lá de dentro. Duas malas vazias sobre um tapete no meio do cômodo. Sofás com o estofamento rasgado. Cheiro de morte. Castro adentrou a cozinha vazia. Um pacote de pó de café aberto, frutas na fruteira. Se tinham saído correndo, eram bem burros de deixar comida para trás. Talvez não houvera tempo para aquela preocupação.

– Mano, cê é bem louco de entrar aí, Castro. A Nádia escolheu logo o soldado mais burro.

– Só tô olhando, Ika. Deixaram comida aqui. Tamparam as janelas... essas janelas assim não é nada bom.

Castro foi até o corredor. Três portas. A esquerda era de um banheiro, a da direita era de um quarto vazio e a última estava calçada por algum móvel do lado de dentro.

– Tem alguém aqui dentro – sussurrou o soldado.

Barulho na sala. Ikeda olhou para trás. Era o tenente Almeida com Rui ao seu lado.

– Agressivos? – perguntou o tenente.

Ikeda fez que sim com a cabeça enquanto Castro forçava a porta. O soldado já podia ver o que impedia a passagem – era uma cômoda. Os diabos eram precavidos. Estavam ali, se escondendo. Buscou apoio olhando para Ikeda logo atrás. O parceiro ergueu o fuzil e destravou a arma. Rogério Castro calçou o ombro na porta e empurrou. A porta cedeu poucos centímetros, e então ele empregou mais força, fazendo a cômoda tombar com estardalhaço.

– Porra – reclamou o tenente ainda na sala, destravando sua arma também. – Dá pra fazer mais barulho, Castro?

– Se fosse pra ir quieto, não ia ser o Castro – cochichou Rui ao seu lado.

Castro empurrou a porta e empregou mais força para arrastar aquela cômoda. Seu ombro passou. O ar lá dentro estava ainda mais pesado, e o ambiente, ainda mais escuro. Seus olhos logo se acostumaram às sombras e buscou indícios de algum vampiro. Não precisava ser nenhum especialista naquelas coisas para sacar que aquele ambiente tinha sido preparado para ficar nas trevas e, depois daquela noite maldita, as trevas eram morada dos vampiros. Liberou espaço para Ikeda entrar. O amigo acendeu uma lanterna, fazendo Rogério Castro franzir a testa.

Castro voltou-se para a cama. Uma colcha revirada e um travesseiro sujo com o que parecia sangue coagulado. Os guarda-roupas estavam abertos e toalhas e roupas esparramavam-se pelo chão. Castro apontou para a cama. Ikeda abaixou o fuzil, deixando-o pendurado pela bandeirola de seu uniforme, perpendicular ao corpo. Agarrou o colchão com a capa manchada e amarela com firmeza e removeu-o do estrado com as mãos, jogando-o contra a parede do quarto.

– Eita porra! – exclamou Ikeda.

Castro arregalou os olhos. Eram três. Uma mulher adulta e duas crianças. Estavam esverdeados e imóveis, com os lábios e queixos escurecidos. Castro debruçou-se sobre eles.

– Cuidado aí, mano. Essas desgraças são rápidas pra caralho.

– Você não consegue falar uma frase sem colocar um palavrão? – perguntou Castro, de forma retórica, abstraído e capturado pela imagem daquela estranha família.

Almeida e Rui entraram também. O chaveiro ficou agitado e impressionado com a visão daquelas três pessoas deitadas embaixo do estrado da cama. Lembrou-se na hora do momento em que entrou com Cássio e Paulo no ônibus na rodoviária do Tietê, dias atrás. Sabia o que era aquilo. Rui deixou o quarto e voltou para o corredor, respirando agitado e assustado, com o suor descendo pela testa, enquanto os militares concatenavam a respeito da sorte do trio.

– Não vou gastar balas nisso aqui. Deve ter mais nas outras casas.

– Será que eles foram transformados em vampiros? – perguntou Ikeda.

– Todo mundo que está assim foi transformado, soldado – resmungou Almeida, andando para o outro lado da cama, ficando de frente para Ikeda e Castro. – Primeiro começaram a passar mal e a ficar agressivos, e na terceira noite, bam! Tomaram sangue.

– O que eu quis dizer é se... será que eles foram pegos por outros vampiros e viraram depois? Foram feitos por outros desses? Essa merda é contagiosa?

Automático, de maneira inconsciente, Castro passou a ponta dos dedos ásperos que saíam pelas luvas táticas sobre a ferida da mordida que tinha sofrido. O médico tinha dito que estava tudo bem, mas não tinha jeito de não ficar cabreiro com um negócio daqueles. Era perturbador saber que um vampiro tinha enfiado os dentes nele e ficar pensando que poderia acabar daquele jeito, deitado debaixo de uma cama, sendo caçado por soldados como ele.

À deriva

– Ainda não vimos ninguém ser feito vampiro, Ikeda. Não vamos aumentar os demônios que cercam a gente – disse o tenente, conectado com os pensamentos de todos que viviam aqueles primeiros dias de absoluta transformação e desinformação, tirando seu celular do bolso e fazendo um flash estourar no quarto.

– Ainda tá com bateria aí, tenente?

– Carreguei ontem só pra ver. Vai que alguém me liga.

– Seu pai? – brincou Castro, lembrando-se da conversa na Kombi. Almeida olhou para o soldado e sorriu.

– Como vamos dar fim nesses bichos?

– Nessa família... – resmungou o tenente.

– Até que ela é bonitinha, a mamãe vampiro – brincou Ikeda.

– Se toca, soldado. São três pobres almas. A gente ainda não sabe o que aconteceu com todo mundo.

– Desculpa aí, tenente.

– Eu sei que querem nosso sangue, só isso – acrescentou Castro.

– Eles vão queimar quando o sol entrar. Vão queimar e vão virar cinzas – disse Rui, da porta, trêmulo, apontando para janela bloqueada por cobertores. – Eu já vi isso acontecendo.

Castro ficou calado depois de responder o tenente. Eram vampiros, mas eram uma família. Uma mãe defendendo suas crias. Uma mãe que tinha se tornado uma daquelas criaturas hediondas.

– Nada de sentimentalismo, macacada. A gente tem que acabar com esses demônios – incitou Ikeda.

– Só tô com dó das crianças, bicho. Olha isso. Elas corriam aí fora. Deviam ter um monte de amigos e essas coisas.

Almeida começou a sacudir a cabeça em sinal positivo.

– O Ikeda tá certo, Castro. Ele tá certo. De noite eles não parecerão tão inofensivos. Eles vão pular no seu pescoço, no pescoço do seu filho. Eles não vão dar o menor boi.

– Tá. Eu sei. Só fiquei aqui brisando. Eu não gosto de matar mulher e criança. Não gosto de matar nem rato quando aparece lá no quartel, mas já tive um deles no meu pescoço. Bora.

– Não vamos gastar munição. Pode ter muito mais que isso por aqui. Esse condomínio todo está com as janelas lacradas.

Ikeda foi até a janela e segurou um dos cobertores.

112

– Afastem-se, rapazes. Vou deixar o sol fazer a graça dele.

– Essa eu quero ver – falou Castro, renovado em seu interesse em ver vampiros sendo destruídos, dando dois passos para trás e encostando-se contra o guarda-roupas.

Rui, ainda no corredor, se afastou. Já sabia como era aquilo. Mas não sabia se queria ver de novo. Parte dele tinha vontade de ficar com os soldados, parte tinha vontade de correr para fora da casa.

O trio militar ficou em silêncio olhando para a mulher e as crianças imóveis. A mulher estava vestida com jeans e uma blusa pink que deixava sua barriga de fora. O menino estava com um uniforme escolar de tactel azul-claro e usava um tênis preto de cano alto. A menina devia ter uns onze anos, estava deitada de lado, com as mãos no queixo sujo do que parecia ser sangue. Ela tinha sardas nas bochechas, estava descalça e vestia um moletom. Sua pele era branca, diferente da mulher, que estava um pouco esverdeada. Pareciam mortos. Seus peitos não subiam e desciam como nos humanos. Eles tinham sido apanhados na Noite Maldita e tinham se transformado em mortos-vivos.

– Anda com isso – ordenou o tenente.

Ikeda pousou a mão num cobertor que tapava a janela e puxou. As folhas da janela estavam fechadas, mas um fio de luz entrou pelo quarto, batendo bem no meio da barriga da mãe. Não demorou para um filete de fumaça começar a se desprender da pele esverdeada da mulher, uma mancha negra começou a se alastrar por sua barriga e, depois de uns cinco segundos, trancou a respiração dos soldados. A vampira se contraiu e puxou as mãos para o peito, fazendo uma careta, sem abrir os olhos.

– Creio em Deus Padre, que coisa sinistra. Eles ficam hibernando durante o dia... é muito sinistro isso – resmungou Castro.

O chaveiro Rui reapareceu na porta, acometido por uma curiosidade mórbida, e seus olhos se arregalaram quando viu o cenário.

As crianças ainda estavam imóveis, sem perceber que a mão do soldado oriental, parado junto à janela, detinha seus destinos.

Ikeda puxou a folha da janela e uma claridade cegante tomou o aposento. Os três corpos começaram a fumegar. A mãe curvou-se e soltou um grito apavorante, fazendo Rui voltar correndo pelo corredor até a sala e Almeida e Castro pularem para trás, levantando suas armas.

– Não atirem! Não atirem! – gritou Almeida, controlando seus soldados.

À deriva

Castro, horrorizado, assistiu à menininha rugir e arrastar-se para o pé da cama, revirando o corpo fumegante. O quarto encheu-se de uma fumaça negra que começou a entrar por suas narinas e fazê-lo tossir.

A mãe, ainda gemendo e se revirando por baixo do estrado, começou a enrijecer-se e tornou a ficar imóvel com o corpo calcinado. O garotinho com uniforme escolar não se moveu e morreu na mesma posição em que estava, apenas exalando uma coluna de fumaça negra que subiu de seu corpo, varando o tecido que se incinerou junto com sua pele. Foi rápido demais, intenso e horrível de se ver. A fumaça negra que exalava dos três em feixes rodopiantes foi represada pelo teto e começou a se acumular e se adensar até que o ar ficou irrespirável.

O trio de soldados saiu da casa e ficou olhando para as demais residências naquela rua. A maioria das moradias tinha as janelas fechadas. Rogério rodeou a casa de onde ainda saía fumaça dos vampiros incinerados e observou a rua debaixo. Eram por volta de oitenta residências a mais.

CAPÍTULO 12

O inesperado causava aquele hiato silencioso. Raquel tentava compreender. Estava viva, abrindo os olhos na noite. Seu pé ainda estava dolorido, mas permanecia ligado ao seu corpo, que tinha consciência. Vasculhou com o olhar o ambiente e não estava mais na praia onde antes abria seus olhos. Estava em um quarto pequeno e cheio de odores, inclusive o da lama fétida daquela gaiola mata-vampiros. A noite tinha acabado de se instalar e permitia que ela existisse mais uma vez.

Escutou um barulho muito perto de seu corpo. Era outra criatura da noite se movendo, desperta pela chegada do pôr do sol.

Raquel sentou-se. Como estava ali? Seu último momento de consciência a dava como uma agonizante senhora a caminho da escuridão, presa numa vala no meio de uma arapuca para dizimar noturnos. Lembrou-se da lavanda da garota de nome Luna. Lua. A garota pequena que a tinha colocado dentro da ratoeira. Esperta. E tinha sido clemente, pelo visto, por alguma razão que ela ainda não conhecia. Ela era fiel. Mais fiel do que ela mesma não conseguia ser.

Raquel ficou imóvel enquanto se carcomia com a ideia de que ainda queria os filhos. Tinha pensado que poderia esquecê-los, superá-los, mas eles prevaleciam em seus pensamentos. Se era uma vampira que podia organizar um ataque, que podia reger um grupo de noturnos, queria ser livre e dona de seus desejos e apenas percorrer a noite com seu séquito de vampiros, mas eles vinham. Seus filhos surgiam diante de seus olhos. Ela os tinha deixado em São Vítor para que tivessem uma chance com os sobreviventes, uma chance de felicidade e de serem normais naquele mundo ainda anormal. E como poderiam serem felizes sem ela? O impasse tamborilava em sua cabeça. Estava pirando ou os tinha visto de fato? Tinha visto Pedro. Ele estava lá, naquela armadilha de dizimar vampiros. Ele disse que a queria de volta. Seus filhos precisavam dela. Ainda que fosse um sonho, tinha parecido tão, tão real. O calor do filho vivo, com um coração pulsante, estava a poucos centímetros dela. Ela tinha dito que poderiam ser uma família de novo. Uma família de verdade. Era estranho. Levou a unha até a boca. Pedro, um casulo, um fio sangrento.

Vasculhou o chão do quarto. A longa estaca que a pilantra tinha conseguido cravar em seu peito, imobilizando-a, estava lá, recostada a uma velha e imprestável máquina de costura. Raquel coçou o braço e andou até a janela barricada com uma estante calçada por varas. Empurrou-a um pouco para o lado fazendo um dos calços cair e outro rachar. Podia esgueirar-se por aquela janela, agora tinha uma saída.

La fora via a rua. Reconheceu a paisagem. Estavam próximas daquele lugar onde fora atraída por Luna. A garota era mirrada e chorona, mas ao mesmo tempo um escorpião. Uma ferinha escondida num corpo pequeno infestado de lavanda e com pés calçados em um All-Star com cadarços trançados. Era quase uma criança, e aquela criança, junto do irmão morto, trabalhava bem. Se não a drenasse ali no corredor mesmo, até aconselharia a garota a continuar. O esconderijo e a cela feita na lama eram ótimos para aquele objetivo de limpar a vizinhança de caçadores. Tinha toda a coisa da disciplina e ter que encontrar outro touro que aguentasse erguer aquela grade. Raquel voltou a olhar para baixo, ainda que já tivesse contado o número de pavimentos até o chão. Estava no quarto andar, seria bem possível saltar com sucesso se seu pé não tivesse sido quase amputado. Ao menos aquela lança serviria para alguma coisa. Seria feita de cajado, de muleta, até que tomasse mais sangue. Inspirou fundo, detectando apenas o cheiro da parceira de cômodo. O cheiro de Luna não veio dessa vez.

Raquel virou-se para o corredor, pensando que não precisava ir muito longe até conseguir rastrear Luna e seu sangue. Pisou com mais firmeza. Droga! Não estava inútil, mas ainda doía, daria trabalho até se regenerar completamente. Deixava sua marcha deselegante, mancando.

– Você deu sorte. Ela nunca trouxe uma noturna para cá. Quem é você?

Raquel virou-se para a criança da noite. Os olhos dela estavam vermelhos. Era uma irmãzinha.

– Yolanda, não é?

Raquel, de frente ao beliche, viu que a garota tinha passado para baixo da cama, escondida sobre o piso. Mancou para trás e ajoelhou-se. Abaixou-se mais um pouco, atenta ao seu entorno. Aquela família era cheia de artimanhas. A menina era pequena. O tamanho mirrado para as garotas parecia ser de família.

– Esse é meu nome. Mas quem é você?

– Raquel. – A vampira abaixou-se mais e estendeu a mão, puxando assim que a garota a cumprimentou.

– Ei! Eu não ia sair.

– Como me tiraram de lá? Sua prima não tem força para me arrastar e nem para ter aberto aquele cano bloqueado pela grade.

– Você matou o primo. A gente tá mais sozinha que nunca.

– Ela deve ter bons amigos. Fizeram tudo direitinho, me tiraram de lá, me protegeram do sol. Estou intrigada. Por que ela fez tudo isso se podia ter me matado?

Yolanda tinha cabelos castanho-claros e usava uma camisola branca. Parecia uma pequena fantasma de Henry James, sentada na parte de baixo da beliche.

– Concordo com você, devia ter te matado. O primo era moço bom.

– Por que não foram embora daqui?

– A Luna tem esperança. Ela vive na lua. – A criança abriu um sorriso.

Raquel ergueu os ombros e balançou a cabeça em sinal negativo.

– O que foi?

– A Luna vive na lua. A gente sempre fez graça com ela.

– Qual é a esperança dela?

– Quer matar o Escamoso, que matou minha mãe e a mãe dela. Minha mamãe estava grávida, eu ia ter um irmãozinho no meio do ano, mas sem o primo Glauco fica difícil agora.

– Lamento – soltou Raquel, sem pensar. – Mas acho que vocês não chegam ao meio do ano.

Yolanda ficou quieta um instante e começou a balançar seu corpo na ponta do colchão, como se alguma ansiedade a movesse.

Raquel voltou a falar.

À deriva

– Meu pé está lastimável. Vou embora daqui para não ser uma ingrata e acabar sugando cada gota de sangue da sua prima. Vocês são meio que irmãs agora.

– É.

– Diga a ela que agradeço, mas que preciso ir. Preciso caçar. Minha barriga está roncando. O sangue de seu primo foi o que me manteve viva depois daquele entrevero. Eles não sabem jogar leve, não. Eram só dois, mas foi uma das tretas mais imprevisíveis que encarei.

– Antes de ir, tia... me diz uma coisa...

Raquel mancou apoiada na estaca longa. Revirou os olhos e encarou a garota de longos cabelos despenteados.

– Você teve filhos também. A Luna falou para mim que você não merecia morrer naquele buraco. Por causa da sua família. Ela disse que um milagre salvou você para ver o seu filho de novo.

– Sou uma vampira. Vampiros não têm família.

– Mas eu tenho minha prima.

– Pergunte.

Yolanda baixou a cabeça e começou a chorar. Ergueu os olhos com lágrimas vermelhas e passou as costas das mãos sob os olhos, manchando o rosto pálido.

– Eu vou conseguir ficar com Luna? Vou conseguir não atacar minha prima?

– Sinta-se sortuda por ser uma como eu, que conversa, que pensa.

– Mas e a minha prima? A gente não tem mais ninguém.

– Aí é com vocês, garotas. Não tenho nada a ver com isso.

– Mas e seus filhos? Você vai largar seus filhos? Luna disse que um deles surgiu na frente de vocês de madrugada, como se fosse um fantasma.

Raquel balançou a cabeça em sinal negativo.

– Não. Não vou largá-los. Pedro não é um fantasma, é meu filho. São meus filhos. Quero os dois comigo.

– Tenho medo de fazer mal a Luna. Estou começando a ficar com medo de ficar perto de minha prima. Ouço o coração dela, o sangue correndo por suas artérias.

– Não saia de perto dela e é exatamente isso que você fará, criança. Cedo ou tarde você vai drenar o sangue de sua prima.

Raquel alcançou a sala. Tudo quieto. A porta da frente estava entrincheirada também. Difícil de abrir. Observou o apartamento. Por onde aquela ratazana ardilosa passaria? Inalou fundo. Só resquícios da alfazema dizendo que ela tinha estado ali, tinha passado por ali. A janela da sala estava com a vidraça fechada, mas sem cortinas. Um pouco anti-intuitivo para um apartamento habitado por uma vampira criança. O fato de ser criança não queria dizer muita coisa. Ela parecia ter dez anos, mas também tinha alguma coisa de sagaz por baixo daquela fragilidade, já tinha amadurecido. Seu útero tinha exalado o cheiro do sangue na noite da caçada. Exceto se fosse outro ardil, mas Raquel duvidada. Era como a prima. Estavam se preparando para agarrar aquele novo mundo pelos colarinhos e tirar dele o que precisavam. A janela sem cortinas mostrava que não eram bobas. Para alguém olhando da rua, vasculhando nas horas de sol por apartamentos que pudessem ser usados como tocas para noturnos, um caçador descartaria aquele todo aberto ao sol. Bom. Muito bom. Contanto que não ficassem no mesmo apartamento o tempo todo, poderiam sobreviver um pouco daquele jeito.

Raquel moveu-se até a cozinha e depois até a lavanderia. Passou a mão no rosto e na cabeça. A ferida tinha se reduzido a nada. Seu pé ia parando de doer aos poucos. Nada de peças no varal. Outra pista dizendo que não tinha nada para se ver ali. Os eletrodomésticos silenciados com a morte da eletricidade. Chão limpo. Corredor limpo. Era estranho. Havia outro quarto ali. Raquel caminhou pelo corredor, arrastando o pé esquerdo, ora conseguindo firmá-lo, ora sofrendo e soltando um gemido. Olhou para trás. A vampira continuava lá, quieta em seu quarto.

Aquele silêncio se acumulando já estava dando nos nervos. Precisava sair logo dali. Virou-se para a porta do segundo quarto e a abriu. Tudo arrumado. Uma cama de casal. Uma foto de família na parede. Era recente. A mãe estava grávida, com a mão sobre a barriga. Embaixo do braço da mãe, entre o pai, estava Yolanda. Do outro lado, agarrada à tia com um sorriso largo e um chapeuzinho na cabeça, Luna.

Raquel ia recuar da escuridão apenas desvelada para olhos como os seus quando viu uma pista. Um fio de lavanda no ar. Andou em direção à janela. Outra pista. Uma marca de barro na parede, uma marca bem discreta, perdida na escuridão. Raquel moveu o vidro para o lado e avistou um bambu sobre o muro da rua de trás, que terminava bem na altura da janela.

À deriva

Um hiato respeitável de oito metros entra a parede e o muro da rua de trás. Concertinas protegendo o muro. Eram espertas. Com o pé bom, o pulo seria fácil. Mas como a humana fazia? Até o chão do estacionamento havia mais doze metros. O tombo não era uma opção para a pequena Luna.

Raquel saltou para o muro, pousando com firmeza entre as lâminas da concertina. Estava rente a um poste apagado de iluminação pública que tornaria fácil descer até a rua. A resposta para o pequeno enigma estava ali no muro. Do outro lado da concertina havia uma reentrada de concreto e um grosso bambu seco deitado. Era assim que ela fazia a travessia. Arrojada. Estavam se adaptando rápido ao novo mundo.

Raquel considerou saltar para o estacionamento, mas deixou para lá. Precisava encontrar algo para ingerir e desfazer aquelas feridas terríveis que a criança tinha aberto nela, auxiliada pelo irmão morto. Sorriu e saltou rente ao poste, usando o concreto para reduzir sua velocidade. A haste de madeira que ficara atravessada em seu peito e a imobilizara era agora uma boa vara. Detestava quando os cães famintos chegavam perto demais. Nenhum tinha se atrevido a rasgar sua carne podre até agora, mas aquela ponta firme daria um jeito se fosse o caso. Lembrou-se do fosso enlameado forrado de ossos esturricados e guinchos de ratazanas esfomeadas. Tantos planos e tantos desejos que poderiam ter desaparecido por conta de um brutamontes e uma garotinha sensível. As noites ferais daquela realidade eram imprevisíveis.

CAPÍTULO 13

Já era o quarto dia em que subiam blocos de concreto além do alambrado, aumentando a área protegida dentro de São Vítor. Uma fileira cinzenta começou a formar uma linha na frente da resistência dos humanos. Nada imponente por enquanto, coisa de um metro de altura, apenas prenunciando o desenho do que ele viria a ser, mas os trabalhadores voluntários e escalados para mexer massa, carregar pedras, levar blocos e assentá-los de forma alinhada já começavam a chamar aquela linha de "muralha". Muitos ali nunca tinham pegado num cabo de enxada ou levantado uma colher de pedreiro, mas estavam dispostos e proativos, escutando os mais velhos, que tinham experiência com alvenaria e arquitetura. Graças ao censo providenciado na debandada do HC, conseguiram juntar um grupo de talentos para cada tarefa de reconstrução ou provisionamento de conforto para todos ali dentro, todos que estavam lutando para começar a reconstruir alguma coisa parecida com o que a vida deles fora havia menos de um mês.

Tinham material para mais três dias trabalho e contariam com as expedições do tenente André Almeida e seu destacamento para dar seguimento ao maior golpe de sorte que tiveram naqueles últimos dias. Numa das últimas expedições, tinham encontrado uma caminhonete cheia de ovos e, investigando a papelada dentro do porta-luvas, deram com o endereço de uma granja nos arrabaldes da cidade. Metade dos galináceos tinha morrido pelo calor e pela falta d'água, mas aquela mineração na cidade-fantasma, abandonada após a infestação de vampiros trazidos por Raquel, rendera duas centenas de aves que foram salvas.

À deriva

O destacamento do tenente, não satisfeito com a granja, continuou se afundando na estradinha de terra vicinal que o levou a dois imensos galpões, e descobriu que ali era o depósito de materiais de construção de uma grande loja que atendia no centro de Itatinga. A missão dos soldados de Almeida hoje era conferir o que ainda tinham de combustível, voltar com os caminhões até o galpão e transladar para São Vítor a maior quantidade possível de material de construção e toda sorte de equipamento que ainda existia lá dentro. Eram pincéis, latas de tinta, ferramentas, milhares de metros cúbicos de areia, pedra e toneladas de sacos de cimento. O que preocupava eram justamente os blocos e tijolos. Não tinham encontrado muitos, mas dariam um jeito. São Vitor teria os seus muros e a sua defesa melhorada a qualquer preço.

Além do muro que nascia, o Comitê de Agricultura arava a terra a quinhentos metros de distância do portão, tomando um caminho pela esquerda e abrindo imensos canteiros para semear milho. Alguém tinha dito a Cássio Porto que era época de São José, a época certa para plantar, e que lá para o meio do ano teriam pamonha e curau para celebrar o São João. Cássio deixou-se momentaneamente se tocar por aquele otimismo. O milho era uma fonte de energia importante e, segundo o comitê, uma lavoura de fácil manejo para começar, como as batatas que já tinham soltado pela terra para garantir que ninguém ali morresse de fome.

A conversa foi interrompida por um buzinaço no portão frontal. Os homens baixaram as ferramentas e olharam as Kombis usadas por Almeida e seu destacamento, seguidas por dois caminhões-pipa amarelos e imensos.

– Você acha que é o que eu tô pensando? – perguntou Graziano, soltando a enxada e correndo na direção do portão.

Pedro tinha escutado a gritaria no portão e olhava para lá tentando entender. Uma sombra recostou-se ao seu lado. Ele reconheceu a mulher imediatamente. Era Alessandra. Como todos, ela também tinha perdido familiares, mas pelo que ele ouvia nos corredores e já tinha escutado de Mallory, ela não aceitava aquela separação, tal como ele.

– Caminhões-pipa – ela disse.

– É. Parece que é isso. Você deveria se alegrar um pouco.

A mulher olhou para o garoto com o curativo na cabeça e balançou a sua.

– Por quê?

– As missões de seu irmão para São Paulo estão garantidas por enquanto. Pode ser que encontrem seus filhos.

– Pode ser… ou pode ser que eu escute todo mundo e escute a razão. Pode ser que eles estejam perdidos para sempre. Estejam mortos.

– Pode ser – repetiu Pedro, vendo Alessandra se distanciar no pátio, perseguida por dois fios brancos que saíam do umbigo dela vistos apenas por ele. – Ou pode ser que não… – disse ele bem baixinho.

Mesmo tendo falado tão baixo, a mulher parou e virou-se para ele.

– Você é o filho da vampira louca, não é?

– Ela não é louca. Tem mais juízo que nós dois juntos.

Os olhos de Alessandra marejaram.

– Devo ser uma doida mesmo achando que eles estão vivos.

Pedro ficou olhando para os dois fios brancos ondulando acima da cabeça dela e atravessando o ar em direção ao estacionamento. Ele baixou a cabeça. Ela continuou falando:

– Eu até andei pensando em pedir ao capelão para fazer uma missa para eles. Uma despedida. Viu o cemitério que fizeram para o lado da floresta de ipês? A Megan amava flores. Amava plantas. Com certeza ela estaria no grupo de agricultores aqui de São Vítor. Ia fazer um escarcéu se não a deixassem participar. Talvez ele possa fazer para mim e para meu irmão um funeral para os meus pequenos… Chamam de sepultamento sem corpo presente. Talvez isso me traga paz.

Pedro tirou a camiseta e estendeu para Alessandra.

– O que é isso? – ela perguntou.

– Seque suas lágrimas. Não tenho lenço. É coisa de velho. Você não é doida. Não foi o que eu quis dizer. Não desista deles.

Alessandra secou as lágrimas com a camiseta cheirando a suor do garoto. Passou a mão cuidadosamente na cabeça dele sentindo os fios curtos e vermelhos pinicarem sua mão.

– Não desista de sua mãe também.

Pedro ergueu os olhos para ela rapidamente e a olhou fundo.

– Nunca. Eu nunca vou desistir dela.

Alessandra devolveu a camiseta e deu as costas a Pedro, voltando a caminhar pela varanda.

* * *

À deriva

Cássio e Rui acompanharam Almeida. A buzina da Kombi não parava, externando o entusiasmo de quem vinha ao volante. Os caminhões-pipa pararam no meio do estacionamento e Ikeda saltou da direção do primeiro deles.

– Conseguimos, Cássio! – berrou o soldado. – Agora temos combustível para buscar mais gente adormecida! Quantas quisermos!

– Isso é diesel?

– Sim. Tem um depósito de combustível da prefeitura de Itatinga. Esses dois caminhões estavam lá. Trocamos por proteção. Malandro, tão chegando umas gatinhas aí, ninguém põe o olho na loirinha.

Almeida desceu da Kombi e caminhou com seu fuzil pendurado no ombro até o meio dos soldados.

– Calma com o entusiasmo aí, Ikeda. É um depósito pequeno. – Almeida tirou um maço de cigarros do bolso do peito e acendeu um, dando uma tragada. – É um depósito para viaturas, ônibus escolares e caminhões de lixo. Não é muita coisa, pensando a longo prazo.

– Porra, Almeida! Deixa de ser bicudo! Só esses dois caminhões dão para quantas viagens do Cássio?

– Olha o respeito, Ikeda. Não é porque estamos fora do quartel que você pode ficar boca mole.

Almeida coçou o queixo já barbudo e olhou para Castro descendo do segundo caminhão.

– Quero ver como a gente vai tirar o combustível daí de dentro.

– E que história é essa de loirinha do Ikeda?

– Tinha duas famílias lá no depósito de combustível, Cássio. Fizemos uma troca. Eles ficarão aqui com a gente e nós vamos dar cobertura lá no depósito, assegurar que o combustível vai ficar com a gente, pra você poder voltar pra São Paulo e continuar com a sua maluquice de trazer adormecidos para cá.

– Não é maluquice, eu já tô cansado de repetir.

Almeida deu um tapa no ombro de Cássio e riu, enquanto dava uma baforada de fumaça.

– Calma, cara. Tô de sacanagem. Te admiro pra caramba. Não conheço mais ninguém aqui que faria isso. Que colocaria o pescoço em risco para trazer um bando de gente desconhecida para cá.

124

– Família é tudo. Acho que a gente só vai conseguir passar por tudo isso se conseguirmos nos manter unidos nessa terra.

– Pode crer, sargento – disse Ikeda. – Família é tudo, e eu vou fazer uma família com aquele pedaço de mau caminho de cabelos dourados. Alguém lembra o nome dela?

– E essa parada das famílias? Quando vão vir pra cá? Logo anoitece.

– Já estão no caminho. Eu e os rapazes explicamos direitinho. Amanhã cedo preciso de dois homens descansados para ficar lá no depósito. Precisamos garantir aquele combustível pra gente. Itatinga tá quase deserta, quem tinha como rapou fora depois do ataque daquela monstra – explicou Almeida.

– Só não chama a ruiva de monstra na frente do filho dela. O cara fica pior que um noturno. Hahahahaha – riu Lenine, lembrando a noite junto ao portão.

– Muitos dos vampiros que vieram com a promotora tocaram o terror na cidade, sargento – acrescentou Castro. – Acho que a gente podia dar uma geral na cidade antes de voltar para São Paulo.

– Não sei. Vocês podem organizar um grupo para vasculhar Itatinga enquanto eu continuo com as buscas em São Paulo.

– Você precisa montar uma base na entrada da cidade, sargento. Na beira da Castelo Branco. Vai agilizar esse processo. É estratégico – sugeriu Almeida.

– Estou considerando isso. Mas vamos dissolver nossa base, dissolver nossos recursos. Teremos que encontrar uma fonte de água e comida para essa possível base nova. Proteção durante a noite. É um bocado de coisa complexa.

– Tudo bem, Cássio, mas esse posto será necessário cedo ou tarde. Se não der comida para esse leão, uma hora ela vai te devorar.

Cássio ficou olhando para o tenente. Aquelas palavras marcaram seus pensamentos. Talvez a aliança com o CRRF fosse mais necessária do que ele imaginava. Para mover esse bispo até a torre, precisava conhecer o líder deles mais a fundo e entender se podia confiar nele ou não.

125

CAPÍTULO 14

– Tá me ouvindo aí? – perguntava o soldado Ikeda com o rádio comunicador Doite no ouvido.

– Ainda não! – gritou Armando.

– Mas que porra... Não tem jeito de funcionar! – respondeu Ikeda, se aproximando novamente e dando tapas na traseira do rádio comunicador. – Será que é problema de pilha?

– Mané pilha, Ikeda! Esquece isso aí. Não tem nada de comunicação funcionando. – Armando saiu do refeitório pela porta dos fundos e apontou para o céu. – Os satélites não funcionam mais.

– Mas tu é burro, hein, caralho! Quem disse que rádio funciona com satélite? Esqueceu do treinamento no quartel? – retrucou Ikeda, e mal-humorado.

Cássio observava os jovens soldados que entravam e saíam da cozinha pela porta lateral, testando os comunicadores. Estava sentado à mesa no refeitório com o conselho reunido em seu entorno. Os doutores à sua frente, Suzana, Otávio e Elias, discutiam questões técnicas sobre como estava a evolução da comunidade e as conclusões a que estavam chegando sobre o estado atual dos adormecidos que ele e o grupo de resgate haviam trazido de São Paulo dois dias atrás. Os doutores discutiam, brigavam e não chegavam a conclusão alguma. Ele sempre pensava sobre como seria difícil manter São Vítor sem loucura, raiva e violência por conta da nova vida, mas estava começando a desconfiar de que eles gostavam do simples prazer de discordar um do outro.

– Cássio – disse a doutora Suzana –, o que você acha?

– Eu vou voltar pra São Paulo amanhã. – Cássio sentiu um estalo de que deveria ter pensado melhor antes de dizer isso, mas a realidade é que ele decidiria tudo de qualquer forma, então não faria diferença.

– Está louco, você não pode voltar! – disse Otávio. – Veja o ataque que sofreram na primeira incursão. E nem sabem quem são aqueles homens que salvaram vocês das árvores e dos noturnos.

– Não houve sequer um ferido – respondeu Cássio.

– Por sorte – emendou o doutor Elias. – Você teve sorte, deveria esperar mais para voltar. Espere até eu conseguir avançar nos meus estudos sobre os agressivos. Vamos conseguir trazê-los de volta.

– É muito perigoso sair com um grupo grande de pessoas – continuou a doutora Suzana.

Cássio se levantou, ficando em pé e apoiando o corpo com as mãos na mesa.

– Sorte ou não, não houve mortos ou feridos. E nisso concordo com você, Suzana: não preciso de um grupo grande, irei sozinho. Preciso voltar para São Paulo amanhã. Como estamos evoluindo na questão do biocombustível?

"O melhor a fazer agora seria mudar de assunto", pensava Cássio. "Continuar discutindo sobre isso não vai nos levar a lugar algum. Não é como se eu fosse mudar de ideia, e eles sabem disso. Também não posso esperar por uma cura do doutor Elias que pode demorar anos para ficar pronta, isso se ficar pronta. Não há salvação contra esses monstros mortos-vivos, sei disso desde a Noite Maldita. Mas não posso deixar que eles também acreditem nisso... Senão esse lugar vai virar um inferno na Terra."

Nos últimos dias, quando pensava que não havia salvação, uma chama de esperança se acendia dentro dele. O encontro providencial com o líder do CRRF, Larisson, estava martelando a sua mente. Era muito bom saber que havia outros como ele, que estavam lutando para manter uma comunidade unida e que eles salvavam os adormecidos dos vampiros também. E se os seus sobrinhos estivessem com esse Larisson? Em segurança, todo esse tempo. Isso acalmaria Alessandra, sua irmã. Queria tanto encontrá-los.

Doutora Suzana havia explicado que o biocombustível estava tendo ótimos progressos, e que em menos de um ano talvez não precisassem mais de combustíveis fósseis.

À deriva

– Ótimas notícias – disse Cássio. – Partirei sozinho no raiar do dia. Descobrirei mais sobre esse CRRF. Quantos outros grupos assim devem ter se instaurado no Brasil inteiro? Vocês precisam ter mais fé, mais esperança. A minha não pode morrer.

Cássio se levantou e deixou o salão do refeitório.

CAPÍTULO 15

Enquanto passava um café, um item que valia mais do que ouro, Mallory se dava conta do ínfimo número de horas que dormira nos últimos meses.

Além de todo cuidado e preocupação com os pacientes e o controle de suprimentos, a ansiedade do que estava por vir lhe roubava o sono toda noite. O gole quente do café forte aqueceu seu peito e se juntou à ponta de esperança que brotou em seu coração com as notícias que vazavam aqui e ali sobre a pesquisa do doutor Elias em busca da vacina para os vampiros.

Chiara, provavelmente atraída pelo aroma reconfortante da bebida, chegou animada.

– Bom dia. Esse cheiro de café coado me faz lembrar tanta coisa, Mall.

Mallory entregou uma xícara fumegante para Chiara. Ela segurou o recipiente com as duas mãos, de olhos fechados, e deu um gole, gemendo de prazer. Mallory aguardou Chiara sair do transe.

– Toda mulher tem seus segredos.

Chiara sorriu, e com mais um par de goles e olhares trocados, ela arriscou um palpite.

– Acho que não é só o café que você está escondendo. Está com cara de quem viu passarinho verde.

Mallory balançou a cabeça.

– Ai, menina, se eu tirasse a sorte num realejo para saber do meu futuro amoroso, acho que o pobre passarinho morreria engasgado com o papel.

Chiara achou graça do tom de voz da enfermeira e de seu rosto vermelho e continuou indagando:

– O que é realejo? – perguntou a adolescente, passando a mão na franja.

À deriva

– Caraca! Você não sabe o que é um realejo? Tô ficando velha mesmo.

– Minha tia dizia que não ficava velha, Mall. Ela ficava experiente.

As duas riram. Chiara reclamou do cabelo que estava perdendo o corte e a enfermeira disse que a levaria até Ester, uma cabeleireira de mão cheia que ficava no segundo dormitório das mulheres.

Mallory apanhou a xícara vazia de Chiara e juntou com a sua dentro da pia, falando dos dormitórios das solteiras e dos solteiros. Chiara disse que estava faltando pancadão dentro de São Vítor para os casais perdidos começarem a se achar.

Mallory riu enquanto abria a torneira, e com um gesto de cabeça chamou Chiara para mais perto.

– Que foi? Por que essa cara de mistério, Mall?

– Eu não deveria falar, mas o doutor Elias tem tido sucesso no desenvolvimento de uma vacina para os que se transformaram em vampiros.

Chiara arregalou os olhos e fez o gesto de fechar a boca com um zíper, porém pensava: "Pobre Mallory, se ela soubesse como não sou nada boa em guardar segredos…".

Aos poucos, a arma secreta de Elias ia se esparramando por toda São Vítor. Uma esperança e um perigo.

* * *

Elias chegou e, ansioso para ver sua filha, abriu o porta-malas e foi atacado violentamente por Júlia, que já tentava cravar os dentes em uma artéria dele.

– Calma, Júlia! Calma! Está chegando a hora do teste, filha. Você não vai precisar mais disso.

Elias abriu os olhos e sentou-se, arfando. O suor empapava seu rosto. O mesmo pesadelo, de novo.

– Eu não quero seus remédios, pai. Eu quero sangue. Preciso me livrar dessa sede. Ela acaba comigo, acaba com minha razão. Se você me soltar, pai, eu vou voar direto em sua garganta. Eu não sou mais sua filha nem mais humana.

Elias retorceu o rosto e lágrimas desceram por seu rosto cansado. Ele não descansava, não parava de trabalhar nas variantes da vacina. Não parava de fazer anotações no quadro branco. Todo seu conhecimento adquirido em décadas de estudo de tumores e na equipe de pesquisa da Célula de Deus não estavam dando uma resposta cem por cento segura. O que pouca gente sabia era que a ciência era feita com muitos erros e tomadas de riscos calculadas. Nessa noite, ele mal conseguiu dormir por conta da mistura de entusiasmo e angústia gerados pela expectativa dos resultados dos testes finais da sua vacina. Como o dia estava amanhecendo, ele pulou da cama, jogou uma água na cara e correu até a janela. A Silverado ainda estava lá, no meio das caçambas, mas com um caminho para sair. Era a hora de sair dali. Não tinha certeza de que o cheiro da podridão e dos dejetos orgânicos que eram colocados ali para depois serem levados para a compostagem da horta bastavam para encobrir o cheiro doce de sua filha. O odor que o bento Graziano já tinha descrito várias e várias vezes desde seus encontros nos porões do Hospital das Clínicas e também do momento da invasão de São Vítor. Era arriscado deixar Júlia tão exposta.

Ficar lamentando e congelado de preocupações não faria sua pesquisa avançar, mas ir ao laboratório para colher amostras dos testes que realizou nos preás que lhe serviam de cobaias renderiam avanços.

Passou pelos corredores até chegar ao seu laboratório. Com o material devidamente colocado nas lâminas de vidro, observou atentamente pelo microscópio e, após repetir o processo com três amostras, extravasou:

– Puta que pariu! O metabolismo está ativo, a molécula se estabilizou e reverteu o quadro imunológico.

Recuperado da euforia inicial, refletiu sobre o fato de que a próxima etapa seria tão difícil como a que ele acabara de finalizar. Ele precisaria agora de cobaias. Vampiros reais, para fazer os testes finais. Sair à noite era perigoso e de dia era muito difícil localizar alguma das criaturas.

Durante os últimos meses, Elias se sentia em um veleiro no meio de um maremoto, subindo e descendo por ondas enormes de sucessos e fracassos. Houve dias em que ele achava que estava ficando louco e pensou em desistir, e só não o fez porque pensava em sua filha, presa, escondida no bosque, agora longe do estacionamento de São Vítor e de toda a movimentação, num casebre marcado como vistoriado pelo grupo dos soldados. Ela passava os dias dormindo, enrolada em cobertores, e as noites em claro, agitada pela fome.

À deriva

Sempre que algum noturno atacava os portões e era abatido, Elias tentava conferir do alambrado se era uma garota parecida com sua filha. Tinha que ser mais rápido que os soldados.

Não queria Júlia próxima do portão, que aos poucos se tornava uma muralha graças ao empenho de Graziano, que trazia todos os dias mais material de construção e fazia com que a divisão entre os de dentro e os de fora ficasse cada vez mais evidente.

Sem encontrar alternativa, esperou meia hora após o toque de reco-lher e, com uma lanterna em punho, saiu furtivamente, entrando em um dos carros de serviço no estacionamento. Após verificar a quantidade de combustível, partiu em direção ao silo que acomodava os adormecidos encontrados na cidade. Saiu do carro e abriu o porta-malas. Tinha decorado a hora da troca da guarda, coisa que faziam de forma relaxada e demorada. Desceu até o primeiro nível. A enfermeira ficava no terceiro ou quarto nível. Elias saiu carregando no colo um menino e acomodou-o dentro do porta-malas. Olhou para os lados para se certificar de que não estava sendo observado e voltou ao galpão para repetir a operação, porém, quando saiu carregando outro adormecido, deu de cara com uma luz ofuscando sua vista. O facho era uma lanterna, que, quando baixou, revelou a figura de Pedro.

– As notícias voam por aqui. Pra que você está roubando adormecidos?

O doutor Elias, sem encarar Pedro, seguiu em frente, bufando, e praticamente jogou o corpo dentro do porta-malas.

– Entra no carro, garoto. Te explico no caminho!

* * *

Em silêncio ao volante do carro, Elias, visivelmente nervoso, fumava um cigarro, olhando pelo retrovisor de dez em dez segundos. No porta--malas, dois meninos adormecidos, e no banco do passageiro, Pedro, que, agitado, abriu o porta-luvas e viu lá dentro um revólver. Eles estavam a dez minutos de distância de São Vítor, rumo a São Paulo.

– Não mexa nisso. É só para emergências.

– Então, doutor, você vai me contar o que tá rolando?

Elias esfregou a testa, tentando espantar a dor de cabeça latejante. Soprou a fumaça pela janela do motorista e balançou a cabeça afirmativamente.

– Sim, ou melhor, não tudo, só a parte na qual você pode me ajudar.

Pedro, sem reação, aguardou Elias continuar.

– É a vacina. Está quase pronta. Preciso testar em um vampiro.

Pedro assentiu.

– Tá, mas e os adormecidos?

Elias tinha um olho na estrada e outro no marcador de combustível.

– Você quer achar sua mãe, certo? Eu preciso de vampiros para usá-los de cobaia nos meus testes finais. Quando eu conseguir estabilizar o medicamento e finalizar a vacina, vou me lembrar de quem me ajudou no processo.

– Já prometi ajudar.

Elias deu seta e entrou num posto de gasolina abandonado. Parou o carro.

– Eu também tenho alguém para ajudar.

Pedro tentou aliviar o clima.

– Vai comprar cigarros, doutor, ou precisa fazer xixi?

Aparentemente Elias não estava no clima para brincadeiras.

– Desce. Te pego em quarenta minutos.

Pedro tentou argumentar:

– Caraca, velho, vai me deixar aqui? Aonde você vai?

Elias atravessou o braço na frente do corpo dele e abriu a porta do passageiro.

– É coisa minha. Desce. Quarenta minutos.

Pedro, angustiado, de olho na estrada, ficou esperando Elias voltar, ruminando, tentando entender o que ele faria com os adormecidos roubados. Afinal de contas, ele era cúmplice desse ato duvidoso.

O garoto pulou de susto quando o carro freou praticamente sobre seus pés.

Partiram pela estrada e mal trocaram uma palavra até entrarem no perímetro urbano da cidade. Elias, ansioso, virou-se para Pedro.

– Você disse que conseguia achar sua mãe. Consegue achar outros?

– Vampiros?

À deriva

– É. Preciso de uma cobaia. Durante a luz do sol eles são inofensivos... praticamente.

Pedro respondeu, irritado:

– Calma, velho, não é só apertar um botão e o negócio começa a funcionar. Vamos rodar um pouco, parar em algum lugar, e aí vamos ver se detecto algo.

Rodaram meio sem rumo, tentando poupar a camionete dos trechos mais acidentados, e pararam numa rua praticamente obstruída. Desceram e puseram-se a caminhar.

Elias, impaciente, trazia um rolo grosso de corda no ombro e o revólver enfiado na cintura.

– Tá perdido, garoto?

Pedro, seguindo na frente, respondeu em tom ríspido:

– Perdido, não cara, estou pro-cu-ran-do!

O rapaz levou a mão ao ferimento e deu uma batida para, quem sabe, servir de gatilho para suas visões. Aguardou uns instantes sentindo o local dolorido, sem lutar contra a dor, ao contrário, nutrindo o incômodo para que fizesse o efeito esperado.

Quando passavam por um beco, a sombra do lugar fez com que Pedro apertasse seus olhos e bingo! Ele visualizou um fio de tom avermelhado, quase transparente. Ele seguiu a visão acompanhado de perto por Elias. Mais alguns metros à frente e ali estava uma porta de serviço de uma loja de acessórios para celulares. O fio sanguinolento atravessava a porta.

– Tem algum deles por aqui. Pode ser até mais que um. Não sei como isso funciona.

Elias girou a maçaneta e empurrou. A porta não estava trancada, mas obstruída.

– Ajuda aqui, Foguete.

– Ah! Todo mundo conhece meu apelido?

– Está presa.

Médico e rapaz empurraram a porta de novo e ela cedeu uns três centímetros. O suficiente para um estreito halo de luminosidade conspurcar o interior da loja.

Elias meteu o olho pela fenda e não enxergou muita coisa. Umas poucas prateleiras no salão. A loja do interior era pequena. Viu a porta helicoidal que dava na vitrine da frente. Amontoados de caixas e cobertores. Uma bagunça completa.

Pedro não chegou perto da porta. Só via o fio vermelho balançando a sua frente e atravessando a parede onde faltava reboco em muitos trechos, com manchas de infiltração descendo do teto. Olhou o beco estreito, cheio de mato nos rodapés dos dois lados. A fedentina de carne podre o deixava enjoado.

Elias zanzou pelo beco e parou em frente a uma tábua. Puxou-a, tomando cuidado com pregos enferrujados, e deu um pulo para trás quando cinco ou seis ratos gordos escaparam debaixo dela, correndo pelo canto da parede do beco, escondendo-se no matagal que crescia desenfreado.

– Me ajuda aqui de novo.

Elias enfiou a tábua pela fresta da porta. Agora tinham uma alavanca.

Pedro gemeu empurrando e pararam quando escutaram o estardalhaço de algo grande caindo no chão do lado de dentro e vidros se fazendo em cacos. A porta abriu-se sozinha.

Elias olhou para Pedro, que deu de ombros.

– Tem um deles aí dentro.

Elias tirou a arma da cintura e entrou primeiro. Pedro seguiu logo atrás. A loja estava com o chão coberto de poeira, e era uma prateleira que obstruía a entrada. Defesa fraca. A loja era um salãozinho pequeno, no máximo cinquenta metros quadrados. Ainda havia alguns produtos velhos e agora obsoletos sem a utilidade da telefonia. Pedro passou para trás do balcão do caixa e encontrou outra porta, uma camarão, que ele fez deslizar com facilidade. O fio o tinha levado para lá. Manchas de sangue no chão. O vampiro escondido ali era um caçador ativo. Pedro suspirou, e o fio vermelho sanguinolento parou sobre um amontoado de caixas de papelão desdobradas.

– Tá aqui – anunciou o garoto.

Elias adentrou o exíguo cômodo dos fundos, no qual havia uma mesa com micro-ondas e um banheiro. Baratas corriam pelo chão, e o cheiro de ambiente fechado, sangue e podridão era nauseante.

– Tem certeza?

– Tenho, doutor. Debaixo dessa pilha de papelão.

– Eu seguro a arma. Você descobre.

À deriva

Pedro olhou para Elias e bufou. Começou a tirar as camadas de papelão até que surgiu um corpo. Era uma garota. Em seu pulso uma corrente de ouro com uma plaquinha gravada com o nome "Marta".

Elias secou o suor da testa e guardou o revólver.

– Vamos achar um cobertor para enrolar essa vampira e vamos picar a mula daqui, Foguete.

– Você sabe por que eles não acordam de manhã? Quando tem sol?

– Deve ser preguiça.

* * *

– Estamos estudando ainda. É muita coisa para tão pouco tempo. E só tenho um protótipo da vacina porque eu fazia parte do programa Célula de Deus.

– O que é isso?

– Uma pesquisa avançada para desenvolver medicamentos e vacinas contra o câncer. Eu trabalhava na equipe do Hospital das Clínicas. Estávamos bem avançados.

Com calma, envolveram-na numa proteção contra o sol, amarraram-na e carregaram-na até a Silverado.

Elias, calado, voltou seu pensamento para a sua garota, Júlia. Enquanto pisava fundo pela estrada a caminho de São Victor, uma ponta de esperança brotou por ter dado mais um passo na sua jornada de salvar a filha de um destino tão cruel. Pedro também voltou quieto, pensava na mãe. Se Elias conseguisse a vacina, ele agora lhe devia uma. Uma das primeiras doses iria para Raquel. Pedro não falou nada sobre a arma que o médico carregava e também não comentou sobre a ausência dos adormecidos no porta-malas. Seus olhos ficaram sob o fio vermelho que flutuava dentro do carro, apontando o amontoado debaixo do cobertor. A garota Marta.

A dupla chegou e foi direto para o silo. Chamaram a doutora Suzana. Elias foi claro em seu objetivo e argumentou que aquela mulher amarrada no compartimento de cargas do veículo poderia ser o próximo passo para a salvação de toda a humanidade. Poderiam reverter os efeitos do vampirismo com uma vacina. De acordo com a experiência e a crença de Elias, as funções metabólicas se reajustariam. Precisavam experimentar em uma vampira e de um pouco de fé.

Suzana foi muito reticente no começo. Elias era reconhecido por trabalhar no projeto Célula de Deus, mas seus avanços tinham sido rápidos e movidos pela urgência. Precisariam de toda uma junta e não poderiam deixar todas as possibilidades nas costas de um cirurgião gastroenterologista. Doutora Suzana teve apoio de onde não esperava. Doutor Otávio encorajou o teste.

– Ela é uma vampira. Já é uma cria da noite. Avisem os soldados e não deixem Graziano chegar perto do laboratório. Ele vai se descontrolar enquanto ela for uma vampira, e não temos garantia nenhuma de que essa condição se reverta.

Esperaram a noite toda passar. Marta estava devidamente atada ao leito e algemada, com dois soldados ladeando a criatura enfurecida. Elias aguardou o raiar do sol para iniciar os procedimentos. Teria mais tempo para acompanhar qualquer evolução, por menor que fosse.

Pedro ficou com o médico a maior parte do tempo. Com o sumiço dos adormecidos e a localização de Marta, sabia que o pacto entre os dois tinha ficado mais potente.

Ao primeiro raio de luz, o remédio foi administrado e Elias teve a ajuda de Otávio e Suzana para que os parâmetros começassem a ser analisados de hora em hora. A sorte do mundo fora lançada.

CAPÍTULO 16

– Entre um lanche do Méqui e uma feijoada do Seu Pagode, qual você escolhe? – perguntou Wellington.

Eduardo, chamado por todos de Duda, coçou o cavanhaque ralo. Tinha a pele morena, mas cheia de pintas negras mais escuras que deixavam seu rosto com um aspecto curioso. Era jovem, parecia ter no máximo vinte anos. O rapaz cheio de perguntas ao seu lado era Wellington, um adolescente de quinze anos, baixinho, mas já com uma carabina pendurado no peito.

– Ah, suave... O feijãozinho, certeza – disse Duda. – Saudades do Seu Pagode, aquele coroa era mó gente fina...

– E entre a feijoada, servida numa cumbuca do tamanho de uma banheira, e um baita jogo do Mengão na final com o Maracanã lotado? – insistiu Wellington, já com um sorriso no rosto.

– Ah, mano, suave... Eu faria jejum de uma semana se pudesse ver um jogão desse de novo... Bateu até uma bad agora...

– Tá... – Wellington insistiu. – Mas e entre esse jogo do Flamengo e ter o teu pai de volta?

– Cê quer dizer ele de volta, de volta mesmo? – perguntou Duda. – Sem tá virado no capiroto?

– Isso aí, cara, de volta mesmo, sem olho vermelho e podendo ir na praia pegar umas ondas...

– Mano... – refletia Duda. – É difícil essa...

– Eu sei, véi, é pra fazer refletir... – declarou Wellington. – Por que pensa, mesmo que ele voltasse a ser só o teu coroa... Quer dizer, ainda seria o teu coroa, né? E cê lembra como ele era violento?

– Suave, véi... Ainda fico com o Mengão. Meu Flamengo não me decepciona! – arrematou Duda.

Os dois riam sentados na beirada do muro que dava na entrada do CRRF. Era necessário fazer patrulhas e ficar alerta mesmo durante o dia. Quer dizer, não tinha muita novidade nesse assunto para Duda e Wellington. Eram acostumados desde os treze anos a ficarem em alertas no morro. Nunca dava pra saber quando os tiras iam subir atirando. Anos de vivência deixaram os dois calejados, e a diferença de idade não atrapalhava. Quando o fim do mundo chegou, o que mudou foi o alvo.

– Tá ouvindo isso? – disse Wellington de repente. Era nítido que o barulho estava aumentando. Uma moto vinha solitária comendo asfalto. Quando ela dobrou a esquina, ficou claro seu destino. – Duda, toca esse treco pra avisar o Lars que temos companhia.

– Tô ligado – disse Duda antes de puxar todo o ar ao seu redor, estufando o peito. O som do berrante ecoava.

Cássio ouviu o berrante enquanto diminuía a velocidade da moto. Sem dúvidas estava no local certo. Quando a moto se aproximou, estacionando na frente do portão da sede do CRRF, Lars já aguardava do outro lado. Ouviram o motor da moto ser desligado.

– Zé, chame o Feijão, a Vick e a Tati, faz favor... E quem mais estiver por aí também... Temos que mostrar força para o nosso visitante, para que não pense que somos fracos – disse Lars.

– Tá, mas só tem os três mesmo e quem tá aqui, o resto da galera tá fazendo ronda.

– De boa, chama eles lá – respondeu Lars, sem desviar o olho do portão.

– Fechou. – Zé se afastou andando rápido, com cara fechada.

Com um aceno de cabeça de Lars, Wellington puxou o portão. Duda estava ao lado de Larisson. Mas quando os olhos de Cássio cruzaram com os do líder do CRRF, era como se ninguém mais estivesse lá.

Cássio havia desviado de sua rota para ir até a sede do CRRF. Precisava saber se seus sobrinhos estavam lá. Se aquele grupo também estava resgatando adormecidos de São Paulo, quem sabe... quem sabe, a Megan e o Felipe... "Só dessa vez, por favor", pensava Cássio.

Agora que estava frente a frente com o líder daquelas pessoas, parecia que tinha esquecido totalmente como se falava. Lars sentia o peso do olhar do sargento nele.

À deriva

– Olha, Duda. – Lars inclinou a cabeça de leve em direção ao amigo ao seu lado, mas sem desviar do olhar firme de Cássio. – Sabe aquela minha aversão a milicos? Pois é, cara... Tô curado. – E abriu um sorriso para Cássio, como um predador que tivesse encontrado o seu café da manhã. – O que te traz aqui, sargento? Tá perdido?

– Na verdade queria agradecer a ajuda de vocês na outra noite. Se não fosse por vocês... Poderíamos estar todos mortos – respondeu Cássio.

– Uma mão lava a outra, soldado... Nada é de graça neste mundo... Quando precisarmos, saberemos onde encontrar você e a sua gente. – Lars foi firme e direto. – Mas tô achando que você veio aqui querendo mais um favor... Cássio, não é? Não só pelo meu rostinho bonito.

– É – respondeu Cássio, firme. – Gostaria de saber se encontraram duas crianças entre os adormecidos. Megan e Felipe.

Larisson virou-se para Duda.

– Vou dar um rolê com o soldado, enquanto isso verifique se tem alguém sem identificação entre os adormecidos ou se tem registro desses nomes. Fiquem aí e cuidem das coisas, valeu? – E dirigiu-se ao portão sem aguardar resposta. Duda sorria e mordia o lábio inferior.

– Aonde o chefe foi? Não ouvi – perguntou Wellington, depois que Lars passou andando por ele ao lado de Cássio, mandando que fechassem o portão da sede atrás dele.

– Mano, Lars é tigre velho... Deixa o cara... Vamo lá comer alguma coisa, tô morto de fome...

Nesse momento, Zé retornou de dentro da sede com Vick, Tati e Feijão.

– Ué – disse Zé, olhando ao redor. – Cadê o Lars?

– Foi dar um rolê... – respondeu Duda, passando pelos quatro ali parados. – Com o policial que cuidava do busão aquela noite.

– Como assim, Duda? – A voz de Zé afinou de nervoso. – Tu deixou ele ir sozinho? Quem tava aí?!

– O soldadinho veio ver o chefe... – respondeu Wellington, mas levou uma cotovelada de Duda e calou a boca.

Zé apertou os olhos em direção ao portão. Qualquer um podia ver que seu sangue fervia naquele momento.

– Bora beber, meninas? Partiu, Feijão, tomar uma? Acho que tem alguma garrafa lá atrás ainda – disse Wellington, indo no encalço de Duda. Todos o seguiram, deixando Zé para trás.

* * *

Cássio andava ao lado de Larisson, que olhava para a frente, os passos firmes.

– Você parece saber aonde está indo... – disse Cássio quando dobraram a esquina da sede. Lars deu mais alguns passos e encostou no muro do local que hoje era o Centro de Resgate e Reunião de Famílias. Os portões de entrada tinham sido tomados pelo mato alto e a velha torre de água estava desbotada. – Cuidado com essa grama alta, Lars. Quanto mais campo aberto você tiver, mais vai poder ver os monstros vindo de longe.

– Ssssh. Eu sei disso. Nossas equipes estão do outro lado, mas vão chegar aqui uma hora dessas. Quero estar longe dos olhos dos outros agora – respondeu Lars.

Cássio sentia o coração disparado. Era um nervosismo estranho, que o afetava como se tivesse voltado para a adolescência. Mesmo com o treinamento militar, não sabia o que fazer nessa situação. Quer dizer, poderia imobilizar Lars se quisesse, certamente ganharia numa briga corporal, mano a mano. Mas mesmo que sua mente pensasse rapidamente, suas mãos suavam e suas pernas não obedeciam. Lars tinha sua altura, mas o cabelo negro, alto e crespo o fazia parecer mais alto que ele. O rosto de Larisson era anguloso e seus olhos eram firmes e profundos, como os de um tigre.

– Ah, Cássio... – disse Lars, esticando os braços para a frente e se espreguiçando. – Só de olhar pra você, eu sinto o peso nos seus ombros e me dá vontade de encostar em algum lugar pra descansar.

– Peso? – retrucou Cássio, sem entender.

– Pô, eu sei como é... Eu sei como é difícil isso – continuou Lars. – Eu sou líder dessa galera toda também, e sei que às vezes a gente só precisa de um espaço, certo? Um pouco de privacidade pra gritar, surtar um pouco, beijar uns caras na boca...

Cássio sentiu como se tivesse levado um soco no estômago. E provavelmente estava com a cara de alguém que tinha levado um. Suas bochechas pareciam pegar fogo.

– Ah, vai dizer que tu não assumiu ainda? – falou Lars, despretensioso. Cássio ia dizer alguma coisa. Chegou a abrir a boca. Mas fechou novamente sem dizer nada. Lars sorriu e arrematou: – Desse jeito parece que não assumiu nem pra você mesmo...

À deriva

– Eu... eu já fui casado com uma mulher... – Cássio se sentiu enrubescer assim que disse isso. Por que tinha dito aquilo? Não tinha nada a ver, não foi isso que o líder do CRRF havia perguntado.

– Ah, tô ligado... Aconteceu algo com ela? – perguntou Larisson.

– Nos divorciamos antes disso tudo acontecer... mas...

– Você nunca teve tempo de ter coragem de se assumir, não é?

– Eu uso a farda da cavalaria. É uma instituição antiga só de homens, não parecia certo... As coisas estavam mudando dentro da instituição, mas é algo dentro de mim agora.

– Ei! – gritou Lars de repente, desencostando do muro e olhando fixamente para Cássio. Deu dois passos à frente enquanto Cássio deu um para trás. – Se esse lugar não te aceita como você é, não é o teu lugar! Não tente se encaixar mudando quem você é! – Lars deu mais um passo para a frente em direção a Cássio, que deu outro para trás, encostando no muro. Seus rostos estavam a poucos centímetros um do outro. – Olhe pra mim. Sou um cara legal... Mas sou negro, gay e da perifa. Tem lugar pra mim aqui. Eu posso dizer quem sou e eles me aceitam. Durante toda a minha vida eu não tive nada. Muitas vezes passei tanta fome que achei que ia morrer ao lado da minha família. Se além disso tudo eu ainda tivesse que esconder quem eu sou... Cara, eu não tava mais aqui. E todo mundo ali dentro sabe como sou e ninguém vem meter o dedo na minha vida... – Cássio sentia que Larisson procurava algo em seus olhos. – Olhe à sua volta, soldado... O mundo acabou. As leis e instituições que nos fodiam antes não existem mais. Dinheiro agora é só um papel imundo que não dá pra comer! Podemos ser quem nós quisermos... Não há um puto que entre na nossa frente para nos dizer o que fazer. E eu te digo que se houver alguém com coragem pra tanto... Eu mato.

– Tem um amigo meu... um amigo que eu amo.

Lars balançou a cabeça.

– Amor, que treco difícil, mano. E me deixa adivinhar de novo? Ele é machão, hétero e nem sonha que tu gosta de homem.

– Um pouco de tudo isso.

Lars encostou o indicador bem na testa de Cássio.

– Tu tem que resolver isso para depois resolver isso. – Colocou a ponta do dedo no coração disparado de Cássio.

Lars aproximou-se mais e beijou os lábios de Cássio. O homem resistiu um pouco, mas logo suas mãos estavam na nuca do outro. O beijo foi quente.

**

– Eu sou o líder deles, assim como tu tem aquela galera lá em São Vítor. Temos que nos manter firmes para que nos respeitem como líderes. Temos que pensar no melhor para todos e servir como exemplo.

Cássio ouvia atentamente as palavras do líder do CRRF. Ele pensava que em outra situação, há anos atrás, já teria jogado esse moleque no chão e revistado os bolsos atrás de drogas que justificassem levá-lo em cana. Mas naquele momento, nada disso existia mais. Eram dois líderes de comunidades que buscavam a sobrevivência nos novos tempos. Mais do que isso. Queriam ajudar dentro do caos. Um sonho que parecia pueril. Como se estivesse lendo seus pensamentos, Lars desviou o olhar dele e encostou novamente no muro, agora ombro a ombro com Cássio.

– Era assim que o tenente fazia no quartel... – disse Cássio, olhando para o chão.

– Era assim que o traficante fazia lá no morro... – Eles se olharam e riram.

– Vamos voltar – disse Cássio. – Gostaria de saber se encontraram meus sobrinhos entre os seus adormecidos.

– Cara, vou te dizer a verdade. Não tem nenhuma criança aqui, certeza. Mas por via das dúvidas, pedi para que o Duda olhasse de novo. Na próxima ida da galera do resgate, eu peço para trazerem todas as crianças que encontrarem. Não estamos campeando lá para as bandas de São Paulo ainda. Tem muita gente aqui em Jandira e Itapevi que precisa de ajuda, mas vai que damos sorte. Acredite na sorte de vez em quando.

CAPÍTULO 17

A caçada da última madrugada tinha devolvido suas forças, a dor no pé era passado e quase tudo daquele último episódio com a família da pequena "Cheiro de Lavanda" tinha se desvanecido. Menos do que queria porque, ao despertar aquela noite e olhar para seus filhos na praia, ouviu também, bem ao fundo, difusas e quase fora de foco, as risadas delas duas. Luana e Yolanda. Elas riam e tomavam um picolé. Yolanda tinha um biquíni listrado e cheio de carinhas sorridentes. De onde estava, Raquel não conseguiu ver o rosto de Luna, mas pelo som sabia que de sua garganta escapava uma risada. Elas não deveriam estar ali em seu altar da memória, seu castelo inexpugnável, sua resistência de humanidade roubada. O lugar da sua família impossível.

A vampira fechou os olhos com o ar morno trazido pelo canal de prédios sepulcrais que rodeavam a avenida. Estava lá no topo, sentindo o intenso cheiro de corpos apodrecendo lentamente, sozinhos, sem mais razão para temer, rastejar, planejar ou tentar entender a razão da transformação das últimas semanas. Um planeta pulsante, cheio de buzinas e bares abertos na madrugada, cheio de casas e janelas iluminadas, de enfermeiras e enfermeiros fazendo ronda em milhares de hospitais na Grande São Paulo, Rio, Foz, Cuiabá, Belo Horizonte e tantas outras capitais e cidadezinhas cheias de seus pequenos e intensos dramas. Agora eram todas grandes criptas abertas, chão de um novo bioma e de uma nova agenda. Os vivos se escondiam e as noites se tornavam cada vez mais escuras e vazias. Ainda encontravam aqueles com coração batendo – na verdade, quase "apanhando" –, quase imóveis, hibernando, esperando sobreviver em porões de Rios de Sangue sob as garras de vampiros como ela ou em prédios protegidos, salvos por humanos como um dia ela mesma fora. Ela não tinha o resultado daquela conta inexata. Não entendia por que era uma vampira e não entendia por que fora apartada de seus filhos. Não sabia por que tinha desistido deles quando os teve em suas mãos no solo de São Vítor.

Lá embaixo, a líder do grupo, vestida em roupas civis, diferente de muitos que a seguiam, olhou para uma folha de papel em sua mão e ergueu o braço, fazendo o comboio parar. Seus longos cabelos encaracolados emolduravam seus ombros. Era bem jovem e tinha os olhos vivazes. Virou-se para os mais próximos, apontando para o papel. Uma garota. Mais um fator intrigante para aquela breve campana que a vampira perpetrava do alto dos prédios sem ser percebida pelos incursores.

– É nessa rua aqui. Acho que são quatro. Estão perdidos e precisam ser achados – disse a jovem líder em voz baixa.

– Adormecidos? – perguntou outra jovem, segurando uma escopeta.

– Vamos trazer todos. É tudo família – tornou a líder.

– Como você descobre essas coisas, Tayla? – Foi a vez de um rapaz se aproximar, intrigado.

– A gente só devia dar abrigo para os vampiros. É o que está escrito no nosso galpão: vampiros são bem-vindos – reclamou Nêgo, o segundo no comando.

A garota ergueu os ombros.

– Já descobriram que estamos cuidando de minha irmã e de mais cem deles em nosso galpão. Estão deixando cartas lá na nossa porta pedindo ajuda para vampiros que têm família, que têm adormecidos junto. Eu leio algumas. Já que me meti nessas de abrigar vampiros, vou me afundar até o pescoço... sem querer ser engraçada. Só que estamos em terreno perigoso. Podemos ser mal compreendidos.

Foi a vez de o soldado dar de ombros. Com a negativa do ajudante, Tayla continuou:

– Dizem que a promotora que já tocou o horror no interior voltou pra cá, para São Paulo, e foi avistada por alguns noturnos nessa redondeza. Nosso foco é resgatar as garotas, mas não vacilem. Ela está por aqui. Todo mundo aqui tá correndo perigo. Família em primeiro lugar.

À deriva

Raquel já tinha descido pela lateral do prédio até ficar no mezanino usando um cano de coleta pluvial. Espreitava nas sombras, deliciosamente próxima do batalhão, imperceptível. Próxima o suficiente para seus ouvidos aguçados de predadora ouvirem cada palavra. Apertou os punhos com força e engoliu a raiva e a incompreensão. Atravessou correndo a sacada robusta do prédio e saltou, um carcará sem peso cruzando o céu escuro, cruzando a alameda até aterrissar veloz e silenciosamente no prédio vizinho, atraída pelo barulho discreto no asfalto. Veículos avançavam devagar. Ela cruzou a nova sacada e varreu a rua com sua visão. Caçar ali de cima era muito mais seguro e não cairia em outra armadilha como a urdida por Glauco e Luna.

Era um pelotão considerável. Dezoito veículos, jipes e picapes, pessoas andando com óculos de visão noturna e fuzis levantados. Corajosos, organizados. No coração da velha São Paulo, cruzando rua após rua. Poderiam ser cercados por milhares de noturnos famintos em instantes. Não estavam despreparados nem eram presas fáceis. Só estava confusa pelo que tinha ouvido da líder. Não eram caçadores de vampiros. Estavam buscando parentes de vampiros. Eram algum tipo de grupo de samaritanos suicidas e tinham o seu nome. Coisa estranha. Mas o que poderiam mais rotular como "estranho" em dias como aqueles?

Sangue vivo. Tentador, mas ela decidiu olhar mais, entender mais, ouvir mais aquela fedelha-líder. Encontrar com garotas pueris já estava virando uma rotina em suas rondas. Era estranho e estimulante ao mesmo tempo. Quanto ao pelotão de mulheres maduras e velhacos barbados, aquilo nada tinha de intimidador. Eram uma boa oferta, e era fácil apanhar os que estavam nas bordas. Ficou cativada por aquela audácia. Quantos eles eram? Uns sessenta soldados, aparentemente. Glauco e Luna haviam tido uma sorte dos infernos. Bem... sorte não era a palavra. Difícil para ela era engolir. Raquel era tão senhora de si e autoconfiante, mas tinha que admitir que tinha caído como um patinho... como uma mosca na teia armada por aqueles dois. O cheiro de alfazema, os chamados sofridos e cheios de medo de Luna, a grade ao final da manilha de barro. Eles eram bons.

– Tem sanduíche de atum aqui, Tayla. Salame com requeijão também. Quer qual? – perguntou um componente do grupo, totalmente paramentado de soldado, com capacete e colete à prova de balas e tudo.

Tayla virou-se para ele, as sobrancelhas crispadas.

– Dá pra falar um pouco mais baixo, Nêgo? A gente está no território da *motherfucker* mais *fucker* de todas por aqui, e além de tudo ela pode não estar sozinha.

– Ei, desculpa aí. Só pensei que você estava com fome – brincou o amigo.

Tayla deu um bote com a mão em uma luva com as pontas cortadas e apanhou o sanduíche.

– Tá. Valeu. Não sei como você mantém esse corpo malhado comendo toda hora.

Ela cheirou o lanche.

– Adoro atum… mas pensando melhor…

Antes que a garota terminasse, o soldado já estendeu o de salame para ela.

– Eu sabia.

– Não enche, Nego. Tá vendo algo aí?

O soldado olhou ao redor com seu binóculo de visão noturna e balançou a cabeça em sinal negativo.

– Tudo sussa, Tayla.

– Então vamos continuar subindo. Tão precisando da gente.

Raquel, nas sombras, logo atrás do último homem, pronta para fisgar seu pescoço a fazê-lo desaparecer na escuridão e nunca mais ser encontrado por aquele time de invasores, retrocedeu dois passos e protegeu-se na penumbra. Tinha ouvido seu nome e ficara intrigada. Aquele time que não parecia uma ameaça tinha acabado a ocupar o topo de sua lista de preocupações, raptando-a de suas lamúrias diárias com Pedro, Breno e o mau passo em São Vítor. Precisava daquele torpor, desvincular-se de verdade daquele passado que não podia ser mais. Nunca mais seria mãe daqueles meninos. Ela era uma vampira e eles eram humanos. E assim passaria a eternidade, uma figueira seca que não daria mais frutos e se ocuparia de acabar com qualquer coração pulsante que cruzasse seu caminho. Só que segurou seu ímpeto. A garota tinha dito algo estranho. "Abrigar vampiros." Que tipo de gente louca entrava em São Paulo, noite adentro, contando com míseros sessenta combatentes para "procurar" vampiros? Sua raiva selvagem se agarrava em alguma razão. Quanto tempo ela levaria para acabar com aqueles sessenta? Seis minutos. Seis minutos e todos os corações parados, a morte instaurada, mas eles não eram caçadores de vampiros! Aquilo era perturbador. A garota líder disse que cuidava da

À deriva

irmã vampira. Como ela conseguia isso? Observar, observar... Ela precisava entender sua condição e se havia algum ponto de controle.

Perseguiu o comboio que subia as ruas lentamente, exigindo o mínimo dos motores, não para economizar combustível, mas para fazer menos barulho. Esgueirava-se atenta porque os invasores eram bons em cobrir a retaguarda. Não o suficiente para detectá-la. Era também um bando de sortudos. Nenhum noturno até ali.

Ficou cismada quando desviaram dois quarteirões. Estavam indo para um logradouro que ela conhecia. Coincidências não aconteciam.

O grupo parou, e a líder, com um papel na mão esquerda e um *Guia Quatro Rodas* na direita, apontou para outra esquina. Brincadeira. Não podia ser, pensou a vampira. Estavam indo direto para o conjunto de prédios onde ela tinha sido apanhada como uma ratazana. Estavam se aproximando das garotas. Se Raquel tivesse um coração vivo, ele estaria acelerado agora. Ela pouco se importava com a vida dos que tinham ficado na cidade e ainda tinham sangue correndo nas veias. Só os queria quando a fome a colocava em modo de caça. Ficou empertigada com aquela suspeita. Podiam estar indo para outro lugar. Podiam estar indo atrás de outras pessoas, mas seu instinto era brutal e fatal e detestava estar sempre certa.

Raquel continuou invisível, seguindo aquele comboio destemido e maluco por avançar madrugada adentro naquela São Paulo infestada de agressivos e sugadores de sangue, aquela cidade que tinha como som de fundo o bater de asas elétrico das moscas varejeiras e a fome insaciável das larvas e vermes que devoravam aqueles que apodreciam na solidão de suas mortes.

O sinal de lanterna escapando da janela do quarto andar do prédio no meio da rua era a confirmação que Raquel não queria ter. Era a casa onde estava a criança vampira, Yolanda. Certamente acompanhada de sua prima humana, Luna. Raquel sentiu raiva e ficou confusa com a profusão de pensamentos que vinham à sua mente. Aquela fedelha com cheiro de lavanda, junto com seu finado irmão, quase tinha acabado com ela. Isso já seria motivo para tê-la erguido pelo pescoço e esmagado seus ossos. Mas por que tinha apreço por uma dissimulada que caçava vampiros? Não entendia. Só sabia que tinha sentimentos antagônicos e inquietantes quando formava a imagem de Luna em sua cabeça. Ela cuidava da pequena prima vampira. Outra incoerência, insensatez. Raquel foi removida de suas concatenações ao notar três soldados parados, olhando para trás. Ela lentamente se afundou mais nas sombras, aproveitando a coluna de um edifício. Eles estavam atentos, e precisavam estar mesmo. Aquele pedaço do bairro não era dos mais fáceis. Notou que eles se agitavam e trocavam sinais enquanto os veículos avançavam mais devagar. Raquel soube na hora o que acontecia. Não podia abandonar seu esconderijo e se expor. Era uma vampira e estava no radar daquela que tinham chamado de Tayla. Eles mesmos tinham dito que aquele bairro, aquele asfalto e aquelas ruas eram o seu território. E era território também das matilhas famintas de cães domésticos largados à própria sorte.

Raquel ergueu os olhos para o apartamento de Yolanda. Novamente quatro piscadas com uma lanterna. Era o sinal de que estavam lá, esperando pelo resgate de fosse quem fosse, mesmo aqueles imprudentes. Deveriam vir à luz do dia. Se iam extrair uma vampira, bastava um caixote ou mesmo o clichê de um esquife. Por que vir a noite? Seus ouvidos de fera de coração morto eram dezenas de vezes mais aguçados do que o daqueles palermas. O raspar de centenas de pontas de queratina contra o asfalto das ruas e o concreto das calçadas. Eles estavam evoluindo como predadores também. Adaptavam-se. Nenhum deles naquela numerosa matilha latia. Precisavam correr e chegar perto o suficiente para a comida não fugir. Inferno! Se não estivesse tão curiosa com os fragmentos de conversa que escutou... Um galpão onde protegiam vampiros. Um lugar para onde levariam a pequena Yolanda e salvariam a menina de lavanda de ser drenada até o fim pela prima em um momento de fome indômita e guarda baixa. Aquilo era novidade. Ela queria ver aquilo, mas se os cães chegassem sem serem percebidos a tempo... Perderiam alguns soldados, não todos, mas talvez debandassem e nunca mais voltassem até aquele condomínio.

Viu a garota líder receber um artefato do rapaz negro com óculos de visão noturna. A líder ergueu o farolete na direção do apartamento e piscou a luz na direção da janela seis vezes. Espertos. Tinham um código. Seria fácil para um passante aleatório apenas imitar o que estava vendo. Seis piscadas era uma assinatura contra quatro piscadas.

Os cães estavam mais perto e nenhum dos imbecis parecia ter escutado ainda a corrida da matilha. Raquel era fria. Agia um passo de cada vez, mas estava ficando ansiosa. O cheiro de "vai dar merda" estava ficando mais intenso do que o da putrefação. Abaixou-se no recuo do prédio

À deriva

e avançou agachada até um Kadet branco parado no meio-fio. Tentou contar, mas novamente não conseguia ter certeza. No mínimo sessenta soldados. Dariam conta dos cães, mas iam precisar das armas de fogo, e era aí que morava o perigo. Viu um destacamento deles, a líder à frente, caminhando para a portaria do condomínio. Iam em dez. Já sabiam o andar, e mais alguns deles portavam lentes de visão noturna. Não era um prédio barulhento, e Raquel não sabia se existiam outros noturnos – o que sabia era que a maioria de seus semelhantes era bestial e não ia esperar pacificamente aqueles invasores explicarem que eram fadas dos vampiros vindo salvar uma garota.

Agora os via com clareza. Matilha enorme e, como a maioria, mesclada, desde inconvenientes rottweilers, perigosos buldogues campeiros até os lulus de madames que, apesar do tamanho, também eram dotados de dentes pontiagudos e fome. Incontáveis. Não perderia tempo em calcular o perigo, apenas aguardaria a oportunidade certa para poder fazer alguma coisa por Luna e Yolanda. Queria aquelas meninas vivas, salvas, tendo uma chance de serem abrigadas em um lugar melhor do que aquele prédio fantasma. Por que fazia isso? Ainda não sabia, mas alguma coisa a cutucava com a culpa de ter tirado delas a coisa mais parecida com um protetor, mais próxima de adulto que tinha sido o brutamontes Glauco, irmão da isca com cheiro de lavanda. Seus olhos ficaram fixos no fim do quarteirão, observando a onda de cães se espalhando, abrindo o campo de ataque e acelerando o passo. Vieram os primeiros latidos, e finalmente aqueles patetas do comboio começaram a trocar olhares e surgiram os primeiros gritos; como ela temia, o retinir de travas e engatilhamentos veio no segundo seguinte.

Quando a hora da luta chegava, Raquel ficava implacavelmente serena. Cães a vinte metros, correndo. Pelo menos o grupo soube esperar mais. Acertar animais daquele tamanho, em disparada, não era uma coisa fácil, e, depois daquela noite infernal, munição era preciosa. Olhou dois veículos adiante e três soldados em pé, sem óculos de visão noturna, que, em vez de se protegerem atrás dos carros, erguiam fuzis e escopetas, preparando-se para dar cobertura para os amigos divididos pelo comboio. Ótimo. Serviriam. O pior não seria a colisão com a onda de cães famintos. Ela sabia que eles viriam logo depois dos primeiros disparos. Haveria muito barulho pelo desespero daqueles despreparados que tinham que tentar debelar os

150

cães com porretes, cassetetes, sprays de pimenta, qualquer subterfúgio – talvez inútil, mas silencioso.

Mal concluiu seu pensamento fatídico, vieram cinco disparos de uma automática. A matilha começou a ladrar e os homens e mulheres gritaram comandos, se espalhando ao redor dos veículos, visivelmente surpreendidos e assustados. Então começaram a trovejar tiros de armas de fogo, ganidos de cães abatidos, e, quando a onda de animais chegou, vieram os gritos e a droga das feridas que fizeram o cheiro de sangue quente chegar às suas narinas. O convite tinha sido entregue.

A mulher com o farolete começou a piscar a luz na direção do apartamento de Yolanda, ainda que fosse desnecessário. Todo aquele caos já teria colocado o time de Tayla em alerta e, a julgar pelo tempo há que tinham entrado, já deveriam estar no meio do caminho da volta e não mais dentro da casa.

Não era Natal, mas muitas janelas e sacadas daquele quarteirão se acenderam com o brilho vermelho tétrico. Eles tinham recebido o aviso. Gente viva, sangue quente, invasores, bem ali no quintal deles, e os soldados ainda nem tinham se dado conta do terror ampliado que se desenlaçava logo adiante.

Atiravam contra os cães, gritavam como crianças apavoradas. Como aquela equipe combatia vampiros?

Raquel, ainda acocorada e já mais próxima dos três soldados alheios que não economizavam nos disparos, viu quando o grupo de extração chegou na rua com Luna e Yolanda. Tayla e seu braço direito eram ligeiros, levaram as garotas rapidamente para dentro de um dos veículos e começaram a gritar para que todos se reagrupassem dentro dos carros, mas era tarde. Enquanto ao menos uma dúzia de soldados gemia no chão com feridas abertas e era socorrida por parceiros que acabavam ganhando mordidas caninas, dezenas dos aptos insistiam em atirar contra bichos pequenos e ligeiros, errando a maioria dos disparos, perdendo preciosa munição que seria necessária em instantes. Pois *eles* começaram a chegar.

Vinham quietos e sem alarde. Apenas os pares de olhos vermelhos davam nota de sua presença. Supremacia numérica tenebrosa. A matilha não era nada. Só na esquina norte, mais de duzentos vampiros. Raquel olhou para trás, para o lado do rio. Mais de cinquenta já na esquina e o número só aumentava, enquanto ela encarava o cenário da tragédia se formando.

À deriva

Poderia ficar ali sem fazer nada. Só que queria Luna e Yolanda. Já tinham tirado seus filhos dela e não deixaria que tirassem aqueles com quem ela se importava de novo. Ajudaria aquele bando inconsequente a remover as garotas dali. Não era o seu estilo, mas era o que precisava ser feito, e agora do seu jeito.

Raquel saltou de trás do carro e o soldado com a escopeta nem viu o que lhe aconteceu. A vampira arrancou a arma de suas mãos e o golpeou na testa com a coronha, apagando-o imediatamente. Antes que os dois parceiros ao lado dele pudessem fazer alguma coisa, ela já tinha arrancado o cinto com os magazines de munição do soldado apagado e o pendurava em seu ombro esquerdo.

– Estou aqui para ajudar. Conheço as meninas e quero que as salvem.

Os soldados ficaram atônitos, mantendo os fuzis erguidos em direção à vampira, e só agora viam da rua que vinha do rio o fluxo aterrador de olhos vermelhos.

Raquel ergueu a mão e advertiu:

– Apontem essas armas para eles e comecem a arrastar o seu amigo para o carro agora. Isso aqui vai ficar muito feio antes de conseguirem deixar essa rua.

Eles continuaram entorpecidos. O mais baixo, com barba, até tremia.

Raquel não tinha tempo para aquilo. Jogou o soldado apagado em seu ombro e começou a andar em direção ao comboio. O primeiro disparo acertou suas costas e ela perdeu as forças imediatamente, caindo de joelhos e derrubando o soldado. Todos os milicianos daquele lado do comboio olharam para ela, vendo uma vampira com uma arma na mão e com um soldado aos seus pés.

Raquel colocou a mão abaixo do seio direito. O disparo tinha transfixado e agora a palma da mão estava coberta com uma gosma negra e pútrida. Todos os fuzis, carabinas e pistolas de ao menos quinze soldados estavam apontados para ela.

– Eu vim ajudar. – Ela gemeu. – Conheço Yolanda e a menina Luna. Quero que elas sejam salvas.

Os soldados não tinham tempo para pensar. Atrás de Raquel, Tequinho, o companheiro barbudo, estava com o fuzil levantado e com o cano fumegante. Dos dois lados do quarteirão as ruas se enchiam de olhos vermelhos que vinham andando na direção do comboio. Aquela luminescência macabra era de gelar a alma. Vampiros sob o comando da ruiva caída.

Tayla desceu do veículo com sua pistola em punho e caminhou até a vampira.

– Raquel... eu sei que é você.

– Eu vim ajudar – repetiu. – Tirem as meninas daqui.

Luna desvencilhou-se de Nêgo, desceu correndo do carro e se ajoelhou junto a Raquel, vendo a ferida em seu peito. A vampira levantou o rosto pálido emoldurado por seus impressionantes cabelos vermelhos.

– Lavanda... fique no carro. – Ela olhou para Tayla e Nêgo. – Todos vocês, para os carros agora. Eles são muitos.

– Ela está morrendo. Ela está morrendo – choramingou Luna. – Não deixem ela aqui.

– Não dá tempo de pensar, Tayla, olha a maré de vampiros que está chegando. Vamos rapar.

– Levem ela também – ordenou a líder.

– O quê? – perguntou o soldado, surpreso.

– Viemos salvar vampiros.

– Ela é a porra da Raquel. Tá doida que vai levar ela para o nosso abrigo?!

– Leva ela para o carro. Depois vemos o que fazemos. Estamos ficando sem tempo.

– Mana... não tô acreditando.

Tayla virou-se para Luna e Yolanda.

– Vocês confiam nela?

Yolanda confirmou com a cabeça.

– E você? – insistiu a líder.

– Ela matou meu irmão...

Nêgo estendeu o braço na direção da vampira como um "tá vendo?!". A menina com cheiro de lavanda continuou.

– Mas ela me salvou. Ela me salvou. Ela disse que perdeu os filhos e que não queria ver mais crianças morrendo nesse mundo sujo.

– Levem ela para o carro – determinou Tayla.

Nêgo tirou a pistola do coldre e deu três tiros no peito da vampira, que tombou gemendo, enquanto Luna gritava e pulava sobre o corpo da vampira, impedindo que mais disparos fossem dados.

– Agora eu levo. Assim ela não vai fazer nada com ninguém.

À deriva

– Caralho, Nêgo! Por que você é sempre assim tão otário?

– Não quero ver nenhum amigo meu chegar sem cabeça no abrigo. Por mim deixava ela aqui.

Tayla fez um sinal e dois soldados arrastaram o corpo de Raquel para um dos veículos. Os disparos começaram. Os vampiros já estavam próximos demais e começavam a cercar o comboio.

Nêgo ergueu seu binóculo de visão noturna e acionou a mira com a mesma propriedade de seu fuzil. Cada tiro ia bem na cabeça de cada vampiro que entrava no "X" do equipamento.

– São muitos! – gritou Tayla. – Todo mundo nos carros, vamos vazar. Não quero morrer aqui, longe da Malu e da Gabizinha, elas são minha família e precisam de mim bem viva.

Outra surpresa. Tiros vindo do time dos vampiros. Eles estavam se armando também.

Nêgo segurou o ar no peito e percorreu com a mira a onda de vampiros que vinham, começando a correr. Achou dois com armas apontadas para seus amigos. Teve tempo de acertar o primeiro, mas errou o segundo, que disparou uma rajada e fez três de seus amigos bem ao seu lado tombarem mortos.

– Não! Tayla, tira a gente daqui!

O soldado puxou o gatilho novamente e exterminou o atirador. Baixou o fuzil ainda tremendo e olhou ao redor. A escuridão aterrorizante maculada pelos olhos rubros vindo em sua direção. Soltou o fuzil na bandeirola e puxou dois soldados, um em cada mão, até o veículo que parou ao seu lado.

Nêgo abriu a porta e arrancou Raquel pelo cabelos, jogando-a no asfalto enquanto as crianças gritavam para ele parar. Tayla, vendo os companheiros mortos no chão ao lado de Nêgo, ficou em estupor.

O rapaz, com os olhos marejados, disse:

– Ela armou pra gente, Tayla. Não tem lugar para ela no nosso abrigo.

– Ela não é que nem eles! – interpelou Luna. – Ela me salvou no buraco.

– E matou seu irmão. Como é que consegue ficar perto dela?

– A gente caçava os vampiros. A gente a prendeu no buraco e deu tudo errado, mas ela me salvou.

– Tenho dois cadáveres para levar de volta e não dá tempo de discutir. Se quiserem ficar aqui com ela, é com vocês duas aí.

– Não. As meninas vêm com a gente até a Castelo. Isso tudo foi para ajudar essa família.

Ao redor todos atiravam, formando um tapete de noturnos ao redor do comboio. O cerco estava ficando cada vez menor. Nêgo tirou a garota esperneante de cima de Raquel e a jogou dentro do carro sobre o cadáver do colega. Yolanda ficou olhando para o corpo caído e imóvel da mulher ruiva e retrocedeu involuntariamente, vendo o muro de vampiros chegando.

– Vamos logo! – alguém gritou do outro lado. – A munição está no osso.

Luna colocou a cabeça para fora do carro e berrou:

– Eu quero ficar com ela. Eu posso salvá-la. Eu sei onde nos esconder. Me deixem ficar com ela.

Tayla bateu a porta do veículo, encerrando a garota lá dentro, e embarcou ao lado do motorista.

Quando os carros dispararam pelas ruas, dezenas de vampiros se atiraram à frente dos veículos, tentando pará-los, mas eram arremessados ou atropelados.

Atrás de Tayla, Luna chorava, segurando-se ao corpo da prima.

– Eu também gostava dela – sussurrou Yolanda.

CAPÍTULO 18

A água fria caía em suas costas. Sabia que podia ser um dos seus últimos banhos em um chuveiro, mas não aguentava mais sentir o corpo melado pelo suor e os lençóis macilentos, cozidos pela sujeira de todos os dias. Assim que notou os primeiros raios da alvorada, levantou-se em silêncio para não acordar Maria. Desceu dois andares do prédio de quatro pavimentos e entrou no apartamento de Débora, trazendo sua toalha na mão. Tinha se esgueirado para fora de casa por conta da água, afinal ela vinha da caixa d'água central. Optou pelo apartamento de Débora porque ela e o irmão estavam deitados, cada um em seu quarto, com tudo arrumado e no lugar, só juntando poeira enquanto eles dormiam aquele sono estranho. Tinha ido até ali por causa do silêncio. Não queria discutir com Maria pela centésima vez a coisa do banho e da água. Ia tomar seu banho. Queria ficar com um cheiro decente antes de sair e enfrentar a cidade. Levaria seu plano adiante. Parou com o sabonete na nuca e colocou a cabeça contra o azulejo.

— Saco! – praguejou.

Entendia Maria. Sabia por que ela chorava até soluçar todos os dias desde aquela noite maldita, mas Nathalia queria uma folga das lágrimas e do rame-rame que não levaria a lugar algum. Começou a enxaguar os cabelos sem tocar no xampu. Tinha lembrado de sua missão. Era melhor nem chegar perto daquelas coisas. Só a água fresca batendo em seu corpo já tinha valido toda a pena. Desligou. O silêncio no apartamento era igual ao silêncio no prédio. Seus mamilos estavam rijos pelo frio que varreu sua pele por um instante. O suficiente para arrepiar seus poros e levantar seus pelos. A pele estava contraída, dura, como se estivesse começando a formar uma couraça, porque sabia que precisava de força para enfrentar o dia. Tinha visto gente nos outros prédios do condomínio, mas achava que estavam sozinhas ali. Andou até a janela e olhou para a rua. Era inacreditável. A avenida Corifeu de Azevedo Marques estava cheia de gente caminhando. Aquele era o dia que mais tinha visto gente nas ruas desde que tudo aconteceu. Estavam fazendo o que ela também deveria fazer: procurando comida ou alguém que pudesse ter resposta para tudo aquilo. Olhou para o céu. Nem sinal dos aviões e dos "avisos gerais" que tinham caído do alto dias atrás. Uma semana de inferno.

Olhou para baixo, para as áreas comuns do condomínio. Viu o zelador, seu Vivaldo, puxando dois tambores para baixo de uma bica que minava um fio de água da chuva que vertia do prédio. Nathalia sorriu pela primeira vez naquela manhã enquanto secava seu corpo esguio e moreno com a toalha felpuda. Sim! Como tinha deixado aquilo passar quando escutou a chuva batendo na janela do quarto? Todos tinham que recolher a água da chuva! Vasculhou o céu buscando as colunas negras que vinham majoritariamente de Pinheiros e do Jardim Europa nos últimos dias, mas encontrou poucas delas. A cidade parecia estar se curando dos incêndios e das chamas. Sem o volume monstruoso de carros, talvez não fosse tão arriscado beber a água da chuva. Sabia que ela descia trazendo tudo o que encontrava no caminho, mas, via de regra, não matava ninguém. Água doce seria, em poucos dias, o novo ouro, a razão de as pessoas se moverem para fora de casa e encararem o novo mundo. A chuva daria chances para suas crianças, a razão de seu deslocamento naquela manhã e de outra sessão de reprovação de Maria. Cada um com suas prioridades. Ela sabia muito bem o que estava fazendo e por que estava fazendo.

Vestiu a calcinha de algodão e colocou uma camiseta com a capa do último álbum do Plantação. Pensava em como ia sentir saudades dos shows ao vivo, das imensas caixas acústicas martelando seus ouvidos e fazendo-a flutuar na noite. A música que as unia, sempre. Seus olhos voltaram para a rua quando escutou o espoco característico de uma arma de fogo. Não conseguiu detectar quem tinha atirado, tinha vindo de longe, para cima da Praça Elis Regina em direção à Raposo. As pessoas na praça corriam para a avenida Corifeu, assustadas. Todos estavam com muito medo. Era esse o cheiro que predominava na cidade, acima da fome e da morte. O medo. Ninguém pensaria neles, ninguém estava preocupado com eles. Ela sabia. Era hora de se mexer.

Nathalia voltou para o apartamento silencioso. Nada dos estridentes chiados dos freios dos ônibus ou buzinas no semáforo. Nada do chororô de Maria. Estendeu a toalha na área de serviço, sorrindo novamente e meneando a cabeça negativamente. Coisas prosaicas e mecânicas acontecendo. A tolha no varal. Suspirou e abriu o armário da despensa. Seis sacos de macarrão, seis latas de molho de tomate, seis latas de atum, seis pacotes de queijo ralado, três de torrada integral, dois pacotes de castanha-do-pará, uma goiabada e uma lata de leite condensado. Como alguém poderia enfrentar o fim do mundo com apenas uma lata de leite condensado? A fruteira estava uma desgraça, duas maçãs, três mangas e um tentador abacate ainda verde, numa situação extrema, alimento para três ou quatro dias. Precisava arrumar comida, depressa. Voltaria ao apartamento de Débora e olharia a cozinha dela. Certamente encontraria coisas mais saudáveis que seis pacotes de macarrão. Como iria arranjar proteína? Já estava mordendo os lábios por dentro, tirando carne, sem se dar conta, até sentir dor. Abriu a geladeira. O cheiro não era nada bom. Tinha uma dúzia de ovos ali. O meio quilo de linguiça já não inspirava uma refeição. Ela era vegetariana, mas Maria era chegada num bom bife e nos malditos ovos cozidos. A carne já era. A fome ia apertar e aquilo, sim, já tinha começado a deixá-la inquieta. Tinha esperanças de que os "avisos" do céu caíssem mais uma vez, como um lance em HQ, cheio de boas notícias e dizendo que tudo voltaria ao controle em poucas horas, mas sabia que não ia rolar. A coisa ia piorar muito mais antes das boas notícias. Não era pessimismo. Nem um pouco. Era uma sensação que ia colocando pontas agudas em todos os cantos de sua pele, aumentando um desconforto a cada tique-taque do relógio. Precisava agir. Ninguém viria em seu socorro trazendo seu suprimento de soja. O socorro era ela mesma.

Maria acordou sem chorar. Ficou calada, escovando os cabelos longos por mais de dez minutos.

– Você vem comigo ou prefere esperar aqui? – perguntou Nathalia.

Maria alongava as costas e tracionava o pescoço. Olhou pela janela a avenida e o céu da cidade.

– Só falta ter alagamento pra foder ainda mais a gente.

Nathalia parou em frente à esposa e começou a rir. Logo a risada virou gargalhada.

– Tô falando sério, Nath. Vampiro de noite, mosquito de manhã. Você sabe como isso pode ferrar ainda mais esse cenário. Agora não tem postinho pra cuidar de quem ficar doente, não. Agora é cada um que lamba suas dores.

– Meu, tenta uma vez na vida olhar para o lado positivo da merda! Chuva significa água doce, água de beber. Ontem você dormiu chorando pensando em quando vai acabar a nossa água.

– Eu preferia era nem ter acordado. Por que não dei essa sorte de ficar dormindo que nem os outros? – queixou-se Maria, deixando a janela e caindo de bruços no futon.

Nathalia revirou os olhos e passou a mão nos cabelos úmidos.

– Quero morrer. Queria acordar uma hora e descobrir que tudo foi um pesadelo. Mas não! Todo dia eu acordo e ainda estou no inferno.

– Quer vir comigo ou não?

Nathalia sentou-se ao lado da esposa a acariciou suas costas magras e ossudas. Maria ergueu a cabeça e ficou olhando para o rosto de Nathalia.

– Você vai fazer isso mesmo?

– Vou. Tenho certeza de que ninguém vai fazer isso. Se eu não for, eles morrem.

Nathalia balançou a cabeça positivamente.

– Se existe uma esperança para esse mundo ainda, que eu nem quero ver no que vai dar… essa esperança é você, Nath. Já te falei que você não existe?

– Já, Vandinha. Já. Então por que você não come uma fruta, escova esse dente e vem comigo?

– Uma fruta?

– É. Ainda estamos no modo racionamento.

– Ainda? Vai se acostumando com a escassez, minha amiga. Não vai ter outra coisa nessa nossa encarnação que não seja escassez.

– Certo. Não precisa lembrar disso a cada cinco minutos. Acontece que você ainda tem uma fruta, se levantar e ir até a cozinha você pega a fruta e come. Eles não.

* * *

À deriva

O trajeto tinha sido fácil até a beira da Marginal Pinheiros. Logo depois do muro do Jockey, as coisas complicaram. Muitos carros sem combustível ou danificados tinham sido deixados na pista, duas dúzias deles queimados. Roupas pela via, voando com o vento que aumentava, malas abertas, uma miríade de objetos largados para trás que minavam o asfalto, tornando o trajeto perigoso para a Scooter da Honda. Estavam sem capacete, o vento morno da manhã revoluteando seus cabelos. Nathalia, pilotando, avançava atenta, diminuindo a velocidade quando tinha que desviar de veículos ou era atraída por pessoas caminhando a pé. Todas com um traço em comum no semblante: o medo.

Quando chegou à avenida dos Bandeirantes, a coisa ficou pior ainda. Lá via mais prédios ardendo em chamas e os primeiros sinais da barbárie que ia cravando suas garras na cidade – supermercados saqueados, veículos atravessados em vitrines de drogarias, corpos deixados no chão. Poucos carros ainda andavam. Os postos de gasolina tinham sido depredados e dois deles também tinham sido incendiados e completamente devastados. Subindo a avenida, o som inesperado de motores vindo do céu – a decolagem de um bimotor do aeroporto de Congonhas – as fez pararem e observarem. Antes do Jabaquara tiveram que desviar de uma multidão que orava alto, fervorosamente, guiada pela voz e pelo clamor de um pastor. As pessoas sentiam falta de Deus.

Beirando o Jardim Botânico, o ar resfriou-se às sombras do arvoredo que invadia a rua. O céu parecia ainda mais azul lá do alto e, apesar dos poucos dias desde o fim do mundo como o conheciam, talvez a redoma de gás carbônico erguida pelo escapamento da frota de milhões de veículos que cruzavam a Grande São Paulo implacavelmente, todos os dias, tivesse se dissipado. Agora só os fantasmas tinham ficado para trás. Cruzaram oito carros desde que tinham entrado no Jabaquara. A frente do Zoológico estava deserta, e por isso Nathalia embicou a moto sobre o piso do hall de entrada de visitantes. Achou que encontraria os portões de ferro trancados, fechando a passagem, mas aquela facilidade viria a calhar para o seu plano. Falando em plano, a coisa era bem simples. Soltaria primeiro os animais menores e dóceis. Procuraria tábuas, caibros e improvisaria uma ponte que ligasse a área de visitantes à ilha dos macacos no meio dos lagos. Depois cuidaria das aves engaioladas nos viveiros, os répteis e pensaria em como dar liberdade aos caçadores. Como faria isso? Como daria liberdade aos tigres, onças, leões e ursos? Só não queria deixá-los nas jaulas. Eles iriam definhar sem comida e morreriam sem água. Já estavam lá, abandonados à própria sorte havia uma semana e estariam perigosamente famintos. E o que aconteceria depois desse seu "ato de bondade"? Nathalia sabia que as coisas não seriam nada simples para aqueles animais, mais da metade deles pereceria com a liberdade. Eram criaturas de cativeiro, não sabiam caçar, não sabiam viver fora das jaulas e dos habitats artificiais. Ainda existiam os mais vulneráveis, que viviam nos tanques, como os leões-marinhos, as ariranhas, os hipopótamos. Nathalia só queria salvá-los, pois sabia que com a cidade daquele jeito ninguém mais o faria.

Avançou pela entrada de visitantes com o motor da moto cadenciado, em baixa velocidade. Maria apertou seu ombro e apontou para o lago. Parecia que estava tudo bem. Cisnes e patos deslizavam mansamente sobre a água. Daí uma sequência incrível de guinchos de macacos começou a vibrar pelo ar, fazendo-a se arrepiar da cabeça aos pés. Nathalia não sabia se sorria por conta da impressão que aquilo lhe causou de primeira, mas também não sabia se aquilo era um bom sinal.

– Pobrezinhos. Não fazem ideia do que aconteceu, de que estão lançados à própria sorte.

– Eu sei que você quer ajudar todo mundo, Nath, mas eles vão todos morrer de fome.

– Amo a sua positividade, Maria. Amo.

Maria deu de ombros, mesmo que Nathalia não pudesse ver o seu gesto.

– Só estou sendo realista, meu amor. Eu dizer a verdade não significa que eu não me importo. Eles viveram a vida toda aqui dentro, acha que vão mesmo conseguir sobreviver do lado de fora?

Nathalia empurrou o pezinho de suporte pra baixo e inclinou a moto, fazendo Maria desmontar. Ela andou até a mureta de pedras ao lado e ficou olhando os macacos ainda gritando em bando, agitados com a presença do casal.

– Eu sei. Eu sei. Só sinto tanto por isso. Não sei quem fez essa merda com a gente, apesar de ter uma boa ideia do porquê fez, mas seja lá que deus do universo tenha arquitetado esse apocalipse de merda, podia ter pensado nos bichinhos.

– Não sei nem como a gente vai viver daqui pra frente, Nath. Eu não vejo um futuro fácil. Não vejo nenhum futuro, na verdade.

Nathalia virou-se para Maria. A esposa estava com os olhos marejados e já ia começar a chorar de novo. Nathalia fez força para não deixar sua irritação passar pelos músculos e pelos nervos da face e tentou forjar um expressão de compreensão. No final entendia Maria, abraçou-a e a apertou forte.

– Eles vão fazer igual a gente, Maria. Vão lutar, vão resistir, vão dar um jeito de viver. A Terra estava aqui antes da gente. Os animais estavam aqui antes da gente. Eles são mais preparados para lidar com esse novo mundo do que nós que precisamos inventar tudo isso e nos rodear de toda essa merda para viver.

– Sai daqui... – retrucou Maria.

Nathalia afastou-se do abraço e encarou a parceira.

– Vem, sai, é sério.

Maria puxou Nathalia pela mão e subiu na mureta.

– O que...

– Ai, meu Deus! Vem, Nathalia!

Nathalia seguiu a esposa e pulou a mureta para dentro da margem do lago, tomando cuidado para não cair na água.

Maria virou seu torso para que visse. Nathalia arregalou os olhos quando dois elefantes passaram por elas, quase derrubando a moto, rumando para a frente do zoológico, onde não encontraram bloqueio algum.

– Que que é isso?

– Eu não sabia que eles eram tão silenciosos, Nath.

Nathalia, recuperando-se do espanto daquela visão magnética, impressionada com cada ranhura, cada veio sulcado na pele dos paquidermes, voltou para cima da mureta.

– Os pés deles... as solas são como almofadas, eles não fazem barulho nem na floresta.

Então um tropel começou a ser ouvido e o chão começou a tremer. Os macacos pareceram enlouquecer em suas ilhotas, saltando e gritando e guinchando.

– O que é isso, Nathalia? O que é isso?

– Não sei – respondeu a garota, olhando pelas alamedas, procurando a fonte daquele terremoto.

O tremor do chão aumentou e Maria abaixou-se junto à mureta, colocando as mãos nos ouvidos, enquanto Nathalia correu até a moto e a puxou para junto da mureta. Fosse o que fosse que estivesse a caminho, iria estraçalhar o seu meio de locomoção.

A manada de búfalos surgiu, correndo desenfreada pela alameda, bufando e trotando, em direção às catracas da entrada. Os animais imensos, peludos e fedorentos começaram a se juntar na entrada, e muitos começaram a saltar sobre as catracas quando a passagem se afunilou pelo volume de quadrúpedes buscando escape. Seis rinocerontes surgiram do meio da manada de búfalos, e depois de sua passagem nada sobrou das catracas, que foram arrancadas do concreto. Os animais estavam deixando o zoológico de São Paulo.

Nathalia, vendo Maria assustada, abaixou-se e abraço-a, apertando-a forte mais uma vez. Ela estava trêmula entre seus braços, apavorada com a manifestação improvável da natureza. Tentou transmitir direto ao seu coração segurança e conforto. Estavam juntas e acolhidas. Nathalia beijou os cabelos de Maria e abraçou-a ainda mais, queria que seu abraço fosse mais alto que o tropel dos animais, pois ela era tudo o que restara daquela nova vida esfarelada. Sem ela ficaria sem rumo, sem ela nada mais faria sentido.

Logo o barulho foi diminuindo e as mulheres levantaram-se novamente. Os animais tinham deixado a alameda principal e tomado a avenida que ligava o Zoológico ao Jardim Botânico e sumia para dentro do bairro do Jabaquara. Não pularam a mureta de volta à alameda porque, parado em frente das duas, sem saber para onde ir, um búfalo negro, imenso, farejava o assento da moto de Nathalia. A criatura, com mais de quatrocentos quilos, uma montanha de músculos e pelos, dotada de um par de chifres largo e ameaçador, aproximou-se ainda mais a abocanhou o assento da moto, perfurando o couro e fazendo Nathalia saltar por cima da mureta, tomada pelo momento – parecia que lhe faltavam uns parafusos na cabeça.

– Xô! – berrou para o bovino, erguendo os braços e sacudindo as palmas das mãos. – Deixa minha motinha ai!

A criatura imponente levantou a cabeça para Nathalia e bufou duas vezes, sacudindo a pata dianteira. Ela tinha um cheiro acre e seus olhos se encontraram por um átimo de tempo, o suficiente para tirar o fôlego de Nathalia. Que bicho lindo estava parado a sua frente!

Sentiu um frio na barriga quando a fera a encarou e ela pôde enxergar o próprio reflexo no fundo dos globos negros dos olhos da criatura. O búfalo ruminava e babava, e seus chifres arredondados pareciam prontos para cravarem-se na sua barriga ou se afundarem no quadro da moto e estraçalhá-la, mas ele apenas estava ali, parado, sem ter a mínima noção de que o planeta que ele habitava nunca mais seria o mesmo e talvez já nem fosse mais o mesmo.

– Xô, bichão. Eu quero o teu bem, sai daqui.

O búfalo baixou a cabeça e raspou os cascos dianteiros mais uma vez.

– Desce daí, sua louca – sussurrou Maria, agachada contra a mureta.

Nathalia sorriu para o bicho e, mesmo que seu coração estivesse disparado pelo medo e pela adrenalina, mesmo sabendo que ele ficar raspando aquele casco não era bom sinal, ela estendeu a mão para a frente e tocou a testa do bovino gigante.

– Sai daqui, bichão. Sai. Essa moto é minha e é o único jeito que a gente tem pra andar pela cidade.

O bicho continuou ruminando, encarando Nathalia enquanto a jovem acariciava sua testa. Ela estava extasiada. Amava os animais, amava os bichos.

– Tu é que nem eu, bichão. Dono do pedaço, comedor de mato. Vai lá pra fora com teus manos, vai. Tem muito mato lá fora.

Um tiro espocou no céu fazendo o gigante despertar daquela hipnose e galopar em direção à avenida.

Nathalia curvou o corpo em reflexo enquanto Maria assomou detrás da mureta.

– Nossa… – murmurou Nathalia.

Um grupo de duas dúzias de pessoas, com os rostos cobertos por camisas e trazendo revólveres e espingardas nas mãos, vinha andando pela alameda. Zebras passaram a galope pelo meio do grupo, que deu passagem enquanto Nathalia e Maria assistiram às listradas deixarem o zoológico.

– Acho que mais gente resolveu fazer o que você queria, querida – disse Maria, subindo na mureta. – Gente armada, preparada para encarar esses animais.

O grupo parou e ficou observando as duas.

– Vocês vão soltar todos eles? – Nathalia perguntou.

Um jovem negro, magro e sem camisa, com o tórax bem definido, o rosto encoberto por uma bandana, só balançou a cabeça em sinal positivo.

– E os leões e as panteras? – gritou Nathalia sem se mover.

André Vianco

– Foram os primeiros que soltamos ontem – disse uma das garotas do outro lado.

– Vão embora, meninas. O zoológico tá fechado pra gente e aberto pros bichos.

– As feras já estão soltas então? – quis certificar-se Nathalia.

O rapaz confirmou com um gesto de cabeça.

– Vamos sair daqui, Nathalia. Não quero virar comida de lobos nem de onças.

Nathalia olhou para a esposa e assentiu com a cabeça.

– Eu também tenho minhas providências para tomar. Agora você está livre pra me ajudar – cobrou Maria.

– Tá. Beleza. Agora vamos cuidar do seu zoológico.

Nathalia subiu em sua *scooter*, seguida por Maria. A jovem apertou o botão da partida elétrica e a moto pegou. Puxou o manete, acelerando algumas vezes, e ficou olhando para aquele estranho grupo armado. Não gostava de concordar com Maria. Não abriu a boca para expor seus pensamentos. Eles estavam fazendo exatamente a mesma coisa que ela queria fazer, mas traziam armas. Pareciam ameaçadores com aquelas camisetas cobrindo suas caras. Por que estavam escondendo seus rostos quando não havia câmeras ao redor e nem mesmo polícia por perto? Parecia que estavam com vergonha de que alguém percebesse seus rostos. Nathalia acelerou e virou a moto em direção à avenida. Dispararam, deixando o zoológico para trás e, dois minutos depois, cruzaram com a manada de búfalos, desviando dos animais e acelerando para se afastarem de qualquer perigo no meio daqueles bichos de meia tonelada, soltos pela cidade.

CAPÍTULO 19

Estavam no auditório do hospital sob um clima tenso. O conselho reunido nas mesas em cima do palco dava um ar de tribunal. Doutora Suzana apoiava o rosto nas mãos, encarando todos os presentes. Doutor Elias e doutor Otávio olhavam os papéis em sua frente como se o mundo ainda fosse mundo lá fora. Como se papel importasse algo agora.

– Chiara – chamou Cássio. O tom com que falou o seu nome a fez lembrar-se da mãe. Onde quer que estivesse a sua mãe neste fim de mundo, não sentiria saudades.

– Estou ouvindo, Cássio. – Chiara olhava para o lado, tentando desviar do olhar do soldado. Leonardo e Mônica estavam sentados como ela, na primeira fileira do auditório, a duas cadeiras de distância cada um. Por ordem de Cássio. Os homens e Renata esperavam em outra sala e seriam chamados em seguida.

– Me conte o que aconteceu ontem à noite. Não me esconda nada.

Chiara assentiu. Sabia bem onde tudo havia começado. Na tarde do dia anterior, na reunião dos adolescentes, Mallory havia insistido para que começassem a se agregar, trocar ideias e experiências. Achava que faria bem juntar todos em uma roda e fazê-los falar sobre como se sentiam nesse novo mundo, colocarem para fora suas preocupações e esperanças de mudanças. Essa ação fez Chiara entender que Mallory entendia mais de crianças e menos de adolescentes.

– Tem dias que eu me sinto um vampiro – dissera Leonardo para o grupo de jovens em silêncio. Aquela era a terceira reunião do grupo. Nas duas primeiras, apenas Mallory havia falado e forçado todos a se apresentarem. Mas dessa vez, Mallory estava atrasada, e todos faziam graça em rodinhas segregadas por nível de intimidade.

– Como assim, Leo? – A forma como ele falara fez Chiara imediatamente criar interesse na conversa.

– Bem, eu não sou um vampiro obviamente, mas tem dias... Que eu me sinto um. Eu durmo o dia inteiro, porque eu odeio ter que acordar e sentir o sol na minha cara. Prefiro ficar dentro das paredes desse hospital, o tempo todo. Sinto minhas mãos tremerem, meu corpo dói, mas os médicos daqui dizem que é tudo coisa da minha cabeça. Que estou passando por uma crise de ansiedade... Às vezes eu sonho que virei um dos agressivos e matei a minha mãe, a única que ainda está aqui comigo. Aí eu acordo suado e com o corpo gelado.

– Eu te entendo... – falara Mônica. Ela era bem mais alta que Chiara, que se sentia muito pequena perto da garota. – Mas, no meu caso, sinto falta de me sentir um zumbi. Só na frente de uma tela, ou em uma festa com a visão turva e o estômago revirado...

Chiara começara a rir, o que fez todos pelo menos sorrirem. Leo começara a rir também.

– Sinto falta de uma boa festa também – dissera Chiara. – Quando tudo isso começou, na noite, né, eu tava numa festa, sabe, tava bem doida esperando o garoto que eu era apaixonada chegar pra dar uns beijos nele... E preocupada que outra garota chegasse junto antes de mim!

Ela disse que riam enquanto falavam disso, mas não agora, diante dos adultos. Como era estranho pensar nisso. Aqueles tipos de preocupações bobinhas de adolescente, vividas poucos dias atrás, quebrando um pouco o clima tenso daquele encontro.

– Sabe de uma coisa... – dissera Mônica. – A gente devia fazer uma festa. Arranjar uns doces e alguém que tire uma pira com o violão.

– Adorei as suas prioridades para a festa, Mônica! – dissera Leonardo, sorrindo. – Eu topo.

– Eu super topo também – dissera Chiara. Observando ao redor, viu todos ali na rodinha concordarem e se animarem. Alguns conversavam entre si. – Afinal – continuara –, o pessoal queria que a gente se enturmasse, não é? Nada melhor que uma festinha.

À deriva

– Eu entendo, Chiara – interpelou Cássio, apoiado na beirada do palco. – Então foi por isso que fizeram a festa, mas você não acha que teria sido melhor pedir permissão pra mim primeiro?

– Cássio, com todo o respeito – interrompeu Mônica –, era pra ser algo nosso. Não temos culpa se aqueles babacas estupraram a Renata. Eu já contei a história no dia para a Zoraíde e para o Almeida.

– Mônica! – chamou a doutora Suzana de cima do palco. – Não fale desse jeito.

– Vai dizer que a culpa é da Renata agora, doutora? Aqueles caras são uns nojentos! Todo mundo aqui viu.

– Mônica, eu quis dizer... – tentou continuar a doutora antes de ser interrompida por Cássio.

– Os três, pra fora. Lemos os relatórios que o tenente produziu. Só queríamos confirmar aqui. – Cássio apontou para Chiara, Mônica e Leonardo. Depois fez sinal para o soldado de prontidão na porta do auditório. – Gabriel, traga os dois homens.

O soldado bateu continência e saiu. Os três se levantaram e andaram rápido em direção à saída.

– Eu realmente espero – disse Mônica, já do lado de fora – que o Cássio seja diferente e tome uma atitude. Senão eu mesma vou castrar aqueles dois.

Os dois homens entraram no auditório e se sentaram nas cadeiras indicadas pelo soldado, na segunda fileira do auditório. Deviam estar na casa dos quarenta anos, enquanto a Renata era uma jovem de dezesseis. Aquilo fazia o sangue de Cássio ferver.

– Osvaldo e Carlos, certo? – perguntou Cássio.

Os dois concordaram com a cabeça. Um deles apoiou o pé na cadeira da frente. O outro começou a falar.

– Eu sou o Osvaldo, senhor. Por favor, senhor, eu não tenho nada a ver com o que aconteceu.

Carlos fez um som de deboche que Osvaldo ignorou. Cássio prestava atenção na postura dos dois.

– Eu disse a ele onde estava a mulher, só isso. Ele não me disse o que ia fazer! Eu não sabia.

– Ah, cala a boca! – disse Carlos. – Eu tinha te dito que ia ficar com ela! Você mesmo me disse que ela tava me dando mole, você viu!

168

– Eu não sabia que você ia forçar, a mina tava bêbada...

– Ela queria! Eu não forcei nada! – gritou Carlos para Osvaldo.

Cássio falou mais alto, interrompendo os dois.

– Sabe o que me enoja, Carlos? – Cássio ergueu a voz. – Homem que não é homem! Que não assume os erros. Tá me escutando, cidadão?

Carlos olhou dele para os médicos que estavam na sala, em cima do palco. Sabia que Cássio não era fácil, mas não ia assumir algo que não havia feito só para não levar uma coça.

– Não foi do jeito que ela disse – continuou Carlos. – Você é homem, sabe como as coisas são... Ela só deu pra trás e não parecia que era de verdade.

– Se a menina disse não, era para ter respeitado – começou a doutora Suzana de cima do palco. – O mundo já não é mais mundo e você fica piorando tudo.

– Ah, fala sério, doutora, o que você sabe sobre isso? Homem sabe como é, a mulher diz não, mas na verdade pode ser um sim, um sim pequenininho. Todo homem sabe disso.

Um alvoroço se seguiu.

– Eu quero que todos prestem atenção! – gritou Cássio, restabelecendo a ordem. – As doenças não existem mais, segundo nossos médicos ali em cima. – Cássio sentiu que eles iam interromper, como se quisessem que ele não falasse sobre aquilo. Ele ergueu a mão estendida, mostrando que não ia permitir que o conselho falasse naquele momento. – Se as doenças não existem mais, o que você fez é porque você é RUIM mesmo, ouviu? Você é podre! E seres humanos podres estão lá fora e não saem à luz do dia! Então, nesse momento, eu ordeno que você vá se juntar a eles! São Vítor não será necrosada pela sua podridão! Soldado Gabriel, leve este homem para fora. Vamos escoltá-lo até os portões da nossa comunidade. E Carlos... – disse Cássio, olhando-o fixamente. O homem estava assustado. – Nunca mais me compare a você. Eu não sou esse tipo sujo de homem ao qual você se refere.

Gabriel agiu imediatamente, levando Carlos pelo braço para fora do auditório. O homem esperneava.

– Você. – Cássio se dirigiu a Osvaldo. – Se pisar fora da linha de novo, vai virar comida de vampiro como o seu amigo. Fora!

Osvaldo concordou com a cabeça, apavorado, e saiu correndo.

– Cássio, eu acho que deveríamos fazer uma votação... – começou Otávio.

À deriva

– Ele é uma pessoa horrível – continuou Suzana. – Mas precisamos abrir um julgamento, assim poderemos ser justos. Situações como essa podem ocorrer novamente e temos que saber como agir, redigir leis e…

– Vocês são advogados? – falou Cássio, virando para os três. – São juízes? A única promotora que conheço infelizmente é a Raquel. Eu sou um sargento, eu sei as leis, eu ouvi adolescentes e homens nojentos como esse a vida toda. Os que tinham dinheiro sempre se safavam. Aqui em São Vítor, enquanto eu estiver na liderança da segurança, nenhum estuprador sairá impune. Voltem aos seus afazeres como médicos dessa comunidade, invistam seu tempo ajudando Elias, que será muito mais útil nesse momento.

Cássio deixou o auditório. Não escutou mais uma palavra do conselho. O mal ficaria para fora das grades da sua comunidade. Ele exterminaria a maldade na raiz, não permitiria que a burocracia deles atrapalhasse. Maçãs podres seriam destroçadas por demônios com fome de sangue.

O conselho não teve oportunidade de mais manifestações. Em poucos minutos viam o homem sentenciado a viver fora dos muros de São Vitor ser levado com seus poucos pertences até o portão. A noite se aproximava e agora ele viveria fora da comunidade, à sua própria sorte.

A cada dia crescia o muro de tijolos construído dia a dia pelo time de Graziano, que se deslocava às cidades próximas para arranjar suprimentos e voluntários para assentar tijolo a tijolo. Naquele ritmo, em poucas semanas cercaria toda São Vítor, e o frágil alambrado que os separava dos noturnos seria passado.

Elias, fumando um de seus últimos cigarros do maço, olhava para a cena distante, sem entender bem, mas sabendo da merda que tinha acontecido na noite passada. Uma menina tinha sido molestada, tinha sido atacada. Aquele deveria ser o estuprador, e ele ser banido de São Vítor deveria ser o resultado. Viviam em um mundo brutal que exigia medidas brutais.

CAPÍTULO 20

– Cê acha que ela vai tá lá, Pedro?

O garoto olhou para o irmão e torceu os lábios.

– Já disse que não sei, Breno. Não sei. Ela já veio até aqui, não veio?

– Veio. Faz semanas – resmungou o menino.

– Ela pode estar em qualquer lugar – acrescentou Chiara. – A cidade abandonada deve estar perigosa demais. Você não tem medo?

– Ela veio atrás da gente. Vocês a viram, falaram com ela. Eu não. Eu tava apagado. Eu quero ver a minha mãe de novo. Não num pesadelo. Quero vê-la, na minha frente.

Pedro não falou sobre o medo. Tinha aberto a Silverado de Elias e, como sabia que ele guardava um revólver lá dentro, vasculhou o veículo, encontrando a arma debaixo do banco do motorista. Agora ela estava carregada e escondida no fundo de sua mochila de lona.

– Isso que você quer fazer é loucura, Foguete. É loucura. Eu vi os vampiros, você não viu? Você não tem ideia de como eles ficam quando anoitece – insistiu Chiara.

– Eu tenho medo deles, mas eu fico com você, mano.

Pedro passou a mão nos cabelos do irmão caçula.

– A gente vai achar a mãe, moleque. Acredite em mim. Ela deve ter voltado para nossa casa. Um tiquinho do que nossa vida foi deve ter sobrado, certo? – Pedro sorriu para o irmão e então olhou para a garota ao seu lado, que estava com os olhos vermelhos e secava algumas lágrimas. Não tinha dito a nenhum deles sobre o fio fantasma que o encorajava a cruzar os portões. – Que é isso, Chiara? Quer um abraço também?

À deriva

– Quero – murmurou a garota, se juntando aos irmãos. – Quero que você fique aqui. Até consegui que a Ester desse um trato no meu cabelo, que tava um negócio... Voltei a ser a Chiara do cabelo raspado e da franja gigante só para te seduzir.

– Você não precisa me seduzir com sua franja rebelde – declarou Pedro.

– Ei! Eu estou aqui também.

Breno se meteu mais entre o irmão e Chiara e o trio ficou agarrado por alguns segundos até que Zoraíde surgiu na ponta do compartimento de carga, abrindo a porta.

– Desculpa interromper esse momento família, galerinha, mas pediram para eu tirar vocês daqui.

O trio ficou estático por um instante quando Zoraíde bateu com um cassetete na lateral do baú.

– Vamos. Descendo rapidinho que o comboio vai sair.

– Não. Eu vou para São Paulo, eu pedi pro Cássio.

– É, eu sei, mas ele mudou a missão e você não está nesse transporte. Só vai para São Paulo quando estiver com alta médica dada pelo doutor Otávio.

– Escuta eles, Foguete. É melhor sua cabeça sarar cem por cento mesmo.

– Poxa, mas eu só quero ajudar vocês. Quero pegar os adormecidos e trazer pra cá. Qual é o problema?

– Eu não sei qual é o problema, garoto. Desce do caminhão e tenta outro dia.

O trio expulso do comboio resignou-se perante as ordens de Zoraíde, deixando o veículo e vendo, segundos depois, os carros deixarem o estacionamento de São Vítor.

Pedro começou a chutar e a socar a lataria da Silverado até que foi contido por Zoraíde e Mallory, que se aproximaram.

– Ei! O que é isso, Foguete? – perguntou a enfermeira.

– Para de socar esse carro, moleque. Pode ser que a gente precise dele inteiro se tivermos que enfrentar os vampiros por aqui de novo – acrescentou Zoraíde.

– Ele tinha deixado eu ir para São Paulo com ele. Tinha deixado. Eu quero voltar para a cidade, não quero ficar aqui nesse fim de mundo. Pede para ele, Mall.

172

André Vianco

– Calma. Você não pode ficar exaltado. Lembra do que conversamos mais cedo? Você tem que se acalmar e deixar sua cirurgia cicatrizar antes de fazer uma viagem longa dessas.

– Eu não vou morrer se eu viajar até São Paulo! Eu só quero ver a cidade de novo. Eu... eu não sei o que aconteceu, eu fiquei apagado desde aquela noite.

– Primeiro se acalme – pediu Mallory novamente. – Não pode ficar nervoso e perder o controle, ninguém quer que você tenha outro desmaio. Isso pode ser perigoso. Dá aqui essa mochila e vamos voltar para a enfermaria um pouquinho.

Pedro deu um passo para trás e segurou a mochila, atracando seus dedos nas alças. Precisava ir até sua casa. Encontrar algo de sua mãe. Não conseguia mais ver o fio vermelho com tanta firmeza, com tanta certeza. Talvez com algo dela em mãos funcionasse.

– Se acalme.

– Eu seguro a mochila, Pedro – ofereceu-se Chiara.

Pedro passou a mochila para a garota e levou a mão à atadura na cabeça, fazendo uma expressão de dor.

Zoraíde ficou olhando para a mochila, agora nas costas da namorada do menino.

– Pedro, está com dor, não é? Tá vendo? – repreendeu a soldado. – Se você não der um tempinho com os seus nervos, vou pedir para o doutor Otávio te internar de novo. Assim você fica debaixo dos olhos da enfermagem o tempo todo. E tem uma bem aqui que é sua maior fã.

Pedro parou de resistir e seguiu com Mallory em direção ao prédio da enfermaria. Olhou para Chiara segurando a mochila. A garota sabia que tinha que ficar com a arma e a chave da moto e não deveria contar a ninguém.

Da janela da enfermaria, Pedro, sentado na maca, observa o comboio passar pelo portão e partir.

* * *

Mais tarde, Elias parou a camionete no meio do nada. Olhou pelo retrovisor do motorista. Uma cortina de poeira flutuava atrás de seu carro. O silêncio bateu forte no médico. O mormaço do dia fazia gotas de suor

173

descerem de sua testa e empaparem a gola da camiseta branca. Desceu da Silverado e ficou olhando para o céu azul salpicado por pontos negros, que giravam, descendo em uma hélice, a quilômetros de distância. Urubus. Olhou para a terra a sua frente. Milhares de metros quadrados preparados para o plantio, preparados para receberem sementes que talvez nunca chegariam, numa bifurcação da estradinha, perto de um aglomerado de árvores, diante de uma torre que parecia uma caixa d'água de poço artesiano. Podia avisar o Conselho do qual ele não fazia parte, mas não queria que prestassem muita atenção naquele canto. Tinha deixado o HGSV para tomar uma providência. A briga com Otávio serviria para alguma coisa. Iria mascarar aquele movimento. Só queria sair dali e dar uma chance a ela. Ninguém entenderia. Talvez aquele moleque de cabeça enfaixada entendesse um pouco. Estava todo mundo falando que ele queria ver a mãe. Elias passou a mão pelo braço arranhado. A ferida ardia. A ferida que ela tinha feito. No fim, tudo o que tinha restado para amar e se preocupar era a família. Plantar, encontrar água, segurança, tudo isso era importante, mas não se comparava a amar a família, tudo era para a família.

Sentia-se perdido, como todos, mas esperançoso na vacina com a Célula de Deus. Logo poderia aplicar em sua filha o que tinha aplicado em Marta, a cobaia. Ainda não podia trazer Júlia para dentro de São Vítor. As coisas estavam ficando perigosas demais, ela estava parando de escutar e não poderia mais ficar trancafiada dentro da picape, ainda mais com Graziano parecendo um alucinado atrás de vampiros. Todos o devotavam, como um tipo de santo. Claro. Ele usava o sabre para decepar a cabeça de qualquer noturno que se aproximava de São Vítor. Era um herói.

Eles jamais entenderiam. Jamais deixariam que ele, o pai, ficasse com ela, mesmo sabendo que lutaria para curá-la. A única coisa que Elias tinha certeza era de que conseguiria uma cura, conseguiria reverter aquele estado impossível em que aqueles corpos infectados se encontravam. Se ainda se moviam, se falavam e se buscavam alimento era porque, mesmo com os corações parados, ainda estavam ali dentro suas mentes e seus corpos incompreensíveis. Eram uma coisa nova e não desistiria de estudá-los. Não desistiria da vacina. Elias sabia que havia um inimigo maior naquela luta, entre humanos e noturnos, entre seu desejo de salvá-la e a realidade. Havia o tempo. A cada dia que se passava ela parecia mais distante. Parecia que o que ela era ia se evaporando, e somente aquela coisa nova poderia existir. Ele tinha que ser rápido. Por isso estava ali. Para ganhar tempo para ela. Olhou para os lados. Por esse motivo a tinha guardado naquele esconderijo afastado dos muros de São Vítor. Longe o suficiente para não ser detectada por Graziano.

Tinha descido em direção a Paranapanema e dera à beira da represa. Vira a placa da balsa, mas nenhum sinal de que estivesse operando, não havia vivalma na estrada. Retornou e entrou à esquerda, sabendo que estava longe o suficiente das cercas do HGSV, beirando as terras que já tinham sido de um sitiante ou fazendeiro. Atravessou uma porteira e chegou até aquele entroncamento na estradinha de terra. Seria uma boa marcação para voltar. A terra seca pelo sol ao seu lado esquerdo e uma plantação de eucaliptos a sua frente e a sua direita formavam uma floresta estranhamente regular, com árvores equidistantes, simétricas. O que interessava é o que vira encravado na estradinha a sua frente, um casebre e um barracão com um trator estacionado. Voltou para a picape e subiu o pequeno barranco. Tudo sacudia dentro da cabine, e a luz da reserva do tanque de combustível piscou perigosamente naquele dia.

Estacionou em frente ao casebre e ficou parado um instante apertando o volante, olhando para a porta da habitação. Nenhum movimento. Era isso que avaliava. Os urubus giravam acima das árvores, indicando que algum bicho em decomposição servia de banquete aos carniceiros. Não queria estar ali. Não queria estar vivendo aquele inferno. Preferia ter morrido do que estar ali. Nunca fora um bom pai. Nunca tivera tempo para ela. Quando Júlia e a mãe se afastaram por culpa daquele culto, daquele fanatismo religioso, ele deixara a frágil ponte entre suas almas ceder e se desfazer. Ele se afastou, resmungão e apontando o dedo, e no fim não queria discutir aquela fé ilógica. Crendices! Todo seu tempo tinha sido devotado à carreira, aos pacientes, a querer vencer os inimigos que se instalavam nas células dos doentes. E agora isso! Era irônico estar vivendo o fim do mundo. Há poucos dias ele comemorava o avanço nos testes da Célula de Deus. A esperança para aqueles que tinham câncer. A pesquisa que tinha prosperado para os atacados por leucemia tinha se estendido para pacientes com câncer no estômago e intestinos e tinha colado Elias na equipe com tudo, com fome de entender a lógica da doença e dar mais força ao remédio que deixaria aquela equipe famosa por exterminar o maior mal que devorava a nova humanidade, a humanidade que transcendia o

À deriva

tempo, mas que definhava quando as células esqueciam o que tinham que fazer, como tinham que se comportar. O resultado do grupo de teste tinha sido positivo. Positivo era pouco. Tinha sido incrível! Esperança para pacientes terminais que tinham experimentado a regressão da doença que se instalara galopante em seus organismos. Uma combinação de avanços conquistados nos bastidores do Icesp e do Hospital das Clínicas resultara numa droga viva que usava o próprio sangue do paciente para tornar-se um milagre viajando por suas artérias e veias pulsantes. Depois do impacto daquela noite maldita, tudo tinha perdido o sentido, mas quando ela começou a se tornar um deles, a ideia veio bater em seu estômago. A Célula de Deus. Uma cura.

Aquele equipamento, imensas câmaras hiperbáricas, "a máquina", como alguns colegas chamavam, ainda estava lá, no HC, mas, com tudo o que tinha visto no Hospital Geral de São Vítor, já tinha avançado bastante. Se "a máquina" fosse necessária, poderia solicitar uma equipe de transporte. Falar com o Conselho.

Quando a descoberta do esconderijo de Júlia aconteceu, Elias manobrou a picape para baixo de uma árvore e garantiu que a traseira do veículo estava coberta pela copa. Abriu a porta da caçamba com cautela. Um cheiro ácido chegou até suas narinas, enquanto percebia que o amontoado de cobertores ainda estava lá. Subiu no compartimento traseiro e o fechou, cortando toda a perigosa luminosidade externa que entrava. O ar tornou-se abafado de imediato e o cheiro azedo acentuou-se. Apesar do insulfilme negro, tinha reforçado o bloqueio da luz com pedaços de papelão e fitas adesivas largas. Era o relicário de Júlia. Removeu os cobertores e viu seu rosto imóvel e pálido. As artérias enegrecidas e arroxeadas desenhavam uma trama fina em seus maxilares e desciam pelo pescoço até o colo. Ela estava com uma blusinha decotada, uma que ela gostava. Sabia poucas coisas da filha depois que pararam de se falar por conta daquele culto. A ponte desfeita deu material para um muro instransponível. Sentia-se culpado por saber tão pouco sobre aquela pessoa que tinha nascido de suas entranhas. Sabia muito menos do que deveria saber, mas ela gostava daquela blusinha. Sua menina, com agora 23 anos e apaixonada por um garoto de Vitória. Ela ia para Vitória no fim do ano, mesmo com ele, o pai, protestando que devia terminar a faculdade primeiro, mas ela estava apaixonada e não lhe dava ouvidos. Elias secou uma lágrima e passou a mão no arranhão em seu pescoço. Ela não teve tempo de ir para Vitória. Não teve tempo de brigar com ele. Ela se transformou num deles. Elias jurou ajudá-la. Não sabia o que faria da sua vida agora que o HC não existia mais, agora que Júlia tinha se tornado um deles.

Elias recobriu o rosto paralisado da filha. O interior do compartimento esquentava como um forno. Seu suor descia da testa pelo rosto e empapava a base de seu pescoço, encharcando a gola de sua camiseta. Agora era esperar pela noite. Arriscar seu pescoço. Confrontar Júlia e sobreviver. Precisava sobreviver para tentar encontrar uma forma de fazer a Célula de Deus funcionar em sua filha, de fazer a droga potente circular por seu corpo e operar o seu milagre. Tinha que entender a nova fisiologia da filha. Era por isso que precisava de um deles. Uma cobaia. Um rato de laboratório com oitenta quilos. Aprenderia a exterminar as células transmutadas que faziam aquela incongruência do vampirismo se naturalizar. Mas havia um problema. O coração de Júlia não batia mais. A droga entrava pelas artérias e se beneficiava da circulação sanguínea, mas o coração da filha não batia mais. Ele teria que encontrar um jeito. Encontrar um jeito naquele novo corpo parte morto, parte vivo. Até lá ela teria que esperar, esperar e se alimentar dos adormecidos que ele traria para ela.

Elias olhou para os dois corpos. Duas moças como a filha. Ele tinha pensado em algo antes de escolher os adormecidos que serviriam de alimento para Júlia. Não havia uma regra para os adormecidos. Eles podiam acordar de uma hora para outra e não sabiam nada sobre aquela outra doença ainda. Não sabiam se acordavam humanos ou se se tornavam vampiros também. Não sabiam nada. Estavam ainda completamente perdidos naquele novo mundo. Ele tinha ficado reticente, mas tinha que pegar as mulheres. Acreditava que se elas acordassem, seriam menos ameaçadoras a Júlia. Não sabia quem eram e nem queria saber. Era melhor assim, uma certa distância para não ter escrúpulos. Seus corpos vivos e comatosos serviriam de alimento para a filha. Ela precisava de sangue. Não aguentava mais a sede. Tinha falado e repetido sobre a sede rasgando suas entranhas. Elias gostava dessa parte. A parte que ela revelava a fome. Apesar de sombrio e assustador, ele sabia que era esse o veículo para o remédio. A fome dos vampiros era um marcador, era um sinal de que a necessidade de alimento fazia seu sistema digestivo funcionar de alguma maneira, de uma nova maneira. E faria, por consequência, a energia contida na ingestão do alimento se dissipar pelo

À deriva

corpo, pelas células e, para isso, de alguma forma, acionaria a circulação e os transportes químicos de que ele tanto precisava. A necessidade do sangue era a salvação lógica, era a chance daqueles transformados voltarem para o que eram antes. Ela tinha lhe atacado e chegado perto de cravar os dentes em seu pescoço. Ele tinha se enrijecido e se preparado para dar seu sangue para a filha, mas ela parou, chorou. Ela lembrou, disse seu nome e se afastou, batendo no fundo da caçamba. Ficaram se olhando e ele entendeu o que tinha que fazer. Tinha que trazer aquelas mulheres com os corações batendo para ela. E tinha que correr contra o relógio para conseguir uma forma de fazer a cura andar por suas veias. Usaria as ferramentas em São Vítor para tornar isso possível. Se ela se alimentava, o sistema digestivo, de alguma forma tão inexplicável como o fato de seu corpo se mover mesmo morto, deveria funcionar, de alguma forma seu sistema digestivo transportava a energia do sangue ingerido para o corpo. Seria através do sangue ingerido que enganaria aquela mutação bestial. Seria através do sangue que a cura invadiria seu corpo como um cavalo de Troia.

CAPÍTULO 21

O dia amanheceu e trouxe uma claridade suave para o rosto já luminoso de Mallory. Ela notou o canto dos passarinhos que voltaram pouco a pouco a gorjear pelas redondezas. Mesmo com toda a dificuldade dos últimos tempos, ela continuava, todo santo dia, atendendo à sua vocação: ajudar. Seu desejo sempre fora o de buscar o bem-estar, curar os enfermos. Ao seu redor, um grupo de crianças brincava, aparentemente alheias a toda loucura, quando notou satisfeita que o solo preparado para as hortas voltara a germinar. A natureza mostrava também a força de sua vocação. Com um pouco de ajuda, tudo voltava a florescer e frutificar. Mallory teve vontade de bater palmas e chamar a atenção das crianças para aquela parte do milagre. As pessoas estavam cada vez melhores de saúde, e agora a mãe Terra também parecia voltar ao seu estado normal. Bastava continuar acreditando para que tudo voltasse a ser como era antes. Queria contar logo a Cássio sobre essa sua impressão.

Uma menina choramingou clamando pela mãe e Mallory só tinha seu colo e seu afeto para oferecer. Não lhe ocorreu nenhuma palavra ou história que aplacasse a dor da pequena, e então cantou: "Luz do sol / Que a folha traga e traduz / Em verde novo / Em folha, em graça, em vida, em força, em luz". A música de Caetano Veloso foi tema de novela na década de 1980 e Mallory acompanhava a reprise quando veio então a noite maldita. Enquanto cantava, viu de longe a silhueta que conhecia bem. Era Cássio, que gesticulava para um grupo de homens. Ela aprendera a admirá-lo desde o começo, vendo-o tomar a liderança, fazendo escolhas, tomando decisões que se mostraram muito assertivas mesmo que parecessem tão difíceis. Ele era uma incógnita. Sempre atencioso e gentil, porém, mesmo com seu coração aquecido e suas bochechas rosadas, ela se sentia invisível na presença dele.

Mallory soube que na última reunião do Conselho um grupo ficou de viabilizar a captação de energia eólica, e outro, já com aprovação da maioria, ficou designado para instalar os painéis solares para captação de energia. O material era trazido durante alguns dos resgates dos adormecidos.

Cássio andava de um lado para outro, supervisionando de perto a colocação de cada placa, verificando quais delas ainda estavam em pleno funcionamento. Quando ele passou perto da caixa de areia onde Mallory brincava com as crianças, ouviu um pedacinho da canção e pensou em como coisas tão simples haviam se tornado tão raras. Ouvir uma canção, dançar, comemorar junto com aqueles que amamos pareciam coisas de outro mundo, agora. Ele balançou a cabeça, apagando a imagem de Graziano, e sorriu para Mallory, que já o olhava há instantes.

Ela retribuiu com um sorriso envergonhado quando um menino caiu e gritou, apontando os joelhos ralados. Foi a deixa de que ela precisava para fugir do olhar de Cássio e correr ao encontro da criança caída e chorosa. Voltou-se ainda a tempo de ver Cássio ao longe, voltando às suas funções.

* * *

Pedro não saiu de perto do laboratório do doutor Elias. Ele ficou tão obcecado quanto o próprio médico em descobrir se a vacina funcionaria na cobaia Marta. Seu mantra mental – "calma, mãe, vou te achar!" – se repetia em sua cabeça. Ele acreditava que, quando ela ficasse boa, tudo voltaria a ser como antes e eles seriam uma família novamente.

Naquela manhã, com a ansiedade a mil, Pedro e os médicos aguardavam a reação da menina vampira, Marta, após a dose administrada da vacina desenvolvida por Elias. Durante a parte da manhã, a garota amarrada à maca hospitalar ficou inconsciente e não havia apresentado nenhuma alteração visível. Era apenas uma menina com os sonhos e o futuro ceifados.

Os doutores dividiam opiniões. O que esperar daquele experimento tão fora da curva? Elias pedia fé. Pedia esperança. Erguia os ombros e perguntava: as coisas todas não mudaram? As infecções não mudaram?

As pessoas estão se curando de forma diferente, espontânea. Deem uma chance para a vacina.

Contra aquele argumento era difícil discordar. O milagre era uma parcela da ciência tão ínfima nos dias corriqueiros, mas nunca foi inexistente. Elias, obcecado, repetia e repetia. Havia algo de diferente na ordem do mundo, como as telecomunicações que tinham se extinguido, os adormecidos que passaram a ser parte do dia a dia das novas comunidades, a necessidade de resgatar essa gente desamparada; dar uma chance à vacina fazia tanto sentido quanto a necessidade de os noturnos drenarem sangue dos vivos. Tudo tinha mudado, tudo tinha se transformado, e a vacina da Célula de Deus era a melhor arma para combater os vampiros até o momento.

* * *

Quando o sol ficou a pino, mesmo com as persianas completamente fechadas da enfermaria, a criatura quase estourou as amarras quando tentou dobrar o corpo para a frente e vomitou violentamente uma massa vermelha, parecendo tripas com sangue fétido coagulado. Refeita do esforço do evento, adormeceu novamente. A coloração da pele pouco a pouco foi perdendo o tom esverdeado, ganhando uma cor pálida, com aparência de epiderme humana. Os voluntários da área médica foram chegando para acompanharem a evolução do quadro. A curiosidade era enorme, e a observação de que as doenças infecciosas não circulavam mais entre os humanos acabou afrouxando as normas de segurança. Aquela cobaia, aquela moça que tinha o nome Marta era a esperança de milhões que ainda nem suspeitavam que ali, em São Vítor, a tentativa de reverter o vampirismo estava em sua primeira etapa.

As boas surpresas começaram ao entardecer. O coração de Marta batia, arrítmico, mas batia. Ela tinha pressão e uma temperatura baixa. A vida estava voltando para aquele corpo. A Célula de Deus era promissora.

– Tudo parece melhor, mas só saberemos ao certo quando ela acordar ao amanhecer.

O tempo foi passando, e todos, com exceção de Pedro, foram saindo aos poucos, por causa do cansaço ou por alguma obrigação inadiável. Pedro cochilou, sentado numa cadeira de plástico ao lado da maca, e estava sozinho na sala quando a garota despertou e, quase sem voz, suplicou:

À deriva

– Água! Por favor, água!

O garoto, com a cabeça latejando de emoção, gritou por Elias:

– Doutor, doutor, ela pediu água! Água!

* * *

Um bando de curiosos se amontoou lotando o espaço para ver Marta, aparentemente curada, sentada na cama tomando sopa. Mallory lhe dava colheradas espaçadas monitorando suas reações.

Elias sorria de contentamento, e Suzana e Otávio davam crédito ao colega que não tinha desistido.

A menina faminta queria mais; a enfermeira, porém, sugeriu que ela voltasse a repousar e, se tudo continuasse bem, poderia se alimentar de novo mais tarde. A contragosto, a garota atendeu a orientação e voltou a se recostar enquanto Mallory pedia para todos saírem da sala. A ex-vampira adormeceu.

Graziano saiu de trás da primeira fila de curiosos, chegou bem perto da cama e discretamente cheirou a garota. Para ele era o teste de fogo. Começou pelos pés e foi repetindo o gesto, movendo-se calmamente até a cabeça. Não obteve nenhum sinal do cheiro horrível que o tirava do sério perto de vampiros. Aquele cheiro doce e insuportável. Não fazia sentido, mas ficava mais calmo em conseguir ficar ao lado dela sem ter vontade de arrancar seu fígado com as próprias mãos.

Cássio estava na beirada da porta e ficou observando a movimentação de Graziano. Ao que parecia, todos tinham uma chance de mudar agora. Se aquela vacina funcionasse de fato com a garota, o jogo todo estaria se transformando. Os noturnos poderiam...

– Uma cura! Graças a Deus! Graças ao senhor, doutor Elias! – O enfermeiro Alexandre, emocionado, abraçou o médico. – Por favor doutor, meu sobrinho, ele tem apenas nove anos, ficou com meu irmão em São Paulo. Me deixa levar uma dose para ele!

Cássio deixou a postura relaxada e ficou ereto, tomado por aquele pedido.

– Calma. Marta é um estudo ainda. São só as primeiras horas. Não podemos sair distribuindo essa vacina sem um estudo. E o processo de produção em larga escala agora vai ter que ser estudado pelo Conselho, mas para nossa sorte estamos no lugar certo, na hora certa. O Hospital

Geral de São Vítor foi construído para ser um centro de excelência de estudo e produção de vacinas.

– Vocês mesmos disseram que as doenças não existem mais, doutor – insistiu o enfermeiro contra os argumentos de Elias.

– Eu peço calma. A todos aqui presentes. Não saiam alardeando uma cura. Os noturnos são diferentes de nós. Existe muita esperança.

– Ela pediu água e agora comeu sopa – acrescentou Mallory, timidamente. – Acho que vai dar certo, doutor Elias.

– Escutem! – chamou Cássio, altivo, andando até perto do grupo. – É importante que essa informação não saia daqui. Ninguém deve deixar São Vítor e contar a alguém sobre isso. Precisamos, como o doutor Elias disse, ter certeza de que a vacina funciona. Já pararam para pensar no que vai acontecer se alguém fora desses muros, com informações erradas, pela metade, sair por aí dizendo que Elias achou uma cura?

Enquanto os outros digeriam as palavras de Cássio e tomavam ciência do perigo que aquele vaticínio representava, mergulhando em silêncio, Pedro, que não tirava os olhos do corpo adormecido, teve uma lembrança muito antiga de quando era pequeno e seu mundo era só ele e a mãe. Um dia, ela amanheceu com gripe, teve febre e passou a maior parte do dia dormindo. Ele achou que ela ia morrer e que ia ficar sozinho, exatamente como estava se sentindo agora. Num impulso incontrolável, aproximou-se, tocou o corpo adormecido e enxergou o fio em mutação. A cor escura original já havia clareado para um tom acinzentado e, agora, ganhava aos poucos um brilho prateado.

Mallory observava Cássio de canto de olho enquanto terminava de levar todos para fora. Ela exclamou:

– Agora é só aguardar um dia após o outro para vermos o que vai acontecer com nossa paciente!

O doutor Otávio ainda completou:

– Não sabemos ainda também quanto tempo o efeito pode durar. Vacinas são complexas.

– O que estamos vivendo também é complexo. Há mais esperança nesse evento sem pé nem cabeça do que antes – defendeu Elias.

Otávio e Suzana começaram a debater e discutir com os enfermeiros presentes.

Elias saiu discretamente da sala. A única pessoa que notou foi Pedro.

CAPÍTULO 22

Raquel olhava para a praia e agora a estranhava, sem graça, sem vida. Não havia sol. Só a escuridão. As pessoas na areia não pareciam as mesmas, estavam caladas e ainda mais melancólicas do que ela. Não era uma mulher de se arrepender, mas aquela coisa comendo o seu peito só crescia. Um tipo diferente de fome. Ela não aceitava aquela praia falsa com um marido de fibra de vidro. Imitações de seus Pedro e Breno. A praia não era mais real. Reais eram suas feridas e sua dor. Uma coleção de tiros de fuzil em suas costas e um ódio mortal contra aqueles intrusos. Uma raiva que irradiava pelo seu cérebro de criatura também instilando cólera contra si mesma.

Por que ela tinha se tornado aquilo? Por que seu coração não batia mais? Poderia estar lá, naquela vila patética montada por aquele sargento covarde, vivendo com seus filhos. Gostava quando brincavam com jogos de tabuleiro durante a noite. Eram seus filhos, não eram filhos daquela vila e nem deveriam servir aquela gente. Tinham saído de dentro dela e por eles tinha lutado até a morte... e os tinha abandonado no matagal próximo aos prédios do Hospital Geral de São Vítor.

Tayla cuidava de sua irmã Malu e sua irmã cuidava dela. Agora elas também cuidavam de Luna e de Yolanda, como cuidavam da pequena bebê indefesa, Gabriela.

Seria muita loucura achar que ela também poderia fazer isso? Poderia encontrar um bebê nos túneis ou subsolos onde seus iguais aglomeravam aquela gente adormecida? Podia começar uma família de novo.

Só que logo seus pensamentos entravam em um torvelinho. Eram seus filhos! Seu direito. Ela poderia ir até lá, apanhar Pedro e Breno e sair andando mais uma vez. Eram seus e de mais ninguém. Aquela namoradinha chorona não poderia cuidar deles tão bem quanto ela.

Raquel vagou pelo shopping, segurando-se em colunas e vergando o corpo quando a dor vencia a sua marcha. Seus olhos vampirescos prescindiam da iluminação cessada há dias. A luz do sol dentro da loja era um artifício seu, de sua memória, quando ainda precisava ter recursos de uma sobrevivente para manter-se fora do radar da quadrilha do Urso Branco. Tinha aprendido táticas de guerrilha e sobrevivência, como descobrir e manter água potável e também como instalar um painel solar para obter energia gratamente enviada por nossa estrela que abastecesse dois cômodos. Anexo ao shopping havia uma imensa loja de materiais de construção, e não foi difícil juntar os aparatos dos quais precisava. Por instinto encheu carrinhos e carrinhos com os painéis solares e os escondeu no depósito. Apanhou os que precisava e deu seu jeito de trazer os fios com a energia do sol vibrante, letal e real para o simulacro do seu sol inofensivo, festivo, que mimetizava aquele dia na praia. Esse sol não importava mais. As pessoas que amava não estavam mais ali ou não existiam. Eram gente de plástico e resina sentadas em cadeiras de praia. Não ouvia uma gaivota.

Persistiu, livrando-se dos andrajos que restaram em seu corpo, e logo estava com roupas novas saqueadas. Calças de couro apertadas em suas belas formas, uma blusa com uma gola alta e uma jaqueta preta com zíperes grossos. Os músculos de suas costas latejavam a cada movimento. Seus cabelos vermelhos pareciam chamas líquidas descendo por seus ombros e suas costas. Sua pele ficava ainda mais alva e contrastante contra as peças negras que cobriam seu corpo. Botas confortáveis para a caminhada.

Olhou ao redor. Ainda havia vestígios da noite de luta e insanidade enquanto o comboio de Tayla fugia do cerco de noturnos levando Luna e Yolanda. A menina a tinha salvado. Luna, a Lavanda, a tinha defendido quando as armas estavam levantadas para ela, enquanto o mundo desabava ao redor dos veículos cercados e dos sobreviventes. Como uma adolescente a tinha salvado duas vezes? Isso só a fazia odiar cada vez mais ser a monstruosidade que agora era. Era ela quem salvava as pessoas. Era ela, a promotora, quem colocava gente ruim atrás das barras de ferro. Aquela noite desgraçada, aquela noite maldita tinha tirado tudo dela.

À deriva

Andou até o final do quarteirão. Longe, dois prédios em chamas. A cidade ainda se consumia de diversas formas, apagando-se e sucumbindo inexoravelmente. Tudo o que tinha existido ali estava em ruínas, trilhando caminhos análogos a velhas civilizações de que só tivemos nota depois de milênios e de intensas e surpreendentes imersões arqueológicas. A cidade estava no fim e não restava mais nada ali para amar.

Preferia mil vezes a caçada. O sangue de luta e combate tem outro gosto, mas agora entendia seus semelhantes que se esgueiravam para a escuridão e para os Rios de Sangue. O alimento não lutava. Estavam ali, inertes, desligados, de alguma forma mágica seus corpos ainda viviam e respiravam e, o mais importante, mesmo que de forma miúda e insignificante seus corações "latejavam" e o sangue fluía em suas veias e artérias. Os adormecidos. Comida que não luta.

Tinha caminhado cerca de cinco quilômetros até o Largo da Batata desde a Vila Olímpia. Os gritos ainda existiam dentro dos apartamentos. A avenida principal, a Faria Lima, deserta não fossem os cães arrebanhados em matilhas inter-raciais. Passavam longe dela. O cansaço crescia na vampira. Estava pagando caro por sua arrogância e sua escolha. Carros abandonados para todos os lados. Portas abertas. Corpos em decomposição avançada com ossos à vista. Muitos mutilados pelos cachorros que pela gana da fome se adaptavam a carniceiros.

O céu cada vez mais claro, quase completamente livre da emanação de gás carbônico com exceção dos incêndios, sob o efeito dos olhos maravilhosos que os vampiros possuíam, parecia o resultado de um alucinógeno ludibriando o cérebro. Uma pintura. Uma gota de encanto dado de esmola aos malditos, aos réprobos. O céu sem lua e sem nuvens tinha uma estrada luminosa em seu domo. A Via Láctea. A visão extasiou Raquel por alguns minutos. A dor amainou e uma gota escarlate desceu, como numa cena de melodrama rasteiro, manchando seu rosto pálido. Ela queria que eles estivessem ali para falar para eles sobre 47 Tucano e a Nebulosa da Tarântula. Estavam lá, emitindo brilho, luz, radiação, indiferente à sorte na Terra.

Continuou sua marcha rumo ao Largo da Batata, mais precisamente à estação de metrô Faria Lima. Viu ao menos quinze noturnos acocorados junto à entrada. Os olhos vermelhos de seus semelhantes cravaram sobre ela e nem se moveram. Seus cabelos ruivos e sua face dura eram um cartão de visitas que muitos conheciam. Raquel ouviu barulho do outro lado da rua. Uma carroça puxada por dois cavalos parou enquanto noturnos saltavam da caçamba e começavam a descarregar mais adormecidos. Eles tinham um mínimo de organização para abastecer aqueles túneis, redutos onde a luz do sol não chegaria e os manteria protegidos durante as horas de transe: a hora de maior vulnerabilidade de qualquer um dos vampiros. Foram passando por ela, sem dizer nada. Mais noturnos brotaram de dentro da estação e logo estavam levando cerca de quinze corpos para as profundezas dos túneis.

Ela adentrou o terminal. Poeira no chão. Papéis. Catracas arrancadas e escuridão, escuridão absoluta para um humano.

Ela desceu pelas escadas rolantes inoperantes seguindo o rastro rançoso que pairava no ar. O Rio de Sangue. Chegou à plataforma enquanto outros noturnos ainda passavam carregando corpos, saltando para os trilhos e desaparecendo túnel adentro. O cheiro ficava cada vez mais forte. Parou um instante sobre a faixa amarela à beira da plataforma e, por memória e reflexo bobo, olhou para os dois sentidos dos trilhos esperando ouvir a buzina de uma composição chegando. Saltou. O calcanhar não doía mais nada, mas os músculos das costas a fizeram gemer e vergar. Tinham feito um bom estrago por dentro dela. Ossos quebrados e órgãos dilacerados. Precisava daquele sangue. Não seria difícil achar o sangue, bastava continuar seguindo a pestilência. Via claramente o caminho e estranhou quando chegou ao túnel e suas botas se afundaram até as canelas em água; quanto mais avançava para dentro do túnel em declive, mais a água subia. Vasculhou o caminho e subiu em uma plataforma de serviço. Se continuasse nos trilhos, a água parada e malcheirosa já estaria na altura de sua cintura.

Viu dois corpos flutuando no rio subterrâneo, inchados, esverdeados, de bruços, as faces escondidas. Guinchos de ratos vindo da passarela de serviço. Não era só um Rio de Sangue. Era um pântano infernal. Perseguiu o cheiro do suor acre do acúmulo dos corpos fazendo uma curva depois de trezentos metros, atravessando uma porta metálica vermelha e subindo por uma escada vertical com espaço para uma pessoa por vez. Viu cordas e roldanas quando chegou ao alto, e então, para sua surpresa, um gigantesco salão com paredes e colunas de concreto, parecendo muito robusto, e o chão forrado deles. Os adormecidos. Não conseguia quantificar quantos estavam ali. Centenas, talvez milhares. Olhos vermelhos

À deriva

zanzando entre os corpos. Muitos dos vampiros estavam armados, portando desde pistolas até malditos fuzis. Todos olhavam para ela, calados, sem dizer palavra. Reconheceu alguns deles do confronto da noite anterior e outros que a tinham seguido no trem até Itatinga. Ela encarava todos e não temia nenhum.

Caminhou trinta metros por uma trilha deixada entre corpos que eram amontoados uns sobre os outros sem respeito ou cuidado algum. Velhos e crianças, olhos fechados, promessas de cadáveres sobre os quais rastejavam uma profusão de baratas. Mais cinco passos e viu um menino, cinco anos no máximo, cabelos raspados dos lados e bastos no topo, com fios que ainda cresciam. O que chamou sua atenção é que lágrimas desciam por seu rosto. Ela acocorou-se a seu lado, os olhos dos outros vampiros sobre ela, vigiando-a. Não ouvia o batimento de coração nem notava o movimento pulsante de suas artérias. Ele era um adormecido que chorava. Um garoto... mais novo que seu filho Breno, apanhado por aquele sono místico. Agora estava naquele cultivo de alimento para vampiros. Então algo espocou sobre suas pálpebras imóveis, sem reflexo algum, mesmo com o impacto da gota. Raquel olhou para cima. Havia goteiras no teto, no bolsão de concreto que certamente teria sido engenhado para alguma utilidade da companhia de metrô de São Paulo. Lembrou-se das santas veneradas em capelas às quais eram atribuídos milagres após pedidos e promessas. As santas que choravam. Num repente mecânico, impensado, afagou o cabelo do menino e secou suas lágrimas. Mesmo com a dor fustigante nas costas, tomou-o nos braços e procurou um lugar mais razoável para acomodar o corpo inanimado da criança. Agachou-se, sentindo o seu cheiro. Nada de lavanda. Beijou a testa do menino e levantou-se, afastando-se sem olhar para trás. Não compreendia a si mesma e sentia vertigens. Era hora de curar suas feridas. Todas elas.

Escolheu um homem de uns cinquenta anos, com uma grande cicatriz na testa, careca, olhos fechados como todos os outros. Dormindo. Talvez sonhasse que estava numa praia, cercado por amigos, tomando cerveja, festejando a chegada de um neto. Talvez estivesse num pesadelo onde tinha correntes em torno do corpo, enclausurado no fundo do mar, na agonia de não conseguir oxigênio, entorpecido pelo frio, mas sem direito à morte... simplesmente preso ao fundo do mar escuro.

Raquel cravou os dentes na jugular do adormecido. Já conhecia aquela sensação diferente da caça combativa. O sangue extravasava para o interior da boca, aquecia a língua e então a bochecha, a garganta, descendo pelo esôfago e reacendendo o estômago transformado. Não havia jato e nem o sabor inebriante do medo, mas era sangue. Não tardou o frenesi, o impulso de sugar e drenar tudo o que vinha pela artéria.

Foi a primeira vez que um igual, com uma carabina nas mãos, chegou perto e interferiu.

– Não esvazie ele. Você sabe melhor que todos nós um monte de coisas.

Raquel olhou para o noturno e arrancou os dentes do pescoço do adormecido, filetes vermelhos escorrendo pelo seu queixo. Olhou para o soldado noturno, que começou a andar de costas, se afastando da líder de tantos outros vampiros.

A ruiva olhou para o homem com a cicatriz na testa e moveu-se para o lado, apanhando o corpo de uma velha de madeixas brancas e rosco vincado. Sangue era sangue. Sangue não tinha idade. Novamente suas presas penetraram a pele da adormecida e o sangue quente foi sorvido.

O noturno que tinha ido para trás retornou, fazendo-a virar-se com os olhos retintos e brilhantes. Ele baixou a cabeça e disse:

– Isso que fizeram com você, essa gente. Tão dizendo que eles salvam vampiros, mas a gente não sabe se é verdade. Num gostamos deles aqui, não.

– Andei ouvindo coisas por aí. Parece que é verdade. Levaram minhas meninas – queixou-se a vampira.

– Fica na Castelo Branco. Bem depois de Itapevi. Tem sinal para achar e tudo. Eles não têm medo de ninguém, não.

Raquel sorriu.

– Agora vão ter.

Raquel sentia seu corpo se renovar. A dor já tinha diminuído e as feridas iam se recompondo. Mais três ou quatro adormecidos e estaria refeita, pronta para o que mais queria. Ela era a dona de matilhas de vampiros. Ela era a dona de seu destino. Ela era a dona de seus filhos. Voltaria a São Vítor e tomaria para si Pedro e Breno.

CAPÍTULO 23

Se não estivesse errada em suas contas e se o mundo ainda fosse mundo do jeito que se conhecia antes, essa noite seria de lua crescente, e era quando ela e a filha cortavam as pontinhas do cabelo a cada três meses.

"Vai dar força ao cabelo", dizia sempre a menina, que já não era tão pequena e parecia ainda aceitar aquilo para manter o laço entre elas.

Agora não importava mais. Deixou de olhar a ponta de seus cabelos e o prendeu, segurando o elástico na boca enquanto fazia os movimentos para enrolá-lo em um coque.

Talvez Megan nem estivesse mais por aí. O irmão tinha voltado mais de uma vez e vasculhado meia dúzia de vezes os arredores. Semanas tinham se passado. Como duas crianças sobreviveriam naquele resto de mundo? Sabia o que deveria ter feito por elas. Pensava nisso dormindo ou acordada, até criava possibilidades de ter agido pulando na escuridão. Mas não fez. Não receberia a estrela da escola com a indicação de mãe do bimestre. Sua filha não ficaria orgulhosa.

– Estão mortos.

– Quê? – disse Cássio. Estava parado ao lado da irmã havia alguns minutos, mas não teve coragem de dizer nada. Fora Alessandra que quebrara o silêncio.

– Tudo.

– Tudo o que, Alessandra?

– As coisas, as pessoas, a vida, as crianças.

– Tem gente despertando do sono... Elias está testando a vacina naquela vampira. Os noturnos poderão ser curados se ele conseguir.

Com os olhos estreitos, ela só o olhou. Cássio não respondeu, havia entendido, tinha seus próprios pensamentos a respeito e não queria ter que dividir com a irmã. Não faria bem a ela, sabia disso porque não estava fazendo bem a ele.

Usou o bico da bota para cutucar a terra no chão. Também se sentia cansado de não resolver as coisas. Por mais que tudo ali parecesse encaminhado, de certa forma ainda era como antes. Havia prioridades e ele não poderia simplesmente ir sem nem sequer saber onde procurá-los. O que seria daqueles que ficassem? Quem colocaria ordem no lugar?

Deixou um resmungo escapar e isso pareceu ofender a irmã, que o olhou e saiu a passos apressados na direção contrária à dele. Sequer tentou se explicar. Todos estavam se adaptando a essa maldita realidade. Ela também teria que se adaptar. A experiência dizia que não era sempre que salvavam todos, e quanto antes ela entendesse isso... melhor.

Continuou olhando o caminho que ela seguiu, viu-a se abaixar e lançar longe o objeto que estava no caminho. Franziu a testa tentando imaginar de onde havia surgido aquela bola de futebol murcha. Antes compradas inclusive em postos de gasolina, agora objeto raro.

Bateu a poeira da roupa, mesmo não tendo nenhuma. Tinha coisas a fazer, e ficar parado não seria a melhor delas. Se ainda pensasse em Deus, pediria que cuidasse dos seus sobrinhos, estivessem vivos ou mortos, mas olhando em volta já sabia que não adiantava pedir nada. Ninguém mais estava olhando por eles.

Será que Rui havia tido sucesso com o tal do biodiesel? Mais uma coisa na sua lista de prioridades. Não estava sendo fácil. Nem tinha certeza se havia feito a coisa certa levando todo mundo para lá, mas sabia que aos poucos as coisas iam se ajeitando. Muito melhor do que antes, mas bem longe de ser como um dia fora. O empenho de Graziano era uma das conquistas que todos viam todos os dias. Naquelas últimas semanas o muro tinha se fechado. Ele e seu grupo de voluntários tinham dedicado mais tempo à frente, aos portões, onde era possível subir por escadas internas e ter acesso a passadiços e plataformas de chão de madeira e ter armas apontadas para veículos e pessoas que chegavam, faróis que rasgavam a escuridão em puro desespero. Havia um sentimento de maior proteção. Graziano dizia que o trabalho com o muro não tinha acabado e não acabaria tão cedo, mas continuariam, com o mesmo ritmo. Buscando materiais e perseverando. Logo São Vítor seria impenetrável.

CAPÍTULO 24

A carroça fora do Metrô Faria Lima tinha ficado sem um cavalo. Raquel comandava a montaria segurando a crina da égua. Era mansa e de passo lento, mas ideal para sua necessidade: encontrar sua menina. Ela tinha chamado por ela. Ela a queria.

Não havia mais dor. O sangue era dono dessa magia em seus corpos misteriosos. Havia um arranhado, não na carne, mas na memória, quando lembrava de Nêgo. Ele quase tinha acabado com ela. Raquel precisava mudar. Precisava se fechar. Precisava da raiva do Urso Branco dentro dela. Perdão era algo que ela jamais conheceria.

A noite continuava um breu e movimentos eram raros. Quem podia já tinha deixado aquele imenso cemitério e buscado abrigo, criando refúgios comunitários ou buscando a distância do mato. O cheiro da carniça deveria ser a maior advertência de que não havia mais nada para os vivos fazerem ali.

Raquel adentrou a Ceagesp com a égua. Sabia que ali existia uma plétora de galpões e um deles lhe serviria de abrigo durante as horas de sol e de seu transe vampírico. Fora o mato alto, que juntou e colocou dentro do galpão, o cheiro do resto era de podridão e azedume. Conseguiu uma bacia com água da chuva. Não era muita coisa, mas a égua sobreviveria. Baixou a porta do galpão e usou paletes que tinha em fartura para providenciar uma barricada e impedir que aquele depósito fosse aberto com facilidade. Revirou o lugar atrás de lonas e cortou com a faca retângulos para vedar a passagem da luz que chegaria em poucas horas. Depois construiu com mais paletes e lonas o seu frágil casulo que a manteria na penumbra durante todo o dia. Na noite seguinte encontraria Luna e Yolanda. Luna a queria e Raquel não abriria mais mão de nada que fosse seu.

* * *

A sensação de abrir os olhos era como a de uma imersão. Sair das profundezas de um lugar, vir à tona não do mar, não de um rio ou lago. Era vir à tona da vida mais uma vez. Estava viva. Seu abrigo tinha funcionado e tinha entrado para sua lista privada de possibilidades em momentos de urgência.

A égua estava parada perto da bacia de água vazia. Aproximou-se do animal, que se virou com a chegada da vampira.

– Calma, mocinha. Calma. – Raquel acariciou o pelo malhado da égua. – Vamos sair daqui e arranjar mais água e comida pra você. Nossa jornada ainda é longa.

Em cerca de três horas, Raquel e a égua já tinham alcançado o pedágio de Osasco antes de Barueri, beirando o acostamento da direita. A história do galpão batia. O caminho era aquele. Poucos vampiros falavam, mas quando falavam, diziam coisas demais. Um abrigo para os irmãos da noite sustentado pelos vivos, pelos de sangue quente, em troca de não serem drenados. Uma troca perigosa, mas justa. Montavam guarda no galpão e garantiam que os parentes infectados não fossem mortos durante as horas de sol. O único problema dela com aquela fedelha Tayla é que tinham levado suas crianças. Era ela quem iria cuidar de Luna e da prima Yolanda.

A região, próxima de Alphaville, trazia lembranças da outra vida. Raquel desmontou. Logo estaria no trevo que saía da rodovia e entrava no bairro, o local onde vivera bons anos com seu marido e seus dois meninos. Eles, sim, carne de sua carne. Deixou a égua comendo a grama ao lado da rodovia enquanto andava pela mata, farejando. Com exceção do cheiro permanente de morte que talvez levasse anos para desaparecer, não farejava mais nada diferente. Era um pedaço de estrada seguro. Socou o tronco de uma árvore e sentou-se sob ela. Era noite de lua nova e o céu estava irritantemente brilhante. Um espetáculo que lhe trazia dor à memória. Ficou olhando para o bichinho à beira da estrada. Era uma égua gorda, forte, cordata. Não parecia uma égua de puxar carroças. Seu pelo preto e branco de padrão indistinto era pitoresco, regado pela luz de bilhões de

À deriva

estrelas que ela nunca se daria conta de que teriam existido. Era só uma égua na beira da estrada comendo mato.

A equina levantou as orelhas e ficou parada. Raquel também ouviu. Faróis na rodovia. Um comboio. Desceu velozmente para segurar a crina do animal e acalmá-lo.

– Mansinha, mansinha.

A égua raspou os cascos e refugou para trás. Raquel empenhou sua força vampírica e puxou ainda mais forte a crina da criatura, trazendo-a para onde o mato era mais alto. Se ela começasse a empinar e relinchar, estaria tudo perdido. Não queria outra perda. Não queria matá-la.

– Mansinha, mansinha. Shhh. Shhh.

Raquel começou a acariciar a égua e abraçou-a. O animal foi se acalmando enquanto a vampira se abaixava à beira do mato e se espantava em ver o bicho fazer o mesmo, deitando no chão, como se estivesse cansado ou brincando. Raquel não tinha tempo para analisar aquele pitoresco comportamento, mas continuou afagando as costelas da quadrúpede.

Três carros passaram em alta velocidade em sentido a Osasco, desaparecendo na escuridão sem dar nota de que as tinham percebido.

Por instinto, Raquel continuou acariciando a égua para que permanecesse deitada mais um pouco. A vampira olhou para a rodovia, os ouvidos de monstro varrendo a noite captava insetos, pequenos roedores, mas nenhum pneu rodando sobre aquele asfalto. Baixou seus olhos mágicos e encontrou o orbe imenso dos olhos da égua. Ficaram imóveis por um intervalo de tempo. Raquel sentiu os pelos da montaria e também o subir e descer apaziguado dos pulmões do animal.

– Mansinha. Boa menina, Mansinha. Boa menina.

* * *

Sensores de movimento, câmeras infravermelhas, arames com alarme, Raquel tinha aprendido tudo sobre aquilo na antiga vida. Não foi difícil achar um defeito na segurança noturna do galpão. A pintura grosseira feita com tinta vermelha, com respingos e escorridos que naturalmente remetiam a sangue, ostentava, com letras largas e assimétricas, enviava um recado imponente e audaz com os dizeres: "Vampiros são bem-vindos".

A vampira notou que no telhado do galpão havia duas sentinelas humanas, um dos homens fumava distraído, soltando nuvens de fumaça pela boca. Estavam bastante organizados para o tempo que tinha passado desde aquela noite maldita. Já compreendia que para sobreviver na nova realidade, independente de para qual time estava jogando, precisavam de gente vigiando durante o dia o sono de um adormecido ou de um parente contaminado ou simplesmente garantir que nenhuma alma rebelde e desolada não tivesse a ideia de tocar fogo no prédio e que todas estas funções eram agora a regra, o corriqueiro e necessário para a harmonia do dia a dia. Aqueles dois seriam a parte fácil da coisa, mas era noite, e ela só poderia agir à noite, igual a todos os outros vampiros. E aquela menina petulante que conduzira um comboio com soldados até o seu ninho e levara do seu território suas duas meninas tinha aquela droga de galpão porque tinha lá uma irmã vampira. Uma irmã da noite. E bem embaixo de seus pés ela já abrigava um número imprevisível de noturnos. Raquel poderia domá-los mais facilmente do que tinha feito com sua égua Mansinha, mas havia outros cognitivos com ela, e havia Tayla e aqueles soldados com fuzis.

Identificou a porta de acesso ao telhado e não demorou a se esgueirar para baixo, entrando no galpão. Atravessou um corredor estreito na lateral direita do prédio. As paredes pareciam de construção antiga, com tijolos de barro e numerosas vidraças cobertas com tinta. Ouvia gente conversando, risos e o cheiro dos adormecidos. Deviam guardar uma boa quantidade deles ali também.

Raquel enrodilhou seu cabelo vermelho para trás ao chegar ao fim do corredor e acessar o galpão. Estava imóvel, mergulhada nas sombras. Lá estavam elas, Luna e Yolanda, sentadas, recostadas numa parede de madeira junto a caçambas. Raquel olhou mais. Precisava saber onde estavam seus inimigos antes de tomar o que viera buscar.

O imbecil que usara a pistola para enchê-la de balas na esquina do prédio, em frente às meninas, estava num cantinho convertido em academia. Erguia barras cheias de anilhas e deixava o ar sair ruidoso de sua boca enquanto era incentivado por amigos.

Raquel o seguiu até um vestiário. Ele estava sozinho. Ela não resistiu e sorriu. Gostava da armadilha, da surpresa e de quando o medo brotava na caça. Ouviu um gemido de dor e um começo de choro. Em vez de acelerar os passos, Raquel se deteve, andando mais lentamente. Chegou à beira de um armário e espiou. Era mesmo ele, o rapaz que chamavam de Nêgo. Ele tinha uma garrafa de onde sorveu um gole de bebida enquanto choramingava. Pegou sua faca de soldado e fez um corte profundo na coxa, o tecido adiposo à mostra para a vampira.

– Esse é pra você, parceiro, vacilei, não consegui te trazer pra casa.

As unhas de Raquel fincaram o concreto da parede enquanto salivava com a oportunidade de drenar aquele filho da mãe. Acontece que ele estava sob seu domínio naquele instante em que mergulhava numa loucura sacrificial, pronto para se entregar ao primeiro noturno naquele abrigo. Ele estava nu e levantou-se, abrindo o armário. De costas, Raquel viu mais de uma dúzia de cicatrizes nas costas do rapaz. Parceiros e parceiras perdidos? Ele jogou a garrafa de bebida no chão e deu um passo para trás, erguendo a pistola e a colocando contra o próprio queixo. O disparo ribombou em todo o armazém. Raquel, com a pistola de Nêgo em uma mão e o corpo do homem na outra, arrastou-o, ouvindo os berros até o fundo do vestiário. Ela arrombou uma porta ao fundo e saiu em outro vestiário, mais escuro e empoeirado.

– Por que você não me deixou morrer? – perguntou o soldado.

– Quem disse que você não vai morrer?

* * *

Com todo o alvoroço formado no galpão, não foi difícil Raquel esconder seus cabelos dentro da jaqueta e caminhar entre os noturnos daquele covil que chamavam de abrigo. As meninas estavam no mesmo canto, encolhidas e com medo, e quando Raquel passou a mão sobre elas só precisou pedir silêncio. Os humanos do abrigo continuavam aos brados, querendo entender que tiro tinha sido aquele dado no vestiário, e também onde estava Nêgo, já que existia um trilho de sangue para uma parte praticamente desconhecida do abrigo.

Raquel usou a confusão e a caça para tirar de Tayla o que ela queria naquele momento. Nêgo tinha sido uma distração. Luna e Yolanda eram seus troféus. Montou as garotas em Mansinha e também saltou para cima da égua. Fustigou o animal, que acelerou o galope e desapareceu na rodovia.

CAPÍTULO 25

– Lars, você acha que uma hora isso tudo vai voltar ao normal? – perguntou Zé.

Larisson refletia, dando um longo suspiro, sentado em frente ao velho Paço Municipal de Osasco, bem na avenida, na praça da fonte que costumavam enfeitar todo Natal. Alguns moleques do seu bando desciam de skate uma rampa de concreto depois da fonte. Tinha alargado a busca por adormecidos até os bairros de Osasco, em ruas precisas onde muitos parentes do CRRF moravam. Muitos deles tinham um carinho inexplicável por aquela faixa de praça em frente à velha prefeitura, justamente pelos Natais, pelas voltas em carros cheios de gente abobada com a quantidade de luz e animatrônicos que faziam a alegria das crianças. Era a única época do ano em que a Demutran liberava os carros para estacionarem no entorno, a fim de que população parasse e andasse entre os simulacros, tirando fotos e postando-as em redes sociais.

Passou por muita coisa para chegar até ali. Os últimos dias haviam sido infernais, dignos de um filme de Hollywood. Ele respirou fundo, percebendo imediatamente o quanto já estava acostumado com aquele cheiro podre de carniça que estava em qualquer lugar que fosse. O sol estava alto no céu. E enquanto o calor dele continuasse a esquentar sua pele, como se o abraçasse, e a carne fosse o suficiente para saciar sua fome, ao invés do sangue que ela continha, enquanto isso estivesse acontecendo, tudo estaria bem com o CRRF. Para tudo ele teria uma solução.

Aquelas pessoas contavam com ele agora. Eram cerca de cinquenta até o momento, e a cada amanhecer, mais delas chegavam, assustadas.

À deriva

Nenhuma delas parecia querer a liderança que ele almejava, como se não valesse a pena ou não quisessem ter que tomar as decisões difíceis. Mas isso não o abalava, só o incentivava a continuar em frente. Uma sensação que não lembrava de ter sentido, antes de tudo. Era como se ele transpirasse confiança no novo mundo.

No início, eram só aqueles conhecidos da favela que escaparam de virar bichos, ou como o pessoal do hospital chamava, agressivos. Foram poucos os sobreviventes da comunidade [insira nome aqui] onde ele e seus três irmãos nasceram. De todos, nenhum sobrevivera, apenas ele. Sem pais, sem família, largado no mundo à própria sorte. Mas que a verdade seja dita: não foi aquela noite maldita que levou a sua família. Não. O cavaleiro do apocalipse que os levara tinha chegado adiantado pra festa.

Era o Senhor da Fome.

Lars tinha crescido escutando como eles tinham escorregado da boca da fome e lutado com maxixe, inhame e banana da terra. Sua família vivera à beira da miséria durante boa parte de sua infância. Ele se lembrava do calor do sol do Nordeste mesmo tendo sete anos, quando viu aquela cidadezinha pela última vez. Quando sua mãe, Dona Francine, saiu do Rio Grande do Norte rumo a São Paulo, já havia perdido seu pai e dois irmãos mais velhos. Ela veio com dois filhos, ele e uma menina, apenas um ano mais velha que Larisson. Não conseguia pensar na sua infância sem sentir o coração doer por não conseguir se lembrar do rosto da sua irmã Nayara.

A avó tinha sido boa leitora. Se alfabetizara no sítio e tinha passado para a filha e os netos o gosto pelos livros.

Dona Francine viera para a capital paulistana atrás do novo namorado. Queria tentar a sorte em uma cidade com mais oportunidades, procurando uma nova vida, com todos os pertences cabendo em quatro malas de mão e dois filhos pequenos a tiracolo. Mas São Paulo não trouxe a prosperidade que a mãe esperava, muito longe disso. Ele se sustentava sozinho desde que podia se lembrar. Não houve uma única refeição em que não tivesse que ser grato por alguém lhe estender a mão.

Hoje, Larisson se considerava sortudo. Depois de muito tempo e o som dos skates batendo na rampa, respondeu seu parceiro de conversa:

– Não sei, Zé, não sei, mas talvez essa seja a melhor coisa que já aconteceu com o mundo.

– Eita, amor, como assim? Como você pode achar isso bom? – respondeu Zé, espantado.

– Cara, esse agora é o mundo em que vivemos. Antes eu passava fome, e agora eu também passo, saca? A diferença é que, tipo, aqui eu não preciso de "papéis" para comprar alimento ou roubar para viver. Tipo, nesse novo mundo, tudo é de todos, tá ligado? Tudo está ao alcance das mãos, do meu trabalho e suor, dos meus dentes. Não tem homem branco rico pra tirar o pão da minha boca! Aqui não tem o famoso QI, o Quem Indica, para você conseguir um trabalho decente. Aqui eu ralo muito durante o dia todo e me defendo à noite de feras brutais, tudo para garantir meu alimento e um teto sobre a minha cabeça. Eu posso conquistar o mundo só com a força dos meus braços ou minha inteligência, sabe? Pensa bem, se não fosse a falta de celular, TV, internet, música, isso aqui seria um paraíso.

– Que é isso, Lars, como você pode falar assim… Olha a quantidade de pessoas que já morreram desde que tudo isso começou… A quantidade que ainda está dormindo ou virou bicho…

– Tem gente que está acordando. Isso não é bom?

Zé ergueu os ombros.

Larisson percebeu que o amigo não estava confortável com aquela conversa.

– Tudo bem cara, não vou insistir. Mas não vou te deixar esquecer disso também. Esse deve ser o melhor momento em que o mundo chegou desde… sei lá… desde que alguém decidiu pegar um pedaço de terra e fazer um muro em volta dizendo que era seu!

– Eu entendo, amor, você passou por muita coisa… Teve uma infância difícil, é normal que pense assim…

– Difícil… – disse Lars, rindo. – Você não tem ideia do que é cogitar comer um rato de esgoto. Você não tem ideia do que é sentir a dor da fome.

– Eu posso não saber o que é isso, mas sei o que é passar dificuldade, sim. Não vim de uma família burguesa, se é que você se esqueceu. Eu pertenço a esse lugar, assim como você. – Larisson pôde sentir o tom de voz do companheiro mudar. Sabia que aquilo resultaria em outra discussão e não tinha vontade de fazer isso. Essas brigas estavam desgastando o relacionamento deles já havia meses. "E nem a grande noite maldita pôde dar um fim nessa D.R.", pensou Lars, começando a sorrir.

– Beleza, Zé, tanto faz – disse ele com um sorriso no rosto.

À deriva

No mesmo momento, o ronco das quatro Kombis da equipe de expedição daquele dia cruzou a entrada por baixo do viaduto metálico do centro de Osasco. Larisson se levantou para recepcioná-los.

– E aí, Duda! Conseguiu achar a parentada?

– Suave – respondeu Eduardo. – Deu boa, véi... até vi uns bichos que a gente soltou lá no zoológico. Acredita?

– Massa! Precisamos organizar essa galera aqui então, já tá escurecendo, não quero ver ninguém aqui andando desarmado depois que anoitecer!

– Cê que manda, meu irmão... Passamos lá na boca onde costumava ficar o Fernandão e pegamos as armas que estavam lá. Véi, tinha tanta coisa que faria o quartel dos milico passar vergonha! Trouxemos uma galera apagada também – disse Duda.

– Anotaram o nome de toda essa gente? O pessoal tá registrando isso certinho, né?

– Suave – continuou Duda, despreocupado. – Tudo anotado conforme combinamos...

– Boa! E pro churrasco? Tá na conta?

– Vai que vai, véi, partiu – disse Duda, rindo. – Tô bom em separar carne de jacaré.

– Dizem que tem gosto de frango – disse Wellington, tirando a camiseta que cobria o seu rosto, que usara durante a expedição ao zoológico.

– Então vamo lá, desencouraçar o bicho – disse Lars, todo animado, esfregando as mãos. – Quem sabe não rola de fazer umas bolsas também, né, se fosse antigamente dava até pra vender pra madame na Frei Caneca!

Todos riram com ele. O Centro de Resgate e Reunião de Famílias que havia formado com aquelas pessoas era agora a sua casa. Essa era a família que a vida estava lhe devendo. E ele faria de tudo para manter suas barrigas cheias e os sorrisos em seus rostos.

CAPÍTULO 26

Doutora Suzana, doutor Otávio e doutor Elias terminaram de redigir o texto do comunicado oficial, em que relatavam a constatação de que algumas doenças estavam de fato regredindo. Um dos testados no avançado laboratório do HGSV foi o próprio sargento Cássio. O resultado do teste do material que a doutora Suzana colheu dele revelou taxa viral zero. Não havia traços de HIV em seu organismo. Outros doentes crônicos cujas patologias se manifestariam em testes sanguíneos também tiveram a cura revelada. Não houve celebração. Queriam esperar mais seis meses, a discrição ainda era um fator importante. Os infantes do Instituto da Criança não tinham avanços em suas patologias. Estavam cercados por mais um efeito inexplicável daquela transformação extraordinária do planeta todo.

Marta continuaria sob observação por mais alguns dias para que novas doses da vacina fossem aplicadas em novos espécimes. A esperança nesse ponto era espetacular. Os noturnos poderiam ser curados. As famílias poderiam ser reunidas. Isso era inacreditável.

Eles sabiam que todo cuidado era pouco para não haver uma euforia generalizada, mas, ao mesmo tempo, o que eles mais precisavam no momento era poderem trazer uma boa notícia para todos.

Fora do Conselho, casais viviam "esperanças" comezinhas, como Castro e Nádia, que estavam tentando ampliar a família, mas quando o soldado chegou de surpresa para visitar a companheira, só pelo olhar dela já soube.

– Tudo bem, meu amor, vamos continuar tentando – tentou confortá-la.

Nádia levantou-se inesperadamente e balançou a cabeça.

À deriva

– Ter um filho não é tão importante agora. Temos prioridades na frente disso. Nós já temos o Fernando para cuidar, ele deu sorte até, mas sem nós o que seria dele? Imagine mais um.

Castro, surpreso, precisou de um instante para absorver a mudança de ideia, mas concordou.

– Você tem razão, não sabemos o dia de amanhã.

Nádia sorriu para o namorado.

– Depois pensamos nisso.

CAPÍTULO 27

As coisas iam começando a ganhar contorno conforme os minutos avançavam.

— Amarrou bem, Luna?

— Amarrei, prima. Eles não vão a lugar algum.

Yolanda ergueu a cabeça depois de ter se abaixado para apanhar um seixo. Notou Luna secando lágrimas.

— Agora só falta achar um cavalo para mim. Aí nós três seremos iguais. Amazonas do novo oeste.

Yolanda segurou a mão de Luna e disse:

— Não. Não seremos iguais ainda.

— Cada uma de nós terá uma montaria, oras.

— Não é disso que estou falando, prima. Estou falando da nossa diferença.

As meninas voltaram a caminhar em direção ao casebre que tinha servido de abrigo para o dia anterior. No caminho, Raquel tinha espreitado e encontrado outra égua. Tinham agora duas montarias. Yolanda continuou:

— Sinto que te abandono sozinha quando mergulho no meu sono. Arrancam a gente uma da outra e depois vivemos aos cacos.

Luna abraçou a prima, que tinha quase sua altura apesar de ser dois anos mais nova.

— Como é quando você dorme? Quando amanhece?

Yolanda apressou o passo e atravessou o batente para a bem-vinda escuridão. Yolanda bateu as costas contra a parede e chegou a suspirar.

— Fechar os olhos e adormecer é bem fácil, prima, é quase automático. Acordar que é estranho.

À deriva

— Estranho como?

— Eu não sei explicar com palavras, parece que você está saindo de um lugar, sabe?

— Ave Maria, prima! — Luna benzeu-se. — Não sei, não. Só sei acordar, abrindo os olhos e pronto.

— Você vai descobrir, e você é boa com palavras, vai saber descrever melhor como é ser jogado para fora de um lugar.

— Será que ela vai querer mesmo fazer isso?

Luna encarou a prima com os olhos lacrimejando novamente.

— Não podemos ficar separadas. Somos família. Ela quer ser nossa mãe. Eu também sinto falta deles todos, prima. Eu sinto.

As duas se abraçaram naquela pequena cozinha de sítio enquanto, imóvel, sobre as telhas de barro, Raquel as ouvia conversando.

— Às vezes eu sinto medo dela — disse Luna. — Até quando estava sol, lá na armadilha, eu fiquei com medo de ficar perto dela.

— Ela é poderosa. Eu a acho tão linda.

Luna arqueou as sobrancelhas e balançou a cabeça em sinal negativo.

— Do que você está falando? E daí se ela é a Miss Vampira São Paulo?

— Ela é vampira, eu sou vampira. Vamos cuidar de você até você escolher.

O lume do nascente aumentava. Foi quando as meninas escutaram Raquel entrando pela cozinha do casebre.

— Sabem do que eu mais gostei neste lugar? — perguntou a vampira sentando-se à mesa com as meninas.

— Do quê? — indagou Luna.

— Não tem aquele cheiro pestilento de morte. Quanto mais nos afastamos, mais longe a morte parece ficar e mais distante de confusão ficamos. Podemos ficar um tempo aqui, podemos tentar tranquilizar nossos espíritos e aprendermos mais sobre nossa condição.

As meninas ficaram quietas. Sombras começavam a marcar o ambiente. Raquel tornou a falar:

— Vamos, Yolanda. Precisamos nos abrigar.

Raquel estendeu a mão para a garotinha e juntas foram para o quarto de casal e arrastaram-se para baixo da cama, enrolando-se em cobertores, ao passo que do lado de fora Luna aproximava-se e jogava mantas e cobertores por cima da cama.

Modorrenta, a manhã ia se formando. Luna sentou-se nos degraus da porta da frente da casa assistindo à paisagem perder o véu da penumbra lentamente. Em sua cabeça ficava martelando as coisas que a prima tinha dito e a oferta da vampira. Caso cedesse e fosse para o lado dos noturnos, ela não estaria sozinha nas horas de sol. Estaria com elas naquele transe. Por outro lado, era bom ter alguém para cuidar das duas enquanto estavam vulneráveis. Luna recostou a cabeça no batente da porta, enxugando as lágrimas e rompendo num pranto potente, soluçando e tremendo da cabeça aos pés. Tinha saudades de seu irmão.

Nublada por aquele estado de desolação, ela não viu a dupla de vigilantes que a observava. Eram dois. Um sujeito barbudo na casa dos trinta anos e um rapaz magricela, com os ombros queimados de sol por baixo de uma regata encardida. Olhavam por binóculos, deitados na ravina, como chacais espreitando. Viam uma bela adolescente sozinha, desprotegida e em prantos. Trocaram um olhar vazio. O barbudo apenas aquiesceu com a cabeça para o magrelo.

CAPÍTULO 28

Mais três dias tinham se passado e Marta estava curada. Cássio refletia sobre tudo o que estava acontecendo até aquele momento. Encarava seu prato de comida, sentado sozinho em uma das mesas do refeitório. Ele não era mais o mesmo. Sua família não era mais a mesma. Megan e Felipe, seus amados sobrinhos, nunca mais voltaram para casa. A mãe deles estava ali de corpo, mas ele não sabia até que ponto ela estava morta por dentro. Não conseguia celebrar aquela conquista como os outros do Conselho.

Havia várias pessoas como Alessandra ali em São Vítor. Depois do banimento motivado pelo crime sexual, ele sentia que estava olhando melhor para as pessoas. Desde a fuga de São Paulo, pensava que todos estavam tão gratos por estarem vivos que não cometeriam atos hediondos como esse. No fundo, seu subconsciente foi levado a pensar que todos agradeciam por estarem vivos. Eram gratos a ele. E por isso obedeceriam ao que ele dissesse. Mas ainda existia a solidão em muitos que tiveram seus próximos arrancados. Qual seria a próxima missão? Se a vacina funcionasse mesmo, o que fariam?

Sozinho. Ele sempre se sentira sozinho. Após o final do seu casamento, Cássio sabia bem o que estava acontecendo com ele. Não sentir atração por sua esposa era um forte indicativo, afinal. Mas por toda a vida que havia vivido até então... Não valia a pena mudar. O que seus amigos diriam se soubessem que ele era gay? O que sua família diria? Seus sobrinhos? Ele se lembrava bem de uma época em que quase contou pra eles. Estava tão em dúvida que procurou apoio em grupos LGBTQIA+. O apoio veio esmagador. Dariam todo o apoio imaginável. Mas Cássio olhava para cada um deles. Garotos que cursavam Publicidade e Propaganda em faculdades particulares, faziam Cinema, Direito. Tão descolados e jovens. Lembrou-se de se sentir deslocado naquele dia. "Mesmo entre pessoas iguais a mim", pensava, "ainda assim eu não consigo me identificar. O que há de errado dentro de mim?" Ele não era doente. Não era doente. Ele só era diferente e tinha que aceitar aquilo. Tinha que dizer aquilo para a única pessoa que importava, mas lhe faltava coragem.

Tudo estava diferente agora. Lars era diferente. Ele o tinha aceitado. Ele não tinha medo de falar sobre isso, falava para quem quisesse ouvir. Ele era das ruas, malandro esperto, mais próximo da sua realidade. O tipo de cara por quem você se apaixona logo à primeira vista. Pareciam ter idades semelhantes, estilos de vida semelhantes, embora tão diferentes. Um policial e um traficante. Poderia ser mais estranho?

– Ô, Cássio – disse Mallory, passando por ele. – O feijão tá te contando alguma piada, é? Que sorrisinho bobo é esse? – Ela seguiu até a cozinha, sem esperar resposta.

Cássio levou a mão à boca. O intuito não era esconder o sorriso, mas senti-lo com as mãos. Sentir o rosto esboçando aquele sorriso de quem está apaixonado.

Ele levantou-se da mesa, deixando a comida intocada para trás.

– Não vai comer isso? – perguntou o soldado Lenine se aproximando.

– Pode comer. Tô saindo – respondeu Cássio, dirigindo-se à porta.

– Que pressa! Até parece que podemos desperdiçar comida assim...

– Deixa ele, Lenine – soltou Mallory, da porta da cozinha. – O coitado tá com a cabeça na lua hoje.

Cássio entrou com passos firmes no estacionamento do HGSV.

– Tá tudo bem, sargento? – perguntou o soldado Gabriel Ikeda.

– Essa moto tá com o tanque cheio? – replicou Cássio, apontando para uma Yamaha 600 cilindradas estacionada na sombra.

– Essa tá, sim, é a que usamos para verificar a área de dia. Acabei de abastecer.

– Perfeito. Soldado, vou sair. Avise o Conselho se questionarem, por favor. Estou indo sozinho.

– Mas o que aconteceu, sargento? A orientação não é que ninguém saia, muito menos sozinho? E já é hora do almoço, não dá pra ir até a capital.

– Vou em um local mais perto. Vou me cuidar. Essa orientação é para vocês não fazerem besteira, e continua valendo, ouviu? – Ele subiu na moto enquanto falava. – Eu volto assim que possível. Abra o portão pra mim e feche quando eu passar.

Cássio girou a chave da moto e acelerou. Gabriel correu para abrir o portão para o sargento. Antes que pudesse dizer algo, Cássio passou pelos muros de São Vítor e virou à direita, seguindo a estrada para São Paulo.

* * *

– Você podia ser mais claro às vezes! Não tô te pedindo nada demais... – disse Zé, sentando na rede. Estava na sede do CRRF, e as brigas com Lars sempre o deixavam se sentindo esgotado.

– Você mesmo pediu "um tempo", não foi? – Lars retrucou. – VOCÊ pediu um tempo. Tá cansado de mim e do meu jeito! E eu sou assim, Zé, não vou mudar não, tá ligado? Nem por você, nem por ninguém.

– Eu sei, eu sei... Mas parece que você não se esforça pelo nosso relacionamento! – Zé suspirava enquanto apoiava a cabeça na rede. Preferia olhar para o teto do que para a cara daquele malandro do Larisson. – Eu só queria que você pensasse mais em mim... em nós... com carinho, não viesse atrás de mim só pra me comer.

Zé sentiu o silêncio. Ainda olhando para o teto, esperava que naquele momento eles pudessem finalmente se entender.

– Olha, Lars... Eu te amo, cara, você sabe disso, não sabe? – O silêncio continuava. – Eu vou tá aqui sempre, só queria esse "tempo", como tu mesmo disse, pra que você refletisse, sabe? Sentisse a minha falta... Faz tanto tempo que nós não temos um momento nosso, estamos sempre aqui cuidando de tudo do Centro...

– Iiih, Zé, deu de falar sozinho agora? – Wellington estava próximo à rede, rindo. Zé levantou-se da rede em um pulo, olhando ao redor.

"Aquele filho da puta...", pensou. "Me deixou falando sozinho!"

Lars estava no portão ao lado de Duda. Havia escapado de mais uma D.R. Não aguentava mais o Zé nos últimos dias. Depois que o milico tinha aparecido ali, tinha bagunçado sua cabeça, e o Zé tinha ficado insuportável. Como se pudesse ler seus pensamentos, todos eles voltados para aquele soldadinho de uniforme.

Por isso, quando Duda levantou seu berrante para anunciar que uma moto estava a caminho, a toda velocidade, Lars não pensou duas vezes.

Empurrou Duda portão adentro e mandou que fosse cuidar de qualquer outra porra, mas que não dissesse uma palavra sobre ele ter saído.

– Mas que horas cê vai voltar, chefia? – perguntou Duda antes de o portão fechar.

– Antes das cinco de algum dia aí... – E Lars bateu o portão.

A moto de Cássio entrou na rua do CRRF, já podia avistar a fachada. E para sua surpresa, Lars estava lá na frente. Sozinho. Assim que encostou a moto, Lars imediatamente se aproximou e subiu na garupa.

– Acelera aí, soldadinho.

Cássio acelerou a moto. Lars agarrou a sua cintura. A sensação de ter outra pessoa no comando, com aquela pressão que Lars fazia em sua cintura, deixava Cássio arrepiado.

Lars foi dando instruções, dizendo onde virar conforme Cássio dirigia. Até que ele pediu que parassem na frente de uma pizzaria abandonada. Ambos desceram da moto.

– E aí, soldado... Foi mal cara, mas eu precisava sair de lá. Tem horas que um homem só precisa espairecer... Me entende? – perguntou Lars.

– Entendo sim... Ainda mais na situação em que estamos. Nós dois comandando grupos e tal... – Cássio quis se estapear naquele momento. "Mas que droga, eu não costumo falar desse jeito."

– É isso aí... Vem, vamos entrar. Aqui é um lugar que eu gostava muito de frequentar... Já vim aqui depois que tudo acabou e ainda tem cheiro de pizza recém-saída do forno...

– Vamos passar vontade então? – Riu Cássio, sem graça.

– Comigo você nunca vai passar vontade. Vem, vamos entrar.

Puxando a porta de ferro, eles entraram na antiga pizzaria. Nos letreiros e cardápios abandonados nas mesas, lia-se o nome do local. Máfia da Pizza.

Lars fechou a porta de ferro atrás de si. Por um instante, Cássio achou que ficariam rodeados da mais completa escuridão. Entretanto, uma luz ambiente muito agradável vinha dos fundos. Havia sofás largos debaixo de um teto de vidro. Todas as mesas estavam reviradas, nada no lugar. Cássio passou a mão em uma mesa. Poeira por toda parte. Lars sentou-se nos sofás, esticando-se e olhando para o teto.

– Nada como um lugar calmo e familiar para tranquilizar os nervos. Devo dizer que você chegou pra me resgatar na hora certa, viu, soldado? É o meu herói.

À deriva

– Só estou fazendo o meu trabalho.

Lars riu da naturalidade com que Cássio fez a piada. Isso fez o policial se sentir ainda mais à vontade com ele.

– E você vai contar o que estava acontecendo? – disse Cássio.

– Ah, não, nem vale a pena... Prefiro curtir esse solzinho morno que bate aqui dentro.

– Aqui é quente mesmo... – disse Cássio, sentando-se no sofá a um lugar de distância dele.

Lars não esperou nem Cássio se acomodar no sofá. Imediatamente se virou, esticou-se e deitou a cabeça no colo dele. Cássio se controlou para não tremer, enquanto olhava Lars diretamente nos olhos. Era bom aquilo. Alguém que o entendia e que não o julgaria. Alguém que tomava as rédeas do seu grupo e fazia o que era preciso para proteger sua comunidade, na qual não importava sua orientação sexual. Sua respiração foi se normalizando porque se sentia abrigado.

– E você, soldado... Que está fazendo por aqui?

– Eu... eu precisava de ar também... Tem muita coisa acontecendo por lá... Acho que encontramos uma cura para os noturnos.

Lars soergueu as sobrancelhas e Cássio soube na hora que tinha feito cagada. Podia ter dito qualquer coisa.

– Isso é ótimo! Tá falando sério, Cássio?

– Temos uma cobaia, está evoluindo cada dia mais. Ela era uma noturna, e depois de tomar uma vacina, feita lá, está... como dizer... melhor, curada.

– Ah, fico feliz que tenha me procurado pra compartilhar, pra relaxarmos juntos... Se eu tivesse um champanhe aqui.

Cássio sorriu. Estava claramente nervoso e não gostava de se sentir assim. Sua mente o mandava se levantar e ir embora sem dizer uma palavra. Mas as suas pernas não obedeciam. Lars aproximou o ouvido de seu peito.

– Está ansioso? – indagou após escutar as batidas de seu coração.

A mão de Lars veio em sua direção e tocou seu rosto. Em seguida, a mão o puxava para perto. Eles se beijaram. O beijo ficou cada vez mais intenso. Lars o segurava firme, suas mãos iam escorregando, descendo. Cássio sentia o corpo inteiro arrepiado, uma paixão esmagadora transbordava do seu peito. Nunca em sua vida havia sentido aquilo. As mãos dele, tão firmes e quentes. Lars sabia exatamente o que estava fazendo, ia guiando todos os passos. Os beijos cada vez mais ardentes iam escapando da boca, percorrendo seu pescoço. Naquele momento, Cássio sentiu-se entregue àquele outro homem. Sorria, enquanto Lars tirava sua camiseta.

Não haveria preocupações naquela tarde. Nenhum lugar para ir, nem horário para voltar. Podiam passar a noite ali. Ninguém apareceria para julgá-los. Nem o fim do mundo estragaria aquele momento.

CAPÍTULO 29

Júlia atingiu a consciência antes de abrir os olhos. O primeiro dos sentidos a se conectar foi a audição. O barulho da noite, insetos voando, patas de roedores raspando contra o chão. Então a audição. Respiravam ao seu lado. Abriu os olhos, reconhecendo sua jaula. O compartimento de carga da Silverado do seu pai.

— Filha...

A garota sentou-se e olhou para o homem a sua frente, com uma expressão no rosto que deveria ser um sorriso. Ela não sabia muito bem o que era aquilo em seus lábios. Olhou para os dois corpos na traseira da picape e tocou no tornozelo de uma mulher. A pele estava quente e sentia a pulsação daquele corpo em seus dedos frios de vampira.

— Você precisa delas.

Júlia ficou calada um instante. A escuridão tinha ido embora e podia ver tudo com clareza dentro da picape. Pelo silêncio do entorno, soube que não estava perto do hospital. Tinha olhado apenas uma vez para fora quando seu pai fora visitá-la. Olhou para o homem sentado na porta baixada da traseira. Sentiu um frio em sua barriga de morta-viva ao demorar para reconhecer os traços do pai. Ela forçou os lábios e imitou o homem. Estavam os dois sorrindo.

Júlia deixou sua mão deslizar pela perna da mulher a sua direita. Ela estava profundamente adormecida. Seu pescoço latejava com a passagem do sangue no compasso das batidas de seu coração. Seu coração bombeando o sangue para todo o seu corpo. Seus dedos se afundaram contra a pele da mulher. A outra ao seu lado exalava também um aroma delicioso, misturado ao barulho do coração. Elas estavam vivas. Elas eram comida. Eram alimento, eram o que aplacariam a secura da sua língua e diminuiriam o fogo que queimava suas entranhas.

– Filha… eu vou dar um jeito, mas você precisa ir devagar com eles. É muito difícil conseguir mais.

– Eu não quero ser assim, pai. Eu não quero.

– Eu já sei o que fazer. Só não sei quanto tempo vai levar, mas você ficará bem aqui. Não pode mais ficar lá no meio deles. Eles não vão entender que você não é igual aos outros. – Elias ficou olhando para fora, sem encarar a filha, por um momento. – Estou evoluindo, estou lutando. Eu sinto que falta pouco, sabe. Eu acredito, algo está me dizendo que estou quase lá. A moça que te falei.

– Marta? Funcionou?

– Tudo indica que sim. Tudo.

– Tem muitos iguais a nós duas, pai?

O homem balançou a cabeça em sinal positivo.

– Milhares… milhões. A gente acredita que isso pegou o mundo todo.

Júlia engatinhou dentro da picape, aproximando-se da porta. Notou que o pai se levantou e pulou para fora rapidamente.

– Calma. Eu não vou atacar você.

– Eu sei. Você estava perdida. Agora eu sei que você é você.

Júlia não soube de imediato o que o pai queria dizer, mas então viu o arranhão no pescoço flácido, que descia até a gola da camiseta manchada de suor, e algo disparou em sua mente. Tinha atacado o homem.

De quatro, como uma pantera à borda de sua jaula, retrocedeu meio metro, ficando bem no meio das adormecidas trazidas pelo pai. Antes que o fogo em suas vísceras alcançasse sua mente novamente, antes que voltasse a ser um risco para aquele homem, Júlia desejou seus dentes e eles aumentaram em suas gengivas, extravasando seus lábios. Ela abriu a boca ronronando como um gato e cravou as presas no pescoço da garota de braço tatuado, para horror de seu pai.

Elias, entorpecido e assombrado pela culpa, deu dois passos para trás, tropeçando em um galho e caindo sentado, escutando os barulhos que o ataque de Júlia produzia dentro da camionete, no meio da escuridão.

– Não tome todo o sangue, filha. Está difícil tirá-los de lá.

À deriva

A cabeça da mulher atacada continuava balançando com as investidas sedentas de Júlia. Elias levantou-se e pensou em avançar, mas a imagem da filha servindo-se do sangue e fazendo aquele corpo adormecido se chacoalhar como se um animal carniceiro se aproveitasse da carcaça de um bicho o fez congelar no lugar, paralisado pelo remorso.

– Não as mate, Júlia. Pare!

A garota interrompeu seu banquete e levantou os olhos para o pai. Eram olhos vermelhos, acesos e aterradores. Do queixo da filha pingavam gotas grossas de sangue. Júlia era um deles. Elias não sabia quanto ainda restava de sua filha ali dentro, mas queria salvá-la.

– Resista. Eu sei como curar você. Só preciso de um pouco do seu sangue e contar com Deus para termos tempo.

– Deus?

Júlia sentou-se na borda da caçamba e limpou o delicioso sangue da adormecida de sua boca com as costas das mãos. Saltou para o chão e ficou junto com o pai debaixo das estrelas. Avançou lentamente, com um sorriso largo no rosto. Agora sabia exatamente como seus lábios estavam. Pousou as mãos nos ombros do pai e olhou para o firmamento brilhante.

– Você acha que Deus está preocupado com a gente? Olhe.

Reticente, hesitante e sem saber se era um convite retórico, Elias olhou para o alto com sua filha.

– Não tem ninguém lá, pai. Não tem mais ninguém olhando por nós. Estamos sozinhos aqui.

Elias, comovido com o vazio que devorava sua filha, abraçou-a com força, sentindo seu corpo frio.

– Eu vou conseguir, filha. Não desista da gente. Não desista de continuar aqui.

CAPÍTULO 30

Chiara observava Mallory enquanto ela trabalhava. As duas estavam nos porões de São Vítor, no meio de dezenas de pessoas adormecidas. Ela via o carinho no olhar da enfermeira, enquanto molhava um pano em água morna e esfregava com delicadeza a pele de um garotinho com pouco mais de oito anos.

O menino de cabelos crespos e pele negra estava magro, mas no seu rosto ela podia ver o esboço de um sorriso enquanto ele dormia. Breno era assim quando Chiara o conheceu. Tinha essa paz nas feições, um rosto inocente. Agora ele estava a cada dia mais duro, e mais forte também. A noite maldita tinha curado todos os doentes. Mas não curou a inocência perdida dessas crianças, que agora viam a morte de perto e temiam serem devoradas pelo bicho-papão à noite. Mallory passava o pano com o carinho e o sorriso de uma mãe que dá um banho em um recém-nascido.

E enquanto pensava em recém-nascidos, Chiara presenciou um renascimento.

Primeiro ouviu um baque surdo no chão frio vindo de alguns metros à sua esquerda. Sentiu o coração gelar e vacilar. Mallory a encarou, parecia esperar uma confirmação de que havia sido ela que produzira o barulho. Quando Chiara não sorriu e se levantou de onde estava para olhar adiante, Mallory sentiu medo. Sua mente já procurava pelos olhos vermelhos brilhantes na escuridão.

Olhando na direção do barulho, viram quando uma mão se mexeu. Um adormecido estava acordando.

– Corra – disse Mallory para Chiara. – Corra e chame ajuda.

À deriva

Chiara saiu às pressas pela porta. Mallory deu dois passos para a frente e vacilou. Parou. "E se ele for um vampiro?"

Mas o homem que estava acordando começou a balbuciar. E seu coração falou mais alto. Ela correu até ele, agarrando firme o pano úmido nas mãos para conter o medo. Foi desviando dos demais corpos no caminho, seu coração lhe dizendo para seguir em frente enquanto sua mente a mandava voltar. Olhou a sua identificação no papel atrás do travesseiro. O homem lutava para abrir os olhos, parecia com dificuldades de controlar o corpo depois de tanto tempo adormecido.

– Sérgio... – disse ela em voz baixa. O homem parou de se mexer. Ela tocou em sua mão enquanto dizia. – Meu nome é Mallory, eu sou sua enfermeira. Vou passar um pano úmido no seu rosto, tá bem? Olha só, estou passando agora. – Ela pegou na mão dele e o levou a acompanhar o pano em seu rosto. Sérgio abriu os olhos e a encarou.

– Onde estou?! Eu sofri um acidente?

Antes que Mallory possa responder, ele começou a vomitar e a se engasgar. A enfermeira o sentou no colchonete e pediu para que respirasse e se acalmasse.

Chiara retornou ofegante, com Cássio, Graziano e o doutor Otávio em seu encalço.

– Mallory, se afaste – disse Graziano, em tom baixo, mas firme. – Não sabemos o que ele é.

– Não posso deixar o homem nesse estado, Graziano – respondeu a enfermeira. – Parece que ele está bem, só está enjoado e desorientado.

– Vamos levá-lo daqui – disse Cássio. – Graziano, me ajude a carregá-lo para um quarto de isolamento.

Durante o caminho, o recém-acordado Sérgio ia recobrando um pouco de memória e firmeza; ficava alguns segundos com os olhos abertos e então voltava a desmaiar. Mallory via que ele parecia não ter forças para manter as pálpebras abertas. Colocaram Sérgio em uma sala que era usada de depósito, um espaço pequeno e sem janelas, com um vidro resistente em uma das paredes, de onde o seu interior podia ser observado. Uma maca foi colocada no centro, entre caixas velhas e empoeiradas.

– Vamos ter que limpar essa sala... Se mais pessoas acordarem, não teremos onde colocá-las ao mesmo tempo – disse o doutor Otávio, que observava o recém-desperto pelo vidro. A porta da sala havia sido trancada.

– Ele é um vampiro, doutor? – perguntou Cássio para Otávio.

– Difícil saber agora… Ele não tem nenhum dos sintomas. Mas pelo que me lembro, quem acordava não tinha os sintomas na mesma hora. Levava algum tempo para demonstrarem.

Mallory se virou para Graziano.

– Você está sentindo algum cheiro?

– Aaargh, sim… O maldito impregnou o cheiro de vômito na minha roupa, mas não é aquele cheiro doce insuportável parecendo, sei lá, extrato de colônia.

– Isso quer dizer que não sente cheiro diferente nenhum vindo dele? – insistiu Cássio.

– Nada.

– E agora, Cássio? – perguntou Mallory. – O que faremos com ele? Ele precisa de cuidados. Olha só pra ele, está fraco, pálido e suando.

– Você pode cuidar dele, mas só entre naquela sala com Graziano ao seu lado. Até termos certeza, não entre e não permita que ninguém mais entre sozinho. Vamos colocar alguém de guarda nessa porta com um revólver também para ficar de olho nele 24 horas por dia. Se ele for um vampiro, perceberemos logo.

A noite foi longa para Mallory. Ela havia pedido para Chiara dormir com as crianças, assim ela poderia ficar ao lado de Sérgio e ajudá-lo a se recuperar. O homem estava muito confuso, não fazia ideia de onde estava ou quanto tempo havia se passado. E ela não sabia ainda como explicar sem fazê-lo sofrer.

– Onde estão meus filhos e minha esposa?

– Calma, Sérgio… Vamos explicar tudo para você. – "Assim que eu pensar em como fazer isso", refletiu Mallory.

Graziano estava encostado em uma das paredes e encarava o recém-acordado.

– Você está muito fraco, Sérgio, por favor, descanse.

– Os meus filhos…

– Descanse, Sérgio, por favor – insistiu Mallory. – Tudo vai ficar bem.

Por indicação do doutor Otávio, Mallory ministrou em Sérgio um calmante, que instantaneamente o fez adormecer. A enfermeira achava aquilo brutal, alguém que tinha sido cativo de um sono místico ser obrigado a cair em um sono químico por conta da agonia.

À deriva

– Você não disse ao doutor que não ia usar o "derruba cavalo" nesse coitado? – indagou Graziano, olhando para ela.

– Eu disse, sim – respondeu Mallory enquanto cuidava de Sérgio, ministrando-lhe vitaminas para fortalecer o corpo. – Mas não sabia como explicar pra ele o que estava acontecendo. Às vezes eu mesma não sei o que está acontecendo. Como posso explicar pra ele tudo desde aquela noite? Vou dizer que, quando ele adormeceu na cadeira do escritório, ele não acordou até hoje? Que o mundo depois daquela noite acabou? Que ele foi resgatado, mas não fazemos ideia de onde está a sua família? Como posso dizer tudo isso pra ele? – Mallory suspirou enquanto batia a seringa na bandeja de ferro ao seu lado. Estava deixando transparecer a sua agonia. Respirou fundo.

– Ele dormiu na cadeira do escritório? – perguntou Graziano, surpreso.

– É, ele dormiu. – Mallory pegou um pano e molhou em água morna, passando pelo rosto do homem. – O grupo de resgate o viu da janela de um prédio e o resgatou. Deve ter trabalhado até tarde naquele dia. Provavelmente tentando ganhar mais para dar uma vida melhor para a família. Simultaneamente, com menos tempo para passar com as pessoas que amava e assim tendo uma péssima vida. O clássico da vida moderna. E agora, tudo acabou. Dinheiro não vale mais nada. Sua família se foi.

– Bom, é isso que você vai ter que dizer a ele. Pra mim, parece que já sabe o que dizer.

– Mas por que eu? Por que eu preciso ser a portadora dessas terríveis notícias? Por que preciso dizer que tudo o que ele já conheceu se foi há semanas? – Mallory bateu com força o pano na bandeja, fazendo mais barulho que o necessário.

– Porque... – começou Graziano. – Você é a mais capacitada para fazer isso. Tenho certeza de que você saberá como contar a ele da melhor forma possível.

Mallory estava curvada, encarando a bandeja. Seus olhos estavam enevoados de lágrimas. Ela sentiu a mão de Graziano em seu ombro.

– Não precisa ter medo de dizer a verdade – sussurrou Graziano.

– Eu não tenho medo de dizer. – Mallory levantou o olhar para encará-lo. – Eu dei muitas más notícias para pais e crianças durante toda a minha carreira. Eu não tenho medo de dizer o que for.

– Então qual é o problema? O que te incomoda? – Graziano não desviava do olhar dela.

– Eu não tenho medo de dizer... Mas isso não significa que eu quero que seja real...

Ela não pôde conter as lágrimas, abaixou a cabeça para esconder. Quando ia se virar para ir embora daquela sala, Graziano a abraçou, segurando-a firme em seus braços. Mallory escondeu o rosto em seu peito.

– Eu também não quero – disse Graziano. – Também não quero que seja real. Por isso lutamos todos os dias. Para que essa não seja nossa realidade. Para que o mal fique fora desses muros.

Mallory chorava e soluçava. Graziano a segurava em um abraço forte, passando a mão pelos cabelos dela com carinho.

"Existe o momento de ser forte e de desabar", pensava ele. "Você não precisa ser forte comigo. Eu serei forte por você."

No dia seguinte, assim que o sol iluminou o céu nos primeiros minutos, um soldado acordou Mallory.

– Enfermeira, o homem acordou. Doutor Otávio pediu para chamá-la.

Mallory seguia a passos firmes pelos corredores do hospital atrás de Graziano. A maioria das pessoas ainda dormia, o que deixava o hospital silencioso. Isso a fazia se lembrar de antes daquela noite. Nos dias que viu raiar enquanto fazia turnos extras no hospital. Ultimamente aquele lugar não parecia mais um hospital propriamente dito, já que todas aquelas pessoas moravam ali. E em um hospital você não encontra cuecas e calcinhas em varais.

Graziano virou o corredor e olhou para ela.

– Bom dia...

– Bom dia – ela respondeu.

Continuaram caminhando em silêncio até a sala em que estava o recém-acordado.

– Olá, Sérgio – cumprimentou Mallory, entrando na sala atrás de Graziano. – Como está se sentindo hoje?

Sérgio parecia mais disposto naquela manhã. Estava atento a tudo a sua volta.

– Olha, eu não sei quem são vocês, ou que lugar é esse, mas eu preciso ir embora...

– Eu vou te explicar tudo... – disse Mallory. – Por favor, sente-se.

Mallory lhe contou tudo o que havia acontecido desde aquela noite maldita. Como o mundo havia acabado. Como ele havia sido resgatado.

À deriva

– Essa é a história mais maluca que eu já ouvi! – gritou o homem, levantando-se da maca. Graziano deu dois passos para a frente em direção ao desperto. Mallory se levantou.

– Por favor, se acalme, Sérgio – suplicou a enfermeira. – Esta é a verdade. Você não pode sair daqui até descobrirmos se está infectado e se é perigoso para outras pessoas.

– Olha, moça, eu não quero ficar aqui com vocês. Agora, sua mentirosa, você e esse soldadinho abram essa bosta de porta que eu vou pra minha casa.

Mallory se surpreendeu com o jeito de falar daquele homem, que chamava pela esposa e pelos filhos. Não esperava uma reação explosiva como aquela.

– Ah, não quer ficar aqui?! – gritou Graziano. – Sem problemas, cara, vamos lá pra fora então!

– Graziano, por favor! Ele não pode sair daqui! – disse Mallory, mas ele já arrastava o homem pelo braço.

– Me solta! Me solta!! – berrava Sérgio.

Graziano passou pela porta, arrastando o homem pelos corredores. O soldado na porta não fez menção de parar Graziano.

– Por favor, chame o Cássio e o doutor Otávio – Mallory pediu ao soldado, que assentiu e disparou no sentido contrário ao de Graziano.

Sérgio berrava para que ele o soltasse. Pessoas surgiam no corredor para ver o que estava acontecendo.

– Ué, você não disse que queria ir embora?! – gritou Graziano. – Eu estou te levando embora! Vamos tomar um solzinho, seu vampiro nojento!

Mallory corria atrás de Graziano. Não sabia ainda se devia pará-lo ou deixá-lo continuar. Se fosse um homem comum, essa atitude o deixaria muito assustado. Mas se fosse um vampiro, seria a melhor forma de resolver o problema.

– Me solta, filho da puta! – berrou Sérgio, se debatendo. Mas Graziano o segurava firme, afundando seus dedos no braço magro do homem.

– Claro! Eu vou soltar você… no sol! – E jogou o homem pela porta da frente. Sérgio caiu na calçada, embaixo do sol morno da manhã.

– Por que você fez isso?! – gritou Sérgio. – Você é doente, por acaso?! Isso aqui deve ser um manicômio! Eu sabia que não podia confiar no idiota do meu irmão… Eu só usava heroína de vez em quando… Eu não era viciado... – O homem chorava e gritava. O sol batia em seu rosto molhado de lágrimas. – Eu não era viciado! Eu falei pra ele que não queria ser internado... Preciso sustentar minha família... Eu quero minha família!

Graziano e Mallory observavam o homem. Nenhuma mudança. Cássio e o doutor Otávio chegaram e pararam ao lado deles.

– Ele não é um vampiro – constatou Otávio.

– Está tudo bem. – Mallory se aproximou do homem. – Vai ficar tudo bem. Qual o nome da sua esposa e dos seus filhos? Podemos verificar se eles estão aqui.

Graziano estava alerta. Mas após as últimas palavras de Mallory, o homem havia se acalmado. A esperança brilhava em seus olhos.

Eles levaram o homem até o porão, onde até algumas horas atrás ele era um dos adormecidos.

– Estamos mantendo os adormecidos aqui, Sérgio. Nosso grupo de resgate liderado por Cássio traz as pessoas de São Paulo para ficarem seguras aqui. Como eu disse antes, foi assim que você chegou. Podemos ver se eles estão aqui. Yasmin e Michael, você disse... Yasmin com Y, né? – indagou Mallory.

– Sim – respondeu Sérgio. – É com Y. A gente morava em um apê perto do meu escritório, para economizar.

Mallory verificou nos registros. Estava com a lista de nomes na mão. Graziano, Otávio e Cássio estavam ao seu lado. De repente seus olhos pararam, encarando a lista. Não acreditava no que estava vendo. Levantou os olhos e começou a andar rapidamente entre os adormecidos. Todos a seguiam de perto. Parou na frente do menino negro e magro, de quem estava cuidando no dia anterior e que parecia dormir com um sorriso no rosto. Na etiqueta próxima ao menino era possível ler: Michael. E na etiqueta da mulher negra ao seu lado: Yasmin. Em ambos os papéis estava escrito: Michael e Yasmin, encontrados juntos.

Sérgio se jogou no chão entre a esposa e o filho. Recomeçou a chorar e gritava como se sentisse dor física. A dor do reencontro.

Mallory se afastou. Graziano se aproximou dela e segurou sua mão. Aquele gesto deu forças para Mallory conter as lágrimas.

Ambos sentiam que ainda havia um Deus, em algum lugar.

CAPÍTULO 31

Luna estremeceu quando escutou as batidas na porta. Era o segundo dia no rancho e até então estava tudo bem. Cochilava debaixo de uma manta no sofá da sala depois de deixar uma lata de atum vazia na mesa da cozinha e não sabia se era realidade ou sonho, mas dois homens estavam parados ali na porta.

– A gente é de bem. Estamos aqui para ajudar – disse o homem de barba grossa.

Luna encolheu-se.

– Não precisa levantar, não, mocinha. A gente só tá procurando um ladrão de cavalos. Levaram uma égua nossa essa semana e, hoje em dia, não é bom deixar os de fora mexer com o time da casa – acrescentou o magrelo.

– Você não viu nenhum ladrão de cavalo, não é? – perguntou o fortão barbudo.

– Não. Não vi.

– E também não vai se importar se a gente der uma olhadinha aí dentro? – retomou o fortão.

Luna viu o magricela colocar a mão no cabo de revólver que estava em sua cintura.

O barbudo, baixo e atarracado já tinha colocado um pé para dentro e olhava para a cozinha, e o magricela foi o segundo a invadir o esconderijo.

O coração da garota estava disparado. Dois homens. De onde eram? O que queriam? A conversa dos cavalos podia esperar do lado de fora. Estavam ganhando tempo e ela tinha pouco dele para montar com as palavras e atitudes dos dois algo que pudesse ser a verdade. Sobrava o medo. Quando o fortão deu outro passo, invadindo mais, segurando aquela arma, Luna ergueu debaixo da manta sua espingarda Puma 38 e puxou o gatilho, engatilhando o próximo projétil, apontando para a cabeça do magricela, que, pego de surpresa, ergueu as mãos, empunhando seu revólver na direita, imóvel e perplexo com seu amigo caído aos seus pés, que soltou um gemido e depois um suspiro final.

– Menina, cuidado. Não puxa esse gatilho. Deixa eu levar meu amigo para meu grupo.

– Vocês têm um grupo?

– Sim. E ele é beeeem grande.

Luna puxou o gatilho de novo, atingindo o abdome do homem, que caiu de joelhos, grunhindo de dor. O terceiro tiro da menina acertou o ombro do magricela.

* * *

Ela estava ansiosa pela noite. Quando o sol repousou atrás das montanhas, não demorou para que Raquel e Yolanda deixassem a guarida da cama e habitassem mais uma vez o mundo dos vivos. Raquel encontrou Luna na sala e, antes que abrissem a boca, franziu a testa.

– Que cheiro é esse?

– Cheiros – resmungou Luna. – Morte e sangue.

– O que aconteceu aqui? – inquiriu Yolanda, assustada, assim que saiu do quarto.

Luna abriu a porta do quarto ao lado do ocupado pelas vampiras e as deixou terem a visão do que acontecia. Raquel, por seu instinto de caçadora, olfato poderoso e o óbvio rastro de sangue que cruzava a saleta e ia para trás da porta, já sabia o que esperar.

Amarrado ao pé da cama estava o magricela. Mal respirava. Um buraco pequeno na barriga tinha feito uma bagunça no organismo do sujeito, e havia outro sangramento no seu ombro. O que chamou a atenção de Raquel foram os nós dados com um lençol para mantê-lo cativo.

– O outro está lá fora, morto.

– Você enfrentou dois invasores? Para nos salvar? – impressionou-se a vampira mais velha.

223

À deriva

– Eu tentei manter um vivo para vocês terem o que comer. Não faço essas coisas com os vivos. Não sou assim. – A menina começou a chorar e foi abraçada pela prima. – Mas eu estava sozinha. Eles disseram que estavam procurando os cavalos e que tinham um grupo. Era eles ou vocês. Eles iam pegar vocês.

A pequena Yolanda abraçou a prima ainda mais forte enquanto Raquel olhava para as duas e depois para o rastro de sangue no chão. A menina havia se exposto a um grande perigo; as trilhas, uma indo para o quarto e outra saindo pela porta da sala, mostrava que não tinha sido nada fácil para uma pré-adolescente lidar com tanta morte. Ela não era uma inocente, tinha ajudado o irmão a matar um sem-número de vampiros naquele fosso no meio dos prédios, e ela mesma, Raquel, tinha sentido os golpes dela quando a garota Luna estava enfurecida ou acuada. A vampira andou até a porta do quarto. O homem estava quase morto. A hemorragia tinha sido brutal e uma poça imensa de sangue se espalhava no chão. O estômago morto da vampira ganhou vida ao sentir o cheiro inebriante do sangue e se contraiu. Ela virou-se e seguiu a outra trilha. O céu cheio de estrelas e a capacidade de enxergar no escuro a deixaram ver o homem caído do lado de fora, com a cara enfiada na terra e as botas erguidas. Como ela tinha feito aquilo? Dois assaltantes, dois caçadores de vampiros ou ladrões de cavalos. Eles as tinham observado a distância, isso era certo. Raquel desceu os dois degraus de cimento cercados por matinhos que delatavam o abandono do casebre e andou pelo terreiro. Não sentia o cheiro de mais nada e mais ninguém. Só o sangue. Deixou seus olhos correrem pela planície à frente, pelo matagal, depois voltou para dentro.

O choro da menina continuava com ela sentada no sofá, junto com a resposta à pergunta que Raquel tinha se feito. Havia um rifle ali. Ela era uma excelente guardiã, mas sabia que aquele choro vinha de um lugar da alma que estava machucado dentro dela.

E se ela tivesse falhado? Era uma garotinha. E se não tivesse puxado aquele gatilho? Aquele casebre que ela, Raquel, tinha delirado que poderia ser um refúgio, um recomeço, teria ruído com três mortas. Uma menina e duas vampiras malditas.

Raquel sentou-se ao lado de Luna e tomou sua mão quente. A garota olhou em seus olhos vermelhos de vampira. Ela se assustou com os dedos frios da mulher de cabelos vermelhos. Raquel olhou para o quarto e Yolanda alimentava-se do homem magrelo atado à cama. Olhou para Luna, a defensora. Eram três mulheres naquele lugar perdido. Eram três e deveriam ser três. Os olhos de Luna ficaram fixos nos seus. A garota secou as lágrimas e voltou a encará-la. Sem abrir a boca, dizia tudo.

Raquel abraçou firme Luna. Seus dentes cravaram-se no pescoço latejante da humana. Não precisava de muito, o suficiente para colocá-la em torpor. O jato quente de sangue bateu em sua boca e desceu pela garganta. Yolanda estava entretida demais para assistir a Raquel, que agora regurgitava o sangue hospedado em suas entranhas para dentro da boca de Luna, sujando seu rosto, pescoço e escorrendo por sua blusa. Raquel tapou a boca da menina com a mão.

– Não lute, Luna. Venha para o nosso lado. Seja uma de nós.

Os olhos de Luna primeiro se arregalaram. Ela gorgolejou, cuspindo parte do sangue, mas engoliu o resto, e aos poucos sua respiração se acalmou até o ponto de parar e seus olhos ficarem vidrados nos de Raquel.

Finalmente a vampira deitou o corpo da menina naquele exíguo e esfarrapado sofá e levantou-se, indo ter com o que tinha sobrado do magricela, empurrando a ávida Yolanda para o lado. Eram agora as suas duas pequenas. As duas meninas vampiras em sua vida. Tinha sobrado pouco dele. A jovem vampira sabia o que era drenar uma vítima. Pensaria em como abastecer aquele casebre. Encontraria uma rota de retirantes ou um vilarejo de habitantes que tinham arriscado a sorte e permanecido, mas não as deixaria. Ensinaria àquelas duas o que era ser uma vampira filha da puta e temida por uma legião inteira de humanos e de iguais e, principalmente, como se defender e como atacar. Atacar São Vítor. Tirar de lá as únicas coisas que importavam naquele lugar infernal.

– O que você fez com ela? – inquiriu Yolanda com a voz tremida. – Ela está morta.

Raquel levantou-se, jogando seu cabelo vermelho para trás.

– Não está morta. Está vindo ficar conosco. Era o que ela queria.

Yolanda calou-se e ficou olhando para a prima imóvel como morta no sofá, sem respiração, olhos vidrados.

Raquel continuou:

– Alguns são rápidos, logo estão aqui. Outros demoram. Espero que ela não demore. Vou olhar ao redor, ver os rastros desses dois intrusos.

A vampira ruiva desatou os nós do magricela morto e o puxou pela bota até o lado de fora. Fez o mesmo com o mais forte e mais baixo. O tiro que tinha lhe arrancado a vida tinha sido no meio do peito, preciso. A menina atirava bem. Ela tinha dito que eles falaram de um grupo. Raquel cogitava abandonar o pequeno rancho. Talvez não estivessem mais seguras ali, mas seus olhos não achavam sinais de mais invasores. Quem tivesse tagarelado com uma menina segurando um rifle podia ter inventado qualquer coisa para ganhar tempo, mas, lidando com vampiros, Luna tinha aprendido que tempo era uma coisa cara naquelas situações. Seria uma boa filha.

Raquel escondeu os corpos numa depressão junto às raízes de uma jaqueira. Precisaria cavar um buraco para aqueles dois não serem atacados pelos bichos da mata. Tinha visto ao lado do casebre uma picareta e duas pás dos donos da terra que deveriam preparar o solo para o cultivo. Não faria aquilo por compaixão, mas por cuidado. Não teriam rádios, rádios não funcionavam mais, mas talvez tivessem deixado para trás algum tipo de sinalização como um amontoado de gravetos para fazer um sinal de fogo. Não encontrou nada. Fixou os olhos na paisagem. A rodovia estava longe dali, mas ainda podia ver uma nesga do asfalto, pequena e ideal para manterem-se afastadas dos peregrinos. Com Luna do seu lado, ela não precisaria fazer fogo para a comida, provocando a fumaça que provavelmente deu o endereço para aqueles dois curiosos mortos.

O fim da madrugada se aproximava e o casebre estava num silêncio de expectativa. Yolanda sentava-se ao pé da prima de meia em meia hora enquanto Raquel limpava as armas que tinham subtraído do galpão de Tayla durante a fuga. Tinham o rifle Puma 38, três pistolas e dois municiadores. O Puma tinha 42 cartuchos e era a melhor arma para se manterem seguras contra visitantes indesejados – e a melhor atiradora, ao que parecia, ainda estava em transe, fazendo sua passagem para o mundo dos noturnos.

Ventava do lado de fora e ainda não estava frio. Bandos de pássaros cantavam e tinham pousado nas árvores próximas, proporcionando um momento idílico para aquelas duas vampiras e a terceira a caminho.

– Vamos melhorar nosso abrigo, Yolanda? Pode me ajudar?

As duas tinham levantado a simplória cama de casal e começaram a cavar o chão com as ferramentas encontradas na propriedade. Tinham que afundar um retângulo, fundo o suficiente para as três e para um fundo falso. A picareta repicava contra o chão quando Raquel ergueu a mão e pediu silêncio para Yolanda.

– É a Lu...

Raquel tapou a boca da jovem. Começaram a ouvir passos lá fora, na madrugada. A mulher mais velha tinha distinguido ao menos cinco pessoas. Fez um sinal de silêncio quando soltou a boca de Yolanda. Saiu silenciosa do quarto em direção à cozinha e às armas. Teria que defender o casebre. Os desgraçados que tinham invadido a casa tinham um grupo de buscas atrás deles e agora tinham encontrado os rastros de sangue.

Logo o cerco se encheu de murmúrios e ouviu-se uma batida na porta. Yolanda não sabia como ela fazia aquilo, mas Raquel tinha desaparecido do seu lado e já estava na sala arrastando o sofá e bloqueando a entrada. Era um casebre, mas abundante em janelas de madeira. Yolanda engatinhou até a cozinha, encontrando-se com a vampira que sussurrou quase inaudivelmente:

– Você sabe usar uma dessas? Sabe atirar?

Yolanda negou com a cabeça.

Raquel acrescentou:

– Vai ter que aprender, e rápido.

Raquel escolheu um revólver para a garota. O Puma seria mais eficaz nas mãos dela mesma.

– Vamos ter que nos defender aqui – explicou. – Falta uma hora para o amanhecer e as coisas não vão ficar melhores. Se formos para o transe sem tirar esses invasores, nós três seremos mortas. Não temos mais Luna para nos vigiar e proteger e nem ela conseguiria contra tantos, entendeu? Somos nós que vamos protegê-la agora.

Yolanda só balançou a cabeça em sinal positivo enquanto Raquel raspava a mão na mesa, pegando uma porção de balas.

– Seu revólver dá seis tiros, então você tem que abri-lo aqui do lado. – Mais batidas na porta. – Descarrega as cápsulas vazias e coloca essas com ponta. Bateu, travou, está pronta de novo.

– O que eu faço, Raquel?

A porta chacoalhou quando bateram mais forte.

À deriva

– Se eles forem mesmo os amigos dos mortos, e são, eles vão começar a atirar nessa porta e vão querer entrar. Só aponta para quem aparecer, atira e tenta não tomar nenhum tiro. Tiros doem, mas não matam a gente. Eu vou arrastar alguns pra dentro, drene eles, fique forte, lute por nossas vidas. Temos que acabar com esse grupo rápido e, se tivermos tempo, fugir daqui.

– Estamos procurando dois amigos! – gritou uma voz de mulher do lado de fora. – Eles vieram para esses lados. Só queremos conversar.

– Conversar, sei – sussurrou Raquel.

Yolanda soluçava segurando o revólver contra o peito. Raquel olhou para ela e falou de novo:

– Não adianta ficar com medo. A gente fala do medo depois. Se você não atirar, eles ganham.

– Mas eu não vou acertar.

– Não precisa acertar. Precisa mostrar que está lutando e que está com uma arma de fogo. Eles precisam ficar com medo. Eles estão lá fora expostos. Nós estamos aqui dentro e eles não fazem ideia de quantos somos. Vamos, Yolanda, só atira quando alguém aparecer naquela porta, é tudo o que eu preciso.

– Eu faço.

Raquel apanhou o revólver.

– Deixa eu ver. Está destravada. Você não vai precisar aprender essa parte hoje. Precisa fazer assim. – Raquel apontou para a porta. – Olha para essa mira de ferro.

– Essa pontinha erguida?

– Exato. Deixe-a apontada pra porta ou no peito de quem entrar e puxa esse gatilho. Vai dar um estouro. Segura firme e puxa de novo. Quando acabar a munição destrava aqui e recarrega. Entendido?

– Entendido.

– Boa. Vou dar um pouco de coisas para eles se preocuparem agora. Não é à toa que têm medo de mim – disse a vampira enquanto enchia os bolsos da jaqueta com munição 38.

Bateram à porta novamente, deixando as duas imóveis. Desta vez veio um chute como arremate. A velha porta estalou e chacoalhou no batente, mas não cedeu. Algo como uma tijolada também chacoalhou a janela sobre o sofá onde Luna tinha ficado imóvel a tarde toda. Agora ela tinha sido escondida embaixo da cama de casal.

Raquel subiu na mesa da cozinha, alcançou uma telha e a removeu, deixando a luz da lua entrar, quando um disparo de fora abriu um rombo na janela. Pronto. Não eram apenas pessoas de bem procurando amigos desaparecidos. Estavam atacando com tudo. Outro tiro abriu um buraco na porta.

Yolanda estremeceu e voltou a gemer. Raquel bufou e soltou a segunda telha, mas não içou o corpo. Em vez disso, socorreu os nervos da vampira infante.

– Escuta, Yolanda. A gente está em vantagem aqui. – A fala foi cortada por outro petardo contra a porta, que fez mais madeira voar para dentro da sala. – Eles estão em maior número, mas não enxergam na escuridão. Se tomarem um tiro seu, sangram até morrer ou precisam fugir. Não precisa acertar ninguém na cabeça, só acertar. Eles vão fugir.

– Vai amanhecer... – gemeu a menina.

– Um problema de cada vez. Tem algumas horas até o sol sair. Por isso vamos lidar com eles agora para termos tempo depois.

Algo quicou no chão de cimento queimado. Raquel reconheceu o artefato. Era uma granada. Não havia tempo para pensar. Saltou da mesa direto para o chão da sala e agarrou a granada. Quantos segundos tinha? Não podia pensar. Pelo mesmo buraco por onde arremessaram o explosivo ela o jogou para fora. Em três segundos vieram a explosão e os gritos acompanhados de palavrões. Raquel aproveitou a confusão para olhar pelo buraco na janela. Contou doze só na frente da casa. Quatro caídos, gemendo. Voltou para dentro e para seu plano, pulando em cima da mesa e removendo mais uma telha.

– Você enxerga na escuridão, Yo, olha pelo buraco e senta chumbo neles.

A garota balançou a cabeça em sinal positivo enquanto via Raquel se esgueirar pela fenda no telhado.

Raquel parecia uma serpente de tão silenciosa, observando agora a parte de trás da casa. Mais seis pessoas do outro lado, cercando o casebre. Queriam mesmo vingar os amigos mortos. Dos quatro caídos, dois já tinham se levantado e mostravam suas armas. Nenhum deles a tinha notado sobre o telhado. Um tiro denunciaria sua posição. Raquel pensava. Se pulasse para trás da casa daria conta daquela meia dúzia. Depois teriam mais oito na frente da casa e ela via mais silhuetas se aproximando. Não sabia quantos deles havia no total, mas de uma coisa tinha certeza, precisava defender seu ninho, precisava salvar Luna e Yolanda. Já tinham tirado seus filhos em São Vitor e não deixaria que tirassem mais nada dela. Não podia

À deriva

ficar parada enquanto eles avançavam pela madrugada. Em poucas horas seria manhã e estariam completamente expostas, totalmente indefesas.

Raquel saltou do telhado para os fundos da casa, caindo atrás de um dos invasores. Com a mão livre puxou o homem pelo farto cavanhaque com toda a velocidade, sem dar tempo de ele alardear o ataque, exceto pelo som de seu pescoço quebrando com o deslocamento mais rápido do que seus ossos poderiam suportar. O corpo do homem girou no ar e caiu de costas, soltando seu último suspiro. Ele trazia um fuzil mais potente que o Puma, mas Raquel queria atacar no silêncio da noite e aproveitar a escuridão. Vasculhou o corpo e encontrou uma longa faca atada à bota do sujeito. Era disso que precisava. Arrastou o corpo para longe do casebre e escutou assovios que faziam parte do código de comunicação do grupo. Os outros cinco ali atrás não podiam vê-la enquanto ela os via com perfeição. Estavam nervosos, talvez dando falta do sinal do homem morto em sua mão. Ela não se deixou alarmar e partiu para o mais próximo. Abaixou-se, soltando a espingarda, e fez uso da faca afiada que deu conta de abrir a garganta do sujeito. Raquel refastelou-se com o sangue do corpo gorgolejante. Apesar de o invasor não ter tido tempo de gritar, os sons guturais de sua morte não passaram despercebidos. A vampira tomou mais dois goles do sangue quente notando uma mulher oriental erguendo uma pistola e dando outro assovio. Os outros três que tinham sobrado também estavam nervosos. Se aproximaram do casebre assoviando. Raquel conseguiu interceptar a oriental. Queria dar a ela também uma morte rápida por conveniência, mas de algum modo a mulher pressentiu sua aproximação, girando sobre as botas com a pistola firme nas mãos. Ela deu dois tiros que alertaram o bando. A vampira agora ouvia passos de invasores correndo, vindo da frente do casebre para ajudar o grupo de trás.

Raquel desviou da mira da pistola e voou para cima da mulher, passando o pé por trás do calcanhar da atiradora e jogando-a no chão com violência, fazendo-a gemer e soltar o ar dos pulmões, delatando o ataque. Lanternas surgiram, cegando a vampira por uma fração de segundo. A reação tenebrosa da vampira caçada causou pânico nos que assistiam, visto que a amiga invasora simplesmente desapareceu, junto do halo de luz. Seu grito apavorado foi diminuindo de volume com rapidez enquanto ela disparava a esmo. Raquel foi precisa no golpe, afundando a faca no peito e no coração da vítima, que perdeu as forças em instantes. Novamente a vampira fartou-se na ferida, drenando o sangue quente da mulher. Os fachos de lanternas vasculhavam o terreno, colocando a caça em risco. Raquel apanhou a pistola e outro municiador e afastou-se. Vendo os invasores, disparou com velocidade e precisão, derrubando sete deles com um sorriso no rosto. Acabaria com eles e salvaria suas meninas. Se destruísse aquele bando inteiro, talvez não precisassem abandonar aquele oportuno rancho. A luz de uma das lanternas banhou o seu corpo e uma chuva de disparos caiu em sua direção. Raquel já não estava mais lá quando reagiram. Estava se movendo rápido e rente ao chão. Parou atrás de um pedregulho e de lá deu mais seis tiros, acertando quatro que tombaram. A pistola parou, aberta e vazia. A vampira trocou a munição com agilidade e procurava outro abrigo. Se pulasse para dentro do curral abandonado, talvez conseguisse atrair mais alguns deles. Pensava nisso quando mais tiros estouraram contra seu abrigo de pedra. Enquanto se preparava para desaparecer atrás das madeiras do velho curral, um som inesperado ecoou pelo terreno. Um berrante repetia seu choro, deixando o grupo estático e fazendo os disparos cessarem por um tempo. Raquel não pensou duas vezes e voou pelo curral enquanto aquele berrante retomava seu mugido. A vampira, já atrás das madeiras do cercado, deduziu o significado daquele alarme. Estavam chamando mais soldados. Sabiam que aquele grupo reduzido não daria conta dela. Eles tinham se preparado. Talvez soubessem quem ela era. A vampira que tinha organizado a invasão de São Vítor.

Raquel moveu-se até o final do curral e subiu no telhado, tomando cuidado para não se denunciar com o barulho. Os fachos de luz a tinham perdido e vagavam longe de sua posição. O que ela temia se realizava. Raquel ouviu o som de motores avançando em direção à casa do rancho e viu mais invasores marchando, dezenas deles. Agora tinha que atrair alguns deles para o curral para tomar deles suas armas e aumentar a potência do seu ataque, distraindo-os do casebre.

Lá dentro da casa Yolanda se espantava com o despertar de Luna, que tinha se arrastado para fora do esconderijo, espantada com sua condição.

– Está tudo tão claro, Yolanda. Você sempre enxergou assim depois que se tornou vampira?

– Sempre... – murmurou a prima.

– Onde está a Raquel?

– Eles estão atirando nela. São os amigos dos homens que você matou.

À deriva

Luna olhou pelo buraco da janela. A escuridão tinha se dissipado e ela via três caminhões parando no terreiro e mais gente vindo do matagal.

– Eles querem pegar a Raquel?

– Querem pegar todas nós, Luna. Sai dessa janela.

Luna saiu de perto do buraco e virou-se para a prima.

– Temos que ajudá-la. Agora somos uma família, Yolanda. Ela é nossa família.

– Não, Luna. É perigoso demais e estão chegando mais...

– Onde estão as armas?

Yolanda apontou para a mesa da cozinha e Luna moveu-se de modo automático, olhando para o que tinha e apanhando duas pistolas.

– Vamos ajudar a família. Prepara-se para sair daqui. A escuridão vai nos proteger, Yolanda, confie nos seus dons de vampira.

– Eu sei andar no escuro e no silêncio, Luna, mas eu não sei atirar.

Luna foi até o buraco na janela e enfiou uma pistola para fora. Começou a disparar, mirando em quem descia do caminhão. Depois de derrubar cinco invasores ela virou-se para a prima.

– Abaixe-se.

A saraivada de tiros e as tiras de luz que atravessaram a madeira atingiram a sala do casebre.

Luna virou-se para a prima e tornou a falar, apontado para o buraco no telhado:

– Fique pronta, logo vamos sair por onde ela saiu.

– Eu estou com medo, Luna.

Enquanto isso, no telhado do curral, Raquel dava os primeiros disparos para conseguir o seu objetivo: mais armas. Homens e mulheres derrubados gritavam e gemiam no chão, colocando em alerta todos ao redor. Berros e comandos começaram a brotar, e as lanternas procuravam a vampira. Um grupo de meia dúzia se dirigiu ao curral, visivelmente amedrontado e com os dedos nos gatilhos de fuzis e carabinas. Era tudo o que ela queria. Raquel desceu do telhado e foi recebida por quatro granadas caindo no chão seco, o que a obrigou a recuar. As explosões consecutivas penetraram em seus ouvidos sensíveis, deixando-a surda e atordoada. Desequilibrada, a vampira bateu contra o fundo do curral, delatando sua posição, e então os tiros estouraram contra a madeira, jogando farpas pro ar e varando a frágil proteção que a separava do grupo de invasores.

Quando voltaram a disparar, Raquel sentiu duas fisgadas na coxa, jogou-se no chão de terra e gemeu de dor. A noite escureceu um pouco, mas logo se iluminou. Raquel tinha se valido do sangue nos ataques anteriores e via suas feridas começarem a se fechar milagrosamente enquanto mais projéteis vinham contra o telhado e as cercas. Raquel rastejou para fora do curral pelos fundos e disparou para a frente, sem fazer mira, para ganhar tempo. Ela queria as armas, mas tinha sido ferida, e sua confiança, abalada. Escutou os invasores gritarem uns com os outros e começarem a acudir os feridos quando uma sequência cadenciada de tiros potentes rasgou a noite. Veículos ágeis como quadriciclos e gaiolas entraram no terreno e começaram a cercar os invasores. Quem eram eles? Os faróis davam recortes do combate que se instaurou com uma intensa troca de tiros.

Raquel estava ainda mais aflita com o imenso número de inimigos que se multiplicava a cada instante com a chegada dos dois últimos grupos, ainda que oponentes. A troca de tiros entre eles era intensa. Raquel reconheceu uma voz que gritava no meio dos motores e armas de fogo trovejando. Era ela: a garota arrogante que tinha entrado na cidade de São Paulo com seu nome num papel enquanto ia atrás de Yolanda. Era o grupo de Tayla que tinha chegado. Vinham atrás dela, com toda certeza, para vingar a morte do soldado amigo. Raquel mordiscou os lábios. Sua perna já estava recuperada. Com a confusão podia seguir até a casa e talvez buscar as meninas. Logo o sol chegaria e precisariam ter um esconderijo garantido. Raquel arfou e voltou para o fundo do curral, passando a cerca. À sua frente, uma colina coberta de vegetação e, para sua surpresa, assustado com o alvoroço, um dos cavalos girando num descampado. Dois grupos atrás delas. Um de assassinos e outro de protetores para Yolanda e agora Luna. Raquel arfava com raiva, quase rosnando de ódio. Arriscou sua corrida e foi bem-sucedida em esconder-se e saltar no lombo do equino.

Já tinham tirado tudo dela e ela não permitiria. Era Pedro e Breno que ela queria debaixo de seus braços. Seus filhos. Seus filhos tomados por aquela noite maldita. Seus filhos tomados por aquele policial de meia pataca. Raquel estugou o cavalo e ganhou velocidade, deixando o rancho para trás em direção à colina. Não era só o casebre que estava abandonado. Lá também ficavam Luna, Yolanda, ouvindo os motores, os tiros e aquele berrante estúpido diminuírem de intensidade a cada passada que o cavalo dava rumo ao seu novo e distante alvo.

CAPÍTULO 32

Cássio não desviou o olhar quando percebeu que Graziano vinha em sua direção.

Ele estava sentado à mesa do refeitório olhando para o amigo, que se servia da porção diária junto aos demais. Graziano estava falante, parecia empolgado. Cássio se permitiu dar um sorriso em direção ao amigo. Não era possível esconder que a felicidade do ex-companheiro de batalhão o contagiava. Graziano serviu-se e veio sentar-se na sua frente.

– E aí, Cássio! Como você está? Faz dias que não conversamos.

– Cansado – respondeu ele, dando um meio sorriso.

– Pois é, amigo, achei que quando o fim do mundo chegasse, poderíamos morrer encostados em um barranco, mas nem isso conseguimos! – disse ele, gargalhando.

– É verdade… O mundo acabou, mas ainda estamos aqui para servir aos civis – continuou Cássio. – Mas é bom estar aqui com você…

– Bem isso! – emendou Graziano. – E agora, mudando de saco pra mala, deixa eu aproveitar que você parou quieto aqui na minha frente pra te contar uma novidade.

– Pode falar, sou todo ouvidos.

– Cara… Eu tô me apaixonando – disse Graziano, fazendo com que Cássio franzisse as sobrancelhas. – É sério, cara. Sabe a Mallory?

– Quem aqui não conhece a enfermeira Mallory?

– Então. Com o lance de nos aproximarmos quando alguém desperta, a gente tem conversado, sabe?

– Sei.

– Para de sacanear. Eu tô a fim de juntar os trapos com ela. Não quero ficar nesse fim de mundo com essa solidão, sabe? Ela tá sempre me cercando e acabei reparando que ela é bastante carinhosa. Nunca tinha percebido ela antes disso... Mas quando vi ela de cabelo preso...

Cássio ficou em silêncio. Sabia que estava franzindo as sobrancelhas, mas não conseguia parar. Tentou sorrir, mas deve ter ficado parecido com o rosto do Coringa, todo deformado. Seus olhos estavam tristes enquanto sua boca forçava um sorriso. Graziano aparentemente não percebeu, pois continuou a falar.

– Estou conversando com ela tem alguns dias e nos demos muito bem! Como aqui vivemos um dia de cada vez, já quero me casar. Não seria incrível fazer uma festa de casamento duplo com o Fernando e a Nádia? Seria ótimo pra dar uma animada nas pessoas! Todo mundo adora uma festinha.

– Mas você a conheceu há alguns dias...

– Eu sei! Mas por que esperar? Não faz sentido! Não temos nada a perder! Pra ser sincero a ideia foi dela, disse que seria divertido... Mas eu estou levando muito a sério!

Cássio ficou em silêncio e bebeu o copo de água que estava à sua frente. Se estivesse de boca cheia não precisaria falar nada. Graziano deu uma garfada no prato à sua frente.

– Isso aqui podia ser melhor, né? Ainda existe sal no pós-apocalipse... Ah, mais uma coisa, você topa ser meu padrinho?

Cássio não cuspiu a água como um chafariz. O que seria completamente compreensível considerando a sua situação. Mas começou a tossir incontrolavelmente.

– Nossa, cara, você tá bem? Entrou pelo buraco errado, foi? – indagou Graziano, rindo da situação do amigo.

Entre uma tosse e outra, Cássio respondeu:

– É, mais ou menos isso... Vou tomar um ar lá fora...

– Beleza... Já te encontro lá. Mas topa ou não topa? Vamos lá, cara, você é meu fiel escudeiro e vice-versa.

Saindo do refeitório pela entrada lateral, Cássio deu direto no amplo gramado de São Vítor. Um sol que não esquentava iluminava o ambiente. Um dia sem nuvens fazia par ao sol, mostrando que por mais que ele

À deriva

estivesse desmoronando internamente, a chuva não viria para esconder as lágrimas de seu rosto.

Ele andava firme e de cabeça erguida, seguia em frente, em direção ao estacionamento de São Vítor. Sem saber o porquê e nem procurar resposta, começou a correr. Precisava sair dali, buscar um pouco de privacidade em meio a todas aquelas pessoas. Precisava de ar. Precisava de um motivo para continuar sendo quem era e continuar vivendo.

CAPÍTULO 33

O trabalho solitário era repetido diariamente pelas duas. Chegavam com a *scooter* e iam colocando as obras da Pinacoteca do Estado dentro do cofre. Depois que o mundo voltasse a ser mundo, havia de sobrar algum rastro do que os velhos artistas tinham feito. Sentiam-se úteis assim, mas não parecia o bastante.

Foi Nathalia que puxou o assunto com Maria.

— Fizemos o bastante aqui, Mari.

— Também acho. Muita coisa foi salva dessas paredes. Não sei como um gatuno ou gatuna não resolveu vir até aqui.

— Acho que estão mais com medo do que com cobiça. E iam levar isso para onde? Nós temos uma missão. Só que acho que encontrei uma missão maior, mais valiosa para nós duas.

O casal saiu para as escadarias da frente da Pinacoteca. Um dia silencioso. Extremamente silencioso do lado de fora.

— Fala dessa missão, gatinha. Queria me apaixonar de novo por alguma coisa que fizesse a diferença na vida de quem sobreviveu.

— Ah, isso vai fazer toda a diferença. Toda.

— Uau. Estou até animada, e olha que é difícil eu abrir um sorriso assim.

— Você anda mais sorridente, não sei o que é.

— Estamos vivas. Isso já é bastante coisa. Estar vivo num mundo como esse é um privilégio.

— Você sabe que eu fiz contatos. Com aqueles caras pichando os muros do Centro de Recuperação e Restauração da Família.

À deriva

– Esse trampo deles é foda, mas tem algo neles que me dá medo. São sombrios.

– Pode crer – concordou Nathalia. – Mas troquei ideia com um deles quando cruzei com eles numa Kombi perto de Osasco.

– E o que você foi fazer em Osasco?

– Subi a Corifeu. Saudades da minha madrinha. Cheguei na casa dela e nem sinal. Fui lá no CRRF e nada, nenhum papel dela nem das minhas primas.

– E onde isso foi dar? – indagou Maria.

– Falaram que em Itatinga, no Hospital Geral de São Vítor, acharam uma cura, uma vacina que faz os noturnos voltarem a serem humanos. Isso é incrível!

Maria pulou da escadaria e ficou encarando Nathalia.

– E quando você ia contar isso pra mim?

– Quando eu tivesse certeza de que você estaria de saco cheio de carregar quadros e esculturas para dentro desse cofre. Esse trabalho é lindo, mas a gente pode fazer mais!

– No que você está pensando, Nathalia?

– Pichar! A gente tem que fazer que todo mundo que tem uma esperança vá para o Hospital Geral de São Vítor tentar curar seus parentes.

– Que ideia do caralho, Nathalia! – vibrou Maria. – Agora, sim, vamos fazer alguma coisa que vai mesmo fazer a diferença.

CAPÍTULO 34

Cássio parou a moto em frente ao portão do CRRF. Buzinou duas vezes. Sempre uma sentinela estava lá e abria o portão para os visitantes. Ele já era conhecido e aliado do grupo de Lars.

O sargento desligou o motor. O indicador de combustível exibia aquela luz acesa irritante e perigosa indicando que já tinha entrado na reserva de combustível fazia tempo. Suspirou novamente ao acumular mais um item em sua lista de irresponsabilidades e impulsividades. Duas coisas as quais não estava acostumado e que Lars estava abrindo uma avenida para oportunidades.

Buzinou mais uma vez e não viu ninguém no portão. Estranhou. Anoitecia. Era hora de colocar olhos de vigilância sobre o perímetro. Puxou o pezinho da moto e andou até o portão. Estava destravado. Seus sentidos de alerta se ativaram e Cássio começou a andar até a imponente caixa d'água que era vista da rodovia. Finalmente viu movimento. Levantou o braço para ser visto pelo grupo do CRRF e não causar nenhuma surpresa, mas os seis indivíduos que avistou estavam concentrados demais em uma discussão depois de derrubar um adormecido no chão. Zé, que era grande e forte, tinha outro pendurado em seu ombro e dava uma bronca. Cássio sorriu. Estavam ajudando mais gente e as carregando para o galpão do CRRF. Provavelmente tinham acabado de chegar de uma investida dentro da cidade de Itapevi ou redondezas. Duas Kombis estavam cheias de corpos. Observando o movimento de Wellington, o garoto que estava sempre com Zé e Larisson, os sentidos de alerta de seu lado militar se ligaram imediatamente. Wellington não esperou ninguém para ajudá-lo com o corpo de um garoto adormecido que não teria mais que dez anos de idade. Wellington segurou os pés do menino, um de cada lado de seu quadril, e começou a arrastá-lo displicentemente atrás de Zé. Os outros quatro traziam mais dois adormecidos enquanto outros membros chegaram e foram para as Kombis e ligaram seus motores, descendo pelo acesso que chegava mais perto dos galpões de armazenamento. Aquilo era intrigante demais. Cássio, aproveitando o lusco-fusco do poente, decidiu seguir aqueles seis que carregavam quatro adormecidos para outro lugar, um lugar que nunca tinha visto e do qual Lars nunca tinha lhe falado. Estranho.

Eles desceram uma escadaria rente às salas de comando do CRRF até chegarem a uma porta, vigiada por uma sentinela, uma mulher com uma carabina nas mãos. Ela pegou o molho de chaves em seu cinto e destrancou a porta de ferro. Os homens conversavam e faziam piadas e Cássio não conseguia escutar o que diziam por conta da distância.

Wellington descia aqueles degraus e deixava a cabeça do garoto bater a cada passo dado, provocando um trilho de sangue até a porta. A vigia apontou para o sangue e pareceu repreender o adolescente.

– Não tem ninguém mais pra ajudar! – retrucou o rapaz em voz alta o suficiente para ser ouvido por Cássio.

Assim que passaram com os adormecidos, a mulher encostou a porta sem trancá-la. Isso queria dizer que eles voltariam logo.

Cássio olhou para trás. Aparentemente estava incógnito. Ficou olhando para aquela porta. A divisão dos adormecidos antes de irem para a triagem e para o galpão junto com os que estavam na Kombi era algo suspeito demais para deixar para lá e estranho demais para simplesmente dar meia-volta e perguntar a Larisson o que estava acontecendo ali. Aquilo era algo que precisava ser desvelado, descoberto. Seu instinto de soldado não deixou que retornasse. Em vez disso, quando a sentinela se distraiu limpando a carabina, ele saiu do matagal que beirava a escadaria e começou a descer de forma displicente e descontraída.

A garota ouviu seus passos e olhou para ele. Ficou indecisa entre apontar a carabina para o namoradinho de Larisson ou cumprimentá-lo, e antes que ela tomasse qualquer uma dessas decisões, Cássio jogou lenha na fogueira:

– O Larisson me mandou aqui para saber por que estão demorando tanto.

André Vianco

Ele olhou para o sangue na escada, lembrou-se da bronca que ela deu em Wellington e disparou:

– Ele não vai gostar disso aqui, não, você sabe, né.

– Sei. Já briguei com o pivete. Ele vai pegar um balde e lavar isso.

Cássio continuou andando e esticou a mão para a porta. A sentinela ficou séria e ergue a mão.

– Ei. Você não pode entrar. Não sem o Lars.

– Nunca fomos apresentados. Sou Cássio – disse, estendendo a mão e abrindo um sorriso largo.

– É. – A vigia não conseguiu segurar o sorriso. – Sei muito bem quem você é. O Larisson contou pra gente sobre a sua noite romântica. Cuidado que o Zé tá chegando aí.

– Tudo bem. Vou falar do sangue, claro. Mas foi um prazer te conhecer. Qual é o seu nome?

– Nina.

Cássio estendeu a mão para cumprimentá-la, ainda sorrindo, e ela, sorrindo também, retribuiu. Quando suas mãos se encontraram, Cássio agarrou-a firme e girou o braço da sentinela, que derrubou a carabina. No segundo seguinte, Nina estava com o braço forte de Cássio pressionando seu pescoço. Tentou respirar e lutou para puxar ar para os pulmões. Ela tentou gritar, mas só saiu um barulhinho esganiçado, e o mundo anoiteceu dentro da cabeça da mulher.

Cássio depôs o corpo de Nina gentilmente. Ela ainda respirava, mas levaria alguns instantes para acordar. Amordaçou-a e amarrou seus punhos e mãos com um generoso pedaço de arame encontrado ao lado do pavimento e a escondeu no matagal ao lado da porta.

A porta a sua frente parecia crescer. Sentia-se à beira de um abismo, de cruzar um caminho sem retorno.

Lá dentro era escuro, mas havia um caminho, uma passagem com chão de ferro, como o chão de muitas fábricas. Começou a avançar rápido, com medo de perder o que tinha ido buscar, tomando cuidado para não fazer barulho. Seu coração estava disparado. Assim que chegou ao final daquele primeiro corredor, a voz e as risadas do bando indicaram o caminho. Foi se aproximando de uma sala iluminada. Parou silenciosamente no batente. O interior contava com meia dúzia de lampiões, e os homens estavam entretidos demais em seu trabalho para notá-lo ali. Mesmo assim,

241

À deriva

Cássio abaixou-se e foi caminhando de cócoras até onde tivesse uma boa visão do todo e começasse a unir cada fragmento do que lhe chegava pelos olhos, ouvidos e nariz numa informação. Uma informação abjeta e repugnante, que o fez, no instante seguinte em que solidificou uma hipótese, buscar loucamente uma forma de refutá-la.

Eles riam enquanto manipulavam facas e facões afiados. Dois daqueles adormecidos estavam sobre uma mesa de metal, uma mesa parecida com a de legistas usadas em autópsias. Sangue escorria pela mesa, era capturado por uma canaleta e escorria para o chão sem qualquer tipo de preocupação sanitária. A morte das doenças. Eles não se preocupavam mais com o que aquele líquido saindo dos adormecidos poderia conter. Cássio começou a transpirar. Os outros quatro adormecidos estavam pendurados numa haste de ferro, com os corpos presos a ganchos de frigorífico, usados para prender imensas peças de boi. Ainda estavam vivos, mas estavam lá, como carne a ser processada. O sangue do sargento se enregelou. Pensou em se levantar e parar com aquilo. Acabar com aquela insanidade, mas segurou firme o ar. O cheiro de carniça era insuportável. Moscas zuniam acima de engradados plásticos, onde ele via restos de ossadas, vísceras e carne podre.

– O pessoal aqui se amarra em carne de jacaré! Todo mundo gosta de um espetinho de jacaré, de jacaré empanado, ensopado de jacaré. Quando não tem jacaré, tem capivara – disse Wellington, rindo, enquanto manuseava um facão, separando os membros do adormecido.

Lauro, outro ajudante, enfiou as mãos dentro da cavidade abdominal do segundo esquartejado e jogou seus intestinos dentro do engradado.

– Vão deixando os cortes bem limpos, gente – advertiu Zé, com uma serenidade inacreditável. – Esses jacarés têm que ficar bem bonitinhos. Ao redor de cada músculo tem essa membrana branquinha, fininha, é só ir contornando que as peças saem bonitinhas. Nossa gente merece pratos de jacaré e capivara bem apresentáveis.

Cássio continuou acocorado e foi deixando o recinto. Ao chegar ao corredor, acelerou o passo, torcendo para que ninguém estivesse descendo as escadas. Passou a porta e deu com a sentinela sentada, com a mão livre e tentando tirar o arame dos calcanhares. Cássio não pensou duas vezes e aplicou um chute no queixo da mulher, que tombou desmaiada. Detestava violência contra mulheres, mas ela era um soldado e uma vigilante com uma escopeta nas mãos, além de porteira do reino do inferno do CRRF.

Cássio subiu quase correndo. Parecia que mil olhos estavam em suas costas. Para sua surpresa, não encontrou mais ninguém no caminho até o portão e sua moto. Girou a chave. A apavorante luz da reserva. Não podia parar para pensar agora. Apertou o botão da ignição e deu um cavalo de pau, voltando para a rodovia.

Aquelas imagens que tinha acabado de presenciar nunca mais sairiam de sua memória. Havia na Terra coisas mais terríveis que os noturnos.

CAPÍTULO 35

Os médicos continuavam analisando os exames feitos em Marta nas últimas 48 horas e, junto de Mallory, que parecia uma sentinela ao lado da cama na enfermaria, ouviram quando o doutor Elias segurou as mãos da paciente e contou os resultados.

– Filha, seus exames estão ótimos. Como você se sente?

A menina corada ponderou um pouco antes de responder:

– Fisicamente me sinto bem, só um pouco fraca. – Seu pensamento, porém, lhe traía a fala. – Estou estranha, parece que não sou eu mesma, me sentia mais forte antes.

– Bem, vendo tudo o que temos aqui, seu metabolismo parece normal, que era uma coisa que eu perseguia. Você teve apetite, evacuou. Acho pertinente sentir certa fraqueza.

– Seria prudente que ela se mantivesse isolada – interveio doutor Otávio.

– Concordo, Otávio. Concordo. Acontece que não estamos mais num mundo onde o que valia antes vale agora com as doenças. Ela precisa ser reintegrada, ser exposta. Ela não vai transmitir o "vampirismo" para nossa comunidade. Ela está curada.

Doutora Suzana, dividida, não respondeu.

Elias gesticulou para que todos dessem mais espaço. Mallory deu a volta e segurou nas mãos de Marta, apoiando-a.

– Venha, está na hora de darmos um passeio.

* * *

André Vianco

Do lado de fora, todos aplaudiram quando viram Marta sair da enfermaria no térreo e alcançar o pátio de braço dado com Mallory. A enfermeira procurou ansiosa pelo olhar de Graziano. Ela queria dividir esse momento com alguém que lhe tirasse a sensação de estar boiando, naufragada, e era sempre o nome dele que soava em sua mente.

Marta, no meio do caminho, hesitou ao ver Graziano, retesou os braços e estancou. Mallory a encarou.

– Você está bem, querida? Vamos no seu tempo.

Sem responder, Marta apontou na direção contrária de onde estava Graziano e seguiram para o estacionamento, para debaixo dos raios de sol. Novamente os presentes ovacionaram a decisão de Marta. A moça ergueu o rosto e deixou as faixas douradas e quentes tocarem sua pele. Achou que nunca mais sentiria aquilo. Seu corpo estremeceu ao lembrar-se de um abrigo debaixo de cobertores e uma cama.

– O que foi? – perguntou a enfermeira.

– Nada. Acho que uma lembrança da escuridão. É tão bom estar sob a luz mais uma vez.

Perto dali, a junta médica estava reunida avaliando a situação. Cássio foi convidado a participar para ajudar na logística dos próximos passos.

– Acho prudente essa informação não sair dos muros de São Vítor. – Doutora Suzana foi categórica. – São poucos dias para cravarmos que a Célula de Deus é uma cura, e se essa informação vazar daqui... só Deus sabe o pandemônio que pode se tornar os arredores desse portão.

Cássio murchou, sentindo-se irresponsável. Num momento totalmente inoportuno tinha dito a Larisson que o doutor Elias tinha encontrado uma cura. Para sua sorte, ou percebendo a necessidade de discrição com aquilo, Lars não havia mais tocado no assunto.

A discussão começou a ganhar calor quando Doutor Elias bradava que eles não tinham mais tempo para esperar, pois era preciso parar com essa loucura antes de ser tarde demais. As famílias em São Vítor tinham noturnos que tinham deixado para trás. Bastava que fossem de casa em casa durante o dia, quando as feras estavam em pleno transe, sem perigo algum para a equipe, e inoculá-los. De certa forma essas feras adormecidas nem notariam e em poucas horas a Célula de Deus já estaria fazendo o seu trabalho dentro de seus organismos.

Otávio era contra uma iniciativa revelada, pois era vital evitar que a informação se espalhasse, gerando uma corrida desenfreada em busca da vacina. Ele lembrou que Marta precisava também de acompanhamento psiquiátrico e psicológico para que eles soubessem quais efeitos essa transformação poderia ter trazido à mente da menina.

Elias abandonou a discussão e deixou seus colegas discutindo e os residentes presentes ainda impressionados com Marta caminhando sob o sol. Seus pés o levaram até o laboratório, e logo estava parado em frente ao armário de medicamentos. A Célula de Deus não precisava de refrigeração, o que já era uma vantagem incomum em vacinas. Poucos sabiam a combinação do cadeado de tambor, com segredo de quatro dígitos. A combinação poderia parecer óbvia: 1311, a data da noite maldita, quando tudo virou de cabeça para baixo.

O médico, suando frio, retirou rapidamente uma dose e a colocou no bolso do avental branco. Com destreza, fechou a porta, inseriu o cadeado e rodou o tambor. Quando se virou para ir embora, quase infartou quando Pedro, parado como um poste logo atrás dele, falou:

– Pega uma dose extra pra mim, velho! Nosso trato não foi desfeito.

* * *

O calor de dezembro estava insuportável.

– Incrível como as pessoas se acostumam com a situação – disse Graziano, tirando o suor da testa com os pelos do braço.

Cássio jogou outro saco de cimento no chão e viu o amigo começar a misturar a massa, retomando o trabalho. Olhou para o grupo que assentava tijolos junto ao muro, prosseguindo com as melhorias da fortificação de São Vítor. O ataque dos vampiros ainda estava na memória dos moradores da vila, e em todas as assembleias para acertar os passos dos sobreviventes da noite maldita, nunca faltavam voluntários para contribuir com as melhorias do muro que tinha dado seu primeiro contorno ao HGSV. Queriam sentir-se mais seguros, mais protegidos.

– Precisam se acostumar, Graziano. Precisamos continuar.

Graziano parou com a enxada, olhando para o amigo sentado em cima do carrinho de mão.

– Lamento pelos seus sobrinhos. Lamento pela sua irmã.

– Ela é uma das que não se acostumaram. Ainda não dá pra acreditar que os perdemos. À noite, antes de dormir, sempre penso neles. É como se eles estivessem ainda esperando por mim, em algum lugar.

– Quando a gente vai voltar para os adormecidos?

– Essa semana só conseguimos esvaziar três ruas. Ainda estamos preocupados com o combustível. O Almeida saiu com o Ikeda e o Castro para tentar arrumar mais diesel, mas o assunto é criar a usina de biodiesel. Logo a gasolina deixada nos carros e nos tanques de postos de gasolina vai degradar.

– Eles encontraram seis éguas na última expedição. Talvez o novo caminho seja esse, Cássio. Cavalaria sempre! – bradou Graziano.

– Montaria é a nossa praia, já falei que ia a cavalo, mas vocês não apoiaram muito por causa da velocidade. Cada ida para São Paulo, em carroças, ia levar uma semana. Três, quatro dias para ir e talvez mais tempo para voltar com as carroças carregadas, mas nos moveríamos.

– Se não conseguirmos combustível, será o único jeito. Isso que você começou agora não pode parar. Tu é meu parceiro, Cássio. Conte comigo para o que der e vier.

Cássio encarou Graziano e sorriu.

– Obrigado. Obrigado mesmo por me apoiar. Sei que parece loucura, e é muito bom saber que você está do meu lado, parceiro.

Graziano estendeu a mão para Cássio e trocaram um abraço.

– Conte comigo sempre, brother. Um dia vamos lembrar desse perrengue e vamos saber que fizemos a coisa certa. Você tem um coração que não tem tamanho, Cássio.

– Se tudo continuar entrando um pouco nos eixos, podemos improvisar uma festa de Natal para animar o pessoal, principalmente as crianças.

– E tem mais, não podemos negar um avanço.

Cássio secou a testa mais uma vez, deixando um traço de cimento na linha do cabelo negro.

– Qual?

– Se essa vacina é pra valer... não precisamos pedir autorização para aplicar as doses que forem feitas aqui. Aqui é um hospital de imunologia. Eles vão conseguir fabricar a rodo. Essa vai ser a missão. Vamos pegar adormecidos e, se encontrarmos noturnos dentro das casas, damos

À deriva

a vacina e saímos. Eles vão voltar a ser gente, serão curados e um dia as coisas vão voltar ao normal.

– Como quero isso. Como quero, meu amigo. Só estou achando essa cura coisa boa demais para ser verdade.

– Confia, cara! Pode ser o nosso presente de Natal.

Cássio sorriu, pensando na ideia e no otimismo do colega.

– Você vai ficar ótimo vestido de Papai Noel! – riu Cássio.

– Ai! Vocês dois! Vamos parar de namorar e vamos trabalhar! – gritou Rui, aproximando-se com outro carrinho de mão.

– Tá com ciúmes, chaveiro? – brincou Graziano. – Meu casamento vai ser é com a Mall. Aquela fofurinha.

Cássio colocou a mão na nuca e riu da brincadeira. Apanhou uma pá e começou a encher o carrinho de Rui com mais massa.

– Tá todo mundo animado com essa muralha, sargento – tornou o garoto. – As mulheres estavam com medo das coisas ruins voltarem.

– Só as mulheres, Rui? Só elas?

– Calma aí, sargento. Elas estão com mais medo, né? A gente, bicho macho feito o senhor, está aqui para protegê-las, não é?

– Isso é só o começo. Um pouco por vez vou deixar esse lugar o mais seguro do Brasil.

CAPÍTULO 36

Pedro continuou riscando a parede com um grande pedaço de carvão. A fogueira ardia e ele não se preocupava com a luz. Não tinha medo de chamar os noturnos. Sua cabeça flutuava. Sua mãe estava na cidade à frente, em algum lugar. Ele a encontraria. As cinzas foram se juntando em seus dedos enquanto preenchia a parede com traços firmes. Alessandra admirava as asas da criatura surgindo nas sombras bruxuleantes, douradas pela fogueira. Pedro desenhava bichos com garras e asas de morcego. Eram dragões voando acima de prédios. No chão ele fazia "homens de pauzinhos", com corpos de bastonetes e cabeças redondas, correndo, chorando. Nas janelinhas quadradas de seus prédios tortos, pequenos olhos espreitando.

– Você ainda não viu nenhum deles, não é? Nunca viu um vampiro? – perguntou a mulher.

– Vi, sim.

– Os mortos? Aqueles que o Graziano pegou?

– Eles pareciam gente pra mim. Não pareciam aquela coisa de filme, com cara pálida e dentes monstruosos.

O garoto, segurando o carvão na mão, vestindo uma camiseta da banda Plantação, olhou para ela e sorriu, torcendo a boca e dando de ombros.

Alessandra balançou a cabeça em sinal positivo.

– É. São bem assim.

Pedro revirou os olhos.

– Então acho que já vi um vampiro.

– Não. Não viu. Tem muito mais, garoto. Tem muito mais. Aqueles mortos, você não viu como eles são de verdade. Não viu.

– Eu estava em coma quando minha mãe foi até São Vítor e quando eles atacaram.

– Ainda bem. Tem o cheiro de morte. Os olhos... eles são frios e quentes ao mesmo tempo, garoto.

– Não me chama de garoto. Eu sei o que estou fazendo. Sei para onde eu tô indo.

Pedro puxou um bloco de concreto solto e sentou-se de frente para Alessandra. Sua sombra esguia, comprida, tremulava contra a parede rebocada e desenhada. Saíam dela dois cordões fantasmas, que balançavam no ar, partindo de suas costas em direção à parede, atravessando-a e desaparecendo na escuridão. Ela não via nada disso e ele sabia que aquilo não era uma alucinação. Tinha uma hipótese, na verdade, uma suspeita muito forte que ia se consolidando. Não queria dizer ainda, mas achava que se ele seguisse aquela trilha, aquele canal aberto pela lembrança potente que a mulher vivia, fervendo de memórias e sentimentos pelos filhos perdidos dias atrás, se seguissem aquele trilho, encontrariam os dois. Pedro só não sabia o que exatamente encontraria.

– Eles estão mortos, sabe?

– Diz a lenda... Antigamente era assim... Chamavam os vampiros de mortos-vivos.

– Os olhos deles cintilam no escuro. Eu lembro dos olhos dele, cravados em mim, me matando de medo, enquanto ele arrastava os meus filhos. Ele levou os meus filhos na tempestade e eu fiquei lá, paralisada, com medo dos olhos dele enquanto ele levava meus filhos para dentro daquela caverna, do esgoto. Meus filhos. Eu fiquei com medo dele, fiquei apavorada.

Era essa parte que o deixava em dúvida e de boca calada. Não tinha visto nenhum daqueles vampiros, mas ninguém falava nada de bom sobre eles. A mulher a sua frente, com dois fios brancos como teias de aranha, balançando leves conforme ela se movia devagar, tinha dito que eles tinham sido levados para os esgotos. E se aquela trilha o levasse até dois corpos em decomposição? E se o levasse para um lugar infestado de vampiros vivos? Pedro apertou os lábios por um momento e depois encarou Alessandra.

– A gente vai achar os seus filhos. Vamos achar a minha mãe. Se ela é como todo mundo tá falando lá em São Vítor, mais um motivo para achá-la logo. Se ela manda nessas coisas, ela acha os seus filhos. Minha mãe é maneira.

A mãe que tinha poucas esperanças sentiu seu coração se aquecer, mas ficou calada um instante, deitada de lado sobre os trapos e plásticos que tinham encontrado naquela parada de troca de óleo em um posto pequeno, à beira da rodovia. Queria as palavras de Pedro reverberando em seus ouvidos. Queria acreditar que traria para São Vítor seus filhos perdidos, mesmo que para isso o garoto tivesse que encontrar sua mãe morta-viva. Os vampiros estavam rondando as ruas das cidades, as rodovias, e podia muito bem haver alguns deles bem perto de onde se abrigavam à beira da estrada naquele exato momento. Seria fácil serem detectados ali, como presas quentes, cheias de sangue, mas ela não queria pensar nisso naquele momento. Só queria sonhar com Megan e Felipe, e sabia que agora estava mais perto de encontrar seus filhos do que jamais estivera, mesmo que quem a fizesse sentir isso fosse um garoto de dezessete anos que não queria mais ser chamado de garoto. Um vento longo fez a mata ao redor ficar barulhenta. Folhas chacoalhando nas árvores, detritos voando e batendo no compensado de madeira colocado à porta. Sentiu sua pele se arrepiar de medo como se olhos espreitassem. Podia ser um deles ou um monte, como tinha sido na vila com seu irmão. O que ela estava fazendo ali, de madrugada, fugindo de São Vítor com um menino com a cabeça quebrada? Ela era tão irresponsável quanto ele! Já teriam se dado conta da ausência deles? Aquela garota Chiara parecia um carrapato com o tal do Foguete, parado a sua frente, tentando manter a imagem de uma montanha, uma fortaleza, carregando um revólver .38 na cintura. Ele tinha dito que sabia usar a arma. Tinha sido treinado pela mãe para se defender da quadrilha do Urso Branco. Alessandra não sabia se era verdade, mas também não duvidava que a promotora Raquel Vareda tivesse mesmo dado treinamento militar para aquele garoto. Lembrava-se do caso como uma coisa distante, mas o desfecho se dera havia poucos dias, quando o mundo ainda era mundo, quando as coisas giravam em seu lugar, quando moviam-se ainda automaticamente de casa para o trabalho, do trabalho para casa, com ela puxando a mão de Megan e falando irritada com o seu menino Felipe. O caso de Raquel Vareda estava em todos os telejornais e portais de notícias da internet. A promotora que lutava contra toda uma quadrilha de narcotraficantes para vingar seu marido.

– Você pegou comprimidos do armário da Mallory? – perguntou o garoto.

À deriva

– Quer dormir?

– Não posso dormir. E se eles atacarem?

– Então por que quer os meus calmantes?

– Acho que você está nervosa, inquieta. Tá passando pra mim.

– Eu? Nervosa? Por que será?

Alessandra sentou-se e puxou sua mochila. Abriu o zíper, apanhou um potinho e tirou uma bolinha branca lá de dentro. Ela encarou o rapaz, que estava com olhar meio perdido, meio lunático até. Parecia que ele a encarava, mas não, os olhos dele dançavam ao redor dela e ele agora olhava para o teto. Ela cortou o silêncio:

– Se você tomar isso aqui, nem vai ver o sol amanhã, vai acordar de noite.

Pedro deu de ombros novamente.

– Se eu tomar só um pedacinho, eu não durmo. Já roubei muito essas paradas da minha mãe.

– Eu não duvido. Só estou tentando ser responsável e corajosa por nós dois aqui. Eu deveria pensar como adulta, não você.

Pedro sorriu. Não queria admitir, mas estava nervoso. Aquela aventura, fora de São Vítor, aqueles fios fantasmas aparecendo nas pessoas. Ele ainda não entendia muito bem como aquilo começava e nem o que tinha que fazer para fazer parar, mas estava começando a gostar daquela coisa estranha especial.

Alessandra mordeu o comprimido e cuspiu um pequeno pedaço na palma de sua mão, estendendo-o ao garoto.

– Não vai dormir. Estou tonta e cansada. Você cuida do nosso pescoço.

Pedro engoliu o pedacinho branco e tomou goles generosos de água, esvaziando a garrafinha plástica e jogando-a no fosso de troca de óleo. Sabia que encontrariam mais quando chegassem à cidade.

Alessandra ficou ouvindo a garrafa rolar e ecoar lá no fundo. Ali teria sido um bom esconderijo para a dupla, mas ela lembrou-se da boca de lobo por onde Cássio tinha entrado para procurar seus filhos levados para as galerias por Dalton. Os filhos que ela chegou a entregar para a morte, mas aquele garoto lhe tinha pedido uma chance. Puxou o cobertor para perto de seus olhos e ficou olhando para aquele fosso. Queria ter sido pega pelo sono também, já que sentia que era cada dia mais difícil viver num mundo onde as risadas de Megan tinham se ausentado e os carinhos de Felipe não aconteciam antes de ela dormir. Felipe sempre segurava sua mão e era uma coisa entre eles dois, como se trocassem, toda noite, antes de adormecer, numa espécie de ritual entre mãe e filho, suas energias e se renovassem para o dia vindouro. Agora aquele elo faltava e isso a fazia entender um pouco o garoto que estava com ela, indo para a velha São Paulo. Ele também buscava. Seus olhos se encheram de água pela bilionésima vez. Não queria se enfiar num buraco. Dava-lhe calafrios pensar que seus filhos estavam presos nas galerias, com frio e com fome, abandonados durante todos esses dias.

Pedro voltou a desenhar na parede. Cada vez que o carvão raspava a superfície áspera ressonava ganhando riscos e linhas e juntando formas.

– Nós vamos achá-los. Tudo vai voltar a ser como era antes. Sempre existe um caminho para achar o coração da pessoa. Sempre existe. Acho que é nisso que vou me especializar, em achar caminhos. Em seguir os passos das pessoas.

Um silêncio grave tomou conta da parada de ônibus. Por alguns segundos o crepitar da fogueira foi todo o barulho do planeta.

– Obrigada.

– Por quê?

– Eu tinha desistido deles. Tinha desistido de encontrá-los. Tinha escutado o meu irmão e ia deixar o barco correr, sem eles...

Pedro tirou a pedra de carvão da parede. Parou o rabisco no meio do que representaria grotescamente um avião no meio do céu, descendo em São Paulo. Olhou para a mulher encolhida no acampamento.

– Deixar o barco correr? Que merda de mãe é você? Por que a gente tá aqui então?

– Eu estou aqui por você, Pedro. Você me salvou. Você acredita que pode encontrar a sua mãe e disse que vai me ajudar, mas acha mesmo que as coisas vão voltar a ser como eram antes? Você tem sido meu melhor parceiro, a melhor coisa que está acontecendo comigo nessa droga de mundo novo, mas tenho que ser sincera e te dizer: nada vai voltar a ser como antes, nunca mais!

– Nunca desista de quem você ama, baby. Estejam eles onde estiverem... eles estão contando com você. Saíram daí, da sua barriga. Não tem fio mais forte do que aquele que une a mãe e os filhos, sabia? Eu posso sentir o quanto você ama suas crianças. Isto entra pela carne da gente. Isso aí é esperança. Eu sei o que é esperança. E vai soar estranho, mas eu posso ver o quanto você está unida a eles. Posso ver que você ainda está conectada a eles.

Alessandra enxugou uma lágrima. Queria acreditar no garoto. Cada vez que ele repetia aquilo, seu coração disparava e ela se enternecia. Havia uma honestidade messiânica, profética, nas palavras daquele menino, e era isso que dava medo, começar a acreditar no inacreditável porque queria seus filhos de volta.

Pedro calou-se e voltou a olhar para o seu grafite de carvão. Levantou a pedra e continuou a rabiscar.

Alessandra secou as lágrimas, só que um novo par começou a descer pelo rosto. Aquele garoto com a cabeça enfaixada, dourado pela fogueira, segurando um carvão e riscando a parede como uma criança estava salvando o seu coração e fazia o seu estômago enregelar. Ele era um garoto, mas tinha as costas talhadas e se mexia, passando o carvão na parede, fazendo seus músculos se misturarem com as sombras, e dizia que sabia o que era esperança, e ela, dez, doze anos mais velha que ele, estava se colocando em suas mãos e acreditando que ele seria um tipo de líder, um tipo de santo ou salvador e que a colocaria diante de seus filhos. Talvez o comprimido já estivesse fazendo efeito. Alessandra fechou os olhos e ficou quietinha. Não queria pensar sobre os músculos e os desenhos estranhos de Pedro e o que ele a fazia sentir. Só queria que a manhã chegasse e com isso chegassem ao Tremembé. Sua mente estava flutuando numa mistura perigosa de medo, drogas calmantes e atração. Precisava dormir.

CAPÍTULO 37

Graziano gostava de escovar seu cavalo Prometido logo na alvorada e também ao entardecer. Isso aumentava o elo entre homem e montaria. Os dois se conheciam melhor e cada vez mais. Não era raro conversar com o animal, externando suas preocupações e seus sonhos, e ouvir de volta os relinchos do bicho. O dia tinha sido puxado nos acabamentos do muro de São Vítor. Sentia-se útil dando aquela camada importante de proteção para o seu povo.

"Meu povo", pensou o soldado com um sorriso no canto da boca.

O fato é que todos eram seus irmãs e irmãs de sobrevivência e muitos o olhavam com deferência, e Graziano vivia um misto de reações com gente ou o abraçando efusivamente ou guardando silêncio quando ele passava. Era estranho, mas estava se acostumando a isso desde o embate com a última invasão a São Vítor, quando tinha arrancado a cabeça de dezenas de vampiros com seu sabre.

Voltou para a cocheira, a temperatura agradável à sombra da tarde, a brisa trazendo o cheiro levemente acre da mistura de alfafa, feno e esterco vindo das outras baias. Os outros cavalos também relinchavam, muitos sentindo falta dos galopes ao ar livre. Kara, a égua treinada de Cássio, era muito especial. Extremamente obediente e ainda conectada ao exaustivo treinamento pelo qual os animais de infantaria passavam para que fossem pilares de confiança para os cavaleiros que os montavam.

Ergueu a mão mais um pouco e Prometido comia a cenoura que Graziano guardava toda semana, na esperança de que o animal pudesse também se lembrar de dias melhores. Enquanto repetia o movimento com a escova

À deriva

no dorso do cavalo, se deu conta de que estava farto de andar em círculos, voltar toda hora para espirais de pensamentos. Ele era um soldado, queria uma ordem direta, alta e clara que pudesse executar com precisão.

Na baia ao lado estava o jovem Miguel, também entusiasta dos equinos e figura fácil no curral e nas cocheiras. Preocupado com a pequena égua malhadinha que estava prenha do próprio Prometido, estava se certificando de que ela tinha comida e água fresca. Quanto mais próxima ficava a hora do parto, mais ansioso o garoto ficava. Sem raça definida, alguém tinha arriscado um palpite: pampa. Não era um animal da corporação, aparecera do nada nos portões de São Vítor, assustada, magra. Após algum tempo, o soldado Lenine, numa de suas rondas, apontou para ela e prognosticou:

– Essa aí tá embuchada!

Miguel acabou se afeiçoando, batizou-a de Mãezinha e, por osmose, passou a cuidar dos outros cavalos, não porque fosse veterinário ou coisa parecida, mas trabalhava num pet shop quando tudo mudou, e cuidar desses pets gigantes foi a salvação para sua sanidade mental. Ele também havia chegado aos portões de São Vítor magro, assustado, acompanhado somente pelo pai e um grupo de vizinhos. Infelizmente, sua mãe, seu irmão e sua irmã caçula não haviam sobrevivido.

Graziano terminou a escovação e verificou com cuidado a situação dos cascos de seu cavalo. Sem a presença de um ferrador experiente, ela já estava sem ferraduras há algum tempo. Ele puxou o animal para fora da cocheira para, com o movimento, se certificar de que não havia infecção. Colocou com cuidado a cabeçada de freio e bridão, segurou as rédeas com a mão esquerda, pé esquerdo no estribo e pronto. Num movimento ágil estava montado no animal.

Saiu pelo portão principal acenando para o soldado de guarda. Evitou o piso de asfalto e cascalho duro e logo encontrou uma trilha de terra, andando solto com seu abençoado lusitano.

Lembrou que seu gosto pela montaria veio da infância quando, após muita insistência, seu pai o levara até a represa de Interlagos, onde podiam alugar uns pangarés. O risco era uma hora de felicidade efêmera versus voltar para casa com piolhos na cabeça. A lembrança do pai lhe trouxe um sorriso ao rosto.

Graziano respirou fundo, olhando o verde descampado da paisagem, e lembrou-se do muro; era uma obsessão sua, uma tarefa necessária para protegê-los, porém mais um elemento de isolamento. Mais uma missão dele e de Cássio, seu parceiro, seu amigo. Confessou para si mesmo que o passeio lhe traria um alívio por poder passar uma tarde longe dele; estar momentaneamente livre dos limites daquele muro faria bem a sua alma. Estugou o cavalo e logo estavam em um trote gostoso, unidos, fazendo-o o lembrar do seu dia a dia no quartel de cavalaria. Sentia falta de seu velho BH, desaparecido no combate em frente ao Hospital das Clínicas. Uma noite horrível que havia lhe trazido um presente que nem imaginava. A intimidade com Mallory aumentava, e agora, quando passava muito tempo longe da enfermeira, sentia falta dela, de sua companhia, sua cumplicidade.

Com facilidade, Graziano e Prometido saltaram uma cerca de arame farpado e chegaram às copas de árvores seguidas que davam uma sombra gostosa. Puxou a rédea, diminuindo a velocidade e aproveitando mais o passeio. Olhou para trás e não via mais São Vítor. O sol começava a descer, mas não estava particularmente preocupado com isso naquela tarde. Estava em sua fuga. Fuga não. Em sua patrulha. Graziano sorriu, bateu a mão na testa em um ato reflexo, no intuito de acertar o capacete. Continuou galopando com Prometido, se deliciando com as dificuldades do terreno, descendo campinas e saltando regatos, cada vez se embrenhando mais no terreno verde que rodeava São Vítor, terras férteis que no passado tinham sido plantações produtivas, lavouras extensas e bem cuidadas que começavam a perder o aspecto regulado e medido de espaçamento entre um trilho de plantio e outro com mato e ervas daninhas tomando conta de todo o solo.

Depois de vinte minutos entre galopes e trotes, Prometido levantou as orelhas em alerta, alargou as narinas expulsando o ar e estancou. Graziano tomou um gole de água do cantil e deu as ajudas corretas com as pernas, sinalizando para o animal seguir em frente. Mesmo assim o animal teimou em não prosseguir. "Deve ser um bicho na mata", pensou, olhando ao redor, girando 360 graus com o cavalo, como tantas vezes fizeram em operações de contenção de multidões. Nada, nenhum sinal ou ruído. Graziano insistiu e o cavalo, já bem treinado, mesmo a contragosto, voltou a marchar com passos firmes.

Em instantes, com a atenção redobrada, Graziano sentiu um odor adocicado que o perturbava. Ele conhecia aquele cheiro. Tentou desprezar, achando que era coisa de sua cabeça, porém seu organismo não podia negar. Não estava com seu sabre, tivesse um rádio avisaria sua posição. Havia um deles por ali e iria destruí-lo com o finzinho de sol que ainda tinha. Sua sede não era mais de água. Chegou a girar Prometido em prumo a São Vítor, mas o vento trouxe o cheiro ainda mais forte e aquele encanto inexplicável começou a ditar seu destino. Sua lucidez se afunilou num impulso, sem se dar conta, do trote ao galope foi um pulo e logo homem e equino eram um só, um centauro desgovernado levantando a poeira do caminho perseguindo uma presa pelo olfato do guerreiro bento.

* * *

Graziano puxou as rédeas de Prometido quando alcançou um casebre de agricultor. Um terreiro de grãos vermelhos formava uma área aberta em frente à habitação. O cheiro vinha dali. Saltou da sela do cavalo e bateu a mão no cinturão onde deveria estar o cabo do sabre. O fedor ficava mais forte, mas, como um ímã, o atraía de forma inexorável. Era hora de matar um vampiro. O céu já estava roxo e o sol começava a se deitar preguiçoso no horizonte. Graziano respirou fundo. Precisava sair dali, mas não era mais dono de sua vontade. Estava num lugar distante de São Vítor, no meio do crepúsculo, onde ninguém jamais pensaria em procurá-lo. E havia um vampiro ali, dentro daquela casa, que despertaria em poucos minutos. Precisava ser rápido. Rodeou o terreiro e encontrou um poço demarcado por um cilindro de concreto. Ao lado dele uma barra de metal, velha e enferrujada. Abaixou-se, apanhou-a e bateu com ela contra a sua mão três vezes. Uma batida mais forte que a outra. Iria funcionar. Era resistente. Quebraria ossos e também poderia perfurar o bucho de uma fera da noite.

Caminhou sem fazer barulho, o solado de seu coturno protegido pela areia afofada. Discerniu marcas de pneu no terreno. Viera gente ali. As marcas eram recentes. Seus pensamentos foram nublando mais. A lógica do que tentava construir se desconstruía e tudo que ficava em sua mente era a necessidade brutal de acabar com aquele cheiro. Andou até a porta do casebre e a chutou, abrindo-a com estardalhaço. Um bafo horroroso escapou lá de dentro, o cheiro doce e pestilento junto com o odor de carniça, de carne em decomposição. O vampiro era um caçador.

O cheiro de sua presa vinha de um amontoado de cobertores e edredons sobrepostos. As janelas tinham tábuas pregadas e ainda assim aquele fedor pestilento tinha conseguido vencer as poucas frestas e "caminhar" pelo ar até encontrá-lo a centenas de metros de distância, arrastando-o até ali para uma única missão: destruir aquele vampiro.

Tão dominado pelo encanto que o cheiro produzia, Graziano caminhou direto para o esconderijo, sem prestar atenção nos cinco corpos caídos ao redor do ninho abjeto. Também não se importou com os relinchos do cavalo do lado de fora e nem com o som do trotar do animal se afastando enquanto, através da porta, a luz do sol morria um pouco mais, tornando o interior daquele casebre mais escuro.

Graziano empunhou a barra de ferro e franziu o cenho. Curvou-se e num golpe só puxou o amontoado de cobertores e edredons revelando uma garota vampira. Uma criatura que se fosse humana teria coisa de vinte anos, franzina e, ainda assim, uma assassina. O odor adocicado e inquietante se multiplicou, surtindo o efeito de sempre. Aquele homem com a barra de ferro na mão não era Graziano mais. Ele era também uma criatura. Um predador de noturnos. Sua visão se afunilou e ele só via a vampira, que abriu os olhos e arregalou-os em estupor, vendo o invasor erguer a barra de ferro, pronto para golpeá-la.

Júlia acendeu seus olhos vermelhos e rosnou como uma onça acuada. Jogou o corpo todo para trás, fazendo as correntes que prendiam seus pés e punhos tilintarem dentro de seu esconderijo. Ela colou as costas contra a parede e conseguiu desviar a cabeça quando a barra de ferro zuniu no ar. Urrou de dor sentindo a barra afundar na clavícula direita. Precisou da mão esquerda para tatear debaixo do cobertor mais próximo enquanto via o agressor erguer a barra mais uma vez, pronto para novo golpe.

Quando Graziano estava com a arma acima da cabeça, no ponto mais elevado e otimizado para empregar o máximo de força, trovejou e um clarão chispou na sala. Ele ficou parado um segundo e deu um passo para trás, e então outro clarão, junto com estouro.

Júlia tremia, de dor, medo e fome. O revólver em sua mão balançava. Ela puxou o gatilho pela terceira vez, mas errou o disparo porque o invasor cambaleou em direção à porta, não em fuga, mas em reflexo aos ferimentos em seu peito e, como uma madeira cortada no pé, ele tombou. Ela podia ouvir a respiração do sujeito. Ele não estava morto.

À deriva

A vampira recuperou-se do susto e olhou pela porta. A luz do sol morria e uma faixa de luz, tênue, mortiça e não menos assustadora para ela, atravessava a porta, pintando o chão e subindo pela parede a poucos centímetros do seu lado, formando uma barreira natural entre ela e o corpo tombado. Só então notou que ainda segurava a arma deixada pelo seu pai. Seu peito subia e descia como se ela mesma respirasse assustada, mas era um reflexo vindo de seu cérebro ainda conectado à sua vida recém-perdida. Ficou totalmente alerta quando o homem gemeu, colocou a mão no peito e a levantou, examinando a palma ensanguentada. Júlia acocorou-se, sentindo o aroma do sangue quente que começava a empoçar no chão de madeira. A sede estava aumentando, mas a luz impedia que voasse até a presa. Assustou-se quando ele se sentou, arrastou-se para trás, com os olhos ainda arregalados, e recostou-se na parede, ao lado da porta. Ele fincou o pé no chão e forçou o corpo para trás, tentando alcançar a saída.

A vampira não podia perder aquele sangue. Ergueu a arma e, com a mão direita sem força em virtude do ferimento na clavícula, apoiou a esquerda que segurava o revólver trêmulo. Precisava do sangue. Mirou no meio do peito do homem mais uma vez e puxou o gatilho.

"Plec".

O som baixo e inesperado se repetiu mais duas vezes quando ela acionou o gatilho. A arma estava vazia!

O homem respirava com dificuldade, puxando fundo o ar, e então esmoreceu, tombando perto da porta.

A noite tinha chegado e não havia mais faixa de luz separando os dois. Júlia, animalesca, selvagem, saltou de seu canto e voou para cima de Graziano com os dentes projetados para cravar em suas artérias. Sorveria até a última gota daquele desgraçado que a tinha atacado. Contudo, bem antes que suas garras se fincassem nas pernas do agressor, as correntes se esticaram e ela caiu no chão.

Ela urrou de ódio e se retorceu o quanto pôde, mas as algemas providenciadas pelo pai para que ela não deixasse a toca e revelasse seu esconderijo tinham sido muito bem enfeixadas em seus membros. O pai não queria que ela escapasse na noite e fizesse mais vítimas, já que ele, em sua santa misericórdia, a abastecia a contragosto com aqueles adormecidos.

Júlia continuou a luta infeliz e selvagem por mais uma hora seguida, em meio a xingamentos e mais urros monstruosos, até que por desgaste de suas energias foi se aquietando. Um fio de sangue vinha escorrendo pelo chão por conta da hemorragia que a vítima sofria, a poucos centímetros dela. O cheiro a enlouquecia, mas ainda assim Júlia voltou ao seu cantinho na sala do casebre, largando a arma vazia no meio do caminho e deixando seus olhos assombrados vigiando a respiração do invasor. Queria drená-lo, queria sugar cada gota de seu sangue. Começou a girar seu pulso na algema da mão direita. Se libertaria nem que para isso tivesse que arrancar sua mão do punho. Não só por conta da refeição farta a poucos centímetros de distância. Se não se libertasse das correntes, o que seria dela quando a alvorada chegasse com aquela porta escancarada?

CAPÍTULO 38

Chiara tinha passado a manhã com a enfermeira Mallory no constante trato com as crianças. Duas delas estavam de bico, meio chochas, sentindo falta de seus pais. Mallory explicou para elas que tinham deixado mensagens escritas em todo o HC e em todo o Instituto da Criança. Os pais saberiam onde procurar quando fosse a hora. A enfermeira não tinha escondido dos pacientes infantis a situação real do mundo, as mudanças brutais e os perigos das pessoas que tinham sido afetadas, que tinham se tornado agressivas. Crianças não eram bestas. Elas já fofocavam e uma levantou a mão para perguntar se era verdade que agora existia uma cura para os vampiros. Se aquela moça que andou no sol pela manhã era uma delas e que todo mundo estava fofocando nos dormitórios que a Marta era uma vampira que tinha virado gente de novo. Foi a hora de Mallory abrir uma grande roda e conversar ainda mais francamente com as crianças, falando que sim, era verdade, e que agora tinham uma esperança graças ao doutor Elias, que estava tentando salvar os noturnos também e não só os adormecidos, mas reafirmou que as normas de segurança continuavam quando chegasse o pôr do sol. Destacaram duplas e combinaram que cada um seria responsável por saber onde estava o outro quando anoitecesse. As criaturas que tinham atacado o Hospital das Clínicas e que tinham estado ali uma noite só vinham na escuridão e tinham medo do sol. Chiara ficou surpresa com a reação da maioria da molecada. Entendiam que o mundo tinha mudado mais rápido que muitos dos marmanjos, mais rápido de que os que a cercavam.

Breno se destacou entre a criançada. Apesar da timidez que às vezes atava sua boca e seus movimentos, ele se voluntariou e disse bem alto que já tinha visto vampiros, tinha sido agarrado por eles durante o ataque e que Chiara é quem o tinha salvado na noite em que eles vieram. As crianças ficaram caladas. As fofocas que corriam também já tinham falado dos irmãos ruivinhos. Eles eram os filhos da promotora. Os filhos da Raquel. A vampira que tinha vindo da cidade, com centenas deles, só para pegar seus filhos de volta. A criançada se agitou, reavivando as histórias que diziam sobre Breno e Pedro, e começaram a se exaltar e a dizer o quanto era maneiro saber que uma mãe, mesmo vampira, tinha vindo atrás deles. Breno acabou calado, com um sorriso no rosto granjeado pela súbita atenção que tinha recebido, pelos olhares e risadas amistosas que jogaram em sua direção. Sentiu-se como quando Pedro chegava nas festas e todo mundo vinha tocar a mão e abraçar o irmão mais velho.

Chiara olhou ao redor, sentindo falta do namorado que tinha sumido a manhã inteira. Ele andava esquisito e ela sabia muito bem como era ser evitada por quem ela considerava. Por essa razão decidiu dar uma mão para a enfermagem e cuidar das crianças. Crianças eram transparentes e sinceras. Depois conversaria com o namorado, se é que ainda tinha um.

Entenderam rápido também as outras complicações que dificultavam que as famílias se reunissem e conseguissem informações, e lembraram que nem tudo era só desgraça. Todos eles, cada um deles, tinha ficado praticamente curado da doença que os tinha carregado para a UTI do Instituto da Criança. Mallory tinha sido cuidadosa em falar a palavra "cura", porque fazia menos de dois meses que tinham deixado o HC.

A enfermeira tinha confidenciado para a garota que tudo ainda era muito novo, e apesar da alegria de vê-los todos bem, correndo para lá e para cá no estacionamento e no playground do HGSV, ainda era muito cedo para aceitar aquele milagre. Um pequeno temor, um frio em seu estômago, fazia ninho dentro de si a impedia de festejar. Sentia-se ainda pisando em um chão escorregadio e a espinha enregelava sempre que o sol começa a baixar no horizonte. A noite não era mais a mesma coisa. A escuridão agora era uma barreira real, uma linha de incerteza, uma abertura para as feras alcançarem aquele lugar, quase idílico para ela, agora que via seus pacientes curados e apartados de um outro tipo de monstro.

À deriva

Depois de brincarem de esconde-esconde e ficarem quase cinco minutos inteiros parados olhando para a construção do muro, foi Wando quem se aproximou da enfermeira e pediu, com dois amigos de hospital às suas costas.

– A gente pode ver um deles?

Mallory e Chiara se entreolharam, arqueando as sobrancelhas.

– O que vocês querem ver?

– Um deles... – repetiu Wando, intimidado e raspando o chinelo contra o chão.

– A gente queria ver um vampiro, mas a gente sabe que não pode... então a gente queria ver um que dormiu – explicou Janaína, segurando a mão de Mallory.

– Um adormecido? É isso? – confirmou Mallory.

Os garotos sorriram e todas as crianças circularam a enfermeira, intrigadas.

– É, tia. A gente nunca viu um adormecido, deixa! – tornou Janaína. – O Foguetinho já viu um vampiro e a mãe dele é vampira. Deixa a gente ver pelo menos um adormecido.

Mallory procurou os olhos de Chiara para apoiá-la. A garota deu de ombros e ergueu as mãos enquanto Breno se juntava a ela, sua eterna escudeira desde a investida da mãe vampira.

* * *

A descida pelas escadas do silo foi feita dentro de um bloco de silêncio. Mallory pediu que as crianças seguissem unidas e caladas apenas uma vez. Os degraus de borracha das escadas estavam sombrios, a luz do sol ficando cada vez mais distante, quase desaparecendo no primeiro lance de escadas e mantendo um halo dourado no topo da escadaria. Agora era a vez daquelas paredes de concreto e daqueles degraus cinzentos e negros, cada vez mais escuros, adquirirem uma aura assombrada que compactava as crianças cada vez mais uma contra as outras e fazia com que cada passo para baixo, cada patamar alcançado fosse um voto de cumplicidade ao invadirem um terreno sagrado. Mallory já estava arrependida. O escuro não era mais um lugar onde sentia-se bem,

Chiara, percebendo aquele clima tenso inflado pela ansiedade e pelo medo das crianças de fazerem um passeio aos subsolos dos silos, pediu que parassem um instante, fingindo que estava escutando alguma coisa vindo das escadarias acima. Colocou sua cabeça além do parapeito, mirando o vazio escuro para baixo e olhando para cima, para o fraco e distante halo de luz do sol oito andares acima.

– Que coisa estranha – murmurou a garota.

As crianças comprimiram-se em manada contra o parapeito, olhando para cima junto com a garota. Mallory, percebendo o ar sapeca da adolescente, antevia o que estava por vir.

– Acho que escutei um gemido… e unhas raspando.

As crianças ficaram com os rostos pálidos e afastaram-se imediatamente do parapeito.

– Não devem ser muitos vampiros. Alguém tem que correr e chamar o Graziano – sugeriu Chiara.

– Eu vou! – voluntariou-se Breno. – Eu sei quem é o Graziano. Ele corta os vampiros com a espada.

– Mas e se for sua mãe? Com aquelas veias verdes e aqueles dentes compridos, querendo o seu sangue? – perguntou uma delas.

As crianças começaram a gritar e a correr escada abaixo, obrigando Mallory a apressar-se atrás delas enquanto Breno respirava pesado, imóvel, seus olhos cravados nos olhos desafiadores de Chiara, que o interrogava com uma unha afiada comprimindo seu peito de menino, que subia e descia a cada respiração.

– Ela não vai fazer nada comigo. Ela é minha mãe. Ela ama a gente.

– Ela virou uma vampira, carinha. Quanto antes você aceitar isso, mais rápido essa dor aí vai embora – endureceu Chiara.

Breno afastou o dedo de Chiara de seu peito e desceu a escada pisando duro, de braços cruzados.

Na entrada do salão, Mallory esperava pelos dois. Ela também estava com a cara fechada e os braços cruzados. No salão dos adormecidos, a luz do sol chegava graças ao sistema arquitetônico que fazia a luz atravessar as claraboias lá do alto e descer quase todos os níveis, até atingir os que estavam naquele estado estático.

– Não faça mais isso! – repreendeu a enfermeira.

À deriva

As crianças ainda estavam unidas e já tinham sido advertidas da brincadeira, contudo, o ambiente mal-iluminado do grande salão onde reuniam os adormecidos trazidos do HC, apanhados no caminho e também os recentes recuperados pelo Grupo de Resgate de Adormecidos, dispostos em macas e colchonetes, imóveis como mortos, dando um aspecto de necrotério àquela gruta de concreto, não encorajava muito a excursão.

No meio dos adormecidos andavam três pessoas, preocupadas com o grupo novo trazido por Cássio dois dias atrás, direto de São Paulo. Elas fotografavam as pessoas com câmeras digitais e escreviam em cadernos, fazendo anotações, chamando a atenção de Chiara, que se afastou do grupo e se aproximou do trio de trabalhadores.

Mallory notou a garota indo de encontro aos escalados para cuidar dos recolhidos da capital, mas manteve-se orientando as crianças que avançaram de mãos dadas até a primeira fileira de adormecidos. A maioria dos pequenos tinha sido paciente e caminhava calada, como se lembrassem das plaquinhas clássicas dos hospitais que marcavam o pedido de silêncio pelo dedo em riste das enfermeiras. A memória fresca das crianças as lembrava de que pareciam estar diante de pessoas em coma numa UTI, igual àquela de que tinham vindo.

– Eles também vão sarar igual a gente, Mall? – perguntou Wando.

Mallory aproximou-se de uma maca com uma garotinha adormecida. Seus cabelos lisos estavam ensebados, oleosos, colados em sua testa e cobrindo a parte superior da maca. Ela tinha os lábios pálidos e a pele morena. Os olhos fechados, serenos. Era impossível perceber o movimento da respiração. Vestia uma camiseta amarela, com um coração de lantejoulas no meio, e um shortinho preto. Estava descalça, com um par de tênis de jeans ao pé da maca e um prontuário aos seus pés. Mallory passou a mão nos cabelos dela e beijou sua testa. Finalmente virou-se para as crianças, que a observavam silenciosas e com os olhos cheios de emoção.

– Alguns deles acordam. Quando acordam ficam bem.

– E se não acordam, Mall? Quanto tempo podem dormir assim?

– Acho que não vão dormir muito tempo. Alguma coisa aconteceu aquela noite, mas eles já estão sarando, igual vocês. Alguns só estão demorando mais para acordar, mas logo todos estarão bem de novo.

Chiara voltou toda animada até Mallory, fingindo bater palmas para não provocar alarde no meio dos adormecidos, como se aquilo pudesse acordá-los de repente. Abraçou a enfermeira e, sorrindo, apontou para o prontuário ao pé da menina adormecida sobre a maca.

– Mall! Descolei um emprego! Me voluntariei para ajudar essa galera aqui e eles aceitaram.

– Ajudar? A fazer o quê?

– A fazer "triagem". Chique, né? Assim eu me ocupo e deixo o Pedro fora da minha cabeça. Ele está me evitando agora, acredita? Aquele ingrato. Ficou sumido o dia todo, escondido de mim e do irmão dele.

– Triagem?

– É. Olha! – Chiara estendeu o prontuário para a enfermeira e mostrou os documentos lá dentro. – O que eles estão fazendo é muito louco, Mall. Ainda bem que pensaram nisso. Todo mundo que eles pegam, juntam documentos, comprovantes de residência, ou alguém escreve o endereço onde a pessoa foi encontrada quando foi resgatada. Eles querem ter um controle de onde veio todo mundo que chegar aqui, quem é a pessoa. Querem que os parentes consigam se reunir um dia, quando todo mundo despertar.

– É tipo um Censo.

– Não sei o que é isso – respondeu a adolescente, efusiva –, mas acho que é.

Mallory olhou para os papéis da menina. O RG dizia que seu nome era Elisabete Matias Freixo. Tinha só treze anos e tinha vindo da rua Japiuba. A rua do sargento Cássio. A enfermeira olhou para os demais adormecidos e andou pelas fileiras. Era tanta gente naquele porão escuro e mal iluminado, e toda semana chegavam mais. E o muro ia aumentando. Tinha escutado sobre o biodiesel, o que seria um avanço para o GRA quando começassem a produzir e adaptar os motores. Mallory sentiu o peito apertado. Ela não conseguiria trabalhar ali. Não gostava de lugares fechados daquele jeito e com pouca luz, mas ainda bem que tinha gente disposta a fazer esse trabalho. Parou ao lado de uma maca. Um jovem rapaz, de rosto sulcado, magro, mas muito bonito. Cabelos encaracolados e uma pasta presa ao peito. Mallory soergueu as sobrancelhas e levou a mão a boca. Estava impressionada. Já tinha visto aquele moço. Conhecia aquele adormecido. Era muita coincidência.

– O que foi, Mall? – perguntou Chiara ao seu lado. – Parece que viu um fantasma.

– Eu conheço esse gatinho.

– Gatinho? Esse tiozinho magrelo, você quer dizer? Gato é o meu Foguete.

Mallory então sentiu os pelos da nuca se arrepiarem e olhou para a maca ao lado sem achar o que procurava, andou mais uma e então ela estava lá. Seus olhos se molharam na hora e duas lágrimas desceram de seu rosto enquanto segurava com a mão um gemido dentro da boca.

– O que foi, Mall? Você está chorando...

Chiara abraçou a amiga sem saber muito bem como agir ou como consolá-la.

– Ela... ela é minha amiga.

Mallory acariciou o rosto de Ana. A doutora intensivista da UTI do Instituto da Criança tinha sido parceira de Mallory por muitos e muitos plantões e tinha sido apanhada pelo sono no momento de maior crise naquele dia.

– Naquele dia... quando a gente nem sonhava como as coisas ainda iam piorar, ela foi descansar na sala de repouso dos médicos e nunca mais despertou.

– Lamento, Mall. O pessoal tá dizendo que ninguém acordou esses dias. É estranho, mas uma hora você se acostuma em ser deixada para trás.

Mallory secou os olhos e voltou até o rapaz que tinha reconhecido.

Chiara apanhou o prontuário preso à maca do homem e o abriu, lendo o seu nome. Lucas. Junto ao seu RG estava também o seu endereço. A garota ergueu os olhos e se viu cercada por centenas e centenas daquelas pessoas que nem sonhavam o que estava acontecendo nem imaginavam a escuridão que tinha devorado todo o planeta.

CAPÍTULO 39

O doutor Elias, sem muita opção, cedeu à chantagem de Pedro de ser dedurado, e lhe entregou uma dose da vacina, obviamente sabendo em quem o garotão iria aplicar. Elias achava que seu dia tinha começado ruim, mas não fazia ideia de como iria afundar ainda mais, levado a um inferno construído por escolhas ruins.

Depositou o cilindro metálico da vacina na mão de Pedro e mais uma vez explicou como a vacina deveria ser aplicada. Lembrou que apesar de não precisar de refrigeração, não deveria ser submetida a temperaturas extremas, jamais ser deixada debaixo do sol e ficar sempre protegida pelo cilindro. Também se achou obrigado a lembrá-lo do perigo ao qual ele ficaria exposto.

— Não acho uma boa ideia, garoto. Você, sozinho, não vai dar conta de chegar perto daquela criatura com uma injeção.

— Eu ainda tô com o meu revólver e sei que vou achar minha mãe.

— Queria ser cheio dessas suas certezas, garoto. A juventude é um diamante e também um atalho para encrencas. E cuidado com esse revólver. Tô me sentindo um contrabandista de armas já.

— Já recuperou o seu? É mole assim para um médico entrar no arsenal?

— Eu tenho os meus truques. Cuidado para não dar um tiro no próprio pé, já basta sua cabeça dura e quebrada.

Pedro foi embora irritado e batendo o pé.

— Você não sabe de nada! Ela é a minha mãe, a MINHA mãe! — gritou.

O médico deu de ombros, pois sua prioridade era outra, e também estava conectada ao laço consanguíneo. Talvez por isso, bem lá no fundo, compreendesse e até torcesse por Pedro.

À deriva

No caminho para o esconderijo de Júlia, seu estômago foi se contraindo pela especulação sobre a situação que poderia encontrar. Em vez de ir pela estrada, que fazia uma volta enorme, arriscou embrenhar sua picape 4X4 por uma estradinha de terra que o levaria praticamente em linha reta na metade do tempo. Deixar a filha encarcerada, presa a correntes, naquelas condições, não era exatamente o que ele queria. Ele sabia que tinha sido um pai de merda, distante da família, mas em mil anos nunca imaginaria passar por uma situação extrema dessas.

Quando parou a picape em frente ao casebre, seu sangue gelou. A porta estava aberta e toda a claridade do dia passava para o lado de dentro do refúgio. Seu coração disparou e, de forma espontânea, lágrimas molharam seus olhos.

Elias desceu do carro e caminhou até a porta, notando as pegadas empoeiradas de um calçado grande, pés maiores que o seu. Sua filha tinha sido descoberta e temia ver o que não queria encarar jamais. Júlia morta, sem vida, abatida, sem chance de se defender, acorrentada à parede pelas mãos do próprio pai.

Logo a porta começou a desvelar um cenário inimaginável. Pálido e imóvel estava o corpo de Graziano, vítima de volemia, com uma mancha imensa de sangue que corria para o lado esquerdo do cômodo. Junto à parede, um volume encoberto pela proteção dos tecidos.

– Júlia… – murmurou o médico, na certeza de que o bento tinha dado cabo de sua filha.

Fechou a porta, garantindo a escuridão, e correu até o fundo. Puxou o tecido cuidadosamente e viveu uma mistura agridoce. Ela estava lá. Com os olhos fechados pelo encanto, mas parecia inteira… ou quase. Seus pulsos estavam em carne viva, e era possível ver os ossos da articulação da mão direita.

Ele olhou para trás, para o corpo caído de Graziano. No meio, o outro revólver que ele apanhou no arsenal. O mau agouro. Ela tinha atirado em Graziano e o matado. Então, pelo que deduzia, ela tinha lutado freneticamente por conta de seus instintos para se soltar das correntes e alcançar a presa. A parede raspada e com parte do reboco arrancada contavam parte dessa história, da luta da filha para escapar das correntes. O chão de madeira arranhado mostrava a loucura de suas tentativas de alcançar o homem. Elias abaixou-se perto dos arranhões e achou uma farpa de cor diferente do assoalho, puxando-a com os dedos e levando-a até perto dos olhos por conta da exígua claridade. Estremeceu dos pés à cabeça. Era uma unha da filha fincada na madeira.

Ajoelhado, sujando suas calças no sangue do soldado, seu lado médico começou a funcionar e ele se aproximou do corpo. O rosto cianótico era um mau presságio. Rastejou mais um pouco e pousou os dedos no pescoço do bento. Fechou os olhos e ficou em silêncio, concentrado. Pulso. Tinha pulso! A hemorragia era séria e não havia tempo a perder e nem muito em que pensar. Tinha que salvar aquele homem!

Correu até a picape e pegou seu kit de atendimento. Rasgou a camiseta do paciente e viu os ferimentos de entrada dos projéteis. Graziano era pesado, mas conseguiu girar o corpo dele para o lado. Puxou os farrapos da camiseta e procurou pelos sinais de saída dos projéteis. Achou apenas um. Graziano já estava hipotérmico e o relógio voava. Abriu sua maleta e despejou álcool em suas mãos. Lavou as feridas de Graziano, ato mecânico, uma vez que sabia que as infecções não estavam mais se manifestando nos pacientes atendidos em São Vítor, mais uma camada dos mistérios que vieram no pacote daquela maldita noite, mas que naquele momento trabalhava a seu favor. Rapidamente fez pontos, fechando as feridas provisoriamente e cobrindo-as com gaze. Voou para a picape novamente, ergueu a porta do compartimento da caçamba, manobrou às pressas, dando ré e praticamente batendo contra o telhado da casa.

Uma coisa difícil era arrastar um homem daquele tamanho. Usou uma tábua para servir de rampa e, quando conseguiu colocar Graziano na caçamba, estava lavado em suor. Os lábios azuis do homem davam agonia. Ele era médico. Já tinha visto centenas de pacientes morrendo em seu exercício no HC, mas o contexto de tudo aquilo era muito diferente. Era como se ele próprio tivesse dado um tiro em Graziano. Pressionou os dedos na carótida do homem ferido. Elias ficou flutuando naquela lacuna… naquele vazio de vida até que "tum". Um batimento, débil, fraco, mas ainda havia vida no bento.

Entrou no casebre, apanhou o revólver do chão, cobriu Júlia com cobertores e mantas e fechou a porta. Entrou na picape e pisou fundo no acelerador, tomando o caminho de volta a São Vítor.

CAPÍTULO 40

O poente libertou os adormecidos do tecido que os mantinha imóveis e praticamente inofensivos. Luna desprendeu-se daquele sono mágico. Ainda era uma iniciante e a sede e a fome que sentia era algo diferente e repulsivo para ela. A decisão que fora tomada, na crença de que formaria com a prima e a vampira ruiva uma coisa única, tinha sido um engano. A prima, parada a sua frente, a trouxe dois passos para fora da toca onde dormiam de pé, dentro do galpão de proteção aos vampiros montado por Tayla.

– Queria dizer que você se acostuma, Luna, mas a fome só fica pior – revelou Yolanda. – Você aprende a controlá-la.

– Por que ela fez isso com a gente? Por que fez comigo? Eu não queria ser uma vampira.

– Tá falando da ruiva? – intrometeu-se Tayla na conversa. – Ela tem um parafuso a menos na cabeça. Ela já invadiu São Vítor uma vez atrás dos filhos e quer fazer isso de novo.

– Não precisa falar assim dela – sussurrou Luna.

Tayla sorriu para as garotas resgatadas no rancho.

– Tudo bem, não falo. Mas aqui é um galpão de proteger vampiros, defender vampiros, e a única vampira que não me desce pela garganta é ela. Ela matou meus soldados e matou meu amigo, Nêgo, bem aqui dentro, só para pegar vocês. O que vocês têm de tão especial?

– Nada – tornou Luna. – Eu agradeço a ajuda, mas ela só queria ficar com a gente. Disse que a gente ia formar uma nova família. Que seríamos filhas dela.

– Família era gente igual a da sua, Luna, que deixou um bilhete aqui, pedindo ajuda para sua prima Yolanda, uma infecta.

– Por que você faz isso? Por que está abrigando os vampiros?

Tayla deu mais um gole da garrafinha de água na mão, fazendo barulho.

– Família. A resposta de todo mundo aqui dentro é família. O mundo acabou e a gente quer dar um jeito de continuar junto. Minha irmã chegou até a minha casa como uma noturna. Ela é bem mais velha do que eu, tinha picado a mula no mundo, mas quando o caldo apertou... família. A gente quis ficar junto. Yolanda não estava cuidando de você? Não está agora te guiando na escuridão?

Luna olhou para a prima.

– Família – repetiu Tayla.

– E você não tem medo de nossa fome? De nossa sede por sangue? – perguntou Yolanda.

Tayla encarou-a e balançou a cabeça em sinal negativo. Bateu o dedo no cabo da pistola e também no cabo do facão

– Não são as armas que me defendem. Se vocês acabarem comigo, esse galpão vem abaixo num instante. Quando o sol nascer, você pode ficar até acoitada em algum buraco por aqui, mas quem vai lutar por vocês, de verdade? Quem vai cuidar de vocês até o anoitecer? Não seria muito inteligente atacar o meu time. Aqui nós cuidamos de vocês. Não matamos por vocês, tipo, para dar papinha na boca, fazemos missões de resgate... Mas nós cuidamos dos vampiros. Nós cuidamos da nossa família.

CAPÍTULO 41

Pedro notou que a mão da mulher estava trêmula quando seus dedos tocaram o portão. Ele tinha lutado para não desviar na Castelo Branco e partir para sua casa em Alphaville, mas tinha prometido levar a mulher até sua casa primeiro. Iria manter sua palavra. Ela era uma mãe que queria encontrar os filhos. Não muito diferente dele, um filho que queria encontrar a mãe. Não sabia por que achava a missão dela mais urgente e também mais fácil.

O portão rangeu e a mulher entrou pelo quintal colorido, passando pelo chão de cacos de azulejo e dirigindo-se até a porta da frente, que abriu sem resistência. Pedro ficou um pouco na calçada, olhando para aquela rua calma e silenciosa. Se não tivesse cruzado a paisagem urbana e caótica desde a rodovia até ali em cima da moto, nunca diria que estava no cenário central daquele episódio do fim do mundo. Não havia cachorros e nem gatos ali. Só um vento fraco, movendo o ar e as nuvens sob um céu azul e morno. Tinha uma coisa diferente, sem sombra de dúvidas. Uma coisa que deixava qualquer ser humano alerta, com os ouvidos aguçados. Havia um cheiro no ar. Um cheiro de podridão presente desde que adentraram a cidade. A cidade estava deteriorando. Atrás de portas fechadas e janelas abaixadas, em cima de colchões ou no meio do tapete das salas, eles estavam lá e o cheiro se esparramava, criando uma assinatura para aqueles dias infernais.

Pedro olhou para a grande antena de torre de celulares plantada no meio de um terreno ao lado da casa de Alessandra. Deu um passo para dentro da casa dela e ficou olhando para o pequeno quintal. As flores murchas, as plantas nos vasos deitadas, sem forças, clamando por um gole d'água.

A companheira de viagem, de fuga, do que quer que chamassem aquilo, tinha se adiantado e entrado na casa. Pedro seguiu suas pegadas marcadas pela poeira que se acumulava no quintal e no corredor lateral. Mais plantas em vasinhos. Desenhos de giz de cera nas paredes brancas. A tal da Megan gostava de princesinhas cor de rosa e casinhas que deveriam ser castelos em sua imaginação.

Pedro sorria quando entrou na casa. Estava bem mais fresco lá dentro do que do lado de fora. Escutou a mulher chorando em algum lugar. A casa estava escura e, por instinto, ele bateu os dedos no interruptor. Nada de energia. Pedro suspirou e mordiscou o lábio. Andou pela sala pequena, com chão de tacos e um tapete escuro em frente a um painel com uma TV de plasma presa à parede. Dois sofás bem simples. Uma mochila rosa e preta de estudante caída ao lado da mesinha de centro. A cozinha era aberta, uma continuação da sala. Micro-ondas, geladeira. Um copo sobre a pia de quartzo bege. Bilhetes na mesa. Pedro balançou a cabeça ao lê-los. Recados do sargento Cássio para a irmã. Recados da irmã para Cássio. Inspirou fundo, lembrando-se da mãe. Conversavam pelo smartphone também. Aquelas notas em papéis eram algo mais primitivo, mas era isso que faziam. Queria mandar uma mensagem para ela. Saber onde ela estava. Seria tão mais fácil se os celulares simplesmente voltassem a funcionar. Se as pessoas simplesmente acordassem e tudo aquilo não tivesse passado de um sonho. Queria ouvir os carros na rua. Ver os vigilantes que cumprimentava todos os dias em seu condomínio classe alta onde passara os últimos anos escondidos do Urso Branco. Não por causa das casas imponentes, dos vizinhos pedantes que andavam como se não fossem terrenos, mas porque conhecia cada pedacinho de asfalto daquele lugar. Reconhecia cada latido de cachorro e não tinha aquela dor latejante na cabeça que fazia sua visão produzir linhas fantasmagóricas aqui e ali. Tinha reparado nelas em São Vítor, mas Otávio e Mallory disseram que o latejar ia sumir, só que parecia ficar mais forte, incomodava, porque doía. Doía lembrar de como tudo era mais simples. Naquele mundo não tinha uma mãe chorando por duas crianças desaparecidas, arrancadas de suas mãos por um homem ensandecido que as tinha sugado para dentro de um bueiro, para dentro de um regato de água podre, mijo e fezes que se tornara um turbilhão de água com a chegada da chuva. Não queria dizer, mas podia ser que os corpos dos filhos já estivessem inchados a essa hora, com a pele

À deriva

pronta para arrebentar e derramar milhões de larvas para fora, cercados por moscas varejeiras, atraindo uma porção de vermes que devorariam ao longo dos próximos meses cada pedacinho de suas carnes. Não falavam disso, dessa hipótese, talvez porque ele e ela estivessem unidos por esse anzol de esperança de reencontrar quem amavam como os tinham deixado. Contudo, a "hipótese" se alastrava pelo ar da cidade. O mundo tinha sido sempre feroz, mas agora as variantes eram desconhecidas. Uma coisa era certa: crianças ainda morriam afogadas. Soltou os bilhetes e olhou para o chão empoeirado, com as marcas de seus tênis, escutando os soluços de Alessandra no fim do corredor. Mais um papel no chão com letras infantis. Devia ser da menina mais nova. Pedro balançou a cabeça em sinal negativo mais uma vez. Não gostava daquele mundo porque não sabia o que dizer para aquela mãe. Queria continuar dizendo para ser positiva e que tudo ia dar certo, mas nada ia dar certo porcaria nenhuma. Ele também não sabia o que diria para a sua quando a encontrasse. Só queria encontrá-la e nada falar.

Quando visse a sua mãe Raquel de novo, sabia que não precisaria abrir a boca, ela cuidaria de tudo, o colocaria em seu colo e afagaria seus cabelos vermelhos. Era isso que ele queria, mas não podia se enganar eternamente. Os soluços de Alessandra eram reais. Aquele cheiro de carne podre por onde quer que andasse era real. Ele não fazer ideia de onde sua mãe estava era o mundo de verdade.

Por que ele estava vendo aqueles fios saindo das pessoas de vez em quando? Olhar para trás só levava de volta àquele cenário em que os homens o tinham separado de sua vida e de sua mãe e o arremessado para aquele pesadelo. Sentiu a pele de seu corpo arrepiar e andou até o batente da porta que dava para o lado de fora da casa. Tocou o batente. Raspou-o com as unhas até sentir dor. E se estivesse numa digressão? E se ainda estivesse deitado no leito do hospital do qual faziam questão de lembrá-lo todo santo dia? E se nada daquilo fosse verdade e fosse só a história dentro de sua cabeça, que ele estivesse inventando, naquele exato e preciso momento, escolhendo palavras e imagens para que aquela sequência de eventos fizesse sentido? Seria possível inventar uma história tão cruel assim para ocupar o seu tempo enquanto se recuperava dos tiros que tinha tomado? Tantas pessoas, tanta gente, o amor sufocante de Chiara. A atração estranha por aquela mulher mais velha. Ela era linda, e a estranheza

276

não estava na idade tão distante, mas nas similaridades de suas buscas, em suas fragilidades e fortitudes. Não podia ser um sonho. Também não podia ser real. O que estava acontecendo? Ele sentia em sua pele que não era dono de seus passos. Só queria a sua mãe. Só que estava preso ao passado. Essas duas coisas que faziam dele um só caráter o tinham colocado de pé no meio daquela sala, com o chão empoeirado repleto de marcas, de pegadas, por onde ele tinha passado. Quantas outras pessoas já tinham seguido aqueles passos? Deixado rastros na poeira de suas casas abandonadas procurando gente? De repente não se sentia só um garoto com um curativo na cabeça quando escapava e voltava, pensando em contar uma história. Ele queria uma versão mais *soft* quando abrisse os olhos no hospital de novo. Ele queria uma alternativa diferente daquela, mas para isso acontecer ele tinha que querer outra coisa e ser outra coisa em outro tempo. Não podia querer voltar a São Paulo atrás de sua mãe. Agarrar-se a uma vida que não existia mais. Ele nem sabia se ele existia ainda.

Pedro sentiu sua visão escurecer. Sentia que estava fendido e aberto. Alguma coisa tocava sua cabeça e queria entrar pelo seu osso machucado. Alguma coisa ali, que ele não comandava, que vinha de algum lugar que ele não conhecia, engendrada para se elevar daquela poeira e ser mais do que qualquer outro era. Essa coisa já tinha estado ali antes. Já tinha procurado uma passagem. Ele cambaleou alguns passos, voltando a bater as costas na mesa. Escutou uma voz de garota em sua cabeça. Uma voz de menina falando "Ela é tão bonita! Tem certeza de que ainda está viva?". A coisa, que viajava pelo ar, invisível, não estava pedindo permissão. A coisa estava sendo pensada naquele momento e estava agora sendo injetada em seu ânimo. Tudo ficou escuro, e Pedro sentiu uma vertigem e se dobrou para a frente. Havia um canto. Um canto mandado de longe. Ritmo. Pés batendo contra o chão. Pedro caiu de joelhos, agarrado à beira da mesa, tonto. Não queria bater a cabeça mais uma vez, mas a tontura era forte, e os pés da menina, ritmando, dançando e levantando terra. Alguém escrevia para ele, não um bilhete, mas uma nova vida. Uma vida onde encontraria os caminhos e encontraria sua mãe. Uma força, tão poderosa, que não podia ser repelida naquele momento. Seu estômago se revirou. Ele sentiu a presença, tão perto, mas tão perto, que sentiu a respiração em seu ouvido esquerdo e o calor em sua pele. Pedro arfou e se dobrou, caindo de joelhos em frente ao vaso sanitário. Um cheiro ruim vinha daquela água parada.

À deriva

Ele sentiu o líquido quente subindo por sua garganta, irrefreável, e abriu a boca soltando um jato de vômito. Teria que ser forte para continuar buscando o que queria. Levantou-se e abriu os olhos que lacrimejavam. Não. Não estava no hospital. Estava ali, na casa de Alessandra e de Cássio. O dedo que tinha arranhado o batente sangrava porque sua unha tinha se lascado levemente e dela caía uma gotinha fininha, pequena, mas latejava mais que sua cabeça agora e doía pra cacete. Arfou, tomando ar. Estava com vontade de sair correndo dali. Não sabia o que estava acontecendo. Nada estava no lugar agora. Bilhetes sobre a mesa não eram do seu mundo.

Pedro colocou a mão sobre as bandagens, sentindo o latejar junto com o dedo, e fez uma careta, escutando o choro de Alessandra vindo do corredor. Estava na casa de Cássio, e a irmã dele ainda chorava. Ela chorava pelos filhos e ele chorava pela mãe. A tal da cumplicidade. Estavam entregues um ao outro. O menino olhou para cima, para o teto já cheio de teias escuras e físicas, carente da limpeza que ninguém mais fazia. Teias de verdade, saídas do bojo de uma aranha que tinha andado pelas paredes. Não eram aquelas espectrais, que surgiam do nada e que traziam vozes para dentro de seu cérebro. Pedro saiu para o quintal para tomar um ar. O sol brilhava intenso e seus olhos tinham se desacostumado com a claridade, fazendo-o apertar as pálpebras, mas aliviando a tontura. Andou até o portão e ficou olhando para o outro lado da rua. A torre morta de celular riscava o céu, inútil, sem emitir ou receber sinais, sem propagar as vozes, emoções, emojis, gifs, dados, esperança, contatos. A torre não sabia que ele via fios e que os humanos ao redor estavam perdidos, ainda juntando seus cacos, com a cabeça latejando e escutando vozes fantasmas. Pedro voltou para dentro da casa e andou na direção do choro, mas parou junto à porta do banheiro no meio do corredor. Entrou. Um fio de luz de sol entrava pela janelinha do cômodo de azulejos de cor creme. Havia um cesto cheio de roupas sujas de crianças que talvez nunca mais fossem lavadas. Ele parou em frente ao espelho, olhando para seu rosto cansado e sua cabeça raspada começando a ficar laranja novamente por conta da penugem dos cabelos que queriam voltar. Os dedos sentiam a aspereza da bandagem feita por Mallory. Tinha uma mancha amarelada do lado esquerdo da testa, mas não doía. Latejava, mas não doía. Era ali que sua cabeça estava aberta. Talvez ficasse uma cicatriz feia, mas pouco se importava com as cicatrizes. Tinha tomado a porra de um tiro na cabeça e estava vivo para olhar sua cara cansada em frente ao espelho. Sentia-se estranho ainda. O estômago ainda revirava. Tinha sentido aquela coisa bem ali, no corte, na carne, querendo passar pelo seu osso, mas não tinha coisa alguma. Só estava estressado e atordoado pois estava sozinho com Alessandra naquela melancólica casa. Nada nem ninguém tinha entrado por sua ferida. Suspirou novamente, tateando o tecido poroso que a rodeava. Não gostava daquilo. Queria o seu cabelo cheio, a franja vermelha que fazia as meninas pirarem. Queria as festas do condomínio e ouvir as risadas e não o choro triste de uma mãe que tinha perdido suas crianças. Já estava cansado daquilo. Ele tinha perdido tudo também e não andava chorando pela cidade. Ela tinha que ter mais coragem, pois iriam se afundar mais e mais naquela metrópole morta, cheia de vampiros, cheia de gente adormecida em casas e apartamentos e cadáveres distribuídos pelas ruas. Ela tinha que ser forte. Precisavam reunir gente para tirar carros e detritos das vias, acordar as pessoas de novo e fazer aquele aglutinado de concreto e apartamentos voltar a viver. Tudo voltaria a ser como era antes um dia. Olhou mais uma vez para o espelho. Seus olhos estavam fundos e não parecia mais um adolescente. Sentia-se como um velho de quarenta anos. Via rugas que nunca tivera. Via veias que nunca tinha visto. Estava cansado demais para ter dezessete anos.

Bateu a mão no bolso lateral. O cilindro que pegou com Elias ainda estava ali. Seu quinhão por ter ajudado o doutor. Sua chance de trazer sua mãe para a luz.

Andou até o quarto. Alessandra estava deitada na cama da menina. Megan. Ele se lembrou do nome que ela tinha repetido várias vezes durante a noite enquanto ele vigiava seu sono. O menino era Felipe. Não queria dizer para ela que agora acreditava, mesmo, que elas estavam entaladas naquelas galerias, inchando, mortas há mais de uma semana. Era nisso que acreditava. Aqueles fios fantasmas, eles carregavam um recado que ele ainda não sabia traduzir, mas pareciam mau agouro. Quando ele seguiu o fio que saía do estetoscópio que Mallory usava, tinha ido parar na frente daquela mulher adormecida que a enfermeira tinha dito que era sua amiga. Elas não voltariam para aquela casa, para encher os cômodos de alegria. Ele até queria que isso fosse possível. Se ela quisesse, ele poderia ser um cara legal e levar os dois para a escola um dia. Levá-los para uma partida de paintball. Ele tinha aprendido muito sobre armas e autodefesa

À deriva

nos últimos anos nas aulas de defesa pessoal com a sua mãe. Tinha sido treinado para sobreviver ao ataque de pelo menos dois homens armados ao mesmo tempo, mas nada disso ia rolar. Ficou olhando para ela abraçada à almofada da filha, soluçando e perdendo a cabeça enquanto os fios brancos como teias de aranha subiam e saíam pelas paredes, indo para fora da casa. Foi quando Pedro sentiu seu corpo todo se arrepiar. Os fios atravessavam a parede! Ele correu para o corredor que dava na casinha dos fundos. Os fios saíam pela parede do quarto das crianças e atravessavam o vão do corredor do quintal e o muro em direção à casa dos vizinhos, descendo pela rua Japiuba. Havia barreiras para percorrer e contornar para que conseguisse chegar até a amiga de Mallory na distante São Vítor, mas não era isso dessa vez. Eles estavam conectados à mãe que chorava no quarto das crianças. Não era a amiga de Mallory que estaria do outro lado da ponta! Era um par de outras coisas que encontraria ao fim daquelas teias de aranha esbranquiçadas e opacas que saíam das costas de Alessandra, subindo como duas asas de fadas. Aqueles fios que germinaram, enquanto ela chorava, quando ela se exasperava e eles ficavam mais nítidos... eles estavam ligados aos filhos dela! Ela estava, naquele instante, sintonizada com as crianças de alguma maneira. Pedro sentiu a cabeça latejar a ponto de doer. Era claro! Aqueles pontos sem pé nem cabeça pareciam se juntar naquele exato momento! Formava uma suposição esperançosa. A amiga de Mallory era uma adormecida! O fio tinha terminado sobre o umbigo dela, de uma adormecida! Pedro baixou a cabeça e então notou. O fio branco não germinava diretamente de Alessandra. Ele saía dele, surgindo na altura de seu umbigo e se ligando a Alessandra, atravessando a amiga e se bipartindo como asas. Era surreal.

Pedro não queria dar falsas esperanças a ninguém, não podia brincar com isso, mas tinha que admitir para si mesmo que as coisas tinham mudado no mundo todo, então podia ser verdade que ele tivesse mudado também naquela noite maldita. De alguma forma ele era a porra da antena de celular dessa vez! Ele estava vendo fios fantasmas que ligavam coisas e pessoas. Seu coração estava disparado. Ele queria falar, até mesmo gritar, mas não falaria daquilo agora. Contudo, tinha quase certeza de que bastava seguir o par de fios de teia e pronto! Megan e Felipe estariam lá, na ponta daquela teia fantasma, adormecidos como a colega de Mallory.

Lutou contra seu impulso inicial e ficou com raiva do mundo inteiro. Quantas pessoas não estavam derramando aquelas mesmas lágrimas naquele preciso momento, rasgadas até a alma por terem perdido alguém? Em vez de entrar no quarto e confortá-la, colocando a cabeça da mulher em suas pernas, Pedro retrocedeu no corredor, deixando-a a chorar em paz, sendo ele testemunha única do fio branco que saía de sua barriga e se dividia ao tocar a mãe das crianças. O que tinha que fazer agora? Como a convenceria a seguir um caminho que ela não poderia ver? Não tinham muito o que fazer ali e, para ser sincero, era ele quem queria colo, quem queria deitar-se nas pernas da mãe. Como faria para ter uma teia daquelas, para si só, ligando-o até sua mãe e servindo de ponto para levar a cura que ela tanto precisava para ficarem juntos novamente?

Pedro retrocedeu até a cozinha e abaixou a cabeça, respirando de forma profunda, tentando se acalmar. Precisava de paz. Girou a torneira. O cano gemeu, o ar correu por dentro e gorgolejou, e então um fio d'água brotou ali. Pedro pegou um copo e o encheu, apertando com firmeza a torneira. Ergueu o copo e olhou para a água. Estava clara, mas alguma coisa girava junto com o líquido que ainda se assentava no copo. Cheirou e parecia tudo bem. Bebeu o copo d'água de uma vez só. Vasculhou os armários de Alessandra e apanhou uma grande jarra de suco, com capacidade de dois litros aproximadamente. Voltou para a torneira e a encheu até a boca. Não ia fazer suco nenhum.

Na garagem, regou o canteiro da espada-de-são-jorge e as plantas do lado esquerdo. Voltou para a cozinha, encheu mais uma vez a jarra e então partiu para regar as plantas do corredor lateral da casa, que dava para uns cômodos no fundo. Ficou olhando para a porta da casa dos fundos. Sentiu um calafrio, como se algo o chamasse para lá. Aquela força. Aquela coisa que tinha estado ali. O fio se dissipou, sumindo no ar como tinha aparecido. Vacilou entre ficar ali e voltar até Alessandra para se conectar novamente aos trilhos que poderiam levá-los a Felipe e Megan, mas algo de hipnótico o estancava naquele corredor. Apertou a alça da jarra entre seus dedos. O dedo com a unha machucada latejava. Não estava sonhando. Estava ali, na cidade, olhando para a porta da casa dos fundos. Pelo que tinha escutado em São Vítor, aquela era a casa de Cássio Porto. O sargento que tinha salvado todo mundo que estava no Hospital das Clínicas. O cara que tinha mostrado que aquilo era o melhor a se fazer.

Fugir da cidade, fugir daquele mundo trazido do inferno. O cara que tinha enfrentado sua mãe quando ela fora até São Vítor atrás dele e de Breno. E que a tinha vencido. Que a tinha mandado embora. Chiara contou que a mãe o tinha carregado no ombro até depois da cerca e então tinha se abaixado e o colocado no chão. Chiara tinha dito isso, Breno tinha dito isso. Pedro passou a mão em sua própria cintura. Sua mãe o tinha agarrado por ali. Ela tinha ido atrás deles. Tudo naquele mundo tinha se transformado. Sua mãe tinha se tornado uma daquelas coisas que matavam as pessoas, mas por dentro ela não tinha virado outra coisa. Ela tinha ido atrás dele e de Breno, seus filhos, sua família. Pedro arremessou a jarra plástica contra a parede e secou as lágrimas dos olhos.

Alessandra apareceu na porta, chamada pelo barulho. Encontrou Pedro encostado no muro, de cara azeda, olhos marejados.

– Não adianta a gente ficar aqui chorando – queixou-se Alessandra, secando as pálpebras. – Eu vou deixar um bilhete para Megan e Felipe, falando de São Vítor e que a mãe deles está lá. Se eles estiverem vivos virão para cá cedo ou tarde, acompanhados ou sozinhos. Não posso só ficar caída chorando.

– Eu também tenho que me mexer se quiser ver minha mãe de novo. Aquele lugar onde vi a faixa "Vampiros são bem-vindos". Talvez eles saibam de alguma coisa sobre minha mãe. Afinal, se ela invadiu São Vítor uma vez, deve ser tipo uma heroína dessas criaturas agora.

CAPÍTULO 42

Doutor Elias chegou em alta velocidade na entrada da fortaleza de São Vítor. Acenou como de costume, mas o portão não foi aberto. Ele colocou a cabeça para fora da janela e acenou novamente.

– É urgente! Abre esse portão, pelo amor de Deus!

Lenine, que cuidava da vigilância do portão aquela manhã, se aproximou da picape.

– Calma, doutor.

– Calma nada! Encontrei Graziano ferido! Ele está morrendo.

Lenine olhou no compartimento de carga da picape e correu até o portão, franqueando passagem para o médico, que pisou fundo no acelerador.

Rapidamente Graziano foi colocado em uma maca e levado até o centro cirúrgico. Elias era bombardeado por uma dezena de perguntas vinda de uma dezena de pessoas diferentes. Cássio queria saber como ele tinha sido baleado.

– Não sei! Eu o encontrei caído na beira da estrada.

– Onde? O que você estava fazendo lá?

– Eu estava indo para Itatinga. Queria… – Elias vacilou um segundo. – Achar varas de pescar e anzóis, essas coisas. Também preciso de bermuda e chinelos. Queria espairecer.

– Foi Deus que mandou você lá, doutor – interveio Mallory.

Doutor Otávio assumiu o centro cirúrgico e a primeira coisa que pediu foram doadores de sangue enquanto fazia a aplicação de plasma na corrente sanguínea do soldado para tentar recuperar a hemodinâmica do paciente.

À deriva

* * *

Chiara chamou Cássio dentro do hospital. Disse que precisava dele. O sargento não queria deixar a porta do centro cirúrgico, mas assim que Chiara expôs a situação, ele achou por bem ajudar a garota, o que também o tiraria daquela angústia sem fim de ficar parado em frente a uma porta aguardando notícias.

Chiara disse que não achava Alessandra nem Pedro em lugar algum. Tinha escutado de uma mulher no refeitório que uma moto tinha saído durante a noite.

Teria aquilo alguma ligação com a situação de Graziano?, Cássio indagou-se, mas logo afastou a hipótese. Não podia ser. A história de Elias é que estava mal contada. Podia ser verdade, mas tinha sentido cheiro de medo quando fazia perguntas a ele.

Cássio e Chiara partiram para uma busca mais minuciosa de Pedro. As peças iam se juntando. Tanto o garoto quanto sua irmã tinham evadido dos muros de São Vítor. Faltavam roupas de ambos e nenhum sinal da dose de vacina roubada por Pedro. Os pelos no braço de Cássio se arrepiaram.

— O que foi Cássio? Você está pálido como um vampiro. Isso me apavora — queixou-se a menina.

— Ele... Pedro quer encontrar a mãe...

— Isso eu já sei, mas por que você ficou assim?

— A vacina. Ele quer que ela volte a ser humana.

Chiara ficou calada. Conhecia os planos do namorado, mas não sabia como ele colocaria tudo em movimento, e muito menos que sairia com outra mulher das muralhas de São Vítor sem levá-la também. Ela mordeu os lábios e respirou fundo.

Graziano recebeu os cuidados médicos intensivos, seu estado era grave e por pouco não tinha encontrado seu fim pela extensa hemorragia. Doutor Otávio recomendou que ele, ainda que sedado, fosse atado à maca após a cirurgia, já que as circunstâncias de sua chegada, sem explicações do ataque sofrido e sua condição "diferente" dos outros humanos, tornavam imprevisíveis suas reações ao despertar.

Elias tinha montado em sua camionete mais uma vez. Sabia qual seria a sequência de eventos que se aproximavam. Iriam interrogá-lo, os líderes eram soldados. Quando Graziano despertasse, ele mesmo diria o que acontecera.

Seriam inclementes com Júlia. Seriam inclementes contra ele próprio.

Todo o esforço que o tinha levado a se dobrar e empurrar para a frente cada fração do desenvolvimento daquela cura convergia para Júlia. Ele queria que sua filha voltasse a ser uma criatura da luz e não das trevas.

Precisava salvar a filha e via uma possibilidade extrema. Eles caçariam uma vampira. Sem sombra de dúvidas. Mas e se ela estivesse curada? Se ela estivesse arrependida e pronta para se redimir e se unir aos habitantes de São Vítor?

Elias encostou a camionete em frente ao casebre e empurrou a porta. A filha estava no torpor mágico dos noturnos. Administrou-lhe a amostra da vacina. A dose era maior e repetiria a aplicação depois de uma semana. Seria mais rígido com os controles com Júlia e não haveria uma regressão igual à que Marta sofrera. Era preciso que a vacina funcionasse. Milhões como sua filha precisavam daquela cura.

Elias sentou-se em uma cadeira de praia encontrada nos fundos da propriedade e ficou ao lado da filha, velando o seu sono. Ele mesmo adormeceu e só acordou quando foi chamado.

– Pai.

Tomou um susto e se recompôs. A voz de Júlia já estava diferente. A jovem estava de joelhos e ainda acorrentada. Voltou a falar com Elias:

– Pai, estou com sede. Muita sede.

Elias ficou parado olhando para a filha, pálida, os punhos negros com um sangue viscoso coagulado formando pulseiras horrendas. Ela tinha também um machucado no rosto. E a sede. Elias baixou a cabeça, desolado.

Júlia chamou mais uma vez:

– Pai. Quero água. Preciso de água.

O médico levantou a cabeça e ficou olhando para os olhos da filha. O esquerdo estava normal, ou seja, sem aquele brilho funesto e assustador; o direito tinha uma esclera, as veias estavam vermelhas, mas também produto de uma agressão, um ferimento.

– Filha. Minha filha.

À deriva

Elias caiu abraçado a Júlia e juntos choraram apertando o peito um contra o outro.

* * *

A noite já ia alta quando os faróis da camionete bateram os portões de São Vítor.

– Estou com medo, pai. Eu lembro de tudo. Ele parecia um monstro... queria me matar.

– Ele é que quase abotoou o paletó, menina. Se eu ainda não acreditava em Deus, olha, agora eu vou até virar pastor.

– Hum. Queria que a mãe te ouvisse falando isso.

Os dois ficaram em silêncio e então o soldado Armando chegou até o portão.

– Doutor. Estão procurando o senhor.

– É. Eu sei, Armando. Vou falar com Cássio agora mesmo.

O soldado, sem perguntar sobre a passageira, caminhou até o portão e pediu abertura.

– Eles vão me aceitar assim? Vão entender, pai?

Elias parou a camionete em frente ao hospital.

– Você não é a primeira, filha. Você vai ficar boa. Quando falei de Deus agora há pouco... acho que seu velho pai está mesmo crendo que existe uma regência maior. O que aconteceu no mundo nos últimos meses é algo místico e não racional. Não existem mais doentes.

– E o que eu sou então? Se não sou gente e não sou mais vampira... o que eu sou?

– Você tomou a vacina. Seu pai trabalhou a vida toda buscando cura. Tem alguma dúvida de que ela esteja funcionando?

– Não sei. O cientista é você. Você me diz.

– Vamos entrar. Precisamos arcar com as consequências do que aconteceu hoje.

– Tenho medo daquele homem.

– Ele também não é alguém normal. Ele é um caçador de vampiros.

Júlia se encolheu no banco da picape. Elias notou e abraçou a filha.

– Júlia, você não é mais uma vampira. Você precisa ser examinada. Precisa ser tratada e acompanhada. Vai dar tudo certo. Eu mudei muita coisa na base da vacina antes de injetar a nova versão em você.

Os dois desceram do carro. Júlia estava em andrajos, roupa suja, manchas extensas de sangue e malcheirosa. Precisava de um banho e roupas novas.

Assim que puseram o pé no saguão do hospital, chamaram a atenção de Nádia e Alexandre, que faziam um plantão dobrado, justamente por conta do paciente em pós-operatório. Eles acenderam as luzes e Alexandre se aproximou de Júlia que, por sua vez, recostou-se ao pai.

– Menina, o que foi isso? Deixa eu ver? – pediu Alexandre.

– Eu me machuquei.

Nádia viu que os dois punhos estavam bem castigados e o ombro direito estava bastante inchado.

– O que aconteceu com você?

– Ela foi atacada – disse Elias.

– Por um trem? Caminhão? – sussurrou Alexandre.

– Onde está o Cássio?

Nádia apontou para a enfermaria.

– Ela estava adormecida? – perguntou a enfermeira.

– Ela é minha filha. E não. Não estava adormecida. Vou precisar da ajuda de vocês para fazer um desbridamento nessas feridas e assepsia. Vamos precisar de pontos e ela precisa de um banho e roupas.

Os enfermeiros seguiram Elias, que foi caminhando até encontrar Cássio. Trazia Júlia ao seu lado.

Cássio estava com Mallory, fora de serviço, ao lado do leito de Graziano, que tomava uma canja leve.

Elias não perdeu tempo e falou com o sargento:

– Cássio. Essa é Júlia, minha filha. Foi ela quem atirou em Graziano.

O trio ficou atônito, paralisado com a confissão do médico. Seus olhos foram para a moça miúda e franzina ao lado do pai.

– Por que ela faria isso?

Elias coçou a testa e puxou Júlia para perto do trio. Graziano ficou olhando para ela sem a reconhecer.

– Não é possível. Eu nunca vi essa garota.

– Viu sim! – retrucou Júlia. – Você que fez isso.

À deriva

Ela esgarçou a gola da blusa e mostrou o ombro luxado e a lesão na clavícula.

– Moça, deve ter algo de errado. Eu jamais machucaria uma mulher na minha vida.

– Ela era uma vampira – soltou Elias. – Graziano, de alguma forma, encontrou o esconderijo dela.

Graziano então arregalou os olhos e pareceu se lembrar de alguma coisa.

– Eu estava cavalgando quando senti o cheiro. Eu só lembro de perseguir o cheiro, mais nada.

– Você tentou me matar. Eu estava acorrentada. Meu pai tinha medo de que eu fizesse mal aos outros e me escondeu.

– A vacina funcionou. Ela está bebendo água e está com fome.

– O cheiro disso aí é muito bom – disse a garota.

Cássio balançou a cabeça em sinal negativo.

– Não pode ser verdade, Elias. Você foi longe demais. Graziano quase perdeu a vida por esse seu segredo e sua loucura.

– É loucura querer salvar um filho? Sua irmã desistiu de seus sobrinhos? Ela é louca também? Eu sei o que eu estou fazendo.

– Marta quase matou de novo porque sua cura não funcionou.

– Agora está funcionando. Ela vai ficar bem. É uma nova versão da vacina – rebateu o médico.

– Como pode ter tanta certeza?

Elias puxou Júlia pelo braço e a trouxe até o lado do leito.

– Graziano está controlado. Logo, ela não é mais uma vampira.

Cássio suspirou.

– Doutor. Estamos todos cansados. Sua filha precisa de cuidados, mas vamos ter que manter esses dois bem afastados. Graziano precisa de muita recuperação para poder ser colocado na sela novamente, só para vermos quanto tempo essa vacina vai funcionar dessa vez.

CAPÍTULO 43

Raquel emergiu do sono e deixou sua toca sombria. O céu estrelado parecia um veludo tangível e fulgurante como uma opala. A vampira ruiva, num vago vislumbre, ergueu a mão ao céu como se pudesse tocá-lo. As estrelas iluminavam seu caminho, e depois de dez minutos ela via aquele luzir poderoso brilhar nos pelos de seu cavalo, que ainda estava amarrado à beira do riacho.

A cada noite que passava estava mais próxima de São Vítor. Diferentemente da última vez, quando tinha organizado uma invasão com centenas de noturnos a bordo de um trem, Raquel avançava solitária sobre a ferrovia no lombo da montaria selada e com estribos.

Não havia muito o que pensar, só continuar em frente. Seus meninos a esperavam em São Vítor. Horas se passaram e ela procurava uma nova fonte de água para o cavalo se refrescar e descansar um pouco. O animal precisava daquilo e ela percebia pelos movimentos de sua cabeça que mudavam quando ele começava a cansar. Não precisava exaurir o cavalo, e por conta dessa empatia ela desmontava e diminuía o ritmo. O cricrilar dos insetos batia intermitente em seus ouvidos, alternando com o som dos cascos sobre a brita na linha de trem. Ouviu o voo de libélulas, e graças a elas encontrou um fio de água onde o bicho baixou a boca e passou a sorver com gosto. Estavam agora no meio da madrugada, e enquanto rememorava o cenário do hospital em seu grande combate para resgatar os filhos, sentiu uma presença bem ali, no meio daquele nada. Seu cavalo relinchou abruptamente, assustado com algo.

Raquel virou-se lentamente e arregalou os olhos, incrédula.

À deriva

– Filho...

Pedro flutuava a sua frente, encapsulado num tipo de casulo luminoso, cercado e enrodilhado por um fio vermelho sanguinolento. O rosto e os cabelos do rapaz estavam livres e seus olhos ficaram sobre a mãe.

– Mãe...

– Filho, eu não acredito! – sussurrou Raquel, andando em direção à aparição.

– Eu estou te procurando, mãe. Onde você está?

Ainda incrédula, Raquel levou a mão à boca. Estava tendo uma visão? Estava em meio a um delírio? Como Pedro podia estar ali, a sua frente, flutuando como um fantasma?

Pedro tornou a falar, olhando fixamente para a mãe:

– Onde você está? Eu preciso te encontrar. A gente pode ficar junto, mãe. Podemos ficar todos juntos, nossa família.

– Não sei exatamente. Estou indo para São Vítor. Vou pegar você e seu irmão. Estou indo buscar o Breno e você também, Pedro.

– Eu vou te achar, mãe. Não se perca. Não entre em São Vítor. Tem aquele Graziano, ele vai matar você.

– Eu cuido dele. Pode deixar com a mamãe.

– Não estou brincando, mãe. Ele é furioso, ele é louco. Ele vai trucidar você. Não vá para São Vítor, me espere. Eu não estou em São Vítor.

– Onde você está, filho?

Pedro olhou para trás, para o fio vermelho que corria para cima do barranco e sumia na linha de trem. Ele apontou para os trilhos.

– Esse fio vai me levar até você, mãe. Confie em mim. Me espere. Eu vou te achar.

Raquel andou até ele e tocou o casulo, sujando suas mãos com o fluido vermelho que ensebava os fios que aprisionavam seu filho.

– Saia daí, Pedro. Eu vou te tirar. – Raquel apanhou a faca que trazia.

– Eu não estou aqui, mãe. Não estou aqui.

Quando Raquel ergueu a faca, arrepiou-se mais uma vez. Estava sozinha com o cavalo novamente. Não era possível! O que era aquilo? A vampira começou a arfar, nervosa. O que se passava em sua cabeça? Olhou para as palmas das mãos. A gosma vermelha seria uma prova, mas suas mãos estavam limpas, como se nunca tivesse tocado aquele estranho casulo.

290

CAPÍTULO 44

Pedro e Alessandra saíram da casa da mulher para procurar abrigo. Eles não quiseram pernoitar ali na rua Japiuba, pois existia a chance de Cássio estar à procura deles e impedi-los de continuarem sua busca. Pedro estava obcecado em encontrar a mãe e curá-la com a dose de vacina, e Alessandra fora arrancada de sua letargia por agora acreditava ser possível ver Felipe e Megan novamente.

– Eles não estão mortos, Alessandra. Não estão mortos. Vamos dar um jeito de encontrá-los, mas preciso de você. Sem você não consigo achar ninguém. Foque em suas crianças. Foque em suas memórias. Isso vai mantê-los vivos.

A mulher buscava aqueles que tinha gerado enquanto ele buscava a sua matriz. Amores semelhantes, a força da proximidade funcionando como combustível para suas jornadas solitárias.

Ela se deu conta de que era a culpa que minava suas forças, e que o menino com certezas de adulto a levara para outro lugar emocional.

Isso ganhou ainda mais intensidade quando encontraram um brinquedo que Felipe adorava. Ela lembrou que ele ficava horas entretido, criando histórias com o boneco que fazia parte de um kit do Soldados de Resgate. Esse modelo tinha inclusive uma moto, e ela tinha comprado ainda um acessório com arminhas, granadas e coletes. A lembrança desse passado normal, não tão longínquo, trouxe uma carga de esperança e, cheia dessas memórias de seu menino Felipe, ela abraçou Pedro, soluçando.

– Eles estão lá fora, sozinhos, Pedro. Obrigado por estar comigo atrás deles.

À deriva

– Vamos achá-los como também acharemos minha mãe. Nunca duvide. Alguma coisa maior que a gente quer que estejamos aqui, fora de São Vítor. Algo imenso está para acontecer.

Alessandra afundou seu rosto no ombro do rapaz e continuou choramingando.

Pedro tentava não externar, mas também era consumido por uma aflição. Onde estavam os fios de teia? Os fios brancos que os levariam até Felipe e Megan adormecidos? Onde estava o fio vermelho sangue que o devolveria a sua mãe? Seu dom estava perdendo a potência?

– Lembro a primeira vez que vi o Felipe. Os olhinhos dele, parecidos com o do tonto do pai dele. Lembro a primeira vez que ele mamou, faminto, depois de chegar ao mundo. Mamou em meus peitos que estavam imensos.

Pedro continuou calado quando visualizou o fio branco saindo do próprio umbigo, passando pelos brinquedos que a mãe tinha tocado e voando pela sala até sair pela janela. Era a direção que eles precisavam tomar. Seguiram apressados até a frente da casa enquanto o poente, implacável, mais uma vez se instalava. O fio branco carregou o casal até a boca do bueiro ao fim da rua, onde a história de Alessandra acabava, brutal e irreversível, mais uma vez. Com o fim da luz do dia, o fio esbranquiçado também se desfez para o garoto.

Pedro segurou no pulso de Alessandra e disse:

– Não vamos entrar aí. Não de noite, mas prometo que vamos encontrá-los. Eles estão adormecidos, em algum lugar.

Alessandra caiu de joelhos à beira do bueiro, sentindo-se a mãe mais impotente do mundo. Quantas vezes teria que olhar para aquele buraco escuro e aterrorizante?

Quando finalmente conseguiram pegar no sono, já alta madrugada, foram despertados por um barulho na entrada da casa.

Pedro pegou o revólver.

– Merda! Fomos detectados aqui, Alessandra.

Alessandra protegeu-se, apanhando a faca com a maior lâmina, tantas vezes usada pelo irmão para preparar os churrascos no corredor do quintal.

– Pedro, acho que temos que fugir pelos fundos. Se eles conseguirem entrar, vão nos matar.

Pedro bateu com o punho cerrado na cabeça. Não era uma decisão que ele gostaria de ter que tomar. Queria ver o fio escarlate mais uma vez, queria a direção da mãe, mas para segui-la e entregar a ela a cura talvez tivesse que deixar a busca dos filhos de Alessandra para depois. A companheira de jornada estava se transformando num atraso, e aquilo o enchia de angústia.

– Você tem razão, lá fora temos alguma chance. Fica bem atrás de mim, mas não podemos ir pelos fundos.

– Por quê?

– Vamos perder a moto. Vamos vigiar. Você conhece esse portão melhor que eu. Você abre e eu ligo a moto. Vamos dar o fora daqui.

Precisaram esperar até que os noturnos que caminhavam pelo quintal se distraíssem. Alessandra correu pela porta da frente enquanto Pedro enfiou a chave na ignição e apertou o botão de partida. Deixaram a garagem cantando pneu, mas mal dobraram a esquina já havia dois exemplares pavorosos de noturnos vindo na direção deles. Alessandra, com a adrenalina a mil, gritava fora de si:

– Eu só quero encontrar meus filhos! Meus filhos!

Pedro acelerou, tirou uma das mãos do guidão e mirou o .38 no vampiro à esquerda deles.

– Alessandra, o da direita é seu, mira a faca no pescoço.

Pedro deu um tiro certeiro na cabeça, que voou pelos ares. Mais dois segundos e passou ao lado do outro, quase atropelando-o. Alessandra ergueu a faca com as duas mãos e quase foi arrancada da garupa quando a lâmina serrou a lateral do pescoço do vampiro, tirando-o de combate.

Pedro acelerou o máximo que pôde até parecer estarem fora de perigo, pelo menos momentaneamente. Um misto de medo e excitação tomou conta dos dois. Pedro ficou orgulhoso de sua parceira, que enfrentou a besta sem esmorecer. Alessandra olhava agora esse adolescente com outros olhos. Ela teve a certeza do homem íntegro que ele se tornaria um dia. Abraçou o rapaz, buscando nele a força que precisava para continuar.

Entraram com dificuldade pelos escombros de um prédio. Quando largaram seus corpos exaustos no sofá puído da sala minúscula e cheia de poeira de tijolos quebrados é que Alessandra se deu conta de que havia perdido o soldado de brinquedo. Ela queria chorar e remoer, mas Pedro a convidou para fazerem uma varredura na casa em busca de comida. A fome falou alto e Alessandra juntou-se ao parceiro. Acharam vários cobertores, mas nenhum alimento. Pedro tentou manter o ânimo da dupla.

– Pelo menos de frio não vamos morrer.

Alessandra enrolou-se nas mantas de lã, e com um fio de voz, pediu:

– Pedro, estou com muito frio, venha me esquentar.

A forma com que ela falou o nome dele serviu como um gatilho poderoso.

Ele a abraçou, tateando por todo o corpo quente dela, e sem hesitar lhe deu o beijo adiado e então refugou. Mesmo o beijo era, para ele, uma linha que não deveria ter ultrapassado. Ele e Chiara eram namorados. Ela o tinha salvado da morte e, mais do que isso, o amava incondicionalmente. Pedro sentiu-se mal e baixou a cabeça. Alessandra entendeu a linguagem do corpo do rapaz e não avançou de novo. Pedro lutou ainda um pouco contra o sono na esperança do fio dourado aparecer mais uma vez, mas apagou de cansaço.

Pedro, abraçado à mulher, afundou em um sono profundo, mas o som de passos sobre o cascalho o despertou. Não conseguiu se mover, contudo, ao abrir os olhos, ficou mesmo petrificado. Estava ereto, na sala daquela casa, com Alessandra aos seus pés.

Ele olhava para seu umbigo, de onde um fio vermelho saía, e olhou para frente, encontrando o rosto pálido e singrado por veias negras emoldurando os olhos de sua mãe. Ela o olhava tão pasma quanto ele. De alguma forma tinham se encontrado. Ela, mais uma vez, estava enrolada em um casulo vermelho. Pedro ouviu o relincho de um cavalo e deu um salto para o lado. A mãe arregalou os olhos. Parecia não acreditar que podia vê-lo.

– Filho... – murmurou a voz terna da mãe.

– Mãe... – respondeu Pedro.

CAPÍTULO 45

Cássio estava sentado embaixo de uma árvore próximo ao curral improvisado de São Vítor. Olhava para o chão, acompanhando a trajetória de uma formiga.

– Cássio, não consigo te aguentar assim! – Ele se lembrava do grito de Mallory alguns momentos antes, quando estavam próximos à cozinha do hospital. – Você está insuportável, só tá enxergando problema e fica reclamando o tempo todo. – Ela deu um riso nervoso e continuou: – Eu tô rindo, mas estou falando sério. Vai descansar, poxa! Tô vendo a sua cara, não dorme direito. Já tem dias! Vai tomar um sol lá fora, vai! Senta embaixo daquela árvore e não levanta até eu mandar! Xô!

A sensação é de que já fazia horas que estava ali, tomando um sol, sentado próximo à árvore, por «ordens médicas»… Mas a parte racional do seu corpo sabia que fazia menos de dez minutos. Ver as pessoas andando de um lado para o outro e não estar de pé para ajudar era muito difícil. Sua cabeça queria levantar-se do chão, mas suas pernas estavam cansadas e negavam os comandos. A verdade é que estava precisando de um descanso. Estava ansioso desde tudo o que acontecera com Larisson. Ainda não havia contado para ninguém sobre a sua descoberta na sede do Centro de Resgate e Reunião de Famílias. O cheiro não saía mais de sua mente. O odor tinha impregnado seu cérebro. Cássio dobrou os joelhos e escondeu a cabeça entre as pernas. O pior é que ele gostou em um primeiro momento. Nunca ia esquecer daquela sensação de horror e repulsa. Seus olhos se encheram de lágrimas.

À deriva

– Faala, Cássioo! – Graziano chegou pelas costas dele e se abaixou para sentar-se ao seu lado. Cássio colocou a mão no rosto, afastando as lágrimas para que o amigo não percebesse. – Cara, acredita que nem te reconheci sentado aí? Faz tempo que não te vejo assim! Relaxando. Você não senta nem pra comer ultimamente! – Graziano riu, Cássio também, disfarçando.

– Graziano – começou ele, sem jeito. – Preciso falar com você sobre o CRRF. Mas eu não sei nem como começar...

– Fala aí, cara, sem drama...

– Só prometa que não vai surtar e que isso não vai sair daqui até sabermos o que fazer... – rogou Cássio. – Acho que o Larisson e o CRRF não são uma boa coisa em nosso caminho.

– Não tenho muito a contribuir. Você não me deixa voltar a São Paulo e até aqui me tranca longe dos experimentos do doutor Elias. Se eu sinto aquele cheiro perco a cabeça mesmo, é mais forte que eu.

– A filha dele tá indo bem.

– Sorte dela estar viva. Teria picado ela no meio se estivesse com meu sabre aquele dia. Eu não sei não. Fico muito cabreiro com essa coisa de vacina. O mundo sofreu uma maldição, Cássio. Uma maldição. Não vai ser uma campanha do Zé Gotinha que vai livrar nossos rabos dessas abominações.

– Você também sofreu uma mutação, Graziano. Muito mais rara, pelo que estamos aprendendo, mas é como se fosse uma compensação. Quantos vampiros você já matou?

Graziano deu de ombros.

– Nunca parei para contar. Só espero não passar mais pelo que passamos com a doida da Raquel. E mantenham essa Júlia bem vigiada.

– Doutora Suzana disse que está surpresa com o avanço do metabolismo da menina. Ela está se alimentando como a gente e você é tipo o nosso "firewall". Você já ficou do lado dela e não sentiu nada.

– Só que esse erro já aconteceu com a primeira também. A Marta. Não tô confortável. Cada um para o seu lado até os cientistas malucos de São Vítor garantirem que ela não vai voltar a ser uma agressiva. – A voz do soldado era grave e ele realmente desconfiava da eficácia do remédio.

– Bento Graziano. Acho bonitinho – brincou Cássio.

– Para de frescar e volta ao papo do CRRF. Você está com a cara muito séria, parça. Abre logo o jogo.

– A mesa deles está sempre farta. De carne. Aqui eu ponho regra em tudo. Exijo do pessoal da cozinha que mantenham registro do estoque. Que não desperdicem nada. Se sobra qualquer coisa no prato, vai para a compostagem, que depois segue para o plantio.

– Vai, Globo Rural... continua.

– Não sacaneia, o papo é sério. Eu quebrei minhas regras de segurança e peguei a estrada de tarde. Tava precisando desanuviar.

– Sei bem disso. Foi assim que fui parar com o Prometido no esconderijo da filha do Elias.

– Só que eu já estive lá com o Lars algumas vezes. Já fiquei com o grupo dele no galpão do CRRF, feliz de verdade por ver que não era só eu que tava nessa pira de querer salvar os indefesos... só que nos almoços e jantares, sabe... parece sempre festa. Tem abundância de arroz, feijão e carne. Aqui... pra gente ver carne... ficamos de olhos espichados nos galinheiros que tão começando a prosperar.

Graziano juntou as sobrancelhas e apertou os lábios.

– Você disse que eles abatem as feras que fugiram do zoológico ou que eles tiraram de lá. Que caçam capivaras na beira da Marginal Pinheiros.

– Sempre tem carne, meu amigo. Não é que nem aqui. Um fiapo pra cada um. E o círculo próximo do Larisson vive rindo e fazendo graça, falando que é carne de jacaré também.

– E aonde sua mente de Sherlock Holmes está te levando?

– Cara, não deixa isso sair daqui.

– É a segunda vez que você me pede isso, então é sério. Conta comigo.

– O dia em que eu saí de moto... eu fui até o CRRF.

– Cara, isso que é espairecer!

– E não tinha ninguém no portão àquela hora.

– Desembucha, cara. Tá me dando agonia já.

– Eu vi que tinham acabado de chegar com as Kombis e começaram a levar os adormecidos para o galpão. Mas uns seis caras pegaram alguns dos adormecidos, quatro se não me engano, e tomaram outro rumo. Sabe como sou? Tilintou aquele *pam* e fui de fina atrás deles. Eles foram até um porão e lá é tipo um frigorífico, manja, um fedor de carniça. Graziano, juro por tudo que é mais sagrado, juro pelos meus sobrinhos, eu vi eles colocarem os adormecidos em ganchos de açougue e usar umas mesas de inox para... para... cara, para retalhar os corpos, tirar o couro, tirar a carne.

À deriva

Graziano chegou a empalidecer e começou a balançar a cabeça em sinal negativo.

– MEU PAI AMADO! Como assim, cara?! – Ele ficou de pé em um pulo.

– É verdade... Se tivessem me contado, eu nunca acreditaria... – disse Cássio.

– Isso é muito nojento! Repugnante! – O rosto de Graziano se contorcia. – Como que ele conseguiu fazer com que aquelas pessoas que estão com eles comessem carne humana?! Você comeu?

– Xiu! Fala mais baixo! Não contei para mais ninguém ainda... – Cássio olhou para os lados e se levantou do chão.

– Quê?! Por que ainda não tinha me contado? – indagou Graziano.

– Porque não vamos poder deixar isso passar batido. Vamos ter que atacar. Porque teve essa merda de incidente teu com a Júlia e você precisava se recuperar.

– Ah! Eu me recuperar? A madame vai deixar eu ir então? Quando é para encarar canibal eu posso sair daqui?

– Acho que ali rola um círculo de segredos. Tem um time que sabe, o resto do povo, as famílias que estão lá esperando para se reunir... não sabem. – A voz de Cássio foi sumindo. – Acham que estão num protótipo de Shangri-La, mas estão na beira do Hades.

– Dá pra conversar em português com os simples mortais?

Cássio riu do comentário do amigo, mas sabia que Graziano era da turma que lia de vez em quando. O amigo, consternado, acrescentou:

– Como se não bastasse criaturas que bebem o seu sangue, agora temos que nos preocupar com esses canibais também?

– Pare com isso... Só de lembrar meu estômago embrulha...

– Eu fico pensando, como que um filha da puta desse consegue fazer lavagem cerebral em toda aquela galera para tolerarem fazer isso? O que se passa na cabeça deles? – Graziano apoiou as mãos nos joelhos.

– Cara... Não sei... É muito estranho, todos eles parecem tão... normais. Por isso que te falei. Só os chegados dele sabem. Soldados escolhidos. – Cássio falava ainda mais baixo que Graziano. – Falei com você primeiro, mas vou conversar com o Almeida e seus homens, e depois com o Conselho, vamos salvar aquela gente do CRRF.

– Me disseram que aquele líder deles...

— Larisson.

— Esse. Disseram que o cara é um viado maluco, a gente só não imaginava que ele seria um Hannibal! – disse Graziano.

— O que você disse? – perguntou Cássio. Seu tom de voz havia mudado. Ele sentiu quando aquela palavra pegou fundo na sua alma.

— O quê? – falou Graziano. – O Hannibal viado?

— Cara! – A voz de Cássio, que estava baixa até aquele momento, cresceu. – Não fala isso! Para de falar isso!

— Por quê? Do que você tá falando? De ser canibal ou de ser baitola? – perguntou Graziano.

Cássio sentia que o mundo estava girando a sua volta. Sentou-se no chão e segurou a cabeça entre as pernas, esperando que o céu e a terra achassem seu lugar e parassem de rodar. Era hora de se abrir com ele. O homem que sempre tinha amado, mas que nunca teria.

Graziano percebeu o amigo perturbado.

— Cássio, você está bem? O que aconteceu?

— Cara, não fale esse tipo de coisa! É homofóbico! O Larisson ser uma pessoa horrível não tem nada a ver com ele ser gay! Então não diga isso! Tem gente hétero do lado dele. Não é uma questão de gênero.

— Eita – disse Graziano. – E essa agora… O mundo acabou, não precisamos ser politicamente corretos… É até engraçado saber que tem um cara que come gente de dois jeitos. Porra, alivia aí.

— Cala a boca, cara. Bento… você devia honrar esse apelido. O tempo todo.

— Honrar? Eu nem sei o que é isso. Parece mais uma doença em mim do que uma bênção, mas dizem que as doenças acabaram… aí aparece canibal, as mulheres não ficam grávidas mais… eu e a Mall nem temos esperança alguma. Vou honrar o quê?

— Graziano, eu sou gay! – Cássio o interrompeu e as palavras saíram sozinhas de sua boca. Graziano olhou para o amigo, sério.

Cássio estava enjoado devido à suspeita do cheiro de carne humana na churrasqueira, mas o que aconteceu a seguir o deixou com a sensação de que estava com o estômago embrulhado de tantas palavras guardadas. Palavras que precisavam ser ditas. E elas foram vomitadas em cima de Graziano.

— Ah, para com isso, cara… Que hora pra brincadeira! Eu achando que você não tava bem, sei lá!

À deriva

– Graziano... – insistiu Cássio com a voz mais contida, olhando para os lados. – Eu sou gay. Tô falando sério. Sou tudo o que você falou: baitola, viado, bicha. O que vier à sua cabeça... esse sou eu. Sou eu. Não tem o menor sentido eu esconder quem eu sou mais. Não tem sentido. E as doenças não acabaram? Nenhum gay caiu morto naquela maldita noite, muito pelo contrário. Estamos aqui, lutando por todo mundo.

– Para com isso, cara! Não é nada, você foi casado por anos com uma mulher. Nada a ver isso aí, não vou cair nessa, não... Você tá me tirando, só pode...

– E daí que eu já fui casado com uma mulher? Eu sou gay e tenho certeza disso. – Cássio ainda sentia seu mundo instável, mas o seu estômago estava bem melhor.

– Você me tirou do subsolo do HC, me tirou das garras da Raquel quando eu perdi meus sentidos. Você é soldado! Sargento! Você é cavalariano!

– E gay.

Graziano olhava sério para o amigo. Cássio sabia o que ele estava fazendo. Ele tentava identificar qualquer faísca, qualquer centelha, de que tudo aquilo fosse uma pegadinha. Se Cássio quisesse voltar atrás, o *timing* seria aquele. O momento perfeito para falar: "Ah, peguei você, seu bobinho! Era brincadeira!".

Mas não dessa vez. Dessa vez, ele ficaria sério. Não voltaria atrás. Cássio apoiou as mãos na grama, se sentia aliviado. Demorou cerca de três minutos para que Graziano percebesse que não era uma piada. Uma eternidade de silêncio rompida da forma como imaginava que seria rompida, ainda que não desejasse isso.

– Você tem certeza? – disse Graziano enfim.

– Eu tenho certeza. E chega desse papo. Guarda pra você porque, assim como você, a maioria desses soldados ao redor do muro que você ergueu para nos defender também não vai entender. Teremos a hora certa de falar pra todo mundo – Cássio respondeu, olhando-o nos olhos. "Inclusive, eu amo você, Graziano. Mas sei que não me ama... e está tudo bem. Só queria que soubesse. Não, não precisa responder. Está tudo bem."

Mas essa última parte ficou congelada bem no fundo da sua alma. O que adiantaria dizer para Graziano que ele o amava? Contar faria bem apenas a ele, mas colocaria um peso nas costas do amigo. E ele, Cássio, não era esse tipo que gosta de desabafar e jogar seus sentimentos em outras pessoas. Não faria isso nem com a sua irmã Alessandra, muito menos com o seu amigo. Graziano era de fato o seu parceiro. Parceiro de patrulha. E isso teria que servir para o seu coração e contentamento.

– Nossa, cara… Por que você nunca me contou antes? – perguntou Graziano por fim.

Vendo que o amigo finalmente desistira de achar que era tudo brincadeira, Cássio relaxou.

– Eu não sabia como dizer, o momento certo nunca surgia. E com tudo isso acontecendo, não tinha sentido, e você também é um bocado preconceituoso. Não conta pra Mall também.

– Foi por isso que você se divorciou? – perguntou Graziano. – Você nunca me disse qual foi a treta de verdade. Só nunca parecia feliz.

– É… Foi isso. Eu não conseguia ser feliz vivendo daquela forma, uma mentira. Não era justo comigo e nem com a Thais.

– Cara… – disse Graziano baixinho. – Várias situações que passamos juntos fazem sentido agora. Todas aquelas vezes que eu falava de mulheres e você nunca respondia, nunca fazia um comentário…

– É, eu não sabia bem o que dizer… – falou Cássio. – Só espero que agora que sabe nossa amizade não mude.

– De forma alguma. – Graziano olhou firme em seu rosto. Cássio sentia aqueles olhos vasculhando dentro dele. – Seremos sempre parceiros. Você nunca me deixou para trás. E eu também nunca o deixarei. Você é o cara mais foda que eu conheço, e se minha vida tivesse que depender de alguém, a colocaria em suas mãos. Por que acha que botei o rabo entre as pernas e te escutei?

– Do que você está falando agora?

– Não voltei a São Paulo. E estou aceitando essa palhaçada de ficar longe da Júlia.

De pé, Cássio deu um sorriso fechado, sem mais aquele fardo. Eles se olhavam firme e Graziano o abraçou forte, dizendo:

– E você sabe – completou Graziano – o quanto eu sou bom em matar aqueles fedidos! – Sua risada preencheu o ar em volta deles. Cássio também riu.

CAPÍTULO 46

A lua crescia a cada dia da semana e uma brisa refrescante dava um toque de tranquilidade. O soldado Lenine estava saindo de seus aposentos como sempre fazia quando anoitecia para fazer a guarda de Júlia. Ele havia notado nos últimos dias que a garota, em vez de interagir com as pessoas, tentando retomar algum grau de normalidade em sua vida, retraiu-se ainda mais, como se estivesse contrariada, enjoada, o tempo todo. Seu pai, no entanto, continuava cego de orgulho e ambição achando que finalmente tinha conseguido a cura para aqueles vampiros malditos.

Olhou o corredor vazio. Incomum. Ali já poderia perguntar para alguém se tinha visto a garota. Nos velhos tempos era só passar um rádio e já saberia onde ela estava. Provavelmente em seu quarto. Lenine teria que dar a volta no bloco, pois Júlia ainda não dormia com os demais.

* * *

Em sua cela-dormitório, Graziano, com as têmporas molhadas de suor, abriu os olhos. O ar estava mais pesado e mais espesso do que o comum. O cheiro. Aquele perfume adocicado que ia se intensificando até ficar intragável, como uma corda a puxá-lo para a porta, evocando nele o desejo de ter o sabre em suas mãos. Graziano olhou pela vigia e enxergou Rocha e Mauro do outro lado.

– Rapazes.

Rocha, com um fuzil pendurado no ombro, interrompeu a conversa e andou até a porta.

André Vianco

– Diz aí, Graziano. O que tá pegando?

– Eu preciso sair daqui.

– Vixe, cara. Isso eu tenho que ver com o tenente ou com o seu amigo sargento. Só eles liberam essa tranca aí. Desculpa a gente, nem queríamos ver você aí, mas ordens são ordens.

– Rápido. Tem algo de errado hoje. Tem algo muito errado. Chama quem tiver que chamar, mas abre essa porta. Eu tô sentindo o cheiro de um deles.

* * *

Ela sabia que ele sairia naquele exato momento. Júlia simplesmente estava recostada no corredor, em sombras profundas, com roupas escuras. Ela também sabia que ele estava chegando. Ouvia o coração e sentia o cheiro. Sabia quem era sua presa. O soldado Lenine. Não adiantaria chamar seu pai. Não adiantaria implorar por outra dose de vacina. O que ela tinha se tornado não era uma doença. Ela era uma coisa da qual gostava de ser. Desejou e seus dentes caninos se projetaram. Ela era uma caçadora. Havia luz em seus olhos, o brilho da lua deixava tudo às claras para ela. Ela era uma coisa da noite, fazia parte da escuridão. Era não era Júlia, filha de Elias. Ela não era uma jovem mirrada e desprotegida. Ela era a morte caminhando no breu. Sua boca salivou quando escutou os batimentos do coração de Lenine mais próximos, ritmados e bombeando o que ela queria e precisava para continuar existindo: o sangue. O sangue de sua presa. O seu elixir mágico. A sua promessa ao Estige, o seu ingresso ao inferno.

* * *

Lenine subiu os degraus e alcançou o corredor de concreto dos dois lados. As portas daquele bloco estavam fechadas com chave, menos a de Júlia. Ele estranhou o silêncio. Os morcegos não giravam perto das árvores no estacionamento cinco metros abaixo, como faziam todas as noites. Os cães que se reuniam em fuzarca depois de comerem no cocho junto à parede lateral próxima ao refeitório não estavam ali. Não ouvia as risadas e vozes dos irmãos e irmãs que deveriam estar no refeitório para o jantar. Quando se deu conta, já estava com sua pistola erguida e apontando para

À deriva

a frente, movimento ativado por seu instinto de soldado, de sobrevivente. Ato reflexo, por medida de proteção contra uma ameaça que ele não enxergava, mas para a qual seus nervos treinados o tinham colocado em guarda, deslizou o dedo, liberando a trava da pistola, e pousou o dedo ao lado do gatilho. Seu sangue estava encharcado de medo e embebido em cortisol e adrenalina, o estômago, gelado, e os pelos da nuca, eriçados logo abaixo do capacete. Mentalmente começava sua prece favorita, aprendida de joelhos ao lado da avó benzedeira.

"Ó, São Jorge, meu guerreiro, invencível na Fé em Deus, que trazeis em vosso rosto a esperança e confiança, abra os meus caminhos. Eu andarei vestido e armado com as armas de São Jorge para que meus inimigos, tendo pés não me alcancem, tendo mãos não me peguem, tendo olhos não me vejam, e nem em pensamentos eles possam me fazer algum mal. Armas de fogo o meu corpo não alcançarão, facas e lanças se quebrarão sem o meu corpo tocar, cordas e correntes se arrebentarão sem o meu corpo amarrar..."

Lenine estacou e interrompeu a oração quando sentiu a presença. O mal estava ali.

* * *

Graziano esmurrava a porta e gritava pela vigia. Mauro tremia a cada berro do soldado. Ele mesmo não era militar, tinha sido segurança do Hospital das Clínicas nos últimos quatro anos e então era incomum ver um homem detido e encarcerado. Ainda mais um como aquele que não parava de esmurrar e chutar aquela porta reforçada especialmente para ele.

– Abra esta porta! Mauro, não dá tempo de esperar! Abra! Ela está solta, ela está no corredor do dormitório, o cheiro vem de lá! Abra esta merda! Me solta, Mauro! – berrava insistentemente Graziano, que era recolhido sempre que anoitecia até que a situação de Júlia estivesse estabilizada.

* * *

Júlia saltou pelo parapeito cinza escuro e bateu suave no chão. As crianças que brincavam de esconde-esconde e estavam daquele lado do bloco ficaram horrorizadas quando viram a jovem com o rosto coberto de sangue e depois com o brilho vermelho fulgurante nos olhos. Duas delas saíram gritando, pedindo ajuda, pois já tinham aprendido como um vampiro era, enquanto outras duas ficaram petrificadas de terror.

Júlia aproximou-se das duas meninas que, em pânico, bateram as costas na parede.

– Calma, calma – disse a vampira. – Eu não sei o que aconteceu. Eu só precisava de sangue e não quero o de vocês. Só vamos chamar o meu pai. Vamos, por favor? Meu pai vai me dar um remédio e a tia vai voltar a ficar boa.

As crianças, tremendo, ergueram os braços para Júlia e lhe deram as mãos, caminhando de fato em direção ao refeitório. Júlia sentiu o calor dos dedos das pequeninas entre os seus. Podia sentir o leve pulsar do sangue correndo pelos capilares naqueles dedinhos quentes e tão pequeninos. Deixou-se levar, chegando à claridade do outro lado, e os gritos começaram. Logo soldados estavam postados a sua frente e um deles surgiu logo atrás da vampira, exigindo que soltasse as crianças.

Elias apareceu na porta do refeitório, pasmo, de olhos arregalados. Sentiu uma dor no peito quando seu coração acelerou, chegando a colocar a mão sobre o músculo dolorido. Incrédulo, viu a filha suja de sangue mais uma vez. O líquido vermelho e vivo pingava de seu queixo, fazendo uma máscara macabra em sua face. A gola de sua camiseta escura cintilava quando a luz batia no tecido empapado.

– Calma! – gritou o médico. – Vamos levá-la ao meu escritório. Eu posso dar mais uma dose pra você, filha. – Elias virou-se para os soldados e ergueu as mãos. – Calma! Todos calmos. Estava tudo indo certo. Algo mudou só agora. Vamos levá-la para o hospital. Ela é uma enferma, é um objeto de estudo, não se precipitem.

– Cadê o Lenine? – perguntou André Almeida, chegando ao mesmo tempo que Cássio e os demais soldados.

Júlia estava num cerco.

– Eu o matei. O sangue é dele. Eu não queria. Não queria. Eu quis fugir, eu gritei para ele correr, mas, mas... – Lágrimas vermelhas desceram pelo rosto da jovem.

Ouviam dali os gritos enfurecidos de Graziano. O bento estava simplesmente incontrolável.

– Solte as crianças. Agora! – ordenou Almeida. – Vamos. Solte-as.

Júlia chorava e soluçava, convincente.

À deriva

– Vocês vão me matar? Vão atirar em mim? Eu... eu... não queria.

– Solte as crianças – Ikeda juntou-se ao clamor.

Logo os pais estavam próximos ao cerco, gritando pelas filhas, tão apavorados quanto as pequenas.

Elias se aproximou para soltar as crianças.

– Pai! Pai! Me ajuda, pai. Sou eu mesma, a Júlia. Eu não sei o que aconteceu, pai. Me ajuda, não deixa ninguém me matar.

A população no entorno, a distância e curiosa só por conta do número de soldados que rodeavam a vampira, cochichava, dividida, alguns comovidos com os apelos da noturna. Muitas pessoas, sem suportarem ver o sangue que pingava do queixo do monstro, escondiam suas cabeças no ombro e peito de quem estivesse ao lado.

– Solte as crianças, Júlia. Mostre boa vontade que tudo acabará bem – pediu Elias.

Junto com os soldados, Elias chegou mais perto e, num impulso, tentou segurar a filha que, sem hesitar, virou-se e atacou-o, mordendo e arrancando um naco de seu rosto, fazendo Elias e as crianças caírem.

Todos ficaram perplexos, mantendo o círculo para que Júlia fosse contida. Os soldados fizeram mira, deixando as armas prontas para o disparo. Cássio e mais cinco soldados estavam prontos para conterem um novo episódio, mas não imaginavam que o destino do espécime em estudo seria decidido logo por seu pai.

Elias passou a manga da camisa branca na ferida aberta no rosto hemorrágico e parou ao lado da filha, que vergou o corpo, preparando um novo bote e iniciando um rosnado.

A plateia incrédula assistiu algo até então impensável. O doutor Elias retirou um revólver das costas e executou Júlia com um único tiro no meio de sua testa.

– Deus tenha piedade de nossas almas... – murmurou ao final.

Os movimentos e qualquer vida em Júlia se extinguiram e a garota caiu paralisada aos pés do pai.

Elias tirou a camisa e a usou para estancar o rosto horrivelmente ferido. Ajoelhou-se ao lado do corpo da filha e começou a chorar. Não morria apenas Júlia naquele instante. Morria sua alma também e a esperança de encontrar uma cura para os noturnos, um elixir para a humanidade. A arma ainda em sua mão foi removida por Ikeda, que logo a travou e a colocou em seu cinto.

– Achem o Lenine antes de qualquer morador – ordenou Cássio.

Almeida sinalizou para seus homens e juntos apanharam o corpo da garota, removendo-a de perto do pai em choque. Ouviam lá longe os gritos de Graziano, também selvagem, feral, contudo um bastião na defesa dos humanos.

Longe dos olhos de Elias, Armando apanhou um facão e decapitou a vampira. Sabiam que muitos deles se regeneravam mesmo depois de serem atingidos na cabeça. Tinham aprendido que o que de fato interrompia suas existências eram a decapitação e fogo debaixo do sol.

CAPÍTULO 47

Alessandra despertou com a luz da manhã em seu rosto. Ela demorou alguns instantes para se localizar e se dar conta de onde e com quem estava. Sentiu um frio na espinha e uma quentura no baixo ventre quando girou na cama, dando de cara com Pedro no milésimo sono. Estava se sentindo cada vez mais atraída por aquele garoto, por seu destemor e ousadia, pela insistência dele para que ela acreditasse. Se ele já não tivesse o coração enlaçado por Chiara, talvez ela se abrisse mais para ele; a diferença de idade não era nada, Pedro era um homem. Levantou-se em silêncio e foi até a cozinha do apartamento abandonado, revirando os armários, procurando algo para comer.

Sobre a mesa uma fruteira repousava com um molho de bolor e restos de frutas cortejadas pelo zumbido de moscas, um desconvite a procurar ali algo que se salvasse. Ainda revirava o apartamento quando encontrou aquilo. Riscado com giz de cera no chão, havia um trilho de linhas retas que iam em direção à janela do terceiro andar, terminando em uma seta indicando o lado de fora. Alessandra olhou pela vidraça. Outros prédios estavam ali e ela não fazia ideia de onde tinham ido parar depois da fuga da rua Japiuba. Voltou a olhar os riscos vermelhos no chão. Pedro tinha arrastado um sofá e tirado um tapete do chão, marcando o piso frio de cor creme. Ao menos cinco retas, muito próximas umas das outras, tão próximas que pareciam uma corda grossa. Aquela marca causou uma má impressão nela.

Alessandra voltou para a cozinha e, recostado a eletrodomésticos inúteis, já que não havia eletricidade ali, viu algo que havia passado despercebido. Um pequeno fogareiro de uma boca, rosqueado a um botijãozinho de gás GLP. Ela voltou a revirar os armários e abriu um sorriso.

Pedro acordou com o aroma conhecido encharcando suas narinas. O calor do corpo de Alessandra não estava ali. Estava se acostumando à mulher, mas até gostou de não a ver logo ao despertar. Depois da visão de sua mãe e do fio vermelho sanguinolento, sabia que podia reencontrá-la, e as crianças adormecidas não eram mais sua prioridade. Pedro sentiu o cheiro de café fresco. Não era um ávido consumidor de café puro, mas quais seriam as opções no cardápio daquele apartamento? Como ela tinha conseguido água? Espreguiçou-se, sentindo um leve pulsar no machucado dentro da cabeça. Nada de fios. Talvez as crianças de Alessandra nunca tivessem sido uma prioridade. Ter a esperança e poder dizer a ela que Megan e Felipe ainda estavam vivos já era um bom começo, mas primeiro tinha que entregar a vacina para sua mãe.

– Bom dia! Estou morrendo de fome! – disse o garoto, entrando na cozinha.

– Achei esse tesouro – respondeu Alessandra, apontando para o botijão de gás. – Vai se empanturrar de café por enquanto. Fizeram a limpa nos armários.

– Tomemos o café. Já é uma ótima coisa para quem escapou vivo da última investida dos noturnos. Vamos tentar achar algo para comer no caminho.

– Qual caminho? Vamos tentar encontrar minhas crianças, Pedro?

Ele tomava o primeiro gole de café preto numa xícara larga e alta de cerâmica com a inscrição "Bom dia" do lado e vários fiozinhos saindo do balão de cumprimento.

– Minha mãe está voltando para São Vítor. Primeiro preciso encontrá-la. As coisas vão voltar a ser como antes para mim, meu irmão e minha mãe.

– Como assim? Ontem você me disse que meus filhos dormem.

– Sim. E é verdade. Eles estão vivos. Depois de tantos e tantos dias que os deixaram aqui. Isso significa que estão num lugar seguro. Minha mãe não está segura com Graziano em São Vítor.

– O que você está querendo com tudo isso?

– O doutor Elias achou a cura. Ele achou. Testou naquela vampira, na garota... – O rapaz fechou os olhos e inspirou fundo. – Marta! Marta é o nome dela. E ele disse que vai curar a filha dele com isso aqui. Então ele fez o melhor dele. E eu farei o meu melhor para salvar minha mãe. Ela só precisa dessa dose para ser curada. Minha mãe é a vampira mais forte que qualquer um já viu, é o que dizem num misto de espanto e medo. Eu conheço a minha mãe. Ela é capaz de fazer qualquer coisa para salvar a mim e meu irmão. Ela vai se curar mais rápido que qualquer cobaia. Ela vai voltar para a luz, Alessandra. Tudo vai voltar a ser como era antes.

– Pedro...

– Você não quer encontrar seus filhos? Não acredita que eles estão vivos?

– Acredito.

– Eu acredito que posso salvar minha mãe.

– Ela quer ser salva? – perguntou a mulher, encarando os olhos azuis e profundos de Pedro.

O rapaz tornou a guardar o frasco da dose em sua mochila, sem responder à pergunta.

– Eu vi a faixa. Já te falei. Vou encontrar aquele lugar onde "vampiros são bem-vindos". Vem ver.

Pararam em frente ao desenho que ele fez no chão.

– O que isso significa?

– Já compartilhamos tantos segredos, não é?

Alessandra balançou a cabeça em sinal afirmativo enquanto o rapaz voltava a falar:

– Vai ter que confiar em mim e guardar mais um. Essa é a direção em que minha mãe está. É manhã. Ela está imobilizada pelo sol. Eu vi a direção dela como vi a de seus filhos ontem durante a tarde, por horas e horas, mas daí minha visão enfraqueceu, eu perdi os fios...

– Que fios, Pedro?

– Fios que me guiam. Fios que me levaram até a boca de lobo, a entrada para o córrego e para as galerias onde vamos achar Megan e Felipe. Só que os fios deles desapareceram também. Meu dom se afrouxou depois que vi minha mãe, bem aqui, nesse apartamento.

Alessandra soltou-se das mãos do garoto e deu dois passos para trás, balançando a cabeça em sinal negativo.

– Não pode estar falando sério... Não pode ser isso...

– Eu abri meus olhos e ela estava aqui, Megan. Preciso achar alguma coisa dela que deixe o fio mais forte, mais potente. Preciso ir até nossa antiga casa e pegar algo para restabelecer a conexão.

– Você está enlouquecendo e me levando junto, é isso? Quer que eu acredite nisso?

– Seus filhos estão bem. Precisa acreditar em mim e acreditar nessa ideia. Não deixe a lembrança de seus filhos morrer, Alê.

– Nunca deixarei! Nunca.

– Então acredite em mim. Acredite.

Lágrimas desciam pelos olhos da mulher, que se afastava, confusa.

– Fios? Como assim, fios?

– É um dom. Preciso perseguir esses fios, mas acho que quanto mais minha ferida se cura, mais eu vou perdendo essa conexão com os fios e com quem está na outra ponta.

– Tome logo o seu café. Não podemos ficar aqui para sempre. Tenho que achar Megan e Felipe.

– E eu tenho que achar minha mãe primeiro.

Alessandra assentiu, balançando o queixo. Sabia que rumo aquela conversa tomaria.

– Eu acredito em você, Pedro. Acredito do fundo do meu coração. Entende isso?

– Entendo e agradeço – respondeu o rapaz, tomando mais um gole.

– Vou arrumar minhas coisas. Tome seu café.

Pedro voltou para a cozinha e sentou-se, sorvendo lentamente o líquido que começava a esfriar. Aquele botijãozinho de gás era um tesouro mesmo. Principalmente para eles que estariam na estrada. Poderiam ferver água. Poderiam cozinhar. Sabia que a seta apontava para a Castelo Branco. Conhecia bem a direção. Fechou os olhos tentando se recordar o máximo sobre as coisas que tinha enxergado na visão. Cascalhos no chão. Havia um cavalo? Lembrava de ter escutado um som de cavalo. Sua mãe não era boba. Com um cavalo como os dos soldados de São Vítor ganharia tempo. Ele precisava de algo mais veloz. Ela não podia chegar antes dele aos muros de São Vítor sem ter tomado a vacina. Pedro lembrava-se da brisa e de vaga-lumes passando ao fundo. Os olhos vermelhos e assustadores da mãe vampira. As veias ainda mais negras do que no encontro passado, como se ela avançasse naquela mutação. Depois o silêncio. O silêncio como naquele apartamento. Pedro sobressaltou-se com o silêncio.

– Alê!

À deriva

Pedro chegou à sala sem nenhuma resposta. Ingenuamente e sem esperar que tivesse sucesso, olhou os quartos revirados e o banheiro. Ela não estava lá. Voltou correndo para a sala. Olhou em cima de sua mochila e revirou-a, procurando a vacina. Encontrou o cilindro com a dose e beijou-o. Não encontrou a chave da moto.

Logo o rapaz estava descendo aos saltos os degraus da escadaria, berrando o nome da mulher. Pisou num pedaço de estuque caído da marquise e rolou o último lance de escadas logo à frente do prédio, batendo a cabeça no chão, sentindo pontadas em sua ferida, sussurrando o nome da parceira e ouvindo o som de um motor. Não parecia sua moto, mas era um motor barulhento. Tentou levantar-se, mas a cabeça tombou novamente e logo sua visão foi se apagando até não se mover mais.

CAPÍTULO 48

Pedro sentia o sol escaldante em sua pele. Mais água era jogada em sua boca enquanto duas vozes de mulheres desconhecidas entravam em sua mente.

– Pedro! Você disse que seu nome é Pedro, né?

– É... – ele resmungou sem abrir os olhos.

– Filho da Raquel. Da vampira que você veio procurar.

– É...

– Não feche os olhos. Vai ficar tudo bem. A ajuda já está chegando.

Pedro ergueu as mãos e tocou um rosto.

– Você está aqui? Você é de verdade?

Um riso feminino espocou e reduziu de volume. Pedro não sabia, mas sua cabeça repousava nas coxas de Maria, que de vez em quando jogava água na boca do garoto, mantendo-o hidratado enquanto aguardava Nathalia retornar com apoio. Tiveram uma discussão rápida, interrompendo sua missão de pichar os muros e tentar salvar o maior número de famílias que pudessem manter reunidas. Tinham achado um propósito maior naquela estada, naquela resistência dentro da cidade. E aquele cara apoiado em suas coxas, a um passo da morte, tinha dito que sua mãe era uma vampira, e por isso sabiam exatamente onde procurar ajuda.

Pedro não conseguiu ver o rosto de sua boa samaritana, mas inspirou fundo algumas vezes, satisfeito por estar no colo de alguém, de uma pessoa, de não ter seu ouvido invadido por vozes fantasmagóricas mais uma vez, e logo desvaneceu novamente. Quando abriu os olhos, seu corpo estava deitado em cima de uma porta que foi colocada na traseira de uma picape. Homens armados estavam de olho nele e o tinham imobilizado.

À deriva

Ele não tinha forças para reclamar ou mesmo tentar levantar-se. Sentia algo em sua cabeça.

– Fica quietinho aí, meu amigo. Fica quietinho que logo vamos ver como está. Temos um enfermeiro no nosso grupo.

Rodavam por uma pista reta e estável, a ventania fazia barulho. Pedro pensou que isso era bom. Estava ouvindo, mexendo as pernas e braços, ainda que amarrado e vigiado. Faltava alguém naquele cenário. Não a tinha visto nem escutado. Queria ouvi-la. Tudo foi escurecendo mais uma vez.

Quando seus olhos se abriram novamente, estava na sombra. Abrigado em algum tipo de instalação. Percebeu vozes diversas. Homens, mulheres, crianças. Um enfermeiro mexia em sua cabeça, limpando o sangue e fazendo um curativo... o resumo de sua vida desde que tinha despertado em São Vitor. Só que as vozes não eram de São Vítor, não tinha Mallory nem Nádia nem Alexandre, não tinha doutora Suzana nem ninguém que conhecesse. Estava em território estranho.

– Foi cirurgia? – perguntou o homem.

– Foi. Faz alguns meses.

– Grandinha, né? Não pode sangrar aqui. É perigoso.

– Onde eu estou?

– Onde salvamos vampiros – disse uma garota com um sorriso largo, trazendo uma bebê de colo enrolada em um cobertor.

– Minha mochila, minhas coisas – reclamou o acidentado, olhando brevemente para a garota e tentando se levantar.

– Você falou para Maria. Buscamos. Está tudo aqui.

Pedro sentou-se na maca. O enfermeiro ficou olhando, emburrado.

– Cara, não é bom você levantar. Seu machucado foi feio. Quase abriu sua cabeça de novo – advertiu.

– Eu tropecei. Tô legal.

– Ficou desmaiado por horas. Não está NADA legal – insistiu o homem, parando na frente do rapaz.

– Preciso achar a minha mãe.

– A Raquel – tornou a garota sorridente, balançando um molho de chaves diante do rosto da bebê, que erguia as mãozinhas tentando apanhá-lo. – Dá uma folga pra ele, Humberto. Se ele é filho da Raquel mesmo, ele é osso duro de roer que nem a mãe.

– É. Sou mesmo.

314

– Aqui ajudamos famílias a se juntarem. Quem perdeu parentes que se tornaram noturnos… a gente ajuda. Prazer, Tayla. – A garota estendeu a mão para ele.

Ela era da sua idade ou pouco mais nova. Ele conhecia aquele rosto de algum lugar, tinha certeza de que reconhecia aquela fisionomia e aquela voz.

– Eu… parece que te conheço – revelou o rapaz.

– Pode ser. Agora a gente aqui te conhece. Você é o filho da promotora. A gente quer muito ajudar.

Pedro ficou calado um instante. A mãe sempre tinha ensinado que quando a esmola era muita, era bom ficar de olho. Queria ver suas coisas. Eles não podiam sonhar que o cilindro era uma dose de cura. Se o que diziam era verdade, aquele galpão poderia estar infestado de vampiros.

– Onde estou?

– Onde os vampiros são bem vindos – a anfitriã explicou.

– Aquele galpão?! Na beira da estrada? Não brinca! Vi o galpão quando estava passando. Sempre quis vir aqui procurar minha mãe.

– É. A Maria e a Nathalia passam aqui de vez em quando. Trazem e buscam informações. Não tem Twitter mais, né, filhotinha? Não é? – Tayla mudou a voz para um tom lúdico, distraindo a criança e desviando os olhos do rapaz por um momento.

Pedro balançou a cabeça. Passou a mão no curativo. Via um fio sanguinolento saindo do umbigo de Tayla.

– Quem da sua família está aqui?

Tayla ergueu as sobrancelhas.

– Como você sabe que tenho alguém aqui? Por causa da bebê? Tô muito nova para emprenhar, pegar bucho. A gente achou essa criança. A Malu se apegou a ela, eu também. Ela é tipo uma irmãzinha mais nova da gente agora.

– Para ter montado tudo isso. Para ter um exército que te segue – despistou. – Tem que ter alguém. A bebê? Ela é…?

– Não. A Gabizinha tá ótima. Minha irmã mais velha, a Malu, ela se tornou uma noturna. Quando percebi que os outros, assim que tivessem chance, iam tacá-la no sol ou cortar sua cabeça fora, decidi ajudar todos que estavam na mesma situação que eu.

– Tinha uma mulher comigo… Alessandra.

Tayla balançou a cabeça em sinal negativo.

À deriva

– Só acharam você. Te deram água. Paciência. Agora você está aqui.

– Que horas são? Eu preciso achar minha mãe durante o dia.

– Consegue andar? Consegue ficar de pé?

O enfermeiro estava de braços cruzados, contrafeito.

Pedro desceu da maca. A maioria de suas noites desde que despertara tinha sido em macas e leitos. Ficou de pé. Uma pontada na cabeça. Sua ferida latejava mais, doía mais, contudo, em recompensa, o fio que saía do umbigo de Tayla era potente em plena luz do dia. Pensou na mãe e nada. Ficou desapontado.

– Eu ajudo você a achar sua mãe. Quero ir com você.

Pedro não sabia de onde vinha tanto interesse de Tayla, mas não estava em condições e nem tinha tempo de negar ajuda.

– Só preciso de um pedaço de pão e da minha mochila. Conferir minhas coisas.

– Acha que a gente não é de confiança? – reclamou um dos soldados do galpão.

Era um cara alto, cabelos e barba pretos. Pedro balançou a cabeça em sinal negativo.

– Não é isso. Tenho coisas importantes para mim. Para minha mãe, assim que eu a reencontrar. Ela precisa de paz.

Tayla puxou uma cadeira e sentou-se em frente a Pedro.

– Tenho um bom pressentimento com você, carinha. Sua mãe é importante. É uma vampira durona. Acho que você pode mesmo encontrá-la. Eu já a vi uma vez. Ela já passou por aqui também.

O soldado aproximou-se e ia dizer algo, mas Tayla ergueu a mão.

Pedro levantou a cabeça para a mulher.

– Tá falando sério?

– Muito. Pode encontrá-la?

Pedro fechou os olhos e lembrou-se do cascalho, do relincho do cavalo, do regato. Sua mãe flutuando num casulo. Abriu os olhos e observou o próprio umbigo. Nada.

– Me leva até onde a viu – ele pediu.

– E por que eu faria isso?

– Se você quer ajudar mesmo os vampiros. Se quer mesmo que essa gente toda que perdeu a luz seja socorrida, me ajude a achar minha mãe.

316

Eu vou ajudar todos vocês. Minha mãe será o começo de todo o retorno ao que eles eram antes.

Tayla só queria pistas daquela desgraçada que tinha matado seu melhor amigo e que tinha escapado do cerco que ela fez naquele rancho. Precisava tirar mais informações daquele moleque de cabelos vermelhos e cabeça machucada. Só que estava intrigada. Ele falava sério. Ele parecia mesmo disposto a ajudar. Iria fazê-lo dar uma volta. Quem sabe no caminho ele se soltasse mais.

* * *

Pedro sentia seu corpo vibrar com a potência do motor do carro gaiola, era difícil escutar a motorista ao seu lado. O ronco era ensurdecedor, mas a máquina comia o asfalto em alta velocidade e em pouco tempo tinha devorado boa parte da Marginal Pinheiros. Maria tinha voltado com a sua mochila, que estava em seu colo, e ele já tinha tateado o seu tesouro lá dentro. Sabia que ia em direção contrária à que precisava, mas Tayla tinha dito que vira sua mãe. Precisava que aquele cordão se formasse novamente para rastreá-la mais uma vez.

Foi arrancado de seus pensamentos quando tornou a observar o céu da capital. Era sempre inacreditável. Fatiando o azul, colunas de fumaça e urubus rodando em espirais de bandos superpopulosos. Estavam comendo bem. Seus pelos se arrepiaram e ele virou-se para Tayla, apontando para o lado.

– Olha!

A garota acompanhou a direção indicada pela mão de Pedro e encontrou um bando de quatro rinocerontes correndo pela Marginal Pinheiros, junto ao muro do Jockey Clube.

– Impressionante – gritou ela em resposta, tentando sobrepor a voz ao rugido do motor da gaiola.

– Por que você está fazendo isso?

Tayla deu de ombros e respondeu:

– Eu fui com a sua cara e acredito que você é filho dela mesmo. Você não ia sair do abrigo de vocês para vir aqui se não fosse verdade que quer encontrá-la.

À deriva

– Obrigado, Tayla, mas eu perguntei do galpão. Por que está salvando os vampiros? Ninguém mais está olhando por eles.

– Ninguém tem que ficar sozinho no apocalipse, certo?

– Certo. Por isso que estou atrás da minha mãe.

– E vai fazer exatamente o que quando achar o que está procurando?

– Quero levá-la para São Vítor.

Os dois conversavam aos gritos.

– Hum. São Vítor. Estou sempre ouvindo falar desse lugar.

– E está conseguindo o que você queria dando abrigo para os vampiros?

Mais uma vez a garota deu de ombros.

– Minha irmã está comigo. Reuni outras famílias. Não entendo até agora por que aquele grupo do outro lado, do Larisson, o CRRF, não entende a gente. Eles também querem isso. Reunir as famílias. Sua mãe estava querendo isso também... pelo menos criar... uma família.

– Do que você está falando, Tayla?

– Duas meninas que estão comigo, elas foram salvas por sua mãe. O CRRF queria matar as três. Alguma rixa.

– Onde?

– Para o outro lado, indo para o interior.

– E por que a gente está voltando para a cidade então?

– Porque ela foi embora. Deixou as meninas numa casinha de rancho e ralou quando chegamos.

– Não consigo entender. Isso não faz sentido.

– Também não faz para mim. Mas acho que ela voltou para o ninho dela. Eu sei onde fica esse ninho e é pra lá que estamos indo.

Ficaram em silêncio quando a garota pegou a curva de entrada para a ponte. Estavam cruzando o rio Pinheiros e Tayla se concentrou em desviar dos obstáculos no caminho.

Pedro se pegava pensando se ainda não estaria naquele retorno, logo após ser cercado com Chiara pelo bando de Urso Branco, ou se não estava ainda no hospital, capturado por um coma profundo e viajando por todas aquelas imagens ainda dentro de sua cabeça, vendo sua mãe num casulo à beira da estrada e pedindo ajuda para uma mãe vampira em algum tipo de refúgio para vampiros.

Pedro primeiro sentiu-se perdido, mas quando as lanternas iluminaram a galeria e a vitrine da loja, em meio aos vultos e sombras, uma

318

paisagem familiar começou a abrir caminho em suas memórias. A praia. A mãe sempre falava das férias em Ubatuba. Ia para lá desde a infância com seus pais, e depois transmitiu essa herança e momentos felizes para a família. Pedro quase podia ouvir os pássaros e o vento nas árvores enquanto ele e Breno se abrigavam na sombra depois de ficarem exaustos com o pai que amava o mar, as ondas e as pranchas de surfe. A mãe adorava os passeios na orla, apanhar conchas e contar histórias de sua própria infância. Passava horas com eles fazendo castelinhos de areia. A mãe...

Pedro sentiu uma pontada na cabeça dolorida e então um frio na barriga. Olhou para a cintura e viu o fio fantasmagórico que só ele enxergava entumecer. O fio vermelho sanguinolento e que serpenteava para fora da loja. Sua cabeça latejava e doía, mas era como se um farol se acendesse dentro dele. Estava conectado a sua mãe e não podia perder aquela conexão por nada. O fio vibrava diante de seus olhos, tremeluzindo. Antes ele nunca tinha feito aquilo... aquele cintilar diferente. Agora o rapaz sabia que a mãe não estava ali dentro. As vozes das pessoas ao seu entorno, jogando as lanternas sobre os manequins e soltando exclamações que reforçavam a incompreensão de uma mulher também perdida no apocalipse irritavam Pedro. Queria distância de todos e queria seguir aquele fio vermelho e gosmento que antes lhe parecia repugnante e agora era desejado.

– Tayla... – murmurou o garoto, atraindo a atenção da garota.

Tayla se aproximou do rapaz, que revelou:

– Ela não está aqui.

– Como é que você sabe? Acabamos de entrar! Viemos da Castelo Branco até aqui para você olhar para essa praia e dizer que ela não está aqui? – irritou-se a garota do galpão de vampiros.

– Eu sei que ela não está.

Tayla ergueu sua luz para os corredores das lojas.

– Esses lugares são mais complexos que uma fachada. Tem muitos esconderijos aqui.

Pedro abaixou-se na areia, projetando a luz sobre um sol desenhado com os dedos. Reconhecia aquele traço e aquele sorriso de canto. Os dedos de sua mãe. Pedro tocou a areia e passou seu indicador suavemente pelo contorno do sol. Olhou para a direita e viu outros traços que compunham o resto do desenho. Sorriu ao encontrar-se traçado nos grãos, como parte de um hieróglifo, de uma mensagem deixada por sua mãe. Ela era uma vampira, mas não os tinha esquecido de forma alguma.

– Tayla, confie em mim. Ela está indo para São Vítor. Eu preciso alcançá-la antes que ela chegue lá. Me empresta um dos gaiolas. Eu preciso achá-la.

– Tá... eu posso até emprestar, mas o que vai fazer quando encontrá-la? Ela é a vampira mais foda que existe. Se ela quer ir para São Vítor, ela vai.

– Ela quer tirar o meu irmão de lá e a mim. Ela não desistiu da gente. Ela já invadiu São Vítor, já me teve e teve a Breno, mas não quis nos levar para a escuridão. Eu vou trazê-la para a luz de novo.

– Trazer para a luz... Do que você está falando? Que história é essa, cara?

– Eu posso curá-la. Sério! Posso curar a minha mãe. Se ela for curada, poderemos curar qualquer noturno que quiser voltar a andar no sol. Sua irmã, os parentes de todos que estão no seu galpão. Tá rolando um experimento em São Vítor e está dando certo.

Tayla franziu a testa e pensou imediatamente na irmã.

– Você está falando sério, cara? Não brinca com uma coisa dessas.

– Sim, é sério. Tenho uma ampola aqui comigo. Posso injetar a cura nela agora...

Tayla aproximou-se e tapou a boca de Pedro.

– Se você está falando sério, fique quieto agora! Ninguém pode saber disso ainda! Eu confio em você, te empresto o gaiola, mas se você está falando sério, guarde segredo. Eu vou querer curar a minha irmã antes dessa informação vazar e São Vítor virar um inferno de tanta gente indo até lá.

– Mas alguém já abriu o bico. Aquelas suas amigas, as que me salvaram, parece que elas estão espalhando faixas por aí. Dizendo que a cura já está lá... mas ainda são poucas doses. O doutor Elias estava testando ainda. Elas não podem espalhar essa informação. Concordo com você. São Vítor vai virar um inferno.

320

CAPÍTULO 49

A cerimônia fúnebre foi obviamente devastadora.

Um pai se despedindo da filha que ele próprio fora obrigado a matar não era uma coisa que se via todo dia. Elias olhava para o fogo queimando os restos mortais de alguém que um dia fora sua princesa, uma promessa de um mundo melhor, mais bonito, mais tudo. Ele sabia que ali era o seu fim também. Estavam velando também a sua alma. Não havia mais nada para ele naquele lugar ou em lugar nenhum. Precisava partir, fugir daquele pesadelo sangrento e achar uma forma rápida de acabar com a própria vida; para um médico, não deveria ser algo tão difícil assim, afinal.

Elias despediu-se rapidamente dos poucos colegas que fez durante o tempo que viveu ali e deixou por último Cássio, que aprendera a admirar e talvez o único a quem devia alguma satisfação.

– Você entende que eu não posso ficar, não é?

Cássio mordeu os lábios e assentiu, colocando a mão no ombro dele.

– Você pode me acompanhar? Tem alguém que quer vê-lo antes de você ir.

Os dois entraram no nicho do ambulatório onde estava Graziano, sentado na maca, aparentemente recuperado do ferimento à bala perpetrado por Júlia e com as mãos livres das amarras. Ele não sentia cheiro algum agora. Os muros de São Vitor estavam a salvo. Graziano levantou a vista para ver o doutor Elias seguido por Cássio e falou:

– Preciso te agradecer. Você poderia ter me deixado sangrar até morrer naquele casebre.

Elias, com o rosto sombrio e ainda cheio da perda, apenas bateu no ombro do homem.

– Qualquer pessoa em risco de vida é meu dever tentar salvar. Não sei até quando isso fará sentido. Não deixarão eu continuar minhas pesquisas aqui. Talvez aqui não seja mais uma casa para mim, um refúgio. Eu acredito no que fiz e no que estou fazendo. Lamento que tudo isso tenha acontecido – lastimou-se o médico e cientista.

– Doutor, o preço que você pagou por sua persistência já não foi alto demais? – questionou Cássio.

O médico olhou para o defensor de São Vítor e balançou a cabeça em sinal negativo.

Minutos depois os portões de São Vitor se fecharam melancolicamente atrás da picape abastecida de Elias. O carro partiu como se fosse um barco em fuga, sem rumo, sem destino certo. Um grupo pequeno acompanhou o êxodo voluntário de Elias até seu automóvel sumir de vista na estrada, cercado pelas terras semeadas ao redor de todo o muro.

CAPÍTULO 50

O carrinho de cachorro-quente do seu Aristeu estava abandonado, encostado na porta de ferro que fechava a entrada das Lojas Americanas. Estava encardido e parecia amassado, como se um carro tivesse batido nele até que chegasse àquela posição. Cássio observava aquele carrinho. Quantas noites ele e Graziano tinham feito ronda naquela região, trotando até ali em seus cavalos, só pra garantir a batata-palha exclusiva do seu Aristeu? Onde estaria o boa praça vendedor de hot dogs agora? Será que tinha virado um agressivo ou estaria dormindo? Ou tinha migrado, como milhões de cidadãos, deixando a metrópole em busca de terras mais serenas ou em grupos unidos para se defender ou até mesmo arrastar parentes adormecidos para hospitais em busca de uma cura que não viria? As possibilidades eram inúmeras, uma cadeia imensa de probabilidades que levavam a uma rua só: a rua da sobrevivência. Qualquer fim para o seu Aristeu seria melhor do que ter a carne devorada pelos membros do CRRF. Cássio balançou a cabeça para tirar aquela imagem de um frigorífico de humanos dos seus pensamentos. Precisava voltar ao trabalho, estavam em São Paulo buscando mais adormecidos. Não podia se dar ao luxo de ter devaneios nesse lugar, era preciso estar sempre atento. Precisava lutar por aquela gente que era apanhada pelos noturnos para ter seu sangue drenado, além disso ainda havia a preocupação com o bando de Larisson. Precisava de um plano. Confirmação e um plano. O que Larisson fazia, apesar de andar na mesma rua que milhões andavam, era hediondo, era cruel e desumano.

Cássio andou em direção a um dos ônibus do comboio. Alguns voluntários estavam ali, alocando todos os que chegavam adormecidos para

que fossem transportados, colocando em seus peitos papéis com identificação, documentos, porta-retratos apanhados nas casas e até mesmo
álbuns de fotos. Prendiam com fita adesiva... até o dia em que fita adesiva
existisse. Esse era outro temor que bombardeava a mente do líder. As coisas estavam sendo consumidas, e algumas, mesmo que ainda estivessem
disponíveis às toneladas, um dia cessariam.

– Vocês estão registrando tudo certinho? Tem que deixar anotado de
qual endereço veio, deixar um bilhete no local que a pessoa foi encontrada
e principalmente qual o nome de quem estamos levando – Cássio questionou Francisco, que estava com uma prancheta na mão.

– Claro... – rebateu o companheiro, sem desviar os olhos da prancheta. – Do jeito que você ensinou, Cássio... Tô terminando de registrar aqui
agora esses dois últimos que chegaram... Os silos vão se encher.

– Legal... Quantos faltam ainda? – perguntou Cássio.

– Esse aqui é o último, não cabe mais...

– Ok, já vamos partir então... Qualquer problema me avise... – respondeu Cássio, olhando para a rua com o chão e as portas marcadas por
onde tinham passado.

Cássio soltou um suspiro longo e sentiu o peso nos ombros. Tinham
sido apenas três ruas naquele dia, ainda em seu bairro no Tremembé. Parecia que não saíam do lugar. Não podia esmorecer. Aquele trabalho duraria
anos. Enquanto aquele inferno durasse, ele lutaria pelos desvalidos.

– Senhor, sim, senhor... – disse Francisco, dando um sorriso aberto.

Cássio sorriu também. O carregamento estava terminando. Não havia tido nenhum incidente com os agressivos. Estavam em tempo para
voltar. E agora, com a fortificação improvisada pouco depois de Araça-
riguama, um imenso galpão de logística que tinha encontrado, distante
da rodovia, tinham conseguido montar um abrigo seguro e bem fechado
para aumentar a segurança no caso de pernoite. Dentro do galpão cabiam
ao menos doze ônibus daquele, e isso significava que todos os veículos do
GRA podiam entrar e então prosseguir viagem ao primeiro raio de sol.
Isso era a vitória de que precisavam. Um entreposto sem Larisson, sem
depender de mais ninguém, apenas dos bons homens e mulheres de São
Vítor. Essa estratégia eliminava o sofrimento de chegar até o HGSV ainda antes de escurecer, e era um ponto de retorno caso precisassem voltar à
capital ou às cidades periféricas pela alvorada. Esse ponto de parada havia

sido essencial para trazer cada vez mais adormecidos de São Paulo. Em pouco tempo eles estariam em segurança, e ainda faltavam cerca de duas horas para começar a escurecer. Tudo parecia em ordem.

Em poucos minutos, o comboio estava em movimento mais uma vez, e o carrinho de cachorro-quente do seu Aristeu ficou para trás.

Cássio ia seguindo o comboio com a moto XLR. Assim, caso tivessem algum acontecimento na estrada, ele poderia ir verificar na frente, sem colocar todos os ônibus e os carros que estavam com eles em risco. Eles dirigiam com calma pela estrada, que já estava muito mais vazia do que nas primeiras vezes que fizeram o trajeto. A maioria dos carros parados pelo caminho já tinham sido empurrados para fora da estrada, deixando o caminho mais fluido, sem tantas interrupções para desvios. Ainda assim, foi em uma dessas desacelerações, em que o motorista no ônibus desviava de um caminhão com metade da caçamba deitada no meio da estrada, que Cássio, parado em sua moto observando, notou algo diferente em um dos postos de gasolina abandonados. Na verdade, ao lado do posto sujo de lama e deteriorado, havia algo novo, algo que se destacava no sol do fim de tarde por ser branco e reluzente. Era uma faixa.

Cássio acelerou a moto, chegando próximo da janela do carro que seguia o comboio em que Rui, o chaveiro e agora motorista, estava.

– Cara, eu já volto. Quando terminarem de manobrar o ônibus, aguardem para seguir viagem, ok? Eu já volto.

– O quê? – disse Rui, surpreso. Ele estava distraído quando Cássio se aproximou. – Cássio, do que você tá falando? Aonde você vai?

Mas Cássio já tinha acelerado a moto em direção à faixa. Não desviou os olhos dela por um minuto. A sensação era de que, se não a verificasse, ela desaparecia tão rapidamente quanto tinha surgido. De onde estava, na estrada, ele podia ver as letras em preto e vermelho. Mas devido à distância e ao brilho do sol naquela direção, não conseguia ler. Precisava chegar mais perto. Só um pouco mais perto... Cássio acelerou a moto até parar na esquina do galpão, bem na entrada do posto de gasolina abandonado. Ele mordeu o lábio inferior, como sempre fazia em situações de grande apreensão. Passou a mão no cabelo e apertou os fios entre a mão, puxando-os. Queria ter certeza de que estava acordado e aquela faixa não havia saído de um pesadelo.

À deriva

Na faixa e na parede do galpão dizia: "Vampiros são bem-vindos". Isso já seria motivo para temor e manter aquele lugar sob vigilância e investigação. Mas a faixa inacabada logo abaixo foi a que lhe causou um embrulho no estômago. Duas mulheres, em cima de escadas altas de madeira, pichavam com um rolo de tinta uma nova mensagem. Algo que deveria ser um segredo. Um segredo dele e de Larisson. Um segredo que tinha escapado do CRRF, e agora, como uma nuvem venenosa, se esparramava.

"A cura está em Itatin…"

Era fácil deduzir o que viria escrito em seguida. A história da vacina já tinha vazado e as consequências seriam tenebrosas.

CAPÍTULO 51

Estavam tão perto de São Vítor que Pedro temia que Graziano fosse até capaz de farejar sua mãe. Se aquele soldado descontrolado e incapaz de se colocar no lugar dos que tinham sido sequestrados pela escuridão contra a vontade viesse até o esconderijo de Raquel, o que ele, Pedro, faria para defender a mãe? Estava disposto a tudo, até mesmo a puxar o gatilho do revólver que trazia na cintura.

Diferente de quando viajava com Alessandra, tinha ficado ainda mais introspectivo. Não queria mais matar os noturnos que surgiam no caminho, queria compreendê-los e dar-lhes um motivo para esperar. Existia uma cura. Sua mãe, a promotora, assumiria o cargo de juíza daquele fim de mundo e seria capaz de distinguir qual de seus similares da escuridão teria o direito a tomar a dose de cura depois dela, depois que ela voltasse para a luz com o aprendizado das trevas. Ela tinha sido uma vampira sanguinária e temida e seria o melhor exemplo em São Vítor de que aquela noite maldita tinha arremessado de forma inescrupulosa e sem arbítrio homens, mulheres, garotos e garotas, crianças para viver num mundo apartado onde eram obrigados a tirar a vida de outrem para manterem-se vivos.

Pedro, seguindo a trilha do fio de sangue que saía dele e se conectava a Raquel, freou o gaiola na estradinha de Itatinga e parou, contemplando a paisagem. Ainda tinha luz e o fio vermelho escuro balançava fantasmagórico a sua frente, saindo do gaiola, atravessando a ravina baixa e seca e descendo o terreno até uma invernada cheia de árvores, perpassada por um regato que refletia o brilho do poente. As aves grasnavam e voavam em bandos, despedindo-se do dia. Pedro sabia que faltava pouco para o

À deriva

crepúsculo, e aquele barbante espectral e honesto lhe dizia que sua mãe estava ali. Escondida em algum lugar naquele parte rebaixada de terreno, entre as árvores.

Pedro saltou do veículo e desceu o terreno sem pressa. Só olhava para trás para ter certeza de que ninguém o seguia. A mochila no ombro trazia a dose da vacina protegida no interior. Só queria que sua mãe a tomasse e pronto, voltasse para a luz, voltasse a ser humana.

O fio o conduziu até uma casa de madeira feita entre as árvores. O riacho ainda ficava vinte metros para baixo. Viu o cavalo amarrado a uma árvore, a cauda longa batendo de um lado para o outro tentando afastar os pernilongos e as moscas. Tinha sido uma longa jornada até ali.

Levou menos de uma hora para o sol tocar o horizonte e libertar sua mãe do encanto dos vampiros e devolvê-la à penumbra, às sombras que a encaminhariam para a noite.

O rapaz encostou-se ao batente da porta do quarto e ficou aguardando. O barulho da mãe deixando o esconderijo debaixo da cama não o intimidou, e finalmente estavam mãe e filho frente a frente, carne com carne, sem casulos, apenas o que restava do fio vermelho fantasmagórico, agora ainda mais fino e tremeluzente.

– Pedro.

– Mãe.

As vozes de ambos eram carregadas de emoção e abraçaram-se imediatamente, com força e afeto, apagando o fio sobrenatural. De igual, mãe e filho usavam uma jaqueta escura. A de Raquel era de couro, a de Pedro era de jeans, desfiada nos braços.

Pedro rompeu o silêncio do momento emocionante:

– Eu te encontrei, mãe. Eu te encontrei.

– Como?

– É uma longa história, dona Raquel.

– Tempo é uma coisa que dizem que os vampiros têm – disse a mãe, fazendo o filho rir e quebrando a solenidade daquele encontro.

– Mãe, eu sabia que ia te achar. Eu tenho que acreditar nas coisas que eu vejo.

Raquel passou a mão na cabeça do filho.

– Seu cabelo… está falhado, mas continua vermelho. Seus olhos. Parecem os do seu pai olhando para mim mais uma vez.

Pedro abriu seu sorriso largo e a mãe emendou:

– Onde está o seu irmão? Eu quero os dois.

Pedro afastou-se da mãe um instante e encarou seus olhos profundos. A pele da mãe era singrada por veias escuras, como em suas visões. Uma vampira parada, afável, à sua frente.

– Ele está aqui perto, em São Vítor. Essa estrada depois da cerca vai sair lá.

– Vamos para lá. Quero os dois. Nós vamos embora daqui.

– E faremos o que depois? Vamos para um rancho? – perguntou Pedro, soerguendo as sobrancelhas.

Raquel franziu a testa. Pedro já sabia do rancho, então sabia de Tayla e das garotas. O rapaz continuou, empolgado com a mãe:

– Eu posso trazer Breno escondido, mas você não pode ir até São Vítor. Um dos soldados se transformou em algo.

– Algo?

– Quando ele encontra um vampiro, ele perde o controle. Ele é o maior defensor de São Vítor.

– Sua mãe lidou com traficantes nos últimos anos, não vou dar conta de um único soldado? Chega de falar dele!

– Você não está entendendo, mãe. Como você, ele não é mais humano. Ele é um caçador de vampiros. Estão chamando-o de bento.

– Ele é o amiguinho do Cássio. Eu sei quem ele é e já o vi derrotado. Ele não é invencível. Cássio o salvou uma vez. O salvou de mim.

– Mãe... nós queremos voltar para nossa casa...

– Então vamos voltar, nós três, como antes! Eu vou torná-los filhos da noite como eu. Seremos um trio nas sombras.

Pedro ergueu os olhos para a mãe de novo, andou até o sofá puído da sala humilde e apanhou a mochila.

– Mãe. Se tudo pudesse voltar a ser como era antes, você aceitaria?

Raquel também se moveu, com seus passos inaudíveis, atravessando a sala e encarando o filho. Ele tinha algo em sua mão, algo que tinha tirado da mochila.

– Do que você está falando? Nada será como antes, meu filho. O mundo se transformou e atravessaremos os anos, as décadas, nessa guerra eterna entre humanos e noturnos brigando pelos adormecidos.

– Mas se pudermos voltar a ser como éramos antes... você aceitaria?

– Ainda não entendi sobre o que você está falando.

Pedro exibiu o bulbo de metal e vidro em sua mão.

– O doutor conseguiu uma cura, mãe. Você pode voltar a ser humana. Pode voltar a ser nossa mãe, sem problemas em São Vítor, sem problemas com Graziano, o soldado matador de vampiros, sem problemas com o sol, sem precisar de sangue. Você pode voltar para a luz, mãe.

Raquel ficou com os olhos arregalados. Não esperava aquele convite do filho.

Pedro insistiu:

– Podemos voltar para nossa casa, arrumar tudo. Ela vai voltar a ser nossa casa, a gente reforma o que eles destruíram. Você volta a ser humana, a andar no sol. Os vampiros... Podemos levar os vampiros da capital para Tayla, a garota do galpão... O doutor disse que pode fazer isso em escala industrial se tiver ajuda. E você é diferente, você é forte, se você se curar... todos vão acreditar na vacina.

– Eu sei bem quem ela é.

– Assim que os testes terminarem, doutor Elias quer curar todo o Brasil, curar o mundo. Todos os vampiros terão a chance de voltar para suas casas e começar a reconstruir as cidades como eram antes.

– E se não for para reconstruirmos, Pedro? E se for exatamente o oposto?

– Como assim, mãe?

– Por que eu me tornei uma vampira?

– Não sei, mãe. Por que fomos divididos? Não precisa ser assim mais.

Pedro andou até a mãe e lhe ofertou o bulbo.

– Eu posso aplicar em você?

Raquel segurou a cura e ficou olhando para o frasco.

– Não sei. Preciso pensar nisso. Não sei se quero voltar a ser humana.

– É o único jeito de levar a mim e Breno, mãe. Não faz sentido transformar nós dois em vampiros. A garota que você tornou vampira... você a abandonou, a deixou para trás.

– Eu a deixei para vir buscá-los! – vociferou Raquel, acendendo os olhos vermelhos.

Pedro deu dois passos para trás, trombando contra o batente da porta da sala.

Raquel percebeu o medo no filho e apagou os olhos, voltando a olhar para o frasco em suas mãos.

330

– Nesse frasco a vacina está protegida do calor. Ela não precisa de refrigeração, só de cuidado. Só retire a dose quando for usar.

– Me desculpe se te assustei. Não quero que tenham medo. As meninas, Luna e Yolanda, é uma história complicada. Eu estava sentindo falta de vocês. Vocês dois são os meus filhos, não elas. Eu errei.

– Todos nós estamos cheios de erros de julgamento esses dias, mãe. Todos nós. Tome a droga. Em poucas horas você estará bem. Se tomar agora, amanhã já pode sair ao sol, eu trago o Breno e a Chiara para te visitar e podemos até aproveitar e ir embora naquele gaiola. Tem gasolina da Tayla, não deveremos nada para São Vítor. Só vamos parar em casa.

Raquel olhou para o terreno e viu o veículo lá em cima.

– Pelo que observo daqui, só tem dois lugares nele. Como vai levar mais dois?

– A gente dá um jeito, mãe. O importante é você voltar a ser humana para poder entrar em São Vítor se quiser, sem aquele maluco do Graziano arrancar a sua cabeça.

– Eu arranco a dele primeiro, filho, não se preocupe com isso. Bento? Foi abençoado por quem nesse inferno?

Pedro apontou para cima.

– Não perca sua fé, mãe. Tem alguém lá em cima olhando pela gente. Olha como o doutor Elias conseguiu produzir essa vacina rápido. Todo mundo que se importa com alguém está fazendo milagres. Eu mesmo...

– Te vi num casulo, flutuando na minha frente quando dava água para meu cavalo.

– Isso. Eu também te vi. Esse é o meu milagre. Então tem alguma coisa lá em cima juntando peças. Se você tomar a vacina, mãe, se você voltar a ser humana, todos vão acreditar na cura, na vacina.

– Enquanto as peças estão sendo embaralhadas, você quer que eu seja uma cobaia? – queixou-se a vampira, olhando para o frasco mais uma vez.

– Venha comigo, filho. Traga o Breno. Só vocês dois.

– Tome a cura, mãe. A noite e o dia estão apartando a gente. Vamos voltar a ser como era antes.

Raquel sentou-se no sofá e fez um sinal para o filho, para ele sentar-se ao lado dela. Quando Pedro obedeceu, ela deitou-o sobre suas coxas e começou a afagar-lhe a cabeça, passando os dedos frios sobre os cabelos curtos e a cicatriz dele.

CAPÍTULO 52

A garota de cabelos longos saiu da mata. Seu corpo magro marcava suas costelas cobertas por uma camiseta do Plantação, o quadril ornado por um short jeans curto e de bordas esfiapadas. A jovem pisou no asfalto lavado pela luz da lua cheia e olhou para trás, para a floresta, apenas uma vez. Viu a cidade depois da planície e começou sua caminhada. Não havia distância longa demais para ela e nem casa para voltar.

Suas mãos estavam sujas de sangue, só que ela não era uma vampira. O sangue era de um javali abatido para um ritual que ela repetiria até ter certeza de que o feitiço aprendido da boca do pajé funcionaria.

Depois de quarenta minutos chegou às primeiras casas e encontrou as primeiras ruas. Sorriu ao sentir o cheiro. O cheiro da morte.

– Morram todos vocês, desgraçados! – berrou a garota.

Ela chegou até a pracinha da cidadela e viu a igreja do outro lado. Olhos vermelhos nas sombras junto às paredes de fora do templo. Ela não temeu o que via. Eram pessoas, mas também tinham se tornado feras. Podia ouvi-las mesmo do outro lado da praça, tamanho o silêncio do mundo.

– Eu estou aqui! – gritou a garota.

Ela caminhou até a praça e parou no primeiro banco. Havia um corpo caído ali. Ela viu as perfurações no pescoço e franziu a testa sem compreender. O cadáver estava roxo e inchado, exalando o odor da podridão. Ela atravessou a rua e notou as casas fechadas. O medo tinha chegado até a vila.

– Até onde vocês vão? – gritou a garota, impetuosa, na direção dos olhos vermelhos. – Vão até a cidade? A cidade grande?

Os olhos vermelhos começaram a vir em sua direção e logo ela foi cercada por uma dúzia de vampiros. Sua vida não duraria muito agora que tinha chamado a atenção de tantos deles.

Ela observava as criaturas. Conhecia todas as feras das matas, mas aquelas não sabia o que eram. Estavam dentro dos corpos de homens e mulheres, mas eles não eram simplesmente mais homens e mulheres. Certificou-se disso quando eles começaram a rugir e grunhir sem terem coragem de se aproximar dela.

– Querem? Venham! – desafiou a garota. – Podem vir! Se chegou à cidade, meu trabalho está feito!

Das sombras eles vieram, atendendo ao chamado da garota. Eram homens e mulheres, jovens e velhos, pálidos e com a boca aberta, exibindo presas abaixo dos olhos vermelhos. Começaram a cercá-la e a fechar seu caminho.

Sobre a fonte seca no meio da praça uma bola de luz surgiu diante da visitante, que ficou observando aquele fenômeno. A luz se intensificou até que as criaturas ao redor da adolescente começassem a gritar e tapassem seus olhos assombrados. No instante seguinte todos pegaram fogo e caíram ao chão, e então a esfera se apagou. A jovem, sozinha na praça, sorriu. Ela sabia. Era um sinal. Um sinal do outro lado, do mundo dos espíritos da floresta. Ela soube que estava fazendo a coisa certa quando viu um búfalo surgindo na rua de terra, contornando a igreja. Andou até a criatura de pelos negros e montou nas costas do bovino, deixando o centro e, dez minutos depois, qualquer vestígio daquela cidadela para trás.

CAPÍTULO 53

Após o exílio de São Vítor, Elias se refugiou novamente no laboratório onde tudo começou, onde tinha passado anos de sua carreira combatendo um dos maiores males que recaíam sobre os seres humanos até poucos meses atrás, antes de tudo mudar e de quase todas as dores terem sido levadas embora. A que preço? Um quarto da população se esgueirava por canais escuros, esgotos e túneis, temendo o sol. Parentes separados pela bestialidade. Todas as doenças canalizadas para um mal. Os monstros que serpenteavam durante a noite, rastejando, espreitando, atacando em busca de sangue vivo. O sangue vivo. Aquilo martelava em seu ouvido havia dias. O sangue vivo. Eles precisavam de sangue vivo. Júlia parecia tão bem. Sua recuperação tinha sido tão promissora, sua reintegração quase completa. Então a recidiva sem remissão. A loucura. A sede. A brutalidade. Ela deixava de ser Júlia. Ela só queria sangue novamente.

Não tinha tido a chance de estudar os restos mortais da filha, mas ela queria e precisava de sangue vivo. Aquilo tamborilava na mente de Elias. Ela tinha retrocedido em algum ponto. Onde tinha errado se o sangue dela, após as primeiras análises, se aproximavam da regularidade?

Quando chegou ao Hospital das Clínicas, o local estava mais precário e devastado do que imaginava ser possível. Tão pouco tempo e a cidade começava a esmorecer. A natureza veloz e dona de tudo dava suas notas. Praças devoradas pela vegetação, insetos zunindo para todos os lados formando um ruído branco e, aos poucos, indiscernível. A fauna alterada e se apoderando das ruas. Uivos de matilhas de cães famintos, ratos a cada corredor que entrava. Os primeiros dias se arrastaram até que encontrasse ânimo para alimentar seu corpo e sua alma mais uma vez para restaurar o salão de experimentos de sua clínica no HC. Precisaria de energia. Tinha aprendido sobre os painéis solares. Precisaria de disposição e coragem para arrastar cabos e fios, além de conseguir fazer alguma coisa funcionar. Não desistiria. Desistir não significava que ele falharia. Desistir significava que todos os transformados estariam condenados.

Revirou gavetas e armarinhos até encontrar um vidro de morfina e uma seringa – igual à que usou na filha – e preparou a aplicação sem se preocupar com a dosagem. Jogou um colchonete todo rasgado e puído no chão colado ao rodapé, sentou-se recostado na parede fria e injetou o remédio nas veias de seu braço. E ali ele ficou com a reverberação do ruído do disparo dentro da cabeça e a imagem impressa do rosto. Os olhos de Júlia se apagando. Sua ferocidade se tornando passividade. O tiro certeiro, no meio da testa, destruindo qualquer caminho para uma recuperação. Ele a tinha matado. Para aquela dor talvez não existisse remédio. Salvá-lo daquela dor estava muito mais longe do que achar um caminho para salvar todos das trevas. Ele teria sempre um lugar naquelas sombras.

Os dias seguiram basicamente a mesma rotina. Nada de conseguir energia para o seu laboratório. O único lugar decente para trabalhar era nas instalações de São Vítor, onde não deixariam que entrasse e estudasse a vacina nunca mais. Não deixariam que tentasse uma nova cura. Ninguém mais confiava nele. Todo amanhecer se petrificava em seu colchonete e seu sangue gelava ao lembrar tudo o que ocorreu. Nas noites não fazia barricadas, não montava armadilhas, não se preocupava se um dos noturnos chegasse perto dele. Pensava nos adormecidos. Invejava-os. Tinham sido transportados para outro lugar, para outro existir longe daquilo que os demais vivenciavam. Adormecidos flutuavam à deriva por aquele novo mundo, arrebatados, separados da luta sangrenta entre humanos e vampiros. Adormecidos não precisavam puxar o gatilho e tirar a vida de seus filhos. Era aquela dor que queria aplacar. Sua garganta seca pedia água, mas ele não atendia. De novo a memória do rosto de Júlia e seu corpo tombando. O revólver em suas mãos. Então tudo se nublava. Não lembrava direito se tinham removido a arma de sua posse. Tudo difuso. Sem pensar, levantou-se de repente e a tontura veio forte, quase levando-o ao chão de novo. Ele apoiou o peso nas bancadas e foi meio zonzo até fora do Hospital. Tinha que olhar o porta-luvas de sua picape.

À deriva

Praticamente tombou sobre seu carro estacionado e, em seguida, se deu conta de que não havia pegado as chaves. Na verdade, nem lembrava se o tinha trancado, então arriscou e a porta abriu. Sua lembrança não era falsa, quando levantou a tampa do compartimento a arma estava lá. O revólver ainda carregado.

O cabo do revólver estava frio como sua alma. Num ímpeto decidiu acabar com tudo ali mesmo, no estacionamento. Em poucos dias seria só mais um cadáver estufado e carcomido pela nova fauna da metrópole. Um dia seus ossos estariam ali, um ponto-final em uma história melancólica. Apontou o cano para a cabeça e apertou o gatilho. Nada. Ele rodou o tambor e disparou novamente. Só o ruído seco. Confuso, suando frio, meio frustrado, meio aliviado, saiu do carro e voltou para dentro do Hospital. A noite caía e ninguém estava seguro fora de casa. Ele quase achou graça que alguém que estava tentando se matar ficasse preocupado em ser atacado, mas era mais do que isso, ele estava farto de pensar, falar e viver em função desses vampiros. Um fiapo de luz rasgou seus pensamentos. Ele estava com medo e ter medo era bom. Ele não podia desistir. Era nesse pensamento que tinha que focar. Desistir não era desistir dele. Era muito mais. Talvez ele fosse a última esperança para que pais e mães, filhos e irmãos pudessem ter a chance de se reunir.

Mal colocou os pés dentro do laboratório, tomou o maior susto quando rompeu pela porta o soldado Rogério Castro. Tinha acabado de pensar em família, em salvação, e lá estava o soldado que tinha adotado uma criança, um bebezinho. A vida achando um jeito de continuar.

– Doutor... o senhor tá só o pó da rabiola – observou o soldado.

Elias tentou sorrir e o máximo que saiu de seus lábios foi um esgar.

Rogério soltou o saco preto que arrastava e se aproximou do médico, dizendo:

– Só você pode resolver isso, doutor. Eu acredito em você. Muita gente quer que o senhor continue.

– Querem?

– A gente anda pelos corredores de São Vítor, doutor. Todos tinham uma esperança. Não deixe essa luz morrer. Muitos precisam de você.

– Eu matei minha filha... eu matei meu bebê.

Rogério inspirou fundo. Seus olhos eram penetrantes, e a expressão, sombria.

– Lamento sua perda, doutor. Perdemos o Lenine também, mas são coisas desse mundo novo. A culpa não é sua.

– Eu puxei o gatilho.

– Puxou. Mas também deu a ela dias de sol, dias de luz. Mais do que com a primeira cobaia. Mais do que com o primeiro teste. O senhor é o homem mais inteligente que eu conheço e eu estou aqui para o senhor, para te ajudar.

Lágrimas desciam pelo rosto sulcado de Elias, ouvindo as palavras de Rogério.

– Como me achou aqui, soldado?

– Onde mais o senhor poderia estar? Eu sabia que não ia desistir. E trouxe um presente.

Elias, perplexo, observou o soldado apoiando um embrulho numa mesa. Ao abri-lo, revelou o corpo frio de um noturno. Rogério recuperou o fôlego enquanto explicava.

– Peguei esse pra você! Logo ele vai acordar e eu vou estar aqui para cobrir você. Não precisa ter medo.

– Eu não tenho medo. Eles sofrem com a doença. Eu sou um médico. Vou aprender a curá-los.

– Não podemos desistir. Você não salvou sua filha, mas tem muita gente que ainda pode ser salva. Quero um mundo sem vampiros. Quero um mundo melhor para minha família.

Elias balançou a cabeça lentamente em negação. O médico ergueu a mão e avançou, tocando no ombro do soldado e depois descendo a mão até o cotovelo do homem.

– Eu preciso administrar a vacina em alguns deles. E preciso levá-los para São Vítor. Aqui não tem energia suficiente para as máquinas que eu preciso. Preciso de meu laboratório – balbuciou o médico.

O soldado insistiu:

– Uma coisa de cada vez, doutor Elias. De quantos vampiros você precisa? Alto, gordo, vesgo? Me diga que eu trago pra você! Vamos aprender juntos, doutor. Temos que conseguir curar os noturnos.

– A vacina não estava errada, Rogério. Eu estava errado. Preciso testar a nova dose. Eles precisam do reforço após 48 horas e precisam de transfusão e diálise. Traga os noturnos, Rogério. Precisamos testar de novo.

CAPÍTULO 54

– Rogério. Acorde! – sussurrou Elias, sem conseguir ser mais gentil que a voz baixa, mas com uma sacudida enérgica.

O soldado levantou-se da maca, assustado, erguendo primeiro o braço com a pistola e depois o corpo, com os olhos inchados.

– Quanto tempo dormi, Elias?

– Você estava cansado, não se martirize.

– E aí? Como estão as coisas? Não aguento mais esperar. Quero voltar para São Vítor. Quero ver a Nádia e o bebê Fernando.

– É por isso que te acordei. Acho que estamos no caminho certo. Acho que consegui resolver o problema das 72 horas graças ao seu empenho. Administrei as doses e eles continuam "quentes", cordatos. Vem ver.

Rogério tinha dormido fardado. "Desmaiado" era a palavra mais apropriada, já que a coisa mais rara era se desligar das coisas que estavam em volta.

– Com o desvio de energia e um trabalho dos infernos, consegui fazer diálise nos dois, mas não temos sangue aqui para a transfusão. Também lembrei das câmaras hiperbáricas, fiz sessões com eles nas câmaras. Administrei a vacina mais uma vez e o reforço da dose seis horas atrás. Já passamos das 72 horas e eles estão acordados.

– Então você conseguiu. Eles passaram das 72 horas.

– Precisamos ser cautelosos. Vem uma prova de fogo por aí. – O médico apontou para a janela do corredor. – Venha ver.

Rogério percebeu de cara o que o médico estava falando. O sol estava descendo no horizonte e em poucos instantes seria noite. Subiram dois andares pelas escadas e entraram numa sala ampla. Para Rogério, aquele parecia o cenário de um filme de ficção científica. Pararam em frente a cilindros enormes que estavam sendo alimentados com eletricidade dos painéis solares do hospital. Elias, além de médico, tinha colocado sua energia e fé para também ser um engenheiro eletricista e conseguir que os equipamentos fundamentais para seu experimento funcionassem.

Ele continuou:

– Marta, a paciente zero, teve uma piora quando anoiteceu e o seu colega Graziano enlouqueceu, falando daquele cheiro que só ele consegue sentir. A paciente foi perdendo a cognição conforme a madrugada avançava e, apesar de seus dentes não terem se projetado, ela atacou um de nossos enfermeiros...

Rogério benzeu-se.

– Pobre dele, mas poderia ter sido a Nádia. Graças a Deus nada aconteceu a ela. Estou aqui por causa dela. Por causa do Fernando.

– Estamos aqui por causa de nossas famílias e por tantas outras que foram destroçadas nesse fim de mundo, filho. Não sobrou nada sobre essa terra além do amor que temos por nossos mais próximos. Quero ajudá-los. Eu não fugi de São Vítor. Só queria ajudar.

Rogério colocou a mão no ombro do médico e apertou-o como sinal de apoio.

– O que essa máquina milagrosa faz, doutor?

Elias olhou pela janela. O sol já batia no topo dos prédios mais altos.

– Iniciei um protocolo totalmente diferente do que fui obrigado a seguir em São Vítor. Lá estava com medo, não queria arriscar. Primeiro quero entrar com uma transfusão de sangue assim que os batimentos cardíacos se fizerem presentes. Eles não tiveram essa chance.

– Por quê? O banco de sangue daqui já era?

Elias balançou a cabeça em sinal positivo.

– A refrigeração foi interrompida. Acho que uma transfusão de sangue vai prolongar o efeito da vacina e, como as doenças cessaram, talvez esse seja o impulso final para trazer de volta esses pobres coitados para a luz.

– Eu não manjo nada disso, doutor, mas temos que voltar para São Vítor então. Lá tudo está funcionando... pelo menos quase tudo.

– Tive um *insight* e adicionei a câmara hiperbárica que isola o corpo do paciente num ambiente saturado de oxigênio. Junto com a vacina, o oxigênio e o sangue, eles terão como ter toda a circulação estabilizada e estimulada. Entrei com medicação que força o metabolismo a acelerar, os batimentos cardíacos vão subir e a pressão sanguínea também, mas tudo sob controle. Um modo bem rasteiro de comparar, vamos fazer os trabalhos metabólicos deles pegarem no tranco, como quando você solta um carro na ribanceira e faz o motor pegar na marra. São mais de 72 horas e nenhum deles mostrou regressão ou sintoma de rejeição ao novo protocolo. Podemos salvar essa gente, Rogério.

Médico e soldado caminharam até duas daquelas máquinas e Rogério sentiu um calafrio quando viu os dois espécimes dentro dos tubos, com os olhos abertos, parecendo entediados. Já não tinham mais aquele aspecto repulsivo que os vampiros carregavam. Pareciam apenas dois jovens passando umas horas num spa. Viraram os olhos para a dupla assim que Elias e Rogério estacionaram entre eles.

– Eles passaram praticamente o dia todo acordados. Isso é ótimo, porque os noturnos entram em um transe sobre o qual não têm controle. O estado de vigília nos dois está controlado.

– Eu dormi quanto tempo, doutor?

– Depois do almoço que você preparou e a gente dividiu, você apagou por quatro horas.

– Poxa. Devia ter me acordado! Tenho um monte de coisa para preparar para nossa viagem e agora já vai escurecer. É ruim ficar lá fora. Pode ter mais deles lá.

– Ei! Eles não são mais eles. Já vamos descobrir. Estamos com 75 horas e duas doses, mas acho que a transfusão será vital, ainda que não tenham nenhum sinal de retorno.

– Eles podem nos ouvir aí dentro desse vidro?

Elias balançou a cabeça em sinal negativo.

– São tanques antigos. Muito grossos. Só conseguem nos ver. Coloquei papéis ali em cima se quiser incentivá-los com alguma mensagem. Devem estar ansiosos já. E famintos. Assim que o sol se pôr, preciso tirá-los. A exposição por essa sessão já estourou o prazo.

O sol escondeu-se no horizonte e Elias acendeu duas lâmpadas acima da cabeça da dupla, sendo diligente com a energia que tinha das baterias solares.

Os olhos do médico e do espectador ficaram sobre os pacientes, que pareciam não se dar conta do que acontecia lá fora. De que o sol tinha ido embora e que agora a noite mágica, que antes os despertava para a caçada, tinha chegado. Continuavam respirando calmamente, olhando pelo vidro, como se pedissem para sair daquele cilindro claustrofóbico. Nenhum espasmo involuntário. Nada de dentes pontiagudos, tremores ou tentativas de sair. Estavam ali, aguardando, para entrarem para a história da humanidade como o primeiro par a escapar daquela maldição lançada por um inimigo que desconheciam. Um inimigo que tinha separado famílias e dizimado milhões. Aqueles que quisessem cura a teriam.

– Como vamos levar essas câmaras para São Vítor? – perguntou o médico em voz alta, roendo as unhas.

– Você que é o cientista maluco aqui, doutor. Não sei nem por onde começa a desmontar isso aí.

– Vamos precisar de caminhões e de torpedos de oxigênio. Torpedos imensos. E esse oxigênio não vai dar para os milhões de infectados.

– Um problema de cada vez, Elias. Um problema de cada vez. Você tem dois milagres encapsulados aí dentro. Temos que levá-los para São Vítor primeiro. Eles precisam ver que você conseguiu aumentar o tempo de... de humanidade?

Elias aquiesceu e suspirou.

– Em quantas horas chegamos lá? – perguntou o médico.

– Com a vontade que eu tô de ver a Nádia e o meu Nando, com a vontade que eu tô de mostrar que você conseguiu... se nada nos parar, em três horas a gente chega aos portões de São Vítor. É seguro tirá-los daí de dentro?

– Não é questão de segurança... Eles precisam sair da câmera hiperbárica. Leva um tempinho. Tempo suficiente para ficar ainda mais escuro e para entrarmos na noite e comprovarmos que eles continuam serenos, continuam, sim, humanos e sem rosnar, sem mostrar presas para ninguém.

– Essa noite vai entrar para a História, doutor Elias. Você conseguiu... eles conseguiram. Vocês vão ser famosos.

– Você também, soldado Rogério. Você conseguiu os espécimes para mim. Você veio até aqui para me ajudar.

– Já tem um nome para essa cura, para a vacina?

– A vacina é a mesma. O que mudou é o protocolo.

– Já tem um nome para isso também?

Elias olhou para o fundo da sala e para a janela mais uma vez. Balançou a cabeça em sinal positivo. O rosto do médico estava com rugas, e sua face, vincada, como se tivesse envelhecido décadas naquela semana, mas seus olhos vermelhos e lacrimejados provavam que tudo tinha valido a pena.

– Protocolo Júlia.

CAPÍTULO 55

Tayla tinha viajado a noite toda. Para que não desconfiassem que ela vinha com uma vampira, no início das conversas tinha decidido que esconderia a irmã nas cercanias de São Vítor. Escolheu um veículo mais econômico para poupar o combustível escasso e agora batia com os faróis nos portões da fortaleza rodeada por muros altos dentro de um Uno.

Ela tinha chegado antes da aurora graças aos grupos que tentavam manter as cidades conectadas, colocando no acostamento os veículos que haviam sido abandonados. Nisso tinha que dar o braço a torcer para Larisson e seu grupo exótico. Eram inimigos porque ele matava vampiros enquanto ela tentava salvá-los. Por isso estava ali. Queria salvar a sua irmã.

Pelo que Tayla percebia, tinham sido rápidos e espertos dentro de São Vítor. Todo vampiro que se aproximasse teria que lidar com aquele ambiente desolado ao redor da fortaleza, que ia virando areia e terra, e ainda teria que vencer os muros altos durante a noite para conseguir alguma coisa dali. Antes que encostasse nos portões, precisou desviar de cercas de arame farpado e foi focada pelo facho de luz da vigilância. Estavam bem atentos.

– Deligue o motor e desça do carro! Sem armas de fogo!

– Boa... – murmurou Tayla de dentro do veículo, recebida pela voz no megafone.

Depois que ela obedeceu, um pequeno espaço se abriu no portão. O suficiente para um soldado armado com um fuzil apontado direto para ela passar.

– Desculpe, mocinha, mas erga as mãos e dê uma voltinha – comandou Ikeda, se aproximando.

Tayla cruzou as mãos na nuca e obedeceu. Tinha uma faca no bolso de sua coxa, providencialmente disfarçada de chave de fenda. Nunca ficava completamente desarmada. Nem que escrevessem num cartaz ou berrassem num megafone.

O soldado tornou a falar:

– Encosta no carro, Maria Aparecida. E faça movimentos bem suaves.

Mais uma vez Tayla obedeceu prontamente, com um sorriso no rosto. "Maria Aparecida", de onde ele tinha tirado aquilo?

– Eu vim de longe. Meu carro ferveu quando eu tava chegando, mas graças a Deus eu parei só um instante. Estava apavorada nesse breu.

– Mas você viajou à noite? Estranho é você escolher essa hora para estar na estrada. Estranho pra caralho.

– Não tive escolha.

– Por que veio parar aqui, Maria Aparecida? Conhece alguém aqui?

– Conheço, conheço sim. E meu nome é Tayla.

Ikeda começou a revistá-la rapidamente e tirou a chave de fenda do bolso, olhando-a em sua mão.

– Vou ter que ficar com isso por enquanto. Que merda é essa?

– É isso aí que você está vendo... O seu nome?

– Gabriel. Todo mundo me chama pelo sobrenome. Ikeda. Sou soldado de infantaria e vim parar aqui para ajudar a proteger esse lugar.

– Ikeda, isso é só minha chave de fenda da sorte. Não gosto de ficar sem ela. Como eu disse, meu carro ferveu. Se eu não tivesse essa chave aí, tava na roça.

– Olha melhor ao redor, filha. Você tá na roça.

– Tá escuro ainda. Tem plantação ao redor da fortaleza?

– Quem você conhece? Para que essa afobação nessa hora perigosa para viajar?

– O Pedro. O carinha que é filho da vampira Raquel. Ele me conhece. Disse que eu podia vir quando precisasse. Eu precisei.

Ikeda olhou novamente para a chave de fenda e então andou, apontando a luz da lanterna para dentro do carro.

– Abra o porta-malas.

– Caramba! Só quero falar com o Pedro. Não quero explodir nada, não.

À deriva

– Relaxa, Maria Aparecida. Abre essa porra aqui. Temos muita gente que consideramos aí dentro pra deixar qualquer assombração entrar. Só abre o porta-malas. Depois eu vejo se você vem ou não.

– Assombração? Essa foi boa.

Ikeda ergueu a lanterna para o rosto de Tayla, que tapou os olhos com a mão, desconfortável.

– Desculpa, moça. Força de expressão. Você é gatinha, viu? Se puder entrar, saiba que eu vou ser, com todo respeito, seu amigo. Pode perguntar qualquer coisa pra mim. Ikeda… não esquece.

O soldado inspecionou o porta-malas. Tudo vazio. Ergueu a luz para Tayla e falou mais uma vez:

– Tudo limpo. Espera aqui só mais um pouco, Maria Aparecida.

– Tayla. Meu nome é Tayla. O Pedro me conhece por esse nome. Eu que emprestei o carro-gaiola que trouxe ele até aqui.

Ikeda olhou para ela novamente, pensando no que a "surgida" tinha dito. Pelo menos ela parecia falar a verdade.

– Espera só um pouco. Não liga o carro. Devia levar a merda da chave, mas confio em você… sei lá por quê.

– O senhor fala tanto palavrão assim? Sempre?

Ikeda virou-se, tirando um cigarro do maço no bolso e acendendo com um olho sobre a visitante. Deu de ombros enquanto dava uma tragada.

– Não falo por mal, não, Aparecida.

– Tayla.

– Que seja. Tô passando numa psicóloga aqui. Acho que esses "barato" de infância abusiva, pai violento, deu nisso. Era meu jeito de me defender, mas fiquei com essa mania dos infernos. E chega de papo. Estamos ficamos mais íntimos que eu e a psicóloga.

Tayla sorriu e Ikeda também.

O soldado voltou para dentro. A fresta no portão permaneceu aberta. Passou um tempo e a voz voltou a troar no megafone.

– Senhorita. Volte ao veículo. Ligue e mantenha os faróis baixos. Pode entrar.

Tayla suspirou aliviada, ainda que tivesse perdido sua chave de fenda da sorte. Retornou para o Uno e passou pelos portões de São Vítor, observando tudo. Teria que voltar ali com sua irmã na próxima noite. Teria que gravar cada curva daquele lugar e achar uma possibilidade de um esconderijo. Absorta em seus pensamentos bélicos, assustou-se quando Ikeda debruçou-se à sua janela com o fuzil pendurado na bandeirola atada ao ombro.

– Me segue.

Tayla foi em marcha reduzida, seguindo o soldado pelo amplo estacionamento, banhando os passos do rapaz com os faróis de seu carro. Perdeu a conta quando chegou a trinta veículos estacionados nos arredores. Eram de muitos tipos, até alguns ônibus de turismo. Viu o gaiola e sorriu novamente. Pedro estava lá e sabia que o amigo ia ajudá-la. Voltou a prestar atenção no soldado oriental. Ele era bonitinho e engraçado, apesar dos palavrões. Ela tinha uma quedinha por asiáticos. Gabriel tinha os cabelos negros e eriçados, com marcantes olhos puxados. Será que ele algum dia já a tinha assistido em seu canal do Youtube quando o mundo era mundo? Se tivesse assistido, não devolveria sua chave de fenda.

O soldado indicou uma vaga no estacionamento asfaltado. Ela olhava ao redor enquanto manobrava. O céu começava a mudar de cor. Desceu e trancou o carro.

– Não. Deixa destrancado, Tayla, por favor, e a chave no para-brisa. A gente pode precisar mudar o veículo de visitante do lugar.

Os dois pararam quando o céu se encheu de piados. Bandos distintos de aves coloridas passaram voando rasante sobre os muros de São Vítor, em direção ao hospital geral. Tayla ficou fascinada enquanto Ikeda, não muito diferente, tragava o seu cigarro e balançava a cabeça em sinal positivo.

– Que coisa maravilhosa! – exclamou a garota.

– Aqui todo dia é assim. Coisa linda do… caramba.

Um par de araras vermelhas com plumas amarelas nas pontas pousou sobre o carro de Tayla, fazendo a garota que lidava com vampiros se assustar com aquelas duas belezas da natureza. A menina deu dois passos para trás, batendo de costas em Ikeda.

O soldado levou um dedo em riste frente aos lábios e depois colocou a mão no ombro dela. Soldado e visitante estavam hipnotizados por aquele casal de araras. As aves giravam as cabeças rapidamente, também parecendo observá-los. Todos ficaram em silêncio por um breve e mágico instante.

– Elas vêm sempre aqui. Nunca as vi tão de perto.

Tayla estava sem palavras. As araras arrulharam algumas vezes, depois cantaram e eriçaram as penas das nucas e se enrodilharam um momento,

À deriva

de uma forma bruta, parecendo uma briga, mas depois uma dança. O canto mudou de novo e a arara maior ergueu as asas. Finalmente as duas voltaram a voar, grasnando alto e juntando-se ao bando que se agrupara no alto do Hospital Geral de São Vítor.

Ikeda cortou o silêncio avassalador que tomou os dois mortais:

– Elas estão acasalando.

Tayla sorriu e olhou para o soldado.

– Acho que é.

– A música. Nunca cantaram desse jeito. Elas estão cantando diferente.

– Se ligou mesmo, hein, soldado? Não falou um palavrão até agora.

Ikeda sorriu para Tayla.

– Pode crer. Quer? – Estendeu o maço para ela.

Tayla apanhou um cigarro e Ikeda aproximou o rosto do dela para acender o cigarro no seu. Ele segurou o olhar sobre ela. Tayla tinha olhos lindos. Ele colocou a mão no bolso do blusão, retirou algo e estendeu.

– Toma sua chave de fenda da sorte, Maria Aparecida. Vou levar você pra cantina. Toma um café pra se esquentar, o pessoal aqui é incrível, sabe? E pensa na história que você tem que contar sobre o Pedro. Ele não vai demorar para acordar... Vou falar com meu tenente.

– Obrigada – respondeu Tayla, no meio de um acesso de tosse depois do primeiro trago.

– Nunca fumou, não?

– Fumava direto com minha irmã... só faz tempo.

– Vamos.

Tayla começou a seguir Ikeda. Caminharam em silêncio até o refeitório. Ela pensando em como aquele lugar era bonito e grande e que, apesar de poucos meses desde aquela noite maldita, eles pareciam estar prosperando ali, indo bem, avançando para uma vida autossustentável. Nem todo mundo precisava saber como estava cada vez mais infernal nos arredores de São Paulo.

A jovem foi deixada no refeitório por Ikeda. Logo outro soldado trouxe uma xícara de café quente e dois pedaços de pão seco, mas bastante gostosos e cobertos com manteiga. Ela cheirou o pão. Sua irmã ia gostar daquele lugar. A cura que ela tinha escutado da boca de Pedro precisava existir. Muitos dos que se refugiavam em seu abrigo só queriam uma chance de parar de viver tomando sangue e voltar a viver ao lado de seus parentes. Poderiam recomeçar e voltar para o galpão para ajudar a encontrar ainda mais famílias esfaceladas pelo flagelo daquela desgraça que tinha chegado sem aviso prévio e tomado toda a humanidade de assalto. Uma cura parecia um sonho.

Quando a alvorada firmou, as pessoas começaram a tomar o átrio cinzento de concreto queimado. Tayla estava sentada num banco também de concreto, protegida do leve e passageiro frio do amanhecer. A luz do sol deu vida ao lugar e as vozes e cheiros dos moradores de São Vítor começaram a encher o espaço. Tayla estava com as pernas cruzadas sobre os bancos, segurando as pontas das botas empoeiradas, e seus olhos procuravam por ele.

Ikeda tinha dito que traria Pedro assim que ele descesse do dormitório. O soldado da vigilância do muro tinha jeito de durão e era cheio de procedimentos, mas tinha sido muito bacana e no final até galanteador. "Araras." Tayla abriu um sorriso involuntário.

Tayla se pegou olhando para o sol e pensando em sua irmã. O abrigo era sólido, mas estavam distantes. Era estranho ter alguém para cuidar agora. Ter alguém por quem cruzar uma rodovia durante a madrugada botando tudo em jogo. Quando aquela loucura começou, Tayla estava praticamente sozinha. Tinha apenas seus amigos do condomínio. Viram os aviões caindo do céu durante a noite e incendiando a mata. Achavam que era só isso e depois algo apenas passageiro. Não. Era a realidade. A realidade. Naquele exato momento, não era a líder de um bando que rodava pelas ruas das cidades tentando encontrar famílias esfaceladas pela transformação de um noturno ou mais entre eles. Ali, vendo todos descendo para o café da manhã, ela era só a Tayla, uma garota adolescente, que queria um remédio para a irmã voltar a ser quem era, fosse isso bom ou ruim, mas para que ela ficasse livre daquela desgraça toda e da danação de ter que tomar do sangue dos adormecidos ou, quando estava mais faminta, livre de ter que atacar uma pessoa para ter o que precisava.

– Você é a Tayla?

Ela virou-se e presumiu que aquela garota parada a sua frente, com cabelos encaracolados e uma ruga na testa, deveria ser a namorada sobre quem Pedro tinha contado. Tayla estendeu a mão e as duas mantiveram os olhares firmes uma sobre a outra.

Chiara retornou o interrogatório:

À deriva

– O que você está fazendo aqui? Pedro não parou de falar do seu galpão e da sua generosidade.

Tayla não sentiu tom de ironia na voz da garota. Torceu os lábios e ergueu os ombros.

– Preciso muito falar com ele. Temos uns assuntos inacabados.

– Tô vendo. Para você estar em São Vítor como se estivesse num passeio de fim de semana.

Chiara olhou para os lados. Sorriu quando Mallory passou, voltou a encarar a garota e disparou:

– O Pedro está com a cabeça doendo, para variar. Eu entendo que é por causa da mãe dele, mas ele fez merda. Ele roubou uma das motos da frota, ficaram putos com ele.

– Ele conseguiu? – inquiriu a visitante.

Chiara ficou uns segundos paralisada, investigando a aparência da menina do galpão. Suspirou fundo e acabou balançando a cabeça em sinal positivo.

– Conseguiu, mas vai ter que esperar. Ela não respondeu.

– Não consigo entender por que ela não aceitaria. É tudo que os dois querem, os três, no caso.

– Eu já explico. Me fala uma coisa… como você entrou?

– Cheguei e o sol estava raiando. Um soldado que fala um palavrão atrás do outro me revistou e me deixou esperar o Pedro.

– O Ikeda.

– Isso. Ele mesmo. Me deu até um pouco de café e um pão seco.

– E a sua irmã? Os vampiros? Não falou nada disso para ele, não é?

– Não falei. E estou aqui para falar com o Pedro por causa da minha irmã.

– Vem. Eu te levo até o alojamento dele.

As duas subiram as escadarias de concreto queimado em contraste com o dourado da manhã. Os corredores nos andares de cima ficavam salpicados de retângulos luminosos que atravessavam os longos difusores presos à marquise.

– Esse lugar é incrível, Chiara. É tão pacífico aqui.

– É. Exceto quando a mãe do Pedro traz um exército de vampiros para invadir o HGSV. A gente está se virando bem.

– Acho que está todo mundo tentando se virar. Sinto que os mais velhos estão mais desorientados que a gente, a molecada.

Chiara parou. Estavam no corredor.

– Verdade. A gente está levando mais de boa, mas entendo o medo de todo mundo. Se não nos unirmos, não vamos vencer os noturnos.

– Os noturnos. Pedro me falou da cura. Do doutor Elias. A filha dele ainda está bem?

Dessa vez o rosto de Chiara expressou descontentamento.

– Não. Ela matou um soldado e depois tentou atacar o próprio pai. Pedro estava fora e por isso não tinha como saber. Doutor Elias foi embora de São Vítor. Ele mesmo matou a filha. Parece que ainda posso ouvir o tiro e o som do corpo dela caindo.

– Como? A cura não funciona? Ela voltou a ser vampira? – A voz de Tayla era pura aflição e decepção.

– Você deixou sua irmã lá no galpão? Queria que ela experimentasse a vacina?

– Não. Eu a trouxe comigo. E, sim, sonho com essa vacina desde que Pedro me contou. Até emprestei um dos meus carros favoritos para ele voltar e encontrar a mãe dele. Só não contava com esse desfecho.

– Tá maluca? O Graziano não pode nem chegar perto dela. Ele sente cheiro de vampiro de longe.

Tayla deu de ombros.

– Quem é esse cara? Já ouvi o Pedro falando dele também.

– Ele é um bento. Um guerreiro bento. Ele não mata vampiros, ele trucida. Ele disse pra gente que sente um cheiro horrível no ar que só ele sente. Sabe quem é vampiro ou não a centenas de metros.

– Eu a deixei longe. Nuns casebres perto da rodovia.

– Ah, bom. Não traz ela pra cá. Ele vai acabar com ela.

– É por isso que quero falar com o Pedro. Ele me deve uma. Vim cobrar. Tem que ter mais uma dose dessa vacina. Minha irmã é durona. Talvez funcione com ela.

Chiara abriu a porta do alojamento, que estava vazio. Vários colchonetes no chão. Algumas camas de madeira montadas pelo time de marceneiros. Parou em frente ao colchonete de Pedro. O travesseiro marcado de vermelho.

Tayla perguntou:

– A cabeça dele ainda está sangrando?

– Tá.

– O que aconteceu? Ele tá bem?

– Na verdade, eu não sei. Não é o sangue que me preocupa.
– O que aconteceu, Chiara? A mãe dele...
– Não. Ele me contou de madrugada. Ele viu a Raquel, conversou com ela. Não se engalfinharam, não. Como todo mundo, ele ama a mãe, só quer vê-la sob a luz do sol novamente. Eu que cuidei dele e do Breno, mas fico parecendo nada quando ela está por perto. Ele só fala nela.

Tayla concordou com a garota. Tinha compaixão por ela. Sabia que ela amava o garoto e ficava igual um cão de guarda atrás dele quando estavam juntos. Pedro era só um garoto interessante mesmo. Era bonito e tudo mais, mas era mais enigmático do que tudo. E se tinha uma coisa que Tayla respeitava eram relacionamentos. Ela mesmo tinha perdido o seu "Pedro" meses atrás, quando ele tinha se juntado a um comboio do exército e ela decidiu ficar e criar o abrigo para a irmã, abrigo que se estendeu para todos os vampiros que queriam um lugar para se esconder nas horas de sol.

Chiara tirou Tayla de seus pensamentos com um suspiro e um lamento:
– Ele deve estar passando por exames de novo. Vamos até a enfermaria.

Quando as duas visitantes adentraram a enfermaria, doutora Suzana e doutor Otávio estavam com Pedro sentado em uma maca. Suzana passava o feixe de luz no olho direito dele e depois fez o mesmo do lado esquerdo.

Mallory, chegando do café da manhã, trazia um kit de sutura e assepsia que foi tomado pelas mãos enluvadas do doutor Otávio.

– Sente nessa cadeira aqui, cabeça dura.

Pedro obedeceu enquanto Otávio continuou:

– Foi um machucado feio, Pedro. Poderia ter colocado a sua cirurgia a perder. Do primeiro curativo que fizemos na emergência, dois pontos abriram, por isso o sangramento.

– Ai – resmungou o rapaz, contraindo-se na cadeira.

– Calma. Tenha coragem. Evite correr em escadarias, por favor – bronqueou o doutor, aplicando o anestésico.

– Você tem visitas, sortudo – anunciou Mallory.

As meninas se aproximaram, fazendo doutora Suzana olhar por cima dos óculos.

– Que privilégio é esse, Pedro? Não gosto de enfermaria cheia.

– Tayla? O que você está fazendo aqui?

– Poxa, eu esperava um: "Oi, Tayla! Tudo bem com você, sumida?" – brincou a garota, falando baixinho.

A médica estralou o dedo ao lado do ouvido direito do rapaz, que acusou o som com uma piscadinha e uma olhada rápida para a mão dela.

– Não se mova, Pedro. Estou tentando manter sua cicatriz bem fininha aqui.

– Desculpe, doutora, o estalo me assustou.

– Sua visão está boa? – perguntou Suzana.

– Até demais – respondeu o rapaz, lembrando-se dos cordões flutuando a sua frente.

Assim que Suzana terminou o exame, Mallory fechou o curativo de Pedro e o liberou para as visitantes. Sozinhos, no estacionamento, Pedro interrogou a garota:

– Por que você veio para cá, Tayla? Ainda não deu tempo de ficar com saudades.

– Ela trouxe a irmã para cá – revelou Chiara.

– Você falou em cura, Pedro. A história dessa cura está se espalhando. O CRRF do Larisson começou esparramando de boca, depois aquelas duas cabeçudas começaram a pichar faixas e prédios na cidade toda anunciando que a cura está aqui. Eu queria uma dose para a minha irmã antes disso aqui virar uma tragédia.

– Elias foi embora, mas tenho certeza de que ele não vai esquecer esse assunto. Seus primeiros testes não deram certo, mas todo mundo disse que Júlia ficou melhor, e muito melhor mesmo que a primeira...

– Cobaia... – sussurrou Tayla, abatida com a notícia.

Pedro lembrou-se de sua mãe usando o mesmo termo.

– Não percam a fé em Elias nem na vacina. Ela pode transformar o mundo de novo.

– Acho isso muito difícil – lamentou Tayla. – O que estamos passando hoje... isso não está com cara de que quer ir embora.

– Então por que você trouxe sua irmã para cá, se não acredita? – perguntou Chiara.

Tayla ergueu os ombros e soltou um suspiro. Seus olhos brilhavam enquanto ela tentava segurar as lágrimas.

– Esperança. Fé. Chamem do que quiserem. Só queria que os noturnos tivessem uma chance de voltar a ser gente, de não serem perseguidos e malditos como são. – Tayla fez uma pausa e então passou as mãos debaixo das pálpebras, olhando para o garoto. – Sua mãe aceitou a dose que você tem?

Pedro balançou a cabeça em sinal negativo.

– Ainda não sei. Saberei quando vê-la novamente.

– E se ela partiu, se ela foi embora sem tomar a vacina, o que você vai fazer com essa dose?

Pedro entendeu o interesse de Tayla e respondeu:

– Ela vai aceitar. Minha mãe é a mulher mais corajosa que eu conheço.

– Quando vai ser esse encontro? – perguntou Chiara.

– Essa noite. Quando a escuridão chegar, vou ver minha mãe mais uma vez. Ela vai tomar a vacina. Eu só voltarei com ela para cá curada.

CAPÍTULO 56

A reunião do Conselho estava começando. Eram quase onze e meia da manhã e o cheiro do almoço sendo preparado no refeitório invadia o espaço. No centro do pequeno auditório do hospital, construído para receber palestrantes e recepcionar eventos em um mundo normal, estavam reunidos Cássio, doutora Suzana, doutor Otávio, Mallory e Graziano. Os que tinham curso na área da saúde sentavam-se à mesa e ajeitavam seus papéis. Cássio e Graziano, já bem recuperado, sentavam-se nas poltronas do auditório, esperavam os doutores se organizarem.

– Muito bem – começou a Doutora Suzana. – Declaro aberta a seção extraordinária do Conselho dessa semana. Enfermeira Mallory, está anotando tudo na nossa ata?

Antes que a enfermeira pudesse responder, Graziano interrompeu:

– Isso é mesmo necessário? Ninguém vai checar essas informações depois. Papéis são inúteis.

– Sim, Graziano, isso é necessário – respondeu Suzana. – Precisamos ter um controle do que está acontecendo. Como podemos sonhar em voltar a nossas rotinas algum dia se não nos organizarmos? Precisamos saber e registrar em que data se deu cada acontecimento, cada pequeno progresso, por mais básico que seja. São nossas decisões buscando pôr tudo no rumo mais uma vez.

Graziano olhou para Cássio como se buscasse apoio. Cássio levantou os ombros, sorrindo para o amigo.

A doutora continuou:

– Se não tivermos mais objeções, podemos prosseguir?

Graziano suspirou.

– Vá em frente, doutora.

– Muito bem – disse ela. – Cássio, você convocou essa reunião. Pode prosseguir, por favor.

– Obrigado. – Ele levantou-se e se aproximou da mesa do auditório. – Vou ser direto e transparente, me perdoem se eu não for delicado com as palavras. Doutores, enfermeira, primeiramente gostaria que me perdoassem. Minha atitude nas últimas reuniões foi extrema. Tomei decisões sem a permissão de vocês. Confiaram em mim para sair do HC, fugindo de São Paulo, e sinto que abusei dessa confiança. Gostaria que me perdoassem.

– Realmente – começou o doutor Otávio. – Suas atitudes nos deixaram bastante irritados, Cássio.

– Sinto muito por isso, doutor. Estou determinado a expulsar os criminosos de São Vítor, mas apenas após o julgamento adequado.

– Está tudo bem – continuou Otávio. – Agradeço por se preocupar e por compartilhar conosco esse sentimento. Estamos com você.

– Quero merecer a confiança de vocês, sendo o líder que esperam de mim. Transparente e justo. Dito isso, tenho outra coisa para revelar e espero que não tenham almoçado hoje ainda.

Cássio pôde sentir o desconforto deles à mesa, ajeitando a postura para ouvir melhor. Graziano, por outro lado, como já sabia o que seria revelado, se encolheu na cadeira.

Cássio começou a falar sobre o CRRF, contando o que havia descoberto sobre o líder deles e sobre o processo de alimentação dos membros do grupo. Evitou propositalmente a palavra "canibalismo", pois não traduzia o que de fato estava acontecendo. As pessoas abrigadas dentro do CRRF pareciam não saber do que se alimentavam.

– Ele o quê? – indagou Suzana, perplexa.

– Desculpe, Cássio, acho que não entendi muito bem – declarou Otávio.

Mallory permaneceu em silêncio olhando para baixo. Cássio imaginava se ela estava em choque ou se Graziano já havia contado tudo.

– Larisson e os seus seguidores estão comendo a carne dos adormecidos – resumiu Cássio. – A comunidade do Centro de Resgate e Reunião de Famílias está consumindo carne de gente. Eles não passam dificuldades alimentares por lá, como já havíamos observado. Sempre fui recebido com muita fartura de carne à mesa, sempre disseram que eram ativos em caças e que iam atrás de rebanhos soltos pela cidade. Eles sempre diziam que estavam servindo carne de jacaré e de capivara. Eu mesmo comi daqueles pratos. Já vi seus homens chegando de fato com capivaras gordas que eram levadas para um tipo de abatedouro onde evisceravam as presas. Parecia que estava tudo bem, mas eu os surpreendi levando adormecidos para o mesmo recinto. Larisson é um líder insano. Não são todos lá que sabem o que ele está fazendo.

– Mas eles registram, eles registram como nós… – prosseguiu a doutora ainda estupefata, com uma das mãos tapando a boca. – Você mesmo disse. Eles estão anotando tudo para garantir que as famílias se reúnam um dia! – Suzana fez mais uma pausa e balançou a cabeça em sinal negativo. – Canibalismo… Esse homem precisa ser detido, Cássio.

– Não são todos os adormecidos que recebem registros, doutora. Infelizmente, alguns são desviados.

– Todos eles sabem disso? – perguntou Otávio. – Todos os que moram lá sabem da procedência dessa carne?

– Como o Cássio já disse, eu também tenho minhas dúvidas. – Graziano se levantou da cadeira. – Uma coisa é convencer três malucos que isso é necessário. Outra, é toda uma comunidade de trinta, cinquenta pessoas. Eles não sabem que estão comendo gente. Não compactuariam com isso. Se formos enfrentar Larisson, vamos achar ajuda lá dentro do CRRF mesmo. As famílias precisam ser reunidas, não digeridas.

Cássio concordou com a cabeça.

– O Lars não é líder de uma seita. Não ia conseguir convencer todo mundo a comer carne… de gente.

– Pelo menos não por enquanto – completou Graziano, sustentando o olhar de Cássio. – Ele precisa ser detido. Precisamos dar um basta no CRRF e também naquele galpão que acolhe vampiros.

O cheiro da comida sendo preparada no refeitório ficou mais forte de repente.

– Com licença – disse Mallory, saindo depressa do auditório com a mão na boca. Repentinamente o cheiro se tornou nauseante. Sua imaginação já estava relacionando com a carne humana.

– Não podemos deixar que isso continue. Devemos nos preparar para atacar o CRRF e recuperar os adormecidos – disse Cássio. – Essa é a minha sugestão. Por favor, gostaria de ouvir a opinião do Conselho.

À deriva

– Cássio – começou Otávio. – O que está acontecendo no CRRF é terrível. Extremamente terrível.

– É animalesco – acrescentou Suzana.

– Mas, na minha opinião, não vamos conseguir vencê-los dessa forma – completou o doutor. – Veja bem, mesmo que nosso contingente, um pequeno contingente de voluntários, invada o CRRF e traga todos os adormecidos, eles podem adquirir mais. Há milhares de adormecidos pelas ruas de São Paulo. Precisamos nos organizar para atacá-los, conseguindo mais gente como soldado voluntário e trazendo ainda mais adormecidos para São Vítor.

– Concordo – prosseguiu a doutora. – Atacá-los agora pode ser o nosso fim. O ponto-final da nossa comunidade que agora está entrando nos eixos. Já temos inimigos o suficiente quando a noite cai.

– Vamos conseguir voluntários então pra acabar com aquele filho de uma… – Graziano foi interrompido por Suzana.

– Vamos fazer isso. Mas com calma. No momento, em São Vítor, todos que podem são voluntários, e não temos como trazer mais pessoas, nossas provisões são baixas. As lavouras começaram a render frutos faz pouco tempo. Eu voto por organizarmos nossa casa e, assim que possível, neutralizar o líder e os seguidores fiéis do Larisson. Aquele ponto é estratégico para a operação de vocês.

– Eu apoio a doutora – disse Otávio.

Graziano olhava para Cássio, esperando uma decisão. Claramente apoiaria ele no que fosse. Se Cássio decidisse atacar Lars, estariam empatados nos votos. Cássio respirou fundo. Tomaria a decisão correta dessa vez.

– De acordo. Atacaremos quando pudermos. Vamos focar o líder do CRRF.

Graziano balançou a cabeça em sinal positivo. Cássio sabia que, até o momento do ataque, ainda teria pesadelos com os adormecidos sendo devorados no CRRF. Suas almas gritariam, implorando por salvação.

Ouviram uma batida na porta. Era Ikeda que pedia para entrar.

– Ainda estamos em reunião, soldado.

– Desculpe, Cássio, mas vocês precisam ver isso.

Cássio, Graziano e os líderes do Conselho ouviram o soldado enviado dos muros até a sala deles e o seguiram até os portões.

Acessaram o topo do muro pela escadaria interna e ficaram lá em cima, ao lado dos atiradores que olhavam pelas miras telescópicas. Um binóculo

356

foi ofertado a Cássio e outro a Graziano. O tenente Almeida estava com o rosto sombrio e encarava os dois amigos que tinham acabado de chegar.

– Eles estão vindo e se juntando à beira da estrada faz horas. Estão vindo para cá e já podemos imaginar a razão.

– A história de Elias e a cura que ainda não existe está se espalhando – respondeu Graziano.

– Exatamente. Isso vai dar confusão na certa. Não temos recursos para deixar essa gente entrar e esperar aqui por uma coisa que não sabemos se vai um dia existir.

Cássio olhou para o tenente e perguntou:

– Está sabendo de alguma coisa, tenente?

– Sempre tem um zunzunzum entre os homens, Cássio. As pessoas falam demais. Nada é certo, mas parece que Elias voltou para o Hospital das Clínicas.

– Como iam saber disso?

– Enquanto ele esteve sob nossa guarda, ele falou com o soldado Castro. Disse que ia voltar para aquele lugar e só ia voltar quando encontrasse uma cura.

– A cura deveria ser só um boato – tornou Cássio. – Mas parece que essas pessoas estão desesperadas, e pessoas desesperadas não pensam duas vezes.

– Meu medo é que essa turba seja só o começo, Porto. Se não fizermos nada, mais gente vai se juntar à beira da estrada e uma hora virão para cima desses portões.

– Melhore as barreiras na estrada – interveio Graziano. – Vamos dobrar os turnos de vigilância e os homens em prontidão.

– Eles não são inimigos. Não se esqueçam disso. É um bando de gente com medo e com esperança por um remédio – rememorou Cássio. – Onde está o Castro?

Almeida olhou para Ikeda, que contou:

– Faz dias que ele foi atrás do doutor Elias, Cássio. Ele acredita naquele maluco. O Castro quer um mundo sem noturnos para a Nádia e o filho deles.

Cássio suspirou.

– Queria muito que isso fosse possível. Queria muito que a luta de Elias desse em algo real e não fosse a luta de Dom Quixote contra moinhos de vento.

CAPÍTULO 57

O fio vermelho-sangue unia os dois novamente. Raquel não podia ver a assombração, mas intuía que algo sempre carregava Pedro até onde ela estava.

— Meu filho... — murmurou a vampira, escutando os passos de Pedro se aproximando.

Pedro desceu do gaiola e caminhou para a beira da estrada.

— Mãe.

Pedro andou até Raquel, e quando se uniu à mulher em um abraço apertado, o fio vermelho se extinguiu pela primeira vez.

— Onde está o Breno? Eu pedi para trazer seu irmão. Poderemos voltar para casa, todos juntos.

— Não, mãe. Já disse que o Breno não merece essa vida sombria, se escondendo do sol.

— Eu também não merecia, mas todos nós nos adequamos ao mundo novo. Vocês podem viver comigo, como príncipes da noite. Teremos tudo o que quisermos agora. O mundo novo será todo nosso e vamos nos livrar da ameaça que vive em São Vítor.

— Não, mãe! São Vítor não é uma ameaça. São Vítor é uma salvação. Graziano nos defende dos vampiros e a cura vai ajudar todos como você, todos que estão perdidos.

Raquel afastou-se do filho, seus olhos cintilavam e seu rosto foi do afável para uma expressão nervosa, contrariada.

— Perdidos? Você acha mesmo que estou perdida? Acha mesmo que não posso dar conta desse que chamam de Graziano?

– Chamam-no de bento agora, mãe. Bento Graziano. Ele é um guerreiro especial.

– Não tomarei sua cura. Dizem que as doenças se foram. Então essa guerra na qual querem entrar não tem o menor sentido. Eu não estou doente. Nunca estive melhor do que estou. Os vampiros não são uma doença numa terra onde as enfermidades não existem mais.

– Não quis dizer que você é doente, mãe. Você só está cada vez mais distante daquela mulher que nos levava à praia todo ano. Daquela mulher que lutou tanto para que eu e Breno ficássemos a salvo. Vocês foram amaldiçoados.

O rosto pálido de Raquel luzia com o brilho das estrelas que desciam até o chão. Ela cerrou ainda mais os olhos, não aguentava ouvir seu primogênito a contrariando, a repudiando, apontando o dedo para ela como se fosse uma infecta.

– Não vou ser cobaia de ninguém. E entrarei em São Vítor e darei cabo desse guerreiro de quem você fala tanto. Ele luta como uma besta contra os meus iguais. Como te disse, já o vi uma vez, já o derrubei uma vez. Eles te contaram essa história? Graziano não é imbatível. Posso fazer de novo quando eu quiser. Arrancarei a cabeça dele para não ter mais que me preocupar com isso.

– Não irei com você. E nem o Breno.

– Então saiba que muitos dos meus estão vindo para cá, Pedro. Lembre-se de que não existem doentes. Existem os da luz como vocês e existem os da noite como nós. Quando eu cruzar aqueles portões mais uma vez eu não serei mais sua mãe e você não será mais filho.

– O que você quer dizer com isso, mãe?

– Se até a próxima noite você e seu irmão não estiverem comigo, não me seguirem como meus filhos, seremos inimigos para sempre.

– Mãe, eu te amo. Não faça isso.

– Se não vier para se juntar a mim, pare de me seguir. Pare de me encontrar.

Raquel deu as costas a Pedro e partiu na escuridão do terreno, sumindo nas sombras.

– Mãe! Eu virei a cidade atrás de você! Eu venci a morte na mesa de cirurgia!

A silhueta quase indiscernível da vampira estacou na ravina.

A voz embargada de Pedro clamou uma última vez:

À deriva

– Tente a cura, mãe. Tente a cura. Por favor.

Raquel desapareceu na noite e sua voz soou de algum lugar adiante.

– Eu não estou doente, filho. Não há mais doenças neste mundo perdido. O que sobrou é o fino fio que nos une. É o amor que temos um pelo outro, Pedro. Você saiu do meu útero e agora me renega. Eu não sou uma pestilenta. Eu só sou outra coisa. Uma coisa que você jamais entenderá. Se não virão comigo, fujam de São Vítor porque amanhã vou destruir aquele lugar.

O rapaz cerrou os punhos e evocou suas forças para não correr atrás da vampira que acabara de despejar sobre ele aquela sentença tão cruel. Não veria sua mãe nunca mais. Mesmo que o fio sanguinolento desse a ele a direção, o poder de encontrá-la, Pedro não queria mais vê-la. Raquel tinha feito sua escolha. Pedro deu dois passos para trás em direção ao veículo gaiola CAN-AM e caiu de joelhos, a cabeça latejando. Uma dor insuportável emanava de seu cérebro. Ele secou as lágrimas que brotaram em seus olhos e se obrigou a caminhar e sentar-se dentro do veículo.

CAPÍTULO 58

– Batata assada, cozida, purê, chips, palha, maionese de batata… Dá até pra fazer massa, tipo nhoque, coxinha… – disse Graziano.

– Ok, a coxinha de batata chega perto – assumiu Cássio –, mas não consegue superar a batata frita com um ketchup de qualidade… Se eu fechar os olhos até consigo sentir o sabor…

– Lembra daquela vez que comemos dois quilos de batata frita cada um? – perguntou Graziano. – Foi depois de ficarmos duas semanas em treinamento no meio do mato?

– Lembro, você comeu tanto que vomitou e depois continuou comendo mais. Cruel, meu parça. Só porque tinha prometido que ia comer dois quilos de batata quando voltasse para a civilização – disse Cássio.

– Batata me faz lembrar meu pai.

Cássio percebeu o pesar na voz do amigo.

Graziano continuou:

– Eu conheço muitos rios do interior aqui por conta do meu velho. Me trazia para pescar e depois acendia uma fogueira, botava o peixe e a batata na brasa e depois a gente jogava pro bucho.

Ambos estavam sentados no chão, no fundo da cozinha, um encostado no fogão e outro no armário. Duas bacias enormes já estavam cheias. Uma delas lotada de batatas com casca aguardando sua vez e outra preenchida com batatas limpinhas e descascadas, esperando seu destino final.

* * *

À deriva

Perto dali, dentro do silo de adormecidos, Nádia cuidava de seu plantão, vigiando as almas que se juntavam e eram protegidas dentro de São Vítor. Estava folheando uma revista recuperada em uma das casas visitadas para passar o tempo quando escutou um barulho vindo do meio das fileiras de macas e colchonetes. Mais uma pessoa parecia ter voltado do sono inexplicável. Rapidamente a enfermeira clicou nos interruptores, enchendo de luz o andar agora abastecido por energia captada pelas células solares. De fato, um corpo tinha despencado da maca e estava de bruços no chão, tentando se levantar. Um homem com o cabelo revolto vomitava no concreto e tremia em espasmos. Ela também tinha visto a mulher acordar e não tinha sido muito bonito. Ficavam confusos, não sabiam onde estavam e nem quem eram. Levava um tempo para a memória voltar.

– Se acalme. Se acalme – disse a enfermeira, se aproximando com o lençol que tinha caído aos pés dele. – Vou te cobrir, tá bom?

– Onde estou? – perguntou o adormecido.

– Está seguro. Está em São Vítor. Você consegue se levantar?

O homem jovem, moreno e de olhos profundamente negros encarou a enfermeira. Olhou para os lados e viu as macas.

– Meu Deus do Céu! O que aconteceu? Onde está o meu pai?

– Eu preciso te levar para a enfermaria. Lá vão te explicar tudo, ok? Consegue ficar de pé?

Ele balançou a cabeça em sinal negativo.

– Estou muito tonto.

– Fique aí sentado então. Eu vou pegar roupas para você e uma cadeira de rodas. Qual é sua altura? Se lembrar.

Ele só balançou a cabeça em sinal negativo de novo.

* * *

Cássio e Graziano gargalhavam descontraídos, buscando novas lembranças e espantando para longe os ares melancólicos.

– A maior diferença é que por mais que isso aqui seja chato de fazer... Sabíamos que ia ter um momento em que podíamos ir pra casa e tudo ficaria para trás. Nada era nosso, de fato. Agora... Eu sinto como se estivesse descascando batatas na cozinha da minha casa. E isso é um porre!

Cássio riu. Ainda ter momentos como aquele com Graziano, depois de ter revelado ao amigo que era gay, isso fazia tudo valer a pena. Se sentia muito grato por Graziano não ter mudado com ele. Na verdade, Cássio pensou melhor, ele parecia ainda mais aberto. Falava sobre seus sentimentos sem medo de julgamentos. Cássio chegou a abrir a boca para falar sobre isso com ele, queria aproveitar aquele momento para entender o que estava se passando na cabeça de Graziano, mas ouviram barulho de motores do lado de fora, algum veículo estava se aproximando.

Ambos ficaram em silêncio. Os dois se olharam. Sabiam que tinham ouvido alguma coisa. Então Graziano sussurra, olhando fixamente para uma batata.

– Será que batatas têm propriedades alucinógenas? Estou começando a ouvir coisas.

Aquilo foi tão inesperado que Cássio riu alto, largando a batata no chão e colocando a mão sobre a boca para abafar o riso. Graziano ria junto. Um momento como aquele não acontecia desde que tinham dezoito anos, quando tinham acabado de se conhecer.

– Cássio! Cássio! Pelo amor de Jesus Cristo, cara! Cadê você? – disse Ikeda, em pânico, entrando no refeitório.

Cássio levantou-se do chão rapidamente e, pela janela da cozinha, chamou Ikeda, que estava de costas para ele.

– Estou aqui, soldado.

– Ah, graças a Deus! – Ikeda virou-se para ele e foi em sua direção. Cássio já largava a faca e a batata e saía da cozinha. Percebeu que Graziano levantou logo atrás dele.

– O que aconteceu? – perguntou Cássio.

– Puta que pariu, Cássio, tu precisa ver isso...

Cássio e Graziano seguiram o soldado Ikeda até o veículo e dispararam em alta velocidade até o portão. Subiram pela escadaria estreita e chegaram ao patamar onde normalmente as patrulhas ficavam vigiando os limites de São Vítor contra a invasão de vampiros. Lá do alto da muralha era possível ver facilmente o que vinha pela estrada que afunilava diretamente ao hospital. Era uma caravana, pelo que Cássio pode contar rapidamente, composta de quinze carros e dois ônibus de linha. Parecia haver algumas motos com eles também. Estavam vindo em direção à comunidade.

À deriva

A visão daqueles veículos trouxe de volta à memória de Cássio quando eles mesmos fugiram de São Paulo, buscando aquele refúgio. As pessoas com velas nas janelas que haviam ficado para trás. Aquele clima de medo, de que a qualquer momento um noturno partiria para cima deles. Aquela caravana poderia estar vindo de São Paulo. Será que a notícia sobre um refúgio havia se espalhado? Se todos aqueles veículos estivessem cheios, seria impossível receber todos. Seria conturbado.

– Eles estão só aumentando de número! O que vamos fazer? – indagou Ikeda, nervoso. – Vamos abrir os portões?

Cássio ficou encarando as pessoas chegando e apontou para baixo. Já tinha duas dúzias de pessoas sentadas junto ao muro, procurando sombra.

– Eu... eu... – Cássio gaguejou. Então parou um segundo. Respirou fundo e disse: – Não vamos tomar medidas desesperadas sem saber o que eles buscam primeiro. Pelo trajeto, é claro que estão vindo para cá de propósito. Nós já passamos por isso antes. Vocês lembram quando estávamos todos em procissão para sair de São Paulo? Vamos aguardar que eles cheguem em nossos portões, recolheremos os velhos, crianças e feridos para que possam tomar o pouco de água que temos, pelo menos. Então veremos o que eles buscam. Ikeda, avise os demais soldados para ficarem em alerta.

– Meu Santo Expedito... Era só o que faltava – disse Graziano.

Ikeda prestou continência para Cássio e saiu em disparada escada abaixo. Cássio e Graziano continuaram lá em cima, observando.

– Cássio – disse ele, ainda olhando para os carros que se aproximavam, os primeiros já estacionando na frente do hospital. – O cheiro. Um fedor horrível tá chegando com eles. Você está sentindo?

Cássio olhou novamente para os veículos que estacionaram, alguns tinham jornais e panos nas janelas para que a luz não entrasse.

– Controle-se o máximo que puder, Graziano, eu vou lidar com isso.

Quando Cássio se aproximou da entrada de São Vítor, já havia pessoas segurando o portão. Ele escutava os gritos e apelos em coro da multidão.

– A cura! Nós sabemos que vocês têm a cura!

– Preciso curar meu filho, por favor! Ele só tem oito anos! – gritou uma mãe em pânico.

– Eu quero a cura! Nós precisamos muito de ajuda! Por favor! Eu quero curar a minha esposa! Vocês avisaram nos muros e nós viemos.

364

Então é isso que estão buscando, pensava Cássio. A cura para os seus parentes transformados. Não entendeu o que disseram sobre "aviso", mas sabia que o fato é que ele mesmo tinha semeado aquele cenário. Tinha contado para Larisson. Isso tinha bastado para a história da vacina se propagar entre os sobreviventes. Aquilo ia se tornando um barril de pólvora para o seu rebanho de São Vítor e também para Graziano, que teria que ser escoltado até sua cela de contenção. Cássio suspirou e tomou a frente do portão, falando alto e com firmeza.

– Calma, por favor... – disse, ajeitando o cinto do uniforme da cavalaria. – Fiquem calmos. Vamos ajudar como pudermos. Vocês têm feridos com vocês? Crianças, idosos? Alguém precisa de atendimento imediato?

– A cura de vocês funciona em quem está dormindo? Eu preciso que a minha filha acorde – disse um senhor em lágrimas.

– Por favor, precisamos da cura! – disse outra mulher que se aproximava do portão.

Cássio via aqueles rostos mergulhados em aflição por sua culpa. Não conseguiria deixar aquelas pessoas para fora sem receberem auxílio. Todos tinham que ser cuidados e orientados. Não havia cura. Assim que desse a notícia e fizessem uma triagem, muitos teriam que partir e buscar abrigo em outro lugar.

Cássio olhou em volta. Havia dois soldados próximos dele, Rocha e Armando, aguardando ordens. Ele também podia ver os rostos de Mallory, Chiara e doutor Otávio a olharem para ele da entrada do hospital. Todos estavam esperando que ele tomasse uma atitude. Cássio percebeu que havia um carro, um Land Rover parado diante do portão. Com vigias em cima do muro apontando fuzis para os visitantes e soldados armados ao seu lado, Cássio começou a agir.

– Me ajudem a subir nessa coisa – disse para os soldados, que rapidamente fizeram um degrau com as mãos para que ele subisse no teto do carro. – Agora prestem atenção! Silêncio! – Cássio dirigiu-se à turba de visitantes. Os cochichos pararam e todos os olhos estavam nele. – Nós sabemos o que estão passando! Já passamos por isso também. Nós encontramos esse lugar e agora ele é nosso lar. Existem muitas pessoas vivendo aqui. Então, por favor, parem de gritar! Também perdemos pessoas! Precisamos que fiquem calmos! Temos a intenção de ajudar a todos! Mas agora prestem atenção no que eu vou dizer: – Cássio gritou alto o suficiente para que até a pessoa mais distante dentro do ônibus ouvisse: – É VERDADE QUE ESTAMOS ESTUDANDO A CURA! MAS TAMBÉM É VERDADE QUE AINDA NÃO CONSEGUIMOS! – O cochicho recomeçou, algumas pessoas choravam alto, soluçando. – Agora, vamos receber os feridos, idosos e crianças. O restante deve aguardar do lado de fora. Todos serão atendidos e receberão um pouco de água para seguirem viagem. Quem traz noturnos, agressivos, protegidos do sol, deve se afastar agora, imediatamente. Os noturnos a menos de dois quilômetros deste portão serão abatidos na hora. Partam daqui antes do anoitecer. Temos forte armamento e soldados preparados para executar vampiros. Todos nós também queremos salvar nossos próximos, mas não podemos ajudar o mundo todo de uma vez só.

Cássio desceu de cima do carro. Aquelas pessoas conversavam entre elas.

– Soldado, cuide do portão, vamos recolher aqueles que mais precisam, como eu disse. Mas todos deverão seguir viagem depois disso, não temos condições de cuidar de todos agora.

Rocha pediu que formassem uma fila enquanto Cássio voltava para dentro. Armando ergueu a mão e gritou para que se organizassem. Mais dois soldados chegaram para reforçar o acesso a São Vítor, já que no mesmo momento em que Cássio entrou os guardas foram empurrados pelas pessoas que começaram a invadir São Vítor.

– Precisamos de abrigo!

– Estamos com fome e sede!

– Eu quero a cura! Vocês estão mentindo!

Mais soldados se juntam a Rocha e Armando tentando retomar o controle do portão. Ouvindo o alvoroço, Cássio voltou e, junto com os soldados, começou a fechar as grades. Armando deu três disparos para o alto fazendo muitos correrem aos berros, a maioria para fora, mas um bando de umas quinze pessoas para dentro.

– Parem com isso, por favor! Vamos atender a todos! Por favor, esperem!

– Cuidado! Arma! – berrou Ikeda do alto do muro.

Nessa hora um espoco disparou do meio dos invasores e Armando tombou no asfalto, soltando um grito de dor. Tinha sido atingido de raspão no braço esquerdo.

– Entrem! – ordenou Cássio.

O ronco de um veículo se aproximando aumentou a algazarra e o tumulto se instalou de vez. Os invasores abriram um corredor às pressas enquanto o carro voou de encontro ao portão já fechado, entortando as barras de metal e comprometendo a segurança de São Vítor.

Cássio estava no chão quando aquelas pessoas entraram depois do carro, invadindo o hospital. Eram mais numerosas do que a quantidade de pessoas que vivia ali até aquele momento. Ele olhou para a entrada do saguão, onde antes havia visto os rostos de doutor Otávio, Mallory e Chiara. Eles ainda estavam ali, mas agora estavam armados em posição de defesa, olhando para aquelas pessoas que se aproximavam. Na frente deles estava Graziano. Sua espada da cavalaria brilhava ao sol do meio-dia. Ele parecia impassível.

– Vocês o ouviram! – gritou Graziano. – Voltem para os seus carros! Vamos atender a todos, mas se alguém tentar passar por mim, será a última coisa que vai fazer! – Ele olhava firme nos olhos de cada um que havia invadido. – Você aí! Saia deste carro agora mesmo! Todos para trás! Eu vou arrancar a cabeça de quem chegar perto!

A porta do carro se abriu. Um senhor idoso, com cabelo ralo, magro e roupas sujas de lama, desceu dele.

– Por favor, por favor, não me mate... Minha filhinha, ela virou um monstro, eu só quero curá-la...

– Eu vou matar sua filha e você se não for para trás agora mesmo! – gritou Graziano.

Cássio conhecia bem o amigo. Ele não estava bravo. Estava tentando conseguir o respeito daquelas pessoas. Conforme Graziano avançava, dando passos lentos para a frente, as pessoas davam um passo para trás. Ele seguiu até onde Cássio estava, ainda no chão, e estendeu a mão, dizendo baixinho:

– Algumas pessoas não entendem o abraço, só o tapa na cara...

A turba de invasores voltou para perto de seus carros, alguns ficaram parados junto ao portão, ainda do lado de dentro. Conforme Graziano se aproximava do portão, Cássio percebeu que ele levava a mão ao nariz com mais frequência. O cheiro o incomodava.

– Trouxeram vampiros com vocês? – perguntou Cássio em direção às pessoas.

– Eu não trouxe um vampiro! – respondeu uma mulher jovem com o rosto inchado, parecia que chorava havia vários dias. – Eu trouxe o meu filho! Ele só tem oito anos e foi pego por essa doença! Por favor, senhor, precisamos da cura... – Todos os outros concordavam com ela.

– Como eu já disse – continuou Cássio –, nós ainda não temos a cura! Estamos trabalhando nela, mas ainda não temos. Essa é a verdade!

A mulher chorava e soluçava. Várias pessoas cochichavam, olhando para ele.

– Por favor, esperem aqui, vamos trazer água e um pouco de comida para todos – continuou Cássio. – E tirem os vampiros daqui de perto. Eu não vou conseguir deter esse meu amigo com a espada. Não digam que não avisamos.

Cássio deu as costas para eles, Graziano o seguiu. Cinco soldados de São Vítor fizeram uma corrente no portão para impedir a passagem daquelas pessoas.

– Precisamos consertar aquele portão antes que anoiteça – disse Cássio enquanto se aproximava do doutor Otávio e de Mallory na entrada do saguão. – Estamos vulneráveis. – Ambos concordaram com a cabeça.

– O que vamos fazer com eles? – perguntou o doutor Otávio. – Pelo jeito eles não irão embora antes de conseguirem a cura. E ainda não temos nada funcionando.

– Ainda não sei o que faremos. Por enquanto eles não são de confiança. Estão assustados e podem fazer muito estrago se entrarem aqui dentro. Por mais que me doa dizer isso, vão ter que ficar do lado de fora essa noite.

– Podemos pelo menos abrigar as crianças deles – disse Mallory. Chiara concordou com a cabeça.

– Claro, podemos fazer isso. Vejam quais pais querem deixar suas crianças aqui esta noite – Cássio prosseguiu. – Precisamos encontrar voluntários para consertar o portão.

– Vou atrás disso – disse o doutor Otávio.

– Ok, eu, Francisco e Zoraíde vamos pegar comida e água para aquelas pessoas.

– Não vai me deixar fazer patrulha, não é? – perguntou Graziano. Cássio balançou a cabeça em sinal negativo.

– Não, meu velho. Nem a pau.

– Sem cela. Eu fico lá em cima, no dormitório.

– Tá, mas vamos. Rapa fora.

CAPÍTULO 59

A luz do dia estava se esvaindo como água pelo ralo da banheira. Anoitecia tão rápido ultimamente, devido à troca de estação, que ainda às quatro da tarde as pessoas já se encontravam em estado de alerta, apreensivos. E a comunidade do Hospital Geral de São Vítor, que desfrutou de algumas semanas de paz, sem ataques de vampiros, atualmente se encontrava ansiosa, angustiada e dividida.

Todos compreendiam a dor daqueles que estavam estacionados, se amontoando além dos portões, mas o medo falava mais alto. Os líderes não usavam a palavra "medo", usavam mais a palavra "precaução". Mesmo assim, com medo, algumas vozes como Nádia, Mallory e Chiara pediam a Cássio e Almeida que admitissem as pessoas mais frágeis, as crianças e idosos para se protegerem dentro dos muros de São Vítor.

Cássio observava Mallory e Chiara, que corriam de um lado para o outro para atender a todos. As crianças choravam, irritadiças, refletindo e externando o que os adultos estavam pensando.

Graziano sabia que não adiantava argumentar. Quando ele começava a sentir aquele cheiro extremamente adocicado ia perdendo a razão, então, antes que seu controle fosse para o saco, se deixou levar para a cela junto ao arsenal. Ele avisou o tenente André Almeida que precisavam garantir que os veículos com noturnos tinham que ser removidos das cercanias de São Vítor ou ele enlouqueceria dentro daquele cubículo e só voltaria a si depois de arrancar aquela porta e passar seu sabre em cada um dos agressivos.

Almeida encontrou-se com Graziano à porta da cela e falou com o bento através da janela de vigia.

À deriva

– Não se preocupe, Graziano. Somos todos soldados, homens e mulheres de luta. Você não vai precisar arrancar essa porta.

– Vai atacá-los agora?

– Não. Assim que eu perceber a presença de um noturno perto do muro, eu mesmo virei aqui para abrir a porta. Nós avisamos a eles sobre você, sobre o perigo de ficarem aqui. Vamos ver o que eles vão escolher.

– Boa, cara. Tô precisando de um pouco de ação.

– Calma. Estamos todos no mesmo barco. Você é nossa arma secreta se piratas tentarem atracar.

* * *

Muitos tinham teimado e não acreditado nos avisos dos soldados e estavam estacionados próximos ao portão com seus entes tornados vampiros, acreditando que poderiam curá-los ali, sendo que na verdade uma tragédia começava a ganhar massa e volume, tragédia que seria encenada em poucas horas, assim que o sol baixasse na linha do horizonte. Os de fora, com esperança de entrar, e os que estavam dentro, se preparando para a defesa.

Só existiam três defesas que protegiam os habitantes das criaturas naquele momento. A primeira era o muro que delimitava São Vítor, seguindo o desenho do tenente Almeida e Cássio, lembrando velhos castelos medievais com passadiços e corredores no topo, por onde os soldados trafegavam e empunhavam armas de grosso calibre. A segunda era os homens treinados, os soldados do tenente André Almeida que ainda tinham a morte de Lenine forte na memória e não pensariam duas vezes em puxar o gatilho. A terceira estava guardada na cela por enquanto. Era bento Graziano, que seria colocado em liberdade caso os noturnos vencessem o muro.

A mata desbastada no entorno do muro tinha sido uma grande jogada de Cássio. Canteiros de verduras e legumes cercavam a cidadela, e até essa fonte de alimentação estava em risco com a chegada contínua de pessoas vindas da Grande São Paulo, uma vez que muitas camionetes com tração nas quatro rodas saíam da pista e iam passando pela terra cultivada, acercando-se de São Vítor. Aquela faixa de terra, apesar do plantio, passou a ser chamada de "areião" pelos soldados, e logo todo mundo em São Vítor registrou o apelido. Tinha sido uma ideia de gênio de Cássio, uma vez que o terreno limpo deixava uma faixa de visão perfeita e ninguém conseguiria se aproximar incauto. Mesmo com vigias em todos os setores do muro, coisa boa não viria aquela noite. A noite que poderia ser a última de São Vítor. A cidade que seria esquecida após ser assolada por desesperados, tantos seres humanos quanto noturnos sedentos por sangue dos inúmeros adormecidos contidos nos silos do HGSV.

Cássio estava no topo do prédio de dormitórios e refeitório, distante do muro, onde os vigias observavam atentos o perímetro contra a procissão de invasores. Ele ainda via Mallory e Chiara correndo de um lado para o outro, como abelhas ocupadas em preparativos na colmeia. Foi avisado de que Graziano já estava na contenção e que ele tinha aceitado a condição. Voluntários juntavam provisões no hall de entrada, enquanto os homens de Almeida continuavam fazendo a triagem no portão, acolhendo o maior número de indefesos e feridos que podiam. Cássio observou o sol e desceu rapidamente as escadas, dirigindo-se à entrada. A equipe de reparos de São Vítor havia feito o possível para recuperar o portão, peça-chave da defesa para o ataque certo que receberiam. Não estava ideal, mas ao menos a fresta poderia ser selada com madeiras para atravessarem a noite.

Quatro habitantes passaram pelo portão levando água e pão para os que estavam ali agrupados. Aquele silêncio em que o grupo numeroso tinha mergulhado, deixando palavras de gratidão durante a passagem dos voluntários, era inquietante em vez de apaziguador. Eles não iriam embora.

CAPÍTULO 60

Elias tinha sido ajudado mais uma vez pelo soldado Rogério Castro e tinham enchido o porta-malas do Palio Weekend com caixas e mais caixas de sua nova versão da vacina e do novo protocolo para experimentar. Rogério tinha alimentado a esperança do médico em retornar às dependências de São Vítor. Elias só queria mais uma chance. Lá teria doadores de sangue que colaborariam com prazer para aquela boa causa: a de salvar seus entes queridos das garras das sombras, mudar mais uma vez a história da humanidade e passarem a reduzir dia após dia o número de noturnos e o perigo que representavam.

— É tudo, doutor? Tá me dando coceira ficar aqui nessa cidade na escuridão. Precisamos pôr o pé na estrada.

— A gente podia esperar amanhecer, Rogério, seria muito mais seguro para todos nós.

— Não. Não vou ficar aqui nem mais um instante. Tinha gente chegando em São Vítor e perguntando se era verdade esse papo de vacina.

— Ué, não contaram para eles que não existia mais cura? Que vocês não me deixariam continuar com os experimentos? Não é papo. É a salvação.

— O senhor foi embora por outros motivos. Mas eu te entendo. Faria qualquer coisa por minha filha, por meu filho.

— Como está sendo cuidar de um bebê agora… como é o nome dele mesmo?

— Fernando. Eu e a Nádia estamos loucos por ele. Nenhum vampiro vai chegar perto do nosso filho. Quero estar ao lado dele quando ele aprender a andar, aprender a me chamar de papai. Quero estar ao lado dele a vida toda.

Elias recostou-se no carro, empurrando a última caixa de doses da vacina. Deixou seu corpo sem energia colado ao chassi do veículo e logo estava com a cabeça baixa, soluçando.

Rogério aproximou-se do médico e apertou o seu ombro.

– Foi mal aí, doutor. Lamento a sua perda.

– Vê... o medo gera essa cegueira. Mais algumas semanas e ela estaria salva também.

Rogério abraçou Elias e apertou-o.

– Você vai salvar muitas vidas, doutor. Vai ver muitos pais como você poderem voltar a sorrir. Seu trabalho não foi em vão. Precisamos ir. Não podemos ficar aqui do lado de fora vacilando. Se terminarmos aqui no meio dessa doca ou na estrada, jamais saberão que uma cura existiu. Precisamos partir agora.

Os dois homens voltaram para dentro do prédio e desceram com os pacientes. Os dois sujeitos pareciam bem normais. Conversavam, perguntavam sobre seus familiares e diziam que se lembravam em flashes das noites passadas, com o cheiro de podridão e morte os cercando.

Rogério verificou se os dois estavam bem atados aos cintos de segurança. Em um movimento rápido, algemou o punho do primeiro e, antes que ele pudesse esboçar qualquer consternação, o outro fecho do par de algemas fazia a sonora catraca prender o punho do segundo passageiro.

– Desculpa aí, caras. Sem ressentimentos, mas vamos viajar durante a noite. Eu não posso ficar aqui esperando enquanto minha família está lá.

– Viajar a noite é besteira, soldado. Admiro sua coragem – disse o mais baixinho, erguendo o punho preso ao passageiro ao seu lado. – Mas precisa mesmo fazer isso?

Rogério só balançou a cabeça em sinal positivo.

– Levante o braço mais um pouco.

O soldado exibiu um segundo par de algemas que travou na corrente da primeira e passou as pulseiras no cilindro de aço do encosto de cabeça do banco do passageiro, arrematando com mais uma fala:

– Não é confortável, mas já carreguei muita gente assim. Vocês se acostumam. Quando chegarmos a São Vítor, é vida nova. Se tudo o que o doutor aí disse for verdade, vocês estão curados. Vão entrar para a história

À deriva

do mundo e vão rir dessa noite maluca em que viajamos de madrugada com vocês presos por algemas.

Doutor Elias soltou uma lufada de ar, um pouco enervado. A cidade estava um breu. Quando passassem pela brecha do portão do HC, estariam na avenida Rebouças. Lá embaixo, se não tivessem novidade alguma, chegariam à Marginal Pinheiros e depois à Castelo Branco, o veio que cortava o estado e que os levaria para perto de Itatinga. Num dia comum, sem carros pegando fogo, sem barricadas montadas por noturnos ávidos por sangue de viajantes inconsequentes, poderiam levar três horas, três horas e meia indo devagar. Elias virou-se para o prédio enquanto Rogério Castro dava partida no carro e verificava o quanto tinham de combustível. Tinha enchido o tanque antes de começarem a carregar o veículo, mas aquele ponteiro sempre fazia o seu coração palpitar nervoso. Olhou para o médico, que ainda não tinha entrado.

– O que foi, doutor? Esqueceu alguma coisa?

Elias continuou olhando para o complexo do HC. Deu outro suspiro profundo. Quantos dias e quantas madrugadas não tinha passado ali em seus plantões? Quantas rondas não tinha feito com seus residentes? Quantas pesquisas não tinha liderado tentando vencer o câncer de todo o trato digestivo? Quantas vezes Júlia não tinha aparecido lá, nos corredores, puxando-o pelo jaleco quando era só uma menininha e ainda tinha paciência com o pai ausente, que tinha trocado toda sua vida pelos corredores do Hospital das Clínicas? Tudo isso era passado agora. Deixaria para trás um lugar que amava, sua picape e as lembranças de uma vida.

CAPÍTULO 61

Quando o sol sumiu entre as árvores, Cássio sentiu uma espécie de "chave" virar em todos os soldados e voluntários junto ao muro. Sabiam que seria uma noite de alerta total e certamente com confronto. Ele havia colocado quinze soldados na frente do portão. Eles olhavam firmemente para as pessoas, fazendo a vigia do perímetro danificado. Além disso, um contingente extra foi alocado no terraço. Todo os soldados voluntários estavam atuando naquela noite. Cássio estava no hall de entrada, encostado na parede, quando ouviu Mallory atrás dele.

– Vai ser uma longa noite…

Ele assentiu, sem tirar os olhos do muro.

– Vai ser, sim, querida, mas estamos atentos. Quero que você fique com as crianças e as mulheres. Almeida vai deixar você com três soldados.

– Já combinamos tudo, Cássio. Preocupe-se com seus soldados, preocupe-se com o muro.

– E o Graziano? Falou com ele?

– Ele queria estar aqui, mas aceitou. Só pediu para soltá-lo se algum noturno entrar ou ele vai morrer atravessando aquela porta da cela.

– Isso também já foi combinado. Eu conheço aquele cara, ele quer ação.

– Cuida dele pra mim, Cássio. Não quero perdê-lo.

– Sempre cuido dele, mas esta noite, Mall, acho que ele é quem vai cuidar da gente. Vai, enfermeira, vai ficar com as crianças. A luz está acabando.

* * *

À deriva

Uma noite longa. A escuridão agora oprimia. Cássio podia ouvir as risadas vindas de uma lembrança querida, guardada no fundo do coração. Em sua mente revivia a memória feliz, enquanto no estacionamento e no muro podia-se ouvir o cair de uma agulha, tamanha a tensão. Revivia uma noite longa de jogos de tabuleiro, regada a muito guaraná e pizza do Quintal, a melhor pizza do Tremembé. Sua irmã, Alessandra, sentada à mesa, segurando o pequeno Felipe no colo e comendo pizza com uma só mão. Enquanto ele mesmo estava debruçado sobre o prato da Megan, cortando o pedaço em pequenos quadradinhos para a sobrinha. Alessandra ria enquanto Felipe tentava pronunciar "elefante". Ele dizia "elelafane", enrolando a língua, e Alessandra e Megan gargalhavam. E Felipe, sempre a alma da festa, sabendo que estava causando riso, continuava repetindo a palavra para a família. O sargento lembrava de estar naquela aura de descontração quando escutou alguém batendo palma na frente de casa. Logo em seguida ouviu uma voz gritar "Ô di casa! Tem pão véio?!". Cássio se lembrava de se levantar da mesa, dirigir-se à porta da frente e abrir dizendo: "Pra tu não tem não, vai embora, seu maluco!". E ele olhava para aquele homem parado do outro lado do portão da sua casa, segurando um fardo de latinha de Brahma e sorrindo. "Caramba", dizia Graziano. "O serviço aqui tá péssimo!". Eles riram juntos, enquanto Cássio dizia o quanto ele era folgado, e Graziano retribuía falando que só tinha vindo para filar a comida, e os incomodados que fossem embora. Seus sobrinhos vieram correndo receber o "Tio Graziano". Ele sentava-se à mesa como se pertencesse à casa e perguntava até quando a irmã de Cássio ia deixá-lo ganhar no Detetive. O riso. O cheiro da pizza. As crianças gritando e correndo pela moradia. A TV ligada no *Zorra Total*. As risadas. Ah, Deus, as risadas. O coração de Cássio apertou de saudade e nostalgia. Um tempo que nunca mais iria voltar. Alessandra, Felipe, Megan. Como queria escurar novamente aqueles risos e ouvir a voz da sobrinha e do sobrinho. Como queria ver Alessandra mais uma vez descontraída, alegre com os dias leves.

Cássio escutou os gritos do lado de fora primeiro. Depois ouviu o movimento dos soldados no muro da frente.

Ikeda viu quando a tampa do porta-malas de um dos carros estacionados na frente do portão saiu voando e um noturno saltou para fora. Logo gritos começaram a vir dos ônibus estacionados. No instante seguinte Ikeda ficou horrorizado vendo o primeiro par de olhos vermelhos encarando o muro e começando a correr em sua direção. O soldado virou-se para o estacionamento gritando para Cássio:

– Eles estão vindo! Preparem-se!

Os gritos aumentaram, motores e buzinas de veículos foram acionados e então os soldados soltaram a primeira leva de disparos de armas de fogo.

De dentro do porta-malas, uma criatura com os olhos em brasa saiu.

Blam, blam, blam. As criaturas presas dentro dos ônibus e nos demais carros batiam, desesperadas para sair e se alimentar como as primeiras a se libertar. Eles podiam sentir o cheiro do sangue fresco, o sangue esperando nos muros.

Os familiares daqueles monstros gritavam, se aproximando uns dos outros. Olhavam como gatos assustados para todos os lados. Não sabiam se salvavam suas vidas ou a de seus entes queridos.

A primeira fera correu até o portão e usou sua estrutura para saltar para cima do muro, mas antes que alcançasse a barreira o fuzil de Ikeda o derrubou com uma rajada precisa. Um segundo soldado, usando um rifle com mira telescópica, acertou um disparo preciso na cabeça da fera, que tombou inanimada.

– Não os matem! Não os matem! – gritava uma senhora, erguendo os braços. – Só precisamos da cura! Nos ajudem! São nossa fam...

Antes que ela pudesse terminar o apelo, uma fera noturna a agarrou pelos ombros, derrubando-a no chão e cravando a boca em seu pescoço. A vampira ergueu a cabeça com o queixo lavado de sangue, e então os humanos que cercavam a vítima correram em direção ao portão, clamando por salvação.

Doutor Otávio e o enfermeiro Alexandre avançavam pelos corredores do prédio de dormitórios quando se lembraram do recém-desperto que tinha sido trancado numa sala para observação. Teriam que ajudá-lo a caminhar até o alojamento para ficar protegido com os demais.

Quando chegaram à enfermaria, escutaram mais disparos sendo feitos do muro da frente.

– Mais rápido, doutor. Vamos logo.

À deriva

– Tô fora de forma, mas vamos.

Alexandre estava parado no corredor, petrificado. O médico entendeu o espanto quando alcançou a sala onde tinham deixado o recém-desperto.

– Você lembra o nome dele, doutor?

O médico não respondeu, ainda chocado com a visão da porta arrombada, a fechadura desmontada e a maçaneta caída do outro lado do corredor. A porta tinha arranhões.

– E-ele é-é um noturno?

– Acho que é.

– Temos que informar o Cássio ou o Almeida. Quem acharmos primeiro.

* * *

Outra janela de ônibus se espatifou no chão, com a saída de emergência acionada, deixando pessoas e noturnos caírem para o lado de fora.

– Zoraíde! – berrou Ikeda.

A cavalariana correu até o soldado respirando rápido, demonstrando sua tensão.

Ikeda soltou mais uma rajada com seu fuzil.

– Yes! Mais um pro saco! Douglas, vai acertando na cabeça de quem cair!

– Tô tentando. – O atirador de elite bufou, fazendo seu rifle tonitruar mais uma vez.

– Zoraíde, corre lá embaixo e fala por Cássio que já contei quarenta pares de olhos.

– Agora mesmo, parceiro.

Zoraíde desceu a escadaria estreita do muro, tinha que deixar sua espingarda em ângulo para conseguir passar. Logo avistou Cássio no estacionamento e ergueu a mão.

Ikeda varria o campo mirando com a arma. Nenhum deles estava se aproximando. Alguns tinham caído direto no chão ao lado do ônibus, enquanto outros subiram no teto do veículo. O portão começou a ser perigosamente chacoalhado pelas pessoas que marcharam até ali e agora entravam em pânico com o descontrole dos noturnos que elas mesmas tinham trazido. Alguns se empilhavam na tentativa de saltar por cima do portão, mas seria impossível. Os construtores da defesa tinham tomado cuidado meticuloso para que não existisse espaço para um corpo atravessar. Então

378

Ikeda lembrou-se do acidente e do conserto de improviso. Talvez estivessem vendo uma fresta. O soldado estava nervoso com aquelas pessoas colocando São Vítor em risco e com o movimento dos vampiros que também tentavam buscar uma falha nas defesas.

Ikeda ficou mais nervoso ainda quando escutou tiros no muro esquerdo. O perigo estava vindo de todos os lados.

"Rogério, cadê você numa hora dessas, mano?", indagou-se Ikeda, continuando a varrer o campo a sua frente, poupando munição, esperando que um daqueles noturnos se aproximasse para um tiro preciso.

Ao seu lado, o rifle do atirador de elite continuava a trovejar.

– Menos um, brother. Menos um.

Abaixo deles os viajantes clamavam.

– Nos deixem entrar! Por favor!

– Pelo amor de Deus! Me deixa entrar!

– Não nos deixe morrer aqui! Eles vão matar todo mundo!

Cássio deu alguns passos para trás, sem dar as costas ao muro. Os gritos aumentaram na multidão do lado de fora do portão. Pessoas estavam tentando se esconder ou escalar a cerca no ponto mais danificado. Cássio viu os olhos vermelhos puxando as pessoas que desapareciam na escuridão, fazendo os gritos de pavor triplicarem, vítimas da própria armadilha que tinham montado.

Zoraíde chegou com o recado de Ikeda, anunciando que havia ao menos quarenta vampiros avistados só pelo soldado.

– Tá com pique ainda, Zoraíde?

A mulher ofegava, mas balançou a cabeça em sinal positivo.

– Não sou mais uma mocinha, mas essa carcaça aqui aguenta o tranco, sargento.

– Vai até a cela do Graziano. Deixa o bento trabalhar um pouco.

Cássio olhou para trás, esperando ver o estacionamento vazio. Ao contrário disso, cada vez mais voluntários se juntavam aos soldados, trazendo o que podiam, como porretes, facões e armas de fogo de porte civil. Todos ali queriam defender o seu lar.

CAPÍTULO 62

Tayla tinha encontrado seu grupo depois de deixar São Vítor, que mergulhava numa confusão sem fim depois que as pessoas começaram a se aglomerar em frente ao portão. Tinha a promessa de Pedro de que sua irmã receberia uma dose da vacina, mas tudo que ela viu foi total falta de informação e de possibilidade de conseguir uma cura que sequer tinha se concretizado. Ainda assim acreditava que sua irmã teria força para lutar se tomasse a dose, de que sua irmã seguiria todas as orientações e voltaria para a luz um dia.

Conforme tinha instruído seus soldados de maior confiança, sem o seu retorno durante o dia, eles tinham se movido em direção a São Vítor ao entardecer. Sabiam que pista usar para não se desencontrarem na Castelo Branco. Sempre iam pela pista da direita, sentido interior, e Tayla retornaria por aquela pista também, agora a bordo de outro carro, já que seu veículo ficou impedido de sair em razão do bloqueio dos portões. Precisou esperar o descuido de um homem que tinha deixado a chave no contato de um velho Corsa Hatch no fim da fila de peregrinos. Seu bando confirmou que a notícia da cura tinha se espalhado rápido e em todas direções e São Vítor não era mais um lugarzinho bucólico, escondido e desconhecido. Parecia que vinha gente de todo lugar do estado de São Paulo, e logo viria gente do Brasil todo para aquele arremedo de Instituto Butantã onde acreditavam haver um líquido mágico que curaria a todos.

Difícil acreditar que ela tinha sido uma das primeiras a escutar sobre o cilindro com a dose escondido na mochila de Pedro. Tudo começou em seu galpão à beira da Castelo Branco, à boca pequena, e depois os que estavam lá falaram uns para os outros, e em tempos de desespero e pura desgraça era isso que acontecia. Agarravam-se a uma esperança e a uma chance de salvação como aos escombros de botes salva-vidas.

Tayla contava para os que estavam próximos que tinha estado lá dentro e tinha ouvido da boca de Pedro que Elias, o médico que tinha inventado a cura, tinha falhado e não estava mais em São Vítor. A filha dele tinha enlouquecido de novo e atacado pessoas e o próprio pai. O médico havia se exilado, e essa era a parte que quase ninguém sabia. A cura era improvável e os testes tinham sido exíguos para se chegar a um veredito. Era uma quimera. Uma fantasia. Queria acalmar seu bando e não perder o controle da situação.

Ainda assim, os olhos sequiosos de Tayla brilharam quando viram o cilindro que protegia a ampola com a dose para Raquel. Pedro tinha mostrado para ela. Alguém mais tinha visto e não tardou para o alvoroço todo começar. Até mesmo as duas garotas que buscavam um propósito para estar vivas e pertencentes à luz diziam ter achado seu propósito finalmente, esparramar a "boa nova", pichando os muros da cidade com o endereço da cura. Tayla gostava muito delas, mas as achava meio malucas. Sua soldado Rose tinha dito que as duas estavam espalhando pichações pela cidade morta, indicando que a cura estava em Itatinga, no Hospital Geral de São Vítor. Como era possível tanta gente já saber e tanta gente ter tomado coragem de cruzar a estrada durante o dia com a incerteza de abrigo durante a noite?

Seu bando do galpão somava cerca de oitenta mulos agora. Ela sorriu. Que alcunha estranha os noturnos tinham escolhido para eles, os que os protegiam durante o sol, os que os carregavam para longe dos cercos e dos perigos quando suas tocas eram descobertas. Mulos. Burros de carga. Diferente daqueles retirantes, seu grupo era bélico e preparado. Tinham armas e munição e, se existisse mesmo um lugar dentro de São Vítor onde escondessem ampolas de vacina, poderiam entrar, em formação, e pegar o que quisessem. Aquele povo todo se amontoando em direção ao portão seria um Deus nos acuda e, para um grupo organizado como o dela, seria "mamão com açúcar" pilhar o que precisavam. Além dos soldados do dia, com miras noturnas, ainda tinham os vampiros ao seu lado. Caçadores natos para aquela hora. Fiéis aos seus "mulos".

A garota que um dia tinha sido uma personalidade da extinta internet por sempre conseguir dar um jeito em tudo, conseguir hackear todo tipo de enrascada, olhava para sua irmã mais velha ao seu lado, com o rosto pálido

À deriva

como o de todos os noturnos, com as veias escuras que deveriam causar medo, segurando no colo o pequeno bebê que tinham escolhido como família também. Tayla não conhecia nenhum hack para salvar Malu da escuridão além da prometida cura, de uma dose da vacina que Pedro dizia estar distante, nas tentativas do doutor Elias. O homem que tinha partido depois de sua filha enlouquecer novamente, sucumbir novamente ao desejo do sangue e colocar tudo a perder. Pedro tinha fé naquele homem. Dizia que ele só precisava de tempo para mais experimentos até chegar à versão da cura definitiva. Ela não o culpava por guardar a última dose existente. Com o mundo perdido daquele jeito, para quem você daria a última esperança de cura das sombras, a última chance de trazer para o sol quem você amava, deixando todos os demais flutuando em botes que não iam para lugar algum?

Ao mesmo tempo que Tayla sabia o que queria, também se sentia perdida. A ambiguidade a deixava ali, estacionada, como uma hiena assistindo a um banquete no qual seu bando talvez se refastelaria sobre as carcaças. Não existia cura. Não existiam outros cilindros com frascos de vacinas, mas existia ele. O menino de cabelo ralo e vermelho. Pedro. O menino que fazia seu coração amolecer e se acelerar. O menino que tinha Chiara ao seu lado, mas que poderia ser seu.

Tinha também parte de sua missão. Aquele que chamavam de bento Graziano. Uma ameaça aos vampiros. Se ele era uma ameaça para a existência de sua irmã e de outros vampiros, era um alvo para ela e seu bando. Nunca desistiria dos noturnos.

Hienas. Era nisso que pensava quando ouvia a voz dela.

— Tayla, Tayla, minha garota.

A moça virou-se, segurando o seu rifle recostado ao ombro. Raquel. Tayla sorriu com a ironia de estar pensando no filho daquela vampira poderosa naquele exato instante. Ela poderia ser sua sogra um dia.

Raquel parou ao lado de Tayla e olhou para os soldados do galpão em peso ali na beira da estrada. Era disso que precisava. Estavam a um quilômetro e meio dos muros de São Vítor. Ela falou balançando a cabeça em sinal positivo:

— Nunca me decepciono com você. Sabe que eles farão todo o serviço sozinhos, não é? Depois é só entrar e apanhar o que quiser.

Tayla suspirou fundo vendo as meninas ao lado de Raquel, segurando as mãos da vampira, como acolhidas, como filhas.

382

– O que eu quero não existe mais – balbuciou Tayla.

– O que está fazendo aqui então?

– Queria uma dose da vacina para minha irmã. Seu filho disse que ela pode funcionar. Que a primeira vampira, a Marta, talvez não tenha reagido bem, talvez em outra vampira funcione.

– Meu filho recusou ficar ao nosso lado, Tayla.

Tayla olhou para as garotas, Luna e Yolanda.

– Nosso lado ou seu lado?

– São meus filhos. Deveriam vir comigo. Entrarei para buscar Breno. Pedro já é grande e é dono das escolhas que faz.

Tayla podia sentir o rancor na voz da vampira vibrar no ar. Aquelas duas crianças em suas mãos eram apenas substitutas do que ela queria de verdade. As meninas que ela tinha deixado para trás no rancho para partir no encalço de seus filhos legítimos.

– E se Pedro não deixar você trazer Breno?

– Pedro fez sua escolha. Ela prefere ser meu inimigo em vez de seguir comigo.

Tayla balançou a cabeça em sinal positivo.

– Você vai ter que passar por Graziano. Como pensa em fazer isso?

– Seu exército está bem armado, Tayla. Como disse, não precisamos fazer muito. As pessoas estão se amontoando cada vez mais ao redor daquele muro. Os soldados de São Vítor ficarão tão ocupados que poderemos andar, como num passeio, pelas ruas e prédios de São Vítor. Só preciso de vocês para me dar cobertura. E se Pedro resistir, bem... ele fez sua escolha. Breno virá comigo de um jeito ou de outro. Ele também é meu filho e eu mereço ficar com ele como Luna está comigo.

– Me propus a proteger os vampiros, Raquel, mas não quero entrar em missões suicidas. Esse é um caso de sua família, não da minha.

Raquel virou-se para Tayla. A figura da vampira era imperiosa, soberba. Deixava qualquer um que encarava seus olhos rúbios e seus cabelos encaracolados, revoltos e vermelhos, intimidados. Ela era a rainha dos vampiros e mirava Tayla de uma forma altiva.

Tayla, de forma automática, baixou o rifle, empunhando-o e fazendo Raquel sorrir.

– É sempre uma questão de família, menina. Por que estamos aqui?

Tayla deu de ombros enquanto Raquel continuou:

À deriva

– Eu quero salvar meus filhos. Você quer salvar sua irmã.

Raquel abaixou-se, retirou um objeto de sua bota e arremessou-o para Tayla, que o apanhou no ar, tornando a falar:

– Me dê cobertura com seu time que esta dose da vacina é sua. Para sua irmã. Se você e Pedro estiverem certos, ela tem uma chance. Faça o que quiser com essa vacina.

Tayla olhou para o frasco. Era genuíno. Era o mesmo que tinha visto na mão de Pedro no galpão.

– A cura.

– Sim. Dizem que é a cura. Me dê cobertura e esta dose é sua. Todas aquelas pessoas se amontoando nos portões, se espremendo contra o muro, querem isso que está na sua mão. A única dose que existe para tornar um noturno humano novamente. Me proteja, me tire daqui com Breno que este frasco é seu.

Tayla fechou a mão sobre o cilindro. Olhou para as meninas Luna e Yolanda e depois para seus veículos parados à beira da rodovia. Seus soldados estavam de prontidão e fariam o que ela comandasse. Sua irmã estava sentada em uma gaiola a poucos metros de onde estavam. Também com o rosto pálido estampado, fazendo o bebê ninar. Com a cura ela poderia ser uma mãe de verdade. Com a cura estariam juntas durante o dia e tudo seria mais fácil.

– Tá bom. Eu topo. Com uma condição.

Raquel baixou a cabeça e chutou o cascalho.

– Não farei nada a Pedro, menina. Não agora. Ele escolheu ser meu inimigo, mas esta noite só quero trazer Breno para casa.

– E como vai ser?

Raquel olhou para a rodovia, mais carros passavam buzinando e se juntando à turba enlouquecida que já assediava os portões.

– Vamos esperar e atacar perto da alvorada. Eles estarão exaustos e sem munição. Nós seremos rápidos e diligentes. Se o bento assassino de vampiros é toda a esperança desse povo, São Vítor vai amanhecer desesperado. Daremos bastante trabalho para todos eles.

– Você é muito louca, Raquel.

– Essa noite você verá como levo a sério tirar do meu caminho quem não me serve.

CAPÍTULO 63

A viagem tinha menos de meia hora e os passageiros curados por Elias pareciam ter abraçado a sorte e seguiam sem mais queixas por conta das algemas. A escuridão assustava um pouco o soldado Rogério Castro, mesmo munido de seu pequeno arsenal que levou ao HC para conseguir arrastar cobaias para o médico. Do volante, notava que um dos faróis altos tinha queimado e que o carro rasgava o negrume de piche como um monstro caolho, ciclope, avançando pela Marginal Pinheiros. Em poucos instantes subiriam a ponte do Cebolão e os pneus do carro começariam a devorar a Castelo Branco rumo a São Vítor. Chegariam no meio da madrugada. Olhou rápido para o lado. Nunca tinha visto aquilo. Elias de mãos juntas, como quem faz uma prece. Já tinha escutado dele que era avesso a religião. Algo com seu passado, sua esposa e filhas. Mas era como sua velha avó sempre falava: "É na hora do aperto que se descobre o verdadeiro amigo".

Por hábito do grupo de infantaria, Castro leu os diversos mostradores do painel e um deles lhe preocupou. Cutucou o visor de combustível. Tinha certeza de que tinha saído com o tanque cheio e agora via o ponteiro marcar meio tanque. Bateu a mão no volante, consternado.

– O que foi, Rogério?

O soldado ficou calado, aborrecido. O ponteiro continuava descendo. Já tinha visto aquilo. Problema na boia ou vazamento.

A marginal estava escura e deserta e ele nem se deu ao trabalho de tomar o acostamento. Freou lentamente e parou o veículo, desligando o motor e cortando toda a eletricidade, mergulhando na escuridão completa. Não se via nem o rio nem os prédios do outro lado da pista.

O médico insistiu:

– O que aconteceu?

– Tem algo errado com o mostrador de combustível. Pode ser a boia, pode ser a bomba. – Castro virou-se para trás. – Algum de vocês dois é mecânico ou manja disso?

Os dois acenaram em negativo.

– Eu era analista de risco. Não entendo de um parafuso.

– E você? – quis saber Castro.

– Padeiro. Eu era padeiro gourmet.

Castro esfregou o rosto. Não queria voltar para o hospital. Tinha dois galões com combustível amarrados no bagageiro para garantir a viagem. Queria ver Nádia e o bebê. Algo dizia que precisava voltar e que aquela viagem não era só um caminho de retorno para casa. Tinha visto o muro pichado no encontro da Rebouças com a Faria Lima. Algum maluco tinha escrito com letras garrafais que a cura para o vampirismo estava em São Vítor. Aquilo tinha apressado as coisas, e os doidos nem sabiam que se havia cura mesmo ela estava a poucos quarteirões para cima, com Elias, o novo protocolo Júlia, as câmeras hiperbáricas e as doses extras de remédio. Voltariam com reforços e caminhões e transportariam aquelas câmaras para São Vítor. Só assim poderiam tratar as pessoas lá, longe do perigo que era a grande armadilha da cidade de São Paulo.

Rogério desceu do carro e varreu o entorno com a lanterna. Viu um reflexo metálico distante. Persistiu com o facho de luz o local onde tinha avistado o brilho, mas ele desapareceu. Talvez algo em sua mente. Ergueu a tampa do capô. O cheiro de gasolina subiu forte, mas vasculhando com a luz não viu nada. Deitou-se no asfalto e iluminou a parte de baixo do veículo. O escasso combustível pingava no chão. Levantou-se relhando e xingando, e caminhou com a lanterna para a traseira do carro, investigando o asfalto. Manchas mais escuras revelavam um traço de vazamento. Voltou até o banco de motorista e não conseguiu segurar sua frustração ao bater contra o volante e xingar repetidas vezes.

– Quebrou? – insistiu Elias.

– Se a gente está parado aqui no meio da marginal, quebrou, doutor! Quebrou!

– Melhor você soltar a gente. Se os outros vierem atrás de nós, eu não quero morrer aqui, sem lutar – reclamou o padeiro.

– Vamos voltar, Castro. A gente espera amanhecer e vai para São Vítor.

– Eu não vou voltar e não vou soltar ninguém! Espera um minuto! Já estive em campanha com carro quebrado umas cem vezes! Só me dá um tempo para pensar.

Todos ficaram calados. Castro olhou para o médico com as mãos juntas novamente sobre o painel do veículo e desculpou-se:

– Foi mal aí, doutor. Só estou nervoso. Quero voltar para a minha família. Fiquei tempo demais fora e eles não têm notícia de mim.

– Mas uma noite a mais só... o mundo não tá acabando hoje.

O soldado olhou para o médico e respondeu com uma voz sombria:

– Não sei se você esqueceu, mas o mundo já acabou, doutor. O mundo já acabou. E graças a essas pichações na cidade, esses avisos, deve ter um monte de gente indo para São Vítor achando que a cura está lá.

Rogério girou a chave no contato, ligando a parte elétrica do motor, ouvindo o som da bomba funcionando. Não era a bomba, então. O combustível estava sendo injetado e do motor vinha o cheiro de gasolina. O soldado desceu com a lanterna mais uma vez e deitou-se, a pistola no coldre raspou contra o asfalto e ele sacou logo a merda responsável pela perda do combustível. Uma mangueira furada.

– Ei! – gritou uma voz rouca.

O susto resultou em algo patético. Rogério bateu a cabeça na longarina do Palio e raspou o rosto na borracha do pneu. Virou-se esbaforido, tateando o chão, tentando recuperar a lanterna que tinha rolado para baixo do carro.

O homenzarrão no meio da Marginal Pinheiros caminhando em sua direção ergueu os braços. Uma mão segurava um longo e preocupante bastão de madeira. Ele disse:

– Só berrei antes para não te assustar, mas parece que não deu muito certo.

Rogério levou a mão à pistola e mirou no sujeito.

– Parado aí, cara. Ninguém aqui quer confusão.

Um par de faróis pareceu cegar o estranho. Rogério aproveitou para alcançar a lanterna e se levantar com a cabeça latejando, o rosto e o cotovelo arranhados. Ouviram buzinas. Os veículos não diminuíram a velocidade e nem estavam pedindo licença para passar. Castro contou cinco.

O estranho, alto, com camiseta regata branca, encardida e surrada, continuava com as mãos para cima segurando o pedaço de pau. Tinha um

À deriva

jeito maduro, casca grossa, mas era ainda bem jovem, um rapaz, mais novo que o próprio Rogério. A vida parecia ter cobrado o preço dele.

– Foi assim a tarde toda, mano. Depois que picharam os avisos de que tinha uma cura em São Vítor... tsc... nem sei que lugar é esse, mas tão indo como siriri atrás da luz.

Rogério baixou a pistola e ficou com a lanterna sobre o rosto do rapaz.

– Minha mãe chamava de "aleluia" – balbuciou Castro.

– O quê?

– Siriri, ela chamava de aleluia. No calor a gente brincava com as aleluias.

– Olha, moço. Sei que você não me conhece, mas eu tô querendo ir para esse lugar aí também. São Vítor. Você tem um carro quebrado e acontece que eu sou mecânico.

– É só uma mangueira furada. A gente resolve.

– Qual mangueira? Tem muita mangueira que sai do motor, que entra no motor, que sai da bomba, que passa pelo radiador...

– Da bomba de gasolina.

– Pode baixar essa lanterna?

– Chuta essa vara pra cá.

– É com ela que eu me defendo dos noturnos.

– E o que tá fazendo aqui na beira da estrada uma hora dessas?

– Siriri, aleluia... quero ir embora e, por sorte ou azar, eu sou mecânico. Arrumo a mangueira. Não é só passar uma fita na mangueira da bomba que está tudo bem. Em troca você me dá uma carona – barganhou o estranho.

– Nosso carro tá cheio.

O gigante careca balançou a cabeça, concordando com Rogério Castro.

– Eu também não ia confiar em muita gente. Só toma cuidado para aqueles malucos do CRRF não pegarem vocês.

– Eu tô falando sério, amigo. Estamos em quatro.

– E com uma mangueira quebrada. Antes vale um aperto do que ficar a madrugada toda aqui. Se esperar até amanhã, olha... é tanto carro que eu vi passando aqui hoje que pode não ter cura para mais ninguém lá amanhã. E se essa gente doida não achar o que foi buscar naquele hospital, pode até não ter hospital nenhum amanhã. Eu conheço gente desesperada. Gente desesperada só faz merda.

Elias desceu do carro de novo e ficou olhando para o homem alto e musculoso perto de Rogério Castro. Ele era intimidador, com cicatrizes nos ombros e cabelo raspado. Tinha olhos de caçador, mas estava falando com calma e sensatez.

– Castro – interveio o médico. – Você mesmo queria zarpar hoje de noite. Chame isso de pressentimento, de chamado, chame do que quiser... Mas quais são as chances do nosso carro quebrar bem na frente de um mecânico? E esses carros indo para São Vítor? Só eu consigo produzir a vacina com velocidade. Esse povo pode destruir São Vítor se enlouquecerem.

– Não fala nada, doutor.

– Não tô falando por mim. Tô falando por você.

Outras buzinas e mais três veículos passaram rente ao Palio danificado na estrada.

– Tá todo mundo indo para lá, Castro – acrescentou o homem com o bastão.

– Castro, eu não tenho mais nada. Não tenho mais a minha Júlia. Eu não tenho mais motivo algum para voltar para São Vitor, mas você tem Nádia e tem o bebê Fernando. Aceita a ajuda dele e vamos embora daqui. Talvez assim, nesse cenário e com as provas, deixem eu ajudar de novo.

Rogério virou-se para o médico e gritou:

– Fecha a boca, caralho!

O homem ameaçador levantou ainda mais o bastão e ficou imóvel como uma estátua.

Castro olhou para ele mais uma vez.

– Você joga bola, grandão?

– Vixe!

– Que posição?

– Goleiro. Não deixo passar uma.

Rogério ficou balançando a cabeça um instante.

– Goleiro e mecânico. São Vítor precisa das duas coisas.

– Boa, garoto. Boa – resmungou o médico, voltando a sentar-se no banco da frente.

– O cajado. Isso fica comigo.

– Sem problema, irmão. Sem problema. Vamos arrumar essa mangueira e sumir daqui. Tem alguma caixa de ferramentas no carro?

Rogério baixou a pistola e a prendeu no coldre.

À deriva

– Tem pouca coisa.

Rogério estendeu a mão, apanhou o bastão do novato e foram até o porta-malas. A lanterna indicou uma pequena caixa de metal vermelha. O soldado ergueu o queixo e disse:

– É isso aí, goleiro. Vamos rezar para ter o que você precisa.

O careca abriu a caixa e olhou as chaves Phillips. Tinha um alicate de bico, algumas abraçadeiras, um rolo de fita veda-rosca, outro de fita isolante e uma silver tape. Apanhou a fita isolante e a silver tape.

– Você vai precisar me ajudar a iluminar a mangueira. Preciso ver o furo, soldado.

O grandalhão caminhou até a lateral do carro e abaixou-se perto do pneu. Rogério ficou parado, bolado.

– Como sabe que eu sou soldado?

– O jeito que você segura a arma. No que seus olhos estão prestando atenção. Você não é mané.

– Mas...

– Já puxei pena, mano. Fiquei preso até esse inferno começar.

– O que foi...

– Se a gente começar a levar esse papo, na boa, você não vai deixar eu entrar nesse carro, vai me discriminar, mas relaxa. Só peguei gente ruim. Gente da pesada.

Dava para ouvir a respiração de Rogério Castro a distância. Um ex--condenado, assassino, embaixo do carro. Ele olhou para o doutor Elias, que tinha deixado a luz do teto acesa e lia uma brochura. Os passageiros de trás estavam inquietos, mas nenhum tinha falado nada até agora. Só ergueu a cabeça quando a luz ofuscante de um imenso ônibus de turismo passou por eles com uma faixa branca e tinta vermelha com os dizeres "São Vítor" na lateral. Eram dois daqueles, bem coladinhos, e mais cinco veículos de passeio formando o terceiro comboio que viam. Se ainda tivesse um rádio funcionando, avisaria o tenente Almeida para colocar todo mundo em alerta máximo. Aquela noite não seria fácil para São Vítor.

O justiceiro debaixo do carro reclamou:

– Um pouco de luz iria bem aqui, Castro.

Castro ajoelhou-se ao lado do homem e jogou a luz.

– Vai mais para o lado que eu ajudo você.

– Não. É apertado aqui, muita gente atrapalha.

– Você disse que não podia arrumar com fita.

– Disse. Eu precisava ter uma chance, é ou não é?

– É.

– Fica suave, Castro. A isolante agarra bem nessa borracha e a *silver tape* garante que o adesivo da primeira não vai derreter com a gasolina. A bomba injeta isso com força. As duas juntas vão funcionar, mas chegando lá tem que trocar a mangueira. – O rapaz meteu o dente na fita prateada e soltou o rolo. – Feito. Vamos pôr mais combustível no tanque e picar a mula. Talvez o Hospital Geral de São Vítor esteja inteiro quando a gente chegar lá.

– Ele precisa estar, carinha. Realmente precisa.

O homem rastejou para o asfalto da marginal e Rogério estendeu a mão livre para ele. Quando o fortão ficou de pé, Rogério precisou olhar para cima. Por alguma razão inexplicável não tinha medo dele. Algo emanava daquele homem que tinha acabado de salvá-los do naufrágio. Rogério estendeu a mão.

– Meu nome é Rogério. Você já sabe. E o seu?

– Prazer. Marcos, mas todo mundo me chama de Marcão. Tô aqui para lutar com vocês.

Depois de ter o carro abastecido, Rogério se acomodou fácil no banco do motorista enquanto Marcos se espremeu no banco de trás.

Os passageiros trocaram olhares enquanto Rogério dava partida.

– Se não tivermos mais problemas, são duas horas de estrada – preveniu.

– Tá suave – replicou Marcos. – Pelo menos esses dois aqui tomaram banho. Estão com um cheiro diferente. Se tiverem desodorante, eu aceito emprestado.

Elias bateu a mão no joelho de Castro e apontou para o acesso à marginal adiante.

– Vamos embora, filho. Depois que você estiver com sua família a gente descansa e conversa.

– O senhor está bastante otimista depois de a gente ver essa caravana pegando sentido Castelo Branco.

– Temos que ter fé em alguns momentos, filho. Algo está nos chamando para lá e chamando agora.

– Amém – balbuciou o rapaz fortão que se uniu ao bando.

CAPÍTULO 64

Doutor Otávio e Alexandre tinham procurado o adormecido em toda a enfermaria e salas adjacentes, passando pelo centro cirúrgico e a ala de exames de imagem. Nada. Ele tinha evaporado. Os dois respiravam fundo.

– Vamos dar o fora daqui, doutor. Esse lugar escuro está me dando calafrios.

– Só temo por ele não ser um adormecido, ele estava bastante debilitado.

Os espocos de tiroteios do lado de fora faziam os dois tremerem a cada disparo. Era o recado que não queriam ver. Estavam invadindo São Vítor e havia um deles muito provavelmente zanzando pelo lado de dentro da fortificação.

– Se ele for um noturno, doutor, todo mundo está em perigo. Nós dois estamos em perigo.

Médico e enfermeiro pararam. Entraram em uma nova sala e ficaram em silêncio, mais uma vez imóveis. Novamente um silêncio assolador invade seus tímpanos. Podiam sentir os próprios corações acelerados no peito e ouvir a batida no ouvido. Estavam mergulhados em adrenalina e medo. Era hora de zarpar dali e chamar os soldados.

Alexandre puxou a mão de Otávio e apontou para um espectro de luz vermelho no chão, marcando a sombra dos dois. Otávio virou lentamente, soltando um grito quando viu a criatura de olhos rubros saltar do teto da ala e cair sobre o corpo de Alexandre, que também passou a gritar desesperado.

Otávio deu dois chutes nas costelas da criatura, do adormecido que tinha despertado aquela tarde, e não conseguiu movê-lo um centímetro.

Alexandre tinha começado a chorar e bufar, sacolejando o corpo debaixo do vampiro.

O médico, horrorizado, começou a correr, tentando lembrar para que lado ficava a saída do complexo, com o seu mapa interno despedaçado pelo desespero. Precisava de Almeida e de seus soldados para salvar Alexandre.

Quando avistou a porta de saída, dobrou a velocidade da corrida porque jurava que ouvia gemidos e passos logo atrás de seus calcanhares, a fera não queria que ele saísse, queria apanhá-lo também. Forçou suas passadas, empurrou a porta com o ombro e rolou para fora do prédio, caindo num dos pátios cinzentos do Hospital Geral de São Vítor. As pessoas gritaram com o susto da invasão ao pátio e então gritaram mais ainda quando um vampiro surgiu pela porta, trajando uma camisola de paciente da enfermaria, com a boca aberta e dentes e queixo sujos de sangue quente, que pingava no chão. O monstro noturno vociferou mais uma vez, bradando com raiva, os olhos vermelhos indo de um lado a outro, buscando a próxima presa. Otávio rastejava, tentando se levantar. Os mais próximos corriam em sua direção para tirá-lo do piso. Quando o vampiro rosnou mais uma vez e contraiu os músculos no intento de saltar como uma mola, toda sua ação e vontade foram decepadas por uma espada que separou sua cabeça de seu corpo. A cabeça rolou pelo chão de concreto brilhante e o corpo tombou sem vida em sequência. A imagem de bento Graziano, dentro de seu uniforme de Policial Militar Cavalariano, segurando a espada no alto com um fio de sangue em sua lateral, ficou gravada na mente de muitos dos habitantes de São Vítor que ainda estavam no pátio. Outros dos presentes gritaram mais uma vez.

Graziano ergueu o rosto, inspirando fundo.

– Sumam daqui! Procurem abrigo! Eu cuido dos outros vampiros!

Guiado por aquele cheiro forte e incômodo, o bento correu em direção ao muro, parando nos carros estacionados antes do portão, dentro da fortificação. Contornou um Chevette e decapitou mais dois dos invasores noturnos que ali espreitavam. Os disparos de armas de fogo no muro não tiravam sua fidelidade ao odor adocicado. Os soldados sabiam como se proteger, ele sabia como caçar vampiros. Seguiu o próximo trilho fedorento, que o levava até o pátio do refeitório. Logo estava nas escadarias que iam para os dormitórios. Mais de um deles tinha subido, buscando as presas mais fáceis, desarmadas e amontoadas com medo.

CAPÍTULO 65

Raquel e Tayla estavam à margem do terreno desbastado no entorno de São Vítor para evitar serem avistadas pelos soldados. Dentro de São Vítor o caos já estava instaurado, armas de fogo disparavam a todo instante e o portão tinha sido destruído por outro carro que se arremessara como um aríete contra a entrada.

Próximos à entrada de São Vítor mais carros chegavam a todo instante, parando nos arredores, com seus ocupantes com medo de atravessar o portão da cidadela, que já tinha três colunas de fumaça superando os muros e subindo, cinzelando o céu com desenhos de morte.

– Prepare seu grupo, Tayla. Está chegando a hora de entrar.

Tayla sinalizou para seus soldados e logo seus veículos se alinharam no acostamento, formando uma fila. Iriam rápido e com tudo para São Vítor. O portão estava atulhado pelos destroços de três veículos que tinham tentado varar o portão e não conseguiram, mas haviam feito estrago o suficiente para humanos e vampiros passarem pelas frestas e entrarem em confronto com os moradores da fortificação.

Raquel percebeu a garota vacilando e complementou:

– Hora de usar seus explosivos, querida. Você era a mestra dos hacks no Youtube, aqui é pra valer.

– Eu sei. Eu sei – repetia a menina nervosamente. – Só estou pensando onde seria melhor.

– Perto do muro. Para todos verem e seus veículos terem o asfalto para se esparramar lá dentro. Entrem e façam o inferno durar mais vinte minutos e podem sair. Eu já terei completado minha missão. E você sair é importante para que traga sua irmã viva com você.

– Qual é sua missão, Raquel?

Mesmo sem precisar de oxigênio para viver, apenas para fazer suas cordas vocais vibrarem, Raquel inflou o peito, não aguentando a soberba do momento, a delícia de estar ali para esmigalhar aquela cidadela e fazer de seu nome algo mais mítico ainda.

– Vou acabar com esse soldado Graziano que extermina vampiros. E também vou acabar com todos os adormecidos que eles mantêm além dos muros. Se não podem ser minha comida, não serão de ninguém. Ninguém tem o direito de me desafiar e sair ileso dessa afronta.

– Vinte minutos então?

– Vinte minutos.

– Sem matar o Pedro!

Raquel encarou Tayla com seus olhos brasis e ficou em silêncio enquanto a garota deixava a mata e se perfilava ao seu diminuto exército junto ao acostamento. Enquanto isso, mais veículos anônimos iam passando pela estrada, levantando poeira.

Raquel ergueu os olhos para o céu, sabendo que ainda estava dentro de seu encanto. As luzes das estrelas, a Via Láctea incandescente, nunca seriam assim para os mortais. Aquele tesouro pertencia aos vampiros. Um céu que queimava e jogava tanta luz sobre a terra que até mesmo as almas teriam sombra.

Raquel olhou para o lado direito do areião, para a quina do muro distante, e, conforme entendia o que estava para acontecer, abria mais e mais o seu sorriso, deixando seus dentes pontiagudos surgindo em seu lábio inferior.

Detestava surpresas. Abominava. Raquel era metódica e desenhava suas conquistas, antevendo cada passo que a favorecia ou desfavorecia em cada contenda, em cada embate que se desenhava em rumo de colisão com seu destino. Muitos eram inevitáveis, então era preciso tirar do terreno e do oponente a melhor vantagem, estudada, ensaiada, prevista. Quando surgiam intromissões, o relógio ou passava mais depressa ou se atrasava, e o jogo jamais seria o mesmo. Para onde iria então o pêndulo do relógio? Vendo aquele caminhão Scania poderosíssimo sacolejar pelo areião, buscando um terreno onde não havia outros carros, intuía que o pêndulo

À deriva

se demorava mais para o lado dos vampiros. Um favor. Uma sorte. Uma intromissão benéfica. Ele ia rápido, lançando duas colunas de fumaça negra da queima do diesel para o alto, invisíveis para os humanos sem os olhos cheios de luz das criaturas. E por falar em olhos, em seu duplo compartimento de cargas, entre as frestas da madeira, via os pares de olhos vermelhos de sua gente.

– Vai, caminhãozinho! Vai! – torceu a vampira, abaixada atrás da mata, enquanto o grupo de Tayla saía, parecendo que chegariam aos limites do muro em sincronia com aquela peça.

O motor Scania começou a roncar alto e a sacolejar no terreno desnivelado e difícil. A carroceira saltava tanto que perecia que ia tombar. Blam! Blam! Blam! Petardos vindos do muro, faíscas contra o chassi. O som de estilhaços do para-brisas voando depois de três disparos acertarem o vidro, mas o ronco do motor só aumentou. Gritos em cima do muro, soldados correndo. Então um humano pulou da boleia do caminhão e a grande máquina movida a diesel destruiu o muro enquanto o seu chassi retorcido e parte da carroceria, ainda em movimento pela força inercial, se sobrepunha, encavalando em cima da cabine retorcida e do motor fumegante, formando uma ponte de assalto. Uma imagem medieval veio a sua mente. Um cerco sendo rompido por uma traquitana. Soldados inimigos tomando o feudo.

– Perfeito! – berrou Raquel.

A próxima visão foi de um número incontável de vampiros subindo pela carroceria, correndo para o muro de São Vítor, saltando para o passadiço e esparramando o inferno na muralha e na cidade. Blam! Blam! Blam! Um coral de armas em um canto melancólico e derradeiro. Teriam que recuar e defender os sobreviventes. Raquel não sabia dizer quantos eram os invasores, mas eram muito mais do que o time de Tayla. Centenas. Como e quem? Não interessava. Estava acontecendo. Por poucos instantes nem precisaria ter selado pacto algum com a garota petulante, mas aquela adição inesperada tinha sido ótima. O motorista pagava o preço por sua ousadia. Três noturnos se atracavam a seu corpo, lutando palmo a palmo, mililitro a mililitro por seu sangue quente e imperdível. Raquel olhou para a mata ao fim do areião. Ouviu motores de moto sendo ligados e soldados organizados debandando. Seu recado já tinha sido entregue. Não ficariam para o show final.

Raquel grunhiu. Levantou-se com dois galões de gasolina de vinte litros cada, um em cada mão, como se não pesassem nada, e começou a caminhar rumo aos muros de São Vítor. Aquela seria a última noite daquela maldita fortaleza, daquele sargento presunçoso que tinha tomado seus filhos e daquele que chamavam de bento Graziano. Ela já o tinha derrotado uma vez e agora seria para valer. Sua cabeça amanheceria espetada em um cabo de lança ou enxada, o que aparecesse primeiro, na praça central daquela vila, para que todos soubessem que deveriam temer quando Raquel batesse em seus portões. Para que seus desejos fossem atendidos prontamente e que jamais dessem guarida para seus filhos novamente.

A cada passo que dava sobre o areião, via com mais clareza os muros. Nenhum soldado virado para fora. Lutavam contra a invasão de pessoas e vampiros. Lutavam por suas vidas, para que algum coração restasse bombeando e que os escombros que os vampiros deixariam para trás pudessem ser reerguidos.

Pedro a tinha negado. E antes que o galo da alvorada cantasse três vezes, estaria com Breno em suas mãos e faria dele um igual. Compartilhariam as sombras, juntos, como família. Raquel ouviu uma explosão que fez seus olhos se cerrarem frente à luminosidade da labareda que subiu além do muro. Muita claridade. Morte. Cheiro de carne queimada. Urros das centenas de feras que certamente se espalhavam pelo complexo. Gritos. O bem-vindo cheiro do medo, o cheiro que fazia seu estômago morto reviver e grunhir de fome. O sangue banhado pelos hormônios do medo era mais saboroso.

Almeida tinha bradado a todo soldado e habitante que fosse para o refeitório, era o ambiente mais amplo daquela instalação, com portas duplas na frente e uma porta simples nos fundos. Tentariam manter a segurança de todos ali.

Uma operação foi montada rapidamente por Cássio e Almeida para resgatar as crianças do alojamento onde estavam Mallory e Chiara, sob a guarda de dois soldados. Só que depois que o muro foi vencido e humanos misturados a noturnos invadiram São Vítor, o clima ficou volátil e tudo poderia se pôr a perder antes de o sol nascer, quando poderiam vasculhar

À deriva

com mais segurança atrás dos invasores noturnos. Aquela gente, vindo buscar uma cura, tinha montado a própria armadilha. Os gritos de terror entravam nos ouvidos dos habitantes, mas os soldados permaneciam estoicos, escutando apenas seus comandantes e mantendo suas posições durante toda a madrugada.

Assim que deixaram a frente do refeitório, Cássio apontou o estacionamento para Almeida. Graziano estava lá, atracado a quatro vampiros que tentavam avançar em direção ao refeitório. Ele, como sempre, parecia desligado de si, era uma máquina de golpear com o sabre, fazendo a lâmina zunir e espicaçar o que estivesse a sua frente. Acertava no ombro e depois na perna dos agressores, mas seu alvo favorito era sempre o pescoço, quando fazia as cabeças rolarem pelo asfalto do estacionamento.

As horas avançaram, com todos combatendo aguerridos. Não conseguiram voltar ao controle estratégico do muro, pois, com o portão fendido, um grande número de invasores conseguia atravessar, e cuidar das vidas dentro de São Vítor era crucial.

Os soldados bradavam pedindo mais cartuchos, mais munição. Francisco e Zoraíde tentavam manter a conexão com o arsenal, correndo perigosamente na noite escura. Mais três soldados guardavam a frente da sala de munição e armamento para que os artefatos perigosos não caíssem em mãos erradas. Ouviam gritos vindo de todos os lados e a situação passava do estressante, era insuportável.

Zoraíde, correndo de volta ao refeitório, tomou um golpe em seu ombro e rolou dolorosamente pelo chão, soltando uma lufada de ar pela garganta. O par de olhos vermelhos flutuava acima de sua cabeça. Aos poucos ela firmava a visão e entendia. Era um rapaz jovem, com a boca aberta e rosnando como uma fera. As mãos dele em seus ombros pareciam pesar uma tonelada, não conseguia se levantar e nem rolar o corpo para o lado. Sua voz estava engulhada e a cabeça doía pela queda. Ele abria mais a boca e Zoraíde viu os dentes pontiagudos da fera. Era seu fim. Tentou chamar Francisco e só um fio de seu apelo saiu pela garganta. O amigo corria sem notar que tinha perdido a parceira. Zoraíde puxou ar para o peito e tentou reorganizar sua mente, respirar e domar o pavor. Queria fugir, precisava fazer isso. Levou a mão ao coldre, onde havia uma pistola. Puxou a arma e conseguiu dobrar o braço, colocando-a no estômago do vampiro. Puxou o gatilho e a explosão foi imediata. O vampiro grunhiu, acusando a dor, mas a resposta foi mais peso nos ombros onde ele fincara as mãos e as garras, e depois ele bateu em sua mão, fazendo a pistola voar longe. Seu rosto se enfureceu. Zoraíde sabia que, desarmada, sua hora tinha chegado. O monstro desceu a boca no pescoço da soldada. Sua pele era fria e macilenta. Zoraíde apertou os olhos e então sentiu a pressão ser aliviada. Abriu os olhos e viu a criatura imobilizada, os olhos iluminados se apagaram e notou a ponta do sabre de Graziano aparecendo no peito da fera. O bento chutou o vampiro de cima dela e então saltou sobre a soldada, desferindo um golpe certeiro na garganta do rapaz, que levou as mãos ao sangue negro e espesso que saiu da ferida.

– Vai, Zoraíde! – comandou o bento. – Leve munição para os soldados. Cuide de nosso povo que eu cuido dos vampiros.

Então ouviram o estrondo contra o muro, do lado esquerdo. A frente de um caminhão derrubou a muralha e, para o horror de quem se defendia dentro de São Vítor, incontáveis olhos vermelhos, como uma onda líquida, se derramaram para dentro.

Cássio, à frente do refeitório, correu até o estacionamento, primeiro vendo Zoraíde mancando e vindo em sua direção e depois vendo Graziano estático, com o sabre em sua mão, pingando sangue. Entendeu o porquê, e a razão daquilo era inacreditável.

Cássio via a frente destruída de uma Scania que tinha atravessado o canto esquerdo do muro. Pelo rombo e de cima do caminhão passavam vampiros, muitos vampiros. Seu sangue se enregelou. Eram vampiros demais até mesmo para Graziano. Cássio tinha que pensar rápido. Os soldados estavam cansados e a munição estava sendo perigosamente consumida. Zoraíde passou por ele carregando munição, ainda andando com dificuldade. Ela tinha sido atacada. Sabia disso não pela palidez e pelos passos imprecisos da colega, mas pelo corpo decapitado a cinco metros dali.

– O cheiro, Cássio. O cheiro – rosnou Graziano.

Cássio andou até o bento e colocou a mão em seu ombro.

– São muitos, até mesmo para você. Vamos nos proteger dentro do refeitório. Vamos fazer uma barricada.

– Eu não tenho essa opção, amigo. Esse cheiro me domina e eu não vou parar até matar o último deles.

– Quantos são? Mais de cem. Venha se proteger.

À deriva

– Não. Vá para o refeitório. Proteja nosso povo. – Graziano gemeu como se uma dor imensa o atingisse e o bento caiu de joelhos. – Vá, Cássio! Vá!

– Não vamos deixar você lutar sozinho.

Cássio correu até o refeitório e deu um panorama do último ataque que o muro sofreu. Precisava de voluntários para defenderem bento Graziano. Assim, o comandante retornou ao estacionamento com mais seis soldados, dentre eles Ikeda, pau para toda obra, o velho Francisco, o soldado Rocha e o segurança Mauro. Todos carregaram suas armas e partiram atrás do sargento da cavalaria.

Assim que deixaram o pátio e chegaram ao estacionamento, vendo o número sem fim de pares de olhos vermelhos saltando através do muro pela fenda aberta pelo caminhão, parecendo uma represa rompida por onde uma onda mortal esguichava, param atônitos. Foi preciso a voz de comando de Cássio Porto para que saíssem daquele estado de inércia e voltassem ao combate.

– Ataquem os que chegarem perto de Graziano, deem cobertura para ele. Acreditem, ele vai pegar o maior número deles.

Cássio avançou vinte metros estacionamento adentro. Estavam em área aberta, mas vampiros não atiravam de volta; mesmo assim, a sensação de vulnerabilidade era imensa. Teriam que lidar com aquele sentimento se quisessem salvar Graziano aquela noite.

Graziano, por sua vez, evocava a figura de um ronin, caminhando com a espada atrás de vampiro após vampiro, liquidando-os com dois golpes. Decepava a cabeça do atacante ou arrancava-lhes um braço. Cada vampiro ferido era um vampiro a menos no combate. Ele parecia nem estar ali. Era tomado pelo cheiro doce e tenebroso que entrava pelas narinas e ativava aquela sua sanha mortal, aquele seu desejo de enfrentar cada noturno que cruzasse o seu caminho. Estava cada vez mais perto do caminhão e do muro destroçado e da onda de vampiros que continuava potente, pujante, como se esguichasse da rampa providenciada pelo veículo. Aos poucos ia sendo cercado, mesmo com os disparos vindo logo de trás.

– Vamos, aproximem-se. Uma bala na cabeça de cada vampiro! – gritou Cássio.

A onda de vampiros fez o inimaginável. Empurraram Graziano para trás. O bento, fora de suas faculdades normais, berrava, urrava e golpeava com a espada.

– Ele não vai conseguir, são muitos – gritou Almeida. – E tem mais vindo pelos portões.

Para piorar o cenário, parentes que continuavam chegando trazendo vampiros, buscando uma cura e vendo aquele cenário frenético, perdiam o controle sobre os seus entes e eram atacados por aqueles que tinham vindo até São Vítor.

* * *

Dentro do refeitório as pessoas se agarravam em grupos. Mallory, como sempre, estava com as crianças. Chiara estava agarrada a Breno e Pedro, todos olhando para a porta. Pedro transpirava e sua ferida pulsava, sentia pontadas e via fios e fios diferentes a todo instante, cobrindo todo o recinto do refeitório, partindo de pessoas e objetos. Ele colocou a mão sobre a cabeça e dobrou-se, gemendo de dor. Temia por sua sanidade.

Pedro apertou os olhos e respirou fundo e lentamente, mentalizando o riacho onde tinha visto a mãe. Escutando a água corrente e a cauda do cavalo batendo contra as ancas altas e marrons. Ouvia a voz da mãe.

– Mãe – murmurou, tão baixo que sua voz não venceu o barulho das armas de fogo do lado de fora.

Então o fio vermelho e sanguinolento surgiu em seu umbigo, indo direto e atravessando daquele modo fantasma as portas do refeitório. Pedro entendeu que sua mãe estava ali, no meio do ataque a São Vítor, como ela jurara. O rapaz cerrou os punhos. Estivesse ela fazendo o que fosse, era dever dele impedi-la.

Fez um sinal para Chiara e foram para os fundos do refeitório, guardado por apenas dois soldados. Ao serem perguntados o que queriam fazer do lado de fora, Pedro foi firme em dizer que tinham que correr ao arsenal e trazer mais munição. Os soldados incumbidos da missão não tinham voltado ainda.

O vigia da porta olhou para o machucado na cabeça de Pedro.

– Não é hora de pensar nisso, soldado. Só pediram para a gente ajudar.

Para auxiliar no engodo da dupla, os soldados à frente do refeitório começaram a fazer disparos pelas janelas estreitas e a gritar.

– Vai. Corre, gente. Não fiquem lá fora dando mole.

Pedro e Chiara deixaram o refeitório com os corações disparados.

À deriva

– E agora, Pedro?

O rapaz virou-se para Chiara e balançou a cabeça.

– Não sei, Chia. Só sei que tenho que fazer. Ela é minha mãe, ela tem que recuar.

* * *

Nesse instante, o que parecia impossível aconteceu mais uma vez. Outro revés para o grupo de soldados que defendiam não apenas São Vítor, mas também o couro do enlouquecido bento Graziano, que ia ficando cada vez mais e mais cercado por feras da noite que tinham identificado nele um inimigo atroz.

De cima do muro surgiram combatentes, só que não eram pró-São Vítor. Eram inimigos que soltaram rajadas de fogo, rifles e carabinas explodindo de cima do muro, fazendo os soldados buscarem abrigo e perderem Graziano de vista por um instante.

Graziano, por sua vez, golpeava com as mãos, chutava os que se aproximavam e rasgava sua frente com sabre, acertando o peito e a barriga de inúmeros vampiros que iam apertando o cerco. Só fazia o sabre zunir contra o inimigo mais próximo, não raciocinando, apenas agindo, com um desejo brutal de estraçalhar aquele bando o mais rápido que pudesse. E de fato, aos poucos, mãos voavam dos agressores, orelhas eram arrancadas, a lâmina se enterrava em seus olhos. O som de fundo parecia quando nossas cabeças estavam embaixo d´água. Nada tinha importância, apenas interromper os movimentos daqueles seres que já estavam mortos, mas que por algum motivo maldito caminhavam para tomar sangue e matar. Graziano saltou e bateu com o ombro numa garota que parou em sua frente, salivando, com a boca aberta. Ela voou longe, derrubando mais quatro e abrindo espaço para mais um giro com o sabre que se enterrou no pescoço de outro inimigo. Sentiu uma dor aguda nas costas. Uma mordida inesperada tinha chegado a sua pele.

* * *

– Abriguem-se! – gritou Cássio. – Mas não parem de dar cobertura a Graziano. Depois cuidamos dos inimigos no muro. Esses vampiros desgraçados não param de entrar.

André Vianco

Projéteis ricochetearam contra os veículos e estilhaçaram janelas. Até mesmo as paredes externas dos alojamentos a quarenta metros de onde estavam lançaram poeira ao serem atingidas. Faíscas luziram contra o asfalto e balas zuniam ao redor do bando de Cássio, que tentava montar um plano de proteção para Graziano e para a frente de São Vítor.

* * *

A última parte do plano de Raquel entrou em movimento. O caminhão com o mar de vampiros tinha sido um bem-vindo aditivo, inesperado. Não sabia o mandante daquela ação, mas Tayla estava cumprindo o prometido em troca da dose de vacina para sua irmã Malu. Seu grupo tinha escalado o muro e se espalhado pelos apoios mandando bala para dentro da fortificação.

Com o caos instalado, a vampira caminhou pelo portão da frente carregando seus galões de gasolina. Tinha um alvo fixo em mente, que só colocaria ainda mais lenha na fogueira. Passou entre os zunidos de disparos como se fosse um fantasma. Os olhos dos soldados dividiam-se entre o muro e bento Graziano, que começava a sentir os primeiros golpes dos vampiros que já se amontoavam às dezenas sobre ele. Uma luta que seria vencida sem que ela precisasse mexer um dedo. Continuou sua marcha serena, olhando para a entrada do silo onde guardavam os adormecidos. O lugar que tinha visto em sua última visita. A entrada estava desguarnecida por conta do ataque. Seus olhos vermelhos e brilhantes mantinham o caminho claro como o dia, permitindo que descesse as escadarias com facilidade. Chegou ao último piso, onde a galeria estava mais lotada de adormecidos. Andou até o meio e abriu o primeiro galão, esparramando a gasolina pelo chão, esperando o líquido perfumado ensopar o piso, percorrer por baixo das macas e molhar os colchonetes daqueles que estavam no chão. Continuou derramando e fez um caminho até o pé da escada. Torceu os lábios. Pouco combustível. Talvez a gasolina apenas queimasse, matasse umas dezenas de corpos e pronto. Todo esse trabalho para um recado curto.

Raquel voltou para o campo de guerra. Gritos de comando, armas cuspindo fogo. Ela manteve-se calma, observando o estacionamento. Andou até o outro lado. Um caminhão-pipa. Subiu no tanque e girou uma

À deriva

válvula até que abrisse. Sim. Gasolina. Muita gasolina. Gasolina de acordo com o recado que queria dar. Jogou o corpo para a cabine do caminhão e no para-sol encontrou a chave. Fez o motor roncar e então disparou através do estacionamento, e pela primeira vez os soldados dos dois lados pararam com os tiros vendo aquele caminhão voar, colidindo contra carros parados, atropelando noturnos e mirando o bento Graziano, que se safou com um rolamento, saindo no último segundo da frente dos para-choques do caminhão. Raquel retomou o curso original e lançou o gigante contra a lateral do silo. Ela saltou antes do impacto e viu a cabine perfurar a lateral da cúpula e fazer todo o caminhão balançar perigosamente para dentro do silo, faltando pouco para despencar pelos pisos. O líquido volátil gorgolejava pela válvula aberta e a vampira destravou as outras, que fizeram uma cachoeira de combustível começar a inundar o silo número um e a formar uma piscina alaranjada no entorno do veículo e da estrutura do prédio. Um imenso coquetel molotov estava sendo implantado no coração de São Vítor.

Com todos confusos, Raquel moveu-se rápido até o pátio de concreto queimado e arremessou o galão extra, deslizando pelo piso, até que se chocasse contra a porta do refeitório. Tirou sua pistola do coldre e no terceiro disparo fez com que o galão explodisse e o fogo começasse a devorar as portas do refeitório. As pessoas correriam dali, dando chance para que vampiros invadindo os muros as tomassem e que o terror se multiplicasse.

Com o pandemônio agigantado pela vampira e pelos soldados de Tayla, era hora de ela procurar o seu troféu. Seu troféu estava ocupado demais para prestar atenção nela. Seria rápida. Sua faca arrancaria a cabeça de bento Graziano e, como prometera, deixaria sua cabeça espetada em uma estaca e carregaria seu corpo para a floresta para que não tivesse nem mesmo um funeral.

Metade das pessoas aptas a lutar estava desesperada com o caminhão-pipa sangrando gasolina para dentro do silo ou tentando livrar Graziano do cerco de vampiros.

O silo um guardava todos os adormecidos que tinham trazido a duras penas de sangrentas e difíceis incursões na velha capital, e aquele caminhão ameaçava incinerar tudo e explodir numa bola de fogo.

A outra metade queria facilitar as coisas para o bento Graziano, que parecia um ímã para os noturnos que entravam em São Vítor.

André Vianco

* * *

Graziano tombou com um grandalhão que pulou sobre o seu peito. Não teve tempo. Estava minando suor e nem queria saber do cansaço, mas já estava ficando mais lento. O grandalhão desceu a cabeça com tudo, dando-lhe uma testada que o deixou tonto. Depois Graziano sentiu uma dolorosa fisgada no pescoço. O desgraçado estava drenando o seu sangue. O bento reuniu as forças que lhe restavam e rolou para o lado, colocando-se de pé enquanto o grandalhão ficava de joelhos e tentava cuspir o sangue de Graziano. No instante seguinte, o afoito e faminto vampiro começou a rolar no chão, ainda com a mão na garganta, vítima da própria armadilha. O sangue dos bentos eram veneno para os vampiros.

Graziano olhou para o chão. Tinha perdido seu sabre e estava cada vez mais lento. Arfava, puxando ar para o peito. O primeiro vampiro que investiu contra ele desarmado teve o pescoço torcido e ficou com o corpo estrebuchando no chão. O bento, cercado, soltou um berro de ódio e também de agonia. Não daria um passo para trás. Sabia que sua sina era destruir cada um deles enquanto o seu coração pulsasse.

Seus amigos gritavam para que recuasse e livrasse o caminho para descerem chumbo naquele grupo, que já ultrapassava sessenta vampiros apenas ao lado do bento.

Cássio olhou para trás e São Vítor tinha virado um inferno. Fogo no refeitório, gritos vindos de lá. Graziano perdendo as forças e sangrando pelo pescoço. O silo sendo inundado de gasolina e o muro fendido em várias frentes. Não sabia se veriam o amanhecer aquela madrugada, mas lutariam até o último suspiro.

Os soldados gritavam, perdendo a coesão. Cássio se impôs, reagrupando ao menos os que estavam no estacionamento, atrás de veículos, evitando as balas que vinham do muro. Além do cenário caótico, ainda tinham que lidar com um grupo de birutas dando cobertura para os vampiros. Tudo por uma cura que ainda nem existia. São Vítor não podia morrer assim.

* * *

Raquel abaixou-se e apanhou uma escopeta ao lado de um soldado morto. O tiro no meio dos olhos. O cheiro saboroso do sangue ainda

À deriva

quente. O banquete ficaria para depois de aumentar o inferno de São Vítor. Olhou para o silo. O caminhão ainda estava lá. A gasolina ainda vertia do tanque. Tayla e seus soldados atiravam aleatoriamente, mirando soldados, causando pânico e obrigando a maioria da resistência a ficar imóvel. A vampira ainda queria o seu prêmio maior. Bento Graziano. Olhou para o guerreiro. Ele estava cercado e em luta corporal com dezenas de vampiros. A fadiga logo chegaria. A escopeta colocaria fim ao martírio daquela pobre alma. Raquel seria lembrada como a vampira que derrubou o herói da fortificação, mais que isso, seria eternamente temida porque tinha trazido o inferno para aquele lugar, que poderia nunca mais voltar a abrigar vida ou adormecidos ou qualquer esperança de reconstrução.

Caminhou em direção ao silo e ao lago de gasolina. Ergueu a escopeta e calçou a coronha em seu ombro. Pousou o dedo no gatilho, e seu olho, que via tudo com a clareza do dia, com a luz emprestada das estrelas, escolhia onde acertar para que faíscas fossem produzidas e o vapor da gasolina inflamasse em uma bola infernal. O dedo ficou firme no gatilho e estava pronta para o disparo quando ouviu às suas costas:

– Mãe...

Ela não precisou baixar a arma e nem mesmo virar-se para reconhecer a voz do filho mais velho. Raquel fechou os olhos por um segundo.

Pedro continuou:

– Abaixe a arma, mãe. Não faça isso. Vivemos aqui.

Raquel tremeu pela primeira vez aquela noite. Relutante, retirou o dedo do gatilho e virou-se para o filho, com a arma apontada para o peito do garoto.

– Você não vai comigo. Você prefere essa gente, prefere ficar ao lado dela do que ficar com sua mãe. Você não é mais meu filho, é meu inimigo, Pedro.

– Mãe...

– Não me chame mais de mãe. Atravessei esse estado duas vezes. Duas vezes estive aqui e precisei lutar para ter você e Breno. Quando eu acabar com essa vila, quando eu derrubar Graziano, irei embora com Breno e nunca mais voltarei. Terei parte de minha família.

Raquel virou-se ligeiramente e disparou contra o caminhão, que se incinerou, libertando uma serpente amarela e laranja que percorreu todo o tanque e lambeu o chão, finalmente explodindo e fazendo uma onda de choque varrer o estacionamento.

André Vianco

* * *

Tayla, em cima do muro, berrou um cessar-fogo enquanto via uma bola de luz subir do silo e perder-se na noite escura.

– Puta que pariu. Ela tava falando sério quando disse que ia acabar com a porra toda.

– A gente continua atirando, Tayla? A munição está acabando.

– Espera um pouco. Vamos ver o que vai acontecer agora.

* * *

Cássio ficou pálido na hora. Graziano estava envolvido por um enxame de vampiros e o silo tivera sua cúpula incendiada. Impossível determinar os danos internos, e igualmente impossível largar as armas para acudir o incêndio naquele instante.

– Precisamos salvar Graziano! – bradou o sargento para os homens mais próximos. – Acertem os vampiros!

Graziano voou dois metros, tombando contra o asfalto, sendo encoberto por um sem-número de vampiros que rasgavam seu rosto e seus braços com as unhas afiadas. Não se atreviam a drenar-lhe o sangue. Um deles apanhou o sabre do soldado e andou até ele, erguendo a lâmina acima da cabeça e grunhindo como uma fera.

Raquel fez o segundo disparo, explodindo a cabeça do insubordinado, e gritou:

– Apenas segurem-no. Esse homem é meu!

Os vampiros rosnaram, ferais e cheios de ódio. Apanharam Graziano por braços e pernas, e o bento se sacudia incansavelmente como se também fosse um monstro, uma fera indômita, mas seu esforço não era mais páreo para o número imenso de inimigos que o dominava. Uma vampira de cabelo raspado e com o rosto rasgado de veias negras plantou o joelho no meio do peito de Graziano. Cada vez que o bento tentava respirar, seu peito afundava mais e seus pulmões iam colapsando. A vampira sorriu vendo o homem afrouxar os músculos cada vez mais. Ao seu lado, projéteis atingiam seus parceiros, e quando um caía, mais três surgiam para repor o lugar do abatido.

À deriva

– Mãe... – tornou Pedro. – Pare esse ataque. Isso é tudo o que temos para chamar de casa. Eu sonhava em ver tudo ser como era antes, mas nada mais será como antes.

A sombra de duas meninas surgiu logo atrás de Raquel.

– Mamãe Raquel – sussurrou Luna. – Vamos embora. Já causamos muitas mortes.

Raquel baixou a escopeta pela primeira vez. Seus olhos mágicos olhavam para as duas criaturas. Luna e Yolanda. Não eram suas filhas de verdade. Eram as coisas que apanhara pelo caminho tentando tapar aquele buraco dolorido que ainda formigava.

– Onde está Breno? – perguntou Raquel, sem virar-se para Pedro e Chiara.

– Está no refeitório. Em nosso esconderijo que você também incendiou.

A vampira ruiva olhou para as portas incineradas. As pessoas traziam baldes com água e jogavam nas madeiras. A tentativa de apagar o fogo fazia com que mais fumaça adentrasse o reduto.

Raquel ergueu a carabina mais uma vez e deu um passo adiante, tocando o cano na testa fria de Yolanda. A menina vampira não esboçou reflexo algum.

– Não posso ter meus filhos... – sussurrou Raquel.

Pedro andou até a frente da arma, tirando o cano da testa da menina e colando-o sobre sua própria testa.

– Você escolheu ser um deles, Raquel – disse Pedro, firmemente.

– Pedro... Pedro, sai daí – suplicou Chiara.

Pedro viu o fio escarlate se dissolver. Nada mais ligava ele a sua mãe.

Raquel ergueu a cabeça, de forma altiva. Seus cabelos ruivos balançavam com o vento. O queixo apontando para a frente, tão ameaçador quanto o cano da arma de fogo. Ela começou a tremer vendo a escopeta encostada na testa do filho, podia ouvir o coração dele batendo acelerado. Ela piscou algumas vezes. Estava alucinando. Parecia que um cordão envolvia os dois por um instante. Um cordão vermelho que foi se esparramando como as centelhas das labaredas que subiam do caminhão-pipa.

* * *

Tayla e sua milícia estavam distraídos quando o carro estacionou junto ao muro. Rogério Castro e Elias não acreditavam no que seus olhos estavam vendo. São Vítor estava em chamas. Um brilho alaranjado lumia do outro lado do muro. Rogério logo percebeu que o muro não estava íntegro e deu uma arma para Elias.

– Doutor, vem comigo. Vocês esperem aqui.

– Ei, eu posso ajudar. Sou bom de briga – disse o rapaz careca e grandalhão.

– Alguém tem que garantir que estes dois fiquem vivos, cara. Eles são a prova de que Elias conseguiu refinar a cura.

Marcos bufou, mas ficou dentro do carro enquanto o soldado e o médico corriam até o portão rompido.

– Doutor, fica atrás de mim. Só preciso que mire essa pistola e só toque no gatilho quando tiver alguém que não seja eu na mira. O resto deixa comigo.

Subiram pela escadaria e chegaram ao passadiço. Logo o soldado identificou um grupo de mercenários sob o muro e, em vez de estarem com suas armas apontadas para fora, protegendo São Vítor, miravam nos soldados de dentro da comunidade.

* * *

Dentro do Palio, Marcos começou a suar frio. Aquele cheiro. Ele reconheceria aquele cheiro em qualquer lugar. Puxou a gola de sua camiseta.

– Ei, cara... você tá legal? – perguntou uma das cobaias, com o braço ainda preso pelas algemas.

– Não tô bem, não. Estou sentindo o cheiro daqueles lazarentos.

A respiração de Marcos mudou de velocidade e num piscar de olhos ele estava do lado de fora do carro. Abriu o porta-malas, apanhou o seu bastão e logo corria pelo areião em direção à outra ponta do muro, onde a parte da frente de caminhão estava enfiada contra a defesa.

* * *

À deriva

Tayla ergueu novamente o seu fuzil. Estava tensa. Via Raquel com a escopeta no peito de Pedro. Ela estava a um fio de estragar todo o trato. Ela era mãe dele, porra! Não podia matar o carinha que ela achava um gatinho. A invasora não estava gostando daquele hiato. Todo aquele silêncio com soldados de São Vítor em posições distintas. Sentia a tensão crescer em seus homens também. O que estavam fazendo no fim das contas? E se São Vítor fosse mesmo a salvação de todos os noturnos? Ela tinha uma dose guardada e escondida. Uma dose que serviria a sua irmã. Mas e se tivesse errado com Raquel? Tayla não teria mais tempo para se arrepender. Quando cravava a coronha do fuzil em seu ombro e preparava a mira para começar a desnortear os que estavam do lado de dentro, para dar cobertura para Raquel parar com aquela bobagem e sair logo de lá, uma mão rápida e firme tomou sua arma num segundo e no outro ela estava o pescoço preso num braço e uma pistola em sua têmpora.

– Shhh! Shhh! Rapidinho! Todo mundo soltando as armas – comandou Rogério Castro.

– Ei, cara, você tá pegando o time errado. A gente veio pegar a vampira.

Castro, com rabo de olho, viu Raquel perto do silo com uma arma apontada para Pedro, e rapidamente viu uma montanha de vampiros que só crescia em um ponto. Impossível saber o que acontecia ali, mas não deixou que isso o desconcentrasse. As armas de fogo a poucos metros de seu corpo eram mais urgentes.

– Peça para seus homens baixarem as armas. Tenho nove soldados aqui. Mais quinze no pé do muro e todo o povo de São Vítor vindo pra cá. Não seja burra – sussurrou Castro.

Tayla ergueu as mãos e fez um gesto para que baixassem as armas.

– Deixa quieto, galera. Essa vampira louca vai matar todo mundo. Eu me entrego e você deixa minha gente ir.

– Quem deixar a arma no chão pode ir. Pula pra fora. Agora.

– Vão! – gritou Tayla.

Rose, sua parceira mais fiel depois da morte de Nêgo, retorceu o rosto e xingou enquanto os outros pulavam pelo muro para o lado de fora, pousando sobre os capôs dos carros que se amontoavam.

– Você também, mocinha. Solta essa pistola.

Rose deixou a arma cair.

– Desculpa, Tayla. Eu não vi ele chegando.

– Relaxa, mana. Vaza. Ninguém precisa pagar pato daquela maluca.

Rose saltou o muro.

Elias, atrás de Rogério, tremia, mas mantinha a pistola erguida também, sentindo falta de ar. A última vez que tinha disparado com uma arma tinha estourado os miolos de sua própria filha e a lembrança não ajudava em nada.

– Vamos descer, mocinha. Vamos devagar e tudo vai acabar bem. Tô vendo que você é sensata. A gente aqui é também.

– Pegue a vampira ruiva. Ela vai matar o filho dela e o bento que está embaixo dos vampiros.

– Graziano?!

– Esse mesmo. Pelo tempo que ele foi imobilizado... acho que seu amigo já era.

Rogério Castro desceu as escadarias puxando Tayla pelo colarinho. Encostou-a no muro e fez uma revista rápida sem encontrar a chave da sorte da garota.

Passou a prisioneira para doutor Elias e pediu que a levasse para o arsenal, onde deveria prendê-la.

– Mas... mas... o arsenal... o silo, tá tudo pegando fogo.

– Só vai, doutor! Tenho que salvar o Graziano.

* * *

Cássio, ao ver o movimento no portão, o cessar-fogo e identificar ao longe Rogério correndo em direção ao aglomerado de vampiros, também deixou sua posição, berrando ao homens para cercarem Raquel.

Ele apanhou sua arma e correu em direção a Graziano. O que diria a Mallory se o amigo perecesse debaixo daquele volume de vampiros que só crescia? Acelerou o passo e logo ele e Rogério se aproximavam da prisão feita por mortos-vivos sobre o soldado bento.

Cássio ouviu um estampido e se abaixou. Continuou correndo, colocando toda sua energia para que tivesse tempo de salvar o amigo, mas no terceiro passo toda a força de seu corpo pareceu desaparecer, e seu pulmão esquerdo ardeu e teimou em não puxar ar. Sua respiração mudou. Estava gorgolejante e suas pernas fraquejaram quando ele caiu.

À deriva

* * *

Da escopeta fumegante de Raquel subia um trilho de fumaça. Pedro saltou contra a mãe, arrancou a arma de sua mão, engatilhou-a e apontou-a para ela.

Raquel sorriu.

– Você não teria coragem, filho. Somos e sempre seremos ligados por essa desgraça.

– Mãe... – A voz de Pedro vinha engulhada com ódio.

As vampiras Yolanda e Luna pegaram Raquel pelas mãos e começaram a puxá-la.

– Vamos, mamãe! Vamos embora!

Raquel deu as costas para Pedro. Chiara o abraçou e o fez baixar a arma.

– Deixa-a ir, Pedro. Deixe. Ela encontrará outro fim, mas não na sua mão.

* * *

Rogério, vendo Cássio rolar no chão com a espádua esquerda ensanguentada, ficou dividido por um instante. Estava chegando ao amontoado de vampiros, mas Cássio tinha sido atingido. Estava sendo carcomido por essa indecisão quando escutou o primeiro urro. Um vampiro saiu voando da pilha de monstros que atacava Graziano. Quando ele aterrissou no asfalto do estacionamento, sua cabeça estava afundada, disforme. Um segundo urro e agora um garotinho vampiro também voava para outra parte do estacionamento com o mesmo ferimento, a cabeça estourada e seu corpo da escuridão estremecendo no chão, sem chance de continuar a atacar.

Só então, andando para o lado, bestificado, com sua pistola em punho, Rogério começou a entender o que se passava. Era o rapaz de cabeça raspada, o mecânico Marcos que tinha trazido de São Paulo. Ele parecia possuído por uma força inexplicável, e, enquanto agarrava um vampiro pela garganta, empurrava outro, girava o bastão que trazia e dava golpes certeiros no crânio do escolhido. Um a um os vampiros iam sendo arrancados de cima de Graziano, permitindo ao menos que o bento soterrado recuperasse o fôlego. Marcão deu uma rasteira em uma mulher que caiu grunhindo enquanto ele era recoberto por feras. Antes que perdesse a mobilidade, o guerreiro enfiou o bastão no meio do peito da mulher, transfixando seu coração, fazendo-a cessar o combate imediatamente. Forte como um touro, puxou um homem vampiro por cima do ombro, arremessando-o ao chão e chutando o próximo, parado a sua frente. Não se intimidava com presas nem grunhidos. Sua habilidade em girar aquele bastão era impressionante, e ia debelando aquele enxame até que Graziano conseguiu ficar livre de vampiros. Rapidamente Marcão, como se compartilhasse uma linguagem que só eles entendiam naquele transe de destruição e fúria, estendeu a ponta do bastão para Graziano, que se colocou de pé. Ato contínuo, Marcos chutou o sabre de volta ao soldado cavalariano, que o empunhou e voltou a espicaçar cada vampiro que se aproximava. Só depois de ver mais duas cabeças de feras noturnas rolando pelo estacionamento Rogério voltou a si, escapando do transe e olhando para Cássio Porto. Correu até o companheiro e abaixou-se junto a ele, que soltava golfadas de sangue pela boca a cada respiração.

– Consegue se levantar, parceiro?

Cássio revirou os olhos, mas balançou a cabeça em sinal positivo.

Amparado por Rogério, o sargento ficou de pé, e logo Pedro também socorria o líder de São Vítor, segurando a escopeta e apontando para qualquer criatura que ameaçasse vir na direção do ferido com sangue lavando a lateral de seu corpo.

Chiara correu para chamar os médicos, e quando Suzana e Otávio deitaram Cássio numa maca, seus rostos estavam lívidos e não se atreviam a dar atenção a mais ninguém, focados em Cássio Porto. Correram para o centro cirúrgico e pediram lampiões, já que a energia tinha sido cortada. Doutor Otávio pediu a Rui que trouxesse um gerador a diesel, pois iam precisar de equipamentos de suporte à vida funcionando. Cássio estava correndo risco real de morte.

Zoraíde, machucada, e Nádia começaram a clamar por voluntários para que fizessem uma corrente de transporte de água para o silo atingido pelo caminhão tanque. Precisavam salvar o silo. Tinham que ventilar os andares e garantir que nem o fogo e nem a fumaça chegassem aos adormecidos. A tarefa que levaria toda o resto da madruga e entraria pela manhã tiraria a cabeça de muitos deles do que ocorria naquele exato momento na sala de cirurgia onde Cássio lutava por sua vida.

* * *

À deriva

Graças a Graziano e a Marcos, São Vítor foi limpa da ameaça dos noturnos, e quando os primeiros raios de sol subiram no horizonte, os dois homens pareceram se acalmar.

Elias lembrou-se de suas cobaias trancadas no veículo, soltou-as e as trouxe para dentro da cidadela. Propositalmente passou com eles entre Graziano e Marcos sem que os bentos torcessem o cenho nem fizessem comentários. Isso era um ótimo sinal. Um excelente sinal.

São Vítor teve sua manhã mais triste desde sua fundação. Cada vez mais moradores iam até a enfermaria e deixavam seus votos de esperança e fé para que Cássio sobrevivesse ao grave ferimento impingido por Raquel, que tinha desaparecido na noite.

A maioria daqueles retirantes de São Paulo que trouxeram seus noturnos para os muros de São Vítor nos dias anteriores tinham deixado a cidade, amontoando-se em carros, sujos de fuligem e poeira, feridos por seus próprios entes e, mais do que isso, sufocados por uma apatia em face à verdade. Ainda não havia cura em São Vítor. Retornaram à cidade e seriam a melhor propaganda para evitar novamente aquele aglomerado de gente à margem do areião, ao pé do portão, procurando por uma quimera que talvez fosse só isso mesmo... uma coisa maravilhosa e intangível.

Alguns, sem ter carona para o retorno, com seus parentes noturnos mortos durante a noite sangrenta, pediram asilo na cidadela, e o Conselho começou a colocar nomes em listas e aquela gente em um alojamento provisório, onde seriam triados e verificados. Alguns poderiam ajudar a reconstruir o que tinham destruído. São Vítor não deveria ser um bastião de rancor, mas um lugar onde a humanidade resistiria.

Somente ao entardecer Suzana e Otávio deram o primeiro boletim médico. Cássio tinha perdido parte do pulmão esquerdo e recebera sangue de Graziano. Seu estado era muito grave, mas tinha sobrevivido à primeira luta. Sua recuperação seria lenta e inspirava cuidados intensivos.

* * *

Num almoço improvisado, Rogério tentou animar o grupo ao contar a aventura que vivera com doutor Elias, as cobaias e o gigante Marcos. Os soldados rememoravam a força do grandão e tinham feito uma contagem de ao menos 42 vampiros com a cabeça arrebentada pelo bastão do intercessor de Graziano. Agora chamavam os dois de bentos. Apesar da noite devastadora, São Vítor tinha sobrevivido e, além de terem agora dois guardiões estupendos, Marcos era a prova de que mais guerreiros como Graziano existiam. A raça humana não estava sozinha naquela luta ingrata contra a escuridão.

Também foi ratificado que cada adormecido que voltasse à consciência precisava, incondicionalmente, da quarentena, dada a armadilha que vitimara o enfermeiro Alexandre na noite anterior. Um dos adormecidos não era humano, era um noturno. Assim os mistérios da Noite Maldita iam se desvelando naquele novo mundo e iam aprendendo sobre os sortilégios que haveriam de encarar para todo o sempre.

Levaria semanas para que o muro fosse reparado. Levaria meses para que tudo o que fora destruído fosse refeito, mas reconstruiriam São Vítor, e doutor Elias insistiria em aprimorar a sua vacina.

Nádia pediu ao soldado Francisco que levasse um prato com comida e pão para a prisioneira. A menina que tinha sido colocada na cela de Graziano para ser interrogada sobre o seu papel no ataque a São Vítor naquela madrugada.

Quando Francisco chegou à cela e bateu na porta, viu-a se abrir com a força de sua batida. Empurrou mais a porta e olhou atrás, antevendo uma artimanha, mas não. A cela estava vazia. A tranca tinha sido aberta por dentro, encontrou riscos de atrito na chapa de ferro. Garota esperta.

CAPÍTULO 66

Tayla e seu bando estavam de volta ao galpão. A garota tinha ordenado para apagarem os dizeres de que existia cura em São Vítor. Essa cura era uma mentira.

Quando anoiteceu, Tayla viu Malu chegar ao seu dormitório segurando o último cilindro com a última dose do medicamento que o cientista louco de São Vítor tinha produzido. As duas se olharam. Tayla tinha lágrimas nos olhos e incertezas no coração. Sempre tinha um hack para tudo. Talvez aquele fosse o maior hack de todos em sua vida. Um golpe na maldição noturna.

— Você quer mesmo que eu tome isso? – perguntou Malu.

Tayla balançou a cabeça em sinal positivo e completou:

— Quase destruímos uma cidade por causa disso. Tanta gente morreu. Acho que vale a pena tentar.

— É seguro?

— O Pedro me disse que as pessoas que tomaram a vacina não morreram por causa do medicamento. Com os dias elas voltaram a ser vampiras.

— E se eu voltar a ser vampira, Tayla? De que vai valer?

— Vai valer que pelo amanhã… só amanhã… a gente vai subir no gaiola bem cedo, com o nascer do sol, e se você não virar cinzas e nem derreter gritando, a gente vai para a praia. Vamos entrar no mar e vamos ter o melhor dia pós-apocalipse de nossas vidas e que se foda o resto. Depois a gente vê no que vai dar.

Malu suspirou.

— E o nosso bebezinho? Ele é nossa responsabilidade.

– Amanhã não. Ele vai ficar com a Rose de babá. Amanhã é um dia de duas irmãs andando por aí.

Malu abraçou Tayla bem forte e a garota retribuiu.

– Eu não sabia que eu te amava tanto – disse Malu.

– Eu te amo um tiquinho. Sua metida.

As duas riram. Malu segurou o cilindro e olhou para a irmã mais uma vez.

– Cura de São Vítor, vamos lá então. Faça as honras. Detesto agulhas.

– Tu vive cravando dente no pescoço dos outros e tomando sangue e tem cagaço de agulhas? Ai, Malu! Dá um tempo.

Tayla apanhou o cilindro e rememorou a forma de usar explicada rapidamente por Pedro. Desrosqueou o topo e girou uma catraca que expôs uma agulha. Atravessou o músculo do braço da irmã e apertou o êmbolo. Estava feito.

Tayla sorriu para Malu e disse:

– Vai lá no depósito, nas caixas. Acho que vi um carregamento de maiôs e biquínis. Escolhe um pra você. Depois eu me viro.

Malu segurou a irmã pela mão antes que ela saísse do dormitório.

– Obrigado, mana. Vai dar tudo certo.

– Tá. Sem chororô. Deixe-me ver a Gabizinha. Bebês têm fome também, sabia?

CAPÍTULO 67

Todos em São Vítor se empenharam para organizar a festa da noite de 24 de dezembro. A celebração que Cássio chamou de "Natal Possível" tentou contemplar todas as idades. As crianças menores aguardavam o milho estourar para virar pipoca enquanto brincavam de polícia e ladrão e cabra cega. Os jovens tiveram que se contentar com pastel de vento enquanto uns rodavam uma garrafa vazia no chão brincando de jogo da verdade e outros olhavam meio de longe a roda de samba. No centro, alguns casais arrastavam os pés ao som de um violão, um cavaco e um bumbo remendado, que davam conta de sucessos antigos de Clara Nunes, clássicos de Zeca Pagodinho e pagodes do grupo Exaltasamba.

Difícil acreditar que aquela era a mesma fortaleza atacada meses atrás. A São Vitor que tinha sido invadida, corrompida, incendiada e parcialmente destruída, deixando seus moradores apavorados e estarrecidos com o ataque engendrado por Raquel.

Cássio tinha sobrevivido ao disparo fatal. Precisaria ter ficado de molho por duas semanas, mas em cinco dias já estava de pé, andando lentamente, tomando cuidado com os abraços que faziam sua ferida doer. Parte do pulmão esquerdo removido, duas costelas coladas na marra e muitos analgésicos durante o dia e a noite até que a ferida cicatrizasse e o perigo de infecção fosse embora. Suzana e Otávio sabiam que aquela coisa mágica das doenças terem regredido e desaparecido também abrangia as infecções, mas uma vez médico, sempre médico, e o medo de uma inflamação maior e um septicemia os deixava alarmados. Contudo, dia após dia o sargento Cássio Porto ia ficando mais forte e voltando às suas atividades laborais costumeiras, ao menos a supervisão delas. Não pôde carregar nenhum tijolo novo para o muro, não pôde pegar as crianças no colo.

As cicatrizes não tinham ficado apenas nos combatentes. O portão novo estava lá. Manchas de tijolos e colunas de concreto novas nos muros. A cúpula do silo não era mais tão lisa e abobadada como as outras.

Nenhum adormecido tinha sido perdido. As escadarias tinham ficado negras pelo fogo, a fumaça e a fuligem aderente. Mesmo depois de semanas de turnos de voluntários esfregando as paredes, a história ainda era contada em suas superfícies. Nenhum dos apartados da consciência tinha perecido. Essa, talvez, tivesse sido a maior vitória daquela noite.

Essa semana tinham colhido outra vitória. A vitória do ânimo e do espírito. Os noturnos não davam as caras em São Vítor desde o ataque de Raquel. O segundo ataque da vampira mais perigosa de que tinham notícia. Secretamente, Cássio e Almeida estudavam um plano para rastreá-la, descobrir seu covil e acabar com a ameaça para que São Vítor nunca mais temesse. Tinham combinado a escala do muro, mas deram dez dias de descanso para os soldados entre o Natal e Ano-Novo. Todos precisavam participar das festividades, estar com seus amigos, voltar a vivenciar o que era ter amigos e queridos a sua volta.

Apesar das dezenas de veículos que tinham passado sobre as lavouras na fatídica noite, tiveram uma boa colheita e outra já tinha sido semeada. As caixas de vinil dentro do refeitório estavam repletas de legumes, e as saladas eram colhidas e divididas para que fossem consumidas antes que murchassem. Árvores frutíferas começavam a crescer distantes do muro, no limite onde iniciaram um pomar. As frutas iam demorar mais, contudo tinham laranjas, cana-de-açúcar, mexericas, goiabas, abacates e mangas que um grupo de coletores tinham encontrado em sítios e fazendas com árvores forradas de frutas apodrecendo no pé.

Era Natal. Não tinham presépio nem luzes pisca-pisca, mas os soldados tinham trazido um pinheiro para o pátio principal, onde desembocava a escadaria dos dormitórios e próximo à porta do refeitório. Mallory ensinou as crianças que cresciam a fazerem enfeites coloridos com papéis que Ikeda buscou em papelarias da cidade de Itatinga. Eram estrelas e bolotas que tinham ficado penduradas nos ramos do pinheiro.

Os assados começam a cheirar. Os voluntários da cozinha tinham garantido porco assado, frangos e até mesmo três perus. A ceia seria farta

À deriva

e diversificada com a adição de sobremesas feitas com doces de abóbora e tortas de frutas.

Ao lado da bagunça, foi montada uma mesa comprida improvisada com folhas de portas apoiadas em cavaletes de madeira, cobertas por um mosaico de toalhas estampadas em várias cores. A mesa comprida lembrava uma versão caótica da tradicional festa de Nossa Senhora Achiropita, no bairro do Bixiga. Servido nas próprias panelas de vários tamanhos, espaguete ao molho de tomate, arroz, feijão e farofa completavam o banquete. Alguns cães corriam em círculos em volta da mesa, latindo sem serem ouvidos por conta da balbúrdia.

Mallory conduzia Graziano arriscando alguns passos de gafieira, mas a falta de jogo de cintura do soldado não ajudava. O casamento dos dois já tinha data marcada e o casal recebia a todo instante felicitações.

Nádia e Rogério Castro traziam o bebê Fernando no colo e estenderam um cobertor ao lado de suas cadeiras. O pequenino já conseguia ficar sentado e já tinha dois dentes que apareciam no sorriso que derretia o coração de todos que vinham brincar com ele.

O clímax da festa foi a chegada, a cavalo, de Francisco vestido de Papai Noel, puxando uma charrete repleta de presentes, usando uma barriga postiça para tentar disfarçar sua identidade para os menores. Nos últimos meses, qualquer um que tivesse alguma habilidade manual se esforçou para consertar brinquedos quebrados ou transformar sucata em algo lúdico, capaz de transportar o pensamento do brincante a um lugar melhor.

Graziano se deleitou vendo o amigo cavalariano fantasiado e ria junto a Cássio e Mallory, já que ele próprio escapara do mico ganhando uma aposta que fizeram.

Elias estava reintegrado ao corpo médico de São Vítor. Suas duas cobaias ficaram estáveis por quarenta dias, e quando começaram a sentir desconforto com a luz do sol foram recolhidos, algemados, e o médico administrou uma nova dose, fez hemodiálise e uma transfusão de sangue. Agora, em pleno Natal, andavam debaixo do sol, com Dado trabalhando na lavoura, sem mais sinais de desconforto, e João Guilherme, o mais novo, participava do grupo de eletricistas de São Vítor. Nenhum deles deixava Graziano ou Marcos irritados com sua proximidade. Ainda eram considerados "espécimes em estudo" e eram um segredo guardado pelos médicos, por Rogério, Marcos e o Conselho. Nunca mais a notícia de que uma cura estava a caminho poderia sair dos portões de São Vítor.

O velho Francisco, antes mesmo de desmontar, já estava rodeado pelas crianças e jovens que se aproximavam mais timidamente. Ao contrário do que se podia imaginar, não houve confusão nem brigas, cada um esperou o momento de receber seu presente, ciente do esforço coletivo que foi despendido para tornar tudo aquilo possível.

Alessandra se afastou da mesa do irmão e dos amigos e deixou a frente do pinheiro, andando rápido na direção do silo e sentando-se na escadaria com a claridade difusa. Assim que se sentou no degrau, passou a mão nos olhos, secando as lágrimas. Não conseguia parar de imaginar Megan e Felipe erguendo os braços e disputando também por seus presentes de Natal. Onde estariam?

Como se lesse seu pensamento, Pedro sentou-se ao seu lado. Alessandra olhou para o garoto e secou novamente as lágrimas.

– Me perdoe, Alessandra. Eu fui um babaca. Eu só…

– Era sua família também. Não vamos brigar por isso. Só sofro pensando que eles estão lá. Vivos, adormecidos, vulneráveis.

– Podemos pegar um carro dessa vez. Deixa passar a noite de Natal, deixa o povo festejar, a gente sai de madrugada, perto do sol nascer.

Ela ficou olhando para ele. Gostava de vê-lo ali, mas a última vez que estiveram na cidade ela ficou muito machucada, e quando tinha quase enlouquecido, voltou para São Vítor de carona, com o coração ainda mais moído do que antes. Tinha ficado com raiva de Pedro por muitos dias. Agora ele estava ali, com os cabelos vermelho-fogo espetados e os olhos azuis pacíficos a encará-la.

Pedro continuou:

– Eu não paro de pensar naquela noite, mas não tem jeito de voltar ao passado e tomar a decisão certa. Só tem como a gente olhar para o amanhã, olhar para esses carros no pátio e subir em um deles. Eu sei que eles ainda estão vivos.

– Não fala isso, não faz isso comigo. Eu vou enlouquecer, Pedro! Enlouquecer!

O rapaz assustou-se com o grito selvagem de uma mãe levada ao seu limite. A voz de Alessandra ecoou pelas galerias do silo.

Ela continuou:

À deriva

– Cada vez que eu como eu penso se eles estão comendo. Cada vez que rio, o sorriso morre na hora porque sei que eles não estão rindo. Cada vez que consigo dormir debaixo de um cobertor penso se eles estão sentindo frio...

– Shhhh! – Pedro colocou o dedo sobre os lábios dela. – Eles não estão sentindo nada disso. Eles estão vivos, mas são adormecidos. Veja o lado bom. Não vão nem lembrar que ficaram longe de você.

– Ah, Pedro! Pedro! Não faz isso comigo.

– Me deixa consertar meu erro. Esse será meu presente de Natal e Ano-Novo para você. Podemos ir procurar seus filhos amanhã?

Alessandra balançou a cabeça em sinal positivo e abraçou o garoto.

– Lamento que não tenha dado certo com sua mãe.

– Esquece isso. Eu mesmo preciso esquecê-la. Achar sua família vai ser um bálsamo para mim também. Vai espantar meus fantasmas.

Ficaram ali, unidos um ao outro por um longo tempo.

Pedro, calado, via dois fios brancos subirem da cabeça de Alessandra rumo ao teto da escadaria, sumindo através do concreto.

* * *

Um pouco antes da meia-noite, uma dupla de moleques ficou mais afastada e um deles soltou um rojão velho guardado para a ocasião. Eles ficaram exultantes ao verem que funcionou. As faíscas vermelhas propelidas pela explosão rasgaram a escuridão do céu e explodiram no alto. Animados, acenderam outro rojão.

Dessa vez a música parou e por alguns instantes todos olharam para o céu vendo aquela efêmera estrela cadente. Alguns se lembraram de Natais passados em harmonia com a família que não existia mais, outros agradecidos por ainda estarem juntos. Cássio, em silêncio, fez um pedido singelo a fim de ter forças para continuar a lutar por aqueles que depositaram nele a confiança por dias melhores.

Antes que o samba voltasse, Miguel, o aprendiz de cavalariço, chegou correndo vindo das cocheiras e se dirigiu ao grupo de médicos que terminavam de jantar.

Doutor Otávio viu a aflição no rosto do garoto.

– O que foi, Miguel, não quer comer nada?

O menino dobrou o corpo, recuperando o fôlego.

– Obrigado doutor, já me levaram a janta. É a eguinha, acho que entrou em trabalho de parto.

– Claro, filho, vamos!

Otávio chamou o enfermeiro Décio e de pronto pegaram suas lanternas e foram ter com a égua em agonia, seguidos por um grupo de curiosos que ouviu a boa nova e começou a espalhar a notícia.

Miguel já havia tirado o animal da cocheira e levado até um piquete improvisado para ela ter mais espaço, e de fato a encontraram andando em círculos demonstrando o desconforto que sentia. Quem conhece cavalos sabe que na cadeia alimentar eles são presas. Têm os olhos nos lados da cabeça, o que oferece um amplo ângulo de visão, e suas pupilas horizontais alinhadas com o solo recebem mais luz vinda da frente e dos lados, e conseguem ver precisamente a linha do horizonte, de onde virá o possível predador.

Maizinha era um animal dócil, mas nesse estado todo cuidado era pouco para se aproximar. Logo a natureza falou mais alto e ela deitou-se no chão e todos viram rapidamente um pedaço branco leitoso do saco gestacional. A luz das lanternas na escuridão deu um tom azulado ao invólucro que foi sendo expelido aos poucos. Em silêncio total, viram quando surgiram as patas anteriores e, logo em seguida, a cabeça do potrinho. Para fascínio da plateia de curiosos, em minutos o pequeno animal deitado rompia a fina membrana que o envolvia, se revelando por inteiro. Focinho com focinho, o recém-nascido recebeu o primeiro chamego da mãe.

Miguel cantou.

– É macho, é menino! Olha isso!

A pequena multidão que se formou em volta do acontecimento riu do entusiasmo do rapaz e bateu palmas efusivamente. Mãe e filho se assustaram, então o povo estancou o barulho.

Todos aguardaram ansiosos o momento esperado de o potrinho levantar-se. Mallory esboçou o movimento de ir ajudá-lo, porém o doutor Otávio fez sinal para que ela aguardasse, e de fato, logo em seguida, o potro, desajeitadamente, balançou de lado a lado até conseguir ficar de pé. Alguns passos trôpegos e ele já se equilibrava sozinho. Como era possível? Mal tinha chegado ao mundo e já sabia andar!

À deriva

Normalmente, a essa altura a mãe já estaria em pé aguardando o potro se enfurnar debaixo dela para mamar, porém a égua não se levantou e até empurrava o pequeno filhote com a pata, impedindo-o de se aproximar. A égua foi ficando cada vez mais indócil e começou a relinchar, indicando de vez que algo de errado estava acontecendo. Ela estava em franca agonia. O tempo foi passando e todos começaram a falar ao mesmo tempo, dando palpites do que fazer com a situação.

Qual não foi a surpresa de todos quando doutor Elias rompeu pelo meio da turba e profetizou:

– Me ajudem a levantá-la. Eu acho que ela tem outro!

– O nome desse primeiro vai ser Dragão. – Miguel empolgou-se e adiantou-se em batizar o filhote.

Cássio e Graziano tomaram lugar de um lado, com Miguel e doutor Otávio do outro. Elias foi para a frente e, com um cabresto, estimulou o animal a se levantar. Otávio ajudou como pôde e, com o instinto animal atuando, a égua se pôs sobre os cascos. Elias deu a volta e enfiou as duas mãos na vagina do animal, tateando até encontrar o que procurava. Conseguiu agarrar e começou a fazer força para trazer para fora.

Um outro saco leitoso surgiu, menor que o primeiro, mas trazendo o mesmo milagre da vida. Com muito esforço, Elias, com o auxílio de Otávio e Décio, puxou o bebê equino para fora. Desta feita uma fêmea malhada. Apoiaram a recém-nascida no solo e a mãe logo veio cheirá-la e lambê-la. A pequena teve ajuda do doutor Elias enquanto tentava se levantar e firmar as patas no chão. Elias, suado e sem fôlego, olhava ao redor, fitando o grupo de sobreviventes, que, como ele, desceu ao inferno e agora lutava pela vida. Ele repetia, quase sussurrando:

– Vem, filhinha, agora está tudo bem!

– Não vai botar nome nessa aí também, Miguel?

O rapaz ficou olhando para a potrinha ainda sendo lambida pela mãe, olhou para todos segurando velas ao redor do piquete e coçou a cabeça.

– Já sei. O nome dela é Esperança.

O sol já mostrava seus primeiros raios quando o quadro inusitado desse presépio incomum se desfez. Todos em volta admiraram os gêmeos Dragão e Esperança mamando na corajosa égua. O bando se dispersou e cada um voltou para a festa comentando o que acabara de vivenciar, já que a gestação gemelar em equinos é muito rara, algo como um caso em cada mil partos. Miguel e algumas crianças ficaram ainda zelando a trindade: mãe, filho e filha.

Cássio e doutor Otávio, extasiados, acompanharam doutor Elias e só faltou trazerem o inesperado visitante carregado nos ombros. Ele não trouxe mirra, incenso nem muito menos ouro, mas trouxe um brilho especial para aquela noite.

O próprio doutor Otávio não se conteve e foi cumprimentá-lo.

– Elias, você salvou o dia. Nunca ia imaginar que tinha outra aí dentro.

– Meu avô tinha fazenda. Já vi muito disso quando era menino.

– Você já foi criança um dia? Impressionante – brincou o colega.

Ao chegarem à mesa, ofereceram-lhe mais comida e bebida do que ele poderia aproveitar, e ali ficaram todos, sentindo a nesga do sol nascente que indicava mais um dia quente de verão. Com os corpos aquecendo aos poucos, ouviram um jovem que pegou o violão e puxou uma canção.

– Amanhã / Será um lindo dia / Da mais louca alegria / Que se possa imaginar. Amanhã / Redobrada a força / Pra cima, que não cessa / Há de vingar.

Cássio viu sua irmã parada à porta do refeitório. A canção de voz solitária foi virando um coral e logo o recinto estava coberto de uma voz uníssona. Cássio olhou de novo para a porta e Alessandra fez um aceno rápido de tchau que ele correspondeu. Ela sumiu. O sargento olhou ao redor. Tudo parecia bem. Uma noite feliz finalmente, mas aquela pulguinha atrás de sua orelha.

Ele levantou-se e andou até o pátio à frente do refeitório. Lá longe via o portão ser aberto por um soldado e um carro com três pessoas a bordo deixava São Vítor. O sargento coçou a testa. Sabia que era Alessandra e suspeitava quem eram os outros dois. Suspirou fundo e voltava para a celebração que avançava pela manhã ainda com entusiasmo, quando viu um jovem alto e de cabelo raspado fumando, recostado a um pilar. Era Marcos.

– Ei, grandão – chamou.

O bento virou-se para o sargento e jogou o cigarro no chão, esmagando a bituca com o pé.

– Não me prende não, sargento. É só cigarro mesmo.

Cássio sorriu da espirituosidade do rapaz lembrando que Rogério tinha dito que aquele novo residente de São Vítor tinha passado dias dentro

À deriva

de um presídio após a Noite Maldita. Era um apenado que tinha sido libertado pelo destino. Realidade nova, vida nova. Agora ele era um deles.

– Não precisava jogar o cigarro fora. Essas coisas são escassas e vão ficar cada vez mais raras.

– Eu dou meus pulos, chefe.

– Só queria agradecer por você ter salvado meu amigo aquela noite. Nunca tivemos a chance de conversar só nós dois. Rogério me contou que você já foi detento, mas saiba que aqui o que conta é o agora.

– Não precisa agradecer não, sargento. É o cheiro sabe? O cheiro me tira do sério. Eu nem vejo o que eu estou fazendo, praticamente só desço o porrete.

– E você é bom nisso. Muito bom. O que ganhou do Papai Noel?

Ainda recostado ao pilar, Marcos deu de ombros.

– Já sou grandinho, não ganhei nada, não. Nunca tive Papai Noel na minha casa.

– Mas se fosse pedir uma coisa, ia pedir o quê? Um pacote de maço de cigarros? Posso ir até Itatinga procurar.

– Não. Nada disso. Tô querendo largar essa merda. É só para aliviar a tensão. Eu ia pedir outra coisa.

– Que coisa?

– Queria uma espada. Grande, pesada e bem afiada. Uma espada para matar vampiros. E se der, uma armadura aqui para o peito, para as unhas deles não me arranharem mais. Fica ardendo por dias.

Cássio balançou a cabeça.

– Vou pensar nisso. Ótima ideia. Ótima ideia mesmo. Acho que o Graziano vai curtir também.

– Vai. Pode crer que vai.

Cássio ergueu a mão e partiu em silêncio, voltando ao refeitório.

CAPÍTULO 68

Já era quase Ano-Novo em São Vítor.

Cássio olhava para o muro. O sol, em plena uma hora da tarde, já começava a fazer sombra no muro. Era alto e forte o suficiente, e isso acalentava o seu coração.

Um estouro próximo a ele. Era o primeiro tipo de explosão em meses que não o fazia pular e ficar de prontidão. Onde aqueles garotos tinham achado aquele monte de rojões? Todos os dias estouravam uns três pelo menos. Aquilo ficou tilintando em sua cabeça. Os rojões.

Na última reunião do Conselho aberta aos moradores do hospital, Cássio lembrava-se da maravilhosa sensação que sentiu. A comunidade de São Vítor acolheu e discutiu o assunto, levantando todas as questões de sobrevivência e segurança acima de tudo. Não precisou nem abrir a boca para opinar. No final, perguntaram-lhe se aprovava a decisão, e ele prontamente sorriu concordando.

Outro estouro alto atrás dele se fez ouvir lá do lado de fora. O sargento levantou a mão.

– Alguém sabe onde a molecada conseguiu esses rojões?

Os reunidos ficaram resmungando, alguns diziam que os adolescentes tinham ido até uma cidade vizinha e acharam uma fabriqueta de fogos de artifício.

O rosto de Cássio iluminou-se, e começaram a discutir a ideia de após a bagunça de Ano-Novo levarem para o arsenal rojões de três tiros. Ao ser pergunta

À deriva

do, explicou:

– Esses rojões podem ficar em poder dos soldados em vigília no muro e só devem ser disparados se avistarem depois do areião a presença de vampiros. Vai servir para colocar a comunidade em alerta. Quem estiver dormindo vai acordando um ao outro para ficarem de prontidão.

– Ótima ideia. Só fico preocupado com os cavalos. Eles não vão ficar agitados? Sofrer com isso? – questionou Rui.

– Não – interveio Graziano. – Ao menos os cavalos do regimento são treinados para essas situações. Vou treinar também o Prometido e os potrinhos. Assim serão bem úteis também em caso de ataque. Nós, os bentos, montados nesses animais e carregando nossas espadas, podemos arrancar as cabeças dos vampiros antes que cheguem ao muro se formos mesmo avisados pelos fogos.

A reunião dissolveu-se logo depois dessa conversa e todos voltaram para as áreas comuns para confraternizar. Um ano novo chegava. Novas esperanças chegavam. A vida, mesmo totalmente transformada, ia achando o seu jeito de seguir em frente.

Cássio estava encostado na parede do hospital quando Graziano chegou passando o braço em seu ombro.

– Me diga, Cássio, que você também está pensando em como é bom ver essas crianças vivas. E que pelo menos isso essa droga de fim do mundo trouxe de bom?

– É muito bom vê-las saudáveis e brincando – respondeu Cássio. – Só gostaria que Megan, Felipe e Alessandra estivessem com a gente.

– Vamos achá-los – emendou Graziano. – Vamos encontrá-los e será como se nunca houvessem se perdido. Retomaremos as buscas em São Paulo nos próximos dias. Podemos verificar novamente os metrôs. Tivemos muitas pessoas novas que ficaram com a gente após o ataque daquela procissão. Eu vou com você e encontraremos eles.

– Não – disse Cássio imediatamente. – Eu vou encontrá-los, mas você não sairá de São Vítor, já conversamos sobre isso. As pessoas me veem como líder daqui, mas você é o anjo delas. Terá agora a força do novato ao seu lado. Ele salvou seu couro aquela noite. Você manterá os vampiros afastados enquanto eu estiver longe. Vou procurar em toda a São Paulo a partir do dia 1º de janeiro. E voltarei no Carnaval para reabastecer suprimentos ou quando encontrá-los. Chega desse sentimento de deriva, vou achar minha família custe o que custar.

Graziano olhava para o amigo. Havia tirado o braço de seu ombro e o encarava.

– Você tem certeza? Já está com esse pulmão cem por cento?

– Só dói quando eu respiro. Hahahaha.

– Tá vendo? Você ainda não está inteiro.

– Tô fazendo graça. Sou soldado. Não tem dor que me segure. Aliás… a cicatriz já quase não dói. Está indo tudo bem. E não estarei lá sozinho.

Graziano sorriu. Cássio pensava naquele sorriso ao lado de Mallory. Logo o amigo se casaria com a enfermeira e ele seria o padrinho. Estava em paz com isso, mas nunca deixaria de admirar aquele cara, a sua paixão platônica. Todo seu sentimento se afunilava para uma amizade sólida e duradoura. O sorriso de Graziano sumiu e o soldado olhou para o sargento.

– E quanto àquele maluco do Larisson?

– Eu também vi o caminhão. As iniciais do CRRF pintadas na porta e nas carretas.

– Acha que foi ele mesmo? Ou alguém querendo colocar a culpa no CRRF?

Cássio coçou a cabeça.

– Para ser sincero, acho que foram eles mesmo. Eles sabem que eu sei. Sabem que não vamos deixar quieto essa coisa de estarem pegando adormecidos e sumindo com alguns deles para virar comida.

– Isso embrulha o estômago.

– Se você achava que a gente ia ter uma vida fora da cidade aqui, pacata, afastada de vampiros e de gente louca… está enganado. Nossa luta por um mundo novo está só começando. Temos que acabar com o CRRF.

– Onde ele arranjou tanto vampiro?

– Não sei. Larisson é uma incógnita. É um ardiloso. Vamos ter trabalho com o CRRF se não cortarmos o mal pela raiz.

– E a mãe do Pedro?

Cássio suspirou de novo e chutou a coluna com o coturno algumas vezes.

– Um inimigo de cada vez, Graziano. Vamos reforçar nossas defesas. Vamos revirar cada cidade daqui de perto, cada quartel atrás de mais

À deriva

munição e armas. Um inimigo de cada vez. Essa realidade à qual fomos arremessados só está ajeitando as pedras no tabuleiro ainda.

– Ela quase te matou, parceiro. Ela quase te matou. Querendo Pedro ou não, eu vou atrás da mãe dele. Eu vou vingar você, pode deixar.

Cássio colocou a mão no ombro de Graziano e os amigos trocaram um abraço forte. A ferida de Cássio doeu, suas costelas chiaram, mas ele manteve o abraço firme.

– Obrigado, amigo. Muito obrigado. Mas posso ser sincero contigo?

– Manda ver, Cássio. Comigo você não tem segredos.

– Acho que como tudo isso começou, tudo isso pode acabar de uma hora para outra. Quem sabe nesse ano novo que chega todo mundo não acorda de uma vez? Quem sabe a vacina do doutor Elias não acaba com o suplício desses vampiros? Pode ser que dure só mais um pouco. Só mais uns meses e tudo volte a ser como era antes.

– Deus te ouça, amigo. Deus te ouça.

Livros para mudar o mundo. O seu mundo.

Para conhecer os nossos próximos lançamentos
e títulos disponíveis, acesse:

🌐 www.**citadel**.com.br

f /**citadeleditora**

📷 @**citadeleditora**

🐦 @**citadeleditora**

▶ Citadel – Grupo Editorial

Para mais informações ou dúvidas sobre a obra,
entre em contato conosco por e-mail:

 contato@**citadel**.com.br